RICHARD RUSSO

Nobody's Fool

STRASSE DER NARREN

Roman

Ins Deutsch übertragen
von Barbara Förster

BASTEI
LÜBBE

BASTEI-LÜBBE-TASCHENBUCH
Band 13 649

Erste Auflage:
Mai 1995
Zweite Auflage:
Dezember 1995

Deutsche Lizenzausgabe 1995
Bastei-Verlag Gustav H. Lübbe
GmbH & Co., Bergisch Gladbach
Originaltitel: Nobody's Fool
Lektorat: Dr. Edgar Bracht
Umschlaggestaltung:
Quadro Grafik, Bensberg
Satz: KCS GmbH,
Buchholz/Hamburg
Druck und Verarbeitung:
Cox & Wyman
Printed in Great Britain

ISBN 3-404-13649-7

Der Preis dieses Bandes
versteht sich einschließlich der
gesetzlichen Mehrwertsteuer.

Über dieses Buch:

»Es gibt Schlimmeres auf der Welt als die Liebe.«

Zum Beispiel einen zerstreuten, oft geistesabwesenden Obermieter, der allzu häufig mit der Zigarette im Mund einschläft. Er ist sechzig Jahe alt, heißt Donald Sullivan und wird von allen nur Sully gerufen. Die Dame des Hauses, die betagte Mrs. Beryl Peoples, hat ihn in ihr Herz geschlossen und denkt nicht daran, den Mahnungen ihres Sohnes nachzugeben, der den unzuverlässigen Mieter vor die Tür setzen will.

Aber auch so hat Sully Sorgen genug: Seine schon Jahre währende Daueraffäre mit der toleranten Ruth schlingert in eine der stetig wiederkehrenden Anstandsphasen, und seine aussichtslosen Gefühle für Toby, die viel zu junge, viel zu hübsche Frau seines (zeitweiligen) werten Arbeitgebers drohen übermächtig zu werden. Schließlich wären da noch seine zu heftigem Selbstmitleid neigende Exfrau, zwei Enkel, von denen der eine Sadist, der andere ein Ausreißer ist, und ein Sohn aus geschiedener Ehe, der Sully immer ähnlicher wird. Und das obwohl er ihn beharrlich vernachläßigt hat.

Über den Autor:

Richard Russo studierte an der Universität von Arizona und lehrt Literatur an der Southern University in Carbondale, wo er mit seiner Frau und zwei Kindern lebt. Schon sein erster Roman »Mohawk« (1986) begeisterte die amerikanische Kritik. Die deutsche Ausgabe seines zweiten Romans – »The Risk Pool« – ist derzeit unter dem Titel »Der Sohn eines Diebes« in Vorbereitung (Juli 1996). Spätestens mit seinem dritten Roman – »Nobodyś Fool« – avancierte Richard Russo zu einem der angesehensten Autoren der amerikanischen Gegenwartsliteratur. Der humorvolle Erzählton und die unverwechselbaren, aber nie statischen Charaktere gelten als die herausragenden Vorzüge seiner Prosa.

TEIL EINS

Mittwoch

Die Upper Main Street im Städtchen North Bath durchquert zunächst das Geschäftsviertel, verläuft dann zwei weitere Blocks durch ein ruhiges Wohnviertel, um schließlich entlang der alten Bundesstraße 27A zu einer Art Landstraße zu werden. Die 27A, eine zweispurige geteerte Serpentinenstrecke, windet sich durch die Adirondacks im Norden des Staates New York, führt durch winzige heruntergekommene Erholungsorte und endet schließlich im reicheren Norden in Montreal. Die Häuser an der Upper Main, wie sie von den Einheimischen genannt wird – obwohl die Hauptstraße von ihrem ›unteren‹ Ende am IGA-Supermarkt bis zum Tiefkühlshop am ›oberen‹ Ende kaum eine Viertelmeile zählt –, sind zum größten Teil Fossilien: schindelgedeckte Gebäude aus viktorianischer Zeit oder massige nachgeäffte Griechentempel, die auf der anderen Seite der Grenze – in Vermont – einiges wert gewesen wären, hier aber ihren Wert eingebüßt haben, weil sie von Anfang an als Zwei- oder gar Dreifamilienhäuser entworfen oder dazu umgebaut worden sind und über Jahrzehnte hinweg als Einzelwohnungen vermietet wurden, ohne renoviert zu werden. Doch die Upper Main ist nicht wegen ihrer Häuser, sondern der Bäume wegen beeindruckend – eine wahre Parade uralter Ulmen, deren oberste Äste sich sowohl über die steilen Dächer der ehrwürdigen Gebäude als auch über die Straße wölben, so daß man den Eindruck hat, sich in einer grünen Kathedrale zu befinden. Die Schatten des windbewegten Laubs verbergen den rissigen Anstrich der Fassaden und verleihen den krummen Veranden und schiefen Giebeln trotz des allgemeinen Verfalls ein pittoreskes Aussehen. Wenn Durchreisende aus den Großstädten auf dem Weg nach Norden hier die Interstate verlassen, weil sie etwas zum Essen oder Benzin brauchen, fahren sie meist in gemächlichem Tempo durchs Städtchen, spähen wehmütig zu den alten Häusern hoch und geben sich müßigen Gedanken hin: Wie teuer mögen die Gebäude wohl sein, wie sind sie eingerichtet und was für ein Gefühl ist das wohl, in einem dieser Gemäuer zu wohnen und im Schatten der

Bäume ins Städtchen zu laufen? Das müßte doch ein geruhsames Leben sein. Und einige der Autofahrer denken dann auf dem Heimweg nach einem langen Wochenende kurz darüber nach, ob sie einmal einen Blick auf die Immobilienanzeigen werfen sollten. Dann aber fällt ihnen ein, wie schwer die Ausfahrt zu finden ist, wie ungünstig North Bath vom Highway zu erreichen ist, so daß sie nun viel später als geplant in die Stadt zurückkommen werden. Ja, und den Kindern auf dem Rücksitz ist nur schwer zu erklären, warum sie jetzt einen solchen Umweg gemacht haben, nur um ein kurzes Stück der Allee entlangzufahren, bevor man wieder umdreht und auf die Interstate zurückfährt. Sie wissen doch, daß solche Städtchen hübsche grüne Gräber sind – und so wird der Impuls, einen zweiten Blick auf North Bath zu werfen, wortlos unterdrückt, und die Autos fahren in unvermindertem Tempo an der Ausfahrt zum Städtchen vorbei.

Vermutlich ist das klug gehandelt, denn die Schönheit des langen Bogens riesiger Ulmen trügt, wie die Menschen, die unter den Bäumen hausen, wohl bezeugen können. Lange Zeit waren die Bäume der Stolz der Bewohner gewesen, denn auf geheimnisvolle Weise waren sie der Plage des Ulmensterbens entronnen. Doch vor wenigen Jahren schienen auch sie vom Unheil befallen zu werden. Im Winter 1979 wütete ein furchtbarer Schneesturm, und im folgenden Sommer hingen an fast der Hälfte der Bäume die Blätter schlaff herab, sie verfärbten sich gelblich und fielen schon während der Hundstage im August herab statt in der zweiten Oktoberhälfte. Man berief Experten, es erschienen drei Lastwagen – jeder mit einem Logo vom Glücklichen Baum versehen –, und die jungen Männer, die aus den Wagen stiegen, trugen weiße Kittel wie Ärzte. Sie schlenderten um jeden einzelnen Baum, kratzten an der Rinde, schlugen mit Hämmern auf den Stamm, als suchten sie verborgene Kammern, hoben aus dem Rinnstein verrottete Blätter als Muster auf und hielten sie gegen das Licht, das nun am Nachmittag immer schwächer wurde.

Ein weißgekittelter Mensch bohrte ein Loch in die Ulme, die vor Beryl Peoples vorderer Veranda stand, steckte seinen behandschuhten Zeigefinger in das Loch, kostete und verzog das Gesicht. Mrs. Peoples, eine achtzigjährige Lehrerin im Ruhestand, hatte, seit die Lastwagen angekommen waren, hinter den Vorhängen in ihrem Vorderzimmer gestanden und den Mann beobachtet. Nun schnaubte sie verächtlich: »Wie soll denn das wohl schmecken?« sagte sie laut. »Nach Erdbeertörtchen vielleicht?« Beryl Peoples, ›Miss Beryl‹, wie fast jeder in North Bath sie nannte, lebte nun schon lange genug allein, um an den Klang der eigenen Stimme gewöhnt zu sein, und sie machte nicht immer einen klaren Unterschied zwischen der Stimme, die sie beim Sprechen hörte, und der, die sie beim Denken vernahm. Für sie war das ein und dieselbe Person, und es machte sie so wenig verlegen, zu sich selbst zu sprechen wie für sich allein zu denken, denn sie war ziemlich sicher, daß sie nicht die eine Stimme zum Schweigen bringen konnte, ohne die andere ebenfalls verstummen zu lassen – und daran hatte sie keinerlei Interesse, so lange sie noch so vieles zu sagen hatte, auch wenn der einzige Mensch, der ihr zuhörte, sie selbst war.

Zum Beispiel hätte sie gerne diesem jungen Mann, der an seinem Handschuh gekostet und das Gesicht verzogen hatte, erklärt, daß er in ihren Augen ein typischer Vertreter dieser irregeleiteten Zeit war; denn wenn es ein immer wiederkehrendes Motiv in der heutigen Welt gab – einer Welt, mit der Schritt halten zu können die achtzigjährige Miss Beryl allmählich bezweifelte –, so war es die ungenierte Offenheit. »Wie willst du denn wissen, wie's ist, wenn du's nie versucht hast?« so pflegten es die jungen Leute auszudrücken. Nach Miss Beryls Denkweise – und sie selbst lobte sich als eine Art Freigeist – konnte man oft etwas *vorhersagen*, wenn man sich nur Zeit nahm, die Dinge genau anzuschauen; doch der junge Mann, der gerade an dem Baum gekostet hatte und davon angeekelt das Gesicht verzog, hatte ebensowenig Grund enttäuscht zu sein wie ihre Freundin Mrs. Gruber, die im großen Speisesaal vom Northwoods Motor Inn mit lauter Stimme verkündet hatte, daß die Schnecke, die sie gerade in ihre Serviette gespien hatte, ihr weder vom Geschmack noch von der Konsistenz her besonders zusagte. Miss Beryl hatte unberührt zugesehen, wie ihre Freundin den Mund verzog. »So wie das aussieht – wie hast du denn glauben können, daß es schmeckt?«

Mrs. Gruber hatte ihr keine Antwort gegeben. Nachdem sie die Schnecke in die Serviette gespuckt hatte, war es im Augenblick ihr größtes Problem, wie sie nun die Serviette loswerden sollte.

»Sie war grau und schleimig und sah einfach widerlich aus«, gab Miss Beryl zu bedenken.

Mrs. Gruber stimmte dieser Beschreibung zwar kleinlaut zu, erklärte dann aber, es sei nicht so sehr die Schnecke selbst als vielmehr der Name gewesen, der sie gereizt habe. »Sie heißen doch auf französisch *Escargot*«, sagte sie, während sie verstohlen ihre besudelte Stoffserviette auf den Tisch legte und vom nächsten Tisch eine frische nahm. »*Escargot*.«

Im Englischen gibt's auch ein Wort dafür, hatte Miss Beryl gekontert. *Snail*. Hühnerdreck mochte auf französisch auch anders heißen, aber das hieß noch lange nicht, daß man ihn nach Gottes Willen auch verzehren mußte.

Dennoch war die achtzigjährige Beryl Peoples stolz auf ihre Freundin, die so mutig eine Schnecke gekostet hatte, und sie mußte zugeben, daß Mrs. Gruber wagemutiger war als die meisten Leute, einschließlich zweier Menschen mit Namen Clive – mit dem einen war sie verheiratet gewesen, den anderen hatte sie in die Welt gesetzt. Gab es einen Mittelweg zwischen dem Sinn für Abenteuer und dem einfachen gesunden Menschenverstand? Dies war eine der Grundfragen der menschlichen Existenz.

Der junge Mann, der vom Innenleben der Ulme gekostet hatte, mußte noch dümmer sein als Mrs. Gruber, sagte sich Miss Beryl, denn kaum hatte er das Gesicht verzogen, als er auch schon seinen Arbeitshandschuh auszog, den Finger wieder ins Loch steckte und von neuem probierte – vermutlich wollte er feststellen, ob der faulige Geschmack von dem Baum oder von den Handschuhen herrührte. Nach seinem Gesichtsausdruck zu schließen war es doch der Baum.

Ein paar Minuten später sammelten die weißgekittelten Herren ihr Werkzeug ein und luden es wieder in die Lastwagen. Miss Beryl, nun neugierig geworden, trat auf die Veranda hinaus und starrte sie boshaft an, bis einer der Männer zu ihr kam und sie mit einem »Howdy« grüßte.

»Doody«, erwiderte Miss Beryl.

Der junge Mann starrte sie nur an.

»Wie lautet das Urteil?« fragte Miss Beryl.

Der junge Mann zuckte die Achseln, bog seinen Oberkörper zurück und blickte in das Gitter aus schwarzen Zweigen hinauf. »Sie sind einfach nur alt, weiter nichts«, erklärte er und wandte sich wieder Miss Beryl zu, mit der er ungefähr auf Augenhöhe war, ungeachtet der Tatsache, daß er auf der untersten Stufe ihrer Treppe stand und sie auf der obersten. »Teufel noch mal, der hier« – und er wies auf Miss Beryls Ulme – »wenn das ein Mensch wär', dann müßte er glatt achtzig sein.«

Der junge Mann hatte diese Bemerkung offenbar ohne Hintergedanken gemacht, obwohl die winzige Frau mit dem Rücken, der gekrümmt war wie ein Ellbogen, nach diesem Vergleich deutlich genug ein Zeitgenosse des Baums sein mußte. »Wir könnten vielleicht noch 'n paar Vitamine reinpumpen«, fuhr er fort, »aber . . .« Bedeutungsvoll ließ er den Satz in der Schwebe, offenbar voller Zuversicht, daß Miss Beryl ausreichende geistige Fähigkeiten besitze, um seinen unausgesprochenen Gedanken zu folgen. »'n schönen Tag noch«, schloß er, kehrte zu seinem Lastwagen mit dem Glücklichen-Baum-Logo zurück und brauste davon.

Falls das ›Reinpumpen‹ irgendeine Wirkung zeigte, so war dies nach Miss Beryls Meinung eher eine verheerende: Im gleichen Winter noch knackte ein gewaltiger Ast von Mrs. Boddickers Ulme unter der Last von Schnee und Eis wie ein spröder Knochen entzwei und krachte hernieder, jedoch nicht auf Mrs. Boddickers Dach, sondern auf das ihrer Nachbarin, Mrs. Merriweather, wobei der Kamin der Merriweathers auf einen Schlag heruntergefegt wurde. Der Kamin seinerseits fiel auf das steinerne Vogelbad von Mrs. Gruber – jener Mrs. Gruber, die von der Schnecke so enttäuscht gewesen war – und verwandelte es in einen Trümmerhaufen. Seit jenem ersten Zwischenfall hatte es jeden Winter alarmierende Unfälle gegeben, und die Bewohner der Upper Main hatten es sich inzwischen angewöhnt, den Baldachin gewölbter Äste über ihren Köpfen mit Furcht statt mit ihrer angestammten gläubigen Ehrfurcht zu betrachten, als habe sich Gott der Herr nun von ihnen abgewandt. Wenn sie das Gewirr schwarzer Äste betrachteten, konnten sie besonders gefährlich aussehende Zweige an den Bäumen ihrer Nachbarn ausmachen und ihnen empfehlen, die Bäume stutzen zu lassen – was mit hohen Kosten verbunden war. In Wahrheit jedoch waren die Bäume so hochgewachsen, die oberen Äste so weit entfernt von der Erde und den alten Augen, die ängstlich zu ihnen hochspähten, daß man kaum erraten konnte, zu welchem Baum ein bestimmter Ast nun gehören mochte, und wessen Schuld es war, wenn er herunterfiel.

Die Sache mit den Bäumen war einfach nur ein weiteres Unglück, und, wie die Bewohner von North Bath gern betonten – wenn sie das Unglück nicht hätten, würde ihnen gar nichts mehr bleiben. Dies entsprach nicht ganz der Wahrheit, denn die Gemeinde verdankte ihre Existenz einem Glücksfall der Geologie, da sie mehrere ausgezeichnete Mineralbrunnen besaß und zur Kolonialzeit ein beliebter Kurort gewesen war – vielleicht der erste in Nordamerika –, der Besucher aus so fernen Erdteilen wie Europa angelockt hatte. Bis zum Jahre 1800 hatte ein wagemutiger Unternehmer namens Jedediah Halsey ein riesiges Kurhotel mit fast dreihundert Zimmern gebaut und es Sans Souci getauft, obwohl die Einheimischen es beharrlich Jedediahs Blödsinn nannten, denn wie jeder weiß, kann man keine dreihundert Zimmer belegen an einem Ort, der vor kurzem noch eine Wildnis gewesen war. Doch Jedediah Halsey konnte alle Zimmer vermieten, und bis 1820 waren noch einige kleinere Herbergen entstanden, um den Überschuß an Gästen aufzunehmen, und die ungepflasterten Straßen des Städtchens waren von noblen Kutschen verstopft, deren Besitzer angereist waren, um sich an den Quellen von Bath zu laben (denn damals hieß der Ort so, einfach Bath, das ›North‹ wurde hundert Jahre später dazugesetzt, um das Städtchen von einem anderen größeren Kurort im westlichen Teil des Bundesstaates zu unterscheiden, obwohl sich die Einwohner von North Bath dieser Änderung hartnäckig widersetzt hatten). Und die Menschen kamen nicht nur wegen der heilenden Wasser, denn als Jedediah Halsey, der ein tiefgläubiger Mann war, das Sans Souci verkaufte, sättigte der neue Besitzer den Markt auch mit Feuerwasser, und während der langen Sommerabende feierten unzählige Menschen im Ballsaal und in den Salons des Hotels. Bath war so wohlhabend geworden, daß kein Mensch davon Notiz nahm, als ein paar Meilen nördlich in der Nähe einer winzigen Gemeinde einige neue ausgezeichnete Heilquellen entdeckt wurden. Schuyler Springs sollte zum Rivalen von Bath werden, doch bis 1868 sorgten sich weder die Besitzer des Sans Souci noch die Einwohner um ihre Zukunft – bis auf einmal das Unerdenkliche geschah, und die Brunnen einer nach dem anderen ohne Vorwarnung oder sichtbaren Grund zu versiegen begannen, und mit ihnen der Reichtum der Stadt.

Wie das Glück so spielt (wie sollte man es sonst nennen?), wurde der Emporkömmling Schuyler Springs zum unmittelbaren Nutznießer von Baths Niedergang. Obwohl seine Brunnen von der gleichen unsicheren Quelle wie in Bath gespeist wurden, sprudelten die Wasser in Schuyler fröhlich weiter, und genauso strömten die Besuchermassen herbei, deren Nobelkutschen früher immer vor der runden Einfahrt des Sans Souci gehalten hatten, nun aber ein paar Meilen weiterrollten und vor dem noch größeren und feineren Hotel in Schuyler Springs hielten, das in dem Jahre fertiggestellt worden war (welch ein Zufall!), in dem die Quellen in Bath versiegten. Nun ja, vielleicht war es auch kein Zufall oder unverschämtes Glück; seit Jahren schon hatte Schuyler Springs sich um das Publikum bemüht, und die staatlichen Investoren und die Geschäftsleute der Stadt hatten mit anderen Attraktionen geworben als die Besitzer des Sans Souci. In Schuyler Springs wurden während der ganzen Sommersaison Preiskämpfe abgehalten, man konnte sich am Glücksspiel versuchen, und die aufregendste neue Errungenschaft war eine Rennbahn, die sich noch im Bau befand. Natürlich hatten die Bürger von Bath von diesen Unternehmungen gewußt und sie zuerst hämisch beäugt und darauf gewartet, daß sie scheiterten, denn die Pläne von Schuyler Springs kamen ihnen noch verrückter vor als damals das Sans Souci mit seinen dreihundert Zimmern. Was sollte man wohl mit *zwei* Kurorten, zwei Grandhotels, die so nahe beieinander lagen? Man glaubte, daß Schuyler Springs zum Scheitern verurteilt sei – jeder Blödsinn mußte mal ein Ende haben. Sicher, das Sans Souci von Jedediah Halsey war nicht so sehr eine Dummheit als vielmehr ein ›visionäres‹ Unternehmen gewesen. Aber wie jeder weiß, wird jedes Hirngespinst, das sich am Ende doch noch bezahlt macht, so bezeichnet. Und als die Quellen versiegten und die Besucher ausblieben, waren die Leute schnell mit ihrem Urteil bei der Hand, das besagte, das Sans Souci habe sich im Grunde nicht bezahlt gemacht, sondern sich nur eines zeitweiligen Erfolges erfreut. Die überwiegende Zahl seiner fast fünfhundert Zimmer (denn man hatte das Hotel nur drei Jahre vor dem Versiegen der Quellen noch um einiges erweitert) stand nun leer, wie jedermann von Anfang an vorausgesagt hatte. Und die Leute fingen an, sich gegenseitig zu ihrer weisen Voraussicht zu gratulieren. Die Einwohner des einst glücklichen, nun eher tragischen Bath lehnten sich in ihren Sesseln zurück und warteten darauf, daß das Glück ihnen erneut winken werde. Was jedoch nicht geschah.

Um 1900 hatte Schuyler Springs alle Konkurrenten aus dem Felde geschlagen. Das Feuer, das 1903 das Sans Souci zerstörte, war nur ein Symbol für das Ende, aber natürlich war der Kampf lange vorher schon verloren, und die meisten Leute stimmten überein, daß man den Brand im Sans Souci nicht als bösen Zufall ansehen könne, da er mit größter Wahrscheinlichkeit vom Besitzer selbst gelegt worden sei, um die Versicherungsprämie zu kassieren. Der Mann war in den Flammen umgekommen, offenbar nachdem er versucht hatte, sie wieder anzufachen, denn der Wind hatte sich gedreht, und es war ihm wohl klargeworden, daß nur der ältere Teil des Hotels, der aus Holz errichtet war, brennen würde, der neuere, größere Teil jedoch verschont bliebe, wenn er nicht ein wenig nachhalf. Es ist so schwer, Glück und Pech zu definieren, wenn es um menschliche Belange und Absichten geht. Man könnte sagen, es ist Pech, daß der Wind dann umschlägt, wenn man es nicht will, aber was soll man zu einem Mann sagen, der in Panik ein Benzinfaß zu nahe an die Flammen heranrollt, die er doch selbst entfacht hat? Hat er Pech, wenn ein Funke ihn in die Ewigkeit schickt?

Jedenfalls sah es so aus, daß das Städtchen Bath auch jetzt noch, im Jahre 1984, darauf wartete, daß sich die Dinge zum Besseren wandten. Es gab ein paar ermutigende Zeichen. Das renovierte Sans Souci – besser gesagt, die Überreste davon – sollte im Sommer wieder eröffnet werden, und man hatte auf dem ausgedehnten Grundstück, das zum Hotel gehörte, ein Loch gebohrt und eine Quelle freigelegt. Und das Glück, so weiß der Volksmund, muß ja eines Tages wiederkehren.

Fünf Winter waren vergangen, seit jene erste Ulme die Bewohner der Upper Main heimgesucht, das Dach der alten Mrs. Merriweather gespalten und das Vogelbad von Mrs. Gruber in Trümmer zerschlagen hatte. Am Morgen vor Thanksgiving erwachte Miss Beryl – die sich immer früh erhob – noch früher als sonst mit dem undeutlichen Gefühl, daß etwas nicht stimmte. Als sie auf der Bettkante saß und versuchte, die Ursache dafür zu finden, überfiel sie plötzlich heftiges Nasenbluten. Es kam wie der Blitz und war genausoschnell wieder vorüber. Das meiste Blut fing sie mit einem Papiertaschentuch aus der Box an ihrem Bett auf, und sobald ihre Nase aufgehört hatte zu bluten, spülte sie das Tuch energisch in der Toilette hinunter. War es nun das Nasenbluten selbst oder die Tatsache, daß es so schnell vorüber war – Miss Beryl fühlte sich erfrischt. Und sie fühlte sich noch besser, nachdem sie gebadet und sich angekleidet hatte, und als sie ins vordere Zimmer ging, um dort ihren Tee zu trinken, war sie überrascht und erfreut zu sehen, daß während der Nacht Schnee gefallen war. Keiner hatte ihn vorausgesagt, aber da lag er: dicker, nasser Schnee, der sich auf Geländern und Zweigen türmte. Die ganze Straße war weiß. Im grauen Zwielicht sah die vertraute Umgebung fremd aus, und Miss Beryl schaute auf die Straße und schlürfte ihren Tee, bis ein Auto auftauchte und sich langsam einen kurvenreichen Weg bahnte, wobei es frische Spuren im Schnee hinterließ. Das undeutliche Gefühl der Beklommenheit, das sie schon beim Aufwachen gehabt hatte, kehrte wieder, doch diesmal schwächer. Wer kommt wohl diesen Winter dran? überlegte sie und schob die Vorhänge auseinander, um nach oben in die Wipfel zu blicken.

Obwohl Miss Beryl viel zu realistisch war, um an die Idee der göttlichen Gerechtigkeit zu glauben, gab es auch Zeiten, in denen sie Gottes Willen deutlich zu spüren glaubte. Bis jetzt hatte sie Glück gehabt. Gott hatte es zugelassen, daß dreimal Äste auf ihre Nachbarn, jedoch nicht auf sie gefallen waren. Aber sie zweifelte doch sehr, daß er sie bei dieser Prüfung der Fallenden Äste ewig verschonen würde; in diesem Winter würde Er vielleicht den entscheidenden Schlag niedersausen lassen.

»Dieses Jahr bin ich dran«, sagte sie laut zu ihrem Mann – Clive senior, der auf dem Fernseher saß und ihr abgeklärt zulächelte. Nun, da er seit zwanzig Jahren tot war, konnte sich Clive sen. rühmen, ein ausgeglichenes Temperament zu besitzen: Es gab nichts, was ihn von seinem strategisch günstigen Aussichtspunkt hinter Glas verscheuchen konnte, und falls er sich Sorgen machte, daß seine Frau diesen Winter dran sein könnte, so zeigte er es nicht. »Hörst du mich, du Stern an meinem Himmelszelt?« bohrte Miss Beryl weiter. Als Clive sen. wiederum keine Reaktion zeigte, starrte Miss Beryl ihn stirnrunzelnd an. »Könnte ja genausogut mit Ed reden«, sagte sie zu ihrem Mann. »Laß dich nicht abhalten«, schien Clive sen., sicher hinter seiner Glasscheibe verborgen, zu erwidern.

»Was meinst du, Ed?« fragte Miss Beryl. »Bin ich dieses Jahr dran?«

Driver Ed, eine afrikanische Zamble-Maske, starrte von seinem Platz an der Wand auf sie herunter. Ed hatte ein mürrisches menschenähnliches Antlitz mit Antilopenhörnern und einem zahnbewehrten Schnabel, was ihm nach Miss Beryls Ansicht einen gedemütigten Ausdruck verlieh; vor zwanzig Jahren hatte sie ihn gekauft. Damals war ihr aufgefallen, daß er genauso aussah wie Clive sen., als dieser herausfand, daß man ihm an der Schule nahelegen werde, künftig den Fahrunterricht zu erteilen. Clive sen. war der Football-Trainer gewesen, und die Jahre vor seiner Pensionierung hatten sich nicht zu seiner Zufriedenheit entwickelt. Als das Team anfing, immer öfter zu verlieren, hatte man gewünscht, daß er fortan Staatsbürgerkunde unterrichten solle, und als das Team immer weiter verlor, war er schließlich dazu verdammt worden, die *driver education* an der High-School zu übernehmen. Schließlich hatte man den Football ganz fallen lassen, weil nach dem Kriege die Schülerzahl gesunken war, das Interesse nachgelassen hatte und man sich beim Erzrivalen Schuyler Springs eine Niederlage nach der anderen einhandelte; doch für Miss Beryls Ehemann bedeutete es, daß man ihm die Basis seines Lebens entrissen hatte. Und dann brachte ihn Driver Ed zu Tode, denn eines Morgens bremste ein Mädchen namens Audrey Peach ohne Warnung und ohne Grund so heftig, daß Clive sen. – der zu diesem Zeitpunkt noch nicht ganz wach war – durch die Windschutzscheibe eines nagelneuen *driver-ed*-Autos geschleudert wurde. Clive sen. schnallte sich nie im Auto an; er kümmerte sich zwar darum, daß seine Schüler und Fahrgäste die Gurte trugen, aber ihm selbst war das Gefühl zuwider, eingesperrt zu sein. Clive sen. hatte die Sache so gesehen: War er erst einmal in einem Kleinwagen eingezwängt, so gab es für ihn ohnehin keinen Weg des Entkommens mehr. Da er ein großer Mann war, brauchte er auch einen großen Wagen, und er hegte den starken Verdacht, daß dieser miese kleine *driver-ed*-Wagen, den der Schulbeirat gekauft hatte, eine persönliche Strafe für ihn sein sollte, weil seine Mannschaft jetzt auch beim Basketball – einer Sportart, die er nicht einmal besonders leiden mochte – dauernd verlor. Sobald er in dem Kleinwagen saß, überfiel ihn Platzangst, und er konnte sich kaum auf den Unterricht konzentrieren. In diesem Fall hatte ihn das niedrige Dach gezwungen, sich nach vorn zu beugen, um zu sehen, wohin die junge Audrey Peach steuerte. Als sie auf die neu eingestellte Bremse trat, kam das kleine Auto mit einem Ruck zum Stehen, doch Clive sen. bewegte sich weiter nach vorn, wobei sein Kopf wie eine Kanonenkugel die Windschutzscheibe durchschnitt, kurz dort verweilte wie der Sünder am Pranger, und dann durch eine weitere Erschütterung des Wagens wieder auf seinen Sitz geschleudert wurde, wo er mit gebrochenem Genick verblieb – ein blutiges Mahnmal für den Sinn des Anschnallens und der einzige Fahrlehrer im Norden des Staates New York, der in Ausübung seiner Pflicht zu Tode gekommen war.

»Siehst du?« sagte Miss Beryl zur Fotografie ihres Mannes. »Ed meint das auch.«

Immerhin, so tröstete sie sich, wäre sie, sollte der göttliche Schlag einmal fallen, in einer besseren finanziellen Lage als die meisten ihrer Nachbarn; sie konnte sich selbst dazu beglückwünschen, daß sie nicht nur gut versichert, sondern auch ziemlich sicher war. Miss Beryl war, wie so viele Hausbesitzerinnen der Upper Main, Witwe – also überhaupt keine ›Miss‹ Beryl. Ihr Mann hatte ihr sowohl seine Veteranenrente als auch seine Berufsrente hinterlassen, die sich, zusammen mit ihrer eigenen Rente und der Sozialunterstützung, auf eine hübsche Summe beliefen, und sie wußte, daß sie viel besser dran war als Mrs. Gruber und die anderen. Das Leben, das nach Miss Beryls wohlabgewogener Meinung zur Grausamkeit tendierte, hatte ihr immerhin die Geldsorgen im Alter erspart, und dafür war sie überaus dankbar.

In anderer Hinsicht war das Leben weniger gut zu ihr gewesen.

Daß sie in North Bath unter dem Namen ›Miss‹ Beryl bekannt war, rührte daher, daß die störrischen, unbelehrbaren Schüler der achten Klasse, die sie vierzig Jahre lang unterrichtet hatte, in ihr nur eine häßliche Frau mit einer schlechten Figur gesehen hatten, die unmöglich einen Mann haben konnte. Sie weigerten sich sogar an die Existenz eines Ehemanns zu glauben, als sie mit dem unwiderlegbaren Beweis konfrontiert wurden. Vom ersten Schultag an nannten sie sie instinktiv Miss Peoples oder Miss Beryl und nahmen es gar nicht wahr, wenn sie verbessert wurden. Clive sen. war der festen Überzeugung, daß es für Kinder ganz normal sei, ihre Lehrerinnen für alte Jungfern zu halten, und es amüsierte ihn so sehr, daß auch er sie oft ›Miss Beryl‹ nannte. Clive sen. war nicht gerade ein Dummkopf gewesen, aber er hatte kein Gespür für das, was Miss Beryl ›Nuancen‹ nannte, und konnte daher nicht verstehen, wie sehr es sie verletzte, wenn er sie gedankenlos so nannte – denn dann kam es ihr so vor, als sehe er sie wie alle anderen auch. Clive sen. war der einzige Mann, der Miss Beryl je als begehrenswerte Frau behandelt hatte, und es schien ihr nahezu unverzeihlich, daß er so gedankenlos gewesen sein sollte und das Geschenk seiner Liebe mit diesem kleinen Wort zurückgenommen hatte – und das immer wieder, und immer mit einem breiten Grinsen.

Doch er *hatte* sie geliebt, das wußte sie ganz genau – und mit diesem Wissen hatte sie ihren Nachbarinnen wieder etwas voraus, deren Männer ihre Witwen allein zurückgelassen hatten, völlig unvorbereitet auf die ein oder zwei Jahrzehnte einer einsamen Existenz, die ihnen noch verblieben waren. Mrs. Gruber zum Beispiel hatte nie außerhalb des Hauses gearbeitet und kaum eine Vorstellung von der Welt da draußen, außer der offensichtlichen Tatsache, daß alles immer teurer wurde. Tatsächlich war Miss Beryl die einzige berufstätige Frau unter den ganzen ängstlichen Witwen der Upper Main. Als ihre Männer noch lebten, hatten sie die Frauen vor den fallenden Ästen des Lebens schützen können, doch nun reichten die Veteranenrenten und die magere Sozialunterstützung kaum zur Deckung der Unkosten, und die meisten Witwen sahen sich gezwungen, ihre Wohnungen im oberen Stockwerk zu vermieten, obwohl die Mieten oft dazu herhalten mußten, hundert

Jahre alte, brüchig gewordene Wasserleitungen zu reparieren und die Schäden zu beheben, die durch Überlastung veralteter Stromkreise und durch fallende Äste entstanden waren. Und um alles noch schlimmer zu machen, schossen nun auch die Steuern raketengleich in die Höhe; dies war die Schuld von Grundstücksspekulanten aus dem Süden des Staates, von denen viele überzeugt schienen, daß Bath und jede andere Kleinstadt im Gebiet zwischen New York City und Montreal in den achtziger und neunziger Jahren beträchtlich an Wert gewinnen würde. Es sah zwar nicht so aus, doch Bath hatte tatsächlich vieles zu bieten; da war nicht nur das alte, großzügig restaurierte Sans Souci, das im nächsten Sommer wiedereröffnen sollte, sondern auch ein riesiges Sumpfgebiet zwischen dem Städtchen und der Interstate, auf dem man einen Freizeitpark mit dem Namen *Zur Letzten Ausflucht* anlegen wollte. Miss Beryls Sohn Clive junior, seit zehn Jahren Aufsichtsratsvorsitzender der Spar- und Darlehenskasse von North Bath, war der Anführer einer Investorengruppe im Ort, die es sich zum Ziel gesetzt hatte, den Park Wirklichkeit werden zu lassen. Clive jr. war ein glühender Anhänger der Auffassung, daß zwar das Land begrenzt sei, die Zukunft jedoch voller unbegrenzter Möglichkeiten stecke. »In zwanzig Jahren«, so pflegte er gern zu bemerken, »wird es so etwas wie eine schlechte Gegend gar nicht mehr geben.«

Miss Beryl wollte darüber nicht streiten, konnte aber den Optimismus ihres Sohnes nicht teilen. Ihrer Meinung nach gab es immer schlechte Gegenden, und sie mußte sich schon sehr irren, wenn Clive jr. das nicht ebenfalls herausfinden würde, sobald er in eine solche investierte. Clive jr. war ein äußerst zynischer Optimist. Er glaubte, daß die Leute nur aus zwei Gründen bankrott gingen: aus Dummheit und falsch verstandener Sparsamkeit. Wenn andere sich dumm verhielten, so war das für Clive jr. eine gute Sache, denn er konnte seinen Profit daraus schlagen. Die Rückschläge der anderen waren Gelegenheiten, kein Grund zur Besorgnis. Er liebte es, Fehlschläge im nachhinein zu analysieren, die Gründe in falscher Sparsamkeit, einem zu engen Horizont und in Pfennigfuchserei zu entdecken. Er war stolz darauf, die Spar- und Darlehenskasse von North Bath vor solch ungesunden Geschäftspraktiken gerettet zu haben; jahrelang war die Bank langsam auf die Zahlungsunfähigkeit zugesteuert – das Ergebnis der Geschäftspolitik seines Vorgängers, eines überaus mißtrauischen und pessimistisch eingestellten Mannes aus Maine, der es haßte, Leuten Geld zu leihen. Daß Menschen zu ihm kamen, um Geld baten und es oft genug auch wirklich brauchten, schien ihm anzudeuten, daß sie es nie zurückzahlen würden; er sah die Not in ihren Augen und konnte sich nicht vorstellen, daß diese Not jemals aufhören würde. Für ihn war das Geld der Bank im Safe sicherer aufbewahrt als in den Taschen der Kunden. Der Mann war buchstäblich *in* der Bank gestorben, an einem Sonntag, in seinem Ledersessel, die Tür zu seinem Privatbüro wie immer verschlossen, als ob er erwartet hätte, daß man ihn selbst am Wochenende, wenn die Pforten der Bank geschlossen waren, um ein Darlehen angehen würde. Schließlich entdeckte man ihn am Montag in einem fortgeschrittenen Stadium der Leichenstarre, einem Zustand, der, wie später bemerkt wurde, dem der Institution, die er geleitet hatte, nicht unähnlich war.

Als Clive jr. die Leitung übernahm, löste sich die Starre. Zuerst ließ er in der Eingangshalle einen neuen Teppich verlegen, weil der alte sich schon eines reichlich fadenscheinigen Zustands erfreute – nur in dem Flur nicht, der zum Büro des Direktors führte, wo es weniger Durchgangsverkehr gegeben hatte. Für die nächsten zehn Jahre setzte er sich das Ziel, das Vermögen der Bank zu verzehnfachen, und gab seine Absicht kund, alle Überschüsse radikal zu investieren und sogar, wenn nötig, Geld zu verleihen. Nach so vielen Jahren der Flaute, behauptete Clive jr. sei es nun an der Zeit, wieder gesunden Optimismus zu zeigen. Und schließlich sei das ganze Land in dieser Stimmung.

In einer Hinsicht jedoch wußte sich Clive jr. mit seinem Vorgänger einig: Beide Männer mißtrauten den Einwohnern von North Bath, die sie für träge hielten. Der Durchschnittsbürger von Bath legte schon als Schüler eine ungewöhnliche Faulheit an den Tag, befand Clive jr. Er verhandelte lieber mit Investoren und Kreditnehmern aus anderen Teilen des Staates, ja sogar mit solchen aus anderen Bundesstaaten, mit Leuten aus Texas etwa, denn er war davon überzeugt, daß sie für die Zukunft von North Bath sorgen könnten, so wie sie Clifton Park und andere, neuerdings prosperierende Vorstädte von Albany gerettet hatten. »Das Geld vom Süden kommt den Weg nach Norden hochgekrochen«, sagte Clive jr. oft zu seiner Mutter, eine Bemerkung, die sie immer dazu veranlaßte, ihn über den Rand ihrer Brille hinweg argwöhnisch zu betrachten. Miss Beryl erschien die Vorstellung von Geld, das die Interstate heraufgekrochen kam, geradezu unheimlich. »Ma«, beharrte er, »hör mir doch zu. Wenn die Zeit kommt, das Haus zu verkaufen, mußt du dein Bündel schnüren.«

Es waren Sätze wie ›wenn die Zeit kommt‹, die Miss Beryl beunruhigten. Aus Clive juniors Mund hatten sie immer einen bedrohlichen Klang. Sie fragte sich, was er vorhaben mochte. Würde sie bestimmen, wann ›die Zeit gekommen war‹, oder würde er es tun? Wenn er zu Besuch war, schaute er das Haus mit den Augen eines Maklers an, fand Vorwände, um in den Keller und auf den Speicher zu gehen – es schien, als wolle er, ›wenn die Zeit kam‹ und er das Haus erbte, sicher sein, daß es dann in einem guten Zustand war. Er hatte etwas dagegen, daß sie die obere Etage an Donald Sullivan vermietet hatte, und kein noch so kurzer Besuch verstrich ohne die jedesmal gleiche Bitte, sie solle Sully doch hinauswerfen, bevor er einmal mit der brennenden Zigarette im Bett einschlief. Und irgend etwas in Clive juniors Tonfall überzeugte Miss Beryl, daß ihr Sohn weniger Angst darum hatte, seine ältliche Mutter in Flammen aufgehen zu sehen, als darum, was dem Haus zustoßen mochte.

Miss Beryl war nicht stolz darauf, daß sie ihrem einzigen Kind gegenüber solch unfreundliche Gedanken hegte, und zuweilen versuchte sie sogar, sich von ihnen freizumachen und sich eine mütterliche Liebe einzureden. Aber das war gar nicht so einfach. Der Clive jr., der auf dem Fernseher seinem Vater gegenübersaß, machte durchaus einen liebenswerten Eindruck, und das Gesicht auf dem Foto war nicht das eines unglücklichen, unsicheren Bankiers in den mittleren Jahren. Mehr noch, es war in mancher Hinsicht immer noch ein Jungengesicht, das voller Möglichkeiten zu stecken schien, und das in einem Alter, in dem sich in die Gesichter der meisten Männer unauslöschliche Spuren ihrer Existenz gegraben haben. Clive jr., zumindest der Clive, der auf dem Fernseher hockte, kam Miss Beryl immer noch seltsam unfertig vor, obwohl er an seinem kommenden Geburtstag sechsundfünfzig wurde. Der wirkliche Clive jr. war jedoch ganz anders. Immer wenn er zu Besuch erschien, Miss Beryl ein trockenes unfreundliches Küßchen auf die Stirn drückte und danach die Wohnzimmerdecke nach Wasserschäden absuchte, schien sein Charakter – wenn man von Charakter sprechen konnte – starr und unbeugsam wie der eines Politikers in der fünften Amtsperiode. Sie ertrug seine Besuche und seine endlosen Ratschläge in Geldangelegenheiten mit einer Engelsgeduld; er erklärte ihr immer, was sie tun müsse, sie hörte höflich zu, ohne ihn zu unterbrechen, und lehnte es hinterher ab, seinen Ratschlägen zu folgen. Ihrer Meinung nach steckte Clive jr. voller verrückter Pläne, und er versuchte jeden so darzulegen, als sei er einem Buschfeuer und nicht seinem eigenen überhitzten Hirn entsprungen. »Ma«, pflegte er zu sagen, wenn sie es wieder nachdrücklich abgelehnt hatte, seinem Rat zu folgen, »es ist ja fast so, als ob du mir nicht traust.«

»Ich trau' dir auch nicht«, sagte Miss Beryl laut zum Foto ihres Sohnes auf dem Fernseher, dann setzte sie, an ihren Mann gerichtet, hinzu: »Es tut mir leid, aber ich kann's nicht ändern. Ich trau' ihm einfach nicht. Ed versteht das, stimmt's nicht, Ed?«

Clive sen. lächelte sie an, ein wenig reuevoll, wie ihr schien. Seit seinem Tod hatte er sich in immer stärkerem Maße auf die Seite des Sohnes gestellt. »Vertrau ihm doch, Beryl«, flüsterte er nun mit gesenkter Stimme, als fürchte er, Driver Ed könne ihn hören. »Er ist dein Sohn. *Er* ist jetzt der Stern an deinem Himmelszelt.«

»Ich arbeite daran«, versicherte Miss Beryl ihrem Mann, und so war es auch. Sie hatte Clive jr. zweimal während der letzten fünf Jahre Geld geliehen und ihn nicht einmal gefragt, was er damit zu tun gedachte. Beim ersten Mal waren es fünftausend Dollar. Beim zweiten Mal zehntausend. Beträge, die sie nicht gerade gern verloren hätte, die sie sich aber – um die Wahrheit zu sagen – als Verlust leisten konnte. Doch beide Male hatte Clive jr. das Geld in der vereinbarten Frist zurückgezahlt, und Miss Beryl, die einen Grund gesucht hatte, ihrem Sohn mißtrauen zu dürfen, merkte, daß sie ein wenig enttäuscht war, als das Geld sich wieder in ihrem Besitz befand. Ja, sie konnte sich nicht einmal eines besonders beschämenden Verdachts erwehren – daß Clive jr. das Geld überhaupt nicht gebraucht hatte, daß er es nur von ihr geliehen hatte, um zu beweisen, wie vertrauenswürdig er war. Sie begann sogar zu ahnen, daß er nicht hinter einem Teil dessen her war, was ihm ohnehin bald gehören würde, sondern daß er die Herrschaft über das Ganze anstrebte. Doch worauf sollte das hinauslaufen? Miss Beryl mußte zugeben, daß die Logik ihrer Verdächtigungen fehlerhaft war; schließlich würde das ganze Geld, das Haus auf der Upper Main mit seinen beträchtlichen inneren Werten – alles würde Clive jr. gehören, wenn einmal ›die Zeit kam‹.

Eins der Dinge, die ihn zur Verzweiflung trieben – so vermutete Miss Beryl – war, daß er nicht wußte, wieviel ›alles‹ zusammen wert sein würde. Da war einmal natürlich das Haus und dann die zehntausend Dollar, die seine Mutter besitzen mußte, weil sie ihm ja das Geld geliehen hatte. Aber was war noch da? Über den Stand ihrer finanziellen Angelegenheiten bewahrte Miss Beryl Stillschweigen; sie ließ sich jedes Jahr von einem Steuerberater in Schuyler Springs die Steuererklärung machen und hatte ihn angewiesen, keine Informationen an Clive jr. weiterzugeben. Als Rechtsbeistand hatte sie sich den im Ort ansässigen Anwalt Abraham Wirfly genommen, und ihr Sohn wurde nicht müde, ihn ihr gegenüber als unfähigen Trinker hinzustellen. Miss Beryl war sich Mr. Wirflys Unzulänglichkeiten durchaus bewußt, aber sie behauptete steif und fest, er sei im Grunde nicht unfähig, sondern nur nicht so karrierebesessen wie andere, ein unter Anwälten äußerst seltener Charakterzug. Noch wichtiger jedoch war, daß sie den Mann für einen loyalen Menschen hielt, und als er ihr versprach, nichts über ihre Geld- und Rechtsangelegenheiten an Clive jr. weiterzugeben, glaubte sie ihm. Und obwohl er nie etwas darüber verlauten ließ, schien es so, als habe Abraham Wirfly seine eigenen Vorbehalte gegenüber Clive jr., und das machte ihn in Miss Beryls Augen nur um so glaubwürdiger. Clive Juniors wachsender Unmut schien ihr ausgezeichnetes Urteilsvermögen nur zu bestätigen. »Ma«, bat er in mitleiderregendem Ton, während er immer wieder die ganze Breite ihres Wohnzimmers durchmaß, »wie soll ich dir helfen, dein Vermögen zu schützen, wenn du mich nicht läßt? Was soll denn nur werden, wenn du krank wirst? Willst du etwa, daß dir das Krankenhaus alles nimmt? Hast du das vor? Du kriegst einen Schlaganfall und läßt das Krankenhaus tausend Dollar pro Tag einkassieren, bis alles weg ist und du am Bettelstab gehst?«

Die Sorge ihres Sohnes kam mit einer unwiderstehlichen Logik daher – dennoch konnte Miss Beryl sich des Gefühls nicht erwehren, daß Clive jr. insgeheim etwas anderes im Schilde führte. Sie wußte nicht mehr über sein Vermögen als er über das ihre, aber sie nahm an, daß er auf dem besten Wege war, ein wohlhabender Mann zu werden. Sie wußte auch, daß er trotz seines Maklerblicks kein Interesse an dem Haus hatte – wenn er es erbte, würde er es schon am nächsten Tage verkaufen. Vor kurzem hatte er ein üppig ausgestattetes Stadthaus im neuen Schuyler Country Club zwischen North Bath und Schuyler Springs erstanden. Das Haus auf der Upper Main mochte hundertfünfzigtausend Dollar einbringen, vielleicht mehr, und darüber konnte wohl kaum einer die Nase rümpfen, auch nicht Clive jr., selbst wenn er das Geld nicht ›brauchte‹. Dennoch konnte sie nicht unbesehen glauben, daß dies die Absichten ihres Sohnes waren; die Art, wie er seine Blicke unruhig in jedem Raum durch die Ecken schweifen ließ, als suche er nach Spuren von Geistern, überzeugte Miss Beryl davon, daß er etwas sah, was sie nicht sehen konnte, und bevor sie nicht herausgefunden hatte, was es war, würde sie ihm nicht über den Weg trauen.

Vor Miss Beryls Vorderfenster fiel ein dicker Klumpen Schnee von einem unsichtbaren Ast lautlos zur Erde. Es war schon viel Schnee gefallen, aber er würde sich nicht halten. Auch wenn es zwischenzeitlich so wirkte – dies war noch nicht der richtige Winter. Dennoch ging Miss Beryl in den rückwärtigen Korridor, zog die Schneeschaufel unter den Stufen hervor, wo sie die Schaufel im April verstaut hatte, und lehnte sie gegen die Tür, so daß nicht einmal Sully sie beim Hinausgehen übersehen konnte. Als sie wieder im Haus war, hörte sie ein fernes Summen, das anzeigte, daß der Wecker ihres Mieters angefangen hatte zu läuten. Seit er sich am Knie verletzt hatte, schlief Sully noch weniger als Miss Beryl, die auch nur fünf Stunden Schlaf in der Nacht brauchte, abgesehen von drei oder vier kurzen Nickerchen, die sie während des Tages hielt – und hartnäckig abstritt. Sully wachte nachts öfters auf. Miss Beryl hörte dann, wie er durch sein Schlafzimmer trottete –

das über ihrem lag – in Richtung Toilette, wo er geduldig darauf wartete, sein Wasser lassen zu können. Alte Häuser können aufgrund ihrer Hellhörigkeit viele Geheimnisse verraten, und Miss Beryl wußte zum Beispiel, daß Sully seit kurzem die Angewohnheit hatte, sich zu setzen – das Klosett knirschte unter ihm –, während er wartete. Da es manchmal sehr lange dauerte, bis er ins Bett zurückkehrte, konnte man annehmen, daß er dort eingeschlafen war; oder aber er hatte Schwierigkeiten mit der Prostata. Miss Beryl nahm sich vor, Sully mal ein Verschen aus ihrer Kindheit zu erzählen.

Die alte Frau Jones, die hatte Zucker
Das Pinkeln ging nicht mehr.
Sie schluckte zwei Flaschen
Lydia Pinkham's
Und floß in 'ner Leitung zum Meer.

Miss Beryl fragte sich, ob Sully das witzig finden würde. Das hing vermutlich davon ab, ob er wußte, was mit Lydia Pinkham's gemeint war. Eins der großen Probleme eines achtzigjährigen Menschen ist, daß man inzwischen einen wahren Berg an Anspielungen angehäuft hat, die andere Leute oft nicht verstehen können, und die machen einem dann klar, daß es schließlich nicht *ihre* Schuld war. Irgendwann um die Zeit herum, als Amerika besiedelt wurde, war die Weisheit alter Leute in Verruf geraten, vermutete Miss Beryl. Irgendwie waren die Alten, früher hochverehrte Träger einer Kultur und ihrer Werte, zu staubigen Museen voller obskurer und wertloser Weisheiten verkommen. Egal. Sie würde Sully den Vers trotzdem aufsagen. Er konnte in seinem Leben ein wenig Poesie gebrauchen.

Oben summte der Wecker immer lauter. Sully behauptete von sich, daß seine einzige Tiefschlafphase ungefähr in die Stunde fiel, bevor sein Wecker anschlug. Vor kurzem hatte er einen neuen Wecker gekauft, weil er den alten immer überhörte. Den neuen jedoch auch. Als Miss Beryl zum ersten Mal dieses seltsame kristallene Summen hörte, hatte sie irrigerweise angenommen, ihr eigenes Ende sei nun gekommen. Irgendwo hatte sie einmal gelesen, das menschliche Gehirn sei kaum mehr als ein Labyrinth elektrischer Impulse, die pflichtbewußt ihre Ladungen abschossen, und das Summen mußte daher – so nahm sie an – auf eine Art Störung hindeuten. Auch die Tatsache, daß das Summen jeden Morgen um die gleiche Zeit einsetzte, brachte sie nicht sofort darauf – wie man eigentlich hätte annehmen sollen –, daß es außerhalb von ihr geschah. Sie nahm an, daß nun die Zeit gekommen war, auf die Clive jr. immer angespielt hatte. Es war das plötzliche Verstummen des Summers, gefolgt von dem Aufstampfen Sullys schwerer Arbeitsschuhe über ihrem Kopf, das Miss Beryl endlich auf die richtige Fährte brachte. Sie war dafür sehr dankbar, denn nun brauchte sie ihren Kopf nicht mehr ständig hin und her zu schütteln, um den ›Kurzschluß‹ im Hirn zu finden, was nur dazu geführt hatte, daß sie Kopfschmerzen bekam.

Vielleicht lag es an ihrer ursprünglichen Fehldiagnose – das Summen von Sullys Wecker war jedenfalls immer noch etwas beunruhigend, und so tat sie an diesem Morgen das, was sie sich jetzt morgens sehr häufig erlaubte: Sie stapfte in die Küche und holte einen Besen, begab sich wieder in ihr Schlafzimmer, wo sie ein- oder zweimal kräftig mit dem Stiel gegen die Decke hämmerte und erst aufhörte, als sie ein Grunzen vernahm, einen letzten lauten, verwirrten Schnarcher. Sie bezweifelte, daß Sully ahnte, was ihn da aus dem Schlaf riß.

Vielleicht – so gab Miss Beryl zu – hatte ihr Sohn ja recht, wenn er meinte, sie sollte Sully rausschmeißen. Er war ein nachlässiger Mensch, das konnte sie nicht leugnen. Er war leichtsinnig mit seinen Zigaretten, er ging, ohne es zu wollen, mit Menschen und mit Situationen nachlässig um. Und das machte ihn gefährlich. Und plötzlich, als sie zu ihrem Vorderfenster zurückkehrte und in das Netz der schwarzen Äste über ihr starrte, fiel es Miss Beryl ein, daß Sully der sprichwörtliche Ast sein könnte, der von oben auf sie herniederfiele. Sie wußte, es gehörte mit zum Altwerden, daß man unsicher wurde. Länger als jede ihrer verwitweten Nachbarinnen hatte Miss Beryl die Vorboten der allgemeinen Verunsicherung zurückgeschlagen, indem sie sich allen geistigen Herausforderungen stellte und angemessen reagierte. Bis jetzt hatte sie sich gut auf ihr eigenes Urteil verlassen können, weil sie auch das Urteilsvermögen anderer heftig in Frage stellte. Clive jr. war in dieser Hinsicht sehr hilfreich gewesen, und Miss Beryl hatte sich immer gesagt, daß der Augenblick, in dem seine Ratschläge ihr sinnvoll erscheinen würden, der Anfang vom Ende wäre. Vielleicht war es schon ein Anfang, wenn sie fürchtete, daß Clive jr. mit seinen Warnungen vor Sully recht hatte.

Aber sie würde noch nicht klein beigeben, beschloß sie. In vielen wichtigen Dingen war Sully ein wichtiger Verbündeter – wie zum Beispiel vor einem Monat, als sie gestürzt war und sich das Handgelenk schmerzhaft verstaucht hatte. Da sie befürchtete, es könnte gebrochen sein, brachte sie Sully dazu, sie nach Schuyler Springs ins Krankenhaus zu fahren, wo das Handgelenk geröntgt und verbunden wurde. Das Ganze hatte nicht länger als zwei Stunden gedauert, dann war sie mit einem Rezept für Tylenol-3-Schmerztabletten nach Hause geschickt worden. Sie hatte nur zwei Pillen genommen, weil diese Medikamente sie schläfrig machten, und der Schmerz sie nicht mehr beunruhigte, nachdem sie seine Ursache kannte. Sobald sie herausgefunden hatte, daß nichts gebrochen war, fühlte sie sich schon besser, und am nächsten Tag schenkte sie Sully die übriggebliebenen Tabletten, da er seit seiner Verletzung ein großer Konsument von Schmerzmitteln geworden war.

Sully, das wußte sie, konnte sie vertrauen. Er würde ihr Geheimnis für sich behalten. Sie wünschte nur, sie könnte dasselbe von Mrs. Gruber sagen, die, wie sie argwöhnte, von Clive jr. dazu benutzt wurde, sie auszuspionieren. Natürlich stritt Mrs. Gruber das ab, und Miss Beryl hatte ihr strikt verboten, irgendeine vertrauliche Information an Clive jr. weiterzugeben. Und doch war Miss Beryl sicher, daß Mrs. Gruber eine Klatschbase war; Clive jr. konnte sich bestens bei jemandem einschmeicheln, und eine der Hauptfreuden in Mrs. Grubers Leben war es, Krankheiten und Unfälle anderer Leute durchzuhecheln. Miss Beryl bezweifelte, daß es ihrer Freundin gelingen würde, einem heimtückischen Süßholzraspler wie Clive jr. zu widerstehen.

Sie stand immer noch am vorderen Fenster und spähte durch die Vorhänge die Straße entlang zu Mrs. Grubers Haus. Es war Viertel vor sieben. Die Straße lag immer noch still da, die frische Schneedecke bis auf eine schwarze Reifenspur unberührt. Miss Beryl seufzte und starrte nach oben in das Netz der Äste, die gegen den weißen Morgenhimmel in einem tristen Schwarz erschienen. »Fall doch«, sagte sie, wie immer von der Entschiedenheit ihrer eigenen Stimme entzückt und ermutigt. »Wirst ja sehen, ob's mir was ausmacht.«

»Würd' Ihnen gar nichts ausmachen, wenn ich hinfalle«, sagte eine Stimme hinter ihrem Rücken. »Ich wette, Sie würden sogar drüber lachen.«

Miss Beryl war so in Gedanken versunken gewesen, daß sie nicht gehört hatte, wie die Wohnzimmertür geöffnet wurde und ihr Mieter den Raum betrat. Es schienen kaum ein paar Sekunden vergangen zu sein, seit sie sein morgendliches Schnauben oben im Schlafzimmer gehört hatte – und in dieser kurzen Zeit konnte er doch kaum aufgestanden sein, sich angezogen und all die frühmorgendlichen Verrichtungen hinter sich gebracht haben, die man von einem zivilisierten Menschen erwarten durfte. Aber Männer waren eben seltsame Geschöpfe, und die meisten von ihnen hatten überhaupt keine Kultur, wenn man mal genauer hinschaute. Dieser Mann, der nun auf Strümpfen und mit den Arbeitsschuhen in der Hand vor ihr stand, war zweifellos eben erst aus den Federn gerollt und unverzüglich in seine Kleider geschlüpft. Sie zweifelte daran, daß er einen Schlafanzug trug – vermutlich schlief er wie Clive sen. in seinen Unterhosen und schnappte sich morgens das erste Paar Hosen, das er sah, ob es nun auf dem Stuhl lag oder über das Fußende des Bettes drapiert war. Und wie sie Sully kannte, so schlief er wahrscheinlich in Socken, nur um Zeit zu sparen.

Ihr Mieter war jedoch nicht schlimmer als die meisten Männer. Er hatte die Gewohnheit des Arbeiters, abends zu baden statt morgens, so daß er nach dem Aufwachen nur zwei sehr dringende Bedürfnisse hatte – sich zu erleichtern und nach einer Tasse Kaffee Ausschau zu halten. Für den Kaffee mußte Sully zwei Blocks weiter zu *Hattie's Lunch* laufen, und oft kam er dort an, bevor er richtig wach geworden war. Seine Arbeitsstiefel ließ er immer im Erdgeschoß an der Hintertür stehen – irgendwie schien es ihm besser zu passen, sie in Miss Beryls Wohnung zu stellen, als in seinen eigenen Flur mit hinaufzunehmen. Die Stiefel hinterließen zumeist eine Dreckspur auf den Holzdielen: im Winter Schlammabdrücke, im

Sommer Klumpen aus kleinen Kieselsteinen, die Miss Beryl mit der Kehrschaufel hinauszubefördern pflegte, sobald er das Haus verlassen hatte. Sie hatte festgestellt, daß die meisten Männer kaum bemerkten, was sie hinter sich herzogen, aber Sully war ein ganz besonderer Fall, der besonders viel Unordnung im Schlepptau hatte. Dennoch hätte Miss Beryl keinen Pfennig für einen pingeligen Mann gegeben, und es machte ihr nichts aus, jeden Morgen hinter Sully herzuputzen.

»Gottchen«, rief sie jetzt aus. »Eine alte Frau so zu erschrecken!«

»Ich dachte, Sie reden mit mir, Mrs. Peoples«, erklärte Sully. Er war der einzige ihrer Bekannten, der sie mit ›Missus‹ anredete, und diese nette Geste brachte ihm einen bevorzugten Platz in ihrem Herzen ein. »Dachte, ich schau' nur mal eben vorbei – damit ich seh', daß Sie nicht im Schlaf gestorben sind.«

»Bis jetzt noch nicht«, erwiderte sie.

»Sie reden aber schon mit sich selbst«, betonte er, »also kann es nicht mehr lange dauern.«

»Ich hab' nicht mit mir selbst geredet. Hab' mit Ed gesprochen«, korrigierte Miss Beryl und wies auf die afrikanische Maske an der Wand.

»Oh«, machte Sully und heuchelte Erleichterung. »Und ich dachte schon, Sie wär'n allmählich plemplem.«

Darauf ließ er sich schwer in ihrem Queen-Anne-Stuhl nieder, was Miss Beryl einen Schmerzenslaut entlockte. Es war ein sehr feiner Stuhl, ein Geschenk von Clive sen. aus einem Antiquitätengeschäft in Schuyler Springs. Um die Wahrheit zu sagen – Miss Beryl hatte ihren Gatten dazu überredet, das Teil zu kaufen; Clive sen. fand den Stuhl mit seinen schlanken geschwungenen Armlehnen, den zierlichen Beinen viel zu zerbrechlich. Wenn er jemals auf diesem Stuhl Platz nähme, würde ›das verdammte Ding‹ vermutlich auseinanderbrechen und ihn durchplumpsen lassen. »Ich wollte auch nicht, daß du dich draufsetzt«, hatte Miss Beryl damals erwidert. »Niemals. Ich will überhaupt nicht, daß sich jemand draufsetzt.« Nach dieser Mitteilung hatte Clive sen. die Stirn gerunzelt und den Mund aufgemacht, um die offensichtliche Antwort zu geben – daß es nicht gerade viel Sinn mache, einen Stuhl zu kaufen, auf den sich niemand setzen dürfe –, doch dann sah er den Ausdruck auf dem Gesicht seiner Liebsten und machte den Mund wieder zu. Wie viele begeisterte Sportanhänger war auch Clive sen. ein tiefgläubiger Mann und dazu erzogen worden, die Mysterien des Lebens zu akzeptieren – die Heilige Dreifaltigkeit, zum Beispiel, oder auch die weibliche Logik. Außerdem fiel ihm gerade noch rechtzeitig ein, daß seine Frau ihm eben erst in diesem Winter einen Sessel geschenkt hatte, den sie als den häßlichsten Kordsamt-Ruhesessel der Welt bezeichnet hatte, den er aber unbedingt hatte haben wollen. Seiner Meinung nach war er überhaupt nicht häßlich, und mit seiner soliden Konstruktion, der Schaumstoffpolsterung und dem robusten Bezug auf jeden Fall haltbarer als dieser Haufen dürrer Mahagonistöcke – aber er erriet, daß er hereingelegt worden war, und schrieb den Scheck aus.

Sie hatten beide recht gehabt, dachte Miss Beryl nun. Der Kordsamt-Ruhesessel, der nun wohlverwahrt in einem leeren Schlafzimmer sein Dasein fristete, *war* der häßlichste Stuhl der Welt, und der Queen-Anne-Stuhl *war* zerbrechlich. Sie hatte es wirklich nicht gern, wenn sich einer daraufsetzte, schon gar nicht, wenn es Sully war. Es gab eine ganze Menge elementarer Grundbegriffe, von denen ihr Mieter keine Ahnung zu haben schien, darunter auch der Stolz auf weltliche Besitztümer. Sully selbst besaß nichts, was für ihn einen besonderen Wert aufgewiesen hätte, und es erschien ihm immer unbegreiflich, daß die Menschen Angst um ihr Eigentum hatten. Er hatte in seinem Leben so oft Schiffbruch erlitten, daß er ihn als eine wiederkehrende Konstante ansah. Einmal, vor Jahren, hatte Miss Beryl dieses heikle Thema angeschnitten – sie wollte ihm unter ihren Besitztümern die Stücke zeigen, deren Ruin ihr besonders mißfallen würde, aber es schien ihn entweder zu langweilen oder zu ärgern, also gab sie es wieder auf. Sie konnte ihn natürlich bitten, sich nicht auf diesen bestimmten Stuhl zu setzen, aber das würde ihn nur ärgern. Er würde sich dann eine Weile nicht mehr bei ihr blicken lassen, bis er vergessen hätte, wodurch sie ihn verärgert hatte, und sich dann, ohne nachzudenken, wieder auf dem gleichen Stuhl niederlassen.

Also beschloß Miss Beryl, lieber den Stuhl aufs Spiel zu setzen. Es gefiel ihr, wenn ihr Mieter morgens bei ihr vorbeischaute, ›um zu sehen, ob sie schon tot war‹. Sie fand Sully sympathisch und spürte, daß auch er sie mochte. Männern wie Sully fiel es nicht leicht zu zeigen, wenn sie jemanden mochten, und er hatte ihr natürlich nie etwas in der Art gesagt. In mancher Hinsicht war Sully das genaue Gegenteil von Clive jr., der zwar steif und fest behauptete, er besuche sie, weil er sie liebe und sich um sie sorge, von dem Augenblick an aber, wenn er auf der Vordertreppe erschien, deutliche Anzeichen von Ungeduld zeigte. Er kam immer nur auf einen Sprung vorbei, und es schien ihm zu genügen, seine Mutter wohlauf und lebendig anzutreffen; auch am Telefon reichte es ihm wohl, ihre Stimme zu hören – und deshalb konnte sich Miss Beryl auch nie des Verdachts erwehren, daß es Clive jr. sein müsse, wenn das Telefon läutete und niemand sich meldete: daß ihr Sohn nur nachprüfen wollte, ob seine Mutter immer noch unter den Lebenden weilte.

»Hätten Sie vielleicht Interesse an einem schönen heißen Tee?« fragte Miss Beryl und beobachtete besorgt, wie der Queen-Anne-Stuhl unter Sullys Gewicht ächzte.

»Weder jetzt noch später«, erwiderte Sully. Auf seiner Stirn erschienen Schweißtropfen; sich die Stiefel an- oder auszuziehen, war eine der mühseligsten Aufgaben des Tages. Das gesunde Bein bereitete ihm kaum Probleme, aber das andere war, seit er sich an der Kniescheibe verletzt hatte, bis zum späten Morgen steif und schmerzte. Und so früh am Morgen schaffte er es nur, die Schuhsenkel zu lockern und den Fuß soweit wie möglich in den Stiefel hineinzuzwängen; später würde er dann die Lasche zurechtschieben und die Senkel binden. »Ich werd' natürlich meinen Kaffee brauchen.«

Sie sah, wie er sich mit dem Stiefel abmühte, und sagte: »Ich denke schon, daß ich einen Kaffee kochen *könnte*«.

Er hielt einen Moment inne und grinste sie an. »Nein danke, Beryl.«

»Wie kommt es, daß Sie diese Quadratlatschen tragen?« fragte Miss Beryl verwundert. In der Tat, Sully trug seine Arbeitsmontur, wie vor dem Unfall – abgetragene graue Arbeitshose, ausgeblichenes Jeanshemd über einem dicken Unterhemd, Steppweste ohne Kragen und Schlägermütze. Seit September hatte er sich anders gekleidet, weil er im nahegelegenen Gemeindecollege Kurse besuchte, in denen er lernte, Kühlschränke und Klimaanlagen zu reparieren; die Kurse waren Teil eines Fortbildungsprogramms, das er mitmachen mußte, um sich seine magere Invalidenrente zu sichern.

Sully stand auf – wieder zuckte Miss Beryl zusammen, als er sich auf die Armlehnen des Queen-Anne-Stuhls stützte –, steckte die Zehen in den unverschnürten Schuh und schlurfte quer über die Dielen, bis er den Schuh gegen die Wand drücken und den ganzen Fuß hineinquetschen konnte. »Ist doch wohl mal Zeit, daß ich wieder an die Arbeit gehe, meinen Sie nicht auch?«

»Und wenn sie's rauskriegen?«

Er grinste sie an. »Sie wollen mich doch nicht verpetzen, oder?«

»Sollte ich eigentlich tun«, gab sie zurück. »Vielleicht gibt's ja 'ne Belohnung, wenn man Leute wie Sie verpfeift. Ich könnte das Geld gut gebrauchen.«

Sully blickte sie forschend an und nickte. »War schon gut, daß der Trainer die Kurve gekratzt hat, bevor er mitkriegen konnte, wie gemein Sie auf Ihre alten Tage werden.«

Miss Beryl seufzte. »Ich kann mir nicht vorstellen, daß es was nützt, wenn ich's ihnen sage.«

Sully schüttelte den Kopf. »Wahrscheinlich nicht. Was denn?«

»Daß Sie sich wieder verletzen werden. Und dann bekommen Sie die Schule nicht mehr bezahlt und sind noch schlechter dran.«

Sully zuckte die Achseln. »Da könnten Sie recht haben, Beryl, aber ich werd's einfach mal versuchen. Außerdem tut mein Bein beim Stehen genauso weh wie beim Sitzen – dann kann ich ja auch gleich stehen. Und ich hab' schon so gut wie beschlossen, daß ich nicht vorhabe, für den Rest meines Lebens Klimaanlagen zu reparieren.«

Er stampfte ein paarmal mit dem Stiefel auf, um sicher zu sein, daß sein Fuß ganz drin war, und brachte damit die Nippessachen zum Klirren. »Aber ich schwöre bei Gott – wenn Sie's lernen könnten, mir jeden Morgen diesen Stiefel anzuziehen, dann heirate ich Sie und gewöhne mich an den Tee.«

Als Sully sich erschöpft in den Queen-Anne-Stuhl zurückfallen ließ und seine Zigaretten hervorzog, eilte Miss Beryl in die Küche, wo sie ihren einzigen Aschenbecher verwahrte. Sully war der einzige Mensch, dem sie das Rauchen im Haus gestattete, allerdings nur, weil er sich ein Verbot beim besten Willen doch nicht hätte merken können. Er nahm nicht zur Kenntnis, daß es keine Aschenbecher gab, ja, es kam ihm nicht einmal in den Sinn, einen zu suchen, bevor die Aschenspitze an seiner Zigarette herabzufallen drohte. Und selbst dann behielt Sully die Nerven – er hielt die Zigarette einfach senkrecht, als ob diese Position genug sei, der Drohung der Schwerkraft Einhalt zu gebieten. Wenn die Asche dann doch fiel, war er manchmal flink genug, sie in seinem Schoß aufzufangen, wo er sie dann wieder vergaß, bis er sich erhob.

Als Miss Beryl mit dem Kristallaschenbecher, den sie vor fünf Jahren in London erstanden hatte, zurückkehrte, hatte Sully schon eine imposante Aschenspitze an seiner Zigarette zustande gebracht. »Nun«, sagte er, »haben Sie sich schon entschieden, wohin es dieses Jahr gehen soll?«

Seit zwanzig Jahren pflegte Miss Beryl im Winter auszubrechen, wie sie es nannte; um den ersten Januar herum fuhr sie los und kam irgendwann im März zurück, wenn die strengste Kälte vorüber war. Ihre Wohnung barst vor Souvenirs, die sie von ihren Reisen mitgebracht hatte; die Wände waren mit einem Speer aus Ägypten, einem römischen Brustpanzer, einem Bronzedrachen und Tiki-Fackeln geschmückt, auf den Tischen drängten sich Wegdwood-Geschirr, ein etruskisches Geisterboot und ein Foo-Hund mit zwei Köpfen, und auf dem Boden standen Elefanten aus Korbgeflecht, Tontöpfe und eine hölzerne Seemannstruhe. In den Monaten vor der Reise las Miss Beryl in der Regel Bücher über das jeweilige Reiseziel. Dieses Jahr hatte sie sich mit Afrika befaßt, wo sie einen Gefährten für Driver Ed zu finden hoffte, der in Vermont gekauft worden war und daher vielleicht gar keine echte Zamble-Maske war. Nach Vermont war die weiteste Reise gewesen, die sie je mit Clive sen. unternommen hatte – er hatte es stets vermieden, in Gegenden zu fahren, wo ihn die Leute nicht mehr als Football-Trainer aus North Bath kannten.

»Ich bleib' den Winter über hier«, teilte die achtzigjährige Dame Sully jetzt mit. Sie war selbst überrascht, denn sie hatte diese Entscheidung erst vor wenigen Minuten getroffen, als sie nach oben in die Bäume geblickt hatte.

»Das kann ja nur heißen, daß Sie schon überall gewesen sind«, meinte Sully.

»Der frühe Schnee hat mich überzeugt, daß dies nun unser Winter ist. Gott wird den Schlag niedersausen lassen – einer dieser Äste wird auf uns herniederkrachen.«

»Hört sich nach 'nem guten Grund an, in den Kongo abzuhauen«, schlug Sully vor.

»Den Kongo gibt es nicht mehr.«

»Nicht?«

»Nein. Und außerdem«, erinnerte ihn Miss Beryl, »fand Gott Jonas sogar im Bauche des Wals.«

Sully nickte. »Gott und die Bullen. Deshalb bleib' ich immer hübsch in der Nähe. Damit sie wissen, wo sie mich finden können. Vielleicht sind sie dann nicht so streng.«

Miss Beryl betrachtete ihn stirnrunzelnd. »Sie haben doch nicht schon wieder Ärger mit der Polizei, Donald?« Ihr Mieter landete zuweilen im Gefängnis, meist deshalb, weil er betrunken in der Gegend herumschwankte. In seiner Jugend hatte er im Zustand der Trunkenheit immer Streit angefangen.

Sully grinste sie an. »Davon weiß ich nichts, Mrs. Peoples. Ich versuch' jetzt immer, ganz brav zu sein. Bin eben kein junger Spund mehr.«

»Na ja«, meinte sie, »Sie waren ja auch länger ein böser Bube als die meisten anderen.«

»Weiß ich«, gestand er, zog an der Zigarette und bemerkte zum ersten Mal, wie gefährlich lang die Aschenspitze geworden war. »Gehen Sie denn wenigstens zu Thanksgiving aus?«

Miss Beryl nahm ihm die Zigarette ab, legte sie in den Aschenbecher und stellte den Aschenbecher auf einen Tisch. Man konnte von Sully nicht erwarten, daß er einen Aschenbecher, den man neben ihn auf den Tisch gestellt hatte, als Gebrauchsgegenstand wahrnahm. »Mrs. Gruber und ich gehen in den Northwoods Motor Inn. Dort gibt es ein Büffet. Für zehn Dollar soviel Truthahn und Beilagen, wie man nur essen kann.«

Sully blies den Rauch durch die Nase aus. »Das klingt ja nach 'nem tollen Geschäft für die Northwoods. Sie und Alice könnten ja nicht mal für zehn Dollar Truthahn verdrücken, wenn Sie das ganze Wochenende dafür Zeit hätten.«

Miss Beryl mußte zugeben, daß er recht hatte. »Mrs. Gruber gefällt es dort so gut. Da sind nur alte Schrullen wie wir, und laute Musik wird auch nicht gespielt. Sie haben eine große Salatbar, und Mrs. Gruber möchte immer alles probieren. Sogar Schnecken.«

»Schnecken sind übrigens gut«, sagte Sully unerwartet.

»Wann haben Sie denn jemals eine Schnecke gegessen?«

Sully kratzte sich nachdenklich am stoppeligen Kinn. »Ich hab' doch Frankreich befreit, haben Sie das vergessen? Ich wünschte nur, ich hätte zwischen der Normandie und Berlin nichts Ekelhafteres als Schnecken zu essen bekommen.«

»Also stimmt es, was man so sagt«, sann Miss Beryl. »Der Krieg ist die Hölle. Wenn Sie noch Schlimmeres als Schnecken gegessen haben, sagen Sie's mir bitte nicht.«

»Okay«, sagte Sully freundlich.

»Ich esse bloß ein paar von diesen Tiefkühl-Möhren und spar' mir meinen Appetit für das Dinner. Sonst werde ich noch zu satt, und wenn ich zuviel esse, krieg' ich bloß Blähungen.«

Sully drückte die Zigarette aus. »Na, da kann ich nur sagen, lassen Sie's langsam angehn«, meinte er und mühte sich, auf die Füße zu kommen. »Sie wissen doch, da wohnt einer über Ihnen. Es ist zu kalt, um alle Fenster aufzureißen.«

Miss Beryl folgte ihm auf den Flur. Seine Schuhsenkel schlugen auf den Boden.

»Ich werd' Sie rausschaufeln, sobald ich meinen Kaffee getrunken habe«, sagte er, als er die Schaufel sah, die sie an die Wand gelehnt hatte. »Müssen Sie jetzt sofort irgendwo hin?«

Sie schüttelte den Kopf.

Bis zu seiner Knieverletzung hatten die anderen Witwen auf der Upper Main Street Miss Beryl um ihren Mieter beneidet; viele von ihnen hatten versucht, ihre Wohnungen zu einem geringen Preis an alleinstehende Männer zu vermieten, die den Bürgersteig freischaufelten, den Rasen mähten und Laub harkten. Aber es war nicht leicht, den passenden alleinstehenden Mann zu finden. Die jüngeren vergaßen ihre Pflichten, gaben Partys und brachten junge Mädchen mit nach Hause. Die älteren Männer klagten über ihre Wehwehchen und hatten es immer mit dem Rücken. Alleinstehende kräftige Männer zwischen fünfundvierzig und sechzig waren in Bath so selten anzutreffen, daß man Miss Beryl über zehn Jahre lang um Sully beneidet hatte, und nun, so nahm sie an, lachten sich ein paar der Nachbarinnen heimlich ins Fäustchen, weil Sully humpelte. Bald schon würde er zu nichts mehr nutze sein, und Miss Beryl müßte für die guten Jahre bezahlen, wenn sie jetzt einen Mieter auf dem Hals hatte, der nichts mehr konnte. Es schien Miss Beryl in der Tat so, als sei Sully nach seinem Unfall um einiges schwächer geworden. Miss Beryl hatte schon einige Leute überlebt, bei denen sie nicht damit gerechnet hatte, und Sully hatte, ungeachtet seiner trotzigen Art und seiner Robustheit, seit kurzem ein etwas schattenhaftes Aussehen.

»Vergessen Sie mich nur nicht«, sagte sie zu ihm, wobei ihr einfiel, daß sie später am Morgen noch zum Markt gehen mußte.

»Hab' ich das je getan?«

»Ja«, erwiderte sie, obwohl das wirklich nicht oft vorgekommen war.

»Also, heute wird das nicht passieren«, versicherte er. »Wie kommt's eigentlich, daß Sie nicht mit ›Der Bank‹ zum Essen gehen?«

Miss Beryl mußte lächeln, wie immer, wenn Sully ihren Sohn Clive jr. so nannte, und sie dachte wieder, daß diejenigen, die einfältigen Menschen eine nüchterne Ausdrucksweise zuschrieben, völlig falsch lagen; einige ihrer am wenigsten begabten Achtkläßler hatten die Gabe besessen, sich sehr farbig auszudrücken. Doch eine nüchterne Wahrheit hatten sie nie begreifen können, und das war auch bei Sully der Fall. Er war eines ihrer ersten Schulkinder in North Bath gewesen, und seine IQ-Tests hatten eine beachtliche Begabung offenbart, doch der Junge schien es darauf anzulegen, der lebende Widerspruch zu seinen Anlagen zu sein. Sullys Leben war eine Fallstudie, wie ein Mensch hinter den in ihn gesetzten Erwartungen zurückbleiben kann; die Leute sagten von ihm, er spiele für niemanden den Dummkopf, ein Spruch, der Sully zweifellos gefiel, ohne daß er den zugrundeliegenden Sinn erahnt hätte – daß er mit sechzig von seiner eigenen Frau geschieden war, halbherzig eine Affäre mit der Frau eines anderen weiterführte, seinem Sohn entfremdet und schlimm verletzt war und praktisch nicht mehr arbeiten konnte. All dies verwechselte Sully störrisch mit Freiheit und Unabhängigkeit.

»Ich bin von ›Der Bank‹ eingeladen worden, aber ich ziehe es vor, lieber selbst zu bezahlen«, sagte Miss Beryl, was ein klein wenig gelogen war. Clive jr. hatte letzte Woche angerufen und ihr mitgeteilt, daß er während der Ferien nicht in der Stadt sein würde; er hatte sehr geheimnisvoll über seine geplante Abwesenheit gesprochen, vielleicht in der Hoffnung, Miss Beryls Neugier anzustacheln, obwohl er hätte wissen müssen, daß diese Taktik zum Scheitern verurteilt war. Miss Beryl war wie alle Menschen von Natur aus neugierig, aber sie mochte es gar nicht, wenn man diese Eigenschaft allzu offensichtlich fördern wollte. Allein die Tatsache, daß Clive jr. um ihr Interesse bat, ließ sie daran denken, daß das Gegenteil angebracht war. »Es ist keine Freude, mit einem Geldinstitut essen zu gehen«, fügte sie hinzu.

Sully grinste auf sie herab. »Wir alle müssen die Ketten tragen, die wir geschmiedet haben, altes Mädchen.«

Miss Beryl blinzelte. »Wer hätte das gedacht? Ein Sprichwort aus dem Mund von Donald Sullivan. Ich glaube nicht, daß Sie sich erinnern, wer das gesagt hat.«

»Sie haben das immer gesagt«, erwiderte Sully. »Während der ganzen achten Klasse.«

Das erste, was Sully zu Gesicht bekam, als er auf der Veranda stand, war Rub Squeers, der durch den Schnee die Straße entlangstapfte. Rub maß nur wenig mehr als ein Meter sechzig, war aber schwer gebaut, und im Augenblick schaute er beim Gehen angestrengt auf seine Füße – Sully nahm an, daß er versuchte, ihr Treffen wie einen Zufall aussehen zu lassen. An der Art jedoch, wie der junge Mann seinen Kopf trug – wie einen Medizinball, den er vorsichtig auf den breiten Schultern balancierte –, konnte Sullys erkennen, daß er zu ihm wollte – vermutlich, um sich wieder mal Geld zu leihen. Im Grunde brauchte Sully ihn nur anzusehen, und dann wußte er schon, wieviel Rub wollte (zwanzig Dollar), mit wieviel er sich zufriedengeben würde (zehn) und wie lange es dauern würde, bis sie zu einer Einigung kämen (dreißig Minuten).

»Hallo, Dummkopf«, rief Sully. »Hast du keine Stiefel?«

Rub blickte scheinbar überrascht auf. »Irgendwo«, sagte er und starrte auf seine alten schwarzen Schuhe. »Woher sollte ich denn wissen, daß es am Tag vor Thanksgiving zu schneien anfängt?«

»Du mußt für alles gerüstet sein«, gab Sully zurück. Er stellte einen seiner Arbeitsschuhe auf das Verandageländer und band die Schuhsenkel zu. »Du kommst gerade recht«, fügte er hinzu. »Hilf mir mal bei dem anderen.«

Rub stieg die Treppe hinauf, kniete sich im Schnee nieder und band Sullys linken Schuh zu.

»Schnür mir nicht das Blut ab«, bat Sully. »Mein Knie ist schon doppelt so dick wie sonst.«

Rub löste die Schuhsenkel wieder und begann von neuem. »Du siehst so aus, als wolltest du zur Arbeit, nicht in die Schule«, bemerkte er. »Gehst du wieder arbeiten?«

»Hab' ich vor«, sagte Sully.

»Wirst du mich dann wieder anstellen?«

»Wirst du dann aufhören, mich anzupumpen?«

»Klar«, sagte Rub, obwohl er etwas enttäuscht zu sein schien, daß die Rede so schnell – und so abweisend – auf das Geldborgen gekommen war. Seine Knie wiesen nun große feuchte Flecken auf. »Ich vermiß' es echt, daß wir nicht mehr zusammenarbeiten«, sagte er. »Ich wünscht', wir könnten wieder was Neues anfangen.«

»Ich werd' sehen, ob ich was für uns finden kann«, erwiderte Sully.

Rub runzelte die Stirn. »Die alte Lady Peoples spioniert uns schon wieder nach«, sagte er, denn er hatte gesehen, wie sich die Vorhänge bewegten. Rub hatte im Grunde ein heiteres Gemüt, aber gegen Miss Beryl hegte er ein Gefühl tiefer Feindseligkeit, seit sie vor ungefähr zwölf Jahren – im Jahr vor ihrer Pensionierung – versucht hatte, ihm in der achten Klasse etwas beizubringen. Immer wenn Rub sie sah, wurden seine Augen schmal und argwöhnisch, seine Stimme ängstlich, als glaubte er, Miss Beryl könne immer noch absolute Macht über ihn ausüben. Sie sah ihn immer so aufmerksam an, was ihm, der kaum auf andere Menschen achtete und Unaufmerksamkeit als normales menschliches Verhalten ansah, ganz und gar nicht gefiel. Damals in der achten Klasse pflegte Miss Beryl mit ihrem Lineal während der Englischstunde auf den Rand des Pultes zu schlagen – immer nach der Mittagspause, wenn er gerade eindösen wollte. »Achtung!« hatte sie dann gebellt. Manchmal sah sie Rub gerade in die Augen und fügte hinzu: »Du könntest auch mal etwas lernen.« Für Rub war Aufmerksamkeit immer noch hassenswert, erschöpfend und widernatürlich. Und da er in North Bath niemanden kannte, der so aufmerksam war wie Miss Beryl, gab es auch niemanden, den er weniger mochte als sie.

Sully konnte nicht umhin zu grinsen. »Laß uns einen Kaffee trinken gehen, bevor sie rauskommt und mich vor schlechten Freunden warnt.«

Als sie die Straße überquerten, auf der der Schnee schon zu Matsch wurde, und auf *Hattie's Lunch* zustrebten, wurde Sully von einem unerwarteten Wohlgefühl überrascht, für das er keine vernünftige Erklärung finden konnte. Doch das Gefühl war viel zu stark, um es zu ignorieren, also beschloß er, dankbar zu sein und es zu genießen und sich keine Sorgen darüber zu machen, daß solche plötzlichen Wohlgefühle in seinem Leben oft nur die Vorboten nahender Katastrophen gewesen waren, ja, man konnte sie sogar als Anzeichen für eine bevorstehende Pechsträhne ansehen: Alles, was Sully dann anstellen mochte, mißlang, jedes Mißgeschick zog das nächste nach sich.

Im allgemeinen mußte er pro Jahr eine Pechsträhne durchstehen, und er hatte das Gefühl, daß die diesjährige schon in den Büchern verzeichnet war. Aber waren ihm dieses Jahr gleich zwei zugeteilt worden? Vielleicht war es ja auch der Beginn der absoluten Pechsträhne, daß er unbedingt mit einem verletzten Knie wieder zur Arbeit gehen mußte. Er wußte schon, daß er heute unter anderem damit zu rechnen hatte, von jedem zu hören, wie blöd er war, daß er doch besser bei der Schule bleiben, seine Teilrente kassieren und sein Knie ausheilen lassen solle; und da es nie ganz ausheilen würde, möge er doch Wirf, seinen Anwalt, für ihn die volle Rente erstreiten lassen. Was für einen Sinn sollte es denn haben, wenn er mit einem kaputten Knie und Gelenkentzündung wieder zur Arbeit ging?

Irgendeinen Sinn hatte es bestimmt, schloß Sully, denn sonst würde er sich nicht so wohl dabei fühlen. Natürlich konnte es ihm später, *nach* dem Tagewerk, anders gehen. Aber als er jetzt die Upper Main Street in Richtung *Hattie's* entlanghumpelte und dabei mit halbem Ohr Rubs Klagen über Miss Beryl lauschte, schien ihm die Rückkehr zur Arbeit sinnvoller als die Fahrt zum Gemeindecollege im Norden von Schuyler Springs, wo er während der vergangenen Monate mit lauter Teenagern die Schulbank gedrückt hatte und sich ziemlich dämlich vorgekommen war. Der einzige Kurs, der ihm gefiel, war Philosophie, ein Fach, für das er sich hatte einschreiben müssen, weil ein anderer Kurs, den er eigentlich belegen mußte, überfüllt war. Die Ironie dabei war, daß er sich in diesem Fach am dämlichsten vorkam. Der Lehrer war ein junger Mann mit schmächtiger Figur und einem mächtigen Kopf, der trotz seines wilden schwarzen Haarschopfes große Ähnlichkeit mit Rub hatte. Dieser junge Lehrer schien davon besessen, alles und jedes widerlegen zu müssen. Er begann mit einfachen Dingen wie Stühlen und Bäumen, die im Wald umkippten, ging dann über zu komplexen Gedankenfiguren wie der Kausalverkettung und war vor kurzem beim freien Willen angekommen. Sully hatte es einen Riesenspaß gemacht zu sehen, wie alles verschwand – außer den schlechten Noten von ihm und seinen Klassenkameraden. Wenn die Rückkehr zur Arbeit sich gut anließ, wäre Philosophie das einzige Fach, das er vermissen würde. Im Grunde fand er es jetzt schon schade, denn bis zum Ende des Schuljahrs fehlten nur noch drei Wochen, und ein paar Dinge wie Gott und die Liebe waren noch nicht widerlegt worden. Er war sich nicht sicher, wie der junge Lehrer es schaffen wollte, auch diese Dinge verschwinden zu lassen, aber Sully glaubte ganz fest daran, daß er schon einen Weg finden würde.

Was noch schneller verschwand als die Bäume in der Philosophiestunde, war Sullys Erspartes – wenig genug –, und überdies wollte er wissen, ob er überhaupt noch arbeitsfähig war. Daß er kaum in seine Schuhe kam, war ein schlechtes Vorzeichen. Aber seit einiger Zeit schmerzte das Knie mehr, wenn er im Klassenzimmer saß, als wenn er aufstand und herumwanderte. Die Pulte waren am Boden festgeschraubt und standen viel zu eng beieinander, und er konnte einfach nicht bequem sitzen. Wenn er das Bein im Gang ausstreckte, konnte jemand aus Versehen dagegentreten. Wenn er es unter sich klemmte, pochte es unbarmherzig im Takt zum monotonen Singsang der Lehrer.

Scheiß drauf! Es war besser, wenn er wieder arbeiten ging und seinen kleinen Gewinn dabei machte, wie er es sein ganzes Leben lang gehalten hatte. Wenn er vorsichtig war, mochte es gutgehen, zumindest für eine Weile. Gerade jetzt schien ihm eine kleine Weile ausreichend zu sein – es war genug, über die Main Street seines Lebens auf Hatties warmes Café zuzuschlendern; dort würden Menschen sein, die er kannte und mit denen er reden konnte.

»Ich könnt's nicht ertragen, wenn die alte Lady Peoples hinter mir herspioniert«, sagte Rub, der immer noch wütend war. »Da kann man ja noch nicht mal 'nen netten Hintern vernaschen.«

Sully schüttelte in ungläubigem Staunen den Kopf: Rub würde selbst im Bordell kein Mädchen abkriegen, nicht einmal, wenn er einen Tausenddollar-Schein als Gummi trüge. Rub hatte Sully einmal gestanden, daß sogar seine Frau Bootsie ihm keine ehelichen Freuden mehr gewährte. »Na ja, Rub«, hatte Sully erwidert. »Mir gelingt's auch nicht mehr so oft, eine Herzdame abzuschleppen. Ich wünschte auch, Beryl Peoples wär' der Grund für diesen Rückgang.«

Rub schien dies zu akzeptieren und beruhigte sich ein wenig. »Wenigstens hast du ja Ruth«, sagte er, ohne nachzudenken.

Sully erwog, was er darauf sagen sollte. Ruth gehörte auch zu den Menschen, denen er heute einiges würde erklären müssen. Wenn er Glück hatte, würde er heute vielleicht sämtliche Leute treffen, die ihm vorhielten, was für ein Dummkopf er war, und damit wäre es ausgestanden. »Ruth ist mit einem anderen Mann verheiratet. Der hat Ruth, ich nicht.«

Rub verdaute das Gesagte langsam, vielleicht glaubte er es sogar – was ihn und Ruths Ehemann dann zu den einzigen Menschen in Bath machen würde, die es glaubten. »Aber das sagen doch alle –«

»Ist mir egal, was die Leute sagen«, unterbrach ihn Sully. »Ich weiß nur das, was ich dir sage.«

»Sogar Bootsie sagt –« setzte Rub an, hielt aber sofort wieder den Mund, denn er fühlte, daß er sich gleich eine Ohrfeige einhandeln würde. »Ich wünschte nur, du könntest 'nen netten kleinen Hintern erwischen, ohne daß dir die alte Lady Peoples nachschnüffelt«, beharrte er.

»Gut. Ich hab' mir schon gedacht, daß es dir bloß darum ging«, sagte Sully. »Ruth wäre aber ganz schön wütend, wenn sie zu hören kriegte, daß du sie 'nen netten Hintern nennst.«

Daß Ruth es erfahren könnte, versetzte Rub in Angst und Schrecken, denn er fürchtete die Frauen im allgemeinen und Ruth ganz besonders. Seine Frau Bootsie war ein Drachen, aber Ruth fand er noch furchterregender, und er bewunderte Sullys Mut, sich mit einer solchen Frau einzulassen, die ein scharfes Mundwerk besaß und damit jedem zu Leibe rücken konnte. »Hab' sie nie so genannt«, sagte er rasch.

»Ach ja«, entgegnete Sully. »Ich dachte, ich hätt' es gerade gehört.«

Rub runzelte die Stirn, dachte nach, wann er das wohl gesagt haben könnte, gab es schließlich auf. »Ich hab's nie so gemeint«, sagte er kleinlaut und hoffte, daß diese Erklärung Sully zufriedenstellte. Bei dem verfing das manchmal – bei der alten Lady Peoples hatte es nie geklappt.

Hattie's Lunch, eines der ältesten Etablissements von North Bath, wurde jetzt von Hatties Tochter Cassandra geführt, die fand, das Geschäft entwickelte sich nach dem Gesetz der fallenden Profitrate. Sie plante, es zu verkaufen und an die Westküste zu ziehen, sobald ihre Mutter gestorben war, was irgendwann einmal zwingend geschehen mußte, obwohl die alte Frau, die sich ihren Neunzigern näherte, die Absicht hatte, ewig zu leben. Cass hatte geglaubt, der Schlaganfall ihrer Mutter sei der Anfang vom Ende, aber das war nun fast fünf Jahre her, und die alte Frau hatte sich wieder erholt. »Wie durch ein Wunder«, hatte der Arzt gesagt; Cass selbst wäre nie auf den Gedanken gekommen, es so zu nennen. Die Ärzte konnten es nicht fassen, daß eine Frau in Hatties Alter so schnell wieder gesund wurde, und sie waren voller Bewunderung für ihren zähen Willen und ihre Beharrlichkeit, sich nicht unterkriegen zu lassen. Ein Zeugnis für den Mut des Menschen nannten sie es.

Cass nannte es Starrköpfigkeit. Sie liebte ihre Mutter, war aber nicht so überschwenglich wie die Ärzte, was die Langlebigkeit der alten Dame anging. »Im Grunde ist sie dran gewöhnt, daß alles nach ihrer Pfeife tanzt«, teilte sie den Ärzten mit. Und außer ihrem alten Freund Sully, dem sie alles sagen konnte, weil sie wußte, daß er es schon vergessen hatte, bevor er aus der Tür war, erzählte Cass niemandem von ihrem geheimen Groll, denn sie wußte, daß niemand ihn verstehen oder gar tolerieren würde. Hattie war in Bath so etwas wie eine Institution, und überdies wurden alte Leute von jedem verklärt, sah man in ihnen doch die verlorenen Eltern und Großeltern, die ihren Kindern meistens ein üppiges Maß an Schuldgefühlen hinterlassen hatten sowie ein äußerst selektives Erinnerungsvermögen. Die meisten Väter und Mütter taten ihren Kindern den großen Gefallen und starben, bevor sie sich selbst beschmutzten – bevor die Kinder anfingen, sie mit uringetränkten Unterhosen und anderen grimmigen Zeichen des Alters und der Krankheit gleichzusetzen. Cass wußte, daß sie kein Verständnis erwarten konnte, und sie wußte, wie sehr es die Leute brauchten, alte Menschen als unschuldige Geschöpfe anzusehen, auch wenn es genug Beweise für das Gegenteil gab. An manchen Tagen, heute zum Beispiel, hätte sie gern jedem im Lokal ein paar Dinge über sich und ihre Mutter erzählt – besonders über sich selbst. Daß sie jedesmal, wenn sie Hattie die Strümpfe wechselte, das Gefühl habe, ihr Leben zerrinne in nichts, und daß es ihr, wenn die alte Frau eine unmögliche Forderung nach der anderen stellte, in den Händen jucke, ihrer Mutter eine zu scheuern, um sie wieder in die Wirklichkeit zurückzuholen. Oder Cass hätte gestehen können, welche Angst sie davor hatte, der Tod ihrer Mutter könnte mit dem Beginn ihrer eigenen Altersschwäche zusammenfallen, denn anders als die alte Frau besaß sie nicht den heftigen Willen, um jeden Preis am Leben zu bleiben. Sie war sogar von einer trotzigen Freude erfüllt, selbst keine Kinder zu haben – wenn ihre Zeit einmal kam, würde es niemanden geben, für den sie eine unwillkommene Last war. Wer auch immer die Arbeit machte, würde dafür bezahlt werden.

An diesem Morgen war wie immer viel los. Wochentags zwischen halb sieben und halb zehn kam Roof, der schwarze Koch, kaum mit den Spiegeleiern nach, so oft bestellten die Leute *Hattie's Special* – zwei Eier, Toast, Bratkartoffeln und Kaffee für einen Dollar neundundvierzig. Als Sully und Rub hereinkamen, gab es keinen Platz mehr, an dem sie hätten zusammensitzen können, weder an der kurzen Theke mit den sechs Barhockern noch in den zwölf quadratischen resopalverkleideten Nischen; in der hintersten machten sich vier Straßenbauarbeiter breit. Die alte Hattie saß in der kleinen Nische, die halb so groß wie die anderen war und dem Eingang am nächsten lag. Zu Rubs Enttäuschung ließ sich Sully behutsam in der Nische bei der Alten nieder und ließ Rub in der Menge im Durchgang stehen. »Wie geht's, alte Frau?« fragte Sully. Hatties milchige Augen wandten sich dem Sprecher zu. »Paßt immer noch aufs Geschäft auf, wie ich sehe.«

»Paßt immer noch aufs Geschäft auf«, wiederholte Hattie und nickte heftig. »Passe immer noch . . .« Ihre Aufmerksamkeit wurde wie bei allen Gesprächen durch das Klingeln der Kasse abgelenkt, ein Geräusch, das die alte Dame liebte. Sie hatte fast sechzig Jahre lang an der Kasse gestanden und bildete sich immer noch ein, dort zu sein. Bei jedem Klingeln entrang sich ihr ein »Ah!«.

»Da ist 'ne Nische frei«, sagte Rub, als die Straßenbauer aufstanden und mit ihren Bons zur Kasse gingen.

»Na prima«, gab Sully zurück. »Geh, setz dich hin, worauf wartetest du noch?«

Rub haßte es, so abgefertigt zu werden, aber er ging, weil er nicht wollte, daß ein anderer den Platz besetzte. Es war die beste Nische, die letzte in der Reihe, ein Platz, an dem sie niemand stören würde, wenn er Sully um ein Darlehen anbettelte.

»Was hältst du davon, wenn wir mal tanzen gehen?« schlug Sully jetzt der alten Hattie vor. Er sprach mit erhobener Stimme, zum einen, weil Hattie schwerhörig war, zum anderen, weil ihre Unterhaltungen die Stammkunden an der Theke erfreuten, von denen jetzt einige ihre Barhocker herumschwangen.

»Tanzen?« fragte Hattie, dann bellte sie plötzlich: »Tanzen!«

Nun drehten sich alle um und glotzten.

»Warum nicht?« sagte Sully. »Nur du und ich. Erst gehn wir tanzen, dann zu mir.«

Ein verschmitztes Grinsen huschte über das Gesicht der alten

Frau. »Dann gehn wir gleich zu dir. So 'n Quatsch, das mit dem Tanzen.«

»Okay«, sagte Sully und zwinkerte Cass zu, die wie üblich mit ernster Mißbilligung zusah.

»Sag mir nur eins!« rief Hattie. Wenn sie auf Touren kam, erinnerte ihre Stimme Sully immer an die Walrösser im Zoo. »Wer bist du?«

»Was soll das heißen, wer bin ich?« fragte Sully in gespieltem Zorn. »Bist du denn blind?«

»Du hörst dich an wie dieser gottverdammte Sully.«

»Ja, und der bin ich auch«, erwiderte Sully.

»Also, zum Tanzen bin ich zu alt«, sagte Hattie. »Und mit zu dir zu kommen, auch. Du wohnst ja im zweiten Stock.«

»Weiß ich«, gab Sully zurück und rieb sich das Knie. »Ich komm' ja kaum selber die Treppen rauf und runter.«

»Wie alt bist du?« fragte Hattie.

»Sechzig«, erwiderte Sully. »Fühl' mich nur älter.«

»Ich bin neunundachtzig.« Stolz stieß Hattie ein meckerndes Lachen aus.

»Weiß ich doch. Willst du denn niemals zu Petrus auffahren? Den Jüngeren Platz machen?«

»Nein!«

Sully rutschte aus der Nische heraus, das Bein von sich gestreckt, bis er es belasten konnte. »Nimm's nicht tragisch, altes Mädchen«, sagte er und tätschelte ihre fleckige Hand. »Kannst du denn immer noch die Kasse hören?«

»Kannst drauf wetten«, versicherte Hattie.

»Prima«, sagte Sully. »Wenn du eines Morgens aufwachst und sie nicht mehr hörst, dann weißt du, daß du im Schlaf gestorben bist.«

In der Tat war es so, daß das Klingeln der alten Registrierkasse eine beruhigende Wirkung auf Hattie ausübte; zusammen mit dem Klirren der Teller und dem lauten rauhen Lachen der Männer öffnete es die Tür ihrer Erinnerung weit genug, so daß die alte Frau hindurchschlüpfen und einen fröhlichen Morgen in Gesellschaft von Menschen verbringen konnte, die schon seit zwanzig Jahren tot waren. Und wenn ihre Tochter das Lokal hinter dem letzten Gast schloß und Hattie zurück in die kleine Wohnung scheuchte, die sie gemeinsam bewohnten, war die alte Frau völlig erschöpft, weil sie glaubte, daß sie den ganzen Tag gearbeitet hätte.

Am Ende der Theke war ein Hocker frei geworden; Sully ließ sich auf ihm nieder und fing einen düsteren Blick von Cass auf. »Wie willst du's wissen, wenn *du* gestorben bist?« wollte sie wissen.

»Schätze, dann wird alles nicht mehr so verdammt lustig sein«, erwiderte Sully.

»Das sieht aber nicht nach deinen Schulklamotten aus«, bemerkte sie, unvermittelt das Thema wechselnd. »Heute kein Unterricht?«

»Für mich nicht.«

Sie blickte ihn aufmerksam an. »Du gibst also auf.«

»Ich glaub' nicht, daß ich noch einmal zurückgehe, falls du das meinst.«

»Wieviel hast du denn noch – drei Wochen bis zu den Ferien?«

Sully mußte zugeben, daß es stimmte. »Du weißt ja, wie das ist«, sagte er.

Cass schnitt eine Grimasse. »Keine Ahnung. Sag's mir, Sully.«

Sully hatte nicht die Absicht, Cass zu erklären, was mit ihm los war. Einer der wenigen Vorteile, wenn man sechzig und alleinstehend war, bestand eben darin, daß man niemandem genaue Erklärungen schuldete. »Ich weiß nicht, warum du dich darüber so aufregst.«

Cass hielt beide Hände in gespielter Abwehr hoch. »Tu' ich ja gar nicht. Ich hätte glatt die Wette gewonnen. Du bist drei Monate weg, und alle diese Kästen hier sind leer. Also müssen wohl Ruth oder ich gewonnen haben.«

Sully konnte nicht umhin, sie anzugrinsen. »Na, dann hoffe ich, daß du gewonnen hast.«

»Hast du immer noch Krach mit Ruth?«

»Nicht daß ich wüßte. Ich versuche, mich von den verheirateten Frauen ein bißchen fernzuhalten, Cassandra.«

»Manchmal versuchst du's aber nicht sehr, wie ich höre.«

»Ich hab's letztens ganz schön versucht, und das geht keinen was an außer mir.«

Cass nahm es hin, und einen Augenblick später nickte sie zu Rub herüber. »Da kriegt einer gleich Nasenbluten, falls du's noch nicht bemerkt hast.«

Sully grinste. »Da hast du den wahren Grund, warum ich wieder arbeiten gehe. Rub würde zur Hölle fahren, wenn ich ihm nicht 'n gutes Beispiel gebe, wie er leben soll.«

Die ganze Zeit, seit Sully sich auf dem Hocker niederließ, hatte Rub gewunken und versucht, Sully auf sich aufmerksam zu machen. Jetzt winkte Sully zurück und rief: »Hi, Rub.«

Rub runzelte verwirrt die Stirn und konnte sich nicht entscheiden, ob er nun die Nische verlassen sollte oder nicht. Er hatte den deutlichen Eindruck gehabt, daß Sully ihn gebeten hatte, die Nische zu besetzen, weil er sich zu ihm gesellen wollte, sobald er mit der alten Frau fertig war. Leider saß Sully jetzt aber an der Theke und plauderte mit Cass, als ob er Rub und seine Nische völlig vergessen hätte. Und um alles noch schlimmer zu machen, waren nun mehrere Leute hereingekommen und warteten darauf, daß eine Nische frei wurde. Sie blickten immer wieder auf Rub, der da ganz allein in der großen Nische saß. Wenn der Hocker neben Sully frei gewesen wäre, hätte Rub ihn ergattert, aber er war besetzt, so daß er wählen konnte, in einer Nische für sechs Leute zu sitzen oder gar keinen Sitzplatz zu haben. Die tiefen Furchen auf seiner Stirn deuteten an, daß dieses schwierige Rätsel ein Blutgerinnsel in seinem Hirn hervorrufen könnte.

»Diesen Herbst war er noch jämmerlicher als sonst«, mußte Cass zugeben. »Er war schon mal hier, hat nach dir gesucht.«

»Hab' ich mir gedacht.«

»Hat er dich schon gefragt?«

Sully schüttelte den Kopf. »Er wird ja immer wieder unterbrochen. In 'ner Minute fängt er an zu heulen.«

Tatsächlich schien Rub kurz davor, in Tränen auszubrechen, als Sully schließlich nachgab und ihn zu sich winkte. In Windeseile sprang er auf und kam auf sie zugetrottet, wie ein Hund, den man nach einem schweren Kunststück wieder freiläßt.

»Da ist kein Hocker mehr«, sagte er, kaum daß er sie erreicht hatte.

Sully drehte sich mit dem seinen einmal um sich selbst. »Weißt du was? Du hast recht.«

Die Leute, die bei der Tür gewartet hatten, liefen nun auf die Nische zu, die Rub freigemacht hatte. Rub stieß einen tiefen Seufzer aus, als er das bemerkte. »Was war denn an der Nische falsch?«

»Nichts«, sagte Sully. »Gar nichts. Nischen sind eigentlich ganz toll.«

Rub riß die Hände in die Höhe. Auf seinem Gesicht zeigte sich die reine Erschöpfung.

»Denk mal einen Augenblick nach«, erinnerte ihn Sully. »Was hast du eben beim Haus für mich getan?«

Rub dachte nach. »Deinen Schuh zugebunden«, erinnerte er sich plötzlich.

»Und das heißt?« drängte Sully.

Cass stellte eine dampfende Tasse Kaffee vor Sully auf die Theke und fragte Rub, ob er auch eine wollte.

»Unterbrich ihn nicht«, sagte Sully. »Er denkt scharf nach.«

»Hat mir nichts ausgemacht, dir den Schuh zu binden« sagte Rub. »Ich weiß ja, daß dein Knie weh tut. Hab's nicht vergessen.« Das letzte hörte sich so wenig überzeugend an, daß Sully und Cass einen Blick tauschten.

»Willst du 'nen Kaffee?« fragte Sully.

»Okay«, sagte Rub traurig. »Ich kann bloß nicht verstehen, wie du in ihrer Nische sitzen kannst und nicht in der dahinten.« Sein Gesicht war rot angelaufen von der anstrengenden Gedankenarbeit. »Und wieso kannst du hier auf'm Hocker sitzen, aber nicht in 'ner Nische?«

Sully grinste breit. »Ich würde dir gern mal dieses Knie für 'ne Viertelstunde überlassen.«

»Verdammt, ich würd' es nehmen«, sagte Rub eifrig und beschämte Sully mit seiner Ehrlichkeit. »Ich wünscht' nur, ich könnt' auch hier an der Theke sitzen. Wie beide hätten uns da drüben in die Nische setzen können.«

Jetzt grinsten ihn Sully und Cass gemeinsam an, und nach ein paar Sekunden mußte Rub den Blick abwenden. Er war Sully treu ergeben und bedauerte es nur, daß er mit Sully immer wieder in Situationen geriet, in denen es hieß, zwei gegen einen – und der eine war immer Rub. Sully konnte einen ewig so anstarren und dabei grinsen, und wenn er das tat, wurde Rub immer so verlegen, daß er irgendwann nur noch zu Boden starrte. »Geh'n wir wieder arbeiten?« fragte er schließlich, nur um das Schweigen zu brechen.

Sully zuckte die Achseln. »Meinst du, wir sollten?«

Rub nickte begeistert.

»Okay«, meinte Sully. »Mach dir nur nicht zuviel Sorgen.«

Rub runzelte die Stirn. »Worüber?«

»Über mein schlimmes Knie. Das, welches du nie vergißt. Ich dachte, du machst dir vielleicht Sorgen, daß ich mir wieder weh tun könnte.«

Rub wußte überhaupt nicht, wie er darauf antworten sollte. Er hatte die Arbeit mit Sully in diesem Herbst schon sehr vermißt, und er haßte es, mit seinen Vettern Müll zu sammeln. Sie haßten es auch, mit ihm zu arbeiten. Vor kurzem hatte die Gemeinde North Bath die Müllentsorgung in private Hände abgegeben, was den unternehmerischen Wagemut von Rubs Verwandten angestachelt hatte, die schon seit Generationen bei der Stadtreinigung arbeiteten. Im letzten Jahr hatten sie den ältesten und gebrechlichsten der drei städtischen Müllwagen erworben und sich dem Wettbewerb auf dem freien Markt gestellt. Außer dem Fahrer gab es immer zwei Burschen aus der Familie Squeers, die hinten am Lastwagen hingen, während er durch die Straßen von Bath kurvte. Wenn das Fahrzeug zum Stillstand kam, sprangen sie wie Spinnen herab und sammelten den Müll aus den Rinnsteinen ein. Es gab kaum Platz, um auf dem hinteren Teil des Wagens zu stehen, und der gehörte schon den Squeers-Jungen, darum mußte Rub, als er mitfahren durfte, sich so gut es ging an der Seite des Lasters festklammern. Die Kurven waren tückisch, und Rub hatte manchmal den Eindruck, als ob seine Vettern darauf warteten, daß er vom Wagen gerissen wurde, so daß sie ihr ohnehin mageres Einkommen nicht mehr mit einem zusätzlichen Arbeiter teilen mußten. Da er zur Familie gehörte, konnten sie ihm den Job schlecht versagen, wenn er aber in einer scharfen Kurve den Halt verlor, so war das seine eigene Schuld.

»Ich könnte die ganzen schweren Sachen machen«, bot Rub an.

»Das müßtest du vielleicht auch«, sagte Sully.

»Macht mir gar nichts«, meinte Rub. Es stimmte.

»Ich seh' mal, ob ich morgen was für uns finden kann«, sagte Sully.

»Morgen ist Thanksgiving«, erinnerte ihn Rub.
»Dann sei dankbar.«
»Bootsie wird mich erschießen, wenn ich an Thanksgiving arbeiten muß.«
»Sie wird dich sowieso mal erschießen«, räumte Sully ein, »und zwar nicht wegen der Arbeit.«
»Ich würd' gern wissen...«, fing Rub an.
»Wirklich?« sagte Sully. »Was denn?«
Rub mußte wieder auf den Boden starren. »Wenn du mir vielleicht zwanzig Dollar borgen könntest? Wo wir doch wieder zusammenarbeiten.«
Sully trank seinen Kaffee aus und schob die Tasse über die Theke, um noch einmal nachgeschenkt zu bekommen. »Ich mach' mir Sorgen um dich, Rub«, sagte er. »Weißt du das?«
Rub blickte hoffnungsvoll auf.
»Denn wenn du meinst, ich hätte zwanzig Dollar, die ich dir jetzt sofort borgen könnte, dann hast du nicht aufgepaßt.«
Erneut senkte Rub den Blick. Manchmal war Sully genauso niederträchtig wie Miss Beryl, die es auch prächtig verstanden hatte, Rubs Blick zu Boden zu zwingen. Während der ganzen achten Klasse hatte er kaum mehr als ein halbes Dutzend Mal den Mut aufgebracht, vom Boden aufzusehen. Noch heute sah er vor seinem geistigen Auge ständig das geometrische Muster des Klassenzimmers. »Ich hab' aufgepaßt«, sagte er in jenem Tonfall, dessen er sich auch immer Miss Beryl gegenüber befleißigt hatte, wenn sie ihn wegen der Hausaufgaben in die Mangel nahm. »Es ist nur, weil morgen Thanksgiving ist und –«
Sully hielt die Hand hoch. »Nun warte mal einen Augenblick. Bevor wir uns um morgen kümmern, laß uns erst mal über gestern reden. Weißt du noch, was gestern war?«
»Klar«, machte Rub, obwohl es sich nach einer von Sullys Fangfragen anhörte.
»Und wo war ich gestern?«
Rubs Mut sank. Er erinnerte sich. »In Albany.«
»Und warum war ich in Albany?«
»Wegen deiner Rente.«
»Und was haben die mir da gesagt?«

Rub sagte nichts mehr.

»Komm schon, Rub. Das war gestern, und ich hab's dir brühwarm im *Horse* erzählt.«

»Ich weiß, daß sie's abgelehnt haben, Sully. Verdammt, und wie ich es weiß.«

»Und was hast du heute morgen als erstes gemacht?«

»Wieso kannst du nicht einfach nein sagen?« fragte Rub und nahm allen Mut zusammen, um Sully anzusehen. Die Unterhaltung hatte genau das Interesse erregt, dem Rub in der hinteren Nische auszuweichen gehofft hatte. Jeder an der Theke schien sich an seiner Verlegenheit zu weiden. »Ich hab' dir ja schließlich nicht dein Knie kaputt gemacht.«

Sully zog seine Brieftasche heraus und reichte Rub eine Zehndollar-Note. »Das weiß ich doch«, sagte er in sanfterem Ton. »Ich kann wohl nicht aufhören, mir Sorgen um dich zu machen.«

»Bootsie hat doch bloß gesagt, daß ich 'n Truthahn besorgen soll«, erklärte Rub.

Cass kam und füllte ihre Tassen. »Ich glaub' nicht, daß du sie richtig verstanden hast. Sie meinte wahrscheinlich, daß du 'n Truthahn bist.«

Rub stopfte den Zehner in seine Tasche. Alle hier grinsten ihn an und hatten ihren Spaß daran, wie schwer es für ihn war, zehn Dollar aus seinem besten Freund herauszuschlagen. Ein oder zwei Gesichter erkannte er, die in der achten Klasse genauso gegrinst hatten, wenn er der alten Lady Peoples keine Hausaufgaben vorzeigen konnte. »Ihr seid alle gegen mich verbündet«, sagte er, grinste wie ein Schaf, wirkte aber auch erleichtert, daß die Prüfung nun vorüber war und er gehen durfte. »Ist ja weniger Arbeit, das Geld zu verdienen, als es hier in diesem Schuppen zu borgen.«

»Haben die gestern dein Knie überhaupt angeguckt?« wollte Cass wissen. Seit Rub vor fünf Minuten gegangen war, hatte sich das Lokal geleert; Sully war der einzige, der noch an der Theke saß. nun konnte er endlich sein Knie beugen und strecken. Er war nicht sicher, aber es schien, als sei die Schwellung ein wenig zurückgegangen. Morgens war es immer am schlimmsten, wenn er sich noch nicht bewegt hatte. Er konnte es Rub nicht verargen, daß er nicht verstand, wie schwer es ihm fiel, lange zu sitzen oder zu stehen: Wenn er gerade saß, schmerzte das Knie, bis er aufstand – dann hatte er ein paar Augenblicke Ruhe, bis es wieder schmerzte, dann setzte er sich wieder hin, und so ging es weiter, hin und her; bis er locker geworden war und das Knie für den Rest des Tages nur noch leisen Schmerz ausstrahlte. Doch gelegentlich jagte immer noch ein scharfer Stich wie ein Peitschenhieb zu den Füßen hinunter und in die Leiste hinauf.

»Die gucken sich keine Knie an«, erklärte Sully, leerte seine zweite Tasse und winkte ab, als Cass ihm wieder nachschenken wollte. »Die gucken auf die Berichte – oder die Röntgenaufnahmen. Um das Knie kümmert sich keiner.«

Sully hatte in der Tat vorgeschlagen, dem Richter sein Knie zu zeigen – er wollte zur Richterbank gehen, seine Hose herunterlassen und dem Richter den reifen, roten, weichen Ball zeigen, der einmal sein Knie gewesen war. Doch Wirf, sein einbeiniger versoffener Anwalt, hatte ihn davon überzeugt, daß diese Taktik keinen Erfolg haben würde; Richter, so hatte er gesagt, wären da alle gleich und würden einen Kerl, der vor Gericht die Hosen herunterläßt, ziemlich schief ansehen. »Außerdem«, hatte Wirf erklärt, »ist es völlig egal, wie das Knie aussieht. Es gibt Mittel, die selbst meine Prothese wie einen Ballon aufblähen würden. Brauchst nur einmal zu spritzen, und schon sieht's aus, als hättest du 'n Wundbrand am Bein, und einen Tag später ist die Schwellung schon wieder weg. Versicherungsgesellschaften glauben nicht an Schwellungen.«

»Zur Hölle damit«, hatte Sully entgegnet. »Die können mich ja über Nacht dabehalten. Von mir aus die ganze Woche. Wenn die Schwellung zurückgeht, geb' ich einen aus.«

»Keiner will dich über Nacht hier haben, nicht einmal das Gericht«, versicherte Wirf. »Und diese Typen können sich ihre Drinks selber kaufen. Laß mich nur machen. Und wenn wir dran sind, dann halt' bloß die Klappe.«

Also hatte Sully die Klappe gehalten, und nachdem sie den ganzen Morgen lang gewartet hatten, dauerte die Anhörung kaum länger als fünf Minuten. »Ich will von dieser Klage nichts mehr hören«, sagte der Richter zu Wirf. »Ihr Mandat hat eine Teilrente bekommen, und auch die Kosten für seine Umschulung sind gedeckt. Damit ist sein Anspruch erschöpft. Wie oft sollen wir das also noch durchgehen?«

»Unserer Meinung nach zeigt das Knie meines Mandanten Anzeigen einer Verschlechterung –« begann Wirf.

»Wir kennen Ihre Meinung, Mr. Wirfly«, sagte der Richter und hielt die Hand in die Höhe wie ein Verkehrspolizist. »Wie geht's mit der Schule voran, Mr. Sullivan?«

»O prima«, erwiderte Sully. »Wirklich großartig. Die Kurse, die ich eigentlich brauchte, waren voll, also hab' ich Philosophie genommen. Im September hab' ich für hundert Bucks Bücher gekauft und das Geld noch nicht wiederbekommen. Und meine Schmerzmittel wollen sie mir auch nicht bezahlen.«

Der Richter hatte sich alles angehört und es blitzschnell verdaut. »Sie müssen sich im nächsten Schuljahr früher melden«, hatte er geraten. »Geben Sie nicht anderen die Schuld für die herrschenden Zustände. Wenn Sie so weitermachen, enden Sie noch als Anwalt wie unser Mr. Wirfly. Und was dann?«

Tja, was dann? hatte Sully sich gefragt. Und um die Wahrheit zu sagen, hätte er auf keinen Fall mit Wirf tauschen mögen.

»Also, willst du dranbleiben?« fragte Cass.

Sully stand auf, belastete das Knie behutsam und wippte ein wenig. »Wirf will es.«

»Und du?«

Sully dachte darüber nach. »Es wär' schön, wenn ich mal 'ne Nacht durchschlafen könnte.«

Als er sich zum Gehen wandte, hielt ihn Cass verstohlen zurück und bedeutete ihm, ihr die Theke entlang zu folgen. »Warum kommst du nicht hier im Restaurant arbeiten?« fragte sie mit gesenkter Stimme.

»Glaub' nicht«, erwiderte Sully. »Trotzdem danke.«

»Warum nicht?« beharrte sie. »Es ist warm und 'n sicherer Job, und außerdem bist du sowieso die halbe Zeit hier.«

Damit hatte sie recht. Sully hatte zwar ein halbes Dutzend Gründe, warum er nicht bei *Hattie's* arbeiten wollte, aber er war nicht sicher, ob auch nur einer davon bei Cass verfangen würde. Einer der Gründe war: Wenn er dort arbeitete, würde er nicht mehr über die Straße dorthin spazieren können, weil er ja schon da war. Und dann gefiel ihm seine Seite der Theke wesentlich besser als die, auf der Cass stand. »Du brauchst mich doch gar nicht«, gab er zu bedenken.

»Roof überlegt sich, ob er zurück nach North Carolina gehen soll«, sagte sie, ohne den Koch anzusehen, der sich auf einen der Hocker gesetzt hatte, um seine Pause zu genießen, und sie nun stumm anstarrte.

»Das überlegt er schon seit zwanzig Jahren«, erinnerte sie Sully.

»Ich glaube, diesmal ist es ernst.«

»Auch das sagt er schon seit zwanzig Jahren. Die halbe Stadt will ernsthaft abhauen. Die meisten tun es trotzdem nicht.«

»Ich kenne eine, die's tun wird«, sagte Cass, und bei ihr klang es ernst. »Am Tag nach der Beerdigung.«

Beide warfen einen Blick auf die alte Hattie, die sich grinsend nach vorn beugte, als ob sie mit dem Tod höchstpersönlich Armdrücken übte. Offenbar glaubte sie, den Gegner besiegen zu können. »Oder am Tag davor.«

Sully spürte die Verzweiflung in ihrer Stimme und sagte: »Hör zu, wenn du mal ausgehen willst, sag mir Bescheid. Ich spiel' Babysitter.«

Cass grinste zweifelnd. »Und wo soll ich dann hingehen?«

Sully zuckte die Achseln. »Woher soll ich das wissen? Vielleicht ins Kino? Das mußt du dir schon selber ausdenken.«

Cass lächelte und antwortete nicht sogleich. »Ich sollte dich eigentlich darauf festnageln. Und wenn's bloß ist, um zu sehen, was du tust, wenn sie sich in die Hose macht und dich fragt, ob du ihr 'ne frische anziehen kannst.«

Sully versuchte vergeblich, einen Schauder zu unterdrücken.

»Genau«, nickte Cass mit wissender Miene.

»Ich sollte wohl lieber meiner Wirtin die Einfahrt freischaufeln«, sagte er. »Möcht' bloß wissen, warum in dieser Stadt so viele alte Weiber sind.«

»Wir haben morgen geschlossen, denk dran.«

»Wie kommt's?«

»Thanksgiving, Sully.«

»Ach so, natürlich.«

An der Tür bemerkte Sully, daß Hattie sich langsam nach Steuerbord zu neigen begann, also nahm er sie bei den Schultern und richtete sie wieder auf. »Setz dich gerade hin«, mahnte er. »Bei so 'ner schlechten Haltung kriegst du noch 'nen krummen Rücken.«

Hattie nickte einem nicht erkennbaren Gegenüber zu. Bevor er so senil wie diese alte Dame wurde, beschloß Sully, würde er sich erschießen.

Einen Häuserblock von Hattie's entfernt waren zwei Kommunalarbeiter damit beschäftigt, ein Spruchband abzunehmen, das seit September quer über die Main Street gespannt gewesen und während dieser Zeit zu einem vieldiskutierten und verhöhnten Gegenstand geworden war. MIT BATH GEHT'S BERG↑, stand darauf. Manche Einwohner behaupteten, das Spruchband ergebe des Pfeils wegen keinen Sinn. Fehlte da etwa ein Wort? Schwebte das fehlende Wort vielleicht irgendwo über dem Pfeil? Clive Peoples, der die Idee zu diesem Slogan gehabt hatte, war durch diese Kritik schwer beleidigt und erklärte in aller Öffentlichkeit, daß dies wirklich die dämlichste Stadt der Welt sein müsse, wenn ihre Bewohner nicht einmal erkennen konnten, daß der Pfeil ein Symbol für das Wort »auf« sein sollte. Es sei das gleiche Prinzip wie bei dem Slogan ICH ❤ NEW YORK, der, wie niemand abstreiten könne, der smarteste Feldzug in der Geschichte der Werbung sei, durch den man einen Ort, von dem keiner hören wollte, in einen Ort verwandelte, den jeder unbedingt einmal sehen mußte. Und jeder wußte doch, daß der Slogan ›Ich liebe New York‹ gelesen werden mußte und nicht ›Ich herze New York‹. Das Herz war nur ein Symbol, eine Abkürzung.

Auf diese Begründung fielen die Bürger von Bath aber nicht herein; den meisten schien es, als brauche das Wort ›auf‹ wohl kaum eine symbolische Abkürzung, da das hervorstechendste Merkmal des Wortes ja schon in seiner Kürze bestehe. Und schließlich erstreckte sich das Band über die ganze Breite der Straße, und für ein Wort mit drei Buchstaben war immer noch Platz genug darauf. Im Grunde, so gestanden viele Leute, die gegen Clive juniors Spruchband zu Felde zogen, konnten sie diesem ›Ich-herze-New

York‹-Slogan auch nichts abgewinnen. Sie waren und blieben davon überzeugt, daß es im Süden ohnehin besser war, und inzwischen glaubten auch die Kaufleute an der Main Street nicht mehr, daß es mit Bath berg ↑ ginge. Sie warteten auf eine greifbare Verbesserung wie die Wiedereröffnung des Sans Souci oder die Rodungsarbeiten für den Freizeitpark *Zur Letzten Ausflucht*.

Das neue Spruchband (EIN HOCH AUF DIE SÄBELZAHNS! SCHLAGT SCHUYLER SPRINGS!) strahlte noch immer mehr Optimismus aus. Man hatte den Ausdruck ›schlagen‹ gewählt, weil die Stadt durch die Pechsträhne ihrer Basketball-Mannschaft allmählich entmutigt wurde; besonders große Hoffnungen auf den Sieg machte man sich indessen nicht. Das althergebrachte ›besiegen‹ hatte man als zu schwach abgetan – der Streit war vielmehr darum gegangen, ob man nun ›schlagen‹ oder ›auslöschen‹ schreiben sollte. Doch die Verfechter von ›auslöschen‹ mußten aufgeben, weil das Wort zehn Buchstaben hatte, und Bath war schon vor kurzem mit schlechtem Beispiel vorangegangen, weil man ja meinte, das Wort ›auf‹ noch kürzen zu müssen.

Das Spruchband rief auch noch einen anderen Streit hervor – diesmal ging es um Grammatik; vor nahezu dreißig Jahren hatte man aufgrund der schwindenden Bevölkerungszahl den Football fallengelassen, und da es so aussah, als ob Bath bei den anderen Sportarten, die auf der High-School betrieben wurden, nicht mit dem Erzrivalen Schuyler Springs konkurrieren konnten, hatte der Direktor der High-School beschlossen, daß man der Mannschaft (die den Spitznamen Antilopen trug) nun einen wilderen Namen verpassen müsse, damit die jungen Sportler in Zukunft auch mehr Siegeswillen zeigten. Außerdem gab es im Umkreis von fünfzehnhundert Meilen keine einzige Antilope, und das einzige, was diese Tierchen besonders gut beherrschten, war das Davonlaufen. Also wurde ein ›Gebt-der-Mannschaft-einen-Namen‹-Wettbewerb veranstaltet. Die Säbelzahntiger erblickten das Licht der Welt und sämtliche Antilopen-Logos wurden auf Kosten der Stadt überpinselt. Wie vorauszusehen war, hatte es dann aber doch Schwierigkeiten gegeben. Die Fans hatten den Namen sofort in *Tigers* abgekürzt, was der Direktor der High-School furchtbar gewöhnlich fand – er meinte, es würde den Kampfgeist schwächen. Das beste am Säbelzahntiger waren seine Säbelzähne, denn der gewöhnliche Tiger besaß keine, und so bestand der Direktor darauf, daß der Name niemals abgekürzt werden solle. Auf eigene Kosten ließ er die Logos wieder übermalen, obwohl die Säbelzähne am Ende wie Walroßhauer aussahen.

Und als ob all dies noch nicht reichte, hatte sich auch noch ein Leserbriefstreit im *North Bath Weekly Journal* entzündet, ob die Mehrzahl von ›Sabertooth‹ nun ›Sabertooths‹ oder ›Saberteeth‹ heißen sollte. Wenn die Cheerleader den Namen buchstabierten, wie sollte er dann lauten? Der Direktor sagte, ›Saberteeth‹ klinge dumm und elitär und nach Zahnarzt. Der Leiter des englischen Instituts der High-School war damit ganz und gar nicht einverstanden, denn seiner Meinung nach war diese neueste Unverschämtheit ein weiteres Anzeichen dafür, wie die englische Sprache langsam ausgehöhlt wurde, und er drohte mit seinem Rücktritt, wenn man von ihm und seinen Leuten erwartete, daß sie ›tooths‹ als Plural von ›tooth‹ anerkennen sollten. Und warum nicht? hatte der Bibliothekar in der nächsten Ausgabe in seinem Leserbrief geschrieben. War es denn nicht dasselbe Englisch-Institut, das ›-antelopes‹ als Mehrzahl von ›antelope‹ zugelassen hatte? Wochenlang bewegte der Streit die Leserbriefseite. Beryl Peoples, die einen zwanzig Jahre alten Haß gegen den Direktor hegte, weil er nachgegeben und zugelassen hatte, daß der Geschichtsunterricht in der High-School fortan ›Sozialkunde‹ genannt wurde, hatte das letzte Wort, denn sie erinnerte ihre Mitbürger daran, daß der Säbelzahntiger ja ausgestorben war. Das wäre doch mal Stoff zum Nachdenken, schlug sie vor.

Dennoch blieb die Inschrift EIN HOCH AUF DIE SÄBELZAHNS! SCHLAGT SCHUYLER SPRINGS! bestehen. Die Männer, die das Spruchband über die Straße spannen mußten, kümmerten sich kaum um das alte Band, das vom Wind gebleicht und zerfetzt worden war und erst nach dem großen Spiel am Wochenende wieder aufgehängt werden sollte. Am Montag nach Thanksgiving wurden auch immer die Weihnachtslaternen angebracht. Und so kam es, daß das alte Band quer über der Straße im Schneematsch lag, weil die Arbeiter und die gaffenden Zuschauer vollauf damit beschäftigt waren, sich gegenseitig Ratschläge zuzurufen, wie man das neue Band am besten befestigte – als ob jede noch so geringe Schlamperei einen unheilvollen Einfluß auf das bevorstehende Spiel ausgeübt hätte. Als die Arbeiter endlich zufrieden und von der Leiter herabgeklettert waren, hatte einer von ihnen einen Zipfel des alten Bandes aufgehoben und ihn an das Hinterrad eines vorbeifahrenden Wagens gehängt, so daß das Band über die ganze Main Street gezerrt wurde, bis es schließlich in der Ferne verschwand. Sully, mit dem Freischaufeln von Miss Beryls Einfahrt beschäftigt, sah auf und beobachtete, wie das Band an ihm vorüberzog, obwohl er keine Ahnung hatte, was er da sah.

Sully war von der Vorstellung gar nicht begeistert – aber er mußte Carl Roebuck aufsuchen, der ihm Geld schuldete und nicht zahlen wollte. Sully war auch ziemlich sicher, was bei seinem Besuch herauskommen würde; es würde damit enden, daß er wieder für Carl arbeitete, obwohl er im August noch geschworen hatte, es nie mehr zu tun. Und was noch schlimmer war, er hatte es Carl ins Gesicht gesagt, und Carl hatte mal wieder selbstgefällig gegrinst und nur gesagt: »Wir werden ja sehen.«

Carl Roebuck war gerade mal fünfunddreißig, und nach Sullys Meinung stellte er eine Gefahr dar, indem er als Individuum das ganze Glück der Stadt für sich in Anspruch nahm. In diesem Jahr hatte er schon auf zwei Kirchen-Tombolas gewonnen und dreimal das große Los gezogen. Vor fünf Jahren, zu der Zeit, als der Immobilienmarkt in Bath florierte, hatte Carl mit einem Teil seines Erbes ein altes dreistöckiges viktorianisches Haus in Glendale erworben, auf dem nur ein paar alte Steuern und eine kleine Hypothek aus dem Jahre 1940 lagen, denn der ältliche Besitzer war gestorben, ohne ein Testament oder Verwandte hinterlassen zu haben. Und das war noch nicht alles – als erstes war Carl auf den Speicher gestiegen und hatte eine alte Kiste mit Goldstücken im Wert von vierzigtausend Dollar gefunden. Der Teufel scheißt eben immer auf den großen Haufen.

Carls roter Camaro stand vor dem Bürogebäude im Zentrum, in dessen drittem Stock sein Büro lag. Vor dem Auto war der Firmenwagen, ein El Camino, geparkt. Sully stellte seinen Pick-up so hin, daß beide Wagen von Carl zugeparkt waren; bei Carl mußte man damit rechnen, daß er durch die Hintertür abhaute, wenn jemand, den er nicht sehen wollte, durch die Vordertür hereinkam. »Wann wirst du dir endlich 'nen Fahrstuhl zulegen, du Geizhals?« murrte Sully, als er endlich oben angekommen war und die Tür öffnete, an der TIP TOP BAU: C. I. ROEBUCK stand.

Carls neue Sekretärin, die er im Sommer eingestellt hatte, war ein hübsches Mädchen, obwohl die frühere Sekretärin hübscher gewesen war. Als sie Sully sah, verzog sie das Gesicht: Sie hatte ihn drei Monate lang nicht gesehen und nicht im mindesten vermißt. »Er ist krank, er telefoniert gerade, er ist auf den Bahamas. Suchen Sie sich was aus. Er will Sie nicht sehen.«

Sully zog einen Stuhl heran, ließ sich darauf fallen und massierte sein Knie, das vom Treppensteigen schmerzte. Er konnte hören, wie Carl in seinem Büro telefonierte.

»Bahamas klingt gut, Ruby«, sagte er. »Schnappen Sie sich sein Scheckbuch und kommen Sie mit.«

»Gibt bestimmt tausend Kerle, die ich lieber mitnehmen würde als Sie«, teilte ihm Ruby mit.

»Seien Sie nicht so gemein«, entgegnete Sully. »Das hier ist 'ne Kleinstadt. Kann kaum mehr als hundert Kerle geben, die Sie mir vorziehen.«

»Solange es einen einzigen gibt, werden Sie kein Glück haben«, sagte sie mit einem unfreundlichen Lächeln.

Sully zuckte die Achseln. »Okay, aber der eine, hinter dem Sie her sind, ist absolut nicht der Richtige.«

Rubys unfreundliches Lächeln verschwand, und sie blickte noch wütender. »Und wer soll das bitte schön sein?«

Sully merkte, daß er es verpfuscht hatte. Es war allgemein bekannt, daß sie und Carl, der verheiratet war, etwas miteinander hatten. Dem Ausdruck auf Rubys Gesicht nach zu schließen, wußte sie jedoch nicht, daß alle es wußten.

Doch bevor Sully alles noch schlimmer machen konnte, hörten sie, wie Carl Roebuck den Hörer auflegte. »Wenn dies die liebliche Stimme unseres langvermißten und unbeweinten Donald Sullivan sein sollte«, rief er, »so schicken Sie ihn bitte herein. Ich hab' einen Job, den nicht einmal er vermasseln kann.«

Ruby setzte wieder ihr unfreundliches Lächeln auf. »Gehn Sie nur rein«, gurrte sie. »Er wird Sie empfangen.«

Carl Roebuck lehnte sich in seinem Drehstuhl zurück, als Sully die Tür öffnete, und sein Gesicht trug denselben selbstgefälligen Ausdruck wie im August, als Sully ihm geschworen hatte, nie wieder für ihn zu arbeiten. »Wie geht's meinem Lieblingskrüppel?« erkundigte er sich.

Sully ließ sich auf einen der Lederimitat-Sessel fallen. »Bin in einer Scheißstimmung«, verkündete er. »Ich würd' dich am liebsten aus dem Fenster schmeißen, um zu sehen, wo du hinfällst.«

Carl grinste. »Ich würde auf die Füße fallen.«

Sully mußte zugeben, daß er genau das erwartet hatte. »Wir konnten es ja mal ausprobieren, um ganz sicher zu sein.«

Carl drehte sich träge auf seinem Stuhl, grinste. »Sully, Sully, Sully.«

Scheißlaune oder nicht, Sully konnte nicht umhin, ihn auch anzugrinsen. Carl Roebuck war einfach ein Mensch, auf den man nicht lange wütend sein konnte; sein Vater, Kenny Roebuck, hatte es nicht gekonnt, und seine Frau Toby – die allen Grund der Welt gehabt hätte – konnte es offenbar auch nicht. Vielleicht war dies der eigentliche Grund für Carl Roebucks Glück; kein Wunder, daß alle, besonders Frauen, nach seiner Pfeife tanzten. Er schaffte es, sie davon zu überzeugen, daß sie genau das waren, was er brauchte, um seinem Leben einen Sinn zu geben.

»Was soll ich denn jetzt nur mit dir machen?« stellte Carl die rhetorische Frage.

»Gib mir das Geld, das du mir schuldest, und ich lass' dich in Frieden«, schlug Sully vor.

Carl ging darauf nicht ein. »Fährt dein Laster noch?«

»Im Moment ja.«

»Dann hab' ich einen Job für dich.«

»Erst zahlst du mal für den letzten.«

Carl erhob sich. »Das hatten wir doch schon mal. Ich werde dir und diesem Schwachkopf Rub Squeers gar nichts bezahlen. Ihr habt nur Mist gebaut: ein verdammtes Loch gegraben, den ganzen Nachmittag drin rumgestanden, eine Kiste Bier ausgesoffen, das Loch wieder zugekippt und lauter Löcher in meinen

Rasen gemacht. Und das Wasser läuft genauso schlecht wie vorher.«

»Ich hab' dich vorher gewarnt«, erinnerte ihn Sully. Sofort röteten sich Carls Wangen, und das gefiel Sully. »Nun krieg nicht gleich 'nen Schlag«, fügte er hinzu, wohl wissend, daß es nichts gab, was Carl mehr aufregte, als von ihm zur Ruhe ermahnt zu werden. Zusätzlich zu seiner Baufirma hatte Carl von seinem Vater ein schwaches Herz geerbt – er hatte bereits eine Bypass-Operation hinter sich.

»Weißt du, was das schlimme ist bei Typen wie dir?« Carl war inzwischen krebsrot angelaufen, obwohl er seine Stimme nicht angehoben hatte. »Ihr glaubt, ihr habt ein Recht darauf, von denen zu stehlen, die ein paar Bucks mehr haben. Und ich soll dir nachgeben, weil du 'n verdrehtes Knie und keine Zukunftsaussichten hast, als ob das so 'ne Art Habt-Mitleid-mit Sully-Woche wär'. Tja, mein Freund, da liegst du ganz falsch. Wir haben die Du-kannst-mich-mal-Woche.«

Während dieser Rede schritt Carl hinter seinem Schreibtisch auf und ab. Aus irgendeinem Grunde wirkte das geradezu beruhigend auf Sully, der nun seine Füße auf den Schreibtisch legte. »Das war letzte Woche. Und die Woche davor.«

»Dann hau endlich ab. Du hast schäbige Arbeit geleistet, und ich werde dich dafür nicht auch noch bezahlen. Meinst du denn, ich wär' jetzt hier, wenn ich schäbige Arbeit geleistet hätte?«

Sully konnte nicht umhin zu grinsen; vielleicht würde er später am Tag, wenn er sich an diesen Quatsch erinnerte, wütend werden, aber im Augenblick bildete der Anblick Carl Roebucks – ein Denkmal aufgesetzter Selbstgerechtigkeit – eine Art Entschädigung für das, was Carl ihm schuldete. Als Sully schließlich antwortete, war seine Stimme noch leiser als die Carls.

»Nein, Carl«, gab er zu. »Du bist nicht dahin gekommen, wo du jetzt bist, weil du schäbige Arbeit geleistet hättest. Du bist dahin gekommen, weil du gar nichts getan hast. Du bist hier, weil dein Vater sich zu Tode geschuftet hat, bloß damit du jetzt alles für Skireisen und Sportwagen aus dem Fenster werfen kannst.«

Sully ließ diese Information erst mal einsickern, bevor er fortfuhr. »Mir persönlich ist das ja egal, wie viele Reisen und teure

Schlitten du brauchst. Ist mir auch egal, wenn du irgendwann mal bankrott machst, was nur wahrscheinlich ist. Aber vorher zahlst du mir die dreihundert Bucks zurück, die du mir schuldest, weil ich bei fünfunddreißig Grad im Schatten einen meterlangen Graben in deinen Rasen gebuddelt und mir die Eier wundgestoßen hab', weil ich an hundert Jahre alten Rohren rumreißen mußte, die mir alle paar Augenblicke aus den Fingern gesprungen sind. Dafür mußt du mich bezahlen.«

Dann stand er auf und blickte Carl Roebuck über den großen Schreibtisch hinweg an. »Und noch was: Das Bier mußt du auch bezahlen. Hab' ich grad beschlossen. War zwar nur 'n Sixpack, aber wenn du meinst, es war 'ne Kiste, mußt du eben auch 'ne Kiste zahlen. Kannst es ja als spezielle Steuer für Arschlöcher absetzen.«

Das schienen Sully die passenden Worte zum Abschied zu sein, und er schmetterte die Tür zu, als er hinausging. Aber das Glas hatte noch nicht aufgehört zu vibrieren, als ihm noch etwas Besseres einfiel. Er kehrte wieder um. Carl stand immer noch hinter seinem Schreibtisch, also machte Sully da weiter, wo er aufgehört hatte. »Der zweite Grund, warum du zahlen mußt, ist, daß du mich eines Tages mal mit *wirklich* schlechter Laune antreffen könntest. Mein Knie tut manchmal so weh, daß mir auch die Habt-Mitleid-mit-Sully-Woche nichts mehr nützen würde. Das einzige, was mir dann helfen würde, wäre zu sehen, wie dein räudiger Arsch aus dem Fenster fliegt. Und ungefähr zwei Sekunden, bevor du auf dem Pflaster aufschlägst, dämmert's dir dann, daß ich keinen Spaß gemacht habe.«

Statt die Tür wieder zuzuschlagen, stand Sully im Türrahmen, um die Wirkung seines verbalen Anschlags zu beobachten. Doch im gleichen Augenblick wünschte er, er hätte die Tür zugeschlagen. Carl wurde nicht puterrot, sondern nahm allmählich wieder seine normale Farbe an, und gleichzeitig kam auch das Grinsen zurück, das es den Leuten so schwer machte, auf Carl Roebuck wütend zu sein. Statt hinter dem Schreibtisch hervorzustürmen und auf Sully loszugehen – wie Sully halb gehofft hatte –, ging Carl zu seinem Drehstuhl zurück, setzte sich und legte nun seinerseits die Füße, die in bequemen Halbschuhen steckten, auf den Schreibtisch. »Sully«, sagte er schließlich. »Du hast recht. Ich werd' dir zwar nichts zahlen, aber du hast recht – ich *hab'* viel Glück. Das ist mir zwar meistens auch bewußt, aber zwischendurch vergess' ich es manchmal auch. Wie dem auch sei – weil wir Freunde sind, geb' ich dir einen Tip. Wenn du gehst, warte mal fünf Minuten im Flur, bevor du runtergehst. Dann brauchst du nicht mehr die Treppen rauf, wenn's dir einfällt.«

»Wenn mir *was* einfällt?«

Carl Roebuck wies ihn mit erhobenem Zeigefinger zurecht. »Wenn ich dir das sage, ist ja die Überraschung hin, mein Alter.«

Ruby grinste ebenfalls, als Sully hinausging, also hatte sie vermutlich schon erraten, worin die Überraschung bestehen sollte. Draußen auf dem Flur, wo die eisige Luft der Wirklichkeit von der Straße heraufgewirbelt wurde, konnte Sully sich immer noch nicht vorstellen, was die Überraschung sein sollte, aber er blieb stehen, knöpfte den Mantel zu und sah versonnen seinen Atemwölkchen nach. Es war fast genauso gekommen, wie er es sich vorgestellt hatte. Klar, sie hatten über das Geld gestritten, Carl hatte sich geweigert zu zahlen, und er hatte Carl gedroht und war aus dem Büro gestürmt. Später würde Carl ins *Horse* kommen, ihn suchen und ihm irgendeinen Scheißjob zur Versöhnung anbieten. Sully würde sagen, er solle ihn sich sonstwohin stecken, und dann würde Carl etwas anderes, genauso Beschissenes anbieten, das Sully aber annehmen würde, weil er schon seine Befriedigung dadurch gehabt hatte, Carl nicht einmal, sondern zweimal anzumeckern. Und bis zum Ende der Woche würden Rub und er wieder zur Belegschaft der Tip Top Bau gehören.

Aber diesmal hatte Carl ihn überrascht, hatte ihm sofort Arbeit angeboten und ihn nicht hämisch angemacht. Das hatte Sully am meisten gefürchtet, daß Carl selbstgefällig grinsen und sagen würde: Ich hab' ja gewußt, daß du wiederkommst. Aus Erfahrung wußte Sully, daß »ich hab's dir ja gesagt« zu den Ausdrücken gehört, die man mit Vorliebe von sich gibt, und er konnte sich nicht erinnern, je eine Gelegenheit verpaßt zu haben, ihn anzubringen. Er mußte zugeben, daß es ziemlich anständig von Carl war, sich nicht an seinem Unglück zu weiden. Und mit den Treppen hatte er auch recht.

Carl Roebuck drehte sich auf seinem Stuhl und grinste, als Sully erneut hereinkam.

»Ich will aber erst das Geld«, sagte Sully. »Wenn ich schon für einen Mann arbeite, dem man nicht trauen kann.«

»Die Hälfte jetzt, die andere Hälfte, wenn ich die Arbeit abgenommen habe«, beharrte Carl auf ihrem üblichen Arrangement. »Wenn ich einen Mann wie Don Sullivan beschäftige.«

Sully nahm das Geld und zählte es, während Carl ihm erklärte, was zu tun sei. Und während er zuhörte, merkte Sully, daß er erleichtert war, wieder für einen Mann zu arbeiten, auch wenn er diesen Mann die Hälfte der Zeit umbringen wollte. Er war froh, nicht mehr jeden Tag zum Gemeindecollege fahren zu müssen, wo er nicht hingehörte, froh, daß er den Rat des Richters beherzigte, anderen nicht die Schuld für die allgemeine Misere in die Schuhe zu schieben, froh, daß er nicht auf Anwälte und Gerichte vertraute. Er hatte gefürchtet, daß eine so reale Sache wie die Arbeit für Carl sich während der Zeit verflüchtigt haben könnte, die er in seinem Philosophiekurs zugebracht hatte.

»Ich sollte das ja eigentlich einen meiner Festangestellten erledigen lassen«, sagte Carl gerade. »Aber ich weiß ja, daß du das Geld brauchst, und außerdem sind wir Freunde, stimmt's?«

»Du hast verdammtes Glück, daß ich das Geld so nötig brauche, Freund«, gab Sully zurück.

Wieder dieses Grinsen. Wie konnte man diesen Mann nur hassen?

»Soll das heißen, du hast mit der höheren Bildung nichts mehr am Hut?« fragte Carl, als Sully sich zum Gehen wandte.

Sully sagte ja, so sähe es aus.

»Ich frag' mich ja bloß, wer die Wette gewonnen hat«, sagte Carl gedankenverloren.

»Ruby«, bemerkte Sully auf dem Weg nach draußen, ohne die Sekretärin anzusehen.

»Was ist?« fragte das Mädchen abgrundtief gelangweilt.

»Gehn Sie nie mit Ihrem Liebsten aus.«

Eines war klar – verglichen mit den anderen Männern, die Carl Roebuck für seine Jobs anheuerte, war Sully das reinste Genie. Einer der Festangestellten hatte ungefähr zehn Tonnen Betonblöcke auf einen der Tieflader der Firma gestapelt und sie an der falschen Baustelle abgeladen. Sie lagerten als schwankende Pyramide neben einem Ranchhäuschen mit zwei Schlafzimmern, das schon halb fertiggestellt war. Offenbar hatten der unerwartete Schneefall und die Tatsache, daß morgen ein Feiertag war, die Arbeiter dazu gebracht, etwas früher als gewöhnlich nach Hause zu gehen. Wahrscheinlich waren sie heute morgen ohnehin zu Hause geblieben. Carl stellte zwar keine Männer an, die in der Gewerkschaft waren, wenn er es vermeiden konnte, aber sogar die Leute von der Tip Top Firma hatten keine Lust, in Schnee und Eis zu schuften.

Der Schnee war schon fast geschmolzen und verwandelte den Boden in einen Morast aus Schneematsch. Als Sully an der Bank vorbeigefahren war, hatte das Thermometer dort fünf Grad angezeigt. Jetzt schien es kälter zu sein.

Im Grunde wäre es nun das Vernünftigste gewesen, Rub zu holen, der gut zu Fuß war und dem es nichts ausmachte, in irgendwelchen Matschlöchern herumzuwaten. Mit Rubs Geruchssinn, da war Sully sicher, stand es nicht zum besten: Er konnte knietief in der Überschwemmung eines Klärbehälters stehen, als sei dieser eine Wiese voller Gänseblümchen. Das machte ihn zu einem unschätzbaren Mitarbeiter für Sully, der zwar auch nicht übertrieben empfindlich war, aber immer noch zwischen dem Duft von Gänseblümchen und Scheiße unterscheiden konnte. Dumm war nur, daß Rub nach einiger Zeit genauso duftete wie die Substanzen, in denen er umherging. Dennoch wäre es am klügsten, Rub zu holen und ihn in den Schlamm zu schicken, so daß Sully selbst auf der trockenen Ladefläche seines Pick-up bleiben und die Blöcke aufstapeln konnte. Er schätzte, daß sie vier- oder fünfmal fahren mußten, und mit Rubs Hilfe würden sie am frühen Nachmittag fertig sein.

Da dies am vernünftigsten erschien, entschied sich Sully dagegen. Vermutlich rechnete Rub gegenwärtig gar nicht mit einem Job, und wenn Sully ihn suchen würde, müßte er darauf gefaßt sein, daß er ihn weder zu Hause noch im Donut-Shop antraf, eher schon im OTB, der Wettannahmestelle. Er würde sich den ganzen Tag Rubs Geschwätz anhören und später mit ihm den Lohn teilen. Das machte Sully zwar nichts aus, aber er hatte jetzt drei Monate nicht gearbeitet und wollte erst sehen, wie die Arbeit sich anließ. Allein konnte er in seinem eigenen Tempo arbeiten, und wenn sein Knie nicht mitmachte, würde er einfach aufhören und nächste Woche wieder zum College gehen.

Er fuhr den Lastwagen rückwärts an den Stapel heran, stieg aus, ließ die Ladeklappe herunter und prüfte den Boden, der ihm sehr unsicher erschien. Ich sollte wirklich Rub holen, dachte er. Statt dessen baute er aus einem halben Dutzend Blöcke einen provisorischen Fußpfad zwischen der Pyramide und dem Laster. Dann fing er an, nahm zuerst einen Block in jede Hand, dann vier übereinander gestapelt, die er gegen die Brust gedrückt trug und auf der Ladefläche des Pick-up stapelte. Am schwersten war es, auf den Laster zu kommen; dazu mußte er sich auf die Ladefläche setzen, seine Beine hinaufschwingen, das gesunde Bein unter sich schieben und das kranke nachziehen. Das Knie tat nicht so weh, wie er befürchtet hatte. Wenn es so weiterging, konnte er vielleicht mit dem heutigen Verdienst einen Satz Gürtelreifen für den Wagen kaufen, denn die alten waren von der täglichen Fahrt nach Schuyler Springs, wo er seine Philosophiestunden besucht hatte, nahezu abgefahren. Es war, als habe der junge Lehrer auch die Existenz von Sullys Reifen widerlegt.

Während er darüber nachdachte, welche Reparaturen der Pick-up dringend brauchte, wurde er plötzlich wütend darüber, daß Carl Roebuck ihm sein Geld nicht zahlte. Der Lastwagen war schon alt gewesen, als er ihn gekauft hatte. Schon vor einem Monat hätte er neue Räder und eine Reparatur am Vergaser gebrauchen können. Und die Ventile mußten nachgestellt werden. Wenn er noch einen Monat wartete, wurden die Reparaturen noch dringender, bis es schließlich so weit war, daß es keinen anderen Weg mehr gab, als es endlich machen zu lassen. Und teuer dafür zu bezahlen. Neue Stoßdämpfer braucht er auch, dachte Sully, als der Wagen unter der Last der Betonblöcke aufstöhnte. Die dreihundert Dollar, die Carl Roebuck ihm schuldete, hätte für die Reifen, die Ventile oder die Stoßdämpfer gereicht. Nicht daß er das Geld auch tatsächlich für den Wagen verwenden würde, wenn er es in diesem Augenblick schon in der Tasche hätte: Manchmal gab er Miss Beryl eine Vorauszahlung auf die Miete, falls es im Winter knapp werden würde. Manchmal gab er Cass aus den gleichen Gründen einen Hunderter, um eine Weile auf Rechnung essen zu können. Oder er gab Ruth das Geld zu treuen Händen – auf diese Weise konnte er wenigstens sicher sein, daß es nicht im OTB oder auf dem Spieltisch landete – und schärfte ihr ein, es nicht zurückzugeben, bis er es wirklich brauchte. Das dumme war nur, daß die Entscheidung dann bei ihr lag, und manchmal war sie ein bißchen zu hart. Und einmal war Zack, ihr nichtsnutziger Mann, an das gebunkerte Geld geraten und hatte es – im Glauben, es gehöre seiner Frau – restlos ausgegeben. Je länger Sully darüber nachdachte, um so günstiger schien es ihm, daß Carl ihm das Geld schuldig blieb. Das mochte am sichersten sein. Immer wenn Sully sein Geld am dringendsten benötigte, hatte dieses Zeug einen Hang dazu, sich zu verflüssigen, in Rauch aufzugehen und schließlich wie Pulverstaub als vage Erinnerung zu enden.

So konnte sich Sully, während er ernsthaft an die Arbeit ging, an zwei Gedanken erfreuen: zum einen, daß sein Geld in Sicherheit war, und zum anderen, daß er trotzdem noch mit gutem Grund auf Carl Roebuck wütend sein konnte, weil dieser nicht bezahlen wollte. Grinsend stellte er sich vor, wie er Carl Roebuck aus dem Fenster schmeißen würde – Carl wild mit den Armen rudernd, während er mit den Füßen ein unsichtbares Rad fuhr. Sully ließ ihn nicht auf dem Boden ankommen; er schmiß Carl immer wieder aus dem Fenster und stellte sich vor, wie er ruderte und plumpste und schrie.

Carl Roebuck aus seinem Büro zu werfen machte so viel Spaß, daß Sully den Laster schon zur Hälfte beladen hatte, bevor er sah, daß dieser sich zu neigen begann wie die alte Hattie in ihrer Nische. Zuerst dachte er, es müsse eine optische Täuschung sein, und stellte sich ein Stück weiter weg, um genauer hinzuschauen. Dann sah Sully an der Seite ein paar Sperrholzplatten liegen, und er wünschte nur, er hätte sie früher bemerkt, dann hätte er die Ladefläche damit auslegen und die Ladung abstützen können. Nun war es jedenfalls zu spät. Das war schlecht. Gut war, daß er über eine Stunde lang hart gearbeitet hatte und sein Knie nicht mehr schmerzte als vorher. In der Tat hatte er es durch die Arbeit und die Vorstellung, wie Carl Roebuck aus dem Fenster stürzte, völlig vergessen. Es war zwar nicht ganz logisch, aber vielleicht ermutigte ihn sein verletztes Knie ja zur Arbeit. Oder dazu, Carl Roebuck umzubringen.

Eines wußte er jedenfalls genau: Es machte mehr Spaß, auf Carl wütend zu sein als auf Anwälte und Richter. Während der vergangenen neun Monate, in denen Wirf sich abgemüht hatte, eine Vollrente durchzufechten, hatte Sully begriffen, daß die ganzen Fahrten nach Albany, ja sogar die Anhörungen selbst nur ganz entfernt mit seinem Knie zu tun hatten. Vielleicht ging es dem Knie gar nicht so schlecht, wie sein Anwalt Wirf immer behauptete. Vielleicht. Aber Sully gewann bei diesen Rechtsverfahren immer mehr den Eindruck, daß sie außerhalb der Wirklichkeit stattfanden. Es ging weder um seine Verletzung noch um seine Arbeitsunfähigkeit und auch nicht um seine Rente. Der strittige Punkt war, ob die Versicherungsgesellschaft oder der Staat zum Zahlen gezwungen werden konnten. Bei jeder Anhörung war ein anderer smarter Anwalt von der Versicherung dabei, und die große Zahl ihrer Gegner brachte Sully darauf, daß er und Wirf – der immer von den »Windmühlen« sprach und darauf bestand, daß man sie aus dem Gleichgewicht bringen müsse – hier für eine verlorene Sache kämpften.

Sully wußte, daß er Grund zur Wut hatte; doch im Gerichtssaal fühlte er sich nur eingeschüchtert und war froh, von einem Anwalt vertreten zu werden, und sei es von einem so schlechten Anwalt wie Wirf, der vor Gericht ebenso fehl am Platz wirkte wie sein Mandant. Vielleicht, dachte Sully, bezahlt man deshalb einen Anwalt, damit er einen vertritt. Wäre Wirf nicht da, würde der Richter mit Sully selbst reden und nicht mit Wirf, dessen einzige berufliche Fähigkeit darin zu bestehen schien, die Scheiße zu fressen und auch noch zu verdauen. Wirf war nicht einmal gekleidet wie die anderen Anwälte, und er schien gar nicht zu bemerken, wie herablassend seine Kontrahenten ihn ansahen. Er tat Sully leid, weil sie überhaupt nicht vorankamen, aber er wußte, daß es besser war, wenn Wirf die Scheiße fraß, als wenn Sully es selbst tun müßte, der nur eine bestimmte Menge fressen konnte. Da sie Freunde waren, vertrat Wirf seinen Mandanten, ohne etwas dafür zu fordern. Wenn sie irgendeines der Verfahren – ungefähr ein halbes Dutzend –, die Wirf inzwischen angestrengt hatte, gewinnen sollten, wollten sie die Beute teilen. Neuerdings hatte es Sully jedoch gedämmert, daß sie keinen einzigen Dime kassieren würden, und er fing an, sich schuldig zu fühlen, weil er Wirf immer neue Berufungen einreichen ließ. Um zu gewinnen, hätte er jeden einzelnen dieser Mistkerle aus dem Fenster schmeißen müssen, und es gab mehr Anwälte und Richter auf dieser Welt als Fenster.

Als der Pick-up zu drei Vierteln beladen war und sich noch gefährlicher zur Seite neigte, band Sully ein Seil um die Ladung und beäugte sie mit zweifelnder Miene. Eigentlich schien es unwahrscheinlich, daß die Blöcke auf der rechten Seite der Ladefläche schwerer sein sollten als die auf der linken, und dennoch mußte es genau so sein, denn der Wagen kippte nach rechts. Als Sully dastand, bis zu den Knöcheln im Schlamm, mußte er sich eingestehen, daß dies eine kitzlige Entscheidung war: Er konnte – wider besseres Wissen – mit der schwankenden Ladung auf den Highway fahren und das Beste hoffen, oder er konnte einen Teil abladen, das erste Mal mit kleiner Ladung fahren und auf die Suche nach Rub gehen, der ihm helfen würde, die Arbeit zu beenden.

Der freie Wille – vieldiskutiert in der Philosophiestunde, und eins der ersten Dinge, die verschwunden waren. Der Lehrer, der Sully so unglaublich jung erschienen war, hatte ihn mit der Behauptung überrascht, daß so etwas wie eine Wahl nicht existiere, der freie Wille des Menschen pure Illusion sei. Sully war einer der wenigen älteren Schüler in der Klasse gewesen und hatte nie viel gesagt, aber er wünschte sich, den Lehrer jetzt hier zu haben, damit er ihm erklären konnte, warum es hier keine Wahl geben sollte. Vielleicht würde er es schaffen, indem er die Existenz des Pick-up widerlegte. Sully hingegen sah es ganz nach einer Wahl aus.

Er kletterte ins Führerhaus, ließ den Wagen an, legte den Gang ein, löste die Bremse, holte tief Luft und trat aufs Gas. Er hätte ja aufhören können, als er hörte und spürte, wie die Räder im Schlamm durchdrehten, aber er machte stur weiter – ließ den Motor aufheulen und drückte das Gaspedal durch. Plötzlich war seine monatelang unterdrückte Wut hervorgekommen, das hohe anhaltende Kreischen des Motors schien fast sein eigener Schrei zu sein, und die Hinterräder des Wagens ließen den Schlamm bis zu Carl Roebucks halbfertigem Haus spritzen. Dann begann der Laster so heftig zu zittern, daß Sully kaum das Lenkrad halten konnte, schließlich gab der Motor zwei heftige Schluchzer von sich, erschauerte noch einmal und erstarb. Auch gut. Die Muttern der Hinterräder waren schon in der Erde versunken. So ein Blödsinn, dachte er. Vor einer Stunde noch hatte er darüber nachgedacht, ob zwei Pechsträhnen in einem Jahr überhaupt möglich seien, und hier saß er nun, wieder mitten im Pech, bevor er auch nur seine Chancen hatte abwägen können. Donald Sullivan stieg aus und besah sich die Lage. Der Wind hatte aufgefrischt, und sein Säuseln in den Kiefern, die nahe der Straße wuchsen, klang fast wie ein Lachen.

Mrs. Gruber, die von der Schnecke im Northwoods-Restaurant so enttäuscht gewesen war, rief am Vormittag an und wollte wissen, ob Miss Beryl schon die Post erhalten habe mit der Wurfsendung, die die Eröffnung eines neuen Supermarktes an der Autobahnausfahrt ankündigte. Miss Beryl, so fürchtete Mrs. Gruber, hatte den Prospekt vermutlich in den Müll geworfen, ohne nur einmal hineinzuschauen.

»Da gibt's ein paar tolle Sonderangebote«, sagte Mrs. Gruber, die für ihr Leben gern zu Neueröffnungen ging. Sie hatte den Prospekt mit wachsender Begeisterung studiert, jedoch auch mit Bedauern, denn sie konnte nicht Auto fahren, und der Supermarkt war fünf Meilen entfernt. Der Prospekt umfaßte volle sechs Seiten und pries tiefrote Fleischstücke und leuchtendgrünes Gemüse an. Selbst so profane Artikel wie Toilettenpapier und Waschmittel wirkten dank der Tricks der Designer fremd und aufregend. Und man konnte ungeheuer viel sparen. Mrs. Gruber wollte zu dem Supermarkt fahren und herausfinden, ob der Werbeprospekt wahr gesprochen hatte, denn sie wußte, daß die Werbeleute vom Gesetz angewiesen waren, die Wahrheit zu sagen, und war daher guten Mutes. War das nicht typisch für Miss Beryl, so einen Prospekt einfach wegzuwerfen? dachte sie bei sich. Es verdroß sie, wie sehr ihre Freundin es ablehnte, sich von irgend etwas Grandiosem begeistern zu lassen. »Geh und such ihn«, drängte sie Miss Beryl. »Wirf mal einen Blick drauf.«

»Er liegt im Müll«, erwiderte Miss Beryl. »Unter einem nassen Teebeutel.«

»Es sind unglaubliche Sonderangebote«, beharrte Mrs. Gruber, womit sie den Prospekt fast wörtlich zitierte.

Miss Beryl warf einen Blick aus ihrem Fenster und hoffte, daß der Schnee als Ausrede akzeptiert wurde. Sie mußte zwar heute einkaufen gehen, aber ihr genügte der IGA von North Bath vollauf. Er lag in der Nähe, und ihr war es egal, wenn es dort keine Sonderangebote gab. Außerdem hatte sie keine Lust, sich durch eine hastende Menge zu drängen, die fieberhaft nach Sonderangeboten suchte. Doch leider war der Schnee schon an vielen Stellen geschmolzen, und die Straße wieder etwas trockener geworden.

»Es würde uns gut tun, ein bißchen herauszukommen«, sagte Mrs. Gruber. »Laß uns doch fahren. Laß uns ausbrechen«, fügte sie hinzu und gebrauchte mit Absicht einen der Lieblingsausdrücke ihrer Freundin.

»Ich hol' dich in einer halben Stunde ab«, versprach Miss Beryl.

»Ich warte vorm Haus«, sagte Mrs. Gruber. Wenn sie draußen auf der Veranda wartete und es damit ihrer Freundin ersparte, in die Einfahrt einbiegen zu müssen, wäre das Entschädigung genug für die Fahrt zum Supermarkt.

»Bleib lieber drinnen«, sagte Miss Beryl. »Ich hupe dann.«

»Mir macht das nichts aus«, beharrte Mrs. Gruber. »Ich warte auf der Veranda.«

»Halbe Stunde«, sagte Miss Beryl.

»Prima«, meinte Mrs. Gruber und legte auf.

Miss Beryl hatte noch eine halbe Seite im Kapitel ihres Trollope-Romans, also las sie diese zu Ende und erhob sich dann. Von den Seitenfenstern des Wohnzimmers konnte sie die Main Street überblicken, und als sie das Buch niederlegte und in Richtung von Mrs. Grubers Haus schaute, konnte sie Mrs. Gruber schon auf der Veranda stehen sehen. Seit dem Anruf waren gerade zwei Minuten verstrichen.

Miss Beryl seufzte. Sie wollte eben ihren Mantel holen, als ein großer lauter, ihr völlig unbekannter Wagen vor ihrem Haus hielt und eine junge Frau, die Mitte Zwanzig sein mußte, ausstieg und prüfend auf einen Zettel starrte, auf dem etwas geschrieben stand. Sie trug einen Pullover, keinen Mantel, und sogar auf diese Entfernung konnte Miss Beryl nicht umhin zu bemerken, daß die junge Frau einen unglaublich großen Busen hatte.

»Wer zur Hölle bist denn du?« fragte die alte Frau laut. »Guck dir nur mal diese Ballons an«, raunte sie zu Clive sen. auf dem Fernseher, der sie zustimmend angrinste, obwohl er in eine ganz andere Richtung schaute. »Du auch, Ed. Sieh doch mal hin«, wies sie Driver Ed an.

Bevor sie die Tür zuschlug, beugte sich die junge Frau noch einmal in das Innere des Wagens. Zuerst sah es so aus, als suche sie etwas auf dem Sitz, aber dann sah Miss Beryl, wie sich ein kleiner Kopf auf der Beifahrerseite bewegte.

Als die junge Frau auf die Veranda zuging, öffnete sich die Tür, und ein kleines Kind kletterte aus dem Wagen. Offenbar hörte die junge Frau (die Mutter des Kindes?), daß die Wagentür geöffnet wurde, denn sie fuhr herum und flog förmlich zum Bordstein zurück, schob das Kind unsanft in den Wagen, drückte den Türriegel herunter und schmetterte die Tür zu. Sogar Miss Beryl im Zimmer konnte hören, wie sie das Kind anschrie. »Bleib sitzen, verdammt noch mal!« befahl sie. »Ich komm' gleich wieder. Hörst du? Bleib einfach in dem verdammten Wagen sitzen und guck dir deine verdammte Zeitschrift an. Hast du gehört? Wenn du noch mal rauskletterst, zieh' ich dir eins über, hast du mich verstanden?«

Jemand sollte *dir* eins überziehen, sagte Miss Beryl halblaut, als die junge Frau auf dem Absatz kehrtmachte und wieder aufs Haus zuschritt. Sie war noch nicht bei der Veranda angelangt, als sich die Tür wieder öffnete und das Kind zum Vorschein kam. Dieses Mal blieb die junge Frau einfach stehen und schaute in das Gewirr der schwarzen Ulmenzweige, als erwarte sie dort ein Antwort zu finden, in Form eines Eichhörnchens vielleicht. »Du könntest wenigstens die verdammte Tür wieder zumachen«, schrie sie das Kind an, das ihr schon ein Stück gefolgt war und nun anhielt. Miss Beryl konnte nicht erkennen, ob es ein Junge oder ein Mädchen war, jedenfalls drehte es sich jetzt um und drückte mit der kleinen Schulter gegen die schwere Tür. Als die Tür zuschlug, verlor das

Kind das Gleichgewicht und fiel auf die Knie. Wieder blickte die junge Frau zum Himmel, als suche sie dort eine Antwort. »Na, dann komm schon«, rief sie, und das Kind, mit feuchten Knien zwar, aber erstaunlich trockenen Augen, folgte ihrem Befehl. Es hatte etwas schrecklich Mechanisches in seinen Bewegungen, und Miss Beryl mußte an einen Film vor ein paar Jahren denken, in dem es um Zombie-Kinder gegangen war. Sie hatte nur den Anfang gesehen und den Fernseher dann ganz schnell wieder ausgemacht.

»Was stimmt nicht mit dem Kind?« fragte sie Clive sen., während sie vom Vorderfenster zum Seitenfenster ging und der jungen Frau und dem Kind beim Erklimmen der Verandastufen zuschaute. Es war wohl ein kleines Mädchen, entschied sie, und alles, was sie am Oberkörper trug, war ein dünnes T-Shirt.

Als Miss Beryl hörte, wie die Außentür mit einem Ächzen aufschwang, öffnete sie ihre eigene Wohnungstür, um sich der jungen Frau entgegenzustellen, die offenbar direkt zu Sullys Wohnung hochgehen wollte. »Mach die Tür zu, Spatzenhirn«, sagte sie. Offenbar meinte sie das Kind, starrte dabei aber Miss Beryl an.

»Kann ich Ihnen helfen?« fragte Miss Beryl, bemühte sich aber gleichzeitig, nicht hilfsbereit zu wirken.

»Is' er oben?« wollte die junge Frau wissen. Aus der Nähe kam sie Miss Beryl irgendwie bekannt vor – vielleicht war sie ja einmal in die achte Klasse gegangen.

»Wer?« fragte Miss Beryl. Sully empfing selten Besucher, und Miss Beryl kannte die meisten vom Sehen, wenn nicht gar beim Namen.

»Der Typ, der da oben wohnt«, sagte die junge Frau und gab sich keine Mühe, ihren Ärger zu verbergen.

»Er ist nicht da.«

»Gut«, gab die Frau zurück. »Irgendwas mußte ja heute schiefgehn, hab' nur drauf gewartet.«

Miss Beryl hörte nicht zu; sie blickte auf das Kind, das regungslos neben seiner Mutter stand und seinerseits Miss Beryl anschaute. Besser gesagt, es hätte geschaut, wenn es nicht einen Augenfehler gehabt hätte: ein Auge war in den äußeren Winkel gewandert und stierte traurig ins Leere. Miss Beryl verspürte großes Mitleid, konnte aber nur sagen: »Das Kind sollte einen Mantel tragen. Es zittert ja.«

»Tja, ich hab' ihr ja gesagt, sie soll im Wagen bleiben«, sagte die junge Frau, »wer ist also dran schuld?«

»Sie, junge Dame«, erwiderte Miss Beryl ohne Zögern.

»Stimmt, ich bin schuld«, sagte die junge Frau in einem Ton, als ob sie das schon oft gehört hätte. »Hör'n Sie mal. Tun Sie mir 'nen Supergefallen und kümmern sich um Ihren eigenen Kram, okay?«

Diese Unverschämtheit verschlug Miss Beryl für einen Augenblick die Sprache; sie war seit ihrer Pensionierung keine Frechheiten mehr gewohnt und hatte vergessen, wie sie früher zu reagieren pflegte. Der kurze Moment ungläubigen Schweigens schien der jungen Frau zu reichen, ihre Taktik zu ändern.

»Hör'n Sie zu«, sagte sie und ließ die Schultern sinken. »Sei'n Sie nicht böse, okay? Ist nur alles im Moment so superdurcheinander. Ich mach' normalerweise keine alten Damen an.«

Nur Kinder, hätte Miss Beryl fast gesagt, aber sie hielt den Mund. So war sie immer mit Frechheiten umgegangen, jetzt fiel es ihr wieder ein: Sie sagte nichts, sah den Übeltäter nur böse an, bis es ihm oder ihr schwante, daß hier ein grober Schnitzer begangen worden war, und zwar nicht von Miss Beryl.

»Ist ja nur wegen dem kleinen Spatzenhirn«, erklärte die junge Frau. »Ich würd' sie Ihnen gern mal 'ne Stunde dalassen, dann würden Sie's schon merken.«

Beide blickten nun das stumme Kind an, das die Anwesenheit anderer Menschen nicht zur Kenntnis zu nehmen schien.

»Hallo, Liebes«, sagte Miss Beryl und hoffte, daß sie das Kind nicht so finster anstarrte wie die Mutter. Man hatte ihr oft gesagt, daß sie kleinen Kindern angst mache, aber niemand hatte ihr je erklärt, wodurch eigentlich.

»Das ist 'ne gute Idee«, sagte die junge Frau. »Freunde dich mit der netten alten Dame an, während Mommy mal schnell telefoniert.« Zu Miss Beryl gewandt: »Hat er da oben Telefon?«

»Sie können meins benutzen«, erwiderte Miss Beryl, denn sie war sich nicht sicher, ob sie der jungen Frau gestatten sollte, die Wohnung ihres Mieters zu betreten. Nicht daß Sully etwas dagegen gehabt hätte, dazu hatte er vermutlich keinen Grund, da er nie abschloß, wenn er das Haus verließ.

»Ganz, wie Sie wollen«, sagte die junge Frau und zog sich die

Schuhe aus. »Ich hatte nicht vor, was zu klauen. Zieh deine Schuhe aus, Spatzenhirn. Ich glaub', wir werden hier noch 'n bißchen bleiben.«

Das Kind trug billige blaue Segeltuchschuhe, und Miss Beryl hätte schwören können, daß sie ebenso naß waren wie die Söckchen des Kindes.

»Faß hier ja nichts an«, warnte die junge Frau das Kind. »Das sind nicht unsere Sachen, und Mommy hat kein Geld, um das zu bezahlen, was du kaputtmachst.«

Miss Beryl zeigte der jungen Frau das Telefon, das im Wohnzimmer stand. Die junge Frau nahm den Hörer ab und schaute Miss Beryl an. »Danke«, sagte sie. »Ist schon 'ne Weile her, daß ich eins von diesen Dingern gesehen hab'.« Sie zeigte auf die Wählscheibe. Das Telefon war in der Tat dreißig Jahre alt. »Sie haben hier ja 'n richtiges Museum«, bemerkte sie und sah sich im Zimmer um.

Bevor Miss Beryl etwas dazu sagen konnte, sprach die junge Frau am Telefon. »Ma. Ist er schon da?« Kurze Pause. »Nein, ich bin unten bei der alten Dame. Ich glaub' nicht, daß es ihr so unheimlich recht wär', wenn wir hochgehen.«

Miss Beryl konnte die blecherne Stimme am anderen Ende der Leitung vernehmen, aber nicht deutlich genug, um zu verstehen, was sie sagte. Sie konnte ihren Blick nicht von dem Kind losreißen, das geduldig neben der Mutter stand und Miss Beryl ruhig anblickte.

»Je mehr ich drüber nachdenke, um so weniger glaub' ich, daß er überhaupt kommt, Ma. Er will dich bloß ärgern. Wie soll ich das denn wissen? Hat er wahrscheinlich erraten. Vielleicht will er auch allen bloß angst machen. So macht er's nämlich – will allen angst machen. Das ist mal sicher. Willst du wissen, woher ich das weiß? Wenn er hierherkäm', wie er gesagt hat, müßte er ja 'nen Jagdtag aufgeben. Nein, wird er nicht. Du kennst ihn nicht so wie ich. Und außerdem, wenn er kommen will, würd' er uns nicht vorher als Warnung anrufen, er käm' einfach.« Wieder eine Pause. »Nein, das stimmt nicht. Er ist draußen und lacht dich aus, weil du ihm geglaubt hast. Glaub' mir, er sitzt da mitten im Wald. Vielleicht hab' ich ja Glück, und er verirrt sich und erfriert da draußen. Das wär' mal 'ne Abwechslung, was?«

Für Miss Beryl war das Anstößigste an dieser ganzen schrecklichen Unterhaltung, daß das Kind jedes Wort davon mitbekam. Da das kleine Mädchen sie immer noch anstarrte, nahm Miss Beryl den roten doppelköpfigen Foo-Hund vom Couchtisch und zeigte ihn dem Kind. Der Hund hatte an beiden Enden den gleichen grinsenden Kopf.

»Siehst du meinen Foo-Hund?« fragte sie und hielt das Stofftier dem Kind hin, das jedoch keine Anstalten machte, den Hund zu nehmen. Miss Beryl drehte ihn einmal herum, damit das Kind die zwei Köpfe sehen konnte, die absolut identisch waren. Keine Reaktion – das kleine Mädchen studierte das Tier nur mit trübem Blick.

»Weißt du, was ein Foo-Hund sagt?« fragte Miss Beryl.

Das gesunde Auge des Kindes richtete sich wieder auf sie.

»Foo auf dich«, sagte Miss Beryl und hoffte auf ein Lächeln.

Das Kind blickte wieder auf das Tier und starrte es ernst an, als wollte es herausfinden, ob der fragliche Hund so etwas sagen konnte.

»Ich nenne ihn Sully«, sagte Miss Beryl, »weil er nicht weiß, ob er gerade kommt oder geht.«

Wieder hielt sie dem Kind den Hund hin, und diesmal nahm es ihn, gleichgültig, fast so, als wolle es Miss Beryl Gefallen tun.

»Ja ... ja ... ja«, sagte die Mutter des Kindes gerade. »Gut, ich geh' jetzt nach oben, wenn ich sie dazu überreden kann, daß sie mich läßt. Kannst mich ja in 'ner halben Stunde anrufen. Du solltest mal dieses Telefon hier sehn. Muß noch aus'm Bürgerkrieg stammen ... Okay ... du mußt wieder an die Arbeit ... Ja, okay.«

Als sie den Hörer aufgelegt hatte, nahm die junge Frau das Mädchen hoch und rieb ihre Nasen aneinander. »Falscher Alarm, Spatzenhirn. Daddy hat Großmama reingelegt. Jetzt ist er wahrscheinlich ganz stolz auf sich. Daddy schafft's nicht so rasend oft, die Leute auszutricksen.« Zu Miss Beryl gewandt: »Können wir jetzt nach oben, oder was ist?«

»Ich schätze, wenn Sie Mr. Sullivan kennen, wird er nichts dagegen haben«, sagte Miss Beryl.

»Na ja, also, ich kenn' ihn nicht«, erklärte die junge Frau auf dem Weg zur Tür. »Aber meine Mutter, die bumst er schon seit zwanzig Jahren. Sie kennt ihn.«

Wieder war Miss Beryl sprachlos. Sie sah zu, wie ihre Besucher gingen, wie die Tür sich schloß, sah, wie sie wieder geöffnet wurde. »Hier haben Sie Ihren Hund wieder«, sagte die junge Frau und setzte den Foo-Hund auf den Tisch zurück. »Und nochmals danke fürs Telefonieren.« Sie warf noch einen Blick – halb belustigt, halb verächtlich – in Miss Beryls Wohnung. »Sie verpassen den Anschluß. Sie sollten hier Eintritt verlangen.«

Als die Fremde wieder verschwunden war und zusammen mit dem Kind die Treppe erstieg und die obere Wohnung betreten hatte, fand Miss Beryl ihre Stimme wieder. »Nun«, sagte sie zu Clive sen. »Was hältst du davon?«

Bevor ihr toter Gemahl etwas erwidern konnte, läutete das Telefon. »Was ist denn nun schon wieder?« seufzte Miss Beryl.

Es war Mrs. Gruber, die sie völlig vergessen hatte.

»Ich komme«, sagte Miss Beryl. »Laß deinen Gürtel an.«

Es gibt nur ein halbes Dutzend Straßen, die nach North Bath führen; zusätzlich zur Landstraße 27A, die innerhalb der Ortsgrenzen zur Main Street (›Upper‹ und ›Lower‹) wird, gibt es fünf weitere schmale, zweispurige Straßen, die Bath mit den Nachbarorten verbinden: mit Schuyler Springs im Norden und mit den kleineren Gemeinden Shaker Heights, Dollsville, Wapford und Glen. Und dann ist da noch der neue vierspurige Zubringer, der Bath mit der Interstate verbindet, die zwischen Albany und Montreal verläuft. Diese neue Straße ist nur drei Meilen lang und durchquert einen Streifen Marschland, das Gelände für den neuen Park; ein großes Schild am Straßenrand verkündet, daß es im fünfhundert Morgen großen »Freizeitpark *Zur Letzten Ausflucht* Attraktionen geben wird, wie Wildwasserbahnen, Achterbahnen, eine Wildweststadt und eine Stadt der Phantasie, wo Märchengestalten zum Leben erweckt werden«. Der größte Teil der Tafel wird von einem schreiend bunten Clownsgesicht eingenommen, und an diesem Gesicht ist irgend etwas – vielleicht das anzügliche Grinsen –, das eher Bosheit als Freude verheißt. Man hat von kleinen Kindern gehört, die vor Angst in Tränen ausbrachen, als man ihnen das Schild zeigte. Die Erwachsenen sind ebenfalls beunruhigt, weil das Schild am Ortseingang von North Bath ganz nahe am neuen Friedhof steht, einem nackten baumlosen Streifen Land voller flacher Grabsteine. Es gibt ungeheuer viele Spekulationen darüber, daß der Friedhof verlegt werden muß, wenn die Bauarbeiten am Park erst einmal begonnen haben. Diese beiden ›Letzten Ausflüchte‹ miteinander zu vergleichen, ist schon seit einiger Zeit zu einem zynischen Witz der Einheimischen geworden.

An diesem Vormittag waren dank der großen Eröffnung des neuen Supermarktes mehr Autos als gewöhnlich auf der Straße unterwegs, die an dem Schild mit dem dämonischen Clown vorbeiführte. Es waren zum größten Teil Hausfrauen, die in die Stadt zurückfuhren, ihre Kleinlaster und Kombiwagen mit Einkäufen überladen. Sie hatten sich von der festlichen Atmosphäre der Eröffnung anstecken lassen und doppelt soviel gekauft wie sonst – Artikel, die sie im IGA von North Bath nicht bekommen konnten. Während sie nach Hause rasten, das Gaspedal ein bißchen mehr durchtraten als sonst und über ihren ungewöhnlich großen Einsatz an Geld und Zeit nachgrübelten, bot sich ihnen ein beunruhigender Anblick in Gestalt eines Anhalters, der in die Stadt mitgenommen werden wollte. Diese Hausfrauen, von denen viele auch noch kleine lärmende Kinder dabeihatten, hätten nicht einmal einen anständig aussehenden Anhalter mitgenommen, und so waren sie nicht im mindesten versucht, diesem Mann zuliebe anzuhalten, der über und über mit Matsch bedeckt war – sicherlich ein entsprungener Sträfling, dachten die Hausfrauen (obwohl es im Umkreis von hundert Meilen kein Gefängnis gab), wenn nicht gar ein Mörder, der die Nacht in der Marsch verbracht hatte, um den Polizeihunden zu entkommen. Oder es war einer, den man irrtümlich vor der Zeit auf dem nahen Friedhof begraben hatte, und der sich nun mit seinen bloßen Händen aus dem Sarg durch die schwarze Erde bis ins Freie gewühlt hatte. Während die meisten Anhalter versuchten, freundlich oder – wenn dies versagte – wenigstens bemitleidenswert auszusehen, machte dieser hier einfach einen gefährlichen Eindruck. Irgend etwas an der Art, wie er den Daumen ausstreckte, schien darauf hinzudeuten, daß er eine Granate in der dazugehörigen Faust halten könnte. Eine junge Frau, die einen Kombi voller Lebensmittel fuhr, schwenkte sogar auf die linke Spur über, als fürchtete sie, er könne im Vorbeifahren auf das Auto springen und sich am Türgriff festhalten.

Nichts hätte Sully ferner gelegen. Wenn er gefährlich war, dann sicher nicht auf jene Art, die die junge Frau vermutete. Sein mörderischer Gesichtsausdruck rührte schlicht daher, daß er den Morgen mit einem undankbaren Job und einem schlimmen Knie verbracht, seinen Pick-up im Matsch versenkt und eine halbe Stunde lang vergeblich versucht hatte, ihn wieder daraus zu befreien. Während dieser Zeit fiel ihm ein, was Carl Roebuck – der Mann, für den er nie wieder hatte arbeiten wollen – sagen würde, wenn er herausbekam, was Sully angerichtet hatte. Carl Roebuck würde sagen, er habe sich geirrt – Sully habe es doch wieder geschafft, Mist zu bauen, und das war eine Bemerkung, die Sully nur in seinen eigenen Gedanken hören wollte. Und so schmiß er Carl jedesmal, wenn er es sagte, aus dem Fenster. Und um alles noch schlimmer zu machen, konnte er im Geiste seinen jungen Philosophielehrer hören, wie er ein ›Ich hab's dir ja gesagt‹ über den freien Willen zum besten gab.

Genau wie sein Vater – der ungefähr eine halbe Meile von hier auf dem Friedhof lag und mit dem Sully immer noch keinen Frieden geschlossen hatte. Auf dem Weg zu Carl Roebucks Baustelle hatte er wieder einmal das getan, was er immer tat, wenn er am Friedhof vorbeifuhr: das Fenster heruntergekurbelt (Scheiß auf die Kälte) und Big Jim Sullivan im Vorbeifahren den Finger gezeigt. Anders als den meisten Einwohnern von Bath war es Sully ziemlich egal, ob der Freizeitpark *Zur Letzten Ausflucht* gebaut wurde oder nicht, aber wenn doch, mußten sie vermutlich den Friedhof umsiedeln, und das hieß, daß sein Vater in seiner ewigen Ruhe gestört wurde. Sully konnte es nicht verwinden, daß sein Vater nun Ruhe hatte, und wenn es einen Weg gegeben und Sully Geld gehabt hätte, so würde er Anweisungen hinterlassen haben, daß man seinen Vater alle zehn Jahre ausbuddeln sollte, bloß um sicherzugehen, daß er nie zur Ruhe kam. Und im Augenblick hoffte er, endlich einen Autofahrer zum Anhalten zu bewegen, der ihn am Friedhof vorbeischaffen würde, so daß ihn sein Vater nicht in seinem derzeitigen Zustand sehen konnte. Immer wenn er eine Pechsträhne hatte, hörte er irgendwo ganz entfernt seinen Vater lachen. Seine vorletzte Pechsträhne vor etwas mehr als einem Jahr hatte damit begonnen, daß er von einer Leiter gefallen war und sich das Knie verletzt hatte. Natürlich konnte jeder von einer Leiter fallen – das hatte nichts mit Dummheit zu tun. Aber bei ihm hatte es einen dämlichen Grund gegeben: als er die Leiter zur Hälfte hinaufgeklettert war, hatte er das heisere Lachen eines Mannes gehört, und draußen vor dem Baugelände, auf der anderen Seite des Maschendrahtzauns, hatte Sully einen großen Mann entdeckt, der seinem Vater aus der Entfernung aufs Haar glich – doch zu diesem Zeitpunkt war Big Jim schon ein paar Jahre tot. Wer auch immer der Mann mit dem Pferdelachen war, Sully hatte auf ihn geachtet und nicht auf seine eigenen Füße; er war sieben Meter tief gestürzt, und auf dem ganzen Weg ins Krankenhaus hatte ihm das ferne Lachen seines Vaters in den Ohren geklungen. Nun, in der Nähe des Friedhofs, klang das Lachen deutlicher, ja es klingelte richtig in Sullys Ohren.

Als er den Gesichtsausdruck der jungen Frau, die ihm auswich, sah, machte Sully den ernsthaften Versuch, sich mimisch stärker von bekannten Serienmördern abzugrenzen. Doch nach einer Weile gab er es auf – das Trampen wie auch den Versuch, harmlos zu wirken. Bis zur Stadt war es nur noch eine Meile, und er war schon fast eine Meile marschiert. Er fing sogar an, die Dinge von der heiteren Seite zu betrachten. Während der Laster im Matsch steckte, konnte er die Ladung nicht zum Kentern bringen. Und Rub, dessen Hilfe er nun brauchen würde, hatte zum Glück kaum Sinn für Humor und zog selten sein Vergnügen daraus, sich über die Verfehlungen anderer lustig zu machen: Die Blödheit anderer Menschen entlockte ihm lediglich Mitleid, weil er sich immer vorzüglich mit Dummheit identifizieren konnte. Rub – das wußte Sully – würde nur wissen wollen, warum er ihn nicht sofort geholt hatte, denn dies war offensichtlich ein Job für zwei Männer.

In der beruhigenden Betrachtung von Rubs begrenzten Geistesgaben verloren und ohne Hoffnung, daß noch ein Wagen halten könnte, bemerkte Sully nicht sofort, daß ein kleiner olivegrüner Gremlin fünfzig Yards vor ihm auf den Seitenstreifen gefahren war und blinkte. Daß sich dieses Signal auf ihn bezog, begriff Sully erst, als er die Hupe hörte. Der Gremlin war alt und voller Beulen, und Sully wußte, daß der Wagen jemandem gehörte, den er kannte, aber er kam nicht darauf, wem. Er stand ganz versunken da, als ob er zuerst das Rätsel um den Besitzer des Gremlin lösen müßte, bevor er einsteigen durfte. Jemand hatte das Fenster auf der Beifahrerseite heruntergekurbelt und winkte ihm ungeduldig zu. Sully setzte sich wieder in Bewegung.

Der Wagen hatte das Nummernschild eines anderen Bundesstaates, doch es war so schmutzig, daß Sully nicht erkennen konnte, um welchen Staat es sich handelte. Im schrägen Rückfenster des kleinen Gefährts lagen Kleider und Decken und Spielzeug gestapelt, so daß man unmöglich hineinsehen konnte. Sully näherte sich dem Auto unter argen Bedenken, die noch stärker wurden, als eine vertraut aussehende junge Frau den Kopf aus dem Beifahrerfenster steckte und ihn zornig anstarrte. Ihr Ausdruck zeugte von heftigem Ärger, als ob ein einziger Blick auf Sully sie an mindestens sechs unangenehme Dinge erinnerte, die sie lieber vergessen hätte. Sully verspürte Fluchtdrang, als ob die Frau aus einer verdrängten Vergangenheit stammte und nun zurückgekehrt war, um ihm eine Vaterschaftsklage anzuhängen.

»Hi, Dolly«, sagte er, als er in Hörweite war, entschlossen, die Sache nun durchzustehen. Er hatte in seinem Leben genug Leute vergessen, um zu wissen, daß es am besten war, so zu tun, als kenne er die Leute, bis sie ihm einen Hinweis gaben. Wer auch immer diese unfreundliche junge Frau sein mochte, er würde sich schließlich erinnern. Sein ganzes Erwachsenenleben lang hatte er junge Frauen ›Dolly‹ genannt, und wenn diese hier ihn kannte, würde sie nicht allzu überrascht sein. Als er neben das Auto trat, sah er drei Kinder, die sich den vollgestopften Rücksitz mit Kissen und Stofftieren teilten, und er hatte diese Kinder irgendwo schon mal gesehen, als sie noch jünger waren. Die junge Frau stieg aus und klappte den Sitz nach vorn, damit Sully hinten hereinklettern konnte, und als er sich nach vorn beugte und einen Blick auf den Fahrer erhaschte, dämmerte es ihm, wer zur Hölle diese Leute waren.

»Rutscht rüber, ihr Gören«, sagte der Fahrer und sah die Kinder böse an. »Macht eurem Opa Platz.«

»Gib mir Andy rüber«, sagte Charlotte, die Frau seines Sohnes. »Damit du wenigstens ein bißchen Platz hast«, fügte sie halbherzig hinzu.

Sully hätte ihr gern Andy gegeben, war aber im Moment etwas verwirrt. Er steckte schon halb im Wagen und war sich ziemlich sicher, welcher seiner Enkel Andy war – das Baby –, aber wenn das stimmte, dann entging ihm der Sinn von Charlottes Bitte. Das Kind war an seinem Sitz festgegurtet, und selbst wenn es Sully gelungen wäre, es zu befreien – was ihm beim Anblick der komplizierten Vorrichtung zweifelhaft erschien –, so wäre das Ergebnis nur ein leerer Kindersitz gewesen, der einem Erwachsenen keinen Platz bot.

»Mach deinen Bruder los, Will«, befahl Peter, Sullys Sohn. »Sitz nicht da wie vor der Glotze.«

Der ältere Junge, der fast genauso aussah wie sein Vater in jenem Alter, tat wie ihm befohlen, jedoch mit einem mürrischen Ausdruck, als habe man ihm zuviel Verantwortung aufgebürdet. Wenn der älteste Will war und der jüngste Andy, so blieb nur noch der Name des mittleren übrig, der Sully mit unverhohlenem Erstaunen anstarrte. In seinem Nasenloch bebte ein Tropfen Rotz im Rhythmus des Atems. Sully mußte dem Jungen zugestehen, daß er, schlammbedeckt wie er war, ziemlich seltsam aussah.

Nachdem Andy nach vorn gereicht worden war, wandte Charlotte ihre erschöpfte Aufmerksamkeit dem mittleren Sohn zu. »Nun setz dich schon in den Kindersitz, Wacker. Soll etwa Opa darin sitzen?«

»Aber das ist 'n Babysitz«, murrte der Junge.

»Ich gehe rein«, seufzte der älteste und löste seinen Gurt.

Das brachte den Mittleren in Bewegung. »Mom hat gesagt, ich! Mom hat gesagt, ich!« schrie er und verpaßte seinem großen Bruder einen Hieb, während Will versuchte, in den Sitz zu klettern, der viel zu klein für ihn war. Die Faust des Kleineren erwischte den älteren Bruder am Nasensattel, und einen Augenblick lang stiegen Will die Tränen in die Augen – Wacker nutzte die Zeit, um in den Babysitz zu krabbeln, von wo aus er seinen verletzten Bruder böse angrinste. Zu Sullys Erstaunen machte der ältere Junge nicht mal den Versuch, sich zu rächen.

Da es nun einen Spalt breit Platz gab, ließ Sully sich hineingleiten, wobei er sein Bein vorsichtig in dem beschränkten Fußraum verstaute und das Knie ebenso vorsichtig beugte. Wie war denn bloß Wackers richtiger Name? grübelte er.

»Wacker hat mich schon wieder geschlagen«, sagte Will, an niemanden im besonderen gerichtet. Er prüfte, ob seine Nase blutete, und schien sichtlich enttäuscht, daß dem nicht so war. Wenn da Blut gewesen wäre, hätte ihm vielleicht einer geglaubt. Wacker zeigte seinem großen Bruder die kleine, harte Faust und machte die Augen schmal, als wolle er andeuten, daß ein zweiter Angriff zu dem gewünschten Ergebnis führen könnte.

»Schlag zurück«, schlug der Familienvater vor, während er den Wagen auf die Straße steuerte. Er hatte sich nicht umgedreht oder die Hand zum Gruß geboten oder sonstwie Freude über das Wiedersehen mit Sully bekundet. Aber so war es schon immer zwischen ihnen gewesen, seit Peter vor – fünfzehn? zwanzig? – Jahren aufs College gegangen war. Vermutlich betrachtete Peter eine solche Behandlung als eine Art Rache, als ausgleichende Gerechtigkeit, und wenn es so war, hatte Sully nichts dagegen. Als der Junge heranwuchs, hatte Sully ihn nicht absichtlich ignoriert – er hätte ihn sicherlich nie auf der Landstraße des Lebens stehengelassen, wenn der Junge einen Lift gebraucht hätte. Es war nur so, daß die Mutter sich schon darum kümmerte, daß ihr Sohn nie Hilfe benötigte. Sie und Ralph – der Mann, den sie ungefähr ein Jahr nach der Scheidung von Sully heiratete –, hatten Peter so gut aufgezogen, daß es dem Jungen nie an etwas gefehlt hatte, und Sully wußte, daß Ralph ein viel besserer Vater war, als er selbst je hätte sein können. Er tat dem Jungen einen Gefallen, wenn er sich aus seinem Leben heraushielt – so dachte er wenigstens. Und selbst heute erschien ihm diese Entscheidung ziemlich vernünftig. Es stimmte schon, Peter war zu einem wortkargen, wenig ehrgeizigen Mann herangewachsen, aber er hatte ja das Erbe der ehrgeizigen Vera und zum Ausgleich die Sanftmütigkeit seines Stiefvaters, und irgendwie war Peter zu einem College-Professor für irgendein Fach geworden, Sully konnte sich nicht mehr erinnern, welches.

»Du mußt ihm richtig einen vor den Latz knallen«, sagte Peter ohne rechte Überzeugung. »Wenn man dich haut, hau zurück.«

»Und das von einem, der früher jede Gewalt abgelehnt hat«, schnaubte Charlotte, als ob die Bemerkung ihres Mannes der endgültige Beweis dafür sei, daß er ein elender Heuchler war. Sully, der sonst selten auf solche Dinge achtete, fiel die Spannung zwischen den beiden auf, und er fragte sich nach dem Grund. War einer von ihnen dagegen gewesen, ihn mitzunehmen? Wenn, dann war es sicher Peter gewesen. Denn Sully hatte seine Schwiegertochter immer gern gehabt, auch wenn er sie selten sah. Sie war ein großes linkisches Mädchen mit offenem Gesicht, die nie etwas dagegen hatte, wenn man sie auf den Arm nahm, und das war eins der wenigen Dinge, die Sully anzubieten hatte – abgesehen von jenen uneingestandenen Freundschaftsgefühlen, die sie füreinander entwickelt hatten, weil Vera beide nicht leiden konnte. Vera hatte nie einen Hehl daraus gemacht, daß Peter ihrer Meinung nach keine gute Partie gemacht hatte, daß Charlotte nicht die Art Frau war, die seiner Karriere förderlich sein konnte. Sie hatten schon vor der Hochzeit zusammengelebt, und auch das war Vera ein Dorn im Auge gewesen. Und daß sie dann heirateten, weil Will unterwegs war, bildete für Vera den endgültigen Beweis, daß ihr Sohn in die Falle gegangen war. Charlotte hatte Sully die ganze Geschichte einmal erzählt und damit sein Mitgefühl geweckt. Das wenige, das er von seinen Enkeln wußte, erfuhr er immer durch Charlottes ausführliche Weihnachtskarten.

»Was machst du nur hier draußen?« wollte Peter wissen. Er drehte den Rückspiegel zur Seite, so daß er Sully sehen konnte.

»Ich wollte dich gerade das gleiche fragen«, sagte Sully. Er war nicht besonders erpicht darauf, Erklärungen abzugeben.

»Wir sind zum Thanksgiving-Dinner herzitiert worden«, sagte Charlotte. »Und wir wagen es natürlich nicht, Ihrer Hoheit abzusagen.«

Damit konnte nur die dominante Vera gemeint sein. Sully hatte sie letztlich nicht unter Kontrolle bekommen, aber versucht hatte sie es auch bei ihm. Ihren zweiten Mann hatte sie sorgfältiger ausgewählt. »Ich glaub' nicht, daß ich Vera seit eurem letzten Besuch hier noch mal gesehen habe«, sagte Sully und bezog damit eine neutrale Position. »Wann war das noch?« grübelte er.

»Wie kannst du nur in 'nem kleinen Nest wie Bath leben und die Leute aus den Augen verlieren?« fragte Charlotte.

»Tja, Dolly, Vera und ich bewegen uns nicht in denselben Kreisen«, erklärte Sully. »Eigentlich bewegt sich Vera nie in Kreisen. Sie marschiert immer geradeaus.«

»Kann man wohl sagen«, stimmte Charlotte unfreundlich zu.

»Irgendeiner mußte es ja tun«, warf Peter ein.

Sully blickte in den Rückspiegel, aber Peters Augen waren auf die Straße gerichtet. Aus dem Seitenfenster sah Sully, daß sie gerade am Friedhof und an Big Jim Sullivans Grab vorbeifuhren, und er widerstand der Versuchung, ihm den Finger zu zeigen, da er es seinen Enkeln hätte erklären müssen. Er fragte sich, ob Peter in dem Moment, da er ihn am Straßenrand erspäht hatte, auch das Fenster herunterkurbeln, hupen und ihm den Finger hatte zeigen wollen – als ausgleichende Gerechtigkeit.

»Ich würd' dir ja deinen Enkel geben«, sagte Charlotte. »Aber im Moment macht er gerade A-A.« Andy lag über ihrer Schulter und starrte Sully über die Lehne hinweg an. Der Blick war konzentriert, ging aber irgendwo zwischen seiner eigenen Nase und dem Großvater ins Leere. Voll und ganz dem großen Geschäft gewidmet.

»Danke«, gab Sully zurück. »Ich hätte auch was dagegen, wenn er mir den guten Anzug vollmacht.«

Will nahm seine Hand von der Nase und starrte Sully an. Mit ungläubiger Miene überlegte er wohl, ob dies der gute Anzug seines Großvaters sein mochte.

»Hallo Mordechai«, sagte Sully zu Wacker, der ihn immer noch unverwandt anstarrte, obwohl er die Bedenken seines älteren Bruders, dies könne Sullys guter Anzug sein, nicht zu teilen schien.

»Ich heiß' nicht Mordechai!« rief der Junge wütend. »Ich heiß' Wacker!«

»Wie kommt's, daß sie dich Wacker nennen?« fragte Sully und zwinkerte über Wacker hinweg Will zu.

Wackers Miene hellte sich plötzlich auf; und bevor Sully es verhindern konnte, hatte der kleine Junge ein großes gebundenes Kinderbuch von Dr. Seuss in der Hand und ließ es krachend auf Sullys Knie niedersausen, worauf dieser eine Flut von Verwünschungen ausstieß, die er nie in Gegenwart seiner Enkel hatte aussprechen wollen. Will, der die Tränen nach Wackers Attacke tapfer zurückgehalten hatte, ließ sie nun vor lauter Furcht und Mitleid rinnen.

Sobald Sully wieder Luft bekam, befahl er seinem Sohn, auf den Parkplatz des IGA-Marktes zu fahren, was Peter nur widerwillig tat. Kaum war er aus dem Gremlin heraus, strebte Sully quer über den Parkplatz auf die verlassene Fotokabine zu, die ungefähr hundert Meter entfernt war. Aus irgendeinem Grunde schmerzte sein Knie weniger, wenn er schneller lief. Nach ungefähr fünfzig Metern holte Peter ihn ein.

»Verdammt, Dad«, sagte er mißbilligend – fast mitleidlos, so schien es Sully, der überrascht war, daß er sich von seinem Sohn ein wenig Mitleid gewünscht hätte. »Was hat der kleine Bastard denn bloß angestellt?«

Sully wurde langsamer, und die Schmerz- und Übelkeitswellen ließen ein wenig nach. Er holte tief Luft und sagte »Wow.«

»Er ist doch bloß ein Kind, um Himmels willen«, sagte Peter. Dies sollte wohl ein Kommentar zu Wackers Kraft sein – daß er nicht fähig sei, echte Schmerzen zu erzeugen. Was er wirklich wissen wollte, war, warum sein Vater, den er sein Leben lang als harten Kerl gekannt hatte, plötzlich so wehleidig war.

Als simple Erklärung krempelte Sully sein Hosenbein hoch und zeigte es ihm. Peters Augen wurden so groß, daß er auf einmal so aussah wie Will. »Das war Wacker?« fragte er ungläubig. »Mit Dr. Seuss?«

»Stell dich nicht so dämlich an«, sagte Sully, zufrieden über die Betroffenheit seines Sohns. »Ich bin von 'ner Leiter gefallen. Ist 'n Jahr her.«

Peter seufzte erleichtert. »Großer Gott«, sagte er wieder. »Du solltest aber zum Arzt gehen.«

Sully schnaubte verächtlich. »Ich war schon bei zwanzig Ärzten.«

Als er das Hosenbein wieder herunterkrempelte, starrte Peter immer noch auf die Stelle, als ob er die bizarre purpurrote Schwellung noch durch den Stoff sehen könnte. Langsam gingen sie zum Wagen zurück. »Und was sagen die?« wollte Peter wissen.

»Zwanzig verschiedene Sachen«, erwiderte Sully, obwohl das nicht ganz stimmte. »Damals, als es passierte, wollten sie mir ein neues Knie verpassen. Ich hätt' sie mal machen lassen sollen.«

Damals schien es keine gute Idee gewesen zu sein. Nach dem Unfall war der Schmerz stark, aber erträglich gewesen, und Sully hatte geglaubt, daß er mit der Zeit allmählich nachlassen würde, wie er es von früheren Schmerzen kannte. Wenn er der Operation zugestimmt hätte, wäre er noch länger ohne Arbeit gewesen, und das, so hatte er sich gesagt, könne er sich nicht leisten, womit er ziemlich recht hatte. Doch der wirkliche Grund, warum er die Operation abgelehnt hatte, war, daß es ihm töricht vorkam, ein neues Knie zu bekommen. Er hatte sogar gelacht, als der Arzt es vorschlug, hatte es für einen guten Witz gehalten. Daß man irgend etwas neu bekommen konnte, lief den Grundsätzen von Sullys Erziehung zuwider. ›Komm bloß nicht an und heul mir vor, daß du einen neuen haben willst, wenn du noch nicht mal auf den alten aufpassen konntest‹, war einer der Lieblingssprüche seines Vaters gewesen. Wenn man am Abendbrottisch die Milch verschüttete, gab es keine Milch mehr. Wenn dir der Ball oben auf einem Dach liegenblieb, war das Pech. Hättest ihn halt nicht dort raufwerfen sollen! Wenn du deine Uhr abgenommen und irgendwo vergessen hattest und wissen wolltest, wie spät es war, konntest du ja ins Stadtzentrum spazieren und einen Blick auf die Uhr an der First National Bank werfen – die hing dort, so einst Sullys Vater, für all die Leute, die so dumm waren, ihre Armbanduhren zu verlieren.

Als Junge hatte Sully die Unduldsamkeit seines Vaters allen menschlichen Schwächen gegenüber gehaßt, besonders, weil sich diese Ungeduld nur auf die Schwächen der anderen bezog. Aber als er älter wurde, hatte er diese Haltung übernommen, und sich angewöhnt, ohne Dinge auszukommen, die er kaputtgemacht hatte – als eine Art Preis, den er zu entrichten hatte, wenn er sein Leben nach eigenem Willen leben wollte.

»Warum läßt du es jetzt nicht operieren?« wollte Peter wissen.

»Hör mal«, sagte Sully. »Mach dir keine Sorgen darum.« Er hatte gewollt, daß Peter von der Verletzung erfuhr, aber er verspürte wenig Lust, sich darüber auszulassen oder Erklärungen abzugeben. In dem Jahr seit dem Unfall hatte sich das Kniegelenk entzündet, was nach Meinung der Vertrauensärzte der Grund dafür war, daß die Schmerzen stärker wurden. Sie waren überzeugt davon, daß

Sully alles vermasselt hatte, indem er sich damals nicht hatte operieren lassen. So drückte es jedenfalls Wirf aus.

»Die Schwellung enthielt viel Flüssigkeit«, erklärte Sully. »Vielleicht sollte ich es noch mal punktieren lassen. Ist nur leider unheimlich teuer und tut höllisch weh, und es fühlte sich nicht mal viel besser an, wenn sie fertig sind.«

Sie hatten das Auto fast erreicht. Andy, so bemerkte Sully, war wieder in seinen Sitz zurückgewandert. Will hatte zu weinen aufgehört und beobachtete seinen Großvater furchtsam durch das Fenster. Wacker studierte den Dr. Seuss mit einem Ausdruck, als habe er wieder Respekt vor dem geschriebenen Wort gewonnen. Charlotte, die im Wagen sitzengeblieben war, sah starr geradeaus und rieb sich die Schläfen.

»Ich hab' doch nichts gemacht, womit ich deine Frau beleidigt hätte?« erkundigte sich Sully, der genau das schon öfter getan hatte, ohne es im mindesten zu beabsichtigen. Vielleicht wollte sie einen so schmutzigen Menschen wie ihn nicht in ihrem Auto haben. Vielleicht hatte er sich mit seiner Vermutung geirrt, und es war Peter gewesen, nicht Charlotte, der darauf bestanden hatte, ihn mitzunehmen.

Doch Peter schüttelte den Kopf. »Ist wegen mir. Es geht nicht um dich.«

Sully wartete, ob er sich darüber aussprechen wollte, und als dies nicht geschah, sagte er: »Tut mir leid, das zu hören.«

»Sie hat schon ihre Gründe, nehm' ich an.«

Sully schaute seinen Sohn an, der wiederum den Blick auf seine Familie gerichtet hielt, als ob sie nicht zu ihm gehören würde. Er hatte es leichthin gesagt, aber einen Augenblick lang dachte Sully, daß es eine Art Geständnis war. Wenn, dann war es das erste Mal, und bevor Sully entscheiden konnte, ob es ihm paßte, daß sein Sohn sich ihm anvertraute, machte Peter die nächste vertrauliche Mitteilung.

»Mom hat dir wohl nicht erzählt, daß sie mir den Lehrauftrag nicht verlängert haben?«

Sully spürte schon, daß er dies eigentlich gar nicht wissen wollte. »Nein«, sagte er. »Ich hab' deine Mutter nicht mehr gesehen, hab' ihr nicht mal mehr ›Hallo‹ gesagt.«

»Das ist übrigens schon im Frühjahr passiert«, sagte Peter. »Sie geben dir ein Jahr Zeit, um etwas anderes zu finden.«

Sully nickte. »Und – hast du?«

»Klar«, machte Peter. »Nur Pech.«

»Es tut mir leid, das zu hören, mein Sohn«, sagte Sully.

Peter hielt den Blick immer noch starr auf seine Familie gerichtet, die sich in dem zerbeulten Gremlin zusammendrängte. »Manchmal denk' ich, du hättest das Klügste getan. Einfach abhauen.«

Die Bemerkung enthielt die übliche Bitterkeit, aber Peter klang eher melancholisch als wütend, und so beschloß Sully, darüber hinwegzugehen. »Ich hab's nur fünf Straßen weiter geschafft, wie du dich erinnern kannst.«

Peter nickte. »Hättest genausogut nach Kalifornien gehen können.«

»Willst du, daß ich sage, es tut mir leid?« fragte Sully.

»Nee«, meinte Peter. »Wenn's nicht so ist.«

Sully nickte. »Sag deiner Mutter 'nen Gruß von mir. Und danke fürs Mitnehmen.«

Peter blickte auf seine Schuhe hinunter. Er wirkte plötzlich verlegen, was Sully nicht beabsichtigt hatte. »Warum kommst du morgen nicht auch vorbei?«

Sully grinste ihn an. »Das solltest du vielleicht erst mal mit deiner Mutter klären.«

»Ich brauch' doch keine Erlaubnis, um meinen eigenen Vater zu Thanksgiving einzuladen.«

Sully widersprach nicht. »Sie hat sich also verändert.«

»Sollen wir dich jetzt hierlassen?«

Sully sagte ja, sie sollten sich keine Sorgen machen. Vor dem Supermarkt war eine Telefonkabine, und Sully versprach, Rub anzurufen, damit der ihn abholen kam. Er versprach auch, sich die Einladung bei Vera durch den Kopf gehen zu lassen. Peter erzählte, daß sein Stiefvater Ralph, dessen Gesundheitszustand schon seit einiger Zeit kritisch war, gerade aus dem Krankenhaus zurückgekommen war, und daß die Dinge zur Zeit nicht so gut liefen. Sully sagte, er würde versuchen, auf einen Sprung hereinzuschauen und sie alle aufzuheitern. Man brauche ihn ja nur anzusehen, fügte er hinzu. Peter verstand das zunächst falsch, glaubte, Sully wollte in einem ähnlichen Aufzug wie dem jetzigen daherkommen, und riet dagegen. Zum Schluß schüttelten sie sich die Hände, nur ein paar Schritte von dem Gremlin entfernt, dessen Fenster immer noch geschlossen waren.

Sully klopfte an die Scheibe und erschreckte Charlotte, die so aussah, als sei sie in Gedanken weit weggewesen, als habe sie Sully völlig vergessen. Als sie das Fenster herunterkurbelte, sah er, daß ihre Augen rot und verschwollen waren. »Schön, daß du immer noch so gut aussiehst, Dolly«, äußerte er, obwohl er sehen konnte, daß sie einiges zugenommen hatte. Das Kompliment heiterte sie nicht im mindesten auf.

»Das ist 'ne Minderheiten-Meinung«, sagte sie.

»Ich gehör' zu 'ner Minderheit«, gab Sully zu, obwohl er in dem Moment bemerkte, daß er damit das Kompliment wieder zurückgenommen hatte. Um den peinlichen Augenblick zu überspielen, klopfte er an das Fenster, hinter dem Wacker saß. »Das nächste Mal, wenn du mich haust, denn bitte mein rechtes Bein«, sagte er zu seinem Enkel. »Das ist das heile Bein. Wenn du mich noch mal auf das linke haust, jag' ich dich bis nach Hause nach West Virginia zurück.«

Wacker schien von der Drohung wenig beeindruckt. Er hob sogar den Dr. Seuss über den Kopf, als wolle er die Herausforderung annehmen. Der kleine, weiße Tropfen Rotz vibrierte immer noch in seinem Nasenloch. Will dagegen sah aus, als würde er sich gleich vor lauter Angst in die Hose machen. Als Sully ihn angrinste, um zu zeigen, daß es alles nicht ernst gemeint sei, war er sichtlich erleichtert.

Das Haus von Carl Roebuck, wo er die Münzen auf dem Speicher gefunden hatte, lag nur einen Block weiter auf der Glendale, und weil es ohnehin auf seinem Weg ins Zentrum lag, dachte Sully, zum Teufel, was soll's: Er hatte sowieso schon fast den ganzen Morgen verschwendet, und außerdem wäre es nett, Carls Frau Toby wiederzusehen.

Toby Roebuck war nach Sullys Auffassung die allerschönste

Frau in Bath. Er stellte sich immer vor, daß sie gut im Fernsehen auftreten könnte. Sie hatte eine tolle Figur, war selbstbewußt, frech und sauber wie die Mädchen aus der Seifenwerbung. Ein Mädchen, in das er sich vor dreißig Jahren ganz bestimmt verliebt hätte – er wußte das, weil er sich letztes Jahr in sie verliebt hatte, als er neunundfünfzig war und es eigentlich besser hätte wissen sollen. Er hatte sie seit August nicht mehr gesehen, als er aufgehört hatte, für Carl Roebuck zu arbeiten, weil seine schwellende Liebe – zusammen mit seinem anschwellenden Knie – es ratsam erscheinen ließen, die harte Arbeit für eine Weile aufzugeben.

Wer außer Carl Roebuck, diesem Hohlkopf, würde nicht vollauf zufrieden sein, wenn er eine solche Frau hätte, dachte Sully, als er die Einfahrt des Roebuckschen Hauses hinaufhumpelte. Nun ja, die meisten Männer, das mußte er zugeben, weil die meisten Männer nie zufrieden waren. Dennoch – *er* wäre zufrieden – jetzt, im Alter von sechzig Jahren. Er war doppelt so alt wie Carl und im Laufe der Jahre Frauen gegenüber sehr sentimental geworden, und er hatte die Sicherheit des älteren Mannes gewonnen, der genau weiß, wie man eine Frau wie Toby Roebuck behandelte– nun, da er nie mehr die Gelegenheit haben würde, eine solche Frau zu besitzen.

Toby Roebucks Bronco, ein Wagen, den Sully lange Zeit so sehr begehrt hatte wie seine Besitzerin, stand auf seinem Platz in der Garage. Der andere Platz, auf dem Carls roter Camaro zu stehen pflegte, war leer. Das war gut. Manchmal kam Carl über Mittag zu einem Schäferstündchen nach Hause; meistens jedoch fuhr er zu demselben Zweck woanders hin. Sully hatte gehofft, daß dies heute der Fall sein würde, weil er Carl nicht gerade jetzt begegnen wollte. Neben der hinteren Veranda stand ein blitzsauberer neuer Schneepflug. Der mochte sie ungefähr soviel kosten, wie Carl Roebuck ihm schuldete – vielleicht auch noch mehr. Sully beschloß, sich nach dem Preis zu erkundigen.

Da die hintere Tür offen war, klopfte er beim Hineingehen an und rief: »Hi, Dolly. Du läufst doch nicht gerade nackt herum, oder?« Im letzten Sommer hatte er Toby Roebock einmal im Garten beim Sonnenbad mit freiem Busen angetroffen, ein Zufall, der ihn in größere Verlegenheit gestürzt hatte als sie, die ihr

Bikini-Oberteil schnell hochgezogen und über Sullys Verwirrung und tiefes Erröten gekichert hatte.

»Nein, aber in zwei Minuten kann ich soweit sein«, kam ihre helle, mädchenhafte Stimme aus der oberen Etage.

»Laß dir Zeit«, rief Sully, zog sich einen Stuhl an den Küchentisch und ließ sich darauffallen, denn sein Knie schmerzte immer noch von Wackers Angriff. Er merkte, wie sehr er diesen Ort während der letzten Monate vermißt hatte; es gab wenige Orte auf der Welt, die ihm so sehr behagten wie Toby Roebucks Küche – im Augenblick war die Kaffeemaschine wie von unsichtbaren Händen in Bewegung gesetzt worden, wie Sully am Duft erkennen konnte. »Ich brauch' erst mal 'nen Kaffee, falls ich soweit komme und ihn mir holen kann.«

Erst jetzt bemerkte Sully einen Mann in grauer Arbeitsmontur, der zwei Zimmer weiter mit gebeugtem Knie dahockte. »Bist du das, Horace?« Sully kniff die Augen zusammen und erinnerte sich jetzt, Horace Yancys grünen Lieferwagen vor dem Haus gesehen zu haben, ohne daß er dem eine Bedeutung zugemessen hätte.

»Hi, Sully«, sagte Horace über die Schulter. »Ich lauf' auch nicht nackt rum.«

»Gott sei Dank«, gab Sully zurück. »Was machst du denn hier?«

»Ich zieh' diese Schrauben fest«, brummte Horace und hantierte mit dem Schraubenzieher. »Dann bin ich fertig.«

Da die Kaffeemaschine nun zweimal gegluckst und das Tropfen des Kaffees aufgehört hatte, stand Sully auf und suchte im Schrank nach seiner Lieblingstasse, auf der eine poetische Inschrift stand:

Auf dich, die du so gut,
Und auf mich, der ich so schlecht,
Doch wie gut du auch bist,
Und wie schlecht auch ich,
Ich bin so gut wie du,
Und so schlecht wie ich.

Sully scherte sich nicht um materielle Besitztümer und empfand gewöhnlich auch keinen Neid auf die Reichen dieser Welt. Wie seltsam war es dann, so dachte er, daß er Carl Roebuck um so viele Dinge beneidete – zum Beispiel um seine Frau und den Bronco seiner Frau. Ziemlich schwere Brocken natürlich. Und jetzt noch der neue Schneepflug. Aber es gab auch kleinere Dinge: Eines Tages war er gekommen, als Toby Waschtag hatte und Carls Unterhosen und Socken auf einem Tisch stapelte. Sully hatte über fünfundzwanzig Unterhosen und ebenso viele Socken gezählt. Für einen Mann wie Sully, der seine Wäsche im Waschsalon wusch und viel öfter dorthin mußte, als ihm lieb war – weil er wieder mal keine Hosen und Socken hatte –, schien die bloße Vorstellung von so viel Wäsche wie ein unglaublicher Luxus. Daß Carl Roebuck Unterhosen in Überfluß besaß, erschien Sully nicht gerecht – daß er auch noch das schönste Mädel des ganzen County zur Frau hatte, die ihm die Sachen wusch, war ein Skandal, der nach Umverteilung schrie. Sully war ziemlich sicher, daß Begehren schon im allgemeinen nicht in Ordnung war, und ganz bestimmt war es keine gute Sache, die Unterhosen eines anderen Mannes zu begehren. Und dann war da natürlich dieses besondere Gebot, in Stein gemeißelt, daß man nicht die Frau eines anderen begehren solle. Aber was war nun mit seiner Lieblingstasse? Toby Roebuck hätte sie ihm vielleicht geschenkt, wenn sie gewußt hätte, wie sehr ihm die Tasse gefiel. Aber eigentlich wußte er gar nicht, ob er sie wirklich haben wollte. Wenn er sie mit nach Hause nahm, würde er sie wahrscheinlich im Schrank vergessen. Hier in Tobys Küchenschrank konnte er sie gelegentlich benutzen und bedauern, daß er nicht selbst so eine Tasse besaß.

Als er sich wieder hinsetzte, ließ Horace seinen Werkzeugkasten zuschnappen und erhob sich mühsam. Er war noch ein paar Jahre älter als Sully und hatte ebenfalls große Mühe mit dem Hinknien und Aufstehen. Da kam Toby Roebuck die Treppe heruntergehüpft, wie immer in engen ausgewaschenen Jeans, einem Sweatshirt und Turnschuhen. Sie hatte auf dem College zwei oder drei Sportarten betrieben und joggte jetzt immer noch, wenn es warm war – ihr blonder Pferdeschwanz schwang dann wie bei einem jungen Mädchen durch die Alleen von Bath. Doch seit ihrem letzten Treffen hatte sie sich das Haar kurz schneiden lassen, und es war eher wie das eines Mannes frisiert, dachte Sully und war traurig, daß es im nächsten Frühling keinen hüpfenden Pferdeschwanz mehr geben würde. Zum Glück waren da noch ein paar andere Sachen, die fröhlich hüpften, als Toby unten angekommen war.

»Alles fertig, Mr. Yancy?« zwitscherte sie.

»Alles fertig, Mrs. Roebuck«, seufzte Horace und präsentierte ihr die Rechnung. »Ich wünschte nur, Sie hätten mich nicht dazu überredet.«

»Ich schreib' Ihnen einen Scheck«, sagte sie, nahm die Rechnung und verschwand im Arbeitszimmer.

»Auf mich wird er wütend sein, nicht auf Sie«, meinte Horace und setzte seine Werkzeugkiste wieder ab. Er starrte Sully an, als erwarte er von ihm mehr Verständnis für seine schwierige Lage.

»Männer sind ja so feige«, hörten sie Toby Roebuck im Arbeitszimmer sagen. Eine Minute später kam sie mit dem Scheck zurück und gab ihn dem traurigen Schlosser, der ihn mit dem Ausdruck eines Mannes anblickte, der gerade herausgefunden hat, daß er langsam bankrott geht, weil er vor dreißig Jahren die falsche Laufbahn eingeschlagen hat. Sully kannte dieses Gefühl.

»Ich würde ihn schnell einlösen«, riet Toby.

»Okay.« Horace stopfte den Scheck in die Hemdtasche. »Hier sind die Zweitschlüssel.«

Sie nahm sie und ließ sie in die Tasche ihrer Jeans gleiten; Sully konnte genau den Abdruck sehen.

Als Horace gegangen war, wandte sich Toby Roebuck ihrem Gast zu, den sie vorher gar nicht angesehen hatte. »Sag mal«, begann sie, »wie kann ein Mann – und sogar ein Mann wie du – bloß *so* dreckig werden?«

»Indem er für deinen Mann arbeitet«, gab Sully wahrheitsgemäß zurück.

»Aha«, sagte sie und nickte, als ob sie den Sinn dieser Antwort voll erfaßt hätte. »So wie du aussiehst und wie ich mich fühle – ist das nicht ein toller Mann?«

»Er ist schon ein Prachtexemplar«, gab Sully zu. »Weißt du was? Wo du doch gerade dein Scheckheft zur Hand hast – wie wär's, wenn du mir 'nen Scheck für die Arbeit vom letzten Sommer ausstellst? Der Dummkopf und ich haben uns schon geeinigt, er hatte aber im Büro nur das Firmenscheckheft.«

Toby Roebuck grinste ihn an. »Ganz schön clever, Sully.«

»Was?«

»Er hat heute morgen angerufen und mich gewarnt, daß du wahrscheinlich vorbeischauen würdest. Und er hat mir fast Wort für Wort vorausgesagt, wie du dich ausdrücken würdest.«

Sully grinste dämlich. »Aber er schuldet's mir, weißt du.«

»Mach dir nichts draus«, riet sie. »Er schuldet jedem was.«

»Ist ja gut, daß er so viel Geld hat«, meinte Sully.

»Welches Geld?«

»Also, *mich* brauchst du nicht für dumm zu verkaufen«, meinte Sully.

»Ich sag' dir was, Sully, kannst ja mal 'nen Riesenhaufen Geld nehmen und dir 'ne vierfache Bypass-Operation antun und dann sehen, wieviel von dem Haufen noch übrig bleibt.«

Sully beschloß, nicht darüber zu streiten, aber er glaubte auch nicht, was Toby Roebuck ihm da auftischte. Zwar hegte er keinen Zweifel daran, daß das Krankenhaus sehr teuer gewesen war, aber er bezweifelte, ob sie wirklich über die Finanzen ihres Mannes Bescheid wußte. Carl war ein findiger Kopf und hatte womöglich Geld an Orten gebunkert, auf die kein Mensch kommen würde. Vermutlich war es so gut versteckt, daß es nie ans Licht kam, falls Carl einmal während seiner mittäglichen Schäferstündchen etwas zustoßen sollte.

»Kannst du mir mal verraten, was das mit den neuen Schlössern bedeuten soll?« fragte Sully.

»Ich dachte schon, es interessiert dich nicht«, erwiderte sie. »Ich hab' gerade heute morgen beschlossen, daß mein Ehemann nicht mehr hier wohnt – jedenfalls nicht in nächster Zeit.«

Sully nickte. »Tja, das ist ein gewagter Zug. Hilft wahrscheinlich nichts, aber vielleicht wird er ja dadurch wachgerüttelt.«

»Wir werden ja sehen.« Toby Roebuck klang fröhlich und schien sich nicht besonders viel Sorgen zu machen. »So . . . und du bist also nicht mehr auf der Schule. Der alte Hund konnte die neuen Tricks doch nicht mehr lernen.«

»Ich wünschte, es gäb' noch 'n paar Tricks für 'nen alten Hund, Dolly.«

»Und jetzt arbeitest du wieder für Carl?«

»Im Moment ja«, gab Sully zu, er mochte keine längerwährenden Verpflichtungen zugestehen. »Wir werden ja sehen.«

Beide schwiegen für einen Augenblick, denn keiner wollte offen eingestehen, daß sein Leben in so bedeutsamer Weise mit einem Mann wie Carl Roebuck verbunden war. »Willst du unsere neue Badewanne sehen?« fragte Toby Roebuck schließlich.

»Wo denn?«

»Oben.«

»Dann möchte ich sie lieber doch nicht sehen«, erklärte Sully, der seiner Liste begehrenswerter Dinge nicht noch einen neuen Gegenstand hinzufügen wollte.

Toby goß sich einen Kaffee ein. »Ist es immer noch das Knie oder hast du dir noch was angetan, seit wir uns das letzte Mal gesehen haben?«

»Nee. Immer noch dasselbe, Dolly«, sagte er und starrte ihr kurzgeschnittenes Haar an. »Und wo wir gerade davon reden, was man sich selber antun kann . . .«

»Ich hab' 'ne Rolle in dem Stück in Schuyler gekriegt«, erklärte sie fröhlich. »Shakespeare – auf neu getrimmt: ich muß mich als Junge verkleiden.«

Sully schaute sie lüstern an. »Viel Glück.«

Toby Roebuck ging darauf nicht ein. Sie setzte sich zu ihm an den Tisch und stellte die Füße auf den Stuhl, der neben ihr stand. »Du gehst also wieder arbeiten. Ich muß sagen, du und Carl, ihr verdient einander. Ihr macht euch gerne selbst kaputt. Nur hat er mehr Spaß dabei. Du kommst mit 'nem gebrochenen Knie nach Hause, und er schleppt den Tripper an.«

Sully streckte sein Knie. »Ich muß ja zugeben, daß ich gern mal für 'ne Weile mit ihm tauschen würde.«

Toby grinste ihn an. »Wenn du's doch tätest. Gebrochene Knie sind nicht ansteckend.«

Sully zog die Stirn kraus und dachte darüber nach; er wußte nicht, ob das eine Einladung von Toby sein sollte oder ob sie ihrem Mann ein gebrochenes Knie wünschte. Letzteres, so beschloß er, ergab mehr Sinn. »Hat er dich denn angesteckt?«

»Nur dreimal«, erwiderte sie.

»Großer Gott«, stieß Sully hervor, nun ehrlich überrascht. Es hatte ihn immer erstaunt, wie Toby Roebuck die unzähligen Verfehlungen ihres Mannes hinnehmen konnte; sogar diese letzte Schandtat gab sie in so sachlichem Ton wieder, als seien Geschlechtskrankheiten ein Umstand, den sie von vorn herein in Kauf hatte nehmen müssen, als sie Carl Roebuck heiratete. Und als sei erst mit dieser dritten Dosis Tripper ihre Geduld allmählich überstrapaziert worden. Sully erschien das unheimlich. Bei den Frauen, mit denen er zusammen gewesen war, hatte es kaum je Toleranz gegenüber dem Mann gegeben, im Gegenteil: in einem einzigen effektiven Schachzug hatten sie meist seine Missetaten herausgefunden, beurteilt und ihm eine angemessene Strafe zugeteilt. Es ergab überhaupt keinen Sinn, dachte Sully, daß diese junge Frau, die jeden Mann im ganzen County haben konnte, mit einem Mann zusammenblieb, der ihr immer wieder einen Tripper anhängte.

»Ich hab' ihm erst letzte Woche gesagt, er soll das kleine Flittchen im Büro feuern. Sie ist der reinste Brutkasten.«

»Danke für den Tip«, sagte Sully, obwohl er sich ja keine Sorgen zu machen brauchte. Das einzige, was Ruby ihm je angeboten hatte, war ihre Verachtung.

»Sag mal, Sully« – ihr Blick war nun ernst – »was hat das bloß zu bedeuten, daß er sie nicht rausschmeißen will?«

Sully zuckte mit den Schultern. »Ich glaub' nicht, daß er in sie verliebt ist, falls du das meinst.«

Toby dachte nach, als wüßte sie nicht genau, wie sie das verstehen sollte.

»Um ehrlich zu sein«, gab Sully zu, »ich hab' keine Ahnung, warum er etwas tut. Weiß ja meistens nicht mal, warum ich das tu, was ich tue, wie soll ich das dann bei anderen wissen.« Er hatte seinen Kaffee ausgetrunken und schob die Tasse in die Mitte des Tisches. »Danke für den Kaffee. Und bleib am Ball.«

»Ist das alles, was du dazu zu sagen hast?« fragte sie und tat so, als sei sie wütend. »Bleib am Ball?«

»Tut mir ja leid, Dolly, aber das ist meine ganze Lebensweisheit. Willst du mir nicht doch noch den Scheck ausstellen, wo du gerade so schön wütend bist?«

»Das würde er mir nie verzeihen.«

Sully stand auf und streckte das Knie. »Okay«, schloß er. »Dann geb' ich mich eben mit 'nem Lift in die Stadt zufrieden.«

»Wo ist denn dein trauriges Vehikel?«

»Steckt im Schlamm fest«, gab er widerwillig zu.

»Alter Schlammstecker Sully«, grinste sie ihn in einer Weise an, daß er sich fragte, ob das vorhin nicht doch eine Einladung gewesen war. »Das ist eine Sache, die ich Carl zugestehen muß« – sie nahm ihren Parka vom Haken bei der Tür – »er wird nie irgendwo feststecken.«

Das ›nicht mal bei mir‹ sprach sie nicht aus.

Sully bat Toby Roebuck, ihn vor dem OTB abzusetzen, weil es ein guter Platz war, um nach jemandem Ausschau zu halten, der vermutlich nicht da war. »Falls jemand fragt, du hast mich heute nicht gesehen«, ermahnte er sie, als er ausstieg.

»Wen gesehen?« fragte Toby.

Sully wollte gerade antworten, als er merkte, daß sie einen Witz machte.

»Komm doch zu dem Theaterstück«, schlug sie vor.

»Gibt's auch Nacktszenen?«

»Sag mir noch eins«, wollte sie wissen, bevor er die Tür zuschlug. »Wie warst du, als du jung warst?«

»So wie jetzt«, erwiderte er. »Nur mehr davon.«

Im OTB ging es wie immer lebhaft zu, doch ein kurzer Blick durch die Räume genügte Sully, um zu wissen, daß Rub nicht da war. Wochentags zwischen elf und zwölf war das OTB von North Bath immer von einer kleinen Rentnerarmee bevölkert – Männern in blaßgelben oder hellblauen Windjacken, die am Mittag verschwanden, um zu Hause Thunfisch-Sandwiches mit Weißbrot und dampfendheiße Campbell's Tomatensuppe zu essen. Sie überließen dann das Feld den ärmeren, verzweifelten, abgerissenen Typen, die auf Kosten des Staates lebten. In dieser kalten Jahreszeit trugen all jene gutrasierten, manierlichen Windjacken-Männer Pullover unter den Jacken, und viele mußten auf Geheiß ihrer Frauen auch noch Schals tragen, denn die Frauen hatten sich angewöhnt, ihre Männer seit der Pensionierung wie Schulkinder zu behandeln und dafür zu sorgen, daß die Schals fest genug geknotet und die Reißverschlüsse an den Jacken so hochgezurrt waren, wie es nur ging.

»Sully!« grüßten die Männer jetzt den Hereinkommenden und zogen ihre Baseball-Kappen. Sully kannte die meisten von ihnen und mochte sie – trotz der Tatsache, daß sie ein angenehmes Leben hatten. Warum sollten sie Ende November keine dünnen Windjacken tragen? Sie verließen am Vormittag ein warmes Haus, setzten sich in ein beheiztes Auto, fuhren fünf Minuten zum Donut-Shop, eilten ins Warme und blieben dort, während sie bei unzähligen Kaffeetassen über dieses und jenes schwatzten, bis es Zeit war, ins OTB zu gehen und die tägliche Doppelwette abzuschließen. Danach wieder nach Hause. Und wenn sie mal eine Veränderung brauchten, konnten sie die Versicherung oder den Eisenwarenladen oder die Post oder die Apotheke aufsuchen, wo sie dreißig Jahre lang bis zur Pensionierung gearbeitet hatten. Sie waren nie lange genug draußen, um die Kälte zu spüren, und würden sich ohnehin keine Erkältung einfangen – so sahen sie selbst in ihren dünnen Jacken heil, gesund und widerstandsfähig aus.

Gegen einen finanziellen Kälteeinbruch waren sie auch bestens geschützt. Da sie ihr Leben lang in North Bath gearbeitet hatten, waren sie zwar nicht wohlhabend, aber ausreichend versorgt, und redeten sich ständig ein, daß es ihnen nur besser gehen könne, wenn der Immobilienmarkt in Bath endlich einmal boomen würde, wie jeder in der Stadt voraussagte. Albany hatte sich schon nach Norden ausgedehnt, und die Makler prophezeiten aufgeregt, daß sich die ganzen Ortschaften entlang der Interstate am Boom beteiligen würden. Einige der schäbigen, alten viktorianischen Häuser waren schon von jungen Leuten erworben und restauriert worden – junge Paare, die meist in Albany arbeiteten, morgens auf der Interstate davonbrausten und abends zurückkehrten, eine Fahrt von einer knappen halben Stunde. Die Männer im OTB waren wütend auf sich selbst, daß sie die alten Häuser immer nur als Fossilien angesehen hatten; vor dreißig Jahren hätte man sie für ein Butterbrot kaufen können – sie aber hatten statt dessen neue komfortable, zweistöckige Ranchhäuser mit Panoramafenstern gebaut. Auch diese stiegen in Wert und Steuern, aber es ging nur sehr langsam voran. Sie wußten, daß sie mit den alten Häusern ihr Glück hätten machen können, hätten sie vorausgesehen, daß eine ganze Generation von Vietnam-Kriegsverweigerern in ausgebleichten Jeans plötzlich zu Geld kommen und es in die Renovierung baufälliger Häuser stecken würde. Nun konnten sie nur zusehen, wie ihre eigenen Häuser im Wert stiegen, und sich Sorgen machen, ob die Zeit noch ausreichte: Steuererhöhungen fraßen ihre Renten, ihre Sozialunterstützung und das Ersparte. Sie wollten die Ranchhäuser nicht zu früh verkaufen, lieber den wahren Boom abwarten. Es ging das Gerücht, daß dies erst der Anfang von einem neuen Aufschwung sei, wenn das Sans-Souci im Sommer neu eröffnen würde und die Rodung für den neuen Freizeitpark anstand.

Aber das Warten war auch riskant: Was, wenn sich das Projekt mit dem Freizeitpark zerschlug? Diese Männer wollten nicht zu lange warten, nur um dann an ihre vor dreißig Jahren errichteten Traumhäuser gebunden zu sein. Sie hatten jetzt andere Träume – wollten in ein wärmeres Klima ziehen – und verbrachten die langen Vormittag damit, sich ihre Version bis in alle Einzelheiten auszumalen. Die meisten wollten sich ein Haus am Golf von Florida zulegen, doch dort stiegen die Preise immer höher, und es gab beunruhigende Berichte über Alligatoren, die aus den Sümpfen stiegen und kleine Kinder verschlangen. Nun hatten die Windjacken-Männer keine kleinen Kinder mehr, fürchteten aber dennoch die Alligatoren, und eine einzige Geschichte wurde so aufgebauscht, daß man glauben konnte, ein Heer von Alligatoren nähere sich den hilflosen Hausbesitzern zwischen den Everglades und St. Petersburg. Sogar auf den Golfplätzen sollte es welche geben. Deshalb liebäugelte eine immer größer werdende Zahl der Männer mit den Möglichkeiten in Arizona, wo die Häuser angeblich billiger waren und wo es keine Alligatoren gab. Man mußte zwar mit Klapperschlangen und Skorpionen, mit Taranteln und Gila-Krustenechsen rechnen, aber keins dieser Biester war groß genug, sich an einem ausgewachsenen Mann festzubeißen und ihn zum Verzehr in die Sümpfe zu zerren. Außerdem gab es in der Wüste keine Sümpfe.

Sully hatte diesen endlosen Gesprächen schon seit Jahren gelauscht, bezweifelte aber, daß er jemals würde mitreden können, selbst wenn er es einmal bis zum Ruhestand schaffte. Er selbst besaß kein Haus, es sei denn, er betrachtete das alte Haus seines Vaters auf der Bowdon Street, an einer Ecke des Sans-Souci-Grundstücks gelegen, als sein Eigentum. Ob er der rechtmäßige Besitzer war, erschien Sully zunehmend unklarer; Wirf hatte ihm nach dem Tode seines Vaters mitgeteilt, daß er der Erbe war, aber Sully hatte ihm gesagt, daß er es nicht wolle und nicht nehmen würde. Als Sully siebzehn gewesen war und zur Armee ging, hatte er seinem Vater geschworen, er wolle nie wieder mit ihm zu tun haben, weder tot noch lebendig, und abgesehen von einem Nachmittag, kurz bevor der alte Mann starb und er ihn auf Ruths Zureden hin im Heim besuchte, hatte er seinen Schwur gehalten. Das über die Jahre vernachlässigte Haus brach allmählich zusammen, die Fenster waren mit Brettern vernagelt und der Rasen von Unkraut überwuchert. Sully nahm an, daß die aufgelaufenen Grundsteuern inzwischen höher sein mußten als der Preis bei einem Verkauf. Auf jeden Fall war es nicht die Art Haus, die Sully dazu berechtigte, an den Gesprächen über Häuser in Florida oder Arizona teilzunehmen, was ihn aber ohnehin nicht sonderlich interessierte.

Das einzige, das Sully diesen Männern neidete, war, daß sie ihr Leben abgerundet hatten, daß sie wie alte Football-Veteranen auf eine Vergangenheit zurückblicken konnten. Da sie bestimmte Epochen ihres Lebens abgeschlossen hatten, konnten sie sich nun einer neuen Sache widmen. Ihre Lebenszeit war mit Daten gespickt; sie erinnerten sich an die Hochzeit, an die Geburten ihrer Kinder und an den Tag, an dem sie in Rente gingen. In Sullys Leben gingen die Jahre (nicht zu reden von den Tagen) sang- und klanglos ineinander über, und er war immer überrascht, wenn er hörte, welche Enden und Neuanfänge andere Leute in ihrem Leben zu sehen glaubten. Eines Tages vor ungefähr dreißig Jahren war er auf der Straße unvermittelt Vera begegnet, und sie hatte traurig gelächelt und gesagt, jetzt sei es vorbei, ein Kapitel ihres Lebens beendet. Sully hatte sie verständnislos angestarrt und sich gefragt, was sie nur meinte. Wie sich herausstellte, spielte sie auf die Scheidung an, die wenige Tage zuvor rechtskräftig geworden war, und wovon er noch nichts erfahren hatte. Vielleicht hatte er aber nur das Papier zusammen mit der anderen Post, die er nicht lesen wollte, weggeworfen. Er wußte, daß Vera froh war, nicht mehr mit ihm verheiratet zu sein (ihren zweiten Mann, Ralph, sollte sie noch in jenem Jahr heiraten), aber die Unwiderruflichkeit der Scheidung hatte sie tief beeindruckt, und Sully konnte spüren, daß auch sie über das Scheitern ihrer Ehe ein wenig traurig war. Für sie war mit der Scheidung ein Schlußstrich gezogen worden, den Sully nicht einmal wahrgenommen hatte.

Die Tatsache, daß die Tage in seinem Leben so sanft ineinander übergingen, wirkte sich manchmal, je nach Stimmung, traurig oder tröstlich auf Sully aus. Selbst jetzt, mit sechzig, konnte er sich nicht vorstellen, wie die Männer im OTB auf der Schwelle eines Neuanfangs zu stehen. Vielleicht war es das, was ihn am Besuch des Gemeindecollege und dem Gerede über eine neue Laufbahn so gestört hatte. Auch in der Philosophiestunde war es darum gegangen: Der junge Lehrer wollte alles, eins nach dem anderen verschwinden lassen und es dann durch etwas Neues ersetzen, vielleicht durch einen neuen Gedanken oder eine neue Lebensform. Kehrt das Alte raus, laßt das Neue rein. Und das mochte für Zwanzigjährige ja auch ganz richtig sein. Zum Teufel auch, mit zwanzig war er auch soweit gewesen, alles hinzuschmeißen und von Grund auf neu anzufangen. Jetzt aber, mit sechzig, warf er weniger bereitwillig etwas weg, das man noch flicken und einige Zeit verwenden konnte. Er wollte einfach weitermachen, nicht innehalten und sich umschauen oder darüber nachgrübeln, welche Entscheidungen und Wege in der Vergangenheit richtig gewesen waren. Er war sich nicht einmal sicher, ob er wollte, daß Wirf einen der Prozesse, die er seinetwegen angestrengt hatte, gewinnen sollte. Wenn Wirf es schaffte, daß Sully seine Vollrente bekam, würde dies das Ende seines vertrauten Lebens bedeuten – nicht besonders angenehm für einen Mann, der an Neuanfänge genausowenig glaubte wie an neue Knie.

»Du siehst heute morgen ganz besonders gut aus«, äußerte Otis Wilson, wobei er sich ohne Zweifel auf Sullys schlammverklebtes Äußeres bezog. Im Sommer behauptete Otis immer, daß er sich, sobald der Winter käme, nach Florida verziehen würde.

Sully drehte sich im Kreis, damit ihn jeder der Männer begutachten konnte. »Irgendeiner in diesem Land muß ja arbeiten«, sagte er. »Gäb's nicht solche wie mich, müßtet ihr euch auch mal gelegentlich die Finger schmutzig machen.«

»Wir sind dir ja auch sehr dankbar«, sagte Otis.

»Ich hab' in den Nachrichten gehört, daß ein Alligator wieder einen Mann verspeist hat«, neckte Sully. Otis, ein großer, dicker Mann mit rotem Gesicht, war besonders empfänglich für Krokodilgeschichten, und Sully hatte ihn schon seit Jahren scherzhaft davor gewarnt, in einen Dschungel wie Florida zu ziehen, es sei denn, er habe einen knallharten erfahrenen Führer, der keine Angst vor Ringkämpfen mit Alligatoren hatte. So einen wie Sully zum Beispiel. Belustigt beobachtete er, wie Otis bei der Erwähnung der possierlichen Tierchen das Gesicht verzog. »Wenn ich du wär', würd' ich in den zweiten Stock ziehen. Alligatoren mögen keine Treppen.«

»Laß mich in Ruhe«, sagte Otis, als Sully seine Ellbogen aneinanderlegte, um ein Riesenmaul zu imitieren. »Komm schon, laß das!« Nervös wehrte er Sullys Attacken ab. »Spiel schon deine dämliche Dreierwette und laß die schlauen Leute in Ruhe.«

»Gibt keine schlauen Leute im ganzen Block«, gab Sully zurück. »Im OTB kann man ja Steuern für Blödheit zahlen.«

»Und für welche Blöden außer dir zahlst du noch Steuern?« wollte einer wissen.

»Ich bin wenigstens schlau genug, um nicht dahin zu ziehen, wo mich die Alligatoren verspeisen«, meinte Sully.

»Nun mach schon deine blöde Dreier«, drängte Otis.

»Ist ja gut, ich geh schon«, sagte Sully und ging an den Schalter. Seit gut einem Jahr spielte er die Nummern 1-2-3, ohne sich darum zu kümmern, wer das Pferd oder der Jockey war. Er hatte nie viel gewettet, und die komplizierten Dreierkombinationen herauszufinden, hatte er schnell wieder aufgegeben, denn sie schienen nur dazu angetan – so schloß er –, einen wahnsinnig zu machen. Daher spielte er immer die 1-2-3, und wenn die Leute wissen wollten warum, erklärte er, daß die Pferde an der Innenseite der Bahn nicht so weit laufen müßten wie die Pferde an der Außenseite – was auch gestimmt hätte, wenn es eine exakte Laufspur gäbe. »Wenn ich gewinne, kauf' ich Hilda eine von diesen Videokameras, die kann sie dann mit nach Florida nehmen«, rief er über die Schulter zu Otis. »Dann kann sie's filmen. Und wir zeigen's dann im *Horse.* Nehmen Eintritt und zeigen, wie Otis in den Sumpf geschleppt wird.«

Sully schloß seine Wette ab und wollte gerade gehen, als er durch das Fenster Carl Roebuck erblickte, der einen Block weiter um die Ecke bog und in seine Richtung kam. Sully mußte über Carls schwungvollen Schritt schmunzeln – wenn er gewußt hätte, daß seine Frau die Schlösser ausgewechselt hatte, wäre er nicht so flott daherspaziert.

Soeben war Clive Peoples aus der Spar- und Darlehenskasse getreten und betrachtete nun zufrieden das neue Spruchband über der Main Street. Clive jr., ein wahres Muster der Selbstgerechtigkeit, war nach Sullys Meinung einer der wenigen Äpfel, die weitab vom Stamm gefallen waren. Sicher, auch sein Vater – dem Clive jr. mit den Jahren ähnlicher wurde – war stolz darauf gewesen, hier am Ort der Football-Trainer zu sein, aber er war auch gutmütig gewesen, und Miss Beryls sanfte Neckereien hatten ihn immer gebremst, wenn er sich zu sehr aufplusterte. Nicht so Clive jr., der auch noch jeglichen Sinn für Humor vermissen ließ: Er nahm sich selbst viel zu ernst, fand Sully. Er konnte mit dem Sohn seiner Wirtin wirklich kaum etwas anfangen und hätte ihn wohl offen verachtet, wäre da nicht Miss Beryl gewesen, die, so spürte Sully, von ihrem Sohn enttäuscht war, obwohl er so ein wichtiger Mann in der Stadt geworden war.

Bevor Clive jr. in seinen Wagen, ein langes, schnittiges schwarzes Gefährt, das er immer vor der Bank parkte, einsteigen konnte, wurde er von Carl Roebuck am Arm gepackt und für die Dauer einer halben Minute in eines ihrer üblichen Gespräche verwickelt. »Sagen Sie mir, daß wir noch im Geschäft sind«, drängte Carl mit verschwörerischer Stimme. Clive jr. versicherte ihm, daß dem so sei, worauf Carl sagte: »Wenn das je nach Süden abwandern sollte, sagen Sie's mir bloß nicht. Kommen Sie einfach nur raus und verpassen mir 'ne Kugel.« Ein Gespräch, das Clive jr., einen ohnehin nervösen Mann, noch nervöser machte. Clive jr. konnte nicht schnell genug zu seinem Wagen kommen und Carl Roebuck hinter sich lassen.

Als Carl die Straße überquerte und auf das OTB zukam, machte Sully sich bereit, durch die Hintertür zu fliehen, aber Carl ging vorbei. Sully hatte keine Ahnung, wohin er wollte. Als eingeschworener Spieler gab Carl seine Wetten selten im OTB ab; er bevorzugte Buchmacher, die den Anteil des Staates nicht abzogen und den ganzen Tag über Wetten annahmen – und nachts sogar per Telefon. Außerdem wettete Carl lieber auf Sportergebnisse als auf Pferde. Sully sah zu, wie Carl sich entfernte, und wollte sich gerade wieder auf die Straße wagen, als er bemerkte, daß der Mann, der da neben ihm stand, niemand anderes war als Rub.

»Ich habe dich grad' gesucht«, sagte Sully.

»Hast aber nicht besonders gründlich gesucht«, meinte Rub. »Steh' hier schon seit fünf Minuten.«

»Hast du deinen Truthahn gekriegt?«

Rub sah ihn verständnislos an.

»Ich dachte, vielleicht willst du ja hier im OTB 'nen Truthahn kaufen«, erklärte Sully.

Rub blickte immer noch verständnislos.

»Laß uns gehn«, sagte Sully. »Ich hab' Arbeit für uns.«

»Von wem?«

»Von Carl Roebuck.«

»Hast du dich nicht grad' vor Carl versteckt?«

Sully gab zu, daß das stimmte, sagte aber nicht, warum.

»Hast auch gesagt, du willst nie wieder für ihn arbeiten.«

»Willst du jetzt Arbeit oder nicht?«

»Ich hasse diesen Carl.«

»Sein Geld auch?«

»Nö«, gab Rub zu. »Nur Carl.«

Auf der Straße war es jetzt kalt, und Sully sah, daß der Zeiger des an der Bank angebrachten Thermometers seit dem Morgen um ein paar Grad gefallen war.

»Die Frau da von ihm, die mag ich aber«, bemerkte Rub, nachdem sie einen Block weit gelaufen waren. »Ich wünschte, sie würd' mich auch mal mögen. Würd' sie auch oben sitzen lassen.«

Wenn es um Frauen ging, gab es für Rub kein größeres Kompliment.

»Wie kommt's nur, daß so Frauen nie an Typen wie uns interessiert sind?« fragte Rub allen Ernstes. Seine Ansichten über das andere Geschlecht waren erstaunlich: Rub konnte sich wirklich nicht vorstellen, warum Toby Roebuck einen Mann ablehnen sollte, der sie oben sitzen ließ.

»Ich weiß nur, warum sie dich nicht mögen«, sagte Sully. »Warum sie mich nicht mögen, ist mir ein Rätsel.«

»Und warum mögen sie mich nicht?«

»Sie tun's eben nicht.«

Rub ließ das gelten. »Wo's dein Lastwagen?«

»Draußen, wo wir arbeiten müssen«, gab Sully zurück. Es war immer am besten, Rub nicht zuviel auf einmal zu erklären. Es würde ihm nicht in den Sinn kommen, sich zu fragen, wie Sully und sein Laster auseinandergeraten waren. »Wo ist dein Auto?«

»Bootsie hat's«, erwiderte Rub. »Sie parkt immer hinter Woolworth's.«

Hintereinander schritten sie die schmale Gasse entlang, die zu Woolworth's Parkplatz führte. Hier, in der engen, dunklen Gasse, lag der Schnee vom Morgen noch unberührt, und Rub ging rückwärts, um seine Fußabdrücke zu betrachten.

»Ich hoffe nur, sie kriegt keinen Anfall, wenn das Auto weg ist«, sagte Sully. Er beschloß, Bootsies Wagen zurückzubringen, sobald sie den Laster freibekommen hatten. So hatte Rub wenigstens keine Schläge zu erwarten.

»Sie hat schon seit zehn Jahren 'nen Anfall«, äußerte Rub, der in Abwesenheit seiner Frau immer sehr mutig war.

»Wie lang seid ihr jetzt verheiratet?«

»Zehn Jahre.«

Sully nickte. »Na siehst du.«

»Scheiße«, sagte Rub, drehte sich um und spähte über den Parkplatz. »Is' nich' da.«

»Dann nehmen wir den hier«, schlug Sully vor, weil sie gerade zufällig neben Rubs und Bootsies altem Pontiac standen. »Kannst du nicht mal deine eigene Karre erkennen?«

Rub schloß den Wagen auf und glitt hinein, dann lehnte er sich hinüber, um die Beifahrertür für Sully zu entriegeln. »Wenigstens kann ich meinen besten Freund noch erkennen, wenn er direkt neben mir steht«, bemerkte er, während sie den Parkplatz verließen.

Sie brauchten nur zehn Minuten bis zur Baustelle. Sully nutzte die Zeit, um darüber nachzudenken, wie Rub auf die Idee kommen konnte, sie wären die besten Freunde.

»Weißt du, was ich mir wünsche?« fragte Rub.

Seit er und Sully aus dem OTB gekommen waren, hatte Rub sich schon ein neues Auto gewünscht; eine Lohnerhöhung für sich und für Bootsie, die bei Woolworth's an der Kasse arbeitete und schon länger als ein Jahr keine Lohnerhöhung mehr bekommen hatte. Er wünschte auch, eine große Firma würde eine richtig große Fabrik in Bath bauen und ihn dann als Vorarbeiter für fünfzehn Dollar die Stunde einstellen. Er wünschte, es wäre schon Frühling und nicht erst Thanksgiving; daß Kalifornien doch ins Meer fallen sollte, wenn es schon mal dabei wäre; daß es im Staat New York ein bißchen tropischer sein sollte; daß jemand sterben und ihm ein tolles großes Boot vererben sollte, mit dem er dann nach Mexiko segeln konnte; und daß die Royal Palm Company wieder dieses rote Cream Soda machen sollte. Und er wünschte, die gute alte Toby Roebuck sollte auf seinem Schoß sitzen, wenigstens ein einziges Mal.

Rub hatte sich all dies in kaum einer Stunde gewünscht, wobei ein Wunsch nahtlos in den anderen überging, ungehemmt von der geringen Aussicht auf Erfüllung. Seit September hatte Sully vergessen, daß Rubs Leben so voller Wünsche war. In dem Maße, wie Sullys junger Lehrer die Dinge hinwegerklärte, wurden sie von Rub ins Dasein gewünscht. Er konnte am Tag wohl fünfzig Mal sagen: »Weißt du, was ich mir wünschte?«, bis Sully endlich mit einem »Was? Was um Himmels willen wünscht du dir denn jetzt noch?« dazwischenfunkte. Am meisten verblüffte Sully die selbstlose Bescheidenheit von Rubs Tagträumen. Nachdem er sich eine ganze Firma ersehnt hatte, gab Rub sich mit einer tariflich bezahlten Vierzigstunden-Woche in eben jener Firma zufrieden, als fürchte er eine Art göttliche Rache für seine verstiegenen Vorstellungen. Gelegentlich versuchte Sully ihm zu erklären, daß er sich, wenn er sich schon eine ganze Firma erträumte, auch als deren Besitzer einsetzen und andere Leute die Arbeit machen lassen könnte. Aber das wäre Rub vermessen erschienen; er bevorzugte die bescheidenen Wünsche, und davon immer nur einen zur Zeit. Und den laut herausposaunt.

»Ich wünschte nur, wir wär'n hier fertig und säßen schon im *Horse* mit 'nem schönen, dicken Cheeseburger«, war das, was er im Augenblick gern gehabt hätte. Er war nun genauso mit Schlamm bedeckt wie Sully, und der Wunsch nach Wärme und einem Cheeseburger kam ihm vielleicht im Moment so irreal vor wie die Möglichkeit, daß jemand sterben und ihm ein großes Boot hinterlassen könnte. »Wenn du das nächste Mal Arbeit für uns kriegst, wünschte ich nur, du würdest mich vorher was essen lassen«, fügte er hinzu.

Sie waren nun bei der zweiten Fuhre, und diesmal stapelten sie die Blöcke in ordentlichen Reihen, nachdem sie zuvor die Ladefläche mit Sperrholzbrettern abgedeckt hatten. Die Hälfte der untersten beiden Lagen der ersten Fuhre war kaputtgegangen. Sully wollte den Laster wieder freimachen und noch einmal neu beladen, aber das Schicksal wollte es anders. Inzwischen war der schlüpfrige Boden gefroren, so daß sie den Laster, der noch vor einer Stunde hoffnungslos festgesessen hatte, gleich beim ersten Versuch aus dem Loch herausfuhren. Das war Sully wie ein Zeichen erschienen, und er hatte gesagt: »Scheiß auf das Neuladen, wir fahren einfach!«

Also hatten sie die zersplitterten Blöcke auf dem Wagen gelassen. Unglücklicherweise trat Sully ein Loch in den Boden des Pick-up. Die anderen Blöcke stapelten sie sorgfältig an der anderen Baustelle auf – neben einer flachen Grube, aus der innerhalb einer Woche, falls es das Wetter zuließ, eins von Carl Roebucks schlichten, von der Regierung bezuschußten, zweistöckigen Ranchhäusern emporwachsen würde. Carl kam mit dem Auftrag nicht nach, wie üblich, und seine Burschen würden Weihnachten über arbeiten müssen, oder zumindest so lange, bis der Boden gefror. Auf dem Rückweg hielten Rub und Sully an und luden die zersplitterten Blöcke hinter der Tafel mit dem dämonischen Clown ab. »Was is', wenn jetzt einer die findet?« wollte Rub wissen.

»Hast ja schließlich nicht deinen Namen draufgeschrieben, oder?« gab Sully zur Antwort.

Sie waren fast mit der zweiten Ladung fertig, als sie einen Wagen hörten; es war Carl Roebucks El Camino mit dem TIP-TOP-BAU-FIRMA:-C.-I.-ROEBUCK-Logo an der Tür. Die hohe Geschwindigkeit, mit der das Gefährt sich näherte, ließ den Rückschluß zu, daß Carl Roebuck selbst am Steuer saß. Carl paßte höllisch auf, daß er mit seinem Camaro nie zu Baustellen fuhr, aber er hielt es für sein Vorrecht, pro Jahr wenigstens einen Firmenwagen zu Schrott zu fahren, indem er ihn mit einer Geschwindigkeit von fünfzig Meilen über holprige, ungepflasterte Straßen jagte.

»O je«, machte Rub. »Ich wette, er hat die Blöcke schon gefunden.«

Sully schaute ihn nur an. »Paß doch mal eine Minute auf.«

Rub paßte schon auf, aber nicht auf Sully. Er beobachtete den näherkommenden El Camino mit Furcht in den Augen.

Sully beugte sich von der Ladefläche hinunter und gab Rub, der unten im Matsch stand, eine leichte Ohrfeige. »Sag bloß kein Wort, verstanden? Wenn du auch nur deinen Mund aufmachst, werd' ich dir mit einem dieser Blöcke hier den Schädel einschlagen und dich im Wald verscharren. Und dann werd' ich alle diese Blöcke auf dich stapeln.«

»Ich wünschte, du würdest so was nicht sagen«, meinte Rub. »Es hört sich immer so an, als ob du's ernst meinst.«

»Was meinst?« fragte Carl Roebuck, während er aus dem Wagen stieg.

Rub wollte ihm antworten, erhielt aber wieder einen Stoß von Sully. Sein Mund klappte mit hörbarem Zähneklicken zu.

Carl betrachtete den Berg an Betonblöcken, der kaum kleiner geworden war. »Sollte mich vielleicht um Subventionen vom Staat bemühen«, sagte er kopfschüttelnd. »Wenn man schon Behinderte einstellt, sollte man auch was dafür kriegen.«

Sully setzte sich auf die Ladeklappe des Pick-up, zog die Arbeitshandschuhe aus und steckte sich eine Zigarette an. »Du könntest ja helfen. Dann ging's schneller. Bloß, dann würdest du anfangen zu schwitzen und alle deine Freundinnen würden die Nase rümpfen.«

»Laß uns lieber nicht über Frauen reden, ja?« schlug Carl vor. Schon die bloße Erwähnung des anderen Geschlechts hatte ihn verdrießlich gestimmt. »Weißt du, was das C. I. in meinem Namen bedeutet?«

»Was denn?« fragte Rub ehrlich interessiert.

»Coitus Interruptus«, sagte Carl traurig.

»Was?« Rub runzelte die Stirn.

»Das ist Latein, Rub«, beruhigte ihn Carl. »Zerbrich dir darüber nicht den Kopf. Lern erst mal Englisch.«

»Wenn du deine Mittagspause zum Mittagessen nutzen würdest, könnte dir das auch nicht passieren«, äußerte Sully. »Das war mal 'ne nette, ruhige Stadt – und jetzt müssen alle zwischen zwölf und eins zu Hause nachgucken, ob dein Auto nicht in der Einfahrt steht.«

»Ich wünschte, sie würden tatsächlich nur zwischen zwölf und eins nachgucken«, sagte Carl. »Ich kann schließlich meine Pause machen, wann ich will.«

»Geh doch nach Hause und besuch Toby«, schlug Sully vor. Er fragte sich, ob Carl schon über die Schlösser Bescheid wußte. »Du bist mit der schönsten Frau der Stadt verheiratet, du Trottel.«

Carl rieb sich nachdenklich das Kinn. »Ein Mann sollte mehr bekommen, als er mit seines Armes Länge ergreifen kann«, zitierte er. »Weiß du noch, wer das gesagt hat?«

Sully wußte es nicht.

»Wo sprechen die Leute denn Latein?« wollte Rub wissen.

Carl grinste nur; das Gespräch mit Rub schien ihn aufgeheitert zu haben. Sully kannte dieses Gefühl. Es war schwer, sich selbst zu bemitleiden, wenn Rub dabei war. »Ich gedenke, ein Stipendium fürs College einzurichten«, sagte Carl. »Du solltest dich bewerben.«

»Ich hab' noch nicht mal die gottverfluchte High-School zu Ende gemacht«, gab Rub zu, schwankend zwischen Wut und Bedauern.

»Und weshalb glaubst du dann, ein geeigneter Kandidat für ein College-Stipendium zu sein?« fragte Carl.

Diese Frage verwirrte Rub so sehr, daß er Sully hilfesuchend anblickte. »Hör einfach nicht hin«, riet der.

»Ich kann einfach nicht glauben, daß ihr erst so weit seid«, sagte Carl und betrachtete die verbliebene Riesenpyramide von Betonblöcken.

»Und ich kann nicht glauben, daß sie jemand hier abgeladen hat«, gab Sully zurück. »Direkt neben 'nem Keller, der schon fertig ist.«

Carl Roebuck, der mehr an den Verrücktheiten von heute als an denen von gestern interessiert schien, tat so, als habe er nicht gehört. »Bei dem Tempo seid ihr ja Weihnachten noch hier.«

»Dann weißt du ja, wo du mein Weihnachtsgeschenk hinbringen kannst«, sagte Sully. »Aber mach dir keine Mühe. Das Geld, das du mir schuldest, wär' genau das richtige Geschenk.«

Aber Carl hörte gar nicht zu; seine Aufmerksamkeit richtete sich nun ganz auf das, was zu seinen Füßen lag. Dort im Schlamm steckten die beiden Blöcke, die Sully vor drei Stunden vor die Hinterräder des Lasters gelegt hatte. Wie sie so dalagen, schien es, als könne ein Mann sich hinunterbeugen und sie aufheben, doch als Carl Roebuck es versuchte, stellte er fest, daß sie angefroren waren und so unbeweglich wie die Blöcke, die am Tag zuvor in das Fundament des Kellers zementiert worden waren. Carl blickte Sully an, der ihm fröhlich entgegengrinste.

»Na, mach schon«, drängte Sully. »Heb sie auf.«

»Würd'st es gern sehen, wenn ich noch mal 'nen Herzanfall kriege, was?«

Sully schnaubte bei der Vorstellung. »Mach dir keine Sorgen. Ist nicht dein Schicksal, bei der Arbeit zu sterben.«

Offenbar stimmte Carl mit dieser Einschätzung überein, oder er hatte keine Lust zu streiten; dennoch fuhr er mit dem Versuch fort, die festgefrorenen Blöcke mit dem Absatz zu bewegen und lehnte sich dabei gegen den El Camino. Von ihrem Platz aus konnten sie eben noch die obere Kante des Schildes mit dem Clown sehen und eine Viertelmeile in Richtung Stadt blicken. »Ich werd' mich um einiges besser fühlen, wenn sie endlich mit diesem Scheißding anfangen«, sagte Carl nachdenklich.

Sully folgte Carls Blick über das Bauland, über die vierspurige Straße bis ihn zum Kopf des Clowns. »Sag mir nur eins«, begann er. »Wer soll denn bloß diese Häuser kaufen, wenn auf der anderen Seite ein Freizeitpark eröffnet wird? Du solltest drum beten, daß es nie soweit kommt.«

»Sully, Sully, Sully«, seufzte Carl. »Du verstehst die Welt einfach nicht.«

Sully mußte zugeben, daß es vermutlich stimmte.

»Sobald sie drüben anfangen, brauchen sie hier auf der Seite einen Parkplatz. Und den werden sie teuer bezahlen.«

»Und warum baust du dann Häuser?«

»Damit sie noch teurer bezahlen.«

Sully dachte darüber nach. Diese Rechnung war typisch Carl Roebuck, und Sully konnte förmlich spüren, wie sich Carls Vater im Grabe umdrehte. Kenny Roebuck hatte die Firma mit harter, ehrlicher Arbeit aufgebaut, in Achtzehnstunden-Tagen – nur um alles einem Gauner und Hochstapler zu überlassen. »Und was ist, wenn sie den Park nicht anlegen?«

»Schäm dich«, meinte Carl.

»Na schön«, sagte Sully. »Du hast bestimmt wieder Glück – wie immer.«

Carl sah aus, als hätte er viel dafür gegeben, auch so sicher zu sein. »Clive Peoples schwört, daß die Sache durchkommt«, sagte er mit der Haltung eines Mannes, der sich durch den Klang seiner eigenen Stimme tröstet.

»Und du vertraust Clive Peoples?«

»Er steckt noch tiefer drin als alle anderen. Er hat Investoren bis runter nach Texas«, erwiderte Carl. »Mit dem Sans-Souci steht es schlimm – dieser Brunnen, den sie letzten Sommer gegraben haben, ist schon wieder versiegt. Sie sollten es besser das *Sans Brains* nennen.«

Rub runzelte wieder die Stirn.

»Das ist Französisch, Rub«, erklärte Carl. »Kannst du lernen, wenn du mit Englisch und Latein fertig bist.« Zu Sully gewandt: »Willst du morgen an dem Haus auf der Nelson-Street mauern? Ich kann Randy sagen, er soll alles hinbringen, wenn du den Job haben willst.«

»Morgen ist Thanksgiving«, warf Rub ein.

»Dich hat keiner gefragt«, gab ihm Sully zu verstehen. Er war unentschlossen, ob er morgen arbeiten sollte. Wenn ja, hätte er einen Grund, nicht bei Vera zu erscheinen, wo man ihn ganz bestimmt nicht willkommen heißen würde. Und er konnte das Geld gut gebrauchen. Außerdem gingen die Ferien schneller herum, wenn er beschäftigt war. Andererseits haßte er das Mauern, und er wußte ja noch nicht einmal, wie sein Knie die Arbeit von heute verkraftet hatte. »Ich werd' nicht an Thanksgiving malochen, daß das man klar ist«, beharrte Rub.

»Hat ja auch noch keiner verlangt«, erinnerte ihn Sully. »Wenn man dich fragt, kannst du ja immer noch ›Nein‹ sagen.« Er wandte sich an Carl. »Das Doppelte?«

»Du träumst wohl.«

»Dann hau ab und laß uns in Ruhe«, sagte Sully. »Kannst ja allein mauern.«

Carl rieb sich die Schläfen. »Warum mußt du bei jeder Verhandlung gleich so aggressiv werden? Warum sollte ich euch das Doppelte bezahlen?«

»Was ist morgen, Rub?« fragte Sully.

Jetzt blickte Rub noch verwirrter drein; seiner Meinung nach hatten sie das doch schon durchgekaut. »Thanksgiving, verdammt noch mal.«

»Halt die Klappe, Rub«, sagte Carl. »Dich hat keiner gefragt.«

»Doch, Sully hat.«

»Wann?« fragte Carl.

»Grad' eben.«

»Grad' wann?«

Rub sah aus, als würde er gleich zu heulen anfangen.

»Was mich so wütend macht«, sagte Carl, »ist, daß du von alleine nicht mal darauf kämst, daß morgen Thanksgiving ist, Sully. Du hast ja noch nicht mal Familie. Ich biete dir an, morgen den ganzen Tag beschäftigt zu sein, und du denkst nur an Erpressung.«

Sully überlegte kurz, ob er Carl ein paar Dinge erzählen sollte, zum Beispiel, daß sein Sohn in der Stadt war und er, so seltsam es klingen mochte, tatsächlich eine Einladung für morgen hatte, auch wenn alle Beteiligten beteten, daß er sie nicht annahm. Er überlegte auch, ob er Carl Roebuck erzählen sollte, was dieser noch nicht wußte – daß *er* an diesem besonderen Thanksgiving vermutlich nicht in sein Heim zurückkehren konnte, daß keiner der Schlüssel von dem Schlüsselbund, der an der Zündung des El Camino hing, in die Schlösser seines Hauses passen würde.

Carl stieg wieder in den Wagen und ließ den Motor an. »So 'n

Scheiß«, sagte er. »Na schön, die vollen Stunden und dann noch mal die Hälfte. Kannst es ja 'ne Weihnachtszulage nennen.«

»Zahl, was du mir schuldest, und nenn es Ehrlichkeit«, schlug Sully vor.

Carl zog es vor, dies zu überhören. »Voll und dann noch die Hälfte?«

»Ich denk' darüber nach«, sagte Sully, obwohl er wußte, daß er es annehmen würde, und er wußte, daß Carl es wußte.

»Ist 'n Job für zwei«, betonte Carl und nickte unmerklich in Rubs Richtung.

»Ich werd' nicht an Thanksgiving malochen«, sagte Rub störrisch, und ein fremder Beobachter hätte glauben können, daß es Zeitverschwendung wäre, ihn umstimmen zu wollen.

»Er wird's schon machen, wenn ich ihn drum bitte«, versicherte Sully dem genervten Carl Roebuck. »Stimmt's nicht, Rub?«

»Okay«, willigte Rub ein.

Carl schüttelte traurig den Kopf, als wolle er andeuten, welch eine Plage es doch sei, in dieser unvollkommenen Welt zu leben. »Immerhin benutzt ihr ja das Sperrholz«, sagte er und legte den Gang ein. »Wie ich euch zwei kenne, hätte ich schwören können, daß euch das nicht eingefallen ist und ihr die erste Fuhre kaputt gemacht habt. Ich kam ja nur hier raus, um vielleicht noch den Rest zu retten.«

Sully vermied es, Rub anzusehen. Er mußte auch gar nicht hinsehen, um zu wissen, daß Rub wieder jenen Ausdruck auf dem Gesicht trug, als würde er sich gleich in die Hosen machen. Zum Glück schaute Carl Roebuck nicht hin. Sully und Rub sahen, wie der El Camino wendete und mit Gepolter auf die Asphaltstraße zuschoß, wo in einiger Entfernung eine schwarze Limousine stand. Sully hatte sie schon vor einer Weile bemerkt, war sich aber nicht sicher, wie lange sie schon dort stand. Als der El Camino auf die Asphaltstraße rollte und in Richtung Stadt davonbrauste, sprang der Motor der Limousine an, und der Wagen raste hinterher.

»Was meinst du, wer in dem anderen Auto war?« grübelte Rub.

»Vermutlich irgendein Ehemann.«

Sie gingen wieder an die Arbeit, schweigend, bis der Pick-up vollbeladen und zur Abfahrt bereit war. Trotz der Kälte kurbelte

Sully das Fenster herunter, als Rub einstieg. Rub hatte einen verdammt intensiven Hautgout an sich. »Ich wünscht' nur, daß er mir das Stipendium gibt«, sagte er.

Kurz vor sieben Uhr waren sie endlich fertig; die letzten zwei Fuhren hatte sie im Dunkeln gefahren, wobei ihnen nur die Mondsichel, die hin und wieder zwischen den aufgetürmten Wolken aufblitzte, Gesellschaft leistete. Zu ihrer Unterhaltung steuerte Rub mit seinen nicht enden wollenden Wünschen bei: Seit fünf Uhr schon hatte er gewünscht, daß es nicht dunkel werden möge; daß sie eine Pause zum Abendessen eingelegt hätten, weil sie ja zu Mittag nichts bekommen hatten; daß er einen von den guten alten Doppel-Cheeseburgern im Horse gegessen hätte – einen mit vielen Zwiebeln, einer großen Scheibe Käse, etwas Salat und einer Tomate. Nur sein letzter Wunsch war des Aufhebens wert: Er wünschte, sie hätten daran gedacht, Bootsies Auto zu dem Parkplatz hinter Woolworth's zurückzubringen, bevor seine Frau von der Arbeit kam und zu Fuß nach Hause laufen mußte, was sie immer so wütend machte, daß sie seinen Dödel hauen wollte.

»Laß uns ins *Horse* fahren«, schlug Rub vor, als sie die letzte Ladung weggefahren hatten und Sully ihn auszahlte. Rub hatte es nicht gern, wenn seine Taschen voller Geld waren. Lieber leistete er sich nach der Arbeit große, dicke, doppelte Cheeseburger und Bitterbier. Er neigte dazu, sein Geld auszugeben, bevor seine Frau merkte, daß er welches hatte.

»Ohne mich, Rub«, sagte Sully. »Ich bin müde und dreckig und stinke schon fast so wie du.«

»Findest du?« fragte Rub. Es war fast unmöglich, ihn mit Anspielungen auf seinen Körpergeruch zu beleidigen. »Ist doch nur das *Horse.* Hast du keinen Hunger?«

»Zu müde zum Kauen, ehrlich gesagt.« Seine Begeisterung, wieder arbeiten zu können, war einer bleiernen Müdigkeit gewichen; jetzt konnte er sich nicht mehr vorstellen, wie er den Job ohne Rubs Hilfe hätte bewältigen wollen.

»Jeder hat doch genug Kraft zum Kauen«, hielt Rub dagegen.

»Vielleicht hab' ich ja später Lust«, sagte Sully. »Grüß Bootsie von mir. Sag ihr, wie leid es mir tut, daß sie mit so 'nem Dummkopf verheiratet ist.«

»Ich wünschte nur, ich müßte jetzt nicht nach Haus«, gestand Rub, als er in den Pontiac einstieg. »Sie wird meinen Dödel hauen.«

»Mach dich dünne«, riet Sully. »Ist doch nur 'ne kleine Zielscheibe.«

Im Grundriß war Sullys Wohnung genauso geschnitten wie die von Miss Beryl; doch das war auch die einzige Übereinstimmung. Während die untere Wohnung mit schweren Eichenmöbeln, Tontöpfen und Elefanten aus Korbgeflecht vollgestellt war, an den frischtapezierten Wänden Kunstdrucke und Museumsplakate in Glasrahmen hingen und die Tische mit Geisterbooten, zierlichen Vasen und anderen Reiseandenken überladen waren, glich Sullys Wohnung einem weiten, öden Feld, das sich in den zwölf Jahren seit Sullys Einzug kaum verändert hatte. An jenem lange zurückliegenden Morgen hatte er nur eine Stunde für den Umzug gebraucht, und die wenigen Dinge, die er mitgebracht hatte, hoben die schreckliche Leere der Zimmer nur noch mehr hervor. Seine Schritte hallten laut, wenn er über die Dielen von einem Zimmer ins andere ging. Damals war er achtundvierzig gewesen und hatte die meiste Zeit seines Erwachsenenlebens in düsteren, engen möblierten Zimmern verbracht, die ihm ziemlich gut gefallen hatten. Ruth hatte ihn schon seit langem gedrängt, er solle eine anständige Wohnung finden, und behauptet, daß es seine Umgebung sei, die ihn krank mache. Er hatte ihr nicht widersprochen, war aber auch nicht umgezogen. Er hatte damals wie heute nicht gewußt, was ihn krank machte, aber er vermutete, daß es nicht seine Umgebung war. Und wahrscheinlich wäre er auch nicht umgezogen, wenn ein bestimmtes Ereignis ihn nicht dazu gezwungen hätte: Eines Nachmittags hatte er seine alte Wohnung verlassen, um sich ein neues Päckchen Zigaretten zu besorgen. Die letzte Zigarette des alten Päckchens ließ er zur Hälfte abgebrannt im Aschenbecher auf der Armlehne seines schmuddeligen Sofas liegen.

Der Laden war nur zwei Blocks entfernt, also war er zu Fuß gegangen. Er hatte keine besondere Eile. Als er ein paar Bekannte getroffen hatte, war er eine Weile stehengeblieben, um mit ihnen zu plaudern. Im Laden kaufte er Zigaretten und sprach mit einem Polizisten, der in der Nähe der Kasse herumlungerte. Als die Feuerwehrsirene erklang, verließ der Cop den Laden und Sully nutzte die Gelegenheit, um bei Ray, dem traurigen, schicksalsergebenen Besitzer des Ladens – der im nächsten Jahr dem IGA das Feld räumen mußte –, eine Wette abzuschließen. Im folgenden Jahr sollte auch das OTB eröffnen und damit den drei kleinen Lebensmittelläden von Bath auch diese Einnahmequelle abgraben. »Sieht so aus, als kriegten wir 'ne kleine Unterhaltung am Vormittag«, hatte Ray bemerkt, als ein Feuerwehrauto vorbeijagte.

»Könnten wir vielleicht mal brauchen«, hatte Sully geistesabwesend gesagt. Er hatte sich eine Zigarette angesteckt und versucht zu ergründen, woher dieses leise, unangenehme, ja fast bedrohliche Gefühl herrührte, das er an den Rändern seines Bewußtseins wahrnahm. Er sagte Ray auf Wiedersehen und machte sich auf den Heimweg. Der Feuerwehrwagen war um die Ecke in die Straße eingebogen, in der Sully wohnte, und hatte aus irgendeinem Grund die Sirene abgestellt. Menschen rannten über die Kreuzung, und Sully sah eine schwarze Rauchwolke hinter den Dächern aufsteigen. Aus der Ferne erklangen weitere Sirenen. Ein Streifenwagen raste vorbei.

Als Sully sein Haus erreichte, hatte sich dort schon eine Menschenmenge versammelt. Die Flammen bleckten aus den Fenstern, in den grauen bleiernen Himmel. Die Feuerwehrmänner hatten den Kampf gegen die Flammen schon aufgegeben und spritzten die Nachbarhäuser naß, damit das Feuer nicht auch auf diese übergriff. Man konnte ja ein Haus verlieren – aber es mußte nicht gleich der ganze Block sein. Man konnte nicht viel tun außer sich unter die Schaulustigen einzureihen – was Sully schließlich tat.

Nachdem er eine Weile so gestanden hatte, sah ihn ein Bekannter und grüßte ihn. »Sie wohnen doch hier in der Nähe, nicht?« fügte er hinzu. »Ich wohn' genau hier«, sagte Sully und wies auf die Flammenhölle. »Hab' ich jedenfalls.« Damit erregte er eine nicht unbeträchtliche Aufmerksamkeit. »Hey!« schrie einer. »Da ist Sully. Er ist nicht tot. Da steht er.« Nun blickten ihn alle argwöhnisch an. Es war das Gerücht umgegangen, er sei in den Flammen umgekommen, und die Menschen hatten sich schnell an den Gedanken gewöhnt, daß hier eine Tragödie stattgefunden hatte. Und diesen Gedanken gaben sie nur widerwillig auf, wie Sully sehen konnte. Er lächelte den Leuten entschuldigend zu.

Schließlich erschien Kenny Roebuck, Carls Vater, dem das Haus gehörte, und kam auf Sully zu. »Hab' gehört, du wärst tot«, sagte er. »Bei lebendigem Leibe verbrannt.«

»Ich hoffe nur, es kommt nicht in die Zeitung«, meinte Sully.

Kenny Roebuck nickte. »Ich frag' mich nur, wie das gekommen ist.«

»Was – das Gerücht oder der Brand?«

»Der Brand.«

»Ist wahrscheinlich meine Schuld«, gab Sully zu. Und er berichtete seinem Vermieter und zeitweiligem Arbeitgeber von der Zigarette, die er, wie er sich dunkel erinnerte, im Aschenbecher gelassen hatte. »Ich hoffe zu Gott, daß keiner sonst im Haus war«, fügte er hinzu. Das Haus war in drei Wohnungen unterteilt; mitten am Nachmittag war vermutlich niemand dagewesen, aber sicher war er nicht.

»Glaub' ich nicht«, sagte Kenny, »der Cop, mit dem ich gerade gesprochen hab', meinte, du wärst das einzige Opfer.«

In diesem Moment stürzte das Dach ein und ließ einen Funkenregen gen Himmel und auf die Menge herniederprasseln.

»Du bist erstaunlich ruhig«, bemerkte Sully.

Kenny Roebuck beugte sich verschwörerisch zu ihm und senkte die Stimme. »Nur unter uns – ich hab' selbst schon daran gedacht, das Scheißding anzuzünden. Die Reparaturen kosten mich jeden Monat mehr als das, was ich durch die Mieten reinbekomme. Ich denke, ich war nie zum Vermieter in den Slums geboren.«

Sie sahen dem Feuer zu, bis es niedergebrannt war.

»Tja«, meinte Kenny Roebuck. »Das wär's dann, und ich sollte mich wieder an die Arbeit machen. Weiß gar nicht, wie ich's dir danken soll.«

Sully grübelte immer noch über das nach, was sein Vermieter gesagt hatte, weil ihn ja auch Ruth ständig bedrängte, er solle eine anständige Wohnung finden. »Ich hab' es nie als Slumwohnung gesehen«, gab er zu.

»Da bist du der einzige«, hatte Kenny Roebuck erwidert. »Übrigens hat mir irgendwer gesagt, daß die alte Beryl Peoples eine Wohnung auf der Upper Main vermietet.«

Dieses Gerücht hatte sich als wahr erwiesen. Und Kenny Roebuck vergaß tatsächlich nicht, was er Sully zu verdanken hatte; schon am Tag darauf gab er ihm fünfhundert Dollar für neue Kleidung und für Möbel, denn Miss Beryls Wohnung war unmöbliert. So war die ganze Angelegenheit zu einer Art Goldader geworden, was Sully betraf. Er gab zweihundert für Unterwäsche, Socken, Hemden, Hosen und Schuhe aus – im Army und Navy Store, wo im Anbau Kleidung aus zweiter Hand verkauft wurde. Weitere zweihundert gingen für ein paar besonders abgenutzte Möbelstücke drauf: ein Doppelbett samt wackeligem Nachttisch, eine Lampe in Form einer nackten Frau, eine schmale Kommode, eine Eßecke aus Stahlrohr und ein paar Stühle mit Sitzflächen aus Plastik, ein riesiges Sofa fürs Wohnzimmer und ein Couchtisch, der nur drei Beine hatte. Irgendwo müsse das fehlende Bein noch herumfliegen, hatte der Möbelverkäufer gesagt. Zum Ausgleich hatte er noch einen gebrauchten Toaster draufgelegt. Als Sully seine neuerworbene weltliche Habe in Miss Beryls Wohnung geräumt hatte, stöpselte er den Toaster ein, um zu sehen, ob er funktionierte, ohne sich jedoch übertriebene Hoffnungen zu machen. Die Drähte erglühten jedoch unverzüglich in einem grellen Rot, daher zog er den Stecker wieder heraus. Er hätte allerdings auch kaum Verwendung für den Toaster gehabt. Der einzige Ort, wo er Toast aß, war bei *Hattie's*, als Zugabe zum Spezialfrühstück.

Es war schon komisch, daß Sully in einer so großen Wohnung in der Küche hausen sollte, doch sie reichte ihm; sie war klein wie in den meisten alten Häusern, die ein eigenes Eßzimmer haben, und für die Eßecke gab es kaum Platz. Sully stellte die Sitzbank trotzdem in eine Ecke, damit er etwas hatte, an dem er sich die Beine stoßen und auf das er fluchen konnte. Zuerst hatte er sie im Eßzimmer aufgestellt, aber dort hatte sie wie ein Scherz gewirkt – ein kleines gebogenes Rechteck aus Stahlrohr mitten in einem riesigen Raum. Er konnte sich nicht vorstellen, wie er sich dort hinsetzen und essen sollte, und sei es bloß eine Schüssel Cornflakes. Also schloß er die Lüftungsklappe zum Flur, um Heizkosten zu sparen, und sperrte den Raum zu; dasselbe machte er mit dem zweiten Schlafzimmer, das ebenfalls leerstand.

Er war froh, ein so großes Sofa gekauft zu haben, so daß wenigstens ein Teil des höhlenartigen Wohnzimmers möbliert war; zusammen mit dem schwankenden dreibeinigen Couchtisch rückte er es an die eine Längsseite – auf der anderen sollte der Fernseher stehen, sobald er sich einen leisten konnte. Es mußte schon ein großes Gerät sein, wenn er über die ganze Breite des Zimmers hinweg noch etwas von dem Bild erkennen wollte. Und irgend etwas mußte mit den blumengemusterten rosafarbenen Tapeten geschehen. Dann brauchte er noch einen Teppich, um nicht ständig an die eigene Gegenwart erinnert zu werden, wenn er über die Dielen marschierte. Damals hatte er immer noch hundert Dollar von Kenny Roebucks Geldsegen übrig gehabt, also hatte er sich auf die Suche nach einem billigen Teppich begeben.

Wie das Schicksal es wollte, lief er statt dessen Kenny Roebuck über den Weg, und der war auf dem Weg zur Rennbahn. Er zwang Sully praktisch dazu, ihn zu begleiten, indem er ihn fragte, ob er Lust dazu habe. Auf dem Rückweg beschloß Sully, daß er ohnehin keinen Teppich gebraucht hätte. In Rays Laden kauften sie eine Sechserpackung Bier und gingen in die neue Wohnung, damit Kenny sehen konnte, wie Sully sich eingerichtet hatte. Sully nahm das Bier und stellte es in den Kühlschrank, während Kenny Roebuck in Lachen ausbrach. Er stand mitten im Zimmer und brüllte geradezu. Er konnte nicht aufhören. Er ging von Zimmer zu Zimmer, und eines erschien ihm komischer als das andere. In den beiden leeren, abgesperrten Räumen lachte er so heftig, daß ihm die Tränen kamen. Schließlich gesellte er sich in der winzigen Küche zu Sully und ließ sich auf einen der Plastikstühle fallen, das Gesicht puterrot vor Anstrengung. »Was meinst du – wie lange wird's wohl dauern, bis alles voll ist?«

Sully hatte zwei Dosen Bier aus dem Kühlschrank genommen. Mit der Hand hatte er das Gerät innen abgetastet, und Kenny Roebuck eine Dose gegeben. »Ich weiß nicht, ob dieser Kühlschrank noch in Ordnung ist«, hatte er gesagt und damit Kenny Roebuck zu neuerlichen Lachsalven herausgefordert.

Dies war nun zwölf Jahre her, und es schien Sully unmöglich, daß Kenny Roebuck irgendwann im Laufe der folgenden Jahre gestorben war. Aber eins war sicher – wenn Kenny jetzt die Wohnung sähe, würde er wieder genauso lachen. Außer einem Flickenteppich und einem großen, weißen Fernsehschrank, in dem ein Fernseher mit kleinem Bildschirm stand, sah die Wohnung immer noch so wie am Tag seines Einzugs aus. Das Problem mit der Tapete hatte er dadurch erledigt, daß er sie abblättern ließ.

Heute abend war er wie an den meisten Abenden viel zu müde, als daß es ihn viel gekümmert hätte. Er zog sich aus, stieg in die Dusche, und ließ das Wasser über Schultern und Rücken prasseln. Innerhalb weniger Augenblicke hatte der aufsteigende Dampf eine Kindheitserinnerung zurückgerufen, an die er seit vierzig Jahren nicht mehr gedacht hatte.

Es war an einem Samstagnachmittag gewesen, und sein Vater hatte ihn und seinen älteren Bruder Patrick zum neuen YMCA, dem Christlichen Verein junger Männer in Schuyler Springs mitgenommen, wo man einmal im Monat kostenlos schwimmen durfte – eine Maßnahme, die für die Mitgliedschaft werben sollte. Sullys Vater wollte zwar nicht, daß seine Jungs diesem Verein beitraten, aber solange man umsonst schwimmen konnte ... Außerdem hatte er entdeckt, daß samstags im Hinterzimmer eine Pokerrunde abgehalten wurde. Wenn Sully und sein Bruder nach unten abgeschwirrt waren, blieb der Vater oben, um Karten zu spielen. Der Umkleideraum mit seinem Steinboden war kalt, und die Bademeister bestanden darauf, daß alle Jungen erst duschten und dann zitternd neben dem Bassin stehen mußten, während sie auf Kopfläuse untersucht wurden. Dann las man ihnen die Regeln vor – kein Rennen, kein Schubsen, keine Tauchversuche im Flachen. Ein paar der Jungen waren immer noch schmutzig und wurden noch einmal unter die Dusche geschickt. Die sauberen, darunter Sully und sein Bruder, mußten warten, bis sie fertig waren.

Sully, der damals acht gewesen war, zitterte erbarmungswürdig, sogar dann noch, als er endlich ins Wasser springen durfte. Aber das Wasser war kalt, und er war einer der Jüngsten; die vielen Regeln machten ihm angst, und er fürchtete, unabsichtlich eine davon zu verletzen und des Beckens verwiesen zu werden, während sein vier Jahre älterer Bruder bleiben durfte. Die unterirdischen

Korridore des Gebäudes waren ein Labyrinth, und Sully wußte nicht, ob er imstande wäre, die Umkleideräume wiederzufinden, von seinem Vater ganz zu schweigen. Dann gab es da noch zwei ältere Männer – Bewohner des Clubheims –, die am kostenlosen Schwimmen der Jungen teilnehmen durften; beide schwammen nackt, und auch das machte Sully angst, trotz der Erklärung seines Bruders, daß es okay sei, denn hier seien ja nur Männer und keine Mädchen, die einem das Dings abgucken könnten. Sullys Dings war ohnehin fast nicht mehr da, war fast ganz in der Körperhöhle verschwunden. Seine Lippen waren schon ganz blau, und er zitterte unaufhörlich. Einer der Bademeister sah es und befahl ihm wieder unter die Dusche zu gehen, bis er sich etwas aufgewärmt hätte.

In der gekachelten Dusche stand er unter den mächtigen Dampfschwaden und ließ sich vom heißen Wasser berieseln, bis es kühler wurde, worauf er unverzüglich eine andere Kabine aufsuchte. Jedesmal, wenn das heiße Wasser abkühlte, wechselte er die Kabine. Schon bald war der Raum von dickem angenehmem Dampf erfüllt, und Sully hatte sich davon einlullen lassen, ohne auf die Zeit zu achten, kam nur aus seiner Träumerei heraus, um wieder die Dusche zu wechseln. Er verbrachte volle zwei Stunden unter der Dusche, hörte die fernen Rufe der anderen Jungen im Becken, ohne selbst wieder in das kalte Wasser zurückkehren zu wollen oder sich in die Umkleide zu wagen und auf dem kalten Betonboden nach dem Spind zu suchen, in dem er und sein Bruder ihre Kleider gelassen hatten.

»Werden wir ja sehen, ob ich euch noch mal mitnehme«, sagte sein nach Alkohol riechender Vater auf der Rückfahrt, nachdem Patrick gepetzt hatte. Sully hatte auf dem Rücksitz gezittert, während sie nach Bath gefahren waren. Er war dann die ganze folgende Woche krank gewesen.

Jetzt kühlte das warme Wasser in Sullys Wohnung noch schneller ab als damals im Schwimmbad. Er trat aus der Dusche und fragte sich, ob er wohl krank würde – und ob er sich deshalb nach so vielen Jahren an dieses Erlebnis im YMCA erinnerte. Daß er einen weiteren Grund für den Haß auf seinen Vater benötigte, erschien ihm zweifelhaft – kam doch dessen Geist seit kurzem weitaus häufiger und lebhafter als früher zu Besuch, ungefähr seit dem Zeitpunkt, da Sully von dieser Leiter gestürzt war.

Zum Glück fühlte sich sein Knie im Augenblick gar nicht so schlecht an, und Sully grübelte zum soundsovielten Mal über die Unlogik seines Körpers; kurz nach einer harten Arbeit ging es dem Knie erstaunlich gut – morgen aber, das wußte er, würde er dafür zahlen müssen.

Das hieß, daß er morgen als erstes Jocko aufsuchen mußte. Er hatte fast kein Tylenol 3s mehr, oder wie immer das Zeug heißen mochte. Jocko gab seine Medizin meistens nicht in beschrifteten Fläschchen ab – zumindest nicht an Sully. Wenn Sully etwas gegen Schmerzen brauchte, bestand Jocko nicht auf einem formellen Rezept; wenn er Muster hatte, die Sully vielleicht gebrauchen konnte, ließ er ihm ein leuchtendes Plastikröhrchen voller Tabletten in die Manteltasche gleiten und flüsterte ihm seine besondere Verschreibung zu: »Hier. Nimm die.«

Unten im Korridor stand Miss Beryl in Morgenmantel und Pantoffeln und wartete auf ihn. Wenn sie so in der großen Wohnungstür stand, sah sie besonders winzig und zwergenhaft aus. Sie hielt einige Briefe in der Hand, das meiste davon Müll, wie Sully erkennen konnte. Er ging oft wochenlang ein und aus, ohne seinen Briefkasten auch nur anzusehen, und dann sammelte er alles ein, warf einen flüchtigen Blick darauf und schmiß es in die Mülltonne. Die Leute, die ihn sprechen wollten, hinterließen eine Nachricht im *Horse.* Die Leute, die ihn dazu nicht gut genug kannten, waren vermutlich die Leute, die er auch gar nicht sehen wollte. Sully besaß keine Kreditkarten, und weil seine Verbindlichkeiten mit der Miete an Miss Beryl abgegolten waren, brauchte er sich auch um Rechnungen keine Sorgen zu machen. Seiner Meinung nach hatte er keinerlei Beziehungen zur Post. Nicht einmal sein Name stand auf dem Briefkasten, und er weigerte sich strikt, ihn dort zu vermerken, um den Briefträger nicht zu ermutigen. Ab und zu sammelte Miss Beryl alles ein und hielt es ihm wie jetzt entgegen, wobei sie die Dinge, die sie für die wichtigsten hielt, nach oben sortiert hatte. Der Umschlag oben auf diesem Stapel sah wie ein Steuerformular der Stadt North Bath aus, zweifellos, um ihn an seine Verpflichtungen zu erinnern, die er für das Haus seines Vaters hatte. Sully machte sich gar nicht erst die Mühe, den Brief zu öffnen. Er blätterte den Rest der Post durch, um sicherzugehen, daß der Scheck für seine Rente nicht dabei war; in seiner Eile, den Müll zu beseitigen, hatte er auch den schon einmal weggeworfen.

»Haben Sie einen Kugelschreiber da, Mrs. Poeples?« fragte er, obwohl er ganz genau wußte, daß Miss Beryl ein halbes Dutzend davon in einem Glas bei der Tür aufbewahrte. Doch sie hatte seine Frage schon geahnt und hielt ihm mißbilligend einen Stift entgegen. In Großbuchstaben schrieb er auf den Umschlag mit dem Steuerformular ZURÜCK AN ABSENDER und warf die übrige Post in den dekorativen Mülleimer, der neben Miss Beryls Wohnungstür stand.

»Sie sind wirklich der gleichgültigste Mann der Welt«, bemerkte Miss Beryl, wie so häufig bei solchen Gelegenheiten. »Hat Ihnen denn nie jemand erzählt, daß es gewisse neugierige Geister gibt, die alles wissen wollen?«

»Vielleicht haben Sie einfach nur mehr Glück mit der Post als ich«, meinte er. »Bis jetzt hat mir die Post einen Einberufungsbefehl gebracht, Scheidungspapiere, Gerichtssachen, also ungefähr ein halbes Dutzend Drohungen. Und keine einzige gute Nachricht, von der ich nicht schon vorher gewußt hätte.«

Miss Beryl schüttelte den Kopf, schaute ihren Mieter genau an. »Aber irgendwie sehen Sie jetzt besser aus«, sagte sie.

»Als wann?«

»Als eben, als Sie hereingekommen sind«, erwiderte Miss Beryl, die am Fenster gelauert hatte.

»War 'n langer Tag, Beryl«, gab Sully zu.

»Sie hatten heute nachmittag Besuch«, bemerkte Miss Beryl.

»Wirklich?« fragte Sully ungläubig. Er empfing kaum einmal Besuch; die Leute, die ihn kannten, wußten, daß sie ihn eher bei *Hattie's* oder im *Horse* oder im OTB antreffen konnten.

»Eine junge Frau mit einer Riesenbrust und einem kleinen Mädchen.«

Sully wollte gerade sagen, daß er keine Ahnung habe, wer das sei, als ihm plötzlich etwas einfiel. »Hatte das kleine Mädchen ein schlimmes Auge?«

»Ja, die arme Kleine«, sagte Miss Beryl. »Und die Mutter hatte 'ne große Klappe und 'ne große Brust.«

Das erschien Sully nicht als korrekte Beschreibung von Ruths Tochter Jane, obwohl der erste Eindruck durchaus richtig gewesen sein mochte.

»Ich verliere anscheinend allmählich die Geduld mit meinen Mitmenschen«, fuhr Miss Beryl fort. »Ich bin immer noch dafür, die Leute zu bestrafen, wenn sie gemein zu kleinen Kindern sind. Früher wollte ich ihnen nur die Füße abhacken. Jetzt will ich die Welt von ihnen befreit sehen. Wenn das so weitergeht, werd' ich bald die Republikaner wählen.«

»Sie werden auf Ihre alten Tage wirklich gemein, Mrs. Peoples«, sagte Sully und versuchte, ihren scherzhaften Ton zu treffen, obwohl er spüren konnte, wie sehr die Begegnung sie aufgeregt hatte. »Sie hat nicht gesagt, was sie hier wollte?« fragte er dann etwas ängstlich. Er bezweifelte, daß Ruths Tochter Miss Beryl viel erzählt haben würde.

»Ich glaub', sie war ziemlich froh, daß Sie nicht hier waren«, erklärte Miss Beryl. »Und ich hatte den Eindruck, daß sie vor einem nichtsnutzigen Ehemann auf der Flucht war.«

»Das haut hin«, stimmte Sully zu. Nun fiel ihm wieder ein, daß Jane im letzten Sommer das erste Mal vor ihrem Mann davongerannt war, und daß er Ruth angeboten hatte, ihre Tochter und das kleine Mädchen zu ihm zu schicken, wenn sie einen Platz brauchten, wo ihr Mann sie kaum suchen würde. »Sie hat einen Trunkenbold aus Schuyler Springs geheiratet, der im Kittchen ein und aus geht.«

»Na ja«, machte Miss Beryl. »Da bin ich ja froh, daß das die Erklärung ist – ich habe zuerst schon geglaubt, *Sie* wär'n hingegangen und hätten das junge Ding geschwängert.«

»Die Jungen wollen mich nicht mehr, Beryl«, sagte Sully, weil ihm wieder Toby Roebuck ungebeten ins Bewußtsein funkte, wie schon den ganzen Nachmittag über. »Ich wünschte mir, wenigstens eine oder zwei wollten mich noch.«

»Sie sind ein Hundsfott, Sir«, bemerkte Miss Beryl. »Das wollte ich schon immer mal zu einem Mann sagen.«

Sully nickte und nahm die Anschuldigung hin. »Ich dachte immer, Sie wären für die Republikaner.«

»Nein«, entgegnete Miss Beryl. »Ich nicht, wohl aber Clive sen., der war in machen Dingen richtig stur.«

»Aber ein guter Mann«, erinnerte sich Sully.

»Ja«, stimmte Miss Beryl nachdenklich zu. »Ich vermisse die Arbeitsgespräche mit ihm. Es hätte ein ganzes Leben gekostet, um ihn von meiner Denkweise zu überzeugen. Manchmal glaube ich, er starb, um nicht zugeben zu müssen, daß ich recht hatte.«

Als Sully gegangen war, kehrte Miss Beryl zu ihrem Sessel im Vorderzimmer zurück, wo sie gelesen hatte. Der Sessel stand direkt vor dem Fernseher, den sie selten einschaltete. Auf dem Apparat standen Clive sen. und jr., die beiden Sterne – der vergangene und der gegenwärtige – an ihrem Himmelszelt. »Du warst wirklich stur«, sagte sie nun zu ihrem Mann. Clive sen. hatte sich nie besonders gut ausdrücken können, und so hatte er jeden Streit mit Miss Beryl verloren, die genug Geist und Wortgewandtheit besaß, um ihn in die Ecke zu drängen und ihm den Todesstoß zu versetzen; schon früh in seiner Ehe hatte Clive sen. gelernt, seine Gedankengänge nicht einer Frau zu offenbaren, die ihm jedesmal Verstöße gegen die Logik nachwies. »Ich habe meine Gründe«, lernte er zu sagen und diese Bemerkung mit einem Gesichtsausdruck zu untermalen, den er für rätselhaft hielt.

Mit diesem Ausdruck starb er auch, und als Miss Beryl am Unfallort erschien, stand er ihm immer noch im Gesicht. Nachdem die junge Audrey Peach ihn durch die Windschutzscheibe gesandt hatte, war Clive sen. mit grotesk schief stehendem Kopf – sein Hals war gebrochen – auf den Sitz zurückgefallen. Er sah aus, als sei er tief in Gedanken versunken. Ich habe meine Gründe, schien er zu sagen, und ließ sie dann fünfundzwanzig Jahre mit ihrer letzten Frage allein.

»Und *du* . . .«, sagte sie zu ihrem Sohn.

Sie hielt immer noch den Umschlag in der Hand, den Sully mit ZURÜCK AN ABSENDER versehen hatte. Sie machte ihn nicht auf, wollte nicht wissen, was er enthielt. In einer Blechdose im Schlafzimmer hatte sie einen braunen Ordner, auf dem »Sully« stand, und sie wollte diesen Brief vor dem Schlafengehen zu den anderen legen. »Ich tue das Richtige«, sagte sie zu den beiden Clives. »Also bleibt schön ruhig.«

Eines der Dinge, die Sully am *White Horse Tavern* besonders schätzte, war das große Vorderfenster mit dem elektrischen Black-Label-Bierschild, das schon seit Jahren nicht mehr brannte. So konnte Sully in die Kneipe hineinspähen und sehen, wer da war, ohne sich zeigen zu müssen. Es gab Abende – und heute war so ein Abend –, an denen er keine Lust hatte, in irgend etwas hineingezogen zu werden. Er wollte nur zu Abend essen und dann ins Bett gehen, vielleicht noch ein Bier trinken – aber leider führte ein Bier oft genug zu einer halben Kiste. Heute reichte schon ein schneller Blick, um Sully zu überzeugen. Natürlich war Wirf da, der zweifellos seine Predigt vorbereitete, warum Sully in der Schule hätte bleiben sollen, und warum er alles über den Haufen warf, wenn er jetzt wieder arbeiten ging. Ein seltener Gast war Carl Roebuck, der neben der Ecke der Theke Anker geworfen hatte. Ein schlechtes Zeichen – Carl zechte und feierte für gewöhnlich in Schuyler Springs und kam nur dann ins *Horse,* wenn er jemanden suchte. Meistens suchte er Sully. Und Sully wußte, daß er, wenn Carl ihn wirklich finden wollte, verschollen bleiben mußte. Sicher, Carl schuldete ihm noch den Lohn eines halben Tags, aber das konnte nicht der Grund sein, warum er ihn suchte. Carls Vater Kenny hatte immer die Leute aufgesucht, denen er was schuldete, aber Carl hielt nur nach denen Ausschau, die ihm was schuldig waren. Vielleicht war er auch nur dort, weil er nicht mehr in sein Haus hereinkam; Sully beschloß, es lieber nicht darauf ankommen zu lassen.

Als Carl vom Hocker rutschte und in Richtung Toilette ging, zuckte Sully vom Fenster zurück und spähte gerade noch rechtzeitig wieder herein, um zu sehen, wie Carl hinter der Tür verschwand. Obwohl er nie darauf geachtet hatte, fiel ihm plötzlich auf, wie sehr Carl seinem Vater ähnelte, auch wenn er nur halb so breit war wie Kenny und dieser ein viel zu häuslicher Mann gewesen war, um an Schürzenjagd zu denken. Sully merkte plötzlich, daß er wünschte, es wäre Kenny, nicht Carl, der jetzt gerade im Männerklo in die Rinne pinkelte. Wäre es Kenny gewesen, hätte Sully nichts dagegen gehabt, hineingezogen zu werden – es spricht viel für einen Mann, der es einem nicht nachträgt, wenn man sein Haus angezündet hat.

Der einzige andere Schuppen, der um diese Zeit noch geöffnet hatte, war *Jerry's Pizza* ein paar Häuser weiter, wo die Jugendlichen immer herumlungerten. Im Grunde wäre ihm ein fettiger Hamburger im *Horse* lieber gewesen, aber da er keine Jugendlichen vor *Jerry's* herumhängen sah, beschloß Sully, dort sein Glück zu versuchen. Immerhin war es der Abend vor Thanksgiving, die Kinder blieben vielleicht sogar zu Hause, und das bedeutete, daß die Jukebox, aus der sonst Heavy Metal dröhnte, ein einziges Mal im Jahr schweigen würde. Außerdem hatte Ruth heute Dienst, und irgendeines Tages mußte er ihr mal gegenübertreten. Vielleicht traf er sie ja in Festtagslaune an. Vielleicht würde er dann aufhören, an Toby Roebuck zu denken. Immerhin eine Möglichkeit. Und es wäre ganz gut, herauszufinden, warum Jane am Nachmittag in seiner Wohnung erschienen war.

Gott sei Dank war die Pizzeria leer. Sully wählte eine Nische, die man von der Straße aus nicht einsehen konnte und die in gebührendem Abstand von der Jukebox lag – die zwar schwieg, jedoch wütend vor sich hinsummte, als ob sie aus der ungewohnten Stille Kraft und Gift schöpfte. »Sully!« dröhnte eine Stimme aus der Küche. »Was für ein Glück, daß wir noch nicht geschlossen haben!«

Die Stimme gehörte Vince, dem Besitzer von *Jerry's*. Sein Bruder Jerry führte eine ähnlich aufgemachte Pizzeria in Schuyler Springs, die *Vince's* hieß. Das Restaurant in Schuyler Springs lief besser, und wer von den beiden die Wette auf die siegreiche Mannschaft des Basketballspiels Bath-Schuyler gewann, durfte das Restaurant in Schuyler Springs im kommenden Jahr führen. Da er immer auf seine Alma Mater in Bath wettete, hatte Vince schon zehn Jahre hintereinander das gute Geschäft verloren. Jerry gab seinem Bruder zwar immer ein paar Punkte Vorsprung, aber es reichte nie. Beide waren große, kräftige Männer mit mehr Haaren auf der Brust als auf dem Kopf. Sie glichen einander so sehr, daß die Leute sie mit den Jahren immer häufiger verwechselten, zum einen wegen der äußerlichen Ähnlichkeit und zum anderen, weil jeder seit zehn Jahren das Restaurant des anderen geführt hatte. Vince störte es, sein Restaurant wegen Basketballwetten zu verlieren – noch mehr aber störte es ihn, seine Identität zu verlieren. Sully spürte das und rief ihn nur noch mit dem Namen seines Bruders.

»Wie wär's mit 'n bißchen Bedienung?« rief Sully und klopfte mit dem Pfefferstreuer an die Rückenlehne der Nische.

Die Küchentür schwang auf, und Ruth erschien. Sie sah nicht so aus, als wäre sie in Festtagslaune. Sie brauchte einen Moment, um Sully am anderen Ende des Raumes ausfindig zu machen. »Ich weiß nicht, was es bringen soll, einen Mann aufs College zu schicken, wenn er noch nicht einmal lesen kann«, sagte sie und wies auf das Schild DIESER TEIL IST GESCHLOSSEN.

Sully hatte es tatsächlich nicht bemerkt; er hatte nur ein Plätzchen finden wollen, wo ihn niemand von der Straße aus sehen konnte. »'tschuldige«, sagte er. »Ich wollte nur so weit wie möglich von der Jukebox weg. Und außerdem«, fügte er hinzu, als Ruth herankam, »geh' ich nicht mehr aufs College.«

»Hab' ich schon gehört«, sagte Ruth. »Wirf war hier und hat dich gesucht.« Sie blieb stehen, so daß er zu ihr aufblicken mußte. Früher, als sie noch Freunde gewesen waren, hätte sie sich zu ihm in die Nische gesetzt. Irgendwann, das wußte Sully, würden sie darüber streiten, warum er wieder zur Arbeit gegangen war, doch jetzt schwiegen sie. Das war etwas, was Sully immer an Ruth gemocht hatte: Sie wußte, wann sie schweigen mußte. Was ihm nicht an ihr gefiel, war ihre Fähigkeit, ohne Worte mitzuteilen, was sie dachte. Im Augenblick dachte sie beispielsweise daran, daß es nicht klug von ihm gewesen war, wieder arbeiten zu gehen, womit sie vermutlich recht hatte. Das wird dir noch leid tun, dachte sie gerade.

»Auf jeden Fall riechst du gut«, sagte sie schließlich und setzte sich in die Nische.

»Du auch«, meinte Sully und grinste sie an. »Ich hab' den Geruch von Pizza schon immer gemocht.«

Ruth saß nur da, nickte und grinste ihn an, doch es war dieses wissende, eher unfreundliche Lächeln, das nie etwas Gutes verhieß. Trotzdem sah sie in Sullys Augen gut aus, und er merkte, wie sehr er darauf hoffte, daß sie sich bald streiten, es hinter sich bringen würden, denn er hatte sie vermißt.

»Jugend«, äußerte sie nun, »das ist der Geruch, den du magst.«

Dies war sogar für Ruth eine seltsame Bemerkung, und verwirrt versuchte Sully herauszufinden, was sie wohl bedeuten mochte. Sicher, Ruth war zwölf Jahre jünger als er, aber dem Klang ihrer

Stimme konnte er ziemlich gut entnehmen, daß sie nicht sich selbst gemeint hatte.

»Also«, fing sie nach einem Augenblick peinlich berührten Schweigens wieder an, »wie war die Arbeit?«

»Hart.«

»Ist heute hart geworden, was?« Nun war ihr wissendes Lächeln zu einem bösartigen Grinsen geworden. Es machte ihr Spaß zu sehen, wie er sich drehte und wand.

»Kann ich irgendwie bei diesem Gespräch einsteigen?« wollte Sully wissen. »Statt daß du's ohne mich führst.«

»Hey«, machte Ruth. »Wollte doch nur wissen, wie dein Tag war. Ich dachte, vielleicht hast du ja 'nen alten Bekannten getroffen. Nein, ich nehm's zurück: eine junge Bekannte.«

Jetzt war alles klar. Irgend jemand hatte gesehen, wie Toby Roebuck ihn mitnahm, und es Ruth erzählt, und Ruth hatte ihn schon im August, kurz bevor er mit der Arbeit für Carl aufgehört und sich im College eingeschrieben hatte, bezichtigt, in Carls Frau verschossen zu sein. Es stimmte natürlich, dennoch war die Anschuldigung überraschend gekommen, und Sully hatte sich wie schon so manches Mal gefragt, ob Ruth vielleicht die Gabe der übersinnlichen Wahrnehmung besaß. Ein- oder zweimal hatte er sie sogar dessen beschuldigt, aber Ruth hatte entgegnet, daß man keine besonderen Sinne besitzen müsse, um Sully zu durchschauen.

»Merkst du nicht«, sagte er, »daß du und ich schon so lange zusammen sind, daß die Klatschmäuler uns wie ein Ehepaar behandeln? Früher haben sie Zack von dir und mir erzählt. Jetzt erzählen sie dir, was ich so mache. Und jetzt bin ich ja echt neugierig – was haben sie dir eigentlich erzählt?«

»Auf jeden Fall ist es 'ne verdrehte Beziehung«, fuhr Ruth fort. »Wenn man sich zum Vorspiel erst mal 'ne Schlammschlacht liefern muß.«

Sully lächelte sie an. »Ich bin sogar zum Vorspiel zu müde, Ruth.«

»Da bin ich froh«, sagte sie ernst. »Ich glaub' nicht, daß ich's so gut verkraften könnte, wenn du mich wegen einem kleinen Cheerleader verläßt. Willst du was essen?«

»Linguine«, ertönte Vinces Stimme aus der Küche. Vinces gute

Ohren waren in der ganzen Stadt berühmt. Es hieß, er sei einmal aus der dampfenden Küche gekommen, durch das lärmerfüllte Restaurant geschlichen, habe sich mit den Ellbogen durch seine Stammkunden, die kreischenden Teenager, gekämpft und einen Kampf verhindert – was er hinterher damit erklärt hatte, daß er dem Gespräch zugehört habe. »Er will Linguine und Venusmuscheln. Ich schmeiß' in der Woche zwei Dutzend gottverdammte Muscheln weg, also kann er das eine Mal, wenn er im Monat kommt, ruhig Linguine essen.«

»Ist dir je in den Sinn gekommen, daß ich vielleicht mal was anders haben will?« schrie Sully in Richtung Küche. »Nur, weil du mir vor fünf Jahren ein halbes Dutzend verdorbener Muscheln angedreht hast, heißt das noch lange nicht, daß ich bis in alle Ewigkeit Linguine bestellen muß.«

»Wenn du nicht wärst, müßte ich niemals eine einzige verdammte Muschel bestellen, du undankbarer Mensch«, bellte Vince. »Bestell doch, was du willst. Weniger Arbeit für mich. Ich wollt' mich sowieso gerade durch den Abfall wühlen, um die Dinger rauszuholen.«

»Dann nehm' ich das«, sagte Sully. »Wenn's dir Extraarbeit macht, würd' ich sogar Gift fressen.«

»Das Leben von Don Sullivan, kurz und bündig. Renn nicht gleich wieder weg, wenn du fertig bist«, sagte Ruth und sah wieder sehr ernst aus.

»Alles in Ordnung mit dir?«

»Nicht so ganz.« Ruth nickte zur Küche hin – das hieß, was immer sie auch besprechen wollte, es sollte nicht im Umkreis von Vince' Antennen geschehen. Sully war ziemlich beunruhigt, denn es gab nicht viel, was Ruth nicht in Anwesenheit von Vince diskutiert hätte.

Sully hatte seine Linguine zur Hälfte gegessen, da tauchte Wirf auf und drehte sich mitten im Raum unsicher auf seiner Prothese. Er wollte schon wieder gehen, entdeckte jedoch im letzten Moment Sully im dunklen, geschlossenen Teil des Restaurants. »Was, zum Teufel, machst du denn hier hinten?« wollte er wissen, als er sich unsicher in die Nische gleiten ließ. Seine Augen waren glasig und rot gerändert. Offenbar hatte er schon einen kleinen sitzen.

»Wenigstens einmal in Frieden essen«, gab Sully zur Antwort.

Wirf nickte mitfühlend, offenbar in dem Glauben befangen, daß Sullys Bemerkung in keiner Weise auf ihn zutraf. Er nahm Schal und Handschuhe ab und legte sie neben den Gummibaum auf das Fensterbrett. »Ich hab' dich ins *Horse* reingucken sehen, aber dann warst du plötzlich verschwunden. Ich wette, ich bin 'n Dutzend Mal die Straße rauf- und runtergelaufen und hab' versucht rauszukriegen, wo du bist.«

Sully drehte die Linguine auf die Gabel. »Du hättst aufgeben sollen, Wirf.«

»Ich hatte Angst, du würdest nach gestern 'n paar schwarze Gedanken haben«, sagte Wirf. Erwartungsvoll wie ein Hündchen beobachtete er, wie Sully die Nudeln zum Mund hob. Wirf, dessen Hirn ständig ein wenig vom Alkohol vernebelt war, vergaß alle möglichen Dinge. Essen zum Beispiel. Er dachte nur an Speisen, wenn sie direkt vor seiner Nase verschlungen wurden. Dann bekam er einen sehnsüchtigen Ausdruck, als ob er sich gerade an eine verlorene Liebste erinnerte. »Hilf mir mal«, schlug Sully vor. Die Nische war für zwei gedacht, und Ruth hatte sich nicht die Mühe gemacht, das andere Besteck wegzuräumen, also brauchte Wirf nur noch einen Teller. Da Sully mit dem Salat fertig war, schob er Wirf die Schüssel hin, der die Überreste von Öl und Essig unverzüglich in den Gummibaum entleerte. Mit Hilfe von Gabel und Löffel schob er genau die Hälfte der verbleibenden Linguine in die Schüssel. »Hast du alle Muscheln gegessen?« fragte er mit einem Blick auf den Haufen, den Sully aus den Schalen errichtet hatte.

»Ich hab' nicht gewußt, daß du kommst, Wirf«, sagte Sully.

»Ich wollte doch bloß eine«, murrte Wirf. »Ich mag diese widerlichen Schleimtierchen nicht, aber ich glaube immer noch, daß ich mich eines Tages überraschen lasse und sie doch mag.«

»Dann bin ich ja froh, daß keine mehr da sind. Ich mag sie nämlich immer«, sagte Sully und schob Wirf das Brotkörbchen hin.

»Sei nicht so geizig«, mahnte Wirf, mit der Gabel auf Sully deutend.

»Ich könnte dir ja 'n paar Muscheln bestellen«, bot Sully an. Er hatte zwar nicht die Absicht, aber es war leicht, Wirf mit einer großzügigen Geste zu beschämen.

»Die verdammte Küche hat zu!« bellte Vince.

»Alter Lauschkopf«, meinte Wirf. »Die Regierung sollte ihn auf 'nen Berggipfel stellen und nach Tönen aus den Tiefen des Weltraums horchen lassen.«

»Ja, das wär' was für ihn«, stimmte Sully zu.

Keine Regung in der Küche. Eine Minute später kam Ruth und legte Wirf eine Venusmuschel vor; sie war fest geschlossen.

»Wie können Sie nur mit diesem unzuverlässigen Hurensohn klarkommen?« fragte Wirf sie.

»Ganz einfach«, gab Ruth zurück. »Seh' ihn ja nie.«

»Also«, begann Wirf wieder, als sie weg war, »wie ich höre, bist du wieder arbeiten gegangen.«

Sully schob seinen Teller in die Mitte des Tisches. »Und es war gar nicht mal so schlecht, wenn du's genau wissen willst. Hat mir jedenfalls besser gefallen, als mit Richtern zu sprechen.«

Wirf verzog gekränkt das Gesicht. »Gestern lief's nicht gut«, gab er zu und spielte damit auf den letzten Gerichtstermin an, »aber wir werden die Hunde schon kleinkriegen. Es gibt 'ne Million Dinge, die wir noch nicht versucht haben, und der Tag wird kommen, an dem wir an einen Richter geraten, der einmal in seinem wertlosen Leben eine ehrliche Sache verhandeln will. Und dann sind wir durch damit.«

»Aber dann bin ich siebzig und seit fünf Jahren tot.«

»Siehst du.« Wirf fuchtelte wieder unkontrolliert mit der Gabel herum. »Das sind die schwarzen Gedanken. Ich dachte, wir hätten uns geeinigt, daß du in der Schule bleibst und den Lauf der Dinge abwartest. Sei doch wenigstens einmal clever. Nutz die Zeit! Wenn die rauskriegen, daß du arbeitest, sind wir wirklich im Arsch.«

»Das ist aber 'n schwarzer Gedanke, Wirf«, meinte Sully.

Wirf seufzte und schüttelte den Kopf. »Warum geb' ich mich bloß mit dir ab?«

»Na, *das* ist mal 'ne Frage. Geh nach Haus und denk drüber nach.«

Nun grinsten sie einander an. »Mein Gott«, sagte Wirf.

»Genau«, stimmte Sully zu.

»Zahlt Carl dir was unter der Hand?«

»Mußt du das fragen?«

»Schreib bloß nichts in die verdammten Bücher. Nie und nirgends«, rief Wirf ernst.

»Hör mal, du brauchst mir nicht zu erzählen, daß ich schwarz arbeiten soll«, erinnerte ihn Sully. »Das einzige Mal, wo ich ganz korrekt gearbeitet hab', ist das mit der Verletzung passiert.«

Dies stimmte nicht ganz, kam aber der Wahrheit ziemlich nahe. Eine von Sullys unzähligen finanziellen Sorgen war, daß er so selten ordentlich gearbeitet und so wenig Beiträge zur Sozialversicherung entrichtet hatte, daß seine Rente im Ruhestand nur ein Tropfen auf den heißen Stein sein würde. Die Veteranenrente wäre dann der andere Tropfen. Und das hieß, daß er von der Wohlfahrt und von Essensmarken abhängig sein würde. Doch er kannte zu viele Leute, die stempeln gingen, und wollte sich dies Schicksal ersparen; man mußte in zu vielen Schlangen stehen und zu viele Formulare ausfüllen, und Sully sagte beides nicht zu. In der Armee hatte er beschlossen, daß er, wenn er den Krieg überleben sollte, nie wieder in einer Schlange stehen wollte. Und deshalb war er unter anderem nach Bath zurückgekehrt, denn in dieser Stadt mußte man selten irgendwo anstehen. Außerdem bedeutete von der Wohlfahrt zu leben betteln, und seit Jahren hatte er immer wieder verkündet, daß er, wenn er eines Tages nicht mal mehr das Wenige verdiente, das er zum Leben brauchte, sich eine Kugel durch den Kopf jagen wollte – ein Versprechen, auf dessen Einhaltung ihn ganz gewiß zwei oder drei Menschen drängen würden.

»Dann arbeite eben, wenn du mußt, aber denk an unsere Strategie«, sagte Wirf. »Leg ihnen immer neue Papiere vor und beweise, daß es mit dem Knie immer schlimmer wird. Früher oder später werden sie einsehen, daß es nur teurer wird, wenn sie nicht einer oder zwei der Klagen nachgeben. Die im Gericht werden auch schon sauer. Hast du den Richter gestern gehört?«

»Klang aber, als wär' er sauer auf *dich*, Wirf.«

»Nur weil er weiß, daß ich nicht nachgebe«, erklärte der Anwalt.

»Ich weiß, wie er sich fühlt«, sagte Sully.

Auf diesen Köder biß Wirf nicht an. Er schob die Salatschüssel in die Mitte des Tisches. »Wenn sie anfangen, unheimlich wütend zu werden, kannst du sicher sein, daß auch was dabei rauskommt. Einführung in das Recht, Absatz einhunderteins.«

»Bist du jemals bis einhundertzwei gekommen?«

Wirf ließ die Gabel fallen; er sah gekränkt aus.

»Hab' ja nur gefragt«, grinste Sully.

»Ich kann das nicht ohne dich machen«, flehte der Anwalt. »Ich kann hier nicht auf einem Bein stehen und von dir immer nur hören, daß du's absägen willst.«

»Ich sag' dir schon seit Monaten, daß wir damit aufhören sollen«, erinnerte Sully ihn. »Ich hab's satt zu sehen, wie sie auf dir rumhacken. Und ich kann dir nicht mal das zahlen, was ich dir jetzt schon schulde.«

»Hab' ich dich je drum gebeten?«

»Ja – jetzt gerade. Hast die Hälfte von meiner Linguine verputzt.«

»Hab' dich nicht drum gebeten – du hast mich eingeladen.«

»Ich kann nun mal deinen verhungerten Blick nicht ertragen. Ich wünschte nur, du würdest mal was Gewinnbringendes machen. Wenn Typen wie du und ich gegen Versicherungsgesellschaften gewinnen könnten, würd' es die nicht mehr geben. Gesunder Menschenverstand, Absatz einhunderteins.«

Wirf machte eine verächtliche Handbewegung, dann nahm er die Venusmuschel und tat, als wollte er Sully damit den Schädel einschlagen. »Schätze, du hast recht. Wissen ist schon ganz schön gefährlich. Wer hätte gedacht, daß du im Schuyler Community College noch was lernst. Als du noch komplett beschränkt warst, konnte ich dich besser leiden.«

Ruth kam aus der Küche und räumte die Teller ab. »Vince sagt, ihr sollt euch im *Horse* weiterstreiten. Es ist schon fast Thanksgiving, und wenn ihr euch endlich verzieht, wär' er euch dankbar.« Sie lehnte den Tellerstapel gegen ihre Brust. »Außerdem will er wissen, warum du glaubst, daß Sully auch nur einen Funken Verstand haben könnte.«

»Nenn es 'ne Ahnung«, antwortete Wirf, der sich sofort wieder an Sully wandte. »Komm, trink 'n Bier mit mir.«

»So was wie ein Bier mit dir gibt's nicht«, entgegnete Sully.

»Stimmt«, gab Wirf zu. »Also?«

»Ich arbeite morgen.«

»Morgen ist Thanksgiving.«

»Hab' ich schon gehört.«

Wirf gab es auf, rutschte aus der Nische heraus und sammelte Schal und Handschuhe ein. »Hör mal zu. Du darfst nicht mit der Schule aufhören, dann sind wir im Arsch. Brauchst ja nicht zu jeder Stunde hinzugehen. Dann haben wir bis zum Frühling, vielleicht bis zum Herbst Zeit. Und mit etwas Glück haben wir bis dahin bewiesen, daß du 'n Vollkrüppel bist. Außerdem mußt du das Knie noch mal röntgen und fotografieren lassen. Also halt dich dran.«

Sully stimmte allem zu, nur damit Wirf endlich ging. Röntgenaufnahmen waren teuer, aber wenn er Wirf das sagte, würde der ihm noch das nötige Kleingeld dafür aufdrängen.

»Komm, wir gehn ein Bier trinken«, sagte Wirf wieder.

»Nein. Verstehst du nicht? Nein.«

»Und beim nächsten Mal läßt du mir 'ne Muschel übrig«, rief Wirf über die Schulter zurück.

»Du hast ja nicht mal die hier aufgegessen«, mahnte Sully. Sie lag immer noch auf dem Tisch.

Kaum daß Wirf verschwunden war, kam Ruth und glitt still in die Nische hinter Sully. Dort kniete sie und massierte seine Schultern über die Lehne hinweg. »Wie geht's Peter?« fragte sie.

Sully entspannte sich unter ihren Bewegungen. Er war zu müde, um darüber nachzudenken, woher sie wohl wußte, daß sein Sohn in der Stadt war. »Gibt es irgendwas, das du nicht weißt von meinem Tag?«

»O ja«, sagte sie fröhlich. »Ich weiß nicht, warum du aus seinem Auto gehüpft bist und über den IGA-Parkplatz rennen mußtest.«

»Ich dachte, Mittwoch ist dein freier Tag«, sagte er. Tagsüber arbeitete sie an der Kasse im IGA; sie mußte ihn durchs Fenster gesehen haben.

»Seit Ende September nicht mehr«, klärte sie ihn auf. »Du hast schon mal besser über meine Termine Bescheid gewußt.«

»Ich weiß ja, daß ich 'n schlechtes Gedächtnis habe, aber soweit ich mich erinnere, warst du diejenige, die uns 'ne Zeitlang auf Eis legen wollte.«

Das hatten sie im August beschlossen, als Gregory, Ruths Jüngster – zur Zeit in der Oberstufe der High-School – sie zusammen gesehen hatte, als sie spät abends aus dem *Horse* kamen. Da der Junge über seine abendlichen Aktivitäten auch gelogen hatte, war er nicht in der Lage, seiner Mutter Vorwürfe zu machen, und hatte auch tatsächlich kein Sterbenswörtchen verlauten lassen. Doch sie hatten sich über die menschenleere Straße angeblickt, und Ruth sah den Ausdruck in seinem Gesicht, als ihrem Sohn klar wurde, was er da gesehen hatte. Und unverzüglich hatte sie Sully mitgeteilt, daß sie nun für eine Weile brav sein müßten.

Seit August waren sie nun brav gewesen – Ruth arbeitete in ihren beiden Jobs, und Sully ging zur Schule und verbrachte seine Abende im *Horse* in Gesellschaft von Wirf und den anderen Stammkunden, meist bis zur Sperrstunde. In Wahrheit bildeten ihre gelegentlichen Anstandseinlagen einen wesentlichen Bestandteil ihrer Beziehung; Sully dachte manchmal, daß eine Heirat – die sie früher einmal ins Auge gefaßt hatten – vielleicht nur zu einem traurigen Ergebnis geführt hätte. Die keuschen Intermezzi waren genau das, was ihre Beziehung brauchte, vorausgesetzt, sie dauerten nicht zu lange.

Da ihnen die sporadische Abstinenz in Zeiten auferlegt wurde, in denen Ruths Ehemann besonders argwöhnisch war, brauchten sie sich nie mit der Möglichkeit auseinanderzusetzen, daß sie das Bravsein ebenso sehr genossen wie das Andere. In jüngster Zeit waren ihre tugendhaften Perioden ein wenig länger geworden, und dies paßte Sully gut, obwohl er es Ruth gegenüber niemals zugegeben hätte. Ehebruch war wie Basketball ein Leistungssport für jüngere Männer, und während der letzten Jahre hatte Sully dabei ein Gefühl der Dummheit und Würdelosigkeit beschlichen. Seit über zwanzig Jahren waren Ruth und er ein Liebespaar, und sie vermochten selbst nicht zu sagen, ob sie nun stolz auf ihre Beziehung waren oder sich deswegen schämten; und warum sie einander zu manchen Zeiten brauchten und dann wieder nicht, konnten sie sich auch nicht erklären. Es war viel leichter, die Liebe zueinander auszusprechen, wenn sie sie spürten, als in anderen Zeiten zuzugeben, daß sie nicht da war, und ihre bittersten Streitigkeiten gingen meist darum, wer diesmal beschlossen habe, daß sie für eine Weile brav sein sollten, wer für die plötzliche Tugendhaftigkeit verantwortlich war, und wer wen mied und warum. Sully spürte, daß nun ein derartiger Streit aufzog, und er wußte, daß er ihn verlieren würde.

»Also, als ich sagte, ›für eine Weile‹, da hast du geglaubt, ich meine drei Monate«, sagte Ruth und grub ihre Finger tiefer zwischen Sullys Schulterblätter, wobei sie geschickt die Schmerzgrenze überschritt.

»Nein«, entgegnete Sully. »Ich dachte, du meinst sieben Monate; Gregory sollte dann seinen Abschluß gemacht haben und schon das College besuchen.«

Der Schlag hatte gesessen, denn Ruths Finger wurden ein bißchen sanfter. »Na ja, du mußtest dich ja nicht *so* genau daran halten.«

»Ich kann keine Gedanken lesen«, entgegnete er und beschloß, sich noch ein wenig weiter vorzuwagen, eine Taktik, die bei Ruth selten verfing. »Du mußt mir schon sagen, was du willst.«

Ruth hörte mit der Massage auf und antwortete auch nicht sogleich. »Was ich will«, sagte sie schließlich, »ist, daß *du* was willst. Ich glaub', ich wär' ganz zufrieden, wenn ich wüßte, daß du oft an mich denken mußt. Wenn du den Hörer wenigstens ein halbes Dutzend mal am Tag in die Hand nähmst, um mir was zu erzählen. Das hätte ich gern, Sully.«

»Du wärst glücklich, wenn du weißt, daß ich traurig bin?« faßte Sully ihre Haltung zusammen.

»Erraten.«

»Wie wär's denn, wenn ich dir einfach sage, daß ich dich vermißt habe?«

Ruth nahm die Massage wieder auf. »Ich schätze, das würde reichen – und eine Erklärung, warum dein Sohn dich über den IGA-Parkplatz gejagt hat.«

Sully erzählte, wie sein Enkel sein schmerzendes Knie malträtiert hatte, und erwähnte auch, daß er eingeladen war, morgen bei Vera vorbeizuschauen. Ruth tat es immer leid, daß Sully die Feiertage allein verbringen mußte, aber sie hegte auch ein tiefes Mißtrauen gegen seine Exfrau, das Sully sich nie erklären konnte, bis Ruth ihm eines Tages gestanden hatte, sie fürchtete, die beiden könnten wieder heiraten – eine irrationale Furcht, die sich hartnäckig hielt, obwohl Vera längst mit einem anderen Mann verheiratet war. »Wirst du hingehen?«

»Ich fahr' vielleicht mal da vorbei, wenn ich von der Arbeit komme«, sagte Sully ohne große Begeisterung. »Ich hab' Carl versprochen, daß ich morgen für ihn mauern will.«

»An Thanksgiving?«

Sully zuckte mit den Schultern. »Warum nicht?«

Es gab so viele Gründe, warum ein vernünftiger Mann am Tag des Erntedankfestes nicht in der klirrenden Kälte stehen und mauern sollte, daß Ruth es aufgab, den besten herauszusuchen. Als Sully sie fragte: ›Warum nicht?‹, hieß das nicht, daß er die Gründe nicht kannte – es hieß nur, daß er schon im voraus beschlossen hatte, keinen Grund anzuerkennen. Ruth hörte auf, ihn zu massieren, und nahm ihm gegenüber in der Nische Platz. »Wird das den ganzen Tag dauern?«

»Kann schon sein«, gab Sully zu. »Heute hatte ich einen Halbtagsjob, der einen ganzen Tag und den halben Abend gedauert hat. Und die meiste Arbeit hat Rub getan.«

»Das ist dein erster Tag nach langer Zeit. Was hast du denn erwartet?«

»Mehr.«

»Vielleicht geht's ja morgen besser.«

»Morgen wird's schlimmer«, sagte er aufrichtig. »Da bin ich mir sicher. Vielleicht wird es danach besser. Ich kann nicht mehr in meinem alten Tempo arbeiten, so viel weiß ich schon. Vielleicht schaff' ich es auch gar nicht.«

»Willst du einen Rat?«

»Eigentlich nicht.«

»Geh wieder zur Schule.«

Sully schwieg einen Augenblick, hoffte, dadurch den Eindruck zu erwecken, er denke wirklich über ihren Vorschlag nach. »Ich kann mit der Schule kein Geld verdienen, Ruth«, sagte er schließlich.

»Brauchst du Geld?«

Er schüttelte den Kopf. »Nicht sofort. Eines Tages vielleicht schon. Ich brauch' auf jeden Fall einen neuen Laster, am besten schon Anfang Januar. Diese Fahrten zur Schule haben meinen alten fast fertiggemacht. Ich hab' schon was dafür zurückgelegt, aber wenn mir was dazwischenkommt . . .«

»Prügel abkriegen kannst du gut«, erinnerte ihn Ruth. »Können wir beide gut.«

Sully nickte, weil es stimmte und weil es sein Herz erwärmte, daß Ruth dies gesagt hatte. Während er ihr so gegenübersaß, spürte er plötzlich, wie sehr er sie vermißt hatte. Manchmal fragte er sich, ob sie nicht einfach so weitermachen konnten, ob sie nicht mit ihrer Freundschaft, mit den Erinnerungen an vergangene Liebkosungen und dem Versprechen, sich immer zu mögen, zufrieden sein konnten. Er hütete sich jedoch, Ruth dies zu sagen. Sie war zwölf Jahre jünger als er, und wenn sie auch selten den Akt der Liebe vollzogen, so war es ihr doch wichtiger als ihm. »Ich weiß nicht, wie's dir geht, aber ich hätte nichts dagegen, in dieser Runde mal 'n paar Schläge auszuteilen.«

Er dachte gerade darüber nach, wie der Ruth beibringen sollte, daß Jane ihn besucht hatte – ob Ruth es nun schon wußte oder nicht –, als sie draußen ein Grollen vernahmen. Ruth stand schnell auf und spähte aus dem Fenster. »Na, das freut mich ja, daß du in so einer friedfertigen Stimmung bist, denn draußen ist gerade rate mal wer vorgefahren. Ist schon gut, daß er zu geizig ist, den Auspuff zu wechseln.«

»Geh schon. Ich werd' mit Zack fertig«, sagte Sully nicht allzu überzeugend, aber Ruth war schon in der Küche verschwunden. Als die Tür eine Sekunde später aufschwang, drehte er sich nicht um.

Zack, Ruths Ehemann, brauchte eine Weile, um zu erkennen, wer da in dem abgesperrten Teil des Restaurants saß, und er brauchte noch mehr Zeit bis zu seinem Entschluß, wie er sich verhalten sollte. Er war gekommen, um sich von Ruth Geld auszuleihen, weil am Mittwoch Zahltag war, und eine öffentliche Auseinandersetzung mit Sully mochte diesen bescheidenen Plan vereiteln. Also dachte Zack scharf und lange nach, ob er sich einfach umdrehen und draußen warten sollte, denn einmal mußte Ruth ja herauskommen. Und er hätte diese Strategie auch verfolgt, wenn er sicher gewesen wäre, daß niemand sein Herausschleichen beobachten würde. Man hatte Zack schon oft einen Feigling geschimpft; die Leute sagten immer wieder, sie verstünden nicht, warum er Sully nicht einfach erschieße oder ihm mit 'nem Baseballschläger eins über die Mütze haue. Es gefiel ihm gar nicht, ein Feigling genannt zu werden, und so holte er tief Luft und versuchte, entrüstet zu erscheinen, was ihm in Sullys Gegenwart nie so recht gelingen wollte.

»Man glaubt es nicht«, sagte Zack, als er bei Sullys Nische ankam, wo der Nebenbuhler mit dem Rücken zu ihm saß. »Schau mal einer an, ausgerechnet Sully.«

»Zachary«, sagte Sully und wies auf die leere Bank gegenüber.

Zack dachte über diese freundliche Geste nach. Von den Gerüchten abgesehen, die über Sully und seine Frau in Umlauf waren, hatte er persönlich nichts gegen Sully. Er hatte keinen gültigen Beweis von der Liebschaft seiner Frau (er selbst liebte Ruth nicht und konnte sich nicht vorstellen, daß ein anderer es tat), und dieser Mangel an Beweisen hinderte ihn daran, in selbstgerechter Empörung auf den Tisch zu hauen. Jedesmal, wenn er es versuchte – meist auf Betreiben eines anderen –, machte er einen Narren aus sich. Sully hatte eine ganz eigene Art, ihn im verbalen Trainingskampf zu schlagen, und jedesmal, wenn er wieder eine Gerade gelandet hatte, zählte Zack gehorsam bis acht und versuchte, sich eine scharfe Erwiderung auszudenken. Manchmal warf er auch direkt das Handtuch, weil ihm keine einfiel.

Am schlimmsten war es letzten Sommer gewesen; dieser Zusammenstoß war Zack immer noch deutlich in Erinnerung. Er war mit seinem Vetter Paulie ins *Horse* gegangen, weil man ihm gesagt hatte, Sully sei mit Ruth dort. Als sie ankamen, saß Sully jedoch allein da. Paulie bestand darauf, daß sie sich rechts und links von ihm niederließen. »Sieh'ste diesen Kerl hier?« hatte Zack mit extra lauter Flüsterstimme zu seinem Vetter gesagt. »Er glaubt, er wär' so 'n richtiger Frauenheld.«

Sully hatte sich auf seinem Hocker umgedreht und Zack so geduldig und desinteressiert betrachtet, daß Zacks Selbstvertrauen zuerst angeknackst, dann völlig zerbrochen war. »Bin ich auch, verglichen mit manchen anderen«, hatte Sully schließlich gesagt, was Zack weder als Schuldgeständnis noch als Dementi auslegen und daher nicht beantworten konnte.

»So 'n richtiger Frauenheld«, hatte Zack noch einmal lahm wiederholt. Dann entschloß er sich zu einem versteckten Angriff. »'n paar behaupten, daß er meine Frau mag, aber Sully sagt, das stimmt nicht.«

Sully, der sich mit dem Hocker wieder weggedreht hatte, wirbelte erneut herum. Nachdenklich fuhr er sich mit den Fingern durch die Bartstoppeln. »Hab' nie behauptet, daß ich deine Frau nicht leiden kann, Zack. Ich find' sie sogar ganz große Klasse. Kann sein, daß ich sie mehr mag als du.«

Dann hatte Sully eine Pause eingelegt, offenbar überzeugt davon, daß es nun eine Weile dauern würde, bis Zack alles verstanden, und zu einer Erwiderung gefunden haben würde. Zack wußte selbst, wie langsam er war, und aus diesem Grunde übte er die Wortgefechte mit Sully oft im stillen und versuchte vorauszusehen, in welche Richtung das Gespräch gehen würde, so daß er ein oder zwei bissige Erwiderungen auf Lager hätte; doch leider verliefen die Gespräche nie nach Plan, was ihn schier zur Verzweiflung brachte. Er wollte gerade zum dritten Mal ›Ein richtiger Frauenheld‹ sagen, als Sully zu seinem K.-O.-Schlag ansetzte.

»Hab' nie gesagt, daß ich deine Frau nicht mag, Zack. Hab' immer nur gesagt, daß ich sie nicht vögele.«

»Da seid ihr ja schon zwei, die das behaupten«, warf ein anderer Gast dazwischen, und Zack spürte, wie der Raum um ihn schwankte. Sein Vetter Paulie mußte ihn aus dem *Horse* führen und ihm gut zureden, damit er endlich aufhörte, im hellen Sonnenschein auf der Straße ständig ›Ein richtiger Frauenheld‹ zu murmeln. Als er schließlich seine Lähmung abschütteln konnte, faßte der gehörnte Ehemann einen Entschluß: keine Wortgefechte mehr. Beim nächsten Mal würde er Sully in Ruhe lassen oder ihm direkt eine aufs Maul hauen.

Leider sprachen die gegenwärtigen Umstände gegen letzteres; er konnte Sully schlecht am Arbeitsplatz seiner Frau eine aufs Maul hauen. Um die Wahrheit zu sagen, hatte er auch ein bißchen Angst. Inzwischen mochte Sully zwar ein alter Mann sein, aber in jüngeren Jahren war er ein ernstzunehmender Kämpfer gewesen, und Zack, dem diese Qualität abging, fürchtete, daß Sully mit sechzig noch über einige Tricks verfügte; und er hatte keine Lust, von einem alten Krüppel zusammengeschlagen zu werden. Andererseits konnte er Sully aber auch nicht ignorieren, zumal der aus irgendwelchen Gründen unbedingt im dunklen abgesperrten Teil des Restaurants sitzen mußte. Wie immer hatte Zack das Gefühl, zwischen allen Stühlen zu sitzen. Er mußte mit Sully sprechen. »Was hast du denn vor, wenn ich mal fragen darf?«

Da das Geschirr abgeräumt war, deuteten nur noch die Kaffeetasse und ein kleines Stück Bermudazwiebel auf dem Tisch an, daß Sully hier zu Abend gegessen hatte. Außerdem lag da noch die Muschel, immer noch zugeklappt. Sully hoffte, daß Ruths Mann dies alles bemerken und daraus den richtigen Schluß ziehen würde, aber er war nicht sehr optimistisch. Zack hatte gerade vor einer Minute eine Schlußfolgerung gezogen, und das würde für eine Weile die letzte sein. »Ich sitz' hier nur so rum und frag' mich, wie alles noch schlimmer kommen kann«, sagte Sully.

»Ach«, meinte Zack, als er die Spitze fühlte; wie immer hatte er den Schlag nicht kommen sehen.

»Ich muß wohl laut gedacht haben«, fuhr Sully fort, »denn schon bist du da.« Er hielt überhaupt nichts von der Vorstellung, mit einem vielleicht zum Kampf aufgelegten Widersacher in eine enge Nische gezwängt zu sein. Zack mochte es schaffen, ein halbes Dutzend guter Schläge anzubringen, bevor Sully überhaupt auf die Füße kam. Und falls er ihm gegen das Knie trat, wäre er auf der Stelle gefechtsunfähig. Aber wenn Zack wirklich vorhatte, einen Streit vom Zaun zu brechen, so hätte er es vermutlich längst getan. Tatsächlich sah er wie ein Mann aus, der schon beschlossen hatte, aus einer Niederlage das Beste zu machen. »Nun gönn deinen Füßen mal 'ne Pause«, schlug Sully vor. »Deine Frau ist jeden Augenblick fertig. Kannst sie ja dann nach Hause fahren. Sie sieht echt müde aus.«

Zack war nicht nach sitzen zumute. »Ich weiß nicht, ob mir das gefällt, wenn ich hier so reinspaziere und dich seh'«, murrte er.

Sully zuckte mit den Schultern. »Was soll ich dir denn sagen? Ist eins der drei Restaurants in der Stadt.« Er nahm das Zwiebelstückchen mit dem Daumen auf und schnippte es mit dem Zeigefinger in den Gummibaum.

»Wie kommt's, daß du hier im Dunkeln sitzt?«

»Weiß ich nicht, Zachary«, seufzte Sully. »Muß ich einen Grund haben? Lauf' ich etwa rum und frag' dich, warum du auf dem einen Stuhl sitzt und nicht auf 'nem anderen?«

Darauf wußte Zack keine Antwort.

»Is' komisch, daß du hier im Dunkeln hockst«, brachte er noch heraus, denn irgendwie hatte er den Faden verloren. Eigentlich sollte er Sully in eine Ecke drängen, und der Mann müßte ihm 'ne ganze Menge erklären; statt dessen diskutierten sie hier ganz gemütlich, ob Sully ein Recht hätte, ganz allein im Dunkeln zu sitzen, wenn er Lust dazu verspürte. Und das hatte er, wie Zack zugeben mußte.

Ruth kam aus der Küche und trocknete sich die Hände an einem Lappen ab. Sie warf einen wütenden Blick auf Zack, der sich augenblicklich vor Verlegenheit zu winden begann. »Was ist los?« wollte sie wissen. »Schaffst du es nicht mal, 'nen ordentlichen Krach anzufangen?«

»Was macht der hier?«

»Laß uns nach Hause fahren, Sportsfreund«, sagte Ruth. »Dann werd' *ich* mit dir kämpfen.«

Zack machte ein Gesicht, als hätte er lieber mit Sully gekämpft.

Ruth wandte sich an Sully. »Mir wär's lieber, du gingst auch nach Hause. Läßt du mir jetzt 'n Trinkgeld da, oder was?«

»Hab' 'n bißchen Schiß davor«, gestand Sully. »Irgendein Halbidiot könnte auf falsche Ideen kommen.«

»Laß ihn doch«, meinte Ruth. »Irgendeiner muß ja das Geld in der Familie verdienen.«

Zack sah zu, wie seine Frau den Dollarschein und das Kleingeld einsteckte, das Sully auf den Tisch gelegt hatte.

»Nicht gerade so, daß es einen argwöhnisch machen kann, was?« bemerkte sie und stopfte ihrem Mann das Geld in die Hemdentasche. »Kann ich mich drauf verlassen, daß du dich mal zwei Minuten lang wie 'n erwachsener Mensch benimmst, während ich meinen Mantel hole?«

»Klar«, sagte Zack achselzuckend und blickte nicht vom Boden auf.

Als Ruth verschwunden war, deutete Sully wieder auf die Bank, und diesmal seufzte Zack und setzte sich. Er sah so traurig und bemitleidenswert aus, daß Sully versucht war, ihm die Wahrheit zu gestehen und Besserung zu geloben. »Ich weiß es nicht, Zachary«, sagte er statt dessen.

Zack schaute seine Fingernägel an. »Ich auch nicht, schätz' ich.«

Sully mußte lachen.

Worauf Zack ihn schafsdämlich angrinste. »Ich weiß auch gar nicht mal, warum ich mir Sorgen mache«, gab er zu. »Verdammt noch eins, ich bin Großvater und sie ist Großmutter.«

»Ich auch«, sagte Sully, dessen Knie zu der Melodie summte, die Wacker ihm heute morgen beigebracht hatte. »Großvater, mein' ich.«

Zack fuhr sich mit der Hand durchs schüttere Haar. »Wir sind sowieso zu alt, um wegen Prügelei in der Öffentlichkeit verhaftet zu werden, schätz' ich.«

»Mal angenommen, daß es überhaupt als Prügelei zu erkennen wäre.«

Ruth hatte sich den Mantel übergeworfen und blieb bei der Tür stehen. »Also los«, bellte sie. »Komm schon, Dummkopf.«

Sully und Zack blickten sich an. »Ich glaub', sie meint dich«, meinte Sully.

Langsam stand Zack auf. Er wußte, wen sie meinte – das brauchte ihm keiner zu sagen. »Du fährst«, befahl Ruth, als sie hinausgingen. »Ich will die Hände frei haben.«

Als die Tür hinter ihnen zugefallen war, kam Vince aus der Küche und fing an, die Lichter im Restaurant auszuschalten, wobei er vor sich hin sang: »Hallo, ihr Liebespärchen, wo ihr auch seid.« Als er den Stecker aus der Jukebox zog, gab sie noch einen ärgerlichen Ton von sich, bevor das Licht ausging. »Nun mal raus mit der Wahrheit«, sagte er. »Tanzt du den Twostep mit der jungen Mrs. Roebuck? Und sag nicht, dazu wärst du auch zu müde.«

Sully rutschte aus der Nische. »Ich denk' schon, daß ich die Energie hätte, wenn sie mich haben wollte«, gab er zu. Über diese Frage hatte er nie ernsthaft nachgedacht. »Ich glaube nur, daß sie ihren Mann liebt. Warum, ist mir ein Rätsel, aber so scheint es nun mal.«

»Warum glaubst du das?«

Das wußte Sully nicht, aber er war sicher, daß es stimmte. Vielleicht mußte sie es. Vielleicht, weil jede andere junge Frau in Bath ihn auch zu lieben schien.

»Ich frag' nur, weil ich immer wieder höre, daß sie was mit einem in Schuyler hat«, sagte Vince.

»Das glaub' ich nicht«, sagte Sully, vielleicht ein wenig zu schnell.

»Ehrlich?« grinste Vince.

»Ehrlich.«

»Ich aber«, beharrte Vince. »Und weißt du warum?«

»Nein, warum?«

»Weil ich nicht das Leben von diesem blöden Idioten Zack haben will; zwanzig Jahre setzt ihr ihm schon Hörner auf, Ruth und du, und er ist sich immer noch nicht sicher, ob es wirklich stimmt. Also, ich wäre lieber mißtrauisch als so ein Blödmann.«

»Er ist nicht besonders clever«, räumte Sully ein.

Als er in der Dunkelheit nach seinen Schlüsseln tastete, erwischte Sully die Muschel und steckte sie in die Manteltasche. Man konnte ja nie wissen, wann man sie mal brauchen würde.

»Wo, zum Teufel, ist bloß die Tür?« fragte er.

Vince zündete sein Feuerzeug nah vor seinem Gesicht an, um ihm zu zeigen, wo er stand. Sein großes, freundliches Gesicht gemahnte Sully an den dämonischen Clown auf dem Schild am Ortseingang.

»Wenn ich mir jetzt auf dem Weg nach draußen das Knie stoße«, warnte ihn Sully, »wird dein Bruder bald zwei Restaurants haben.«

Das *White Horse Tavern* war innerhalb weniger Jahrzehnte von einem feudalen Gasthaus für die Sommerfrischler aus Albany (die hier einer Heilwasserkur frönten) und für die gutgekleideten New Yorker, die im August die Pferderennen in Schuyler Springs besuchten, zu einem schäbigen Pub mit entsprechendem Restaurant heruntergekommen. Als die Interstate fertiggestellt war und die Einwohner von New York und Albany direkt mit Schuyler Springs, Lake George, Lake Placid und Montreal verband, war Bath, der einstige Rivale von Schuyler, plötzlich isoliert. Einst hatte die alte, gewundene, zweispurige Landstraße die Menschen dazu verführt, viele Trinkpausen einzulegen, wovon über zwanzig Raststätten profitierten. In den vierziger und fünfziger Jahren gab es an einem durchschnittlichen Samstagabend unzählige Unfälle auf dem fünfundzwanzig Meilen langen Stück zwischen Albany und Schuyler Springs, doch sie hatten nur wenige Todesfälle oder ernsthafte Verletzungen zur Folge. Die dunklen, baumgesäumten Kurven boten den Fahrern kaum Gelegenheit, in tödliche Raserei zu verfallen. Natürlich kam es vor, daß gelegentlich ein wilder Teenager zu Tode kam – wie Sullys großer Bruder Patrick –, aber man wußte ja, daß Teenager es manchmal darauf anlegten. Dafür konnte man wirklich nicht die Straße oder die Rasthäuser verantwortlich machen.

Auf der neuen Interstate gab es keine Frontalzusammenstöße. An den meisten Stellen war der Mittelstreifen bis zu fünf Metern breit. Auf dieser schnurgeraden Fahrbahn nickten viele Fahrer einfach ein, verließen dann den Asphalt, flogen mit hundertundzwanzig Stundenkilometern durch die Luft und prallten gegen den nächsten Baum. Diese Autofahrer brauchten sich nicht darum zu streiten, wessen Schuld es war; sie wurden lediglich ins Krankenhaus gebracht, wo der Arzt den Totenschein ausstellte.

Von den zwei Dutzend Rasthäusern, die einst an der Landstraße gestanden hatten, gab es nur noch ein paar, und nur das *Horse* und zwei andere boten mehr als ein Saisongeschäft. Die meisten hatten – unter immer neuen Besitzern – nur im Sommer geöffnet, und das wirkliche Geschäft wurde im August gemacht, wenn die Rennstrecke in Schuyler Springs öffnete, und die Besucher aus dem Süden kamen. Dann machte jedes Restaurant und jede Kneipe im Umkreis von zwanzig Meilen einen Riesenumsatz, indem sie die Preise drastisch erhöhten.

Das *White Horse Tavern* blieb, da es in der Gemeinde Bath gelegen und im eigentlichen Sinne kein Rasthaus war, das ganze Jahr über geöffnet, obwohl sein Erscheinungsbild während der Rennsaison einer dramatischen Änderung unterlag. Im Juni wurde den Gasträumen ein neues Gesicht verpaßt; Stühle und Tische wurden repariert, die Theke poliert, das große Hinterzimmer aufgemacht und gesäubert und die Glühbirnen im Kronleuchter ausgewechselt. Aus Albany erschien eine komplette neue Belegschaft – überwiegend Collegestudenten, die Tennisschuhe und Polohemden trugen – und begann mit dem Training (›Hi, ich bin Todd und werde heute abend dafür sorgen, daß Sie sich wohl fühlen‹); für die Einheimischen das Zeichen, das Lokal fortan zu meiden. Die neuen

Preise gaben ihnen deutlich zu verstehen, daß sie im Juli und August hier nicht willkommen waren. Auch die neuen Barkeeperinnen – zuweilen sogar Mädchen mit Pferdeschwanz – hatten Leuten wie Sully oder Wirf nicht viel zu sagen. Rub Squeers durfte das Lokal nicht mal betreten.

Doch dann kam der September, und die hochnäsigen New Yorker fuhren heim und nahmen ihr beleidigendes Verhalten und ihren unmöglichen Akzent mit sich – und das Geld, das ihnen noch verblieben war. Nach und nach machten die Rasthäuser zu. Die Luft war wieder kühl und frisch, und im *Horse* sah man immer mehr bekannte Gesichter, die ihre Aufzeichnungen miteinander verglichen und darüber sprachen, was diese Saison ihnen wieder angetan hatte. Tiny Duncan, der Besitzer des *Horse*, dachte oft, daß er den großen Speisesaal offenlassen sollte, besann sich dann eines besseren und schloß ihn wieder. Im August lief das Geschäft so gut, da konnte er sich einfach nicht vorstellen, daß es nach dem Labor Day wie das Wasser aus einem neuen Hahn plötzlich versiegte. Sein Verstand wußte, daß es jedes Jahr so ging, doch wenn er im August den vollen Speisesaal betrachtete und die Schlange, die vor seiner Tür bis auf die Straße stand, glaubte er einfach nicht daran. Er begann über das Gesetz der Kausalität nachzudenken und fragte sich, ob es nicht vielleicht andersherum sei – was, wenn das Schließen des Saals nach dem Labor Day der Grund war, daß die Kunden ausblieben, und nicht das Ausbleiben der Gäste der Grund dafür war, daß er den großen Speisesaal schloß? Aber wenn die Collegestudenten Lebewohl sagten und nach Albany zum nächsten Semester zur SUNY oder RPI zurückkehrten, ihren seltsamen, heiteren Optimismus mit sich nahmen, dann wußte Tiny, daß die Show nun vorbei war, und er ließ es zu, daß das Geschäft wieder in seinen üblichen lahmen Trott verfiel. Für Tiny war es der schlimmste Tag im Jahr, wenn seine Stammkunden ihn dazu überredeten, den Billardtisch wieder zurück in die Bar zu schleppen, wo er dann bis zum nächsten Juni verblieb, wenn Tiny den Platz wieder brauchte. Der große, runde Tisch im Speisesaal, der eigentlich für geschlossene Gesellschaften von acht bis zehn Personen gedacht war, wurde unter den Kronleuchter gestellt und zum Pokertisch erklärt. All dies war sehr traurig. In den Winterferien hängte Tiny eine Lichterkette an der hinteren Theke auf, an der jedes Jahr weniger Glühbirnen brannten. Nach Neujahr konnte keiner mehr die Energie aufbringen, sie abzunehmen.

Heute abend war Sully trotz aller Vorsätze ins *White Horse Tavern* gegangen. Tiny hatte seinem Haupt-Barkeeper, den er des Betruges und der übertriebenen Freigebigkeit verdächtigte (er spendierte zu viele Drinks), den Abend freigegeben und war wie immer ein äußerst unangenehmer Zeitgenosse. Er wisse nicht, warum er sich überhaupt die Mühe mache, den Schuppen im Winter zu öffnen, obwohl er daran nichts verdiene. Sobald der Freizeitpark *Zur Letzten Ausflucht* seine Pforten öffne, werde er den Pub verkaufen und nach Florida ziehen. Sofern er nach diesen vielen flauen Wintern überhaupt noch Geld auf der hohen Kante habe.

Seit zwei Stunden hatte Sully Tinys Tiraden mit halbem Ohr zugehört, und nun reichte es ihm. Wirf hatte sich denselben Mist anhören müssen, aber es war unmöglich, Wirf aus der Ruhe zu bringen. Je betrunkener er wurde, um so toleranter wurde er auch, und zu diesem späten Zeitpunkt würde er nicht mal ›Scheiße‹ gesagt haben, selbst wenn er sie fressen mußte. Genau das sagte Sully dem Anwalt jetzt auch, bevor er ihn scheinbar arglos fragte: »Wann hast du das letzte Mal einen Fall gewonnen?«

Diese Frage überraschte Wirf, verärgerte ihn jedoch nicht. »Was hat denn das mit allem zu tun?«

»Daß du dir von jedem auf die Schuhe pinkeln läßt, hat damit zu tun«, erklärte Sully. »Die kommen einfach an, zieh'n den Reißverschluß runter und pinkeln. Und du? Du stehst bloß da und grinst sie an.«

Wirf gluckste vor Vergnügen. »Wer pinkelt mir auf die Schuhe, Sully? Außer dir natürlich.«

»Stimmt genau«, warf Tiny vom anderen Ende der Theke ein, wohin er sich geflüchtet hatte, um Sully aus dem Weg zu gehen. Tiny war fast siebzig, ein Riese, und wenn er auf dem Hocker saß, wie er es an einem ruhigen Abend wie diesem zu tun pflegte, verschwand dieser unter seiner massigen Gestalt, wodurch der Eindruck entstand, Tiny schwebe wie durch Zauberkräfte auf einem Luftkissen, wie der Puck im Hockey-Spiel. Tinys Fettleibigkeit war ein weiterer Punkt, der Sully nach der fünften oder sechsten Flasche Bier maßlos aufregte. Und Tiny erinnerte ihn oft daran, daß er seinen Vater Big Jim mehr als einmal aus dem Lokal geschmissen hatte, um danach laut und deutlich zu verkünden, ein Arschloch unter den Sullivans sei dem anderen ziemlich ähnlich.

»Komm doch mal kurz rüber«, schlug Sully vor.

An der Theke standen nur ein paar Gäste. Carl Roebuck war gegangen, bevor Sully und Vince kamen. Vince hatte ein Bier getrunken, Sully wie einen Taktstock an Wirf weitergereicht und war ebenfalls verschwunden. Tiny fühlte sich an seinem Platz ganz wohl. »Warum?«

»Komm einfach mal rüber«, sagte Sully.

Tiny haßte es, wenn man an seiner Kette zog, besonders, wenn Sully es tat. Aber er mußte seine Gäste bedienen, und Sully stand mit Wirf zusammen, der Tinys bester Kunde war. Er kletterte vom Hocker herunter. »Was willst du?«

Sully wartete, bis er die ganze Länge der Theke entlanggeschritten war und sagte dann: »Wie geht's dir?«

»Was willst du?« wiederholte Tiny.

»Ich hab' nicht oft Gelegenheit, mit dir zu plaudern«, erklärte Sully. »Ich wollte einfach nur wissen, ob's dir gut geht. Brauchst du irgendwas – Geld oder so?«

Als Tiny sich umdrehte und wieder zu seinem Hocker ging, rief Sully: »Ich dachte auch, du erzählst uns mal, warum du so 'n verdammter Geizhals bist.«

»Fang nicht wieder davon an«, drohte Tiny.

Es stimmte, Sullys Beschwerde war schon älteren Datums. Er konnte es einfach nicht verwinden, wie geizig Tiny war, besonders gegenüber Wirf, der jeden Abend eine Menge Geld im *Horse* ließ. Der Barkeeper gab fast jede fünfte Runde aus, aber Tiny war nicht dazu zu bewegen. Nicht einmal Sully konnte ihn davon überzeugen, eine Runde auszugeben, und Sully war ein Meister im Überzeugen von Barkeepern.

»Guck dir diese verdammten Lichter an«, sagte Sully und zeigte auf die Weihnachts-Lichterkette, die Tiny erst am Nachmittag aufgehängt hatte. Fast die Hälfte der Birnchen flackerten oder waren ganz erloschen. »Was würd' dich das kosten, ein paar neue Birnen einzuschrauben, 'n Dollar vielleicht?«

»Für 'nen Dollar kriegst du nicht mal mehr einen Schokoriegel«, meinte Tiny, und alle stimmten der Bemerkung zu, obwohl sie offenbar und nachweislich falsch war, denn Tiny selbst verkaufte Snickers für fünfundsiebzig Cent.

Tinys ewiges Gemurre war ein altes Lied, und die heutige Strophe hatte davon gehandelt, wie teuer Strom, Wasser etc. geworden waren, und daß es sich nicht lohnte, das Lokal an flauen Abenden wie dem heutigen offen zu halten.

»Ich hab' 'ne Idee«, meinte Sully. »Wir veranstalten 'ne Sammlung für Tiny. Ich finde, er sieht auch schon ganz verhärmt aus – ich glaub' nicht, daß er genug zu essen kriegt.«

»Geh nach Hause, Sully«, riet Tiny.

Sully wandte sich wieder an Wirf. »Ich kann einfach nicht verstehen, warum du dir von Typen wie ihm auf die Schuhe pinkeln läßt. Wieviel hast du heute hier gelassen?«

»Keinen einzigen Dime«, erwiderte Wirf. »Hab' meine Rechnung noch nicht bezahlt. Außerdem erwarte ich von den anderen nicht, daß sie mir meine Drinks bezahlen. Kann ich selber.«

»Das ist nicht der Punkt.«

»Und was ist dann der Punkt?«

In Wahrheit jedoch war Sully gar nicht sauer auf Tiny oder auf Wirf, obwohl er schon die ganze Zeit auf ihnen herumhackte. Wirklich böse war er – wenn auch etwas verspätet – auf Ruths Mann, Zack. Er merkte jetzt, daß er ihm eine hätte verpassen sollen. Und aus Gründen, die ihm noch fragwürdiger erschienen, war er auch auf Ruth böse, dabei behandelte er sie doch nie so gut, wie sie es verdiente. Und er war ganz allgemein unzufrieden mit dem Stand der Dinge: Er hatte wieder für Carl Roebuck zu arbeiten begonnen, nachdem er einmal geschworen hatte, das nie mehr zu tun. Und er war wieder seiner alten Verliebtheit in Toby Roebuck erlegen. Er war wütend und betrunken genug, wegen all dieser Dinge einen handfesten Streit anzufangen, sofern er nur einen Sündenbock gefunden hätte.

»Ich sag' dir was«, meinte Wirf. »Wir sagen jetzt ganz lieb ›Gute Nacht‹, bevor wir in der einzigen Kneipe im County, die keine Rock-'n'-Roll-Musik spielt, nix mehr zu trinken kriegen.«

»Ja, verdammt noch mal«, stimmte Sully zu. »Ich wollte auch gar nicht hierher, wie du dich vielleicht erinnerst.«

Sie ließen das Geld auf der Theke liegen. »Anscheinend doch«, betonte Wirf. »Sonst wärst du ja nach Haus' gegangen.«

Auf dem Weg nach draußen hielt Sully am Ende der Theke an, wo Tiny wieder auf seinem Hocker saß. »Gib mir einen von diesen Snickers, wenn's dir nicht zuviel Mühe macht«, sagte er.

Tiny stand auf und reichte Sully argwöhnisch den Riegel. Sully gab ihm zwei Eindollarscheine. Tiny schob ihm einen zurück und brummte »Fünfundsiebzig.«

»Nix da«, sagte Sully und schob den Eindollarschein zurück. »Kannst nicht mal mehr 'nen Schokoriegel für 'n Dollar kriegen. Hast du selbst gesagt.«

»Nimm deinen blöden Dollar, Sully. Sei nicht so stur.«

Sully nahm die Hände hoch, als sei er verhaftet worden. »Nix da«, sagte er. »Das is' *dein* Dollar.«

Tiny steckte den Schein in die Tasche. »Bist du jetzt zufrieden, du Holzkopf?«

»Klar«, sagte Sully. »Hab' mich nie besser gefühlt.«

»Du bist und bleibst der unwidersprochene Meister der nutzlosen Geste«, bemerkte Wirf, während sie mit der Umständlichkeit der Betrunkenen in ihre Wintermäntel fuhren. »Gib mir die Hälfte ab, ja?«

»Klar«, sagte Sully, und brach den Riegel mitten entzwei. »Du schuldest mir 'n Dollar. Ich lass' dir das durchgehn, denn ich schulde dir ungefähr zweitausend.«

»Warum gehst du nicht zurück in die Schule?« wollte Wirf wissen. »Du wirst dich nur wieder verletzen.«

»Liegt nicht in meiner Hand«, entgegnete Sully und schob sich den halben Riegel in den Mund. Wirf wartete, bis er gekaut und runtergeschluckt hatte. »Mein Philosophielehrer glaubt nicht, daß es so etwas wie 'nen freien Willen gibt.«

»Und an *was* glaubt er?« wollte Wirf wissen.

Sully zuckte die Achseln. »Er ist Jude. Wahrscheinlich glaubt er an 'ne Menge Spinnereien.«

»Nicht unbedingt«, entgegnete Wirf, stieß die Tür auf und hielt sie für Sully offen. »Ich bin auch Jude und glaube an fast gar nichts.«

Draußen hielten die beiden auf der obersten Stufe an und starrten ungläubig auf die geisterhafte weiße Straße. Sully hatte ein paar Flocken durch das Black-Label-Schild im Fenster des Lokals erspäht, aber eine so dicke Schneedecke hatte er nicht erwartet.

Schwankend stapften sie hinunter in den Schnee.

»Ich wußte nicht, daß du Jude bist«, sagte Sully wahrheitsgemäß. »Ich dachte immer, Juden wären ganz clevere Anwälte.«

»Sully«, sagte Wirf und schlug sich den Schal über die Schulter, so daß sein Ende Sullys Gesicht streifte. »Du bist ein Prinz. Vergiß das nicht. Und keine schwarzen Gedanken mehr.«

Sully beobachtete, wie Wirf sich langsam und müde seinen Weg über die Straße bis zu seinem Wagen bahnte, bevor er selbst sich auf den Weg nach Hause machte. Eine Minute später fuhr der Wagen im Slalom an ihm vorbei. Wirf hatte das Fenster heruntergekurbelt, so daß er ihm »Gute Nacht, mein süßer Prinz« zurufen konnte.

Die dicke Schneedecke dämpfte jeden Laut, und als Sully vor seiner Haustür stand, war alles vollkommen still. Es war nach eins, und die parkenden Wagen am Bordstein sahen aus wie kleine weiße Hügel. Es hätte Sully nicht gewundert, wenn plötzlich ein Pferdewagen mit Glöckchen am Zaumzeug um die Ecke gebogen wäre.

Dieser Friede auf Erden konnte nur eins bedeuten: Morgen würde es anders aussehen. So viel unerwünschter Schnee würde die Arbeit an Carl Roebucks unfertigen Häusern ganz erheblich verlangsamen, und er würde von ihnen verlangen, die Häuser schnell fertigzustellen, bevor der Boden gefror und nichts mehr voranging. Falls es nicht etwas wärmer wurde, werden Rub und ich uns morgen den Arsch abfrieren, dachte Sully. Mauern konnte man nur ohne Handschuhe, und am Vormittag hätten sie dann so kalte Hände, daß sie mit dem Hammer draufhauen mußten, um noch etwas zu spüren. Und Carl würde vermutlich ein halbes Dutzend Mal vorbeikommen und ihnen mit dem nächsten Scheißjob in den Ohren liegen, den er für Freitag geplant hatte. Und bevor sie mit der Arbeit für Carl anfangen konnte, mußte er erst mal den Bürgersteig und die Einfahrt freischaufeln, damit seine Wirtin aus dem Haus kam. Und alles mit einem Knie, das morgen eine Hymne an den Schmerz singen würde.

Das war sehr entmutigend – doch dann hatte Sully eine Idee. Er brauchte eine ganze Minute, um den Besen in seinem Pick-up zu finden, aber dann ging alles schnell. In dreißig Sekunden hatte er den Schnee von der Windschutzscheibe und der Motorhaube gefegt, und zwei Minuten später fuhr er rückwärts in Carl Roebucks Einfahrt, wo der Schneepflug stand, der seinerseits ganz mit Schnee bedeckt war. Auf der Ladefläche des Pick-up lagen immer noch drei Sperrholzbretter, aus denen Sully jetzt eine provisorische Rampe baute. Sie bogen sich unter der Last des Schneepflugs, brachen jedoch nicht entzwei. Als Sully die Ladeklappe zuschlug, ging drinnen das Licht an, und Toby Roebuck erschien als dunkle Silhouette im Fenster. Sie schob es hoch, um zu sehen, was draußen los war. »Bist du das, Sully?«

»Tja, auch wenn ich's morgen vielleicht leugne.«

»Du kommst her, um unseren brandneuen Schneepflug zu klauen?«

»Hab's schon getan, ehrlich gesagt.«

»Ich hätte das Recht, dich zu erschießen, ich könnte damit durchkommen«, sagte Toby.

»Nicht ganz. Erst, wenn ich versuche, ins Haus einzubrechen.«

»Willst du in mein Haus einbrechen?«

»Heut' nacht nicht, Dolly«, sagte Sully. Obwohl sie mit gesenkter Stimme sprachen, machte ihn ein Gespräch zu dieser später Stunde etwas unruhig. Es war still, doch die gesamte Nachbarschaft mochte lauschen. »Wo ist denn übrigens Dummy?«

»Wer weiß?« meinte Toby Roebuck. »Er hat schon versucht, reinzukommen, dann aber wieder aufgegeben. Er hat meine Drohung, ihn zu erschießen, sehr viel ernster genommen als du.«

»Da mach' ich ihm keinen Vorwurf«, meinte Sully. »Du hast ja auch mehr Grund, ihn abzuknallen.«

»Hab' ich das«, sagte sie, dann nach einer Minute Pause, fügte sie hinzu: »Warst du schon mal so wütend, daß du einfach nur auf einen schießen wolltest, egal auf wen?«

»Klar«, gab Sully zu, ohne allzuviel Lust zu verspüren, ihr zu erzählen, daß er sich gerade vor einer Viertelstunde im Horse so gefühlt hatte. »Deshalb hab' ich auch kein Gewehr.«

»Du solltest dir eins zulegen«, schlug sie vor. »Ich hab' Carls. Wir zwei könnten ja auf Raubzug gehn. 'ne Bank ausrauben zum Beispiel. Und dann ein Abgang mit Glanz und Gloria. Wie Bonnie und Clyde.«

»Dann mußt du schon Clyde sein«, sagte Sully. »Ich kann nicht viel mehr als das Fluchtauto fahren.«

»Männer haben überhaupt keine Phantasie«, sagte sie, wodurch Sully wieder an Vinces Worte denken mußte, daß Toby Roebuck einen Geliebten in Schuyler Springs haben könnte. Vermutlich war dem nicht so, es sei denn, der fragliche Mann besaß auch keine Phantasie.

»Na ja«, meinte Sully, erstaunt darüber, daß er ausgerechnet Carl Roebuck verteidigte, »sei nicht so hart zu ihm. Er hat immer noch diesen Bypass im Kopf. Vermutlich versucht er nur, alles in einem halben Jahr zu schaffen. Wenn's ihm dämmert, daß er siebzig werden kann, wird er sich auch ein bißchen beruhigen.«

»Es war schon fast so, als hätte er bis Thanksgiving nicht gelebt«, sagte sie und es hörte sich wirklich überzeugt an. Dann, nach einer lange Pause: »Na, mach schon, klau uns den Schneepflug. Du bist der langsamste Dieb, den ich je gesehen habe. Ich glaub' nicht mal, daß du 'n Fluchtauto anständig steuern kannst.«

Zurück in seiner Wohnung fühlte Sully sich plötzlich wieder völlig ausgepumpt; er war ernsthaft versucht, den Schneepflug auf der Ladefläche des Pick-up zu lassen, hatte jedoch Angst, am nächsten Morgen zu verschlafen. Und wenn Carl Roebuck dann herüberkam, um nach ihm zu suchen, konnte es gut passieren, daß er seinen Schneepflug zurückstahl, bevor Sully Gelegenheit hatte, ihn zu benutzen. Also lud er die Maschine ab und versteckte sie in Miss Beryls Garage unter einer Persenning.

Das erwies sich als kluge Entscheidung, denn das erste, was Sully in seiner Wohnung sah, war Carl Roebuck, der mit weit offenem Mund auf der Couch lag, eine leere Flasche kanadischen Whiskeys auf dem Fußboden genau unter seiner ausgestreckten Hand. Einen kurzen Augenblick lang war Sully nicht sicher, ob er noch lebte, und dachte, Carl habe vielleicht seinen letzten Herzanfall hier auf der Couch erlitten. Aber dann schnarchte der Gast und bewegte sich, und Sully war erleichtert, daß dort ein Lebender auf der Couch lag und kein Toter, auch wenn es sich um Carl Roebuck handelte.

Sully hatte irgendwo eine zweite Decke, war aber zu müde, sich zu erinnern, wo sie stecken mochte, daher deckte er Carl mit seiner eigenen Bettdecke zu. Sein Schlafzimmer war meistens sowieso zu warm, und ein Laken genügte ihm vollauf. Und bevor er sich noch anders besinnen konnte, war Sully auch schon eingeschlafen.

Donnerstag

Carl Roebuck erwachte früh. Sully hörte, wie er den Fernseher einschaltete, den Ton leise einstellte. Der Wecker auf Sullys Kommode stand auf halb sieben, also schaute sich Carl *Wake Up, America* an, dessen Aerobic-Vortänzerin ihrem Aussehen nach schon vierzig sein mußte. Sie hatte zwar einen gutgeformten, athletischen Körper, wie Sully bemerkt hatte, aber wenn sie mit ihren jüngeren Schülerinnen tanzte, sah sie so verzweifelt entschlossen aus. Wahrscheinlich war es das, was Sully so traurig stimmte – die Frau schien um ihr Leben zu tanzen, und er hätte ihr am liebsten gesagt, sie solle sich ein bißchen schonen.

Carl Roebuck sah ihr im Halbschlaf zu, die Hand im Schlitz seiner Boxershorts, als Sully ins Zimmer schaute.

»Hast du was verloren?« fragte Sully. »Oder hast du ihn schon zu 'nem Stummel abgestoßen?«

Carl war nicht im mindesten verlegen. »Das ist das schlimmste Sofa, auf dem ich je gepennt habe«, äußerte er schläfrig, ohne Sully anzublicken.

»Wie alt bist du eigentlich?« fragte Sully ehrlich erstaunt. Wie er da mit der Hand in der Hose saß, sah Carl Roebuck trotz seiner Bauchwölbung wie ein kleiner Junge aus.

Carl tat so, als ob er die Frage nicht gehört hatte. Eine Minute später sagte er: »Wachst du überhaupt noch mal auf und bist geil?«

»Nein«, gab Sully ihm zu verstehen. Und wenn er ehrlich war, so war es ihm selbst als jungem Mann selten so gegangen; Liebe am Morgen war während seiner Ehe nie besonders erfolgreich gewesen. Vor dem Mittag waren seine Orgasmen zu unbestimmt – wie das ferne Rumpeln eines Zuges, der eine halbe Meile entfernt ist und in die andere Richtung fährt. Auch in dieser Hinsicht hatte die Ehe nicht gestimmt: Vera war oft voller Verlangen aufgewacht, doch ihre Hitze hatte selten das Frühstück überdauert. Sully schrieb es ihrer puritanischen Erziehung zu; manche Mädchen mußte man einfach im Halbschlaf erwischen, wenn sie noch nicht wußten, wo sie waren.

»Nun sag bloß, du willst die Alte da jetzt nicht anbaggern«, sagte Carl herausfordernd. Er schaute immer noch auf den Fernseher, hatte aber endlich die Hand aus der Hose genommen.

»Was stimmt bloß nicht mit dir?« meinte Sully.

Carl Roebuck seufzte. »Keine Ahnung. Ehrlich«, gestand er. »Seit einiger Zeit will ich sie alle vögeln – sogar die Häßlichen. Wolltest du jemals die Häßlichen vögeln?«

»Jetzt wird's ein bißchen zu persönlich«, verwahrte sich Sully.

Nun blickte Carl beleidigt. »Okay. Nimm meinen Schmerz bloß nicht zur Kenntnis. Ich strecke die Hand nach einem Freund aus, und was krieg' ich? Herzschmerz.«

Sully grinste ihn bloß an. ›Was krieg' ich? Herzschmerz‹, war ein Lieblingsspruch von Carl und unmöglich ernst zu nehmen, aber in diesem Moment kam ihn in den Sinn, daß er doch ein Körnchen Wahrheit enthalten mochte. »Bloß weil ich meine Tür nicht abschließe, sind wir noch lange keine Freunde. Was machst du überhaupt hier?«

Carl stand auf und markierte den Hampelmann, die Füße fest auf dem Boden, nur die Arme ruderten wie wild. »Ich wollt' nur sichergehen, daß du früh aus den Federn kommst. Du mußt heut' 'ne Menge tun«, setzte er hinzu. »Seid ihr gestern mit diesen Blöcken fertig geworden, dein stinkender Zwerg und du?«

Sully versicherte ihm, daß es so sei.

»Hab' dich gestern im *Horse* verpaßt«, sagte Carl. »Rub war da. Sagte, ihr wärt fertig geworden.«

»Und warum mußt du mich dann fragen?«

»Weil Rub diesen hundischen Gesichtsausdruck hatte, den er immer kriegt, wenn er lügt«, erwiderte Carl. Er hörte mit den Hampelmannsprüngen auf und schaute Sully aufmerksam an.

Sully mußte grinsen, als er sich vorstellte, wie Rub krampfhaft das Geständnis zurückhalten mußte, daß sie eine Ladung Blöcke zerbrochen hatten. »Er wird immer nervös, wenn kluge Leute dabei sind«, erklärte er. »Ich hab' ihm zwar gesagt, daß du nicht dazu gehörst, aber Rub begreift eben nur langsam.«

»Ich kann einfach nicht verstehn, wie du mit jemand arbeiten kannst, der fast wie 'ne Muschi riecht.«

»Wenn's geht, stell' ich ihn gegen den Wind.«

»Wär's nicht einfacher, dem kleinen Scheißer klarzumachen, daß er stinkt?«

»Hab' ich ihm schon oft gesagt«, erwiderte Sully. »Er glaubt, ich mach' Witze. Er meint, wenn er wirklich so schlimm stinken würde, hätte Bootsie sich längst beschwert.«

Carl schüttelte sich. »Das sollte ich tun, wenn ich zu geil werde – an Bootsie denken.«

»Ich dachte, du wolltest auch die Häßlichen vögeln«, erinnerte Sully ihn.

»So häßlich nun auch wieder nicht.«

Sully ging ins Schlafzimmer, um sich anzuziehen. Er konnte hören, wie Carl in der winzigen Küche herumstöberte.

»Hast du Kaffee?« rief er.

»Nein«, sagte Sully. »Aber Hattie hat welchen.«

Sully saß auf der Bettkante und streckte das Knie, als Carl den Kopf hereinsteckte. »Hast du was dagegen, wenn ich kurz dusche?« fragte er. Dann, nach einem Blick auf Sullys Knie: »Jesus.«

Das war die Wirkung, die Sullys Knie auf die Leute hatte, weshalb er es vorzog, es niemandem zu zeigen. Er selbst hatte sich an die unmäßige Schwellung, die wächserne Blässe und die straff gespannte Haut – sie glänzte förmlich – gewöhnt. Nur die Blicke der anderen machten ihm angst.

Er zog eine frische Arbeitshose an und erhob sich, um den Reißverschluß zuzumachen. »Gestern war auch 'n verdammt langer Tag«, erklärte er.

Carl starrte immer noch auf das Knie, wie Peter es gestern durch den Stoff angeschaut hatte.

»Ich hab' 'ne fabelhafte Idee«, meinte Sully. »Warum bezahlst du nicht für gestern? Meinem Knie geht's jedesmal besser, wenn ich Geld von dir kriege.«

»Du hättest dich operieren lassen sollen«, gab Carl zurück. »Wenn sie mein Herz hinkriegen können, schaffen sie auch dein Knie.«

»Ich muß dir was sagen«, meinte Sully. »Sie haben dein Herz gar nicht operiert. Sie haben's nur so gedreht, daß es noch 'ne Weile weiterschlägt. Wenn sie's operiert hätten, wärst du jetzt deiner Frau treu und würdest deinen Angestellten zahlen, was du ihnen schuldest.«

»Ich hab' schon dran gedacht, dich für August zu bezahlen«, gab Carl zu. »Aber wenn ich das mache, hast du ja nix mehr, worüber du meckern kannst. Geht dir viel besser, wenn du glaubst, du wärst reingelegt worden. Dann kannst du 'nem andern die Schuld geben; kannst dir sagen, wär' C. I. Roebuck nicht, hättest du die Welt im Griff.«

Als Carl unter der Dusche verschwand, ging Sully nach unten und dann hinaus. Es war erst Viertel vor sieben, aber Miss Beryl hatte die Schaufel bereits an den Verandapfeiler gelehnt. Obwohl die Sonne schien, war die Luft eisig. Was Sully jedoch erwärmte, war der Anblick von Carl Roebucks neuem Schneepflug, der immer noch gut versteckt unter der Persenning in einer Ecke der Garage stand. Der Motor sprang beim ersten Versuch an.

Sully war mit dem Bürgersteig und der halben Einfahrt fertig, als Carl Roebuck – frischgeduscht, aber in den Kleidern vom Vortag – auf der Veranda erschien.

»Komm mit zum Donut-Shop«, rief er. »Ich bezahl' dir den Lohn für gestern.«

Sully stellte die Maschine ab. »Du solltest nach Haus geh'n und Toby sagen, daß du sie liebst, bevor's ein anderer tut. Und sag es ehrlich«, fügte er hinzu, plötzlich von einem warmen Gefühl für den Sohn seines alten Freundes ergriffen. Er dachte wieder an die dunkle Limousine, die gestern an der Baustelle erschienen war und Carl Roebuck in die Stadt verfolgt hatte. Vielleicht irrte er sich in Toby – vielleicht wollte sie sich scheiden lassen und hatte schon jemanden engagiert, der Carl überwachen sollte. Sully überlegte, ob er Carl gegenüber die Limousine erwähnen sollte, beschloß dann aber, nichts zu sagen. »Wünsch ihr von mir ein schönes Thanksgiving«, sagte er statt dessen.

Carl starrte den Schneepflug an. »Ich hab' genauso einen«, meinte er. »Haargenau denselben.«

Als Sully mit der Einfahrt fertig war, wußte er, daß er als erstes Jocko finden mußte, um neue Schmerztabletten zu bekommen. Wie er zu Ruth gesagt hatte, sang sein Knie heute morgen aus voller Kehle, anstatt wie sonst bescheiden zu summen. Natürlich hatte der Drugstore an Thanksgiving geschlossen, und Jocko würde daher – da er nicht im Telefonbuch stand – schwer zu finden sein. Er hatte Sully schon ein halbes Dutzend Mal seine Nummer gegeben, aber der hatte sie jedesmal verloren.

Zunächst einmal würde er bei *Hattie's* nachschauen, weil es nur einen Block entfernt war, und wenn er dort schon nicht Jocko finden würde, so wenigstens einen Kaffee. Außerdem sollte Rub ihn dort treffen. Dummerweise hing vor Hattie's Tür heute ein Schild: GESCHLOSSEN. Er erinnerte sich vage, daß Cass ihn gestern vorgewarnt hatte. Auch der Rest der Stadt sah geschlossen aus, und Sully überlegte, ob es nicht besser sei, heimzugehen und zu warten, bis alles wieder aufmachte, und wenn es bis morgen dauern sollte. Es würde Carl Roebuck nicht umbringen, wenn sein Ranchhaus bis Freitag nicht vermauert war. Doch am Freitag würde Carl vielleicht den Arbeiter anrufen, der das Mauern gewöhnlich übernahm, und Rub und ihm einen noch mieseren Job zuteilen. Und in ein paar Wochen konnte man nur noch Innenarbeiten ausführen, von denen es viel zu wenig gab. Heute war die letzte Gelegenheit für ihn, eine Arbeit, die er haßte, in der beißenden Kälte zu verrichten.

Am besten suchte er Jocko im OTB – nur hatte das an Thanksgiving leider auch nicht geöffnet. Also beschloß Sully, zum *Rexall*, der Apotheke, zu gehen, wo Jocko arbeitete. Doch wie erwartet, war der Laden dunkel, die Regale verloren sich in der Düsternis, je weiter sie vom Licht der Straße entfernt waren. Wenigstens würde der Donut-Shop offen sein.

Da saß Rub an der Theke, und da er Sully nicht kommen sah, schlug der ihm die Wollmütze vom Kopf, die ein gutes Stück die Theke entlangflog, bis sie auf einem Zuckerstreuer landete. »Ich dachte, du solltest mich bei *Hattie's* treffen«, sagte er und glitt neben Rub auf einen Hocker. Außer ihnen waren nur noch eine mißmutige junge Kellnerin und ein Quartett schläfriger Fernfahrer im Lokal.

Rub schien seine Mütze nicht zu vermissen und machte auch keinen Versuch, sein Haar wieder zu glätten. »*Hattie's* hatte zu«, äußerte er. »Ich wünscht' nur, wir müßten Thankgiving nicht arbeiten.«

»Wir müssen ja nicht«, versicherte Sully. Die junge Frau hinter der Theke erriet, daß Sully Kaffee wollte und sonst nichts. Sie setzte ihm eine dampfende Tasse vor und entfernte sich ohne ein Wort. Auf ihrem Weg am Zuckerstreuer vorbei nahm sie vorsichtig Rubs Mütze mit Daumen und Zeigefinger auf.

»Wenn ich nicht arbeite, bist du doch böse auf mich«, sagte Rub traurig.

»Tja, das stimmt«, gab Sully zu.

»Und Bootsie ist immer noch böse wegen dem Auto«, klagte Rub. »Alle sind böse auf mich.«

»Siehst du?« meinte Sully. »Dann gehst du doch lieber arbeiten.«

»Ich wünscht' nur, ich hätt' genug Geld für 'n *Donut*.«

»Was ist denn mit deinem Lohn von gestern passiert?«

»Hat Bootsie genommen.«

Sully winkte der Kellnerin und bestellte einen Krapfen für Rub.

»Einen von den großen, tollen da, so einen mit Creme«, erklärte Rub und zeigte auf das Gewünschte. Als ihm das Mädchen einen vorsetzte, wartete er, bis sie weg war, und klagte dann: »Sie hat mir den kleinsten gegeben.«

»Die sind alle gleich groß«, erwiderte das Mädchen, an niemand im besonderen gerichtet. Sie stand neben der Kasse, schaute weder Rub noch Sully an.

»Sind sie nicht«, flüsterte Rub und starrte den Krapfen an.

»Iß das verdammte Ding endlich«, riet Sully.

Rub tat wie ihm befohlen. Als er in den Krapfen biß, quoll die Füllung aus dem anderen Ende, das an einen Anus erinnerte. Sully mußte weggucken. »War Carl da?« fragte er.

Rub war vollauf mit dem Krapfen beschäftigt und hörte nichts; sein erster Bissen hatte ein großes Loch entstehen lassen, mit Flügeln zu beiden Seiten. Und in welchen er jetzt auch biß, die Füllung würde ihm davonrinnen.

»Ich putz' dich gleich von dem Hocker runter«, drohte Sully.

Rub blickte ihn an, um zu sehen, ob die Drohung ernst gemeint war. Anscheinend ja. »Was?«

»Ich hab' dich gefragt, ob Carl hier war.«

»Wann?«

»Bevor ich kam, Rub.«

»Er war nur ganz kurz da. Kam zu mir rüber und sagte, ich würde riechen wie 'ne Muschi. Ich wünscht' nur, wir müßten am Thanksgiving nicht für ihn arbeiten.«

Sully zog zwei Dollar aus der Tasche, genug für ihre zwei Kaffee, Rubs Krapfen und das Trinkgeld, das die mürrische Kellnerin nicht verdient hatte. »Hat er dir Geld gegeben?«

»Er sagte, wir sollen zum Büro kommen, wenn wir fertig sind.«

Typisches Manöver von Carl Roebuck.

»Wir treffen uns in zehn Minuten bei *Hattie's*«, sagte Sully. »Vielleicht können wir ja bis zum späten Nachmittag fertig sein.«

»*Hattie's* hat doch zu«, erinnerte ihn Rub.

»Vor der Tür«, sagte Sully.

Rub blickte zweifelnd drein.

»Versuch nicht, es zu verstehen, Rub«, riet Sully. »Tu es einfach.«

»Brauchst nicht gleich böse zu werden«, sagte Rub. »Du wirst genauso schnell böse wie Bootsie.«

»Wir haben ja auch den gleichen Gefährten«, sagte Sully und ging zur Tür hinaus. Von draußen konnte er sehen, wie sich Rub über den Krapfen beugte, und er blieb stehen, neugierig darauf, wie Rub dieses Problem wohl lösen würde. Statt in einen der Flügel zu beißen, versenkte Rub den Mund in das Loch, das er zuerst gebissen hatte. Das paßte natürlich genau. Dann saugte er, und die Cremeblase, die durch die Anusöffnung heraushing, wurde in den Krapfen zurückgesogen. Es war die perfekte Lösung, und Sully dachte kurz – ganz kurz – darüber nach, ob Rub vielleicht unterschätzt wurde.

Wenn es auf der ganzen Welt nur einen einzigen Menschen gibt, den man wirklich treffen will, wie groß ist dann die Chance, ihn um halb acht am Morgen von Thanksgiving vor dem geschlossenen OTB-Einkaufsmarkt zu treffen? Vielleicht größer als man denkt, dachte Sully, denn auf dem Weg zu Carl Roebucks Büro erblickte er Jockos silbergrauen Marquis auf dem leeren Parkplatz.

Jocko saß am Steuer und las Zeitung. Als Sully sich heranschlich und dicht neben Jocko gegen das Fenster schlug, machte er fast einen Satz – ein erfreulicher Anblick für Sully, dem es immer schon einen Heidenspaß gemacht hatte, sich anzuschleichen und die Leute das Fürchten zu lehren. Auch Jocko schien es zufrieden, als er Sully erkannte, der ihn angrinste. Jocko zeigte ihm drohend den Finger, dann winkte er ihn an die andere Seite des Wagens. Sully nahm vorsichtig Platz; er ließ die Tür offen und den größten Teil seines Beins draußen. »Howdy, Chester«, grüßte Jocko und betrachtete Sully über den Rand seiner Brille. Jocko war wie immer äußerst konservativ gekleidet: hellblaues Hemd, breite Krawatte und Hosen ohne Gürtel. Er war Ende Dreißig, hatte schütteres, an den Schläfen ergrauendes Haar und ungefähr fünfzig Pfund Übergewicht. Nichts an seiner Erscheinung deutete darauf hin, daß er einst ein langhaariger linksradikaler Student gewesen war, der, wie er Sully einmal anvertraut hatte, in jener wilden Zeit sein Apothekerexamen abgelegt hatte.

»Hast du vor, hier zu sitzen, bis sie morgen aufmachen?« fragte Sully.

»Kirchen und OTBs sollten nie schließen. Es müßte ein entsprechendes Gesetz her.«

Sie grinsten einander an.

»Ich hab' gehofft, daß ich dich treffe . . .« begann Sully.

Jocko faltete die Zeitung zusammen und warf sie auf den Rücksitz. »Komm in mein Büro«, sagte er einladend und beugte sich an Sully vorbei, um das Handschuhfach zu öffnen. »Und mach diese verdammte Tür zu, bevor wir erfrieren, ja?«

»Ich weiß nicht, ob dieses Knie sich so früh am Morgen schon beugen läßt«, erwiderte Sully.

»Versuch's mal«, schlug Jocko vor, während er im Handschuhfach herumwühlte.

Sully zuckte vor Schmerz zusammen, doch schließlich schaffte er es, das Bein hereinzuziehen, und schlug die Tür zu. »Du hast bestimmt die kürzesten Beine in der ganzen Stadt.«

Jockos Handschuhfach ähnelte einer kleinen Apotheke, so viele kleine leuchtende Plastikröhrchen steckten darin. Jocko riß ein paar heraus, hielt sie ans Licht, murrte »Nee« und warf sie wieder zurück. Nach einer Weile fand er endlich ein Röhrchen, das die Prüfung bestand. »Da«, sagte er und reichte es Sully. »Nimm die.« Der übliche Spruch.

Das Röhrchen hatte kein Etikett, doch Sully nahm dankend an.

»Arbeite nicht an schweren Maschinen«, riet Jocko.

»Heute bloß mit dem Hammer«, versprach Sully. »Ich werd' mir wahrscheinlich den ganzen Morgen auf den Daumen hauen.«

»Mach nur. Wirst es eh nicht spüren«, sagte Jocko. »Irgend jemand hat mir erzählt, daß du wieder arbeiten gehst. Das hörte sich so blöd an, daß es wahr sein mußte.«

»Nur für 'ne kleine Weile«, gestand Sully. »Ich möcht' mir für den Winter was zurücklegen. Dann werd' ich mir Ruhe gönnen. Und vielleicht geht's mir im Frühjahr besser.«

Jocko blickte ihn über den Rand seiner Brille an. »Arthritis wird nicht besser – sie wird schlimmer. Immer schlimmer.«

»Nur noch zwei Jahre, und ich kann die Frührente beantragen«, sagte Sully. »Und danach scheiß' ich auf alle.«

Das klang nach Prahlerei – und war es auch; Sully wußte, daß Jocko nur deshalb jetzt nicht mit ihm darüber stritt, weil er zu nett war. Und beide wußten, daß das Knie zwei Jahre harter Arbeit nicht mehr zulassen würde.

»Wie wohl die Wetten für das Spiel am Samstag stehen?« überlegte Sully. Er war wirklich daran interessiert, wollte aber auch unbedingt das Thema wechseln.

»Du kannst es mit Bath und zwanzig Punkten versuchen, wie ich gehört habe.«

Sully zog die Augenbrauen hoch. »Das hört sich ja verlockend an.« Wie Vince hatte Sully während der letzten zwölf Jahre auf Bath gesetzt und verloren. Und wie Vince hatte auch er Punkte gesammelt, nur leider nie genug.

»Ich weiß, was du meinst«, sagte Jocko mitfühlend. »Es wär' so schön, wenn die Jungs mal ein Spiel gewinnen würden. Der Junge von deiner Geliebten ist 'n ziemlich guter Verteidiger. Kriegt aber nicht viel Unterstützung.«

Sully ignorierte die Tatsache, daß Jocko wie so viele Leute in der Stadt von seiner Beziehung zu Ruth wußte. »Ein Sieg wäre schon viel verlangt«, gab er zu. Die letzten Begegnungen zwischen den

Mannschaften von Bath und Schuyler Springs waren so ungleich verlaufen, daß Schuyler drohte, die kleinere Schule wegen humaner Erwägungen aus dem Wettbewerb zu entlassen. Politisch gesehen war es ungeheuer wichtig, ›das Spiel‹ weiterzuführen, und der Bürgermeister von Bath hatte dieses Ziel zu seinem alleinigen Wahlslogan gemacht.

»Hör mal, was bin ich dir schuldig?« fragte Sully, als sie anhielten, und zeigte auf die Tabletten aus Jockos Handschuhfach.

»*Nada*. Sind doch bloß Muster. Sag mir nur Bescheid, wenn sie dich krank machen«, schlug Jocko vor. Er öffnete die Tür und begann mit dem beschwerlichen Ausstieg. Als er es schließlich geschafft hatte und zur Fahrerseite humpelte, schüttelte Jocko den Kopf. »Weißt du, was du machen solltest?«

»Nee, was denn?« fragte Sully.

»Du solltest wieder Brandstifter werden.«

Sully tat so, als denke er ernsthaft darüber nach. »Ist 'ne Idee«, sagte er dann. Jocko wollte sich wohl einen kleinen Jux erlauben. Seit er Kenny Roebucks Haus angezündet hatte, neckten Sully die Leute damit, daß er ein Brandstifter sei. Und manche von ihnen – das hatte er im Laufe der Jahre gemerkt – hielten ihn wirklich dafür, weil Kenny in aller Öffentlichkeit ausplaudern mußte, wie gut ihm dieses Feuer in den Kram gepaßt hatte.

»Teufel auch«, schnaubte Jocko, »sollte das Projekt mit diesem Freizeitpark fehlschlagen, dann hast du Kunden auf der ganzen Main Street. Könnte sogar sein, daß ich dich anheuere.«

»Bewahr dir deinen Glauben«, sagte Sully. »Morgen laufen sie wieder.«

Carls roter Camaro stand vor dem Bürohaus; auch der Camino war dort geparkt, was wohl heißen mochte, daß Carl im Büro war. Doch das war im dritten Stock, daher formte Sully einen Schneeball, trat mitten auf die leere Straße und feuerte ihn auf die Fensterreihe, an der TIP TOP BAU: C. I. ROEBUCK stand. Der Aufprall des Schneeballs machte mehr Lärm, als Sully erwartet hatte, und in Windeseile erschien Carls Gesicht hinter dem weißen verwischten Fleck. Ebenso seine Schultern, die aus irgendeinem Grunde nackt waren. Hinter ihm war eine weitere Bewegung wahrzunehmen – ein weißes verängstigtes Gesicht, das wie der Blitz wieder verschwand. Carl schob das Fenster hoch: »Hab' ich dir je erzählt, wofür das C. I. in meinem Namen steht?«

»Gestern erst«, sagte Sully und grinste zu ihm hoch. Die Gardine im angrenzenden Büro – dem Vorzimmer – wurde verstohlen zurückgeschoben. »Hi, Ruby«, rief Sully und winkte. »Ein schönes Thanksgiving wünsch' ich.« Die Gardine fiel wieder zurück.

»Was, zum Teufel, willst du, Sully?« fragte Carl. »Du solltest doch mauern.«

Und du solltest eigentlich zu Hause sein, erwog Sully als Antwort. Statt dessen rief er: »Hab' dich im Donut-Shop verpaßt. Du erinnerst dich vielleicht nicht mehr – du wolltest mich dort treffen, um mich zu bezahlen.«

»Und deshalb kommst du her und verpaßt mir fast 'nen Herzanfall mit Schneebällen, die du mir ans Fenster wirfst.«

»Und das war richtig so«, rief Sully zurück. »Sonst hättest du mich doch die drei Stockwerke hochsteigen lassen und dann einfach nicht aufgemacht.«

»Warum komm' ich nicht einfach in 'ner halben Stunde zur Baustelle?« grübelte Carl laut, während sein Gesichtsausdruck Sully zu verstehen gab: ›Von Mann zu Mann, ich bin hier gerade mittendrin, nun hab' doch mal 'n bißchen Mitleid‹.

Sully war die Dringlichkeit von Carls erotischen Bedürfnissen ganz egal. »Steck das Geld in 'nen Umschlag und wirf's runter. Kostet dich nur zwei Sekunden. Selbst du kannst nicht so schnell 'nen Ständer verlieren.«

»Muß lange her sein, seit du einen hattest«, gab Carl zurück. »Hast es wohl vergessen.« Er verschwand.

In einer Minute war er mit einem Umschlag zurück. »Das wird auf dem Sims landen, wie du dir wohl denken kannst.«

»Ich vertrau' auf mein Glück«, meinte Sully. »Das Geld, das du mir schuldest, bleibt meistens in deiner Tasche stecken und nicht auf Fenstersimsen.«

»So macht man keine Geschäfte«, gab Carl ihm zu verstehen, ließ aber dennoch den Umschlag fallen, der am Sims am zweiten Stock vorbeisegelte und wie ein Frisbee auf die Straße trudelte. Sully fing ihn auf, öffnete ihn und nahm die Scheine heraus. »Und bevor du gehst – hier hab' ich noch was für dich«, rief Carl herunter. Als Sully zu den Fenstern hinaufsah, streckte sich ihm ein nackter Hintern entgegen; er gehörte Carl, und aus dem Büro war jetzt das Lachen einer Frau zu hören. Der Hintern verschwand, bevor Sully einen neuen Schneeball werfen konnte. Mit einem Rumms ging das Fenster zu.

Sully wollte gerade davonstapfen, als er die dunkle Limousine entdeckte, die gestern an der Straße zur Baustelle gestanden hatte; jetzt parkte sie ein Stück weiter die Straße hinunter. Am Steuer saß ein Mann, der völlig in die Untersuchung eines schwarzen Apparates versunken schien. Sully winkte ihm zu. Der Mann reagierte nicht. Erst als der Schneeball seine Windschutzscheibe traf, ließ er das automatische Fenster herunter und streckte den Kopf heraus.

»Haben Sie's auch gut aufs Foto gekriegt?« fragte Sully und deutete auf das Fenster im dritten Stock.

»Ich bin Ihnen nicht gefolgt«, entgegnete der Mann.

»Ich dachte, dafür seid ihr Typen da.«

»Ich glaube, Sie verstehen die Situation nicht ganz«, sagte der Mann in einem Ton, der Sully ganz und gar nicht gefiel; er erinnerte ihn an die Anwälte der Versicherungsgesellschaft.

»Ich wär' aber trotzdem vorsichtig«, warnte Sully. Er wußte, daß Carl ein Gewehr hatte.

»Wollen Sie mir etwa drohen?« fragte der Mann.

»Nein – falls Sie keine Angst vor Schneebällen haben.«

»Gut«, sagte der Mann, und das Fenster glitt wieder hoch.

Rub tanzte auf den Zehenspitzen herum, als Sully vor *Hattie's* erschien.

»Ich wünscht' nur, *Hattie's* hätt' auf«, klagte er. In seinen Mundwinkeln klebten noch Reste von Cremefüllung.

»Warum denn, Rub?«

»Dann hätt' ich reingeh'n und im Warmen auf dich warten können«, erklärte Rub ernsthaft.

Sully stand nur da und grinste ihn an, bis Rub verlegen wurde und auf seine Schuhe starrte. »Du willst mich den ganzen Tag bloß foppen, was?« sagte er traurig.

Sie gingen die Straße hinunter zu Sullys Pick-up. Miss Beryl, die ihren Hausmantel am Hals zusammenhielt, stand auf der Seitenveranda und sah auf den Schneepflug herab. Da hatte Sully eine

Idee. Er nahm die Kette, die in der Werkzeugkiste lag, und das Yale-Schloß, mit dem er die Kiste abzuschließen pflegte, und humpelte die Einfahrt hoch bis zu seiner Wirtin. »Damit können Sie die Einfahrt selber freischaufeln, wenn Sie wollen«, sagte er.

»Ich könnte es nicht einmal damit«, erwiderte Miss Beryl. Argwöhnisch starrte sie das Gerät an. »Wahrscheinlich würde es wild werden und mich über die Straße mitschleifen. Und alle Nachbarn würden an den Fenstern glotzen und sagen: ›Da geht sie hin, die alte Beryl‹.«

»Seien Sie nicht albern«, scherzte Sully. »Wär' doch 'ne gute Übung.«

»Ich brauch' keine Übungen. Ich bin jetzt in meiner vollen Blüte. Was haben Sie denn mit der Kette vor?«

Sully hatte den Schneepflug schon am Geländer festgebunden. Er hätte das Gerät auch in der Garage verstecken können, fand aber die Vorstellung erheiternd, Carl offen zu zeigen, wo sie war. »Damit der Mann, dem ich sie gestohlen hab', sie nicht wiederholen kann. Wenn er kommt, rufen Sie die Polizei.«

Miss Beryl brauchte eine Minute, um das zu verdauen. Sie war eine alte Frau, eine Lehrerin, aber man konnte mit ihr Pferde stehlen, wie Sully sehr wohl wußte. »Wie ich schon sagte, Sir, Sie sind ein Hundsfott.«

Dann wurde sie plötzlich ernst. »Sagen Sie mal, Donald«, wollte sie wissen. »Hat es Sie noch nie gestört, daß Sie nicht mehr aus diesem Leben gemacht haben, das Gott Ihnen geschenkt hat?«

Schon vor Jahren hatte Sully beschlossen, nicht mehr beleidigt zu sein, wenn Miss Beryl ein wenig persönlicher wurde. »Nicht sehr oft«, gab er zu und zog an der Kette, um ihre Festigkeit zu prüfen. »Ab und zu schon mal.«

Mauern war nicht gerade Sullys Lieblingsbeschäftigung, aber man konnte – wie bei den meisten körperlichen Schwerstarbeiten – einen eigenen Rhythmus finden, wenn man sich nur Mühe gab, und so den Morgen hinter sich bringen. Auf seinen Arbeitsrhythmus konnte sich Sully im Laufe der langen Jahre verlassen, und er wußte inzwischen, daß es keinen Job gab – und sei er auch noch so undankbar, zermürbend oder stupide –, den man nicht irgendwann zu Ende führen konnte. Die Stunden vergingen schon, wenn man nicht zu sehr darauf achtete. Heute morgen verflog die Zeit besonders schnell. Es wurde ständig wärmer, und so hatten Sully und Rub am späten Vormittag immer noch Gefühl in den Händen. Automatisch verfielen sie in einen langsamen, stetigen Arbeitsrhythmus, der ihnen vermutlich mehr nutzte als blinde Hast.

Carl Roebuck wunderte sich, wie Sully mit Rub zusammenarbeiten konnte, aber in Wahrheit war Rub einer der wenigen denkbaren Arbeitspartner von Sully. Rub war zufrieden, wenn Sully oder jemand anders das Kommando führte. Er hatte keine eigenen Pläne: Wenn Sully es eilig hatte oder woanders hin mußte, fand Rub es völlig in Ordnung, sich den Arsch aufzureißen. Doch wenn sie aus einem bestimmten Grund langsam arbeiten mußten – weil sie zum Beispiel einen Stundenlohn erhielten –, war es ein noch größeres Wunder, wie Rub ständig in Bewegung bleiben konnte, ohne irgend etwas zu leisten. Rub war der geborene Arbeiter, der alle Befehle blindlings befolgte und sich nicht im geringsten aufrege, wenn man von ihm verlangte, alles falsch zu machen; er konnte den Eindruck vermitteln, die Arbeit schreite voran, auch wenn sie an diesem Tage nicht beendet werden konnte. So konnte man einen Auftrag in aller Ruhe erledigen, wenn man noch nicht wußte, welches der nächste sein würde. Sully behauptete gern, wenn Rub mit zehn Mann an einem Steinklotz arbeitete, wäre er der letzte, der gefeuert würde – erst wenn man alle anderen rausgeschmissen hätte, würde man merken, daß Rub noch nicht mal einen Stein angerührt hatte.

Bei dem Auftrag, unter Carl Roebucks Terrasse eine neue Wasserleitung zu legen, waren Sully und Rub besonders lahm gewesen. Es war ein heißer Tag im August, und irgendwie hatten sie es geschafft, aus Carl einen Wochenlohn herauszuschlagen; so mußten sie sich nicht den Arsch aufreißen, und außerdem kam Toby Roebuck immer wieder heraus, fragte, wie sie vorankamen, und wunderte sich, wie sie nur in solcher Hitze arbeiten konnten. Sie brachte ihnen große, schlanke Gläser mit Limonade heraus. Sie trug eine lockere, dünne Bluse, und jedesmal, wenn sie sich niederbeugte, um ihnen die Gläser in den Graben herunterzureichen, starrte Rub ihr in die Bluse, als läge dort das gelobte Land. Selbst als sie ins Haus zurückging, blieb Rub mit offenem Mund stehen und starrte auf die Stelle, wo eben noch Toby Roebucks volle, nackte Brüste geschwebt hatten, als könne er ihren Abglanz immer noch dort sehen. »Die sind ja total braun«, sagte er immer wieder, einerseits bewundernd, andererseits wütend – vielleicht, weil diese Brüste ihm immer unerreichbar sein würden.

Sully hatte sich an jenem Tag fünf Fehleinschätzungen geleistet – jedenfalls glaubte er, daß es fünf waren. Vielleicht waren es auch mehr gewesen. Als erstes hatte er geglaubt, sie würden mehr Zeit für den Graben brauchen. Doch es hatte die ganze Wochen lang geregnet, der Boden war unerwartet locker, und sie hatten den größten Teil des Grabens so schnell ausgehoben, daß er fürchtete, zu schnell mit einem Job fertig zu sein, den er auf den ganzen Tag hatten ausdehnen wollen. Also verlangsamten sie das Tempo. Und wenn Rub schon über der Erde einen unglaublich geschäftigen Eindruck erwecken konnte, so gelang ihm das in einer Grube noch besser.

Sullys zweiter Fehler war die Annahme, das letzte Drittel des Jobs würde genauso schnell erledigt sein wie die vorigen zwei Drittel. Er hätte es besser wissen müssen – genauso, wie Carl Roebuck ihn und Rub nicht auf Stundenbasis hätte einstellen dürfen –, aber, wie Sullys junger Philosophielehrer gern zu bemerken pflegte: Wissen hat oft wenig mit dem tatsächlichen Verhalten zu tun. Als er und Rub sich an das Haus herangegraben hatten, stießen sie auf die Wurzeln der alten Eiche, die ihnen beim Limonadetrinken so vorzüglich Schatten gespendet hatte. Da wurden sie so langsam, daß es unmöglich schien, wieder Fahrt aufzunehmen. Die Hitze hatte ihren Höhepunkt erreicht, und sie hatten zuviel süße Limonade in sich hineingeschüttet. Das Verlangen nach Toby Roebuck hatte die Limonade in ihren Bäuchen zum Kochen gebracht. Um vier Uhr nachmittags überredeten sie Toby, ihnen im IGA ein Sixpack Bier zu holen (Sullys dritter Fehler), das schön eiskalt bei ihnen ankam. Die erste Dose – und dazu noch die Hitze – hatte sie völlig umgehauen. Und schlimmer noch – Toby Roebuck trank eine mit, dann noch eine, und plötzlich machte ihnen die Hitze

Spaß. Toby setzte sich an den Rand der Grube und ließ ihre schönen, langen Beine wie ein Schulmädchen herunterbaumeln.

Schließlich war sie ins Haus gegangen, um, wie sie sagte, ein kühles Bad zu nehmen, bevor sie das Wasser abstellen mußten. Dann erschien Carl und konnte nicht glauben, was er da sah. Er hatte gehofft, wenn nicht sogar erwartet, daß der Auftrag erledigt und ein neues Rohr gelegt, der Graben wieder aufgefüllt und das Wasser wieder angestellt sei. Statt dessen fand er einen Graben vor, der sich von der Straße über den ganzen Rasen bis zum Haus hin erstreckte und viel größer und häßlicher war als nötig; Bierdosen lagen am Rand verstreut, und Sully, halbbesoffen von Hitze und Bier, schlug wie ein Berserker mit seiner Spitzhacke auf die störrischen harten Wurzeln der Eiche ein.

Sullys vierter Fehler war besiegelt, als er aufschaute und sah, daß Carl Roebuck seine Golfschläger am Schulterriemen trug. In diesem Augenblick überkam Sully das starke Gefühl, was für eine Scheißwelt dies doch war; nicht daß er unbedingt hätte Golf spielen wollen – von den Leuten, die er mochte, hatte noch nie jemand Golf gespielt, und viele der Leute, die er nicht leiden konnte, spielten es andauernd. Nein, als er aufsah und begriff, daß Carl Roebuck Golf spielen konnte, während er und Rub sich abquälten (denn jetzt glaubte er fest, sie hätten den ganzen Nachmittag nichts anderes getan), ging Sully plötzlich auf, daß Golf eines der vielen tollen Dinge war, die das Leben ihm versagt hatte. Und die anderen hätte er auch aufzählen können, wenn ihn einer danach gefragt hätte. Es tat aber keiner.

Also hielt Sully, bevor Carl Roebuck auch nur einen Ton sagen konnte, seinen schmutzigen Zeigefinger in die Höhe und drohte seinem Arbeitgeber, daß er ihm, wenn er auch nur ein Wort sagte, den Golfschläger in den Arsch schieben würde, bis er das hohe ›C‹ singen könnte.

Dann unterlief Carl Roebuck eine Fehleinschätzung. Er ließ seine Golftasche auf den Rasen fallen, setzte sich darauf und lachte los. Damit befolgte er natürlich den Befehl; er gab kein Wort von sich, und so blieb Sully im Graben, obwohl es ihm eigentlich drängte, trotz seines schmerzenden Beines herauszuklettern und seine Drohung wahrzumachen. Doch so blieb er, wo er war, und wartete, bis

Carl aufhörte zu lachen. »Findest du das komisch?« hatte Sully mit schwacher Stimme gefragt.

Carl nickte, ohne ein Wort zu sagen.

»Na, dann warte mal, bis du die Rechnung kriegst.«

Carl erhob sich wieder und schulterte die Golftasche. »Sully, Sully, Sully«, sagte er. »Hast ja recht. Das wird auch komisch. Zwar nicht so komisch, wie du gucken wirst, wenn du versuchst, den Scheck einzulösen, mit dem ich euch bezahlen werde, aber komisch wird's auf jeden Fall.«

Sully hatte nicht geglaubt, daß Carl Roebuck seine Drohung wahrmachen würde – und das war sein fünfter Fehler. Rub und er waren auf neue Probleme – diesmal nicht auf selbst verursachte – gestoßen, und er hatte auf Carls Verständnis gezählt. Die Leitungen, die nun ans Licht kamen, waren alt, vermutlich so alt wie das Haus, und wenn man sie anfaßte, zerfielen sie wie alte Schriftrollen, was ja nicht weiter schlimm war, bis Sully das letzte Stück der Leitung abbrach, kurz vor dem Knie, das das Rohr der Roebucks an die Hauptleitung unter der Straße anschloß. Dort war das alte Rohr verrostet und stak fest wie angefroren – es war unmöglich, es loszubekommen, unmöglich, das neue Plastikrohr darum zu legen. Es war schreckliches Pech, aber das einzige Rohrteil aus gutem, alten Eisen war dieses sechs Zoll lange Stück kurz vor dem Knie. Wenn man es durch Schläge oder Flüche hätte ablösen können, wäre es Sully bestens gelungen, denn er schlug es und verfluchte es, bis es zu dunkel war, um noch etwas zu sehen. Dann rief Carl Roebuck die Wasserwerke des Bezirks an und bekam Bescheid, daß man am nächsten Morgen jemanden schicken werde. Die Roebucks mußten die Nacht ohne Wasser verbringen. Zum Glück hatte Toby Roebuck schon ihr kühles Bad genommen, und als sie herauskam und ihnen verlegen auf Wiedersehen sagte, sah sie in ihrer dünnen Bluse, die noch lockerer saß als die letzte, herrlich kühl und frisch aus. Sully hatte Rub förmlich zum Lastwagen zerren müssen.

Soweit zu diesem verkorksten Auftrag im August, aber was Sully jetzt angst machte, war der Schmerz in seinem Knie. Den ganzen Morgen über war er schlimmer geworden, und jetzt schoß der Schmerz hinunter in den Knöchel und hinauf in die Leiste. Bis vor ein paar Wochen hatte er ihn noch ignorieren können. Er war immer sehr stolz darauf gewesen, wieviel Schmerz er aushalten konnte. Ein Schmerz, das hatte er schon als kleiner Junge gelernt, erreichte einen Höhepunkt und konnte danach nur noch schwächer werden. Man mußte nur auf den Höhepunkt achten und bewußt erleben, daß man ihn überstand, ohne daran zu sterben. Als Junge hatte Sully gelernt, die Prügel von seinem betrunkenen Vater zu überstehen, indem er darauf wartete, daß die Wut von Big Jim ihren Höhepunkt erreichte und verrauchte, und Sully schließlich voller Stolz und sogar Liebe für den Vater zurückblieb. Man konnte sich auch im Schmerz gut fühlen, was nicht jeder wußte. Einer der Lieblingswitze seines Vaters war der folgende gewesen: »Warum stößt der Dummkopf mit dem Kopf gegen die Wand? Weil's so schön ist, wenn der Schmerz nachläßt.«

Doch die Schmerzen in seinem Knie störten ihn wegen ihrer Unbarmherzigkeit. Als Junge hatte er nicht erkannt, was sein Vater damals schon gewußt haben mußte: daß Schmerz sich noch furchtbar steigern kann. Wenn man mit Schmerz fertig werden will, muß man zwischen den einzelnen Attacken Luft holen können. Sein Knie hatte ihn nicht weiter geängstigt, solange die guten Tage sich mit den schlechten die Waage hielten. Doch jetzt argwöhnte er, daß die Erholungspausen, die Wellentäler, die ihm erlaubten, die Berge zu überstehen, allmählich kürzer wurden. Kaum eine Nacht, in der er mehr als vier Stunden schlief, und sogar in diesen wenigen Stunden beeinflußte der Schmerz seine Träume; selbst im Traum humpelte er nun, und beim Erwachen hatte er den Eindruck, gar nicht geschlafen zu haben.

Hinzu kam, daß Jockos Pillen ihn sogar dann, wenn er wach war, in eine Art Dämmerzustand versetzten, und Sully befürchtete allmählich, daß dieser Zustand schlimmer werden und als einzige Konstante die ständigen Schmerzen aufweisen könnte.

Heute morgen hatte Sully der Versuchung, eine von Jockos Pillen zu nehmen, widerstanden, da er Angst hatte, dann nicht arbeiten zu können. Zum Mauern brauchte man zwar nur wenig Hirn, aber ganz ohne ging es auch nicht. Man konnte nicht gerade dabei schlafen, und unter Jockos Schmerzpillen gab es manche, die eine äußerst gefährliche Wirkung hatten. Und dann mußte er noch Rub überwachen. Rubs Vettern, von denen keiner Gefahr lief, mit einem Mathematikgelehrten verwechselt zu werden, hatten sich schon mal darüber beschwert, daß Rub nicht einmal zum Müllsammeln taugte, und Sully legte keinen Wert darauf, unter Drogeneinfluß in der unmittelbaren Nähe eines erwachsenen Mannes arbeiten zu müssen, der nach drei Stunden Übung nicht einmal einen kurzen, derben Knittelvers auswendig konnte. Keine Pillen mehr, bevor sie nicht hier fertig waren!

Mit Freuden dachte Rub an den großen tollen Truthahn, den Bootsie jetzt im Ofen briet; er würde schon ganz knusprig sein. »Ich mag den Lappen unheimlich gern, da, wo der Truthahn sein Arschloch hat«, sagte er zu Sully, als sie ihre Hämmer und Riemen in Sullys Werkzeugkiste stapelten.

Sully vermutete, daß Rub höchst ungenaue Kenntnisse vom Körperbau eines Truthahns besaß. Das ›Arschloch‹ war vermutlich die Halsöffnung des Vogels, die Rub nicht als solche zu erkennen vermochte, weil der Kopf fehlte. »Ich weiß nicht, Rub«, meinte Sully, als sie in den Pick-up kletterten. »Vor 'ner Muschi hast du Angst, kannst es aber nicht abwarten, das Arschloch von 'nem Truthahn zu essen.« Er schüttelte eine von Jockos Pillen aus dem hellrosa Plastikröhrchen, schlug das Kreuzzeichen und schluckte sie ohne Flüssigkeit hinunter.

»Sää la vii«, radebrechte Rub.

Sully, dessen Aufmerksamkeit zwischen Rub und dem lauten Schmerzensgesang seines Knies geteilt gewesen war, blinzelte erstaunt und blickte hinüber zu seinem Freund, der geduldig darauf wartete, daß Sully den Zündschlüssel herumdrehte, damit sie endlich nach Hause zu dem großen Truthahn kamen. Rub war sich kaum bewußt, daß er in einer fremden Sprache geredet hatte, und als er sah, wie Sully ihn anstarrte, zog er den Schluß, daß er immerhin einmal mehr gewußt hatte als sein Partner. »Jedem sein eigener Scheiß«, übersetzte er für Sully.

Zehn Minuten später, als er Rub vor seinem Haus absetzte, lachte Sully immer noch aus vollem Halse. »O je«, machte Rub, und dann sah Sully, warum.

Vom Haus her marschierte ihnen Rubs Frau Bootsie entgegen, zornentbrannt. Wie Wirf zu sagen pflegte, war genug an Bootsie dran, um zwei besonders häßliche ausgewachsene Frauen aus ihr zu machen, und selbst dann würde noch etwas übrigbleiben für das häßlichste Baby der Welt. Wenn sie wie jetzt in Rage war, bot sie einen wahrhaft fürchterlichen Anblick.

Sully kurbelte dennoch die Fensterscheibe herunter. Letzte Nacht hatte er Streit mit Zack vermieden, indem er einfach ruhig sitzengeblieben war, und er fragte sich, ob dieses Manöver auch jetzt etwas nützen würde. Doch er hegte berechtigte Zweifel – Bootsie war, anders als Zack, auf Streit erpicht. »Ein schönes Thanksgiving, Dolly«, rief er ihr zu. »Wie geht's dir?« Sie sah aus wie eine Nemesis, die gekommen war, um Vergeltung für die Sünden ihres Mannes zu üben.

»Mein Truthahn ist völlig verkohlt, Scheiße, so geht's mir ständig«, gab sie ihm zu verstehen. »Den ganzen Herbst hast du keine Arbeit für ihn, und dann muß es natürlich ausgerechnet Thanksgiving sein und mir den verdammten Feiertag verderben.«

Was Sully dieser Furie nie beibringen hatte können, war, daß er kein Arbeitgeber war, daß Rub nicht für ihn arbeitete und daß er nicht Rubs Chef war. Vielleicht begriff sie es nicht, weil Sully immer derjenige zu sein schien, der die Arbeit fand, Rub für seine Dienste auszahlte und der ihm sagte, was er tun sollte. Sully schätzte, daß jetzt nicht gerade der richtige Zeitpunkt war, auf einer Klarstellung zu bestehen.

»Nun ja«, meinte er. »Es tut mir leid. Manchmal läuft es eben so. Wir haben 'n bißchen länger gebraucht, als wir dachten.«

»Hast uns die ganzen Feiertage verdorben«, wiederholte Bootsie, doch diesmal vermeinte Sully einen milderen Ton herauszuhören. Rub hielt sich ganz heraus; er machte keine Anstalten, aus dem Wagen zu steigen, und es war Sully sonnenklar, daß er nicht die Absicht hatte, an der Unterhaltung teilzunehmen. Er ließ ihn allein. Später, so wußte Rub, würde *er* allein sein, und deshalb ließ er Sully jetzt die Sache durchfechten.

»Schätze, wir hätten auch ganz gut auf das Geld verzichten können«, gab Sully zu. »Ob nun Thanksgiving ist oder nicht.«

Bootsie wurde noch ein wenig sanfter gestimmt, ohne jedoch nachzugeben. »Der Laden gibt mir nur drei blöde bezahlte Feiertage im Jahr frei, und jetzt kommst du und mußt mir einen davon versauen.«

»Also, Weihnachten werden wir nicht arbeiten«, versicherte Sully. »Ich versprech's dir.«

Bootsie beugte sich ein Stück vor, um ihrem Mann einen wütenden Blick zuzuwerfen. »Kommst du jetzt da raus, oder muß ich dich erst holen?«

Rub tastete nach dem Türgriff. »Hab' doch nur gerade Sully tschüß gesagt«, erklärte er kleinlaut.

»Du hattest verdammt noch mal genug Zeit dafür, während mir der Truthahn angebrannt ist. Komm jetzt aus dem Scheißlaster da raus.«

Rub tat, wie ihm befohlen, ohne sich besonders zu beeilen. Bootsie schaute zu und wurde wieder um einige Grade milder. »Kannst genausogut reinkommen und uns helfen, das Vieh zu verputzen«, sagte sie zu Sully. »Hat gut und gerne zwanzig Pfund gewogen und muß jetzt immer noch mehr als acht haben.«

»Würd' ich gern, Dolly«, erwiderte Sully, »aber ich hab' schon 'ne Verabredung.«

Bootsie schnaubte. »Du meinst, du hast zwei verdammte Truthähne ruiniert. Meinen und noch den von 'nem andern.«

Daran hatte Sully noch gar nicht gedacht, und der Gedanke gefiel ihm überhaupt nicht – mochte es auch unmöglich scheinen, aber vielleicht hielt Vera ihm ebenfalls das Thanksgiving-Dinner warm und wurde immer wütender, je mehr der Vogel austrocknete.

Zu Hause angekommen, ließ Sully ein heißes Bad ein und stieg in die Wanne. Er war viel zu müde und hatte zu große Schmerzen, um sich unter die Dusche zu stellen. Er konnte sich nicht entsinnen, eingenickt zu sein, doch er mußte eine ganze Weile geschlafen haben, denn das Telefon weckte ihn, und das Wasser in der Wanne, das vorher noch heiß gewesen war, hatte sich abgekühlt.

»Ich wollte dir nur sagen, wie stolz ich gestern abend auf dich war.« Ruth verzichtete auch jede einleitende Begrüßung und kam sofort zur Sache, wie immer, wenn sie mit ihrem Liebhaber telefonierte. »Der alte Sully hätte sich bestimmt geprügelt.«

Im Laufe ihrer langjährigen Beziehung hatte Ruth sich angewöhnt – teils aus einem Schuldgefühl ihrem Mann gegenüber –,

Sully immer wieder vorzuhalten, welch zivilisierenden Einfluß sie auf ihn einübte, was auch stimmte. Trotzdem war er über ihre Anspielungen auf den ›alten Sully‹ immer noch leicht verärgert; daß er sich als junger Mann oft in Kneipenschlägereien verwickelt hatte und eine Besserung nötig gewesen war, mochte ja stimmen. Dennoch gründete sich dieser Vergleich alter/neuer Sully auf die Annahme, sie allein habe ihn geläutert, und der hatte er nie ausdrücklich zugestimmt. »Der alte Sully hätte vielleicht auch gewonnen«, sagte er mit Nachdruck.

»Der neue auch«, entgegnete Ruth. »Nur, der war erwachsen genug, das Feld zu räumen.«

»Ich bin nicht gegangen«, berichtigte Sully. »Zack ist gegangen. Ich wär' ja nicht mal aus dieser Nische rausgekommen.«

»Du weißt schon, was ich meine.«

»Zum Teufel, nein. Ich weiß nie, was du meinst.«

Beide schwiegen einen Augenblick. »Na schön, wenn du's so siehst«, sagte Ruth schließlich. »Tut mir ja so leid, daß ich dich an Thanksgiving gestört habe.«

»Ich freu' mich darüber«, gab Sully zu, denn er war froh, über die Maßen froh, ihre Stimme zu hören. »Ich steh' hier nur klatschnaß, weiter nichts.« Nach einer weiteren Pause fragte er: »Warum heiraten wir nicht?«

»Darum.«

»Ach ja«, meinte Sully. »Ich hab' mich schon immer nach dem Grund gefragt.«

»Jedesmal, wenn du mich fragst, gibt's einen anderen Grund. Sind aber alles gute Gründe.«

»Von wo rufst du eigentlich an?« fiel ihm plötzlich ein zu fragen.

»Von zu Hause. Wer wohl ist auf der Couch eingeschlafen? Du weißt ja, wie er immer reinhaut. Er wird gerade noch rechtzeitig aufwachen, um sich ein Truthahnsandwich zu machen, und dann ins Bett fallen.«

»Er hat wirklich 'n tolles Leben. Du hast zwei Jobs, kochst ihm sein Essen. Wenn ich er wäre, würd' ich auch so faul sein.«

»Nein, würdest du nicht«, erwiderte Ruth.

»Warum kommst du nicht auf 'nen Sprung rüber? Meine Wirtin

ist ausgegangen, zum Thanksgiving-Dinner. Du könntest mir ja 'ne Truthahnkeule mitbringen.«

»Zack hat beide Keulen gegessen«, sagte Ruth. »Einen Flügel auch.«

»Du hast meine Einladung überhört.«

»Ich glaub' nicht, Schatz.«

Sully streckte sein Knie durch. Jockos Pillen wirkten immer noch nicht, und Sully fragte sich, ob Jocko wohl mit Placebos experimentierte. »Tja, dann muß ich wohl Vera besuchen gehen«, sagte Sully in der Hoffnung, daß Ruth nun ihre Meinung ändern würde. Die bloße Erwähnung seiner Exfrau hatte oft schon verblüffende Wirkung gezeigt. »Wenigstens krieg' ich bei ihr was zu essen.«

Als Ruth keine Antwort gab, merkte Sully auf einmal, daß sie weinte, obwohl er keine Ahnung hatte, warum. »Warum kommst du nicht zu mir?« drängte er. »Wir könnten auch ausgeh'n, wenn du willst. Irgendwo essen gehen. Nach Schuyler fahren.«

»Ich hab' doch schon gegessen, Sully«, erinnerte sie ihn. »Außerdem will ich dich eigentlich gar nicht sehen. So mies, wie ich mich fühle, könnte ich dich glatt heiraten wollen, und was zum Teufel soll dabei rauskommen?«

»Daß du glücklich bist, vielleicht?«

»*Du* wärst glücklich, meinst du wohl.«

In Wahrheit zweifelte Sully daran, daß auch nur einer von ihnen glücklich würde, doch wenn Ruth einwilligte, wollte er sie jederzeit heiraten. »Wenigstens würde es einem von uns bessergeh'n«, sagte er.

»Genau«, stimmte sie mit festerer Stimme zu. »Zack würde es bessergehen.«

»Dann zieh' ich meinen Antrag zurück«, sagte Sully. »Wär' furchtbar, wenn es Zack wegen mir besserginge.«

Er hörte, wie Ruth sich schneuzte. »Laß es dir gut schmecken bei Vera.«

»Die haben wahrscheinlich schon gegessen. Wie spät ist es eigentlich?«

Ruth sagte, es sei schon fast vier.

»Wahrscheinlich bin ich später noch im *Horse*. Komm doch auch, wenn dir danach ist.«

»Ich muß mit dir reden, Sully.«
»Tun wir das nicht gerade?«
»Nicht am Telefon.«
Plötzlich bekam Sully Angst. »Geht's dir gut?« War sie etwa beim Arzt gewesen und hatte schlimme Neuigkeiten erfahren? »Du bist doch nicht krank?«
»Nein.«
»Was dann?«
»Morgen ist auch noch Zeit«, beharrte sie. »Oder übermorgen. Du hast doch gesagt, du würdest auch mal gern ein paar Schläge austeilen, oder?«
»Nicht, wenn du sie einstecken mußt.«
»Mir geht's gut – ehrlich«, sagte sie und hörte sich auch wirklich etwas besser an. Was immer es auch sein mochte, vielleicht war es doch nicht so schlimm, dachte Sully. »Wünsch' dir ein schönes Thanksgiving.«
»Genau.«
Bevor er aus der Wohnung ging, nahm Sully noch eine von Jockos Pillen. Es waren schließlich Schmerztabletten, und ein Nachmittag bei seiner Exfrau versprach äußerst schmerzhaft zu werden.
Draußen auf der hinteren Veranda hatte sich etwas verändert – irgend etwas fehlte. Sully stand eine ganze Weile da, bevor ihm aufging, was es war. Der Schneepflug war verschwunden. Als er das Geländer berührte, wackelte es. Jemand hatte die langen Schrauben, die das Gerät an der untersten Stufe befestigten, entfernt. Sully konnte nur darüber grinsen – anscheinend wirkten die Pillen schon.

Miss Beryl und ihre Freundin Mrs. Gruber hatten beschlossen, ihr Thanksgiving-Dinner mittags im Northwoods Motor Inn einzunehmen, einem Restaurant am Stadtrand von Albany. Nachdem Miss Beryl ein halbes Dutzend anderer Restaurants vorgeschlagen hatte, die ihr lieber waren, gab sie schließlich nach und stimmte für das Northwoods, wo Mrs. Gruber am liebsten speiste. Miss Beryl fuhr den Wagen, während Mrs. Gruber auf dem ganzen Weg über den unerwarteten Schnee und andere ungemein wichtige Themen schwatzte. Miss Beryl wußte, daß die gute Laune ihrer Freundin daher rührte, daß Miss Beryl dieses Jahr nicht wegfahren wollte. Der Winter war lang, und wenn Miss Beryl reiste, wurde Mrs. Gruber während dieser Zeit zu einer Gefangenen im eigenen Haus. Sie war zwar zehn Jahre jünger als Miss Beryl, aber äußerst unselbständig. Als ihr Mann vor sieben Jahren starb, war sie nicht auf ihre Witwenschaft vorbereitet gewesen und tat sich auch jetzt noch schwer damit. »Wir werden auch hier unseren Spaß haben«, hatte sie gesagt, als Miss Beryl ihr den Entschluß mitteilte, dieses Jahr nicht nach Marokko zu fahren. »Wenn schönes Wetter ist, brechen wir einfach auf. Sehen uns was an.« Nach Mrs. Grubers Meinung gab es in der Nähe viel zu sehen – man mußte nur die Zeitung aufschlagen und die Werbeanzeigen studieren. Um neue interessante Dinge zu erleben, brauchte man nicht nach Marokko zu reisen. Mrs. Gruber, so dachte Miss Beryl oft, wäre eine ausgezeichnete Gefährtin für Clive sen. gewesen, der sich im Schuyler County auch so wohl gefühlt hatte. Er war sogar richtig philosophisch geworden: Seiner Meinung nach schloß der Ort, wo man lebte, in irgendeiner Weise die ganze Welt mit ein. Es ging nur darum, wie man die Dinge betrachtete. Miss Beryl hatte ihren Mann immer mißtrauisch angesehen, wenn er diese altbackene Weisheit von sich gab, und ihm dann gesagt, daß er vermutlich recht habe.

Mrs. Gruber hatte ihr ganzes Leben in North Bath verbracht und war unzählige Male in Albany gewesen, hatte aber keine Ahnung, wie man dorthin und wieder zurückgelangen konnte. Sie hatte sich nie im Leben ans Steuer gesetzt. Das Fahren hatte sie ihrem Mann und – nach dessen Ableben – Miss Beryl überlassen. Es kam Mrs. Gruber nicht in den Sinn, daß ihre Freundin vielleicht nicht gern fuhr.

Doch Miss Beryl *hatte* etwas gegen das Fahren, besonders bei schlechtem Wetter, besonders auf der überfüllten Interstate und ganz besonders, wenn das Ziel ein Restaurant war, das nicht gerade zu ihren Favoriten zählte. Miss Beryl fuhr nie schneller als fünfundvierzig Meilen und wurde auf der Interstate ständig von wütend hupenden Wagen überholt, worauf sie mit dem Tempo noch mehr herunterging und sich auf einen Unfall gefaßt machte. Das Hupkonzert machte jedoch kaum Eindruck auf Mrs. Gruber, deren Gehör immer schlechter wurde und die ohnehin selten auf Außenweltreize reagierte – und in einem Auto schon gar nicht. Soweit Miss Beryl erkennen konnte, sah ihre Gefährtin beim Autofahren auch nichts, trotz ihrer guten Augen; der Blick durch die Windschutzscheibe war für Mrs. Gruber wie ein Fernsehbildschirm, auf dem ein Film ablief, der sie nicht sonderlich interessierte – wenn ihr danach war, würde sie ihn abschalten.

Erst das Northwoods Motor Inn selbst erregte Mrs. Grubers Aufmerksamkeit – ein niedriges, langgestrecktes Gebäude, nach Miss Beryls Ansicht das unscheinbarste Haus in ganz Albany. Mrs. Gruber zeigte darauf und rief ganz aufgeregt: »Da!« Das war besonders ärgerlich, wenn Miss Beryl schon auf die Linksabbiegerspur gefahren war und den Blinker gesetzt hatte. Sie verstand natürlich, daß Abbiegerspuren, Vorfahrtsstraßen und Verkehrsampeln für ihre Freundin keinerlei Bedeutung hatten, dennoch war es ärgerlich, zehn Meilen ohne jede Hilfe durch den dichten Vekehr auf der Interstate zu fahren, die richtige Ausfahrt zu finden und sich inmitten heftiger Hupen durch den Stadtverkehr zu wühlen, nur um dann am Ende das Ziel durch Mrs. Grubers knochigen Finger angezeigt zu bekommen.

Miss Beryl, die heute nicht die gute Laune ihrer Freundin teilte, tat ihr Möglichstes, Mrs. Grubers Geschwätz zu überhören und sich nicht selbst zu bedauern, weil sie so übereilt beschlossen hatte, in diesem Winter nicht zu verreisen. Am Vormittag hatte Clive jr. angerufen, ihr ein schönes Thanksgiving gewünscht und am Ende des Gesprächs gefragt, wann sie und Mrs. Gruber wohl aus Albany zurückkehren würden. Miss Beryl kannte ihren Sohn zu gut, um dies für eine beiläufige Frage zu halten; sie vermutete, daß Clive jr. die Frage deshalb so beiläufig klingen ließ, weil er in Wirklichkeit nur angerufen hatte, um herauszufinden, wann sie aus Albany zurückkam. Außerdem war sie ziemlich sicher, daß sie nicht erwähnt hatte, mit Mrs. Gruber nach Albany zum Essen fahren zu wollen.

Vor der nächsten Ampel, die auf Rot stand, warf Miss Beryl einen Blick auf ihre Freundin, die sie für eine Spionin von Clive jr. hielt. Falls Mrs. Gruber spürte, daß sie argwöhnisch beobachtet wurde, so ließ sie sich das nicht anmerken. Sie schwatzte ziellos und aufgeregt weiter. Was immer Clive jr. vorhaben mochte, schloß Miss Beryl – Mrs. Gruber wußte schon davon. Oder wußte zumindest mehr als Miss Beryl. So konnte sie nur raten: Clive jr. schien enttäuscht, ja fast erschrocken zu sein, als sie erklärt hatte, dieses Jahr nicht verreisen zu wollen. Das Erschrecken konnte sich bei seinem Hang zu Intrigen auf fast alles beziehen; vielleicht hatte er wieder nach einem Altersruhesitz für sie gesucht, obwohl er versprochen hatte, das bleiben zu lassen. Er wohnte in einem komfortablen Stadthaus in einer Siedlung nahe dem neuen Country Club von Schuyler Springs. Im letzten Sommer, kurz nachdem er dort eingezogen war, hatte er Miss Beryl einmal eingeladen; die Baufirma, so hatte er ihr erzählt, plane auf der anderen Seite der Stadt eine neue Siedlung, die speziell für Senioren eingerichtet sein solle. Sie hatten draußen im Patio des Hauses zu Mittag gegessen, Clive jr. hatte ihr eine Broschüre gezeigt und die Vorteile des Lebens in dieser Siedlung gepriesen; zur gleichen Zeit konnte man vom nahegelegenen Golfplatz die Spieler hören, die den Ball am vierzehnten Loch so laut schlugen, daß es wie Pistolenschüsse klang. Ein Ball landete sogar in dem Patio, wo sie saßen, und machte einen Höllenkrach, als er über den Boden hüpfte. »Wie's scheint, werden wir belagert, mein Sohn«, äußerte Miss Beryl, während Clive jr. sich bückte und nach dem Ball griff, der schließlich zu seinen Füßen gelandet war. Scin Ausdruck in jenem Augenblick ähnelte dem der Fotos, die sie von ihm als Junge gemacht hatten, wenn er ein Geburtstags- oder Weihnachtsgeschenk vorzeigte. Eigentlich wollten sie den Jungen in einem glücklichen Augenblick einfangen, aber Clive jr. hatte meistens so ausgesehen, als habe er schon entdeckt, was mit dem Geschenk nicht stimme und warum es den Versprechungen, die auf der Packung gemacht wurden, nicht gerecht werden konnte.

Als die Ampel auf Grün schaltete, überquerte Miss Beryl die Kreuzung und überlegte, was Clive jr. vorhaben mochte, ob es irgend etwas damit zu tun hatte, daß sie nicht im Haus war. Sie grübelte immer noch über diese Möglichkeit nach, als sie Mrs. Gruber fragen hörte: »War es das nicht, Liebes?«, und sah, daß der knochige Finger der Freundin tatsächlich auf das Gebäude in

Albany zeigte, das sie als ihr Ziel erkannte – und sie waren schon daran vorbeigefahren.

Mrs. Gruber sah sich nach dem Restaurant um, von dem sie sich immer weiter entfernten, und sagte niedergeschlagen: »Ach du je«, als sei der Fehler ihrer Freundin zu schwerwiegend, um noch eine Korrektur zuzulassen. »Können wir wohl umdrehen, was meinst du?«

Tatsächlich konnten sie es nicht – eine Viertelmeile lang nicht. Die Straße wurde durch einen Mittelstreifen geteilt, dessen Existenz Mrs. Grubers Aufmerksamkeit entgangen war. Als der Northwoods Motor Inn im Rückfenster verschwunden war, stieß sie einen lauten Seufzer aus. Ein paar Blocks weiter, sie hielten gerade vor einer Ampel, erblickte sie jedoch eine andere Möglichkeit. »Das wäre doch was«, schlug sie vor. »Sieht auf jeden Fall nett aus.«

»Das ist eine Bank«, widersprach Miss Beryl, obwohl sie zugeben mußte, daß das Gebäude abgesehen von einem großen Schild, das es als Bank auswies, mehr einem Restaurant glich.

Mrs. Gruber seufzte erneut.

Miss Beryl bog ab, drehte eine Schleife über den leeren Parkplatz der Bank und fuhr in die Richtung, aus der sie gekommen waren, ein Manöver, das Mrs. Gruber völlig verwirrte, bis sie in Begeisterungsrufe ausbrach, als der Northwoods Motor Inn nun auf der anderen Straßenseite wieder in Sicht kam. »Da!« zeigte Mrs. Gruber. Sie wies Miss Beryl an, wie sie zum Parkplatz fahren mußte. »Da!« zeigte sie wieder, nachdem die Freundin das Tempo gedrosselt, geblinkt und in Richtung Parkplatz abgebogen war. Die Dinge kamen schließlich doch wieder ins Lot; eigentlich taten sie das *immer*, auch wenn es noch so düster aussah, sann Mrs. Gruber. Sie hatte diese Lektion im Leben wieder und wieder gelernt, und genau hier, in Miss Beryls Ford, beschloß sie, sich nicht mehr so leicht von schwarzen Gedanken übermannen zu lassen.

Das Northwoods Motor Inn war, speziell an Sonn- und Feiertagen, auf die Bedürfnisse älterer Leute ausgerichtet. Der Speisesaal war groß und ebenerdig, und zwischen den weißgedeckten Tischen gab es reichlich Platz für Rollstühle. Die jungen Kellnerinnen im hübschen Dirndlkleid waren dralle Mädchen, kräftig genug, um an jedem Arm einen der älteren Gäste zu führen, wenn es ans Büffet für Salate und Suppen ging. Die Mädchen wußten aus Erfahrung, daß die Gäste um so mehr von dem Büffet schwärmten, je weniger ihre körperliche Verfassung es ihnen erlaubte, sich daran zu erfreuen. Je heftiger sie unter Arthritis, Bandscheibenschäden, Augenkrankheiten, Gleichgewichtsstörungen und Appetitlosigkeit zu leiden hatten, desto begehrlicher blickten die Gäste des Northwood auf die langen Büffettische mit den üppigen Arrangements aus Karotten und Staudensellerie, aus Hüttenkäse mit Apfelsauce und Käsewürfeln, die auf plastikverpackte Zahnstocher gespießt waren. Restlos begeistert waren sie von den exotischen Speisen wie Erbsen- und Drei-Bohnen-Püree und Nudelsalat mit Vinaigrette, deren Zutaten ihnen die freundlichen Kellnerinnen oft erläutern mußten. Bis die Schlange vor dem Büffet sich halb durch den Raum gewunden hatte, war die Zahl der Speisen schon etwas dezimiert, da auch die Erklärungen so viel Zeit in Anspruch nahmen.

Miss Beryl und Mrs. Gruber ließen sich an einem Tisch in der Mitte nieder, der für sie beide allein viel zu groß war. Miss Beryl ärgerte sich immer noch darüber, daß sie sich verfahren hatte, und war viel zu wütend auf ihre Gefährtin, als daß sie an Essen hätte denken können. Mrs. Gruber hingegen drängte es, sich sofort in die Schlange vor dem Büffet einzureihen, bevor sie noch länger wurde. Miss Beryl winkte ab und bestellte sich einen Manhattan. »Sie wird nicht länger werden«, erklärte sie. »Außer uns steht doch schon jeder an.«

»Wenn du meinst, Liebes«, erwiderte Mrs. Gruber, die Miss Beryl in den meisten weltlichen Dingen recht gab, wenn auch widerwillig. »Dieser Highball, den ich immer nehme – was ist das für einer?«

»Ein ›Oldfashioned‹«, erinnerte sie Miss Beryl.

Also bestellte Mrs. Gruber einen ›Oldfashioned‹.

Es gab eine besondere Speisekarte, zu Thanksgiving, auf Florpost-Papier geschrieben und mit einem Bogenrand versehen. Mrs. Gruber studierte sie so gründlich, als handle es sich um eine alte Keilschrift. Sie hatten die Wahl zwischen Truthahn, Schinken in Aspik und Schmorbraten nach Yankee-Art. Mrs. Gruber bewegte die Lippen, während sie die Beschreibungen las, und lächelte schließlich zufrieden, als sie ihre Entscheidung getroffen hatte, die Miss Beryl hätte vorhersagen können. »Ich esse den Alten Tom«, verkündete Mrs. Gruber viel zu laut. Erschrocken blickten die Leute an den Nachbartischen auf. »Der alte Tom Truthahn ist genau das richtige«, fügte sie hinzu. Sie las die Speisekarte noch einmal, nur um sicherzugehen. »Saftig, steht hier.«

Was Mrs. Gruber am Essen im Northwoods Motor Inn so gut gefiel, war genau das, was Miss Beryl nicht ausstehen konnte – alles wurde verkocht serviert. Das Gemüse konnte man nur noch an seiner Farbe erkennen – und auch die war oft genug gebleicht –, denn seine ursprüngliche Form und Beschaffenheit fiel dem Garprozeß zum Opfer. Auch das Fleisch fiel nach dieser Behandlung durch Hitze und Dampf fast auseinander, so daß sich Mrs. Gruber oft genug bemüßigt fühlte zu erklären, man könne es mit der Gabel schneiden.

»Saftig ist nicht das richtige Wort, um einen Truthahn zu beschreiben«, wandte Miss Beryl ein.

Mrs. Gruber legte die Speisekarte hin. »Was?« fragte sie.

Miss Beryl wiederholte ihre Worte.

»Immer mußt du dich über Wörter ärgern, wenn du schlechte Laune hast«, klagte Mrs. Gruber, die sich offenbar entschlossen hatte, den Unmut ihrer Freundin endlich zur Kenntnis zu nehmen. »Was soll denn mit dem Wort nicht stimmen? Ich finde, ›saftig‹ ist ein wunderschönes Wort. Man kann es fast vor sich sehen.«

Miss Beryl gab zu, daß man das Wort ›saftig‹ fast vor sich sehen konnte, aber sie bezweifelte, daß Mrs. Grubers Vorstellungen mit ihrer eigenen übereinstimmte. Was jedoch voll und ganz stimmte, war ihre Angewohnheit, sich über Worte aufzuregen, wenn sie sich in Wirklichkeit über etwas ganz anderes Sorgen machte. Vielleicht war sie wirklich schlechter Laune, und Clive juniors Anruf und ihr Verdacht in bezug auf Mrs. Gruber waren nur ein Teil davon. Seit dem Morgen schon – seit sie mit Sully auf der hinteren Veranda gesprochen und er unerwartet zugegeben hatte, sein Leben verpfuscht zu haben – hatte sie ein undeutliches Gefühl des Ärgers verspürt. Miss Beryl hatte immer bewundert, wie treu Sully zu den tausendfachen Fehlern stand, die den Grund seiner ungewöhnlichen, einsamen Existenz bildeten. Sie hatte erwartet, er werde sich wie immer trotzig gegen ihre Vorwürfe verwahren, doch als er dann dieses traurige Geständnis machte, das ihm gar nicht ähnlich sah, hatte er auf sie wie ein Geist gewirkt. Die ganze Stadt, so schien es Miss Beryl zuweilen, wurde immer geisterhafter, besonders die Main Street mit den Ulmen und den Ästen zu ihren Häuptern, den alten Häusern, in denen zumeist nur noch das letzte Mitglied einer einst blühenden Familie hauste und mehr mit den Toten sprach als mit den Lebenden. Vielleicht wäre es besser, neben einem Golfplatz zu wohnen. Vielleicht wäre es besser, von herumfliegenden Golfbällen bombardiert zu werden, als unter Ästen zu hocken, die eines Tages herunterfallen mußten. Heute morgen – als Sully gegangen war und bevor Clive jr. anrief – hatte Miss Beryl ein langes und nicht sonderlich zufriedenstellendes Gespräch mit Clive sen. geführt, den sie an Feiertagen immer besonders vermißte. Sie hatte die Macy-Parade im Fernseher angestellt, aber ihre Aufmerksamkeit wurde auf das Foto ihres Gatten gelenkt, dessen rundes Gesicht über dem Snoopy-Ballon auf dem Bildschirm schwebte. Konnte es sein, daß sein Gesicht an diesem Morgen leichte Mißbilligung ausdrückte? »Wenn's dir nicht paßt, was ich mache, kannst du ja abhauen«, sagte Miss Beryl zu ihm. »Und du auch«, fügte sie hinzu, an Driver Ed gewandt, der aussah, als wolle er ihr von seinem Platz an der Wand neue subversive Ratschläge zuflüstern.

Bis vor kurzem hatte Miss Beryl ein mehr oder weniger zufriedenes Leben in ihrem Haus auf der Upper Main Street geführt, und sie konnte nicht verstehen, warum sie mit einem Mal so unzufrieden war, denn ihre Lebensumstände hatten sich kaum geändert. Natürlich war sie nun dem Tode näher, doch sie fürchtete ihn nicht, zumindest nicht mehr als vor fünfundzwanzig Jahren. Zur Zeit, so schien es, litt sie an einem Gefühl der Unvollkommenheit, als habe sie etwas Wichtiges vergessen, das sie unbedingt tun mußte. Gestern, als sie das elende kleine Mädchen mit seiner Mutter sah, hatte sich das Gefühl vertieft, obwohl Miss Beryl sich nicht erklären konnte, warum dieses kleine Mädchen, so bemitleidenswert es auch war, ihre eigene Trauer so verstärkte. Trauer war überhaupt ein absurdes Gefühl für eine Achtzigjährige an einem schönen verschneiten Thanksgiving, zumal Miss Beryl doch zugeben mußte, in ihrem Leben viel bekommen zu haben, für das sie dankbar sein sollte. Es war Unsinn, andauernd hoch in die Bäume zu starren und darauf zu warten, daß Gott einen kosmischen Schlag niedersausen ließ – nur der Beweis dafür, daß ihr Geist allmählich genauso wie ihre Zehen und Finger an Arthritis litt. Sie mußte sich zusammenreißen. Sully war kein Geist, sondern ein Mensch. Und Clive jr. war ihr Sohn, ihr eigen Fleisch und Blut, und es gab keinen Grund zu glauben, seine ständigen Beteuerungen, er wolle doch nur, daß es ihr gut gehe, seien nicht ehrlich gemeint. All ihre Verdächtigungen zeugten schlicht und einfach von Verfolgungswahn; Clive jr. hatte keine besonderen Vorteile zu erwarten, wenn er gegen ihre Unabhängigkeit Ränke schmiedete, und wenn er keinen Grund hatte, tat er es auch nicht. Und wenn er keine Ränke schmiedete, konnte Mrs. Gruber auch nicht seine Komplizin sein.

Siehst du, sagte Miss Beryl zu sich selbst, froh, daß sie nun alles durchdacht hatte und sich dankbar ihrem Essen widmen konnte. Fröhlich beobachtete sie Mrs. Gruber, die die Speisekarte wieder zur Hand genommen hatte und das Schriftstück studierte, als gäbe es darin so etwas wie eine geheime Botschaft zu entdecken. Vermutlich, so sagte sich Miss Beryl, sollte sie sich bei Mrs. Gruber entschuldigen. Und sie wollte es gerade tun, als sie sich plötzlich etwas ganz anderes sagen hörte: »Sag mir die Wahrheit – ruft mein Sohn dich an, um alles über mich zu hören?«

Mrs. Gruber wollte schon die Speisekarte sinken lassen, tat es dann aber nicht. »Was um alles in der Welt meinst du denn?«

»Ich meine, ruft er dich an, um etwas über mich zu hören?«

»Natürlich nicht, Liebes«, sagte Mrs. Gruber zur Speisekarte. »Warum sollte er mich denn bloß anrufen?«

Miss Beryl lächelte; sie freute sich über die kleinlaute Lüge ihrer Freundin wie über ihre eigene Fähigkeit, sie dabei zu ertappen. »Ich hab' ihm nicht erzählt, daß wir heute hier essen«, sagte sie, plötzlich überzeugt davon, daß es stimmte. »Aber als ich es ihm heute morgen erzählte, wußte er es schon.«

»Du mußt es ihm schon vorher erzählt haben«, sagte Mrs. Gruber zur Speisekarte. »Du hast es bloß vergessen.«

»Sieh mich an, Alice«, sagte Miss Beryl.

Furchtsam ließ Mrs. Gruber die Speisekarte sinken.

»Clive jr. ist nicht mein richtiger Sohn«, erzählte sie der Freundin. »Die Körbchen sind im Krankenhaus vertauscht worden.«

Mrs. Grubers bestürzter Blick zeugte davon, daß sie es tatsächlich fünf Sekunden lang glaubte. »Es ist schrecklich, so etwas zu sagen.«

»Es war nur ein Scherz«, beschwichtigte Miss Beryl, doch das stimmte nicht. Es war ein Wunsch.

Als Miss Beryl ihren Manhatten ausgetrunken hatte, sah sie, daß die Schlange vor dem Salatbüffet kürzer geworden war. »Na«, sagte sie und erhob sich. »Laß uns eine Landungsbrücke zum Büffet schlagen.«

Mrs. Gruber, die immer noch schuldig dreinschaute, nahm den Vorschlag dankbar auf. »Landungsbrücke«, wiederholte sie und schob den Stuhl zurück. »Du immer mit deinen Wörtern.«

Am Salatbüffet schaufelte Mrs. Gruber zwei Teller voll, die sie von einer Kellnerin im Dirndl zum Tisch tragen ließ.

»Ich liebe Wörter«, sagte Miss Beryl, als sie wieder saßen und Mrs. Gruber feierlich begonnen hatte, den Hüttenkäse zu essen. »Ich mag es, wenn man die richtigen findet.«

Eine Stunde später, auf dem Rückweg nach Bath, bekam Mrs. Gruber einen Schluckauf. Miss Beryl fiel ein Lieblingsspruch ihrer Mutter ein, den sie nun ihrer Gefährtin erzählte: »Tja, meine Liebe. Entweder hast du gelogen oder was Falsches gegessen.«

Mrs. Gruber machte ein schuldbewußtes Gesicht und hickste wieder. Als sie in der Upper Main ankamen, sahen sie Clive juniors Wagen am Bordstein.

Sullys Exfrau Vera stand am Spülstein in ihrem Haus in der Silver Street und spürte zum x-ten Mal heute, wie ihr ein Gefühl, das sie wie der Beginn einer Erkältung anmutete, den Hals zuschnürte. Vom Küchenfenster aus konnte sie in der Dämmerung einen klapprigen Pick-up ausmachen, der am Bordstein stand und blauen Rauch ausstieß, der sich in Form einer Wolke über den ganzen Häuserblock auszubreiten drohte. Offenbar hatte der Besitzer den

Wagen dort stehenlassen und war ins Haus gegenüber gegangen, und die giftigen Dämpfe schienen sich nicht verziehen zu wollen, sondern hüllten alles ein. Vera stellte sich vor, wie die Rauchwolke sich immer weiter ausdehnte, bis sie nicht nur den Häuserblock, sondern die ganze Stadt bedeckte.

Seit fast sechzig Jahren lebte sie nun in der Silver Street in North Bath, und die letzten dreißig davon in diesem bescheidenen, gutgepflegten Häuschen zusammen mit Ralph Mott, dem Mann, den sie kurz nach der Scheidung von Sully geheiratet hatte. Bis sie zwanzig war, hatte sie ein Stück weiter in einem Haus gewohnt, das vor zehn Jahren noch – als ihr Vater in ein Altenheim zog – eins der hübschesten und gepflegtesten Häuser der ganzen Straße gewesen war. Seit diesem Zeitpunkt steuerte die Gegend auf ihren unwiderruflichen Verfall zu; das Haus ihres Vaters, das Haus, in dem sie ihre glückliche Kindheit verbracht hatte, war nun schon an die dritte schäbige, rüpelhafte Familie, die von der Wohlfahrt lebte, vermietet worden. Der Eigentümer des Hauses war ein Mann, den Vera seit der High-School kannte und schon damals nicht leiden konnte. Als er das Haus ihres Vaters kaufte, nahmen alle an, er würde dort wohnen wollen, statt dessen vermietete er es ebenso wie das Haus auf der nächsten Straße, in dem seine Eltern gewohnt hatten, und zog selbst nach Schuyler Springs. Er hatte es für einen Spottpreis bekommen, denn Robert Halsey, dem es gesundheitlich immer schlechter ging, hatte befürchtet, daß es nicht mehr lange dauern würde, bis er ständige Pflege benötigte; daher hatte er das Haus weit unter Preis verkauft, vielleicht, weil er seinen wahren Wert nicht kannte, vielleicht aber auch, weil er fürchtete, durch zu langes Warten das Haus seiner Krankheit wegen zu verlieren. Er hatte es im Sommer verkauft, als Vera und Ralph auf ihrer einwöchigen Urlaubsreise waren, und war vor ihrer Rückkehr in das Seniorenheim in Schuyler Springs gezogen. Er wußte, daß sie versucht hätte, ihn umzustimmen, wußte, daß sie es vielleicht auch geschafft hätte, wußte, daß sie ihn so lange pflegen wollte, wie er es ihr erlaubte. Wenn es um seine Tochter ging, verhielt er sich unsentimental, da er ihre fast übernatürliche Liebe zu ihm gut kannte und wußte, daß sie seine Bedürfnisse jederzeit vor ihre eigenen und sogar vor die ihrer Familie stellen würde. Als junge Frau im ersten Jahr im Lehrerseminar in Oneonta hatte sie, als er plötzlich krank geworden war, einfach ihre ganzen Kurse aufgegeben und war heimgekehrt, um ihn zu pflegen. Als es ihm wieder besser ging – wenn auch nur kurz –, war sie nicht mehr zurückgegangen, sondern hatte sich zu der schicksalhaften Ehe mit Sully verleiten lassen (um, wie er vermutete, nahe bei ihrem Vater zu sein) und war nach der Scheidung eine – so nahm ihr Vater an – ebenso unglückliche Verbindung mit Ralph Mott eingegangen.

Robert Halsey war alarmiert, aber nicht sonderlich überrascht gewesen, als seine Tochter ihren zweiten Mann überredete, ein Haus in der Silver Street zu kaufen. Er verstand, daß seine Nähe Vera ein Gefühl der Sicherheit gab, und er konnte nie einen Weg finden, wie er ihr beibringen sollte, daß sie ihn loslassen müsse – wie er ihr auch nie sagen konnte, wann sie sonst irrte, obwohl sie ihm Gründe genug gab. Ihre Liebe zu ihm war das Schlimmste, was er je erlebt hatte, und er wußte nicht, wie er dagegen ankämpfen, wie er sie daran hindern sollte, sich selbst immer wieder weh zu tun. Und als er das Haus verkaufte, ihr und Ralph das Geld gab und nach Schuyler Springs in das Heim übersiedelte, floh er vor ihrer Liebe und half seiner Tochter und ihrem zweiten Mann aus den Schulden, in die frühere Fehleinschätzungen sie gebracht hatten.

Obwohl er es nie ausgesprochen hatte, wußte Vera, daß sie für ihren Vater eine Enttäuschung war. Er hatte hart gearbeitet und einen großen Teil seines schmalen Gehalts als Lehrer geopfert, damit sie die Möglichkeit hatte, auf die Universität zu gehen. Statt dessen hatte sie das Lehrerseminar besucht, weil es näher war, und dann sogar die Ausbildung dort abgebrochen. Sie wußte, daß sie ihrem Vater keine Freude machte, wenn sie heimkam und ihn pflegte, ja, sie wußte, daß diese Handlungsweise von einer tief verborgenen Lebenslüge zeugte. Sie hatte das College nicht gemocht, hatte keine Freunde gefunden, hatte sich nicht richtig auf ihr Studium konzentrieren können. Die Krankheit ihres Vaters war ihre Entschuldigung gewesen, wieder nach Hause zu kommen und sein Leben zu teilen. Sie liebte ihn über alles und brachte es nicht über sich, ihre unwandelbare Hingabe an ihn in Frage zu stellen – obwohl sie manchmal in klaren, schmerzhaften Momenten verstand, daß diese Ergebenheit zusammen mit Sullys unzähligen Fehlern für das Scheitern ihrer ersten Ehe verantwortlich gewesen war, ebenso wie für das fortdauernde Unglück der zweiten. Tatsache war, daß es einfach keinen Mann gab, der Robert Halsey gleichkam – einen Mann von guter Haltung und einen direkten Nachkommen jenes Jedediah Halsey, der das Sans-Souci zuerst erträumt, dann erbaut hatte.

Der einzige Mensch, der diesem Ideal ein wenig nahekam, war ihr Sohn Peter, in den Vera eine ganze Menge investiert hatte; in Peter sah sie einen Sohn, der den Glauben und die Opfer ihres Vaters einlösen sollte. Er war intelligent und ein viel besserer Schüler, als sie selbst je gewesen war, obwohl es schien, daß seine Lehrer ihn nicht leiden konnten. Seinen Leistungen fehlte jedoch die letzte Brillanz, und seine Mutter fand nie ganz heraus, woran es liegen mochte. Er war ein sehr unruhiges Kind gewesen, doch sie ahnte nicht, daß es Furcht war, die ihn dazu trieb, ein guter Schüler zu sein. Als sie das einmal erkannt hatte, brauchte sie nicht lange, um den Grund dieser Ängstlichkeit zu finden: Es konnte natürlich nur an Sully liegen, dem Mann, der sein Vater war und doch wieder nicht, und der im Hintergrund von Peters Bewußtsein lauerte.

Vera konnte diese Furcht erkennen, weil sie selbst von ihr besessen war. Sie hatte immer gewußt, daß Sully die Macht besaß, sie alle zu zerstören – sei es durch Unachtsamkeit oder sogar durch fehlgeleitete gute Absichten. Ihre schlimmste Sorge während Peters Jugendzeit war, daß Sully eines Tages aufwachen und Anteil am Leben seines Sohnes nehmen könnte. Die Sorge stellte sich als überflüssig heraus, doch Vera verbrachte viele schlaflose Nächte damit, sich vorzustellen, was passieren könnte, wenn Sully zu einem Problem wurde; jedesmal, wenn er unvermutet vor der Tür stand – meistens von ihrem idiotischen Mann dazu angestiftet – und vorhatte, Peter irgendwohin mitzunehmen, verfiel Vera in Panik, daß er plötzlich anfangen könnte, den Jungen zu lieben. Was würde sie dann tun? Was konnte sie überhaupt tun?

Diese irrationale Sorge hatte oft dazu geführt, daß Vera seltsame Entscheidungen traf. Da sie sich an ihr Heimweh in Oneonta, an die Schwierigkeiten mit dem Studium erinnerte, beschloß sie, Peter die suspekte High-School in North Bath zu ersparen, und schickte ihn auf eine private Vorbereitungsschule in New Hampshire. Die Entscheidung fiel ihr sehr schwer, denn sie schützte den Jungen nicht nur vor seinem Vater, sondern trennte ihn auch von seiner Mutter. Am Ende schien es ihr das Risiko jedoch wert zu sein – sie sagte sich, je gebildeter der Junge wäre, um so weniger würde er seinem Vater gefallen; Sully würde seinen eigenen Sohn dann kaum noch lieben können.

Man konnte es fast Gerechtigkeit nennen, wie sich die Dinge entwickelt hatten – nach dem Merksatz: ›Hüte dich vor deinen Wünschen.‹ Wie sie gehofft hatte, zeigte Sully noch weniger Interesse an seinem Sohn, nachdem er auf die Schule in New Hampshire geschickt worden war. Doch das wäre in jedem Fall geschehen, wie Vera zu spät erkannte. Die Last der Liebe war ihrem Exmann immer schwer gefallen, und wenn man ihm nur eine winzige Chance ließ, zog es ihn ohnehin zu seinen Kumpels im Restaurant und in der Kneipe. Er war zufrieden mit seiner Beziehung zu der Frau eines anderen. Indem sie ihren Sohn wegschickte, hatte Vera eine Entwicklung verhindern wollen, die gar nicht möglich war, und sich selbst einen großen Verlust zugefügt. Wieder einmal hatten ihre Versuche, jemanden aus Liebe zu schützen, für sie selbst fatale Folgen ausgelöst: Peter war ein Sohn geworden, auf den man stolz sein konnte, ein Lehrer wie ihr Vater, ein College-Professor, der sich in der Umgebung heimisch fühlte, die Vera damals so sehr eingeschüchtert hatte; doch er hatte im Laufe der Zeit seine Liebe zu ihr verloren, tat mit einer kühlen Geste die Bücher ab, die sie ihm empfahl, lächelte ironisch über ihre politischen Ansichten, als wolle er sagen, daß alle ihre Meinungen stereotyp und vorhersagbar anmuteten. Nun, da sie beide erwachsen waren, hätte sie ihm so vieles sagen wollen, und er zeigte für nichts Interesse. Er schien sich mit Ralph, der überhaupt keine Meinung hatte, wohler zu fühlen als mit ihr. Und daß ihr Sohn noch der Zuneigung fähig war, sie aber davon ausschloß, schien ihr das Grausamste von allem zu sein.

Heute beim Thanksgiving-Dinner hatte Vera deutlicher als je zuvor erkannt, wie furchtbar die Liebe war – zumindest jene Liebe, die in ihrem eigenen ängstlichen Herzen wurzelte. Da sie die Schwierigkeiten voraussah, hatte sie den Tag sorgfältig geplant.

Gestern hatte sie Kuchen gebacken, und heute war sie früh aufgestanden, um die Füllung für den Truthahn vorzubereiten und das Lieblingspüree ihres Vaters zu kochen. Dann war sie am Vormittag mit Ralph nach Schuyler Springs gefahren, um Robert Halsey aus dem düsteren Seniorenheim abzuholen – keine leichte Aufgabe, da sie nicht nur den abgemagerten Mann, sondern auch sein Atemgerät transportieren mußten: einen tragbaren Sauerstofftank und eine Sauerstoffmaske, die sie nicht einfach in den Koffer packen konnten, weil ihr Vater sie vielleicht auf der Fahrt nach Bath brauchen würde.

Eine Zeitlang sah es so aus, als ob der Tag ein Erfolg würde. Im Haus an der Silver Street setzten sie ihren Vater, der heute einen seiner guten Tage hatte und nur ab und zu einen Atemzug aus der Maske nehmen mußte, ins Wohnzimmer. Peter, der seinen Großvater sehr gern hatte, setzte sich zu ihm, und die beiden tauschten Geschichten über die Schule aus, wobei Peter wenigstens einmal seinen Zynismus unterdrückte und die Tatsache verschwieg, daß man seine Anstellung an der Universität nicht verlängert hatte – darauf hatte Vera ausdrücklich bestanden. Ralph hatte das Football-Spiel im Fernsehen leiser gestellt, und Charlotte, die Vera im Geiste immer nur das Pferd nannte, hatte das kleine Scheusal Wacker davon abgehalten, seinen Bruder und alle anderen zu quälen. Vera war in der warmen Küche geblieben, hatte zufrieden die letzten Vorbereitungen zum Festmahl getroffen und sich schließlich von der Atmosphäre der Familienzusammenkunft einlullen lassen – sie roch und hörte und spürte die Last ihrer schrecklichen Liebe und ihres Verlangens. Und sie hatte nur vor einem Angst: daß Sully vielleicht erscheinen und alles zerstören würde. Peter hatte ihr gesagt, er habe Sully eingeladen, bestimmt nur, um sie zu ärgern. Aber sie beruhigte sich damit, daß Gott nicht so grausam sein könne, dies zuzulassen, zumindest nicht an einem Tag wie heute.

Eine halbe Stunde vor dem Essen half ihr Ralph dabei, die Einlegeplatte in den Tisch zu legen, dann deckten sie zusammen das weiße Tischtuch auf, das sie nur an Feiertagen benutzte. Sie deckte den Tisch mit dem Familiensilber, das sie von ihrer Mutter geerbt hatte; ihre Mutter war gestorben, als Vera noch ein Kind war. An beide Enden der Tafel stellte sie eine Kerze, dann drehte sie das Licht schwächer und rief die Familie zu Tisch. Sie wies jedem einen Platz an – ein Ärgernis, wie sie feststellen mußte, als sie Peter und Charlotte wütende Blicke tauschen sah, und Wacker sich weigerte, den Stuhl am Kopfende freizumachen, bis Charlotte, das Pferd, ihn förmlich herunterzerrte. Sie konnte deutlich spüren, daß Peter nicht nur eine Sitzordnung im allgemeinen, sondern auch ihre Sitzordnung im besonderen ablehnte, nach der ihr Vater an dem einen und Peter am anderen Ende Platz nehmen sollte, so daß für Ralph, den Hausherrn, nur ein Platz irgendwo in der Mitte übrig blieb. Doch das war ihm völlig egal, Hauptsache, er saß dem Truthahn am nächsten.

Und nun war der Tisch zum Platzen gedeckt, die Familie hatte sich versammelt. Vera konnte sich zufrieden sagen, daß sie eine schwierige Aufgabe geschickt bewältigt hatte; hier saß ihr Vater – der besser aussah als je zuvor in den letzten Monaten und sein Atemgerät im Nebenzimmer gelassen hatte – am einen Ende der Tafel; am anderen Peter, der sehr gut und nur ein wenig gebieterisch aussah; als die Familie begonnen hatte, im Lichte der Kerzen die Schüsseln herumzureichen, und als die Klingel nicht anschlug und auch kein Sully auftauche, der alles verdorben hätte – erst da hatte Vera die Muße zu erkennen, daß dieser Augenblick, auf den sie so lange gewartet und für den sie so hart gearbeitet hatte, nichts als eine Lüge war. Als die Schüsseln herumgereicht wurden, spürte sie die Wahrheit in ihrem Hals aufsteigen, und plötzlich wußte sie, daß sie keinen Bissen hinunterbringen konnte. Nur Ralph, dem nie etwas auffiel, schien diese Wahrheit nicht zu bemerken, als er sich Sauce über seinen ganzen Teller, sogar über die Preiselbeeren schaufelte. Sie erkannte plötzlich, daß das Atemgerät ihres Vaters nicht deshalb im Nebenzimmer stand, weil er es nicht brauchte, sondern weil er die anderen nicht damit belästigen wollte. Sie konnte hören, wie er pfeifend nach Luft rang, während er auf die Bratenplatte wartete, und als er an der Reihe war, zitterten seine Hände so sehr, daß er keine Scheibe nehmen konnte und sich von Charlotte, dem Pferd, bedienen lassen mußte, die natürlich nicht wußte, daß er nur weißes Fleisch mochte, und ihm dunkles gab. Er hatte nicht die Kraft, zu protestieren. »Es ist köstlich, Mom«, sagte Peter und sah auf seinen Teller. Zweimal war er heute mit Charlotte im Gästeschlafzimmer verschwunden; Vera hatte wütende, gesenkte Stimmen gehört und erkannt, daß diese Ehe keine Liebe mehr hatte und kein Jahr länger halten würde, ja, vielleicht nicht mal mehr einen Monat. »Ja ... Vera«, brachte ihr Vater mühsam heraus. »Sehr ... schön.« Mehr konnte er nicht sagen, und sie spürte schmerzlich, daß auch er kein Jahr mehr überdauern würde. Keiner der Männer in ihrem Leben hatte sie angeschaut, wenn er mit ihr sprach, und sie begriff, daß keiner fähig war, es mit ihr aufzunehmen oder sich der Herausforderung auch nur zu stellen. Sie baten nur stumm darum, daß es vorbei wäre, und keiner blickte auf, als sie auf das Lob nichts erwiderte, denn in ihrem Hals hatte sich förmlich ein Knoten gebildet. Nur ihrem Enkel Will schien ihre Verzweiflung aufzufallen, und er blickte sie so ängstlich an, daß sie wünschte, ihm sagen zu können, dieses Gefühl würde vorübergehen – daß die Wahrheit etwas sei, das sie schon immer herunterschlucken und unterdrücken hatte können.

Sie war nicht erstaunt, als ihr Vater plötzlich den Stuhl zurückschob und sich unsicher erhob. »Es ... tut ... mir so ... leid, Vera«, keuchte er, wandte sich vom Tisch ab und ging ins Wohnzimmer.

Sie stand schnell auf, um ihm zu helfen, aber der vergrößerte Tisch hatte das Zimmer eng gemacht, und zwischen ihnen saß Charlotte, das Pferd, mit dem kleinen Scheusal Wacker, und außerdem brauchte ihr Vater sie gar nicht. Was er brauchte, war Sauerstoff. Frische Luft.

Draußen vor Veras Küchenfenster stieß der Pick-up weiter dicke Rauchschwaden aus, doch inzwischen war es so dunkel geworden, daß man den Rauch nicht mehr genau ausmachen konnte. Dunkelheit vermischte sich mit Dunkelheit, so schien es ihr. Während sie zuschaute, ging die Straßenlaterne an, doch das Licht war nur schwach. Plötzlich spürte sie Peters Anwesenheit, und als sie sich umdrehte, stand er in der Küchentür und beobachtete sie. Er trug das Schneidebrett mit dem Kadaver des Truthahns. Sie hatte einen Vogel besorgt, der viel zu groß war, und Peter hatte nur die Hälfte von ihm aufgeschnitten. Nun hielt er das Brett so, daß sie nur die ganze Hälfte zu sehen bekam, und es schien so, als habe niemand etwas gegessen, als sei ihre Gabe unberührt verschmäht worden. Als Peter sah, daß auf der Arbeitsplatte am Spülstein kein Platz mehr war, stellte er das Brett auf den Tisch. »Ich hab' den Jungs gesagt, sie sollen sich ins Bad begeben, wenn's dir recht ist«, sagte er zu ihr.

»Warum sollte es mir nicht recht sein?« fragte Vera, doch sie wußte schon, was er meinte; wenn Peter und Charlotte zu Besuch kamen, gab es immer einen Streit um das einzige Bad im Haus. Immer war es besetzt, man kam nicht mit den Handtüchern nach und konnte es nicht saubermachen. Schlechtgelaunte Menschen traten einander in ihren miesesten Momenten auf die Zehen.

»Soll ich abtrocknen?« fragte Peter und kam zu ihr an die Spüle. »Ich hab' sonst gar nichts zu tun.«

»Ich mach's lieber allein«, erwiderte sie. Es war selten, daß Peter ihr seine Hilfe anbot, und es schien, daß er es immer dann tat, wenn sie keine Hilfe wollte. »Die Küche ist so *furchtbar* eng.«

»Die Küche ist schon okay, Mom«, sagte Peter bedeutsam. Das war eine Art ihres Sohnes, die sie fast nicht ertragen konnte. Wenn etwas nicht stimmte, dann mit ihr – das war es, was er sagen wollte.

»Warum leistest du nicht deinem Großvater Gesellschaft?« schlug sie vor. »Ich komm' schon zurecht. Ehrlich.«

Peter hatte ein Handtuch aus der Schublade genommen. »Er schläft ein bißchen«, sagte er. »Hat ja auch viel gegessen.«

Nachdem sie ihn an das Atemgerät angeschlossen hatte, war Vera mit einem Teller angekommen und hatte ihn auf ein Fernsehtablett gestellt, während ihr Vater schwer durch die Maske atmete.

»Du hast schon wieder zu viel tun wollen«, sagte Peter und fügte hinzu, »wie immer«.

Das hatte sie erwartet.

»Stimmt«, gab sie zu. »Ich hätte ihn an Thanksgiving in seinem Heim lassen sollen.«

»Das meine ich nicht«, seufzte Peter. »*Uns* hättest du nicht einladen sollen.« Als sie nichts darauf erwiderte, fügte er hinzu: »Charlotte will morgen früh fahren.«

Nun schaute Vera ihn fassungslos an.

»Es ist bloß –«, begann Peter.

»Was ist sie nur für eine schreckliche Frau«, unterbrach ihn Vera. Kaum war das Essen vorbei, hatte Charlotte behauptet, sie müsse einiges einkaufen gehen und das Haus verlassen, aber Vera hatte wieder ein wütendes Gespräch hinter der Tür des Gästezimmers vernommen. »Der Alte ist nicht der einzige, der hier erstickt«, hatte Charlotte gesagt. »Man kommt sich ja hier vor wie in 'ner Deodose. In jedem Zimmer hat sie zwei Duftzerstäuber stehen. Und jedesmal, wenn einer aufs Klo geht, rennt sie hinterher rein und sprüht so ein Zeug. Kein Wunder, daß du Frauen haßt.« Das hatte Peter offenbar komisch gefunden, denn nach einer Pause hatte Charlotte hinzugefügt: »Lach nicht. Sie zu vögeln heißt nicht, sie zu mögen.«

Peter blickte jetzt auf sein Handtuch. »Charlotte und mir geht's nicht besonders gut«, gab er zu. »Und daß wir hier sind, macht alles nur noch schlimmer.«

»Ich mach' es schlimmer, meinst du«, sagte sie und kratzte die Überreste vom Essen in den Müllschlucker neben der Spüle.

Peter sagte nichts darauf.

»Dann fahr doch«, sagte sie. »Ich halt' dich nicht auf.«

»Ich hatte Angst, du könntest das nicht verstehen«, meinte Peter. »Du gibst einem immer das Gefühl, als tue man Dinge nur, um dich zu enttäuschen. Du hättest dich mal am Tisch sehen sollen. Als ob Großpapa es darauf angelegt hätte, dich zu ärgern, weil er nicht mit uns essen konnte – als ob er dir dein Fest verderben wollte.«

»Ich wär' dir dankbar, wenn du mich mit deiner Analyse verschontest«, sagte sie und schabte die letzten Reste von den Tellern in die Spüle. Dann nahm sie sich die Schüssel mit der Truthahnfüllung und leerte sie in der Spüle. »Besonders, was deinen Großvater betrifft. Ich weiß, daß du gebildet bist und ich nicht, aber es gibt ein paar Dinge auf dieser Welt, die du nicht verstehst und nie verstehen wirst.«

Peter starrte sie bloß an. »Das ist doch noch gut«, sagte er und deutete auf das Essen.

Sie schüttete noch die Kartoffeln und die grünen Bohnen in den

Abfluß. »Warum soll ich's aufbewahren?« fragte sie. »Wer ist denn noch hier, um die Reste zu essen?«

»Was ist mit Ralph?«

»Was soll mit ihm sein?« entgegnete Vera und stellte den Müllzerkleinerer an, der donnernd seine Arbeit aufnahm und den Spülstein erzittern ließ. Ein Knochen war offenbar mit den Resten hineingeraten und rasselte nun wie ein Stein in der Trommel. Als Peter die Hand nach dem Schalter über der Spüle ausstreckte, um ihn abzustellen, packte sie ihn am Handgelenk und hielt es mit aller Kraft fest, ließ ihn nicht mehr los, selbst als er sich zu befreien suchte. Sie gab erst nach, als sie die Beherrschung wiedergewonnen und den Müllzerkleinerer selbst ausgeschaltet hatte. »Du behandelst ihn, als ob er gar nicht da wäre«, sagte Peter ruhig.

Einen Augenblick lang konnte Vera nichts sagen. »Ich will es gar nicht«, brachte sie schließlich hervor. »Ich meine, ich will es schon, aber ich weiß nicht warum.«

Beide schwiegen eine Weile.

»Alles bricht auseinander, nicht?« klagte sie, als sie ihre Stimme wiederfand.

»Was, Mom?« fragte Peter, ohne die Enttäuschung in seiner Stimme zu verbergen. »Was bricht auseinander?«

»Ich«, sagte sie grinsend. »Kannst du das nicht sehen?«

Sie starrte aus dem Küchenfenster auf die Straße, in der sie ihr Leben verbracht hatte. Die Laterne schien jetzt heller zu sein; es mußte erst ganz dunkel werden, bevor die künstliche Beleuchtung der Menschen eine Wirkung zeigte. »Weißt du noch, was für eine nette Straße das mal war?« sagte sie zu ihrem Sohn. »Weißt du noch, wie du klein warst und wir dich einfach so in der Nachbarschaft herumrennen lassen konnten? Wie es vor der Invasion war?«

Peter blickte sie nun stirnrunzelnd an; sie brauchte gar nicht hinzusehen, um es zu wissen. »Welche Invasion, Mom?«

Mit einer weit ausholenden Geste deutete sie auf die Straße, auf die Welt vor ihrem Küchenfenster. »Die Barbaren«, erklärte sie. »Mach doch die Augen auf.«

Peter schaute aus dem Fenster und bemerkte erst jetzt den Pickup am Bordstein. »Aha«, machte er, etwas verwirrt, als könne er jetzt erkennen, was sie meinte. »Das ist doch Dad, oder nicht?«

Die Möglichkeit war ihr gar nicht in den Sinn gekommen; Vera wollte gerade sagen, nein, das kann nicht sein, als sie plötzlich vom Gegenteil überzeugt war. Natürlich, dachte sie, als ihr Sohn den Mantel überwarf und die Einfahrt hinuntereilte. Sie sah zu, wie Peter um den Wagen zur Fahrertür ging und hineinspähte. Sie sah, wie er ans Fenster klopfte und dann versuchte, die Tür zu öffnen; der Laster bebte leicht unter dem Versuch. Natürlich, dachte sie wieder. Wo es doch auf der ganzen Welt Platz genug zum Sterben gab, und bis zur Ewigkeit eine Unmenge von Tagen verblieb – war es da nicht typisch für Sully, ausgerechnet an Thanksgiving zu sterben, genau unter den Fenstern ihres Heims, das sie in seiner Abwesenheit aufgebaut hatte? Es war ein bitterer, rachsüchtiger Gedanke, und die Tränen, die ihr plötzlich in die Augen stiegen, trafen sie wie ein Schlag.

Sully hatte einen Traum: Er saß mit Carl Roebuck und einem bekannten Fernseh-Richter in der Sauna und führte ein Streitgespräch. Sully erzählte dem Richter alles über den Auftrag, den er und Rub im August für Carl Roebuck ausgeführt hatten, und wie sich Carl geweigert hatte zu bezahlen. Als Carl an die Reihe kam, gab er alles zu, erklärte aber, daß Sully die ganzen Rohre falsch angeschlossen hätte; wenn sie die Toilettenspülung betätigten, floß die Scheiße aus den Hähnen. »Meine Ehe leidet furchtbar darunter«, setzte er hinzu, um seine Gegenklage zu erklären. Als der Richter Rub bat, ob er Licht in diese Angelegenheit bringen könne, sagte Rub einen obszönen Knittelvers fehlerlos auf und forderte Sully heraus, es ihm gleichzutun. Während der ganzen Zeugenaussage war Sully durch ein lautes Pochen an der Saunatür abgelenkt worden, wo offenbar jemand Einlaß begehrte, und als man ihm befahl, den Vers aufzusagen, sah er sich dazu nicht imstande. Er konnte sich einfach nicht an die Worte erinnern, obwohl Rub sie eben erst aufgesagt hatte. »Ich entscheide für den Angeklagten«, sagte der Richter und ließ seinen Hammer schwer auf Sullys Knie fallen. In diesem Augenblick flog die Tür auf und Toby Roebuck erschien, nackt wie die Männer. Rub starrte auf ihre Brüste, dann auf ihre Schenkel. Er stieß einen Schrei aus. Plötzlich erschien eine

Pistole in Tobys Hand, und sie zielte auf ihren Mann. »Spielen Sie nicht selbst das Gesetz«, riet ihr der Richter. »Er gehört vor Gericht.« Doch Toby Roebuck stand breitbeinig da, einen harten unnachgiebigen Zug im Gesicht, und schoß, und nun war Sully derjenige, der schrie.

Die Schreie hatten sich seltsam real angehört – vermutlich, weil sie auch tatsächlich ausgestoßen worden waren. Der erste Schrei stammte nicht von Rub, sondern von Peter, Sullys Sohn, der durch das Seitenfenster des Pick-up spähte. Der zweite Schrei kam von Sully, als er erschrocken aufwachte. Der Wagen stand am Bordstein vor dem Haus seiner Exfrau, und er war eingeschlafen. Er hatte nur für einen Moment die Augen schließen, sich sammeln und tief Luft holen wollen, bevor er an der Tür klopfte, wo er einen nicht allzu freundlichen Empfang erwartete. Wie lange er geschlafen hatte, war ihm nicht ganz klar, aber er nahm an, daß der Traum in der Sauna nur der letzte einer ganzen Reihe von Träumen gewesen war. Und währenddessen war es fast dunkel geworden.

»Jesus Christus, Dad«, sagte Peter immer wieder. Er spazierte vor dem Pick-up auf und ab und hatte eine Hand aufs Herz gelegt. »Weißt du eigentlich, daß du mit offenen Augen schläfst?«

Sully wußte es, obwohl er das noch nicht lange tat. Ruth hatte es schon gesehen und ihm ziemlich verärgert erzählt. Damals, als er noch mit Vera verheiratet war, konnte es nicht so gewesen sein, denn sie hatte eine ausführliche Liste seiner schlechten Eigenarten angelegt und hätte ihm eine solche Unart bestimmt unter die Nase gerieben.

Sully versuchte, seine Schlaftrunkenheit abzuschütteln. »Muß eingedöst sein«, erklärte er.

»Bei laufendem Motor und verschlossener Tür?«

Der Motor lief tatsächlich. Sully schaltete ihn aus. Die Tür war nicht verschlossen, aber sie hatte ihre Tücken; von außen mußte man beim Aufziehen gleichzeitig nach oben drücken. Sully zeigte es seinem Sohn. In der Ferne hörte er eine Sirene, und wie immer, wenn er dieses Geräusch vernahm, versucht er sich zu erinnern, ob er irgendwo eine brennende Zigarette liegengelassen hatte.

Beide lauschten, als der Krankenwagen näherkam. »Ich hab' ans

Fenster geklopft, konnte dich aber nicht wachkriegen«, erklärte Peter mit schuldbewußter Miene.

Sully versuchte, aus dem Ganzen schlau zu werden, war aber immer noch zu angeschlagen von Jockos Pillen, der Heizung des Wagens und den Abgasen, die er eingeatmet hatte. Als der Krankenwagen in die Straße einbog und Peter ihm ein Zeichen gab, blickte Sully auf das Haus seiner Exfrau und erkundigte sich: »Ist jemand krank?«

»Du«, erklärte Peter verlegen. »Wir dachten, du wärst gestorben.«

Sully saß mit weit offener Tür da und ließ sich von der eisigen Luft wecken, während Peter sein Bestes tat, der Besatzung des Krankenwagens zu erklären, daß es sich um ein Mißverständnis handele, was die Männer nicht ganz zu glauben schienen; wieder und wieder blickten sie Sully argwöhnisch an, als sei noch unklar, ob er nicht doch sterben müsse. Sie erinnerten ihn an die Menschen, denen vor zwanzig Jahren erzählt worden war, er sei in dem Feuer umgekommen, das er selbst gelegt hatte. Nun hatte er schon zum zweiten Mal Menschen um ihre Tragödie betrogen; sogar sein Sohn schien im Zweifel, ob sein Fortleben nur von Vorteil wäre, doch das war vermutlich auf die Tatsache zurückzuführen, daß er sich durch das Rufen des Krankenwagens blamiert hatte.

Sully war froh, als Ralph herauskam. »Bist ja doch nicht tot«, sagte Ralph und strahlte ihn an. Sully und Veras zweiter Mann waren immer gut miteinander ausgekommen und hätten sich noch besser verstanden, wenn sie nicht gespürt hätten, daß Vera ihre gegenseitige Sympathie als Verrat betrachtete. Es schien Ralph nicht im geringsten zu stören, daß Vera mit Sully geschlafen, ihm einen Sohn geboren hatte. Und schlimmer noch – es schien Sully nicht zu stören, daß das, was einst sein gewesen war, nun einem anderen Mann gehörte. Es war, als hätten sie beschlossen, es sei nicht wert, darum zu kämpfen, und es schien in der Tat so, als hielten sie sich für Leidensgenossen.

»Nein, noch ist es nicht soweit, Ralph«, erwiderte Sully. »Hast du was dagegen, wenn ich mich mal hier in deinen Rinnstein übergebe?«

Ralph zuckte die Achseln. »Ich würd' dir ja auch das Bad anbieten, aber da sind gerade die Jungs drin und baden.«

»Ich würd's eh nicht mehr schaffen«, gab Sully zurück, da er jetzt spürte, wie es ihm hochkam. »Außerdem hab' ich nicht viel begriffen, als ich mit Vera verheiratet war, aber soviel doch, daß ich nicht in ihrem Bad kotzen würde. Soweit ich mich erinnere, mag sie's nicht mal, wenn man drin scheißt.«

»Stimmt«, gab Ralph traurig zu. »Im ganzen Haus stehen bestimmt 'n Dutzend Duftzerstäuber. Wir konnten noch nicht mal den Truthahn riechen.«

Als er vom Geruch der Duftzerstäuber hörte, klappte es: Sully beugte sich vor und erbrach sich auf die Straße. Ralph blickte beiseite. Da er den ganzen Tag kaum etwas gegessen hatte, kam nicht viel heraus, und Sully fühlte sich, nachdem er vorher geschwitzt hatte, mit einem Male besser. Er vermeinte, in der Masse auch die Überreste der zweiten Ration von Jockos gelben Pillen erblickt zu haben.

Als sie sahen, was ihm passiert war, kamen die zwei Männer vom Krankenwagen, die Peter ein Papier zum Unterschreiben gegeben hatten, zu Sully herüber. »Geht's wieder, Kumpel?« wollte der Kleinere wissen. »Oder sollen wir Sie ins Krankenhaus bringen?«

»Nee, auf keinen Fall«, erwiderte Sully. »Mir geht's schon viel besser.

Der Mann schaute auf das Erbrochene und wandte schnell den Blick ab.

»Tut mir leid, daß Sie herkommen mußten«, sagte Sully. »Mein Sohn kann Schlafende nicht von Toten unterscheiden. Schätze, deshalb haben sie ihn auch zum Doktor für Geschichte und nicht für Medizin gemacht.«

Peter hatte es gerade noch hören können.

»Wenn Sie noch mehr Abgase eingeatmet hätten, *wär'n* Sie jetzt vielleicht tot«, meinte der Fahrer des Krankenwagens. »Sie sollten sich mal untersuchen lassen.«

Sully stand auf, um ihnen zu zeigen, daß alles in Ordnung war. »Mir geht's prima«, versicherte er. »Versprochen.«

»Okay«, gab der Mann nach und reichte Sully ein Formular. »Unterschreiben Sie bitte. Zum Nachweis, daß wir da waren.«

Als Sully unterschrieben hatte, stiegen die beiden wieder in den

Krankenwagen, ließen einmal kurz die Sirene aufheulen und brausten davon. Sully, Peter und Ralph blickten dem Wagen nach, und als er um die Ecke gebogen war, wandten sie sich widerwillig zum Haus, wo sie der Familie eine Erklärung abzugeben hatten.

»Tja, mein Sohn«, sagte Sully an Peter gewandt, zwinkerte jedoch Ralph zu. »Dann laß uns mal reingehn, bevor du ganz den Mut verlierst.«

Falls die drei vor den Frauen Angst hatten – so war es auch –, hätten sie sich keine Sorgen zu machen brauchen, denn als sie das Haus betraten, fanden sie die Küche leer vor; keine Frau war in Sicht – was ihnen seltsam vorkam. Auf dem Spülstein stapelten sich leere Teller und Schüsseln und eine ganze Sammlung von Töpfen und Pfannen, darunter die Bratpfanne, in der Vera die Sauce zubereitet hatte. Im Becken stand eine gelbe Spülschüssel voller Wasser mit einer Schaumhaube. Im ganzen Haus war es übernatürlich still, nur aus dem Wohnzimmer drang das leise Geräusch des Fernsehers. Sully konnte Veras Vater im übernächsten Zimmer erkennen, wo er in seinem Sessel eingeschlafen war. »Wo ist denn deine Mutter bloß?« Ralph war überrascht über ihr plötzliches Verschwinden.

Peter nicht. »Ich wär' vorsichtig heute«, warnte er Sully. »Mom ist furchtbar durcheinander.«

»Weshalb?« wollte Ralph wissen.

»Laß mich raten«, meinte Sully. »Niemand liebt sie.«

»Fast«, gab Peter zu. »Niemand liebt sie genug.«

»Ich werd' mit ihr reden«, sagte Ralph mit der Miene eines Mannes, der eine gefährliche Mission zu erfüllen hat.

»Wie lang bist du jetzt mit Vera verheiratet?« fragte Sully bedeutungsvoll.

Ralph dachte nach. »Dreißig Jahre. Länger.«

»Und dann weißt du's noch nicht besser?«

»Sie glaubt vielleicht immer noch, daß du tot bist«, erklärte Ralph.

»Dann laß ihr den Glauben«, riet Sully.

Vom Badezimmer tönte Wasserrauschen und Wills weinerliche Stimme: »Wacker. Hör auf.«

Peter verdrehte die Augen. »Bin gleich wieder da.«

Da es niemand ihm verboten hatte, schlenderte Sully ins Wohnzimmer, wo Robert Halsey friedlich schlummerte; er war an sein Atemgerät angeschlossen, und das grüne Plastikröhrchen, das auf seiner Oberlippe ruhte, sah aus wie ein Schnurrbart auf einer Kinderzeichnung. Im Fernsehen lief das Football-Spiel. Sully setzte sich rechtzeitig auf das Ende vom Sofa, um mitzubekommen, wie ein Spieler einen Punkt machte, und das Ergebnis erschien am Rande des Bildschirms, bevor die Werbung eingeblendet wurde.

»Hey«, grüßte er Veras Vater, der die Augen aufmachte, als er einen Laut vernahm, der nicht aus dem Fernseher kam. »Aufwachen. Sie haben Besuch bekommen.«

Der alte Mann blinzelte, konzentrierte den Blick. »Sully«, sagte er und richtete sich ein wenig auf.

»Wie geht's Ihnen, Herr Bürgermeister?« fragte Sully. Veras Vater hatte vor vierzig Jahren für die Demokraten für das Amt des Bürgermeisters kandidiert und das Schicksal aller Demokraten erlitten, die sich in Bath bewarben, nur war seine Niederlage die herbste seit Jahrzehnten gewesen. In Bath, wo das Bürgermeisteramt nur ein Halbtagsjob war und die Kandidaten meist im Autohandel tätig waren, wurde der Wettbewerb um das Amt schon in der innerparteilichen Vorwahl der Republikaner entschieden; war diese vorüber, so stand der neue Bürgermeister so gut wie fest. Die demokratischen Kandidaten überließen sich ihrem Leid, oder sie wurden, wie im Falle Robert Halseys, geradezu fatalistisch. Er hatte Bildung auf seine Fahnen geschrieben und war mit einer so großen Mehrheit abgelehnt worden, daß es danach niemand mehr wagte, in einer Gemeinderatswahl mit Slogans zur Bildung und Erziehung für sich zu werben.

»Wie steht's denn beim Football?« fragte Sully.

»Ich weiß es nicht«, gestand Robert Halsey. »Die sagten mir doch, Sie passen hier auf«, sagte Sully.

»Tu' ich ja auch«, gab der Alte zu. »Als ich einschlief, führte Dallas.«

»Tun sie immer noch«, erwiderte Sully. »Zwanzig zu vierzehn, falls noch einer fragen sollte.«

»Wo sind die denn alle?« fragte Veras Vater und schaute sich im Zimmer um.

»Ich glaub', sie haben mich kommen sehn und sind abgehauen«, sagte Sully.

Mr. Halsey lächelte. »Und haben mich zurückgelassen.«

»Das ist das Gesetz der Wildnis, Herr Bürgermeister«, meinte Sully. »Geht's Ihnen denn gut in letzter Zeit?«

»Nicht allzu schlecht«, keuchte der alte Mann. »Es ist ein schlimmer Kampf, und ich bin bereit, aufzugeben.«

»Nicht mehr viel Spaß?«

»Gar kein Spaß mehr.«

»Nun ja«, sagte Sully. »Lassen Sie das bloß nicht Ihre Tochter hören. Sie meinen vielleicht, schlimmer kann's nicht kommen. Das kann es aber doch.«

»Wie geht's meiner alten Freundin Mrs. Peoples?« fragte Robert Halsey. Miss Beryl war eine der wenigen glühenden Verfechter seiner gescheiterten Kandidatur gewesen.

»Immer dieselbe«, versicherte Sully. »Sie hat sich seit zwanzig Jahren nicht verändert.«

»Was macht die Leute nur so unglücklich, was glaubst du?« sann Robert Halsey laut, womit er Sully leicht verwirrte, der zuerst glaubte, sie sprächen noch von seiner Wirtin, dann jedoch erkannte, daß der alte Mann über seine Tochter nachdachte, die sich in zwanzig Jahren auch kein bißchen verändert hatte.

»Ich weiß es nicht«, gestand Sully.

»Entweder es liegt an ihnen oder an einem selbst«, sagte Robert Halsey schwermütig. Schweigend verfolgten die beiden das Männer das Match. »Das ist das schlimme, wenn man alt und krank wird«, sagte er, als Sully gerade geglaubt hatte, die Unterhaltung sei beendet. »Man kann kaum anderes tun als denken.«

Da es kaum eine Erwiderung darauf zu geben schien, schwieg Sully, und als er das nächste Mal zu Robert Halsey hinüberschaute, war der alte Mann wieder eingeschlafen.

Im Bad kämpften die Jungen, während sie sich auszogen. Peter öffnete die Tür, um zu sehen, was los war, und erwischte Wacker mit schlagbereiter Hand und den größeren, älteren Will, der in Erwartung eines Hiebs zurückzuckte. Wacker schien sich eher gestört als verlegen zu fühlen, und Will schien nur vorübergehend erleichtert zu sein. »Hör jetzt auf, Wacker«, befahl Peter dem Kleineren. »Das ist gar nicht lustig.«

Will blickte seinen Bruder an, um zu sehen, ob er die Ermahnungen ernst nahm. Er machte sich keine großen Hoffnungen.

»Zieht euch jetzt aus. Und dann ab in die Wanne. Und macht keine Überschwemmung, sonst zieht die Oma euch das Fell über die Ohren«, sagte Peter. Auch diese Drohung zeigte wenig Wirkung, wie er merkte, ihm war sogar, als habe er ein verstohlenes Grinsen über Wackers Gesicht huschen sehen.

»Wo ist denn Mom?« fragte Will besorgt. Gewöhnlich pflegte die Mutter die Badezeremonien der Jungen zu beaufsichtigen.

Peter sah die Wanne unmutig an. Das Wasser lief schon ewig, und die Wanne war erst halbvoll. Fast überall in Bath war nicht genügend Druck auf der Wasserleitung, aber nirgends tröpfelte es so lächerlich wie in Veras und Ralphs Haus, wo man nicht einmal anständig duschen konnte. Zehn Minuten vor dem Bad mußte man schon das Wasser einlaufen lassen, und es war fast unmöglich, die Temperatur zu bestimmen. Peter prüfte das Wasser in der Wanne und stellte das heiße Wasser wieder an, denn er dachte sich, daß es wieder abgekühlt sein mußte, wenn die Jungen endlich in die Wanne stiegen. Bath. Was für ein dämlicher Name – so behauptete Charlotte oft – für eine Stadt, wo man noch nicht einmal ein anständiges Bad nehmen konnte.

»Wo ist Mom?« fragte Will, der keine Scheu kannte, Fragen so geduldig zu wiederholen, bis er eine Antwort erhielt.

»Im Laden«, gab Peter ungeduldig zurück und fragte sich dabei, ob die Jungen wohl ihre Auseinandersetzung vor dem Essen mitbekommen hatten. »Sie kommt gleich wieder. Ihr solltet dann besser auch mit Baden fertig sein.«

Wieder grinste Wacker verstohlen. Sonst passiert was? schien er zu sagen.

Peter schloß die Tür hinter ihnen und schlich auf leisen Sohlen zum Schlafzimmer im Erdgeschoß, das im Grunde das Arbeitszimmer war und nur von ihm und Charlotte während ihrer Besuche genutzt wurde, während die Jungen sein altes Zimmer im ersten Stock bekamen. Seine Mutter hatte das Bett wieder zur Couch zusammengeklappt. Er streifte die Schuhe ab, legte sich auf die Couch und starrte an die Decke. Er hatte keine Ahnung, wohin Charlotte gegangen war.

Als Andy im Laufstall einmal laut schnaubte, richtete sich Peter auf dem Ellbogen auf und spähte hinüber, aber als er sah, daß das Baby nicht aufgewacht war, ließ er sich wieder zurücksinken. Vor der Reise hatten er und Charlotte beschlossen, sich nach den Ferien zu trennen; nun sah er dem Ereignis mit gemischten Gefühlen entgegen. Er hatte sich auf seine Freiheit gefreut, aber nachdem er sich mit Charlotte handelseinig geworden war, hatte ihn ein Gefühl tiefer Niedergeschlagenheit erfaßt. Daß Charlotte ihn verließ und nicht er sie, war nicht so bequem, wie er zuerst geglaubt hatte, und als er so dalag im Arbeitszimmer seines Elternhauses, fragte er sich, ob er einfach nicht zum Ehemann und Vater geschaffen war. War er in dieser Hinsicht ein Versager?

Letzte Woche hatte Will, der zu exzessiver Selbstbeobachtung neigte, im Wohnzimmer vor dem Fernseher gesessen und gedankenverloren in der Nase gebohrt – seine Bemühungen hatten einen riesigen Popel zutage gefördert. Da er ihn nicht stolz den Eltern zeigen konnte, blieb Will einfach auf dem Boden sitzen und starrte auf seinen Finger, ohne zu merken, daß Wacker sich von hinten anschlich. Der schnappte sich prompt den Popel und rannte davon, Will rannte wütend hinterher und schrie unablässig: »Er's mir! Er's mir!«

Als der Streit ausbrach, hatte Peter in seinem vollgestellten Arbeitszimmer, das im Grunde ein Abstellraum war, in der Gesellschaft von Waschmaschine und Trockner einen Artikel zu beenden versucht, von dem er schon wußte, daß er nie veröffentlicht würde. Und als er schließlich herausfand, daß dieser besondere Streit seiner Kinder um einen Nasenpopel ging, sah er sich als richtende Autoritätsperson in große Verlegenheit gestürzt. Sollte er das Fairneß-Prinzip ansprechen? (»Wacker, gib deinem Bruder den Popel zurück. Hol dir einen aus deiner eigenen Nase.«) Den Popel ignorieren? (»Ich dachte, ihr wolltet mal still sein, damit Daddy arbeiten kann.«) Oder sollte er gar an die Vernunft des Älteren appellieren? (»Will, um Himmels willen, du kannst doch nicht ernsthaft einen Popel klauen wollen? Laß ihn doch dem kleinen Irren.«) Doch am Ende sagte Peter gar nichts, sondern sammelte seine Papiere ein, um sich auf den Weg in die Universitäts-Bibliothek zu machen, wo er in Ruhe arbeiten konnte. Auf dem Weg nach draußen teilte er Charlotte mit, es sei kein Wunder gewesen, daß seine Dozentur nicht verlängert, er nicht befördert worden sei – wer in einem Irrenhaus lebte, könne nicht Karriere machen.

Und nachdem er diese Schuldzuweisung losgeworden war, ging er nicht etwa in die Bibliothek, sondern zu einer jungen Kollegin, deren Liebhaber er seit September war. Sie lebte in einem winzigen Haus in einem heruntergekommenen Viertel der Stadt, wo es viele alte Häuser gab, die von ihren Besitzern in vermietbare Wohneinheiten unterteilt wurden. Es war so, hatte Peter zuweilen gedacht, als hätte jemand einen Wettbewerb ins Leben gerufen, in dem festgestellt werden sollte, wie viele Studenten aus Malaysia in ein Haus mit fünf Zimmern gestopft werden konnten. Deirdre wohnte in einem Gästehaus hinter einem dieser malaysischen Schlafsäle, und jedesmal, wenn Peter sich seinen Weg über den schmalen buckligen Bürgersteig bahnte, holte er tief Atem, als wolle er sich noch einmal die Lungen mit frischer Luft vollpumpen.

Deirdre liebte Hitze, und sie liebte es ganz besonders, in Unterwäsche im Haus herumzulaufen, eine Angewohnheit, die Peter anfangs, wie alles an ihr, begeistert hatte. In der ersten Septemberwoche hatte er noch geglaubt, es liege am milden Wetter oder das Häuschen besitze keine Klimaanlage, doch dann wurde es überall kälter – nur bei Deidre nicht. Eines Abends hatte er nach einem besonders schweißtreibenden Liebesakt nach dem Grund gesucht und ihn auch gefunden; sie hatte den Thermostat in der Wohnung hochgestellt. Im Büro war es dasselbe. Deirdre verfügte über mechanische Begabung und hatte es geschafft, den Thermostat auseinanderzunehmen, die Vorrichtung zu lösen, die unerlaubtes Herumhantieren unterbinden sollte, und sie hatte die Temperatur dort ebenfalls in die Höhe gebracht. Soweit er wußte, rannte sie im Büro aber nicht in BH und Höschen herum. »Ich mag's heiß«, erklärte sie an dem Abend, als er ihre Manipulationen mit dem Thermostat herausfand. »Ich mag's, wenn *ich* heiß bin«, schnurrte sie, nahm seine Hand und ließ sie zur Demonstration in ihr Höschen gleiten.

Peter hatte fast drei Monate gebraucht, um zu erkennen, daß ihm die Hitze auf den Geist ging. Was im September noch aufregend erschienen war – wenn er auf dem Heimweg von der Bibliothek bei Deirdre haltmachte und sie im Schneidersitz nur mit Bikinihöschen angetan auf ihrem halb zusammengebrochenen Sofa vorfand, wo sie geräuschvoll an einem Pfirsich saugte und im dunklen Zimmer auf den Fernseher starrte –, kam ihm nun ein wenig ungesund vor. Im September hatte er gespürt, wie sein Schwanz sich voller Erwartung aufrichtete, wenn er den kleinen gewundenen Pfad entlangeilte und die tiefhängenden Zweige beiseite schob. Jetzt im November war es sein Magen, der sich zu erheben drohte, wenn er Deirdre besuchte und wieder die verdorbene, tropenschwüle Luft atmete. Es schien, als sei das Häuschen wie auch Deirdre in einem Prozeß langsamer Gärung begriffen.

Auch ihr Verhalten schien immer mehr zu entarten, und es stieß ihn ab. Besonders ihre Eßgewohnheiten waren ihm zuwider; sie liebte es, ihr Essen mit ihm zu teilen, vor allem überreife Pfirsiche, die sie vorkaute und ihm dann mit einem Kuß in kleinen Portionen zukommen ließ. »Ich will, daß wir das Gleiche fühlen«, erklärte sie dann. Peter bezweifelte, daß sie je das Gleiche fühlten.

Im Grunde hatte er nur wegen Deirdre darauf bestanden, daß sie über Thanksgiving nach Bath fuhren, denn sie konnten sich die Reise kaum leisten; und überdies versetzte er mit diesem Vorschlag Charlotte in Wut, die solche Besuche satt hatte und ihm ausdrücklich klarmachte, wie schrecklich sie es fand, diese strapaziöse Reise sowohl zu Thanksgiving als auch zu Weihnachten auf sich zu nehmen. Auch Deirdre hatte geschmollt und gebettelt, er solle nicht fahren, sie an diesem vier Tage langen Wochenende nicht allein lassen. Sie hatte ihm sogar ein paar besonders erotische Leckerbissen versprochen, wenn er bliebe, doch genau diese Leckerbissen hatten ihn in seinem Entschluß bestärkt, wegzufahren. Er wollte so lange außerhalb ihres Bannkreises weilen, bis er wieder einen klaren Kopf bekam. Jetzt fragte er sich gerade, ob er schon nüchtern genug war, um sie kurz anzurufen – da merkte er, daß er schon die Nummer wählte.

»Hi«, sagte er sanft, als sie abhob und die Gebühren akzeptierte. »Tut mir leid, daß es ein R-Gespräch ist. Ich möchte aber nicht, daß es auf der Telefonrechnung meiner Mutter erscheint.«

»Ich wußte, daß du anrufst«, sagte sie, als hätte sie gerade mit jemandem darüber geredet. Dann fiel ihm ein, daß sie wirklich Besuch haben könnte; er war nicht sicher, ob eine Frau, die so heiß war wie Deirdre, ein langes keusches Ferienwochenende überstehen würde. Vielleicht hatte sie ein paar kleine malaysische Nachbarn eingeladen, die abwechselnd an die Reihe kamen, bis er zurückkehrte. Die hatten schon herausgefunden, daß sie im Haus selten Kleider trug, und hingen immer im Hinterhof herum, grinsten und gackerten und warteten darauf, einen Blick zu erhaschen.

»Wie konntest du denn wissen, daß ich anrufe, wenn ich doch gesagt hab', ich tu's nicht?« wollte Peter wissen.

»Ich kenne dich doch«, erwiderte sie. »Ich weiß doch, was für ein ungezogener kleiner Junge du bist und daß du im hübschen sauberen Häuschen deiner Mummy ganz bestimmt nicht aufs Kreuz gelegt wirst.«

»Sauber wird dem überhaupt nicht gerecht«, entgegnete Peter.

»Ich hab' dir ja gesagt, du sollst bei mir bleiben.«

»Charlotte sagt, es liegt an meiner Mutter, warum ich Frauen hasse.«

»Die Kuh hatte mal 'ne Idee?«

Peter ließ es durchgehen. Er mochte es nicht, wenn Deirdre Gehässigkeiten über Charlotte von sich gab, aber wo sollte ein untreuer Ehemann die Grenze ziehen? Er glaubte nicht, in einer Position zu sein, wo er seine Geliebte kritisieren konnte, weil sie Böses über seine Frau sagte, die er doch betrog. »Glaubst du, daß ich Frauen hasse?«

»Solang du mich liebst, ist mir das egal.«

Peter dachte darüber nach. »Schmeißen die dich nicht aus der Frauenvereinigung raus, wenn du so was sagst? Wie kannst du nur eine Dissertation über Virginia Woolf schreiben und dann solche Sachen von dir geben?«

»Ich wette, sie konnte nicht so gut einen blasen wie ich.«

»Gott«, seufzte Peter und betete, daß seine Mutter nicht über den anderen Anschluß mithörte. Dann hörte er Geräusche, anscheinend zwei Leute – Ralph und seine Mutter –, die die Treppe herunterkamen, und jetzt klang es wie Stimmen aus der Küche, was nur bedeuten konnte, daß seine Mutter sich wieder zusammengerissen hatte und Sully einen Kaffee anbot.

Andy rollte sich im Laufstall herum, gab wieder ein Schnauben von sich, öffnete kurz die Augen und schlief wieder ein. »Didi«, sagte Peter nach einer kurzen Pause.

»Ich bin hier.«

»Du mußt dich darauf einstellen, daß es zu Ende ist. Mit uns, mein' ich.«

»Ich hör' dir gar nicht zu.«

»Ich habe Kinder. Ich bin Familienvater.«

»Und?«

»Und ich möchte jetzt ein besserer Vater sein.«

»Du brauchst mich.«

»Ich weiß«, gab er zu. Draußen fuhr ein Wagen vor. »Aber ich kann so nicht weitermachen. Wir sprechen drüber, wenn ich zurückkomme. Mach das Kapitel von deiner Dissertation fertig. Ich seh' es dann für dich durch.«

»Du redest wirklich nur Stuß, Peter.«

»Ich muß jetzt auflegen«, sagte er und tat es, vorher hörte er aber noch, wie sie sagte: »Du gehörst mir, Freundchen.«

Danach stand er da und blickte aus dem Fenster. Der Gremlin parkte hinter Sullys Pick-up. Charlotte kam mit leeren Händen den Weg zum Haus herauf. Peter beobachtete sie, vom Vorhang verdeckt. Seit er zugegeben hatte, daß es eine andere gab, hatte Charlotte wieder Interesse an ihm gezeigt. Sie wußte es nun seit einigen Wochen und sie hatten sich jede Nacht wütend geliebt, wobei der unfrohe Sex eine Art Gegenstück zu ihren Diskussionen bildete, wie sie die Trennung bewerkstelligen sollten, die sie für den ersten Januar, nach den Ferien, geplant hatten.

Im Bad konnte Peter das Wasser rauschen hören, und er spürte, wie er auf seine Söhne wütend wurde, die sich immer noch zankten, vielleicht noch nicht einmal in der Wanne waren. Doch bevor er sich in Bewegung setzen konnte, vernahm er einen lauten Krach, gefolgt von einem erschrockenen Schrei, und so hielt er in der Mitte des Zimmers an und zählte still bis fünf, damit Charlotte Zeit hatte, zur Hintertür hereinzukommen, um die Verantwortung für diese letzte Krise in ihrer kaputten Ehe gemeinsam mit ihm zu tragen.

Auch Robert Halsey, der im Wohnzimmer gedöst hatte, während ihm der reine Sauerstoff in die Nase strömte, den Hals herunterglitt und durch die Überreste seiner Lungen floß, hörte den Krach und den Schrei im Bad und fuhr erschrocken hoch, wie immer nach seinen Nickerchen mit der Notwendigkeit konfrontiert, herauszufinden, wie lange er nun geschlafen hatte; manchmal schienen fünf Minuten wie ein stundenlanger Schlaf zu sein, dann wiederum brachten Stunden des Schlafs nur die Erholung von Minuten. Ein bißchen Zeit mußte schon verstrichen sein, denn als er einnickte, hatte er mit Sully gesprochen, der am Ende des Sofas gesessen hatte. Und jetzt war Sully mit Ralph und Vera in der Küche, und von denen war keiner dabeigewesen, als er eingenickt war.

So weit war Robert Halsey mit der Lösung des Schlafrätsels gediehen, als er sich unversehens mit einem neuen Rätsel konfrontiert sah. Im Flur wurde die Tür des Badezimmers so hart aufgestoßen, daß sie gegen die Wand schlug. Ein kleiner nackter Junge – Robert Halseys Urenkel, der, den sie Wacker nannten und den er am Nachmittag dabei erwischt hatte, das Ventil am Sauerstofftank abzudrehen – platzte aus dem Bad und rannte schreiend den Flur entlang, wobei er seinen kleinen Penis festhielt, als sei dieser eine Notbremse. In der Küchentür kam er rutschend auf dem glatten Linoleum zum Stehen und schien die erschrocken starrenden Leute zu zählen. Dann warf er sich rücklings zu Boden und zuckte herum wie ein kleiner Wal am Strand, während sein Penis kleine Urinfontänen versprühte. Vera, die gerade mit der Kaffeekanne zum Tisch wollte, zog sich entsetzt zurück, als handele es sich bei den Fontänen um Schwefelsäure. »Uhhhh!« schrie sie. »Dieses kleine –« sie suchte nach dem richtigen Wort »– Biest!«

In diesem Moment ging die Küchentür auf, und die Mutter des Jungen erschien, überschaute die Situation mit einem Blick und bedachte ihren Mann Peter mit einem unfreundlichen Lächeln. Peter trat gerade aus dem Arbeitszimmer, wo das Baby angefangen hatte zu schreien. Da er nun von sprachlosen Erwachsenen umringt war, fuhr Wacker fort, sich auf dem Boden zu winden – man konnte ihn nicht ignorieren, aber auch nicht ernst nehmen.

Robert Halsey beobachtete alles vom Nebenzimmer aus, machte jedoch keinen Versuch, aufzustehen. Nach seinen eigenen Berechnungen und nach der Meinung zahlreicher Ärzte hatte er nur noch drei Monate zu leben, und so betrachtete er die menschlichen Wesen im Nebenzimmer mit nüchternem, geradezu klinischem Interesse. Es bot sich ihm ein Spektrum sämtlicher Altersklassen, beide Geschlechter waren vertreten, und der alte Mann sah in einem Augenblick der Klarheit die Essenz eines jeden – seine unglückliche Tochter Vera und ihren leidgeprüften Mann; seinen Ex-Schwiegersohn, den Krüppel Sully; den Vater des kleinen Jungen, Peter, sowie seine große, reizlose, traurige Ehefrau; und dann den kleinen Jungen selbst, den Urenkel, der seinen kleinen Schwanz in der Hand hielt, ein Bild überschäumender Lebensenergie. Robert Halsey betrachtete sie lange, spürte seine Liebe für sie, beschloß er aber jetzt und hier, daß er mit diesen Leuten nicht tauschen wollte, selbst wenn dies sein letzter Atemzug sein sollte. So schloß die Augen und trieb wieder dem Schlaf zu, mit vielen ungelösten Rätseln und Geheimnissen.

Als Wacker aus dem Bad stürzte, schlug Will die Tür hinter ihm zu und drehte den Schlüssel um. Er hatte keine Angst vor einer Tracht Prügel; sein Vater schlug ihn auch nie besonders hart. Auch vor der Demütigung fürchtete er sich nicht; sein junges Leben war reich an Beschämungen, und er ertrug sie mit der Ergebenheit eines Erwachsenen. Was er fürchtete, war sein kleiner Bruder: Wacker war ohne Ehre, er war geboren, um anderen Jungen Leid zuzufügen, auch größeren Jungen. Will lebte in tiefer Furcht vor Wackers Ruchlosigkeit, die ihn – zusammen mit einem unschlagbaren Gedächtnis – zu einem ernstzunehmenden Feind machte. Seine Eltern, das wußte Will, konnten das überhaupt nicht verstehen. Sie regten sich nur über seine Feigheit auf. »Du bist doch größer als er, um Gottes willen«, sagte sein Vater immer. »Er ist eine halbe Portion. Du bist doch schon 'ne ganze Portion. Willst du dein ganzes Leben lang zu Mommy und Daddy gerannt kommen? Das ist« – sein Vater brauchte eine Weile, bis er das richtige Wort fand – »nicht normal«, sagte er schließlich.

Aber in Wills Augen war es Wacker, der nicht normal war. Es war nicht normal, wie sich die Augen seines Bruders verengten, sobald ihm eine neue Tortur für Will eingefallen war. Auch Wackers absolute Furchtlosigkeit war nicht normal. Er fürchtete sich vor gar nichts, nicht einmal vor Opa Sully, der mit seinem Hinken und Grinsen und den matschbespritzten Kleidern aussah wie ein Mörder im Fernsehen. Will hingegen mochte seinen Großvater, auch wenn er wußte, daß er es nicht sollte. Immerhin hatte Opa Sully gestern *versucht*, Wacker zu drohen, hatte ihn davor gewarnt, das schlimme Knie noch einmal zu hauen. Wie hätte er auch wissen sollen, daß man Wacker keine Angst einjagen *konnte*. Der Angriff auf Opa gestern hatte Will auch gezeigt, daß sein kleiner Bruder eine neue Stufe der Niedertracht erreicht hatte; diesmal hatte er wirklich einen Erwachsenen geschlagen und ihm weh getan. Daß Wacker in der Lage war, anderen Menschen schlimme Schmerzen zuzufügen, hatte Will seinem Vater nie verständlich machen können, der glaubte, Wacker sei zu klein, um jemandem ernsthaft weh zu tun. Will wußte das besser; der Schmerz war Wackers ureigenes Terrain. Er überreichte ihn wie ein Geschenk. Du wirst es mögen, sagte sein Gesichtsausdruck.

Bis vor kurzem war Wackers Lieblingstrick der von hinten ausgeführte Schraubenkniff gewesen. Irgendwie hatte er herausgefunden, daß die weiche Haut an der Unterseite des Armes, gerade oberhalb des Ellbogens, besonders empfindlich war, und er wartete immer, bis Will ihm den Rücken zudrehte; dann schlich er sich heran und kniff ihn mit Daumen und Zeigefinger. Und er vervollkommnete dieses Kunststück mit jeder Attacke, bis Will vor Schmerz heulte. Die Wunden heilten nicht, denn Wacker nahm sich immer denselben Punkt vor. Und vor kurzem hatte Wacker Proben seiner fortschreitenden Verwahrlosung gegeben – er hatte Will über den Tisch hinweg angesehen und ihm die scharfen Zinken der Gabel gezeigt.

Es war so weit, daß Will an kaum etwas anderes mehr dachte, als Wacker immer vor sich zu haben und gut im Blick. Jeden Abend lag Will wach, bis er sicher war, daß Wacker fest eingeschlafen war, und sein letzter Gedanke war, daß er am nächsten Morgen vor seinem Bruder wach sein müsse. Wacker schien zu spüren, wie sehr er seinen Bruder beschäftigte, und war stolz darauf, dessen Alptraum zu sein.

Und so hatte Will heute endlich zurückgeschlagen. Weder Nachgiebigkeit noch Verhandlungen hatten eine Wirkung auf Wacker gezeitigt, und Will befürchtete allmählich, daß sein Bruder ihn für immer und ewig quälen würde. Bis vor kurzem hatte Will auf Gegenwehr verzichtet, um schlimmere Grausamkeiten zu vermeiden. Jetzt begriff er, daß er damit keineswegs verhindern konnte, daß Wacker zu immer gemeineren Tricks griff. Und als Will an diesem Nachmittag seine Chance sah, nutzte er sie sofort.

Er hatte darauf gewartet, endlich aufs Klo gehen zu können, aber Wacker hatte den Abort blockiert. Das laufende Wasser verstärkte Wills Harndrang, aber Wacker wollte ihn nicht mit auf Oma Veras hohe altmodische Kloschüssel lassen, in die er nur pinkeln konnte, wenn er sich auf den Zehenspitzen stellte und seinen kleinen Penis auf das kalte Porzellan legte. Sein Rinnsal hatte schon vor ein paar Minuten aufgehört, aber er rührte sich nicht von der Stelle.

»Nun komm schon, Wacker«, hatte Will gebettelt. »Ich muß ganz dringend.«

Wacker grinste nur und ließ einen weiteren kleinen Strahl los, um zu zeigen, daß er noch nicht fertig war.

Will hielt sich fest. Er wußte aus Erfahrung, daß das noch lange so weitergehen konnte. Sein Bruder mochte es gern ›einhalten‹. Er hörte auf, fing wieder an, und das viele, viele Male.

Dann sah Will, daß die Klobrille hochgeklappt war. Will starrte auf die Brille, dann auf seinen Bruder, der wieder zwei kurze Fontänen losließ, wie Zeichen im Morsealphabet. Und das war für Will wie ein Signal, denn ohne sich die Folgen bewußt zu machen, ließ er seinen Penis fahren, trat auf die Toilette zu, packte die Klobrille und schlug sie mit aller Kraft herunter.

Wacker hatte sich kaum weh getan. Die Unterseite der Brille war mit vier kleinen Gumminoppen versehen, die sie am direkten Aufliegen hinderten, und diese Noppen waren annähernd so dick wie Wackers Penis, so daß der schwere Schlag gleichsam abgefedert wurde. Allerdings hatte der kleine Quälgeist sich gründlich erschreckt, und die Spitze seines Gliedes kribbelte von der Erschütterung. In dem Sekundenbruchteil vor seinem Schrei hatte Wacker schon einen Racheplan geschmiedet, wie die schmalen Augen seinem Bruder bewiesen, und dann war er pudelnackt aus dem Bad geflüchtet, um seinen großen Auftritt vor den Erwachsenen in der Küche zu zelebrieren, bei dem er gewaltig übertrieb. Will beobachtete durch das Schlüsselloch, wie sein Vater und Opa Ralph Wackers Penis untersuchten. Da sie sich offenbar so viele Sorgen um das Wohlergehen seines Bruders machten, sank Will der Mut. Hatten sie denn gar nichts verstanden? Wußten sie nicht, daß man Wacker nicht weh tun konnte?

Will zog sich von der Tür zurück – er konnte diese Schauspielerei nicht mehr mit ansehen. Er stand jetzt in der Badewanne. Als das Wasser mit dem Rand der Wanne eine ebene Fläche bildete, wie eine Glasscheibe, drehte er die Hähne zu. Allmählich begriff er die Folgen seiner unüberlegten Handlung: Durch seinen Angriff auf Wacker hatte er sich nur die Sympathien und den dürftigen Schutz der Erwachsenen verscherzt, die sich jetzt alle auf Wackers Seite stellen würden. Da er das Bad hatte überlaufen lassen, würde er obendrein den Schutz von Oma Vera verlieren, die, so nahm er an, bisher auf seiner Seite gestanden hatte. Sie allein schien zeitweise verstanden zu haben, wie grausam und unnatürlich Wacker war. Jetzt würde auch sie die Front wechseln.

Wie Will es auch betrachtete: Ihm blieben nur zwei Möglichkeiten: die eine war, für den Rest seines Lebens in Oma Veras Bad eingeschlossen zu bleiben; die andere, auszubrechen. Vielleicht würde Opa Sully ihn aufnehmen. Begeistert erinnerte er sich daran, wie mutig Opa Sully gestern aufgetreten war und wie er ihm bei der Abfahrt zugezwinkert hatte, als ob er ihn verstehen könne.

Als die Badezimmertür klapperte und die wütende Stimme seines Vaters zu hören war, der ihm befahl aufzuschließen, war Will schon halb angezogen und hatte einen Entschluß gefaßt. Zum Glück hatte er seine Sachen auf das Becken gelegt, so daß sie jetzt trocken waren, während Wackers Kleider einen nassen Klumpen auf dem Boden bildeten. Seine Schuhe waren ein bißchen feucht, aber das machte nichts. Wenn er sich auf die Toilette stellte, konnte er den Hebel des kleinen Badezimmerfensters erreichen. Das Gitter war locker, die Luft draußen bitterkalt, und bis zum Erdboden hinunter wäre es ein ganzes Stück. Aber Will hatte sich entschieden: Er würde ein neues Leben beginnen.

Die im Haus seiner Exfrau herrschende Verwirrung erinnerte Sully an das Durcheinander des Krieges, nur mit dem Unterschied, daß es hier keine ehrenrührige Sache zu sein schien, wenn man sich durch die Hintertür davonschlich, was er auch tat, als die anderen sich vor der Badezimmertür versammelten, um Will zu überreden, herauszukommen. Nur Peter hatte ihn verschwinden sehen, und es kam Sully so vor, als habe sein Sohn ihn arrogant angegrinst. War er vor diesem Grinsen oder vor dem Chaos in Veras Familie geflohen, fragte er sich, als er den Wagen anließ. Er trat hart aufs Gas, und der Wagen schoß die Straße entlang, raste um die Ecke, als fürchte er, verfolgt zu werden. Erst als er auf die Main Street einbog und vor der Ampel hielt, fühlte er sich relativ sicher. Noch sicherer würde er sich im *Horse*, in Gesellschaft relativ normaler Männer, fühlen, und da er nicht schnell genug hinkommen konnte, erwog er, die rote Ampel einfach zu überfahren. Die Straßen waren leer, was den blinden Gehorsam einem Verkehrszeichen gegenüber lächerlich erscheinen ließ. Er ließ den Motor aufheulen, spähte nach links und rechts und schaute in den Rückspiegel, ob dort etwa die Bullen auftauchten.

Was er dort sah, erschreckte ihn so sehr, daß sein Fuß von der Kupplung rutschte; der Laster machte einen Satz, und der Motor erstarb direkt unter der Ampel. Dort im Spiegel hatte er für einen Augenblick die Augen seines Sohnes gesehen, wie eine Anklage aus der Vergangenheit. Nicht den erwachsenen Peter, den er eben noch vor einer Badezimmertür gesehen hatte, wo er am Türknauf drehte, sondern den Jungen, der er vor vielen Jahren einmal gewesen war. Und die Augen hatten so flehentlich geblickt, daß Sully einen Augenblick glaubte, er sei wieder eingeschlafen und habe geträumt. Die Ampel sprang auf Grün, aber Sully saß immer noch zögernd da, an Flucht dachte er plötzlich nicht mehr. Und dann waren die Augen wieder da, und das um Verzeihung bittende Lächeln eines blinden Passagiers.

»Hi, Opa«, sagte der Junge, als Sully aus dem Wagen stieg; seine Stimme klang ganz kleinlaut vor Angst.

Sully dachte scharf nach, wie sein Enkel hieß, dann fiel es ihm wieder ein. »Bist du in Ordnung, Will?« fragte er und hob den Jungen von der Ladefläche.

Er hatte sich unter einem alten Sackleinentuch versteckt und sich erst in dem Moment herausgewagt, da der Lastwagen an der Ampel hielt. Als der Wagen einen Satz machte, hatte er das Gleichgewicht verloren und war mit dem Kopf gegen die Fahrerkabine geknallt.

Will schien die Frage nicht gehört zu haben. Seine Aufmerksamkeit war gänzlich von der Beule in Anspruch genommen, die auf geheimnisvolle Weise genau unter seinem Haaransatz wuchs. Sie schmerzte nicht, wenigstens nicht so wie die Verletzungen, die ihm sein Bruder zufügte, aber sie machte ihn schwindlig, und er staunte über ihr plötzliches Entstehen und ihr unbeschwertes Wachstum; wenn er sie mit den Fingern berührte, spürte er, daß sie immer noch wuchs. »Ich geh' nicht zurück«, sagte Will zu seinem Großvater. »Niemals.«

Sully nickte. »Und bei wem willst du bleiben?«

Will seufzte. »Bei dir, glaub' ich.« Es schien ihm das einzig Vernünftige zu sein, und er versuchte seinen Großvater nicht merken zu lassen, daß er eine interessantere Lösung durchaus vorgezogen hätte.

Die Ampel stand seit einer Weile auf Grün, als ein Auto hinter ihnen auftauchte. »Okay, dann rein mit dir«, schlug Sully vor, hob den Jungen auf und setzte ihn in die Fahrerkabine. »Rutsch rüber«, sagte er noch, als ihm klar wurde, daß der Junge es nicht tun würde, bevor er nicht genaue Anweisungen erhielt. Peter war als Junge genauso gewesen – ein unglaublich regloses Kind, so war es Sully erschienen; wenn man ihm nicht sagte, er solle die Tür öffnen, stand er einfach nur davor. Damals war es Sully nicht in den Sinn gekommen, daß der Grund Angst sein könne – die Angst, etwas falsch zu machen. Jetzt schien es sonnenklar.

Als der Enkel Platz gemacht hatte, stieg Sully ebenfalls ein und schlug die Tür mit einem lauten Knall zu, der den Jungen zusammenfahren ließ. Wie kam es nur, daß er so ein Nervenbündel war, wunderte sich Sully.

»Also«, meinte er. »Du hast dich an deinem Bruder gerächt, was?«

Will kratzte sich am Kopf; wieder erinnerte er Sully an Peter, aus dem man als Kind auch nie etwas herausbekommen hatte.

Als der Fahrer hinter ihnen zu hupen begann, stieg Sully aus und starrte ihn nur an, bis der Mann verlegen mit den Schultern zuckte, zurücksetzte und in weitem Bogen um Sully herumfuhr. »Zwei Autos auf der ganzen Straße, und du mußt hupen«, schrie Sully ihm nach, als das Auto an der Kreuzung abbog.

Will schaute ihn nervös an, als er wieder einstieg. »Dad macht das auch immer«, sagte er traurig, als habe er gerade einen Erbfehler entdeckt.

»Was macht er?«

»Die Leute anschreien, wenn er im Auto sitzt«, erklärte Will. »Aber er steigt nicht aus.«

Sully nickte. Das paßte. So ein Mann war sein Sohn – selbst wenn er so wütend war, daß er wie ein Rohrspatz schimpfte, stieg er doch nicht aus.

Da er nicht wußte, was er mit seinem Enkel anfangen sollte, fragte er: »Wie wär's mit 'nem Eis?«

»Wir haben schon Nachtisch gegessen«, antwortete Will.

Sully seufzte; Vera zog wirklich brave Bürger groß. Wieder mal ein Junge, der nicht lügen konnte. Entmutigend. »Gab's denn Eis?«

»Kürbiskuchen.«

»Mit Eis?«

»Nein.«

»Dann kannst du jetzt ein Eis haben. Wir tun einfach so, als wär's auf dem Kuchen gewesen.«

Will dachte darüber nach. Man hatte ihn vor Opa Sully gewarnt, der immer unvernünftige Dinge tat. Aber wenn er bei ihm leben wollte, mußte er sich eben daran gewöhnen. Er seufzte. »In Ordnung.«

Sully ließ den Motor an, und sie fuhren aus der Stadt. Will fummelte immer noch schweigend an seiner Beule herum. Fast genauso interessant war das Loch von der Größe eines Basketballs, das sich im Boden unter dem Beifahrersitz befand.

»Fall nicht durch«, warnte Sully seinen Enkel, als er sah, wie er durch das Loch auf den Asphalt starrte.

Als sie auf eine neue Straße fuhren, auf der sie fast allein waren, fragte Sully: »Willst du mal fahren?«

Will schaute ihn ängstlich an.

»Rutsch rüber«, sagte Sully. »Aber paß auf mein verdammtes Knie auf.«

Vorsichtig ließ sich Will auf Sullys rechtem Bein nieder. Seine kleinen Beine baumelten vor Gaspedal und Bremse, und er paßte auf, daß sie nicht gegen Großvaters linkes Knie stießen. Gemeinsam hielten sie das Lenkrad.

»Es wackelt so«, äußerte Will, der nicht wußte, ob solche Erschütterungen normal waren. »Das ist bei Lastern so«, erklärte Sully. »Besonders bei solchen alten, kaputten Lastern wie dem von Opa.«

»Ist 'n schöner Laster«, sagte Will mit einer Stimme, die von den Erschütterungen zitterte.

»Freut mich, daß er dir gefällt«, sagte Sully, erstaunt über das Lob des kleinen Jungen, und bevor er wußte, was er tat, hatte er seinem Enkel einen Kuß aufs Haar gegeben. »Jetzt hast du mal ein Auto gefahren«, fügte er hinzu. »Sag es aber nicht deiner Mutter.«

Es gab ein paar Sätze, die auf magische Weise die Vergangenheit aus dem Ozean des Lebens wiedererwecken konnte, und für Sully, wie für alle abtrünnigen Väter, war ›Sag's deiner Mutter nicht‹ solch ein Satz. Er hatte ihn seit dreißig Jahren nicht gebraucht, doch da war er nun – eine Beschwörung, die nur darauf gewartet zu haben schien, daß man sie wieder aussprach. Er war für diesen Satz geboren worden, nachdem er die Worte von seinem eigenen Vater gelernt hatte, und der hätte sie erfunden haben können. »Wir halten hier mal eben an«, hatte Big Jim vor seiner Lieblingskneipe gesagt, und Sully und sein Bruder Patrick warteten einen Augenblick, bis Big Jim die schwere Tür vor ihnen aufstieß und sie sanft vor sich her in die kühle Dunkelheit schob, wobei er jedesmal warnte: »Sagt's bloß eurer Mutter nicht.« In der Kneipe wurden die beiden mit Fünfcentstücken bestochen, Shuffleboard und Flipper zu spielen, während Big Jim sich an der Theke niederließ und den ersten Whisky-Bier-Mix, einen sogenannten Boilermaker, bestellte; er bezahlte mit Geldern, von dessen Existenz Sullys Mutter nichts erfahren hatte (er hielt sie auch sonst sehr knapp), und das er jetzt vor sich auf der Theke auftürmte, um sicherzustellen, daß er auch ein willkommener Gast war. Manchmal wurde Sully müde (er mußte beim Flippern auf einem Stuhl stehen und konnte die Knöpfe dennoch schlecht erreichen), oder das Geld ging ihm rasch aus, dann gesellte er sich zu seinem Vater an die Theke und schaute sich den Stapel Geldscheine an; er wußte genau, das war das Geld, von dem seine Mutter verbittert sprach, wenn sein Vater nicht da war, das Geld, das sie für Essen und Kleider verwandt hätte, für ein paar anständige Sachen, wie sie sagte. Sein Vater – der schon seinen dritten Boilermaker intus hatte und allmählich gemein wurde – sah, wie Sully das Geld anstarrte, und verpaßte ihm einen kräftigen Klaps. »Sag's ja nicht deiner Mutter«, meinte er dann. »Sie braucht ja schließlich nicht jeden Pfennig zu kriegen, den ich verdiene, oder?« Und Sully versprach, nichts zu verraten, denn er wollte keinen Klaps mehr bekommen – sein Vater schlug jedesmal härter zu. Schließlich bestellte Big Jim einen neuen Boilermaker oder warf dem Barkeeper einen Dollarschein von dem kleiner werdenden Stapel zu und befahl: »Auf sein gottverdammtes Maul«, wenn er sich für ein Pferd entschieden hatte. Der Barkeeper fungierte auch als Buchmacher, und Big Jim wettete immer auf Sieg, denn Platzwetten erschienen ihm feige. Ihn interessierte nur der totale Triumph.

Die meisten dieser Nachmittage hatten in diesem Stil geendet: Big Jim wurde zur Tür hinausgewiesen, denn je mehr er trank, um so bösartiger wurde er. Manchmal versuchte ein anderer Gast, ihn zur Vernunft zu bringen und eine Prügelei zu verhindern. Warum er sich denn vor seinen Jungs bloßstellen wolle? fragte der andere. Aber diese Taktik war immer falsch. Big Jim Sullivan litt nicht unter Selbstzweifeln, und wenn er sich einer Sache sicher war, dann seiner Eignung als Vater. Wenn irgendeiner auch nur andeutete, daß er vielleicht nicht ganz der ideale Vater war, tat er gut daran, sich schnell zu ducken, denn Big Jim pflegte seine Sicht der Dinge mit den Fäusten zu verteidigen.

Leider war Big Jim nach so vielen Boilermakers nicht mehr in der Lage, einen Faustkampf durch technischen K.o. für sich zu entscheiden. Da er immer geglaubt hatte, man müsse nur den ersten Hieb austeilen, langte er sofort zu. Doch seine Absicht zu einem Rundumschlag wurde so vorzeitig offenkundig, daß sein Gegner immer ausreichend Gelegenheit hatte, den Hieb abzuwehren. Wenn Big Jim sich, von dem Schwung seiner Ausholbewegung getrieben, um die eigene Achse drehte, fand er sich schon in einem doppelten Nackenheber wieder und wurde zur Tür geschleift, die ein anderer hilfsbereiter Staatsbürger weit offen hielt. Wenn er dann draußen saß, pflegte Big Jim mit großer Würde aufzustehen und sich zu vergewissern, in welchem Sonnensystem er gelandet war. Dann trollte er sich heimwärts, wobei er seine beiden Söhne meist völlig vergaß.

Ein Nachmittag war Sully immer noch deutlich in Erinnerung: Sein Vater hatte mit einem Mann Streit angefangen, der kein Stammgast war und daher nicht wußte, daß man Sullys Vater immer vor die Tür setzte, ohne ihn allzusehr zu verletzen. Vielleicht wußte der Mann nicht, daß Big Jim im betrunkenen Zustand nicht so gefährlich war, wie er aussah – das hieß, wenn man nicht zufällig mit ihm verheiratet oder einer seiner Söhne war. Big Jim hatte den Mann seit einer halben Stunde im Visier gehabt und ihn die ganze Zeit beschimpft – als der Mann die Nase voll hatte und ihm das zu verstehen gab. Big Jims erster Schlag ging ins Leere, und unter der Wucht seines Fehlschlags geriet er ins Stolpern. Der andere Mann ließ ihn nicht zu Boden gehen, sondern brach ihm mit einem knappen, harten Aufwärtshaken die Nase. Der Schlag bewirkte, daß Sullys Vater sich plötzlich wieder mit dem magischen Gleichgewichtssinn des Betrunkenen auf den Beinen halten konnte, während der Mann ihm noch ein halbes Dutzend Schläge versetzte, einer härter als der andere. Keiner, nicht einmal die Männer, die Sullys Vater immer gnädig gewesen waren, kam ihm zu Hilfe.

Endlich ließ sich Big Jim, dessen Gesicht nur noch eine blutige Maske war, durch einen letzten gezielten Schlag in Richtung Tür befördern; draußen sank er nieder, als hätte er es so gewollt. Er wartete, bis sich die Tür hinter ihm geschlossen hatte, fiel dann auf die Knie, übergab sich auf den Bürgersteig und verlor das Bewußtsein. Dort lag er ungefähr zehn Minuten lang, bis sich um ihn herum eine Menschenmenge gesammelt und jemand nach einem Arzt geschickt hatte. Obwohl sein Bruder ihm versicherte, Big Jim sei nur bewußtlos, hatte Sully geglaubt, sein Vater wäre tot – wie sollte es anders sein mit diesem zugeschwollenen Auge und einer Nase, die nicht mehr in der Mitte des Gesichts saß? Aber bevor der Arzt eintraf, wurde Big Jim mit einem Schnauben wach und kam auf die Füße, offenbar durch das kurze Nickerchen erfrischt. Und als er sich heimwärts schleppte, versuchte keiner, ihn aufzuhalten. Sully und Patrick waren ihm in sicherer Entfernung gefolgt, aber auf dem letzten Stück Heimweg hatte Big Jim ihre Anwesenheit gespürt, hatte sich umgedreht, seine Söhne hart am Kragen gepackt und dicht vor sein verunstaltetes Gesicht gehalten, so daß Sully das Blut und das Erbrochene riechen konnte. »Sagt es bloß nicht Mutter«, hatte er sie gewarnt.

Sogar nach der Scheidung von Vera war Sully davon überzeugt, daß er ein besserer Vater gewesen war als Big Jim, obwohl das, wie er zugeben mußte, kein besonderes hohes Ziel war. Und es stimmte ihn traurig, daß er seine Absichten nur zum Teil verwirklicht hatte; statt Peter zu erziehen und notfalls zu züchtigen, hatte er ihn vernachlässigt, monatelang einfach vergessen. Das war die Wahrheit, die er jetzt kaum glauben mochte, aber auch nicht leugnen konnte. Die Jahre waren nur so verflogen, und es schien immer, als sei Vera mit Ralphs Hilfe eher in der Lage gewesen, ihrem Sohn alles zu geben, was er zum Leben brauchte. Ohne es je auszusprechen, hatte Vera indirekt Sully zu verstehen gegeben, daß sie ohne ihn gut zurechtkam. Ralph, so versicherte sie ihm, sei der geborene Vater, wenn auch nicht der *richtige* Vater, und Peter müsse weder Liebe noch sonst etwas entbehren. Sie waren eine Familie, versicherte sie Sully in einem Ton, der ihm andeutete, daß seine Gegenwart nur unnötige Gefahr heraufbeschwöre. Und so hatte er eine Entschuldigung dafür gefunden, sich fernzuhalten – und um die Wahrheit zu sagen, er war dankbar dafür.

Ralph hatte ihn gelegentlich aufgesucht und ermuntert, den Jungen zu sehen, hatte ihm oft gesagt, der Junge sei so gewachsen, daß Sully ihn jetzt kaum wiedererkennen würde. Aber das traf nie zu:

Sully erkannte Peter immer an dem seltsam besorgten Ausdruck in den Augen, einem Ausdruck, den Will von ihm erbte, allerdings mit mehr Anmut trug. Seine wenigen Ausflüge mit Peter waren immer anstrengend gewesen, weil Sully nicht wußte, was er mit einem Kind reden sollte, das mit sorgenvollem Blick auf den Tachometer starrte und zu Hause sofort seiner Mutter berichten würde, wie schnell Sully wieder gefahren war. Sie waren immer an Orte gefahren, wo viele Menschen waren – ins Kino oder in einen Freizeitpark –, damit sie nicht miteinander allein sein mußten.

Und es stimmte – als Vater war Sully eine Gefahr. Er begriff nie, daß man einem Kind kein Würstchen mit Ketchup spendieren und es dann auf die Achterbahn mitnehmen durfte, bis das Würstchen hochkam und er sich damit befassen mußte, den Jungen wieder sauber zu bekommen, bevor er ihn zu Hause abliefern konnte. Irgendwann landeten sie auf diesen Ausflügen unweigerlich in einer dreckigen Herrentoilette, wo Sully mit feuchten Papiertüchern versucht, das sauer riechende Erbrochene von Hemd und Hose des Jungen abzutupfen, während er sich selbst immer wieder sagen hörte: »Sag's deiner Mutter nicht, okay, Sportsfreund?« Dann stiegen sie wieder ins Auto, Sully kurbelte die Fenster herunter und fuhr wie der Teufel, weil er hoffte, der Wind würde die Kleider des Jungen trocknen, bevor sie bei Vera ankamen.

Manchmal war Peter an ihn gelehnt im Wagen eingeschlafen, und Sully trug ihn dann ins Haus. Das Haar des kleines Jungen hatte immer süß und sauber gerochen, so wie das Haar von Will jetzt. Sully hatte es als den Geruch von Geborgenheit erkannt – in einem sauberen, anständigen und sicheren Zuhause. Wie jenes, das Vera und Ralph für Peter geschaffen hatten. Und deshalb ging er nie von sich aus zu Vera – bis Ralph sich das nächste Mal dazu herabließ, ihn einzuladen.

Jetzt saß Sully in einem rund um die Uhr geöffneten Restaurant neben der Interstate und bestellte seinem Enkel einen Eisbecher mit einer Kirsche obendrauf. Sein eigener Magen gab seltsame Geräusche von sich, also bestellte er für sich selbst nur einen Kaffee. »Mit Extra-Koffein«, sagte er zu der Kellnerin.

Das Mädchen, das die Bestellung aufnahm, war offenbar zu verärgert, am Feiertag arbeiten zu müssen, als daß sie auf den Witz reagiert hätte. Als das Eis serviert wurde, ging Sully zum Münztelefon im Restaurant. Vera hob beim ersten Läuten ab.

»Hi«, grüßte er. »Vermißt ihr jemanden?«

»Ich wußte es«, sagte seine Exfrau. »Wo seid ihr?«

»Geht dich nichts an«, erwiderte er. »Und du hättest es auch nicht wissen können, wenn ich's nicht gerade erst herausgefunden hätte. Er hat sich hinten im Laster versteckt.«

Von seinem Platz in der Telefonzelle aus konnte er sehen, wie sein Enkel nervös herumrutschte. Schließlich zog er die Knie auf den Stuhl, um über die Rückbank der Nische spähen zu können. Als Sully winkte, lächelte der Junge, erleichtert, daß er seinen Großvater entdeckt hatte.

»Sie kämmen schon die ganze Nachbarschaft durch, Sully«, sagte Vera vorwurfsvoll.

»Na, jetzt können sie ja aufhören«, sagte er. »Ich bring' ihn in 'ner halben Stunde nach Hause.«

Dann herrschte Schweigen – so lange, daß Sully sich schon fragte, ob Vera vielleicht aufgelegt und er es nicht gehört hatte. »Bist du noch da?«

»Weiß ich nicht.«

»Du weißt nicht, ob du da bist?«

»Hast du dich noch nie so gefühlt?«

»Wie?«

»Als ob du gar nicht da wärst?«

Das war kein Gespräch, wie es Sully mit seiner Exfrau führen wollte. Seiner Meinung nach hatte sie ihre Fähigkeit zum Selbstmitleid zu gut trainiert. »Nie«, antwortete er daher. »Nicht ein einziges Mal.« Er sagte es, weil es stimmte und weil er ihr klarmachen wollte, daß ihr Unwirklichkeitsgefühl ihm keine Tränen entlockte.

»Du Glückspilz«, gab Vera zurück und legte auf.

Nachdem Will sein Eis verputzt hatte, zeigte ihm Sully die Venusmuschel, die er während des Telefongesprächs in seiner Tasche entdeckt hatte.

»Das ist 'ne Muschel«, sagte Will und berührte sie.

»Stimmt«, sagte Sully. »Nur, daß noch was drin ist.«

Will zog die Hand zurück, beobachtete die Muschel aus sicherem Abstand.

Sully stupste sie mit der Messerklinge an. Die Muschel gab einen zischenden Laut von sich.

»Kann es denn raus?«

»Es ist innen an der Schale festgewachsen«, erklärte Sully. »Es will gar nicht raus.«

»Ich an seiner Stelle würde schon gern rauskommen«, sagte Will.

»Nicht, wenn du 'ne Muschel wärst. Dort drin ist es sicher«, erklärte Sully. »Prügelst du dich eigentlich immer mit deinem Bruder?«

Will wußte nicht, was er darauf antworten sollte. Eigentlich prügelten *sie* sich nie, es sei denn, man würde Wackers ständige Anschläge auf ihn so nennen. Will entschied sich, Opa Sully auf halbem Wege entgegenzukommen. »Manchmal«, sagte er.

»Ich hab' mich auch immer mit meinem Bruder gezankt«, erzählte Sully.

»Und jetzt nicht mehr?«

»Er ist bei einem Autounfall gestorben«, sagte Sully.

Erschrocken blickte Will ihn an; er hatte gerade erst aufgehört, seinem Bruder den Tod zu wünschen, aus Angst, daß der Wunsch in Erfüllung gehen und irgend jemand es später herausfinden könnte.

»Ich werde bei Dad wohnen«, platzte es aus Will heraus. Er war selbst über diese Äußerung überrascht. Seit einem Monat hatte Will angefangen, sich ein neues, schöneres Leben vorzustellen. Seine Eltern würden sich scheiden lassen, und er würde zu seinem Vater kommen. Zuerst hatte ihn die Vorstellung erschreckt; er wußte, daß es schrecklich war, auf eine Scheidung zu hoffen, aber es war immer noch besser, als Wacker den Tod zu wünschen – und das fürchtete er zu wünschen, wenn es keine andere Möglichkeit gab. Also hatte er sich für die Scheidung entschieden. Es war schrecklich, daß er bei dem Handel seine Mutter verlieren sollte, aber da gab es keine Abhilfe. Sie mußte gehen.

Das Beste an der ganzen Scheidungsidee war, glaubte Will, daß er ohne Wacker seinem Vater beweisen könnte, daß er ein braver Junge war, ein Junge, der sich der Liebe seines Vaters würdig erwies, ein Junge, der nie – oder selten – Ärger machte. Und wenn die Familie erst einmal getrennt war, würde seine Mutter bald erkennen, daß es Wacker war, der immer die Feindseligkeiten ausgelöst hatte. Und am Ende würden sie wieder zusammenkommen, pflegte Will sich vorzustellen. Nur würde dann alles anders sein: Sie hätten ein Haus, keine Wohnung. Jeder Junge würde sein eigenes Zimmer bekommen, und seine Eltern würden seinen Rat annehmen und Wacker einschließen und ihm die Mahlzeiten unter der Tür durchschieben. Sie würden ihn nicht herauslassen, bis Will groß war und woanders wohnte. Er würde seinen Eltern das Versprechen abnötigen, daß sie Wacker nicht sagten, wo er wohnte. Das war sehr wichtig, denn wenn Wacker aus seinem Gefängnis herauskäme, würde er unheimlich wütend sein.

All das erzählte Will jetzt seinem Großvater Sully. Als er einmal angefangen hatte, floß es nur so heraus, und nun, da er es erzählt hatte, schien seine Phantasie Gestalt anzunehmen. Falls sein Großvater irgendwelche Lücken in dem Plan entdeckte, erwähnte er es nicht. Er hörte zu, und Will war ihm dankbar. Sein ganzes Leben lang hatten ihn die Erwachsenen immer wieder mit Einwänden unterbrochen und alle möglichen Gründe genannt, warum die Dinge nicht so waren, wie Will glaubte, und auch nicht so werden konnten. Als Will nun ohne Unterbrechung redete, gewann er an Selbstvertrauen und sprach immer schneller; er beschrieb das Haus, in dem er mit seinem Vater wohnen würde, und die schrecklichen Strafen, die Wacker zu erdulden hätte, wenn die Wahrheit ans Licht käme. Das betroffene Schweigen seines Großvaters war genau die Bestätigung, die er immer gesucht hatte. Nie war er glücklicher gewesen. Nie hatte ihm ein Eis besser geschmeckt, denn es war immer die Angst da gewesen, die es ihm vergällte. Aber das Eis hier schmeckte so gut, daß er sogar die Schüssel ausleckte.

»Du kannst uns dann immer besuchen kommen«, sagte er zu Sully, als sei Wacker der Grund gewesen, daß sein Großvater ihn bis jetzt noch nicht besucht hatte.

»Werde ich auch«, versicherte Sully und warf einen Blick auf die Uhr. Der Junge hatte eine halbe Stunden lang geredet, und nun waren sie schon zu spät dran. »Wir sollten mal besser zurückfahren, meinst du nicht auch?« Will machte ein langes Gesicht. »Ich würd' lieber bei dir wohnen.«

»Wenn du bei mir wohnst, kann ich dich doch nicht mehr besuchen kommen«, betonte Sully. »Außerdem, wenn ich dich deiner Mommy und deinem Dad stehle, komm' ich ins Gefängnis. Da wird sich Oma Vera schon drum kümmern.«

Will wußte, daß das stimmte. Er wollte nicht zurück, aber er wollte auch nicht, daß Opa Sully ins Gefängnis mußte. Irgendwie fühlte er sich aber auch tapferer, jetzt, nachdem er mit Opa Sully geredet hatte. Er hatte nicht mehr so viel Angst vor Wacker. Sicher, Wacker würde sich für die Sache mit der Klobrille rächen, aber dann brauchte Will nur an all die Jahre zu denken, die sein Bruder eingesperrt in seinem Zimmer verbringen mußte, um wieder neuen Mut zu fassen.

An der Kasse zahlte Sully seinen Kaffee und das Eis. In der nächsten Nische aß jemand ein Hähnchenschnitzel, das gut aussah und gut roch. Sullys Magen hatte sich ein wenig beruhigt, und ihm wurde bewußt, daß er den ganzen Tag kaum etwas gegessen hatte. Auf dem Weg nach draußen überlegte er noch, ob er Vera anrufen und sagen sollte, daß sie jetzt kämen, beschloß dann aber, es bleiben zu lassen. In zehn Minuten wären sie ohnehin da.

Sie hätten es auch geschafft, wenn Sully noch über Benzin verfügt hätte. Der Tank war am Morgen noch zu einem Viertel voll gewesen, aber das meiste davon hatte er verbraucht, als der Wagen mit laufendem Motor vor Veras Haus stand, und jetzt war kein Tropfen mehr im Tank, was Sully leicht hätte voraussehen können, wenn er auf der Fahrt zum Restaurant einen Blick auf den Tankanzeiger geworfen hätte.

Zum Glück war es diesmal Ralph, der den Hörer abnahm, und er war es auch, der eine Viertelstunde später mit dem Buick auf dem Parkplatz erschien. »Opa kommt euch retten«, kicherte er, als Will ihm entgegenrannte. Dann wurde er rot. »Ich denk' immer, ich wär' der Großvater«, gestand er Sully.

»Das ist schon okay«, erwiderte Sully. »Ich seh' das auch so.«

»Du steigst jetzt besser ein«, sagte Ralph zu dem Jungen. »Hast ja nicht mal einen Mantel an.«

War Sully ebenfalls noch gar nicht aufgefallen. Will krabbelte auf den Vordersitz und dann hinters Steuer. Ralph reichte Sully einen Kanister mit Benzin. »Wie hat er denn die Beule gekriegt?«

fragte er in verschwörerischem Ton, als wüßte er schon, daß er zu Hause eine Notlüge auftischen mußte.

Sully erklärte es schuldbewußt. Vera hatte immer behauptet, er sei ein gefährlicher Mann, und er wußte schon, was sie sagen würde, wenn der Junge verletzt nach Hause kam. Ralph hingegen schien zu verstehen, daß solche Sachen eben passieren konnten.

»Teufel auch«, meinte er. »Wir wußten ja erst mal gar nicht, daß er weg war. Dann dachten wir, er wär' einfach abgehauen. Ich war froh, als ich hörte, daß er bei dir war.«

»Vera nicht.«

»Na, du kennst sie ja.«

»Stimmt. Und sie ist immer noch überzeugt, daß keiner sie liebt, so wie ich's verstanden habe.«

»Sie hat 'nen harten Tag hinter sich. Ihr Dad ist so krank, und dann noch die vielen Leute. Sie ist einfach durcheinander.«

»Ich hätte besser nicht kommen sollen«, sagte Sully, von Ralphs Großzügigkeit gerührt. »Ich hätt's wissen sollen.«

»Sag doch so was nicht«, meinte Ralph tief verletzt. »Du bist uns immer willkommen.«

»Also, ich finde es großartig, daß du hergekommen bist«, sagte Sully. »Ich muß ja vor eurem Haus fünf Gallonen Sprit verplempert haben.«

Er schraubte den Tankdeckel auf, und steckte einen Trichter hinein.

»Nun mach schon, nimm alles«, drängte Ralph. »Es wird noch 'ne Weile dauern, bis ich wieder den Rasen mähen kann.«

»Du hast keinen Schneepflug?« fragte Sully.

Ralph schüttelte traurig den Kopf. »Ich muß mir aber einen besorgen. Kann seit dieser Darmgeschichte keinen Schnee mehr schaufeln. Hat mich heute morgen fast umgebracht, und ich hab' eh' schon gewartet, bis fast der halbe Schnee geschmolzen war. Ist doch scheußlich, alt zu werden, was?«

Als Sully sicher war, genug Benzin für die Rückfahrt eingefüllt zu haben, nahm er den Trichter heraus und schraubte den Tankdeckel wieder zu.

»Nun mach schon, nimm alles«, sagte Ralph.

»Das wird schon reichen«, entgegnete Sully. »Nochmals danke.«

»Willst du wieder mit zu uns kommen?« fragte Ralph. »Hat sich alles wieder beruhigt. Du hast ja noch nicht mal was vom Truthahn abgekriegt.«

»Ist schon in Ordnung, ich bin ja auch nicht wegen des Truthahns gekommen«, erwiderte Sully. »Was ist denn nur mit Peter und Charlotte los?«

Ralph hob die Arme und ließ sie wieder fallen. »Ich versteh' das nicht«, gab er zu. »Ich weiß nicht, warum die Leute nicht miteinander auskommen können.«

»Das weißt du nicht?« fragte Sully. »Wie alt bist du?«

»Es ist nicht so schwer, miteinander auszukommen«, beharrte Ralph. »Brauchst bloß nett zu den Leuten zu sein, dann sind sie auch nett zu dir, die meisten wenigstens.«

Sully nickte. »Nur manche eben nicht. Und manchmal ist dir ja auch nicht danach, nett zu sein.«

»Ich bin immer gern nett«, sagte Ralph.

»Weiß ich«, gab Sully zu. »Aber du bist auch eine Ausnahme.« Er nahm seine Zigaretten heraus und bot Ralph eine an, denn der machte nicht den Eindruck, als wolle er eilig nach Hause. Es war nicht mehr sehr kalt, und die Melodie von ›God Rest Ye Merry, Gentlemen‹ wehte über den Parkplatz.

Ralph lehnte die Zigarette ab. »Vera hat mich dazu gebracht, aufzuhören«, sagte er. »Auch das Bier, nur manchmal trink' ich heimlich.«

Sully steckte sich die Zigarette an. »Ich verrat' dich schon nicht.«

Ralph grinste und schüttelte den Kopf. »Ich muß zugeben, daß es mir bessergeht«, sagte er. »Übrigens war es der Arzt, der's mir verboten hat. Vera guckt nur, daß ich mich dran halte.«

»Darin war sie schon immer sehr gut.«

Ralph blickte auf seine Schuhe. »Du hast wirklich 'nen Fehler gemacht, als du sie verlassen hast«, sagte er unerwartet.

»Da könntest du recht haben«, stimmte Sully zu, nicht so sehr, weil er es glaubte, sondern weil es seltsam rührend schien, daß Ralph so etwas sagte, daß ein Mann so etwas zu einem anderen über eine Frau sagte.

»Ich weiß ja, daß sie einen gern rumkommandiert«, gab Ralph zu. »Und wenn sie Leute nicht ändern kann, wird sie nicht froh. Aber sie ist nie gemein.«

»Vera war nie gemein«, stimmte Sully zu. »Immer nur frustriert, weil's nie so läuft, wie sie will.«

»Ich denk', alle wollen ihren Willen durchsetzen.«

Sully nickte stumm. Wie um einen Schlußpunkt zu setzen, ließ er seine Zigarette fallen und trat sie aus. »Übrigens«, fügte er hinzu, als sie sich zum Abschied die Hand gaben. »Ich kenn' einen Typ, der seinen Schneepflug vielleicht billig verkauft.«

»Wie kommt's?« fragte Ralph verwundert, immerhin versprach es ein harter Winter zu werden.

»Er zieht nach Florida«, log Sully.

»Und da wird er ihn nicht brauchen, oder was?« meinte Ralph.

»Wenn du ihn haben willst . . .«, sagte Sully. »Ist praktisch wie neu. Hab' ihn schon selbst benutzt.«

»Ich weiß nicht«, meinte Ralph und blickte beiseite. »Was will er denn dafür haben?«

»Ich glaub', ich krieg' ihn am Ende umsonst«, sagte Sully. »Du kannst ihn ja bei dir unterstellen, und ich borg' ihn mir von Zeit zu Zeit aus.«

Für Ralph ergab das alles keinen Sinn; Schneepflüge waren verdammt teuer, und daß man einen gebrauchten um diese Jahreszeit verkaufen wollte, erschien ihm undenkbar. Er war zwar geneigt, Sully immer Glauben zu schenken – aber seine Frau war da ganz anderer Meinung. Vera würde sofort riechen, daß an diesem Handel etwas faul war, und würde Sully vielleicht sogar dafür beschimpfen, daß er so ein Angebot gemacht hatte. »Hört sich ganz toll an«, gab Ralph traurig zu; er wirkte wie ein kleiner Junge, der seinem Freund schlechte Nachrichten mitzuteilen hatte – meine Mom will es nicht.

»Ich lass' dich wissen, ob's klappt«, versprach Sully, dann nickte er zu Will hinüber. »Sei nicht zu überrascht, wenn er selbst fahren will.«

Die beiden Männer schüttelten sich wieder die Hand, bevor Sully zurück ins Restaurant ging. Vom Zigarettenautomaten an der Tür konnte er sehen, wie Ralph vorsichtig zurücksetzte und in Richtung Bath davonfuhr, behutsam wie ein Mann, der nicht vorhat, bei einem Unfall ums Leben zu kommen. Sully konnte auch noch einen Blick auf seinen Enkel erhaschen, der sich schutzsuchend an Ralphs gemütlich-breiten Leib kuschelte.

Die Kellnerin, die Sully und seinen Enkel bereits bedient hatte, kam zu ihm. »Noch mehr Kaffee?« fragte sie. Jetzt lächelte sie sogar.

»Okay«, willigte Sully ein. »Und dazu ein Hähnchenschnitzel.«

Sie blinzelte. »Sie wollen ein Hähnchenschnitzel?«

»Genau«, sagte er.

»Wir haben Truthahn mit Füllung im Angebot«, sagte sie. »Mit Beilagen sechs-fünfundneunzig.«

»Klasse«, sagte Sully. »Gern – wenn ich nach dem Hähnchenschnitzel noch Hunger hab'.«

Das Lächeln des Mädchens verschwand. Die Kellnerin wünschte, es gäbe ein Gesetz gegen solche Klugscheißer am Thankgiving-Abend.

Carl Roebucks Wagen parkte in der Einfahrt. Sully stellte den Pickup dahinter ab. Er sah sich nach dem Schneepflug um, konnte ihn jedoch nirgends entdecken. Carl saß in der Küche und starrte auf eine halbleere Flasche Jack Daniels, als Sully an die Tür klopfte und sich zu ihm gesellte.

»Weißt du was«, sagte Carl und sah auf. »Als wir das Haus kauften, hat uns die Maklerin noch geschworen, daß man solche Typen wie dich nicht in der Nachbarschaft dulden würde.«

Sully zog sich einen Stuhl heran. »Du hast sie wohl mißverstanden«, sagte er. »Sie meinte wahrscheinlich, daß Nigger hier nicht geduldet würden.«

»Ich hab' dich immer für einen Nigger gehalten«, sagte Carl. »Du machst Niggerarbeit für 'nen Niggerlohn. Nigger haben allerdings höhere Ziele als du.«

Sully steckte sich eine Zigarette an und blies Carl als Antwort Rauch ins Gesicht. »Ich wär' ganz froh, wenn du mir bloß meinen Niggerlohn zahlen würdest. Das ist ehrlich gesagt mein einziges Ziel.«

Carl sog den Rauch der Zigarette ein. »Kann ich eine haben?«

Sully warf ihm das Päckchen zu; Carl schob die Flasche zu Sully.

»Wir trinken aus der Flasche wie richtige Männer«, sagte Carl. »Heute ist Männerabend in der Casa Roebuck. Gläser? Wir brauchen die Scheißgläser nicht.« Tief sog er den Rauch seiner Zigarette ein. »Du gehst nie ins Kino, was?«

»Nie«, erwiderte Sully.

»Und du hast noch nicht mal ein Video, wette ich.«

»Nicht mal«, gab Sully zu.

Carl schüttelte den Kopf. »Sully, Sully, Sully. Du gehst wirklich nicht mit der Zeit.«

»Wenn ich ein Video hätte, wär' ich dann so glücklich wie du?« fragte Sully.

»Wahrscheinlich nicht *so* glücklich«, erwiderte Carl. Er nahm einen Schluck aus der Flasche, die Sully nicht angerührt hatte, und setzte sie wieder ab. Plötzlich lachte er auf, ließ seinen Kopf zurückfallen, so daß er an die Decke blickte, und fuhr sich mit den Fingern durchs Haar. »Scheiß drauf«, sagte er; es klang völlig erschöpft.

»Wo ist Toby?« fragte Sully unvermittelt.

»Welche Toby?«

Sully ließ die Frage im Raum stehen.

»Irgendwo. Sie wollte beim Männerabend nicht dabei sein.« Betrunken schaute er Sully an. »Gottchen, ich hoffe, daß ich nie so werd' wie du.«

Sully nickte. »Hoff' ich auch nicht.«

Carl schüttelte den Kopf. »Ist sechzig und verknallt sich immer noch wie 'n Schuljunge. Wenn ich mal so alt werd' wie du, will ich aber schlauer sein.«

»Na ja, die Hoffnung kann nicht schaden«, meinte Sully. »Hast aber 'nen schlechten Start erwischt, wenn Schlauwerden dein Ziel im Leben ist.«

Wieder fuhr sich Carl mit der Hand durchs Haar. »Das meint meine Frau auch«, gab er zu. »Sie ist im Moment ziemlich böse auf mich, obwohl ich heute morgen deinen Rat befolgt hab' und sofort nach Hause gekommen bin. Blöd war nur, daß ich auf dem Weg dorthin noch zweimal in ein Bett gezerrt wurde. Und dann hab' ich den Fehler gemacht, ihr alles zu beichten und um Verzeihung zu bitten. Ich glaub', ich hab' ihr das Fest verdorben.«

»Du kannst noch mal die Couch haben, wenn du willst«, bot Sully an. Er stand auf, drückte die Zigarette im Spülbecken aus und spülte die Asche weg.

»Das ist die mieseste Couch in ganz Bath«, sagte Carl. »Sie hat mir Alpträume verschafft.« Er nahm seine Brieftasche heraus, zog einen Packen Banknoten hervor und knallte sie vor Sully auf den Tisch. »Kauf dir 'ne verdammte Couch. Du kannst deinen Gästen nicht zumuten, auf 'ner Couch zu schlafen, auf der sie Alpträume kriegen.«

Sully blätterte die Scheine mit dem kleinen Finger durch. Es schienen fast tausend Dollar zu sein. »Ich komm' morgen vorbei«, sagte er. »Dann kannst du bezahlen.«

»Nimm's jetzt«, riet Carl. »Wenn meine Frau sich von mir scheiden läßt, werd' ich ganz andere Sachen im Kopf haben. Jetzt ist deine Chance – nimm soviel, wie du glaubst, daß ich dir schulde.«

»Mach dir keine Sorgen«, entgegnete Sully. »Ich krieg's auch so – und zwar, wenn du nüchtern bist. Das wird dich nur mehr ärgern.«

Carl schüttelte den Kopf. »Du machst Niggerarbeit für Niggerlohn, hast aber die Skrupel von 'nem Weißen. Kein Wunder, daß du keinen Videoapparat hast.«

»Oder 'nen Schneepflug.«

Carl heulte vor Freude, er war krebsrot geworden. »Ich sag' dir die verdammte Wahrheit: Mein einziger Spaß heute war, meinen eigenen verdammten Schneepflug zurückzuklauen.«

»Tja«, meinte Sully und erhob sich. »Behalt ihn mal schön, bis es wieder schneit. Nächstes Mal kannst du wenigstens das Geländer wieder anschrauben. Wenn meine Wirtin einmal stürzt, wird sie die neue Besitzerin von C. I. Roebuck.«

»Kann sie gern werden«, gab Carl zurück. »Wenn die nicht bald mit diesem Vergnügungspark anfangen, werd' ich die Firma nicht mehr loswerden können.« Dann fiel ihm plötzlich etwas ein. »Diesem miesen Schnüffler hab' ich übrigens nichts erzählt.«

Sully blieb an der Tür stehen. »Wem?«

»Dem Typ heute morgen.«

»Welcher Typ, verdammt noch mal?«

»Der Typ, der ins Büro kam, nachdem du gerade weg warst.«

Sully erinnerte sich an den Mann in der dunklen Limousine, der ihm gesagt hatte, er würde die Lage nicht ganz überblicken. »So 'n kleiner Kerl?« wollte Sully wissen. »Ziemlich gut angezogen?«

»Genau der.«

»Er hat vor dem Haus geparkt«, erzählte Sully. »Ich hab' ihm einen Schneeball ans Auto geschmissen. Er schien nicht gerade froh darüber, daß ich ihn gesehen habe. Ich dachte mir, daß ein wütender Ehemann ihn angeheuert hat.«

»Er wollte wissen, ob du für mich arbeitest. Ich hab' gesagt, nein. Da fällt mir was ein. Kann sein, daß ich morgen was für dich und deinen Zwerg habe«, sagte Carl. »Komm im Büro vorbei.«

»Okay«, willigte Sully ein. »Warum gehst du nicht ins Bett?«

»Weil ich nicht müde bin.«

»Du bist total erschöpft. Solltest dich mal sehen.«

»Ich bin vielleicht erschöpft«, gab Carl zu. »Aber nicht müde.«

Als Sully in den Laster einstieg, saß Toby Roebuck da. Die Innenbeleuchtung des Wagens funktionierte nicht, und die glühende Spitze ihrer Zigarette war das einzige Zeichen ihrer Anwesenheit.

»Mein Gott, bist du aber schreckhaft«, sagte sie.

Sie hatte ihn tatsächlich überrascht. »Ich hatte dich nicht erwartet«, sagte er.

Sie sah ihn nur an. »Dein Leben muß ja voller Überraschungen stecken, Sully.«

Das stimmte, und er stritt es nicht ab. Besonders heute war ein Tag voller Überraschungen gewesen. »Wieso hast du ihn wieder reingelassen?«

»Hab' ich ja nicht«, erwiderte sie. »Ich denke, daß Horace, diese falsche Schlange, ihm doch einen Schlüssel gegeben hat. Carl war im Haus, als ich aus Schuyler zurückkam.«

Das erinnerte Sully an etwas. »Ich sag's dir ja nicht gern, aber da läuft ein Gerücht über dich um.«

»Ehrlich!« In gespielter Begeisterung klatschte Toby in die Hände. »Wie aufregend! Sag schon.«

»Du sollst einen Freund in Schuyler haben.«

Toby blickte ihn so lange an, bis er sich vor Verlegenheit wand, dann brach sie in Lachen aus. »Armer Sully«, sagte sie schließlich. »Du bist zum Schießen.«

Wie fast immer bei Frauen fühlte Sully sich plötzlich aus der Unterhaltung ausgeschlossen. »Hör mal, das hab' ich mir nicht ausgedacht«, beharrte er. »Im Gegenteil, ich hab' dem Kerl gesagt, daß ich's nicht glaube.«

Das hatte einen erneuten Heiterkeitsausbruch zur Folge, obwohl Toby Roebuck sich diesmal schneller beruhigte. »Du bist wirklich ein netter Mann«, sagte sie und bemühte sich um einen ernsteren Ton.

»Stimmt.« Sully grinste sie an. »Ich wünschte nur, das würden mehr Frauen erkennen.«

Im Haus war Carl jetzt ans Fenster getreten und spähte nach Pfadfinderart in die Einfahrt. Sully bezweifelte, daß er etwas anderes als sein eigenes Spiegelbild sehen konnte. Er ließ den Wagen an, weil er sich dachte, daß Carl zum Fenster gekommen war, weil er den Motor nicht gehört hatte. »Vielleicht solltest du heute nacht nicht hier bleiben«, sagte er zu Toby. »Er ist ganz schön mies drauf.«

Sie bemerkte seinen Blick und schaute auch zum Fenster auf. »Ich kann's bald nicht mehr ertragen«, gab sie zu. »Schau ihn doch nur an.«

Carl stand gegen das Fenster gelehnt und hatte die Hand über die Augen gelegt. Er schwankte, als würde er im nächsten Augenblick durch die Scheibe segeln.

»Geh einfach 'ne Weile weg von hier«, schlug Sully vor. »Ich pass' auf ihn auf.«

Der Vorschlag rief ein Lächeln hervor. »Das ist ja 'ne komische Vorstellung; daß du auf jemanden aufpaßt.«

»Warum?«

»Ach Sully, versuch doch zu verstehen. Ich weiß ja, daß du es ernst meinst. Aber nach zwei Minuten wirst du von was anderem abgelenkt und vergißt deinen Vorsatz, und dann würdest du nicht mehr an ihn denken – so ungefähr bis zwei Wochen nach der Beerdigung. Du würdest auf der Straße rumlaufen und dich wundern, warum du ihn in letzter Zeit nicht mehr gesehen hast.«

Carl war vom Fenster weg zur Treppe gegangen.

»Übrigens, wo hat er eigentlich den Schneepflug versteckt?«
»Draußen auf dem Gelände«, erwiderte sie. »Im Schuppen.«
»Na schön«, meinte er. »Ich klau' das Ding morgen oder übermorgen zurück.«
»Nimm dich vor diesem gemeinen Köter in acht.«
»Der Hund macht mir keine Sorgen«, sagte Sully. »Ich frag' mich nur, wie ich den Zaun schaffen soll.«
»Du bist doch ein Mann, Sully.«
»Danke.«
»Das war kein Kompliment«, entgegnete sie.

»Du mußt dich nicht extra feinmachen, wenn du herkommst«, sagte Tiny, als Sully frischrasiert und angezogen wie bei seinem Besuch bei Vera ins *Horse* kam und sich ans Ende der Theke setzte. Das Hemd hatte er vor Monaten von Ruth geschenkt bekommen, und heute trug er es zum ersten Mal. Er hatte es erst heute aus der Verpackung genommen, davon zeugten die Falten, die immer noch das Hemd knitterten. Auch die Löcher der Stecknadeln hatten sich noch nicht geschlossen.

Im Fernseher über der Bar lief ein Football-Spiel, das die Aufmerksamkeit der ungefähr zwölf Männer fesselte, die am Spätnachmittag von Thanksgiving ihren Familien entflohen waren. Am frühen Morgen schon hatte der Feiertag mit der Parade von Macy's begonnen, und sie hatten sich das Spiel am Nachmittag nicht in Ruhe ansehen können. Im *Horse* hofften sie nun darauf, beim zweiten Match des Tages nicht gestört zu werden.

»Ich will immer richtig schick aussehn, wenn ich weiß, daß du hinter der Theke stehst«, sagte Sully. Tiny schien nun besserer Laune zu sein, und Sully wußte, daß sie den Streit von gestern Abend für eine kurze Weile begraben würden. In den nächsten Stunden würden sie so tun, als könnten sie sich gar nicht streiten, bis sie dann merken mußten, daß sie schon längst wieder dabei waren.

»Wo ist denn dein Stammkunde?«

Tiny blicke auf seine Uhr. »Muß jeden Augenblick kommen«, erwiderte er. »Du bist heute sehr gefragt. Ich hab' erst eine Stunde offen, und schon hast du einen Anruf und ein Päckchen gekriegt.« Er holte einen mit Alufolie bedeckten Teller unter der Theke hervor. »Riecht nach Truthahn.«

Sully spähte unter der Folie. Truthahn mit Füllung, Püree, Preiselbeersauce. Noch warm. Er untersuchte die Folie. »Kein Absender.«

»Von deiner Ex«, erklärte Tiny. »Der Wie-heißt-er-noch-mal hat's gebracht. Der Bote.«

»Ralph?«

»Er meinte, du hast das Essen verpaßt.«

»Ich hab' gerade erst gegessen. Wer hat angerufen?« fragte er und hoffte, es wäre Ruth, die natürlich nicht ihren Namen genannt hätte.

»Irgend jemand wegen 'nem Job.« Tiny hatte den Namen und die Nummer auf einen Zettel gekritzelt: Miles Anderson.

Sully runzelte die Stirn. »Wer zum Teufel ist Miles Anderson?«

»Nie von ihm gehört«, gab Tiny zu. »Meinte nur, er hätte gerade in der Stadt ein Haus gekauft, und will, daß da was dran gemacht wird. Wahrscheinlich wieder so ein Yuppie-Arschloch.«

»Die stecken überall«, stimmte Sully ihm bei. »Aber wenigstens haben sie Kohle.«

»Darum sind's ja auch Yuppies«, sagte Tiny. »Sonst wären's ja bloß Arschlöcher.«

»Ich wünschte ja auch, daß ich nur für Leute arbeiten muß, die ich mag«, sagte Sully.

Er war gerade beim zweiten Bier und immer noch in einer netten Unterhaltung mit Tiny begriffen, als sein Anwalt Wirf sich steifbeinig auf den Hocker neben ihn hievte. »Es ist schön, wenn all meine Lieben sich wieder so gut verstehen«, äußerte er. »Was ist das?« fragte er dann und deutete auf den folienbedeckten Teller neben Sully. »Riecht nach Essen.«

»Hast nicht zu abend gegessen, was?« fragte Sully.

»Doch, mir dir«, erinnert Wirf ihn. »Weißt du es nicht mehr?«

»Das war gestern«, betonte Sully.

»Ach so«, grinste Wirf. »Du meinst heute?«

»Stell das mal unter die Mikrowelle, ja?« schlug Sully vor und schob Tiny den Teller hin.

Tiny tat, wie ihm befohlen – er wirkte allerdings ein wenig verstimmt.

»Darüber wird er sich heute abend noch schwarz ärgern«, meinte er in weiser Voraussicht.

»Eher wird er mir noch ein halbes Dutzend von den eingelegten Eiern andrehen«, gab Wirf zurück. »Und wer sollte ihm das übelnehmen?«

»Ich – wenn ich noch 'n Bier trinke.«

Die Mikrowelle piepste, und Tiny kam mit dem Teller zurück, auf dem es nun dampfte. Ein paar Männer, die sich das Football-Spiel anschauten, bestellten dasselbe.

»Siehst du, was du für 'nen Ärger machst?« sagte Tiny.

Hungrig schaufelte Wirf das Essen.

»Ich glaub' nicht, daß ich mir das ansehen kann«, sagte Sully, der sich fragte, warum ein Mann, der ein Juraexamen bestanden hatte, nicht einmal die einfachsten Tischsitten begreifen konnte. Wirf hielt Gabel und Messer falsch und legte keines der Instrumente aus der Hand, bevor er nicht den letzten Happen in sich hineingeschaufelt hatte.

Sully begab sich zum Telefon und wählte die Nummer auf dem Zettel.

»Adirondack.«

»Was?«

»Adirondack Motel.«

»Wohnt bei Ihnen ein Miles Anderson?«

»Soll ich wohl mal nachschauen?«

»Ja, sollen Sie.«

Einen Augenblick später: »Miles Anderson.«

»Hier spricht Don Sullivan.«

»Wer?«

»Schon gut, auf Wiedersehn.«

»Ach so ... stimmt ... Mr. Sullivan. Tut mir leid. Hören Sie. Ich habe vor kurzem ein Haus in dieser Stadt erworben. Auf der Upper Main Street. Wissen Sie, wo das ist?«

»Hab' schon mal davon gehört«, erwiderte Sully.

»Ach.« Miles Anderson zögerte. »Das soll wohl ein Scherz sein.«

»Ich wohne an der Upper Main«, gestand Sully.

»Ja?« Ungläubig.

»Welches Haus haben Sie denn gekauft?«

»Das gegenüber vom Sans Merci.«

»Souci.«

»Stimmt«, sagte Miles Anderson. »Ich wußte doch, daß es etwas war, wo ein Stück fehlte. Habe wahrscheinlich an Keats gedacht.«

»Wahrscheinlich«, sagte Sully. »Das ist aber 'n großes Haus, Mr. Anderson.« Er sah es jetzt vor sich, das größte Haus auf der Upper Main.

»Ich plane es in ein B-und-B umzuwandeln«, vertraute ihm Miles Anderson an.

»Na schön, ich passe«, meinte Sully. »Was ist ein B-und-B, außer Brandy?«

»Bed-and-Breakfast«, erklärte Anderson. »Das haben Sie doch wohl schon mal gehört?«

»Nein, nie.«

»Ist jetzt der Renner.«

»Sehr schön«, sagte Sully friedfertig.

Lange Pause. »Auf jeden Fall befindet sich das Haus in einem – wie soll ich sagen – äußerst unfertigen Zustand. Im Grunde muß alles geschniegelt werden.«

»Geschniegelt?« fragte Sully.

»Es braucht ein bißchen vom jedem, fürchte ich. Streichen. Rohre verlegen. Stromkabel. Dann muß isoliert werden. Und die Arbeit draußen – zwei Baumstümpfe müssen ausgegraben und weggeschafft werden. Sie hätten aber genug Zeit. Ich werde es nicht vor dem Frühjahr in Besitz nehmen. Mitte Mai scheint mir eine gute Zeit. Um dann im August zur Rennsaison zu eröffnen.«

»Ich mache keine Elektroarbeiten«, sagte Sully. »Könnte Ihnen aber jemand empfehlen.«

»Ja ... nun ... das könnte doch gehen, nicht wahr?«

»Sehr wahr«, gab Sully zurück. Er überlegte schon, wie gut es gehen könnte. Den ganzen Winter hätte er Arbeit und könnte in seinem eigenen Tempo wirken, so wie sein Knie es zuließ. Wenn der Boden erst gefror, würde Carl Roebuck kaum noch Arbeit für ihn haben – erst wieder im April nächsten Jahres.

»Soviel ich weiß, besitzen Sie einen Lastwagen?« fragte Miles Anderson.

»An den meisten Tagen ja.«

»Nur an manchen Tagen?«

»Er gehört mir schon. Fährt auch an den meisten Tagen.«

»Ich verstehe. Ja. Nun, was kann ich Ihnen noch sagen? Es wird eine anstrengende Arbeit, fürchte ich.«

Da Miles Anderson es wie eine Frage klingen ließ, gab Sully ihm eine Antwort. »An anstrengende Arbeit bin ich gewöhnt.«

»Hmmm. Ja. Gut. Dann ist es ja in Ordnung. Hören Sie, hätten Sie etwas dagegen, mir zu sagen, wie alt Sie sind?«

»Ich bin sechzig«, sagte Sully. »Und Sie?«

»*Touché*. Ich frage mich – wären Sie wohl bereit, sich morgen das Haus einmal anzusehen? Mir eine ungefähre Schätzung zu geben? Ich muß am Nachmittag wieder in der Stadt sein.«

»In welcher Stadt?«

»New York City. Ich frage mich – ist Ihr Stundenlohn wohl gerade gestiegen?«

»Nein«, erwiderte Sully. Sein Stundenlohn war schon vorher gestiegen, als Miles Anderson ›nicht wahr‹ gesagt hatte.

Sie verabredeten, daß Sully um elf zum Haus kommen sollte. Sully schrieb die Adresse auf. »Ich wohne nur zwei Blocks weiter.«

»Ach, tatsächlich«, sagte Miles Anderson vollkommen gleichgültig.

»Wer hat mich eigentlich empfohlen?« fragte Sully noch rasch, bevor er auflegte.

»Ein paar Leute«, erwiderte Miles Anderson. »Sie genießen einen ausgezeichneten Ruf in der Stadt.«

Freitag

Clive jr. saß seiner Mutter am Frühstückstisch gegenüber und versuchte, die Teile des zersplitterten Queen-Anne-Stuhls, die in einem imposanten Haufen zu seinen Füßen lagen, wieder zusammenzufügen. Seine Mutter war schon angezogen und so lebhaft, daß Clive jr. schloß, sie müsse wütend sein. Immer noch. Ihre Lippen formten die gleiche weiße Narbe, die ihm schon als Junge Angst eingejagt hatte, und die er auch jetzt noch fürchtete. Es war schon seltsam, daß er vor seiner Mutter Angst haben sollte, sann Clive jr., der beim letzten Wiegen über zweihundertzwanzig Pfund auf die Waage gebracht hatte, was, wie er zugeben mußte, für einen Mann von ein Meter achtzig Größe zu viel war. Aber man konnte es ja der Erbmasse zuschreiben: In den letzten zehn Jahren war er seinem Vater auf geradezu unheimliche Weise ähnlich geworden. Die winzige Miss Beryl mit ihren knapp ein Meter sechzig schätzte Clive jr. auf neunzig Pfund, in Kleidern. An diesem Morgen nach Thanksgiving hatte er das Gefühl, daß die Eröffnung von gestern abend ein großer Fehler gewesen war. »Ma«, sagte er und ließ die zwei Teile sinken, die nicht zueinander passen wollten. Er sprach leise, um seine Verlobte nicht zu wecken. »Es tut mir so leid.«

Miss Beryl blickte von dem Teebeutel auf, den sie gerade wütend in eine Tasse mit dampfendem Wasser tunkte. »Warum denn?« sagte sie, ihn absichtlich mißverstehend, wie er annahm. »Du hast ihn doch nicht kaputt gemacht.«

»Ich red' doch nicht von dem Stuhl«, erwiderte er, hob aber wieder zwei Teile auf und betrachtete sie nachdenklich. »Ich dachte, du freust dich«, erklärte er, obwohl er das nicht gehofft hatte. »Ich schätze, ich hätte dich nicht so überfallen dürfen.«

Miss Beryl blickte ihren Sohn an und wurde ein wenig milder gestimmt – er sah wirklich zu traurig aus. Er war verschlafen und unrasiert und an diesem Morgen schon früh zu ihr geeilt, hatte dabei mehr Mut gezeigt, als sie erwartet hatte. Er hatte sogar ein

Exemplar der *Torch*, seines High-School-Jahrbuchs, angeschleppt, in der auch ein Bild dieser Frau namens Joyce war, als wolle er belegen, daß sie wirklich die war, die sie zu sein vorgab. »Früher hab' ich Überraschungen lieber gehabt«, gab Miss Beryl zu.

In der Tat hatte sie den größten Teil der schlaflosen Nacht damit verbracht zu entscheiden, auf wen sie nun am meisten wütend war – auf Clive jr. (die leichteste Wahl), auf diese schreckliche Frau namens Joyce, die jetzt noch im Gästezimmer schlief, oder auf sich selbst. Im Rückblick schämte sich Miss Beryl ihrer gestrigen Verwirrung. Daß sie sich so sehr hatte überrumpeln lassen! Ihr Sohn hatte ihr zweimal erklärt, wer die Frau war, die sich verlegen in dem Queen-Anne-Stuhl wand, aber die Verwirrung Miss Beryls war wie ein schwarzes Loch gewesen, das jeder Erleuchtung widerstand.

Vor etwas mehr als einem Jahr hatte sie ihm widerwillig einen Schlüssel zur Hintertür gegeben. »Nur, wenn es einmal nötig sein sollte . . .«, hatte er erklärt und seiner Stimme einen bedeutungsvollen Unterton gegeben. Und als dann sein Wagen gestern nachmittag vor dem Haus stand, hatte sie sich darauf eingestellt, Clive jr. vorzufinden, wie er im Wohnzimmer auf- und abschritt und alles im Haus einer Betrachtung unterzog, was er nur dann offen tun konnte, wenn sie nicht zu Hause war. Vielleicht schnüffelte er auch oben bei Sully herum und schätzte den Schaden.

Aber wer war nur diese gutgekleidete Frau mit dem großen Busen, die mit nervös zitternden Händen und fest zusammengepreßten Knien dasaß und wartete, daß Clive jr. sie vorstellte? Miss Beryl hielt sie sogleich für eine Art Sozialarbeiterin oder vielleicht für die Besitzerin eines Pflegeheims. Clive jr. hatte mehr als einmal auf die Möglichkeit angespielt, daß man sie, ›wenn die Zeit gekommen war, in eine hübsche sichere Umgebung‹ bringen müsse, und sogar angeboten, ihr ›die Qual der Wahl abzunehmen‹, aber das hatte Miss Beryl energisch abgelehnt. Und in letzter Zeit hatte sie einen immer größeren Argwohn ihrem Sohn gegenüber gehegt, so daß sie jetzt, als sie diese nervöse, ziemlich prüde wirkende Frau mittleren Alters sah, den Schluß zog, ihr Sohn hielte die Zeit für gekommen.

Als sich dieser Trugschluß erst einmal in ihrem Kopf festgesetzt hatte, sah sie sich außerstande, ihn wieder loszuwerden, obwohl ihr Sohn sich bei der Vorstellung der Dame alle Mühe gab. Und sie hatte die Frau weiterhin drohend angestarrt, wie sie sich nun beschämt eingestehen mußte. »Das ist meine *Verlobte*«, hatte Clive jr. immer wieder gesagt, aber das Wort war nicht angekommen. Warum sollte Clive jr. mit einer Sozialarbeiterin verlobt sein? Miss Beryl hatte schon vor Jahren die Hoffnung aufgegeben, daß ihr Sohn einmal heiraten könnte, und nun sollte sie so einen absurden Zufall glauben – daß er die Leiterin eines Pflegeheims heiraten wollte? Erst später sollte sie erkennen, daß die Beziehung dieser Frau zu Pflegeheimen nur in ihrer eigenen Einbildung existiert hatte.

So war Miss Beryl heute morgen immer noch wütend auf Clive jr. und auf diese schreckliche Person namens Joyce, aber während der langen schlaflosen Nacht war ihr auch die furchtbare Möglichkeit in den Sinn gekommen, daß es jetzt an der Zeit *war*, daß sie nicht länger allein leben durfte. Sie war ein Verkehrshindernis auf der Interstate. Sie fand Restaurants nicht mehr, in denen sie hundert Mal in ihrem Leben gewesen war. Sie wurde allmählich argwöhnisch und litt unter Verfolgungswahn. Miss Beryl hatte immer geglaubt, daß sie merken würde, ›wann die Zeit gekommen war‹ und sie ihre Unabhängigkeit aufgeben mußte. Aber was, wenn sie es nicht merkte? Wenn alle es schon wußten, nur sie nicht? Sie hatte keine Lust, für ihre ehemaligen Schüler, die nun um die Vierzig sein mußten, wieder zur Witzfigur zu werden.

So hatte sie kurz vor Morgengrauen beschlossen, ihren Sohn und seine Verlobte um Verzeihung zu bitten. Doch als der Himmel vor ihrem Fenster weiß geworden war, hatte sie noch einmal darüber nachgedacht und Widerwillen gespürt. Als Clive jr. dann aufgetaucht war, noch bevor sie ihren Tee getrunken hatte, und sie ihm zusah, wie er vergeblich versuchte, die Teile des Queen-Anne-Stuhls wieder zusammenzufügen, fragte sie sich, warum sie überhaupt erwogen hatte, ihrem Sohn kampflos das Feld zu überlassen.

»Joyce tut es ganz furchtbar leid wegen des Stuhls, Ma«, sagte Clive Jun., als ahne er ihren Entschluß, ihm alles noch schwerer zu machen.

Im Grunde betrachtete Miss Beryl die Zerstörung des Stuhls mit gemischten Gefühlen; das lieferte ihr einen guten Vorwand, Clives Verlobte weiterhin abzulehnen, denn diese war eine vorlaute Person, voll von dummen Ansichten über Dinge, von denen sie keine Ahnung hatte, und die sie gestern abend lang und breit darlegen mußte; Miss Beryl hatte schon gedacht, sie käme nie zu einem Ende. Diese schreckliche Joyce-Person bewunderte zum Beispiel den Präsidenten, der gerade wiedergewählt worden war. Da sie in Kalifornien *gelebt* hatte, sagte die Joyce-Person, *kenne* sie natürlich Mr. Reagan viel besser als Leute, die nie in Kalifornien gewesen waren. Sie hatte schon dort für ihn *gekämpft* und dies natürlich auch wieder hier in New York getan, als er für das Amt des Präsidenten kandidiert hatte. Indem sie Miss Beryl mit ihren ziemlich unschönen, verschwollenen Augen fixierte, behauptete die Joyce-Person, ohne sich der Peinlichkeit bewußt zu sein, das *einzige*, das ihr Sorgen mache, sei das Alter des Präsidenten, denn dieser Mann versehe einen Job, der einen ja so rasch *altern* lasse. »Er kommt mir so *müde* vor –« sagte die Joyce-Person allen Ernstes, als verbinde sie eine persönliche Beziehung mit dem Präsidenten, und als fürchte sie nicht für den Politiker, sondern für den Mann, »– aber ich glaube fest daran, daß er immer noch ganz der alte ist.«

»Das glaube ich auch.« Miss Beryl hatte die Angebetete ihres Sohns nur wütend angestarrt und sich unter dem Vorwand entschuldigt, sie müsse ein paar Kekse holen und Kaffee machen.

»Oh, entkoffeinierten, haben Sie?« hatte die Joyce-Person mit schriller Stimme gefragt. »Ich hätte sehr gern einen kleinen *Decaf*.«

Clive jr., der während des Monologs der Joyce-Person in Schweigen verfallen war, folgte Miss Beryl in die Küche. »Hör endlich auf, sie anzustarren, als ob du sie ermorden wolltest«, klagte er.

»Ich kann nichts dagegen machen«, erklärte sie. »Ich hab' eben das, was man ein offenes Gesicht nennt.«

Sie reichte ihrem Sohn den Teller mit den Keksen, scheuchte ihn aus der Küche und suchte dann nach dem Nescafé. Sie brauchte nur ein paar Minuten, um das Wasser zum Kochen zu bringen, die Tassen auf den Tablett zu stellen, sich ein wenig zu sammeln und alles ins Wohnzimmer zu tragen, wo die Joyce-Person sich gerade die Krümel von der gewaltigen Büste wischte. Der Teller war leer.

»Mmmm«, schnurrte die Person, als sie ihren Kaffee schlürfte.

»Es tut mir ja leid, daß ich Ihnen so viele Umstände mache, aber *ehrlich*, wenn ich nach fünf noch Koffein zu mir nehme, bin ich *die ganze Nacht auf*!«

Und schon war sie wieder mittendrin, erklärte, daß sie Kaffee immer schon *geliebt* habe, jeden Tag zwanzig Tassen getrunken und bis vor kurzem nie Probleme damit gehabt hätte. Aber jetzt, *ach Gott*, war es einfach *zu schlimm*, was der Kaffee ihr antat. Man konnte es nur *tragisch* nennen, aber war das nicht so mit all den guten Dingen, den Dingen, die man *wirklich liebte*? Alles, was gut war, machte entweder fett oder war unmoralisch, fügte sie hinzu und kicherte dann, als sei diese treffende Bemerkung ihrem eigenen Hirn entsprungen.

Während die Person daherschwatzte, sank Miss Beryl bequem in ihren Sessel und versuchte, die Wut aus ihrem Blicken zu bannen, wobei sie sich mit dem Gedanken tröstete, daß sie ihrem Gast keinen entkoffeinierten Kaffee angeboten hatte. Ein schwacher Trost, denn die dumme Person irrte sich in bezug auf den Kaffee vermutlich so sehr wie in allen anderen Dingen. Weil sie glaubte, *Decaf* getrunken zu haben, würde sie so fest schlafen wie eine Tote, wie der Präsident, den sie so sehr bewunderte, und in ihrem leeren Kopf würden keine Ideen herumspuken, die vom Koffein geweckt werden konnten.

Doch da hatte sich Miss Beryl geirrt. Um Mitternacht hörte sie die schreckliche Joyce-Person, wie sie auf Toilette ging, dann um zwei und dann schließlich noch einmal um halb fünf. Jedesmal hatte Miss Beryl im Dunkeln »Fein!« gemurmelt.

Es war ihr auch erst nach und nach aufgegangen, daß Clive jr. vorhatte, die Joyce-Person im Gästezimmer unterzubringen, statt sie nach Lake George zurückzufahren, wo sie wohnte. Selbst nachdem er es angedeutet hatte, war sich Miss Beryl nicht sicher gewesen, was das nun bedeuten sollte. Wollte er nur, daß die beiden Frauen sich besser kennenlernten? Oder wollten die beiden sie davon überzeugen, daß sie es nicht miteinander trieben? Waren sie aus Überzeugung so züchtig, oder wollten sie ihr etwas vorspielen?

Als der Queen-Anne-Stuhl zusammenbrach, splitterten die beiden spröden hinteren Beine der Länge nach, und es war schon ein großes Glück, dachte Miss Beryl, daß die Joyce-Person nicht aufgespießt worden war. Sie war aber so schwer zu Boden gestürzt, daß die Wände gebebt hatten. Driver Ed war krachend von der Wand gefallen und hatte sich eine Kerbe am Kinn zugezogen, die ihn noch verdrießlicher aussehen ließ – allerdings auch eine bis dahin verborgene Ähnlichkeit mit Kirk Douglas freisetzte. Die Joyce-Person hatte Clive jr. mit einem kaum zu beschreibenden Ausdruck angesehen, als habe er ihr einen Streich spielen wollen, indem er ihr einen Trickstuhl anbot. Ihre Unterlippe hatte angefangen zu zittern, und dann hatte sie so herzzerreißend zu schluchzen begonnen, als habe sie soeben vom plötzlichen Tod eines Verwandten erfahren. Clive jr. hatte die Schluchzende ins Bad geleitet, wo sie sich fast eine halbe Stunde lang verschanzte. Im Wohnzimmer hatten Clive jr. und Miss Beryl im Flüsterton gesprochen und so getan, als hörten sie das Klagelied auf der andern Seite der Tür nicht.

»Joyce' Gefühle sitzen direkt unter der Haut«, erklärte Clive jr., als er die Teile des antiken Möbelstücks aufsammelte. »Die Wechseljahre haben eine verheerende Wirkung auf sie.«

Auf diese Eröffnung hin hatte Miss Beryl die Augen zusammengekniffen, denn Clive jr. sah es nicht ähnlich, etwas vom Standpunkt einer Frau aus zu betrachten. Zweifellos wiederholte er nur die Erklärungen der Joyce-Person für ihre psychische Unausgeglichenheit. Miss Beryl selbst stand dem Gerede von den ›Verheerungen‹ der Menopause mißtrauisch gegenüber, hatte sie selbst doch diese Epoche ihres Lebens mit Anstand gemeistert. Sie hatte oft beobachtet, daß Frauen, die unter der ›Verheerung der Wechseljahre‹ litten, vor allem ziemlich eitle Kreaturen waren. In der Jugend hatten diese Frauen nur mit der klingenden Münze ihrer Schönheit bezahlt, da sie keine andere Währung kannten.

Auch die Joyce-Person war ziemlich hübsch gewesen, nach der Aufnahme aus dem Jahrbuch zu schließen. Heute morgen war Miss Beryl, als sie das hübsche Mädchen in der *Torch* betrachtet hatte, klar geworden, daß diese Joyce-Person, als sie eine halbe Stunde lang im Bad gewimmert hatte, wirklich den Tod eines teuren Verblichenen beweinte – das Schwinden ihrer hübschen Jugend nämlich. Und Miss Beryl wußte nicht, ob hier Mitleid angezeigt war. Natürlich hätte sie der Joyce-Person nach ihrer Rückkehr aus dem

Bad erzählen können, daß die Schuld an der Zerstörung des Stuhls eher bei Sully lag, dessen allmorgendliches Manöver mit den Arbeitsstiefeln den Stuhl zweifellos auf seinen endgültigen Zusammenbruch vorbereitet hatte. Aber jedesmal, wenn Miss Beryl freundlich sein wollte, sagte die Joyce-Person wieder irgend etwas Unangenehmes, und schließlich hatte Miss Beryl beschlossen, sie leiden zu lassen.

Als sie schließlich zu den beiden im Wohnzimmer zurückgekehrt war, hatte die Joyce-Person einen dramatischen Stimmungsumschwung gezeigt; sie quasselte wieder heldenhaft drauflos, als ob nur eine geistlose, atemlose und einseitige Unterhaltung Clive jr. und Miss Beryl davon abhalten könnte, sich nach ihrer geistigen und körperlichen Gesundheit zu erkundigen. Miss Beryl fragte sich schon, ob sie etwas eingenommen hatte. Die Joyce-Person erwähnte den kaputten Stuhl nicht mehr, ja, sie vermied es sogar, hinzusehen.

»Sie ist wirklich ein wunderbares Mädchen, Ma«, beharrte Clive jr. jetzt ungewöhnlich ernsthaft. »Sie war gestern nicht ganz sie selbst.«

»Wer dann?« sagte Miss Beryl. Das war vielleicht eine unhöfliche Frage, aber nicht so böse wie die andere, die ihr auf der Zunge lag: »Welches Mädchen denn?« Die Frau mußte ungefähr Ende Fünfzig sein.

Clive jr. besah sich seine Hände. »Du bist immer so hart zu den Leuten, Ma.«

Miss Beryl mußte zugeben, daß er vermutlich recht hatte. Clive jr. hatte ihr das schon oft vorgehalten, und Mrs. Gruber war derselben Meinung, ebenso wie einst die unzähligen Schüler der achten Klasse, deren mittelmäßige Leistungen sie mit ebenso mittelmäßigen Noten belohnt hatte. »Mir war nicht klar, daß ich gemein zu ihr war«, sagte sie zu Clive jr., »aber wenn, dann tut's mir leid. Außerdem geht es ja nicht um meine Meinung; ich will sie ja nicht heiraten. Du bist derjenige, der sie mögen muß.«

»Und ich tu's auch«, beharrte Clive jr. Seine Stimme bebte vor Trotz. »Ich liebe sie«, fügte er hinzu. Er legte die gesplitterten Teile des Stuhls wieder zu den Überresten auf den Boden und nahm ihr das Jahrbuch weg, dessen gerippte Oberfläche er so zärtlich mit dem Daumen rieb, daß Miss Beryl fühlte, wie sie ihm gegenüber milder gestimmt wurde.

Sie erhob sich und nahm ihre Tasse mit. »Ich freu' mich für dich«, sagte sie. »Es gibt Schlimmeres auf der Welt als die Liebe. Gib' mir nur eine Minute Zeit, dann fällt mir schon was ein.«

Sie hatte das im Scherz gesagt, aber es war mit einer solchen Überzeugung geschehen, daß sie erschrak. Warum hatte sie so etwas nur gesagt? Sie zweifelte nicht daran, daß sie immer noch glücklich mit Clive sen. verheiratet wäre, hätte ihn Audrey Peach nicht durch die Windschutzscheibe geschickt, und daß seine erstaunliche Liebe immer noch den Mittelpunkt ihres Lebens bilden würde. Sie verstand nicht, woher dieses plötzliche Bedauern über den Verlust der Liebe herrührte.

Clive jr. neigte ehrfürchtig den Kopf zur Seite. »Ich hör' sie, glaub' ich.«

Miss Beryl schüttelte den Kopf und wies mit dem Daumen auf die Decke. Was Clive jr. da hörte, waren die schweren Schritte von Sully. Seit zehn Minuten hatte sie wie aus der Ferne Sullys Wecker vernommen, der in der Küche nicht so gut zu hören war wie in ihrem Vorderzimmer. Clive jr. hingegen schien gar nichts gehört zu haben, was Miss Beryl zu einem geheimen Schmunzeln veranlaßte; ihre Sinne – zumindest einer von ihnen – waren noch intakt.

Als Clive jr. zur Decke aufschaute, verdüsterte sich seine Miene, und zusammen lauschten sie Sullys Schritten, die den Raum durchquerten und ins Badezimmer der oberen Wohnung strebten. Nun würde der alte Streit wiederaufflammen.

»Hast du mal über ein paar . . . Dinge nachgedacht?« fragte Clive jr. »Ich weiß, daß es dir nicht gefällt, aber du solltest mir das Haus verkaufen, so lange du's noch kannst.«

»Du hast recht«, erwiderte sie. »Es gefällt mir gar nicht.«

»Ma«, begann er wieder. »Laß mich dir etwas erklären. Wenn du morgen krank wirst und ins Krankenhaus mußt, dann lassen sie dich nicht verkaufen. Du mußt es tun, bevor du krank wirst. Sie lassen dich nicht verkaufen, nur um einen Verlust zu vermeiden.«

»Und was ist, wenn ich's dir verkaufe, und *du* wirst morgen krank?«

Clive jr. rieb sich die Schläfen. »Ma«, sagte er. »Du mußt schon ein Risiko eingehen.«

Miss Beryl seufzte. Risiken kannte sie; darüber brauchte sie keine Belehrung. Sie haßte es nur, wenn sie Clive jr. recht geben mußte, da er sonst in einer Diskussion leicht zu bezwingen war. »Ich werde die Angelegenheit beurteilen lassen«, sagte sie und hoffte, daß ihr Sohn dann wenigstens für eine Zeitlang Ruhe geben würde.

»Und was ist mit dem da oben?« fragte er mit beschwörend gesenkter Stimme, als glaubte er, daß Sully an den Heizungsrohren lauschte. Clive jr. nannte Sully immer ›den da oben‹, so wie Sully von Clive jr. immer nur als ›Die Bank‹ sprach. »Der erste Januar wäre doch ein guter Termin für eine Neuregelung.«

»Mir gefällt aber die alte Regelung«, entgegnete Miss Beryl.

»Du hast doch versprochen –«

»Ich hab' versprochen, drüber nachzudenken«, erinnerte ihn Miss Beryl.

»Ma«, sagte Clive jr. »Es ist schon schwierig genug, das Haus in Schuß zu halten, aber Sully muß gehen.«

Wie auf ein Zeichen wurde die Wasserspülung der Toilette in der oberen Wohnung mit lautem Getöse betätigt. Miss Beryl mußte gegen ihren Willen grinsen, und sogleich schämte sie sich wieder.

»Brauchst du noch ein Zeichen?« Auch Clive jr. grinste, selbstgefällig. »Sogar Gott stimmt mir zu.«

»Oben auf dem Klo sitzt nicht Gott«, stellte Miss Beryl klar, »sondern nur ein einsamer, störrischer, unglücklicher Mann.«

»Dessen Unglück eines Tages auch dich betreffen wird«, beharrte Clive jr.

Miss Beryl seufzte; wie die meisten Diskussionen mit ihrem Sohn nahm auch diese den alteingefahrenen Weg: Als nächstes würde er sie daran erinnern, daß Sully schon einmal ein Haus niedergebrannt hatte, in dem er wohnte.

»Er hat schon ein Haus in Bath niedergebrannt«, sagte Clive jr. in aller Unschuld. »Du solltest dir das da oben mal ansehen. Überall Brandlöcher von Zigaretten. Und ganz frische, Ma.«

Hier war schon wieder ein Punkt, den Miss Beryl ihrem Sohn zugestehen mußte: Sully rauchte, er vergaß brennende Zigaretten, ließ sie aus Aschenbechern auf den Boden fallen und unter Sofas rollen, schlief vermutlich sogar mit brennender Zigarette ein. Clive jr. schwor, er habe Brandlöcher in Sullys Kissenbezug gesehen.

»Du mußt mir ja nicht glauben, Ma«, sagte er. »Geh selber nachschauen. Geh nach oben und guck dir an, in was für einem Zustand die Wohnung ist. Zähl die Brandlöcher. Dann kannst du ja selbst sehen, wie vielen Kugeln du schon ausgewichen bist.«

Doch Miss Beryl wollte auf keinen Fall in Sullys Wohnung spionieren. Sie hegte keinen Zweifel daran, daß Clive jr. die Wahrheit sagte. Vielleicht hatte er nicht einmal übertrieben – Sully *war* ein nachlässiger und daher gefährlicher Mensch. Sie wußte aber nicht, wie sie Clive jr. erklärte sollte, daß sie dieses Risiko auf sich nehmen wollte; vielleicht konnte sie es sich nicht einmal selbst erklären. Zum Teil lag es daran, daß sie Sully als eine Art Verbündeten betrachtete und zumindest auf seine Loyalität bauen konnte. Auch jetzt noch, da er älter wurde und vergeßlicher und immer etwas angeschlagen wirkte. Zwar erinnerte er sie mit jedem Tag mehr an einen Geist, doch sie fand, daß er in gewisser Weise verläßlich war, auch wenn die öffentliche Meinung dahin ging, daß man sich bei Sully am ehesten auf die Art und Weise verlassen konnte, wie er die Dinge zum Entgleisen brachte. Ihr Widerstand gegen Clive juniors Meinung, so mußte Miss Beryl zugeben, zeugte nicht gerade von gesundem Menschenverstand, doch sie konnte das Gefühl nicht loswerden, daß es Verrat wäre, wenn sie Sully hinauswarf, ein Gewaltakt, der ihn überraschen und verletzen mußte.

»Ich könnte es ja tun, wenn du willst«, schlug Clive jr. vor und fügte wenig überzeugend hinzu: »Ich werd' mit Sully schon fertig.«

Miss Beryl mußte schmunzeln, und ihr Sohn blickte verstimmt, als er es sah.

»Er hat dich reingelegt, Ma«, sagte er ärgerlich. »Hat er schon immer. Sogar Dad hat das am Schluß erkannt.«

»Laß deinen Vater aus dem Spiel«, gab Miss Beryl zurück.

Jetzt lächelte Clive jr., offenbar zufrieden, daß er ins Schwarze getroffen hatte. Die Erinnerung an seinen Vater hatte er nur heraufbeschworen, weil er wußte, daß seine Mutter dadurch zugänglicher wurde.

»Du solltest mir wirklich etwas mehr vertrauen«, fuhr er nach einer langen Pause fort, sah nicht länger sie an, sondern hielt den Blick auf etwas anderes gerichtet, das ganz in seiner Nähe sein mußte. »Nächstes Jahr, Ma, wirst du nicht glauben, was aus dieser Stadt geworden ist. Dann wird das hier die Goldküste sein. Wenn erst einmal die Rodungsarbeiten für den Park begonnen haben . . .«, ließ er sich von seinen eigenen Träumen davontragen, doch als er merkte, daß seine Mutter seinen Visionen gegenüber blind war, fing er sich wieder.

»Sogar Joyce ist ganz aufgeregt«, fügte er hinzu, als ob er andeuten wollte, daß es kein Leichtes sei, die Frau, die er heiraten wollte, für etwas zu begeistern, und er sah sich im Zimmer um, als hoffe er, sie würde neben ihm aus dem Nichts erscheinen und bestätigen, daß sie wirklich ganz aufgeregt sei.

»Und du willst also diese Joyce-Person heiraten?« fragte Miss Beryl.

»Ja, Ma, ich will. Es ist schade, daß du dich so dagegen stemmst.«

»Wenn sie dich glücklich macht, bin ich dafür. Ich dachte nur, ich sollte dich mal darauf hinweisen, daß ich nicht die einzige hier in der Küche bin, die man reinlegen kann.«

Clive jr. schien ehrlich über diese traurige Möglichkeit nachzudenken, wodurch er Miss Beryl aufs neue beschämte, die ihrerseits über die Ratschläge ihres Sohnes äußerst selten nachdachte.

»Du willst immer nur das Schlechte sehen, Ma«, sagte der Sohn. »Ich hingegen schaue immer auf das Positive.«

Miss Beryl beschloß, nicht weiter darüber zu streiten; es stimmte, sie hatten die Dinge schon immer unterschiedlich betrachtet. Aus der Art, wie ihr Sohn das Jahrbuch der High-School streichelte, konnte sie erkennen, daß er beim Betrachten der schrecklichen Joyce-Person die Achtzehnjährige auf dem Foto sah. Und wenn er behauptete, vor ihrem Fenster die Goldküste zu erkennen, war es ihm ernst. Vergangenheit und Zukunft schien er mit erstaunlicher Klarheit wahrzunehmen – was seinem Blick irgendwie entging, war die Gegenwart.

»Ich frag' mich, ob ich mal bei ihr reinschauen sollte?« meinte er und schob den Stuhl zurück. Er schien so furchtbar unsicher zu sein, daß Miss Beryl, die gerade den letzten Teller ins Spülbecken gestellt hatte, wieder milder gestimmt wurde. »Laß sie schlafen«, schlug sie vor. »Ich sag' ihr, daß sie später bei der Bank anrufen soll.«

»Ich sollte wohl man hin«, gab Clive jr. zu und schaute auf seine Uhr. »Es ist zwar erst sieben, aber wenn ich den Nachmittag freinehme . . .« Er verstummte, als er aufstand und seinen Hosenknopf öffnete, bevor er die Toilette aufsuchte. Die letzte offizielle Handlung, bevor er das Haus verließ, war immer der Gang zur Toilette.

Miss Beryl überlegte, ob sie jetzt die paar Teller spülen sollte, beschloß dann aber, sie nur einweichen zu lassen. Auch diese Joyce-Person würde vermutlich Geschirr verbrauchen, wenn sie endlich aufstand, und dann konnte Miss Beryl alles zusammen spülen. Vom Becken aus erhaschte sie einen Blick auf Clive jr., der vor dem Gästezimmer stand und zweifellos auf einen Laut seiner Verlobten lauschte. Miss Beryl glaubte, bei dem Anblick würde ihr das Herz brechen – so sehr glich er seinem Vater, und außerdem sah er so bemitleidenswert aus, wie er da stand. Als Clive jr. ihren Blick bemerkte, zuckte er nervös mit den Schultern und verschwand im Bad, wo er die Tür leise hinter sich schloß.

Da er das Jahrbuch auf dem Tisch liegen gelassen hatte, öffnete Miss Beryl es in der Absicht, noch einmal das Foto der Joyce-Person anzuschauen, nun, da sie sich nicht mehr dem argwöhnischen Blick ihres Sohnes ausgesetzt fühlte. Doch das Buch klappte auf einer Seite auf, die mit einem Kugelschreiber verunstaltet worden war; jemand hatte die Spitze mit solcher Kraft durch das Glanzpapier gedrückt, daß sie durchgedrungen war und auf der nächsten Seite einen Abdruck hinterlassen hatte. Miss Beryl brauchte einen Augenblick, um zu erkennen, daß das verunstaltete Gesicht auf dem Bild der junge Sully war. Sie starrte immer noch darauf, als die Toilettenspülung im Nebenraum rauschte.

Es war leicht, das Buch zu schließen und wegzulegen, bevor Clive jr. wieder erschien, doch was sollte sie nur gegen die Tränen tun, die ihr in die Augen stiegen? Was sollte sie die unterdrücken, wenn sie nicht einmal wußte, um wen sie weinte? Was konnte es nur bedeuten, daß sie im Alter von achtzig Jahren plötzlich nicht mehr in der Lage war zu wissen, auf wen sie wütend war und wer ihr Mitleid verdiente?

Während sie darauf wartete, daß ihr Sohn aus dem Bad zurückkam, enthielt sich Miss Beryl der imaginären Gespräche mit ihren beiden Ratgebern; sie wollte weder hören, wie ihr Mann für den Sohn, die Frucht ihrer Liebe, plädierte, noch das subversive Geflüster von Driver Ed an der anderen Wand vernehmen. »Haltet euch geschlossen«, warnte sie leise. In der nun folgenden einsamen Stille spähte die alte Dame aus dem Vorderfenster auf die Straße, wo sie ihr Leben als erwachsene, verheiratete Frau verbracht hatte, die Straße, in der Clive sen. mit ihr ein Haus bezogen hatte; es war eine hübsche, eine wirklich nette Straße – warum war es ihnen nicht möglich gewesen, in dieser Umgebung ein glücklicheres Kind aufzuziehen? Sie hatte immer schon vermutet, daß Clive jr. ein zutiefst unglücklicher Mensch war. Sie blickte nach oben in das Gewirr der schwarzen Äste und dann zu Mrs. Grubers Haus hinüber. Es sah zwar nicht gerade wie die Goldküste aus, doch in dieser Nacht waren keine Äste herabgefallen, und gerade wollte Miss Beryl den Schluß ziehen, daß Gott auf niemanden den Schlag hatte niedersausen lassen, als sie eine kleine Bewegung wahrnahm; mitten auf der Straße lief, nur mit einem dünnen Morgenmantel und zerfetzten Pantoffeln bekleidet, eine alte Frau, die Miss Beryl sofort als Hattie erkannte. Sie lief nach vorn gebeugt, als kämpfe sie gegen einen Sturm an, und der Morgenmantel blähte sich hinter ihr im Wind. »Ach Gott«, sagte Miss Beryl zu sich selbst. »Guter Gott im Himmel.«

Sully stand im Flur und kämpfte so leise wie möglich mit seinen Arbeitsschuhen. Er hatte aus dem Fenster gesehen und Clive juniors Wagen bemerkt, und das letzte, war er in seinem verkaterten Zustand wollte, war, dem Banker über den Weg zu laufen. Sicher, wenn er Clive jetzt traf, würde ihm das später am Tag einen Weg ersparen, aber im Augenblick fühlte sich sein Kopf so mies, daß er seine Stimme auf keinen Fall erheben wollte. Außerdem wollte er Miss Beryl den Ärger ersparen. Gestern abend hatte Sully, kurz bevor er eingeschlafen war, einen Hauch von Clive juniors Rasierwasser erschnuppert, was bedeutete, daß er in der Wohnung herumgeschnüffelt hatte. Er hatte Clive jr. schon einmal davor gewarnt, und jetzt mußte er es wieder tun. Später am Tag würde es vielleicht sogar Spaß machen – Sully fand es komisch, wie sehr Clive jr. ihn fürchtete. Aber dann wollte er auch wach sein und keinen Kater haben, damit er es richtig genießen konnte. Und als die Tür aufging und Miss Beryl erschien, war Sully erleichtert. »Guten Morgen, Mrs. Peoples«, sagte er und kam auf die Beine, indem er sich am Geländer festhielt. »Sie wollen doch jetzt nicht die Tür da zuschlagen, was?«

»Gott sei Dank, daß Sie noch da sind«, sagte Miss Beryl. »Hattie ist schon wieder ausgebüchst.«

»Ach je«, machte Sully, nicht sonderlich aufgeregt. Das war jetzt das vierte Mal, daß die alte Frau in diesem Jahr ausgerissen war. Sie kam nie weiter als ein, zwei Häuserblocks. Er beugte sein Knie, nur um zu sehen, ob es schmerzte. »Wissen Sie noch, wo das Netz ist?«

»Beeilen Sie sich«, beharrte Miss Beryl. »Sie läuft mitten auf der Straße.«

»Eile ist nicht gerade meine Stärke, jedenfalls nicht frühmorgens«, erinnerte Sully sie und belastete erneut das Knie, das ihn nun mit einem herzhaften Schmerz begrüßte. »Hab' ich da nicht das Auto von der ›Bank‹ draußen gesehen?«

Miss Beryls Mantel hing innen an der Tür. Als sie Anstalten machte, sich diesen überzuziehen, wurde Sully klar, daß seine Wirtin sich wirklich Sorgen machte.

»Bleiben Sie da. Ich krieg' sie schon«, versicherte er ihr, zog den Reißverschluß am Mantel zu und griff nach seinen Handschuhen.

»Beeilen Sie sich«, sagte Miss Beryl wieder.

»Tu ich ja. Sieht nur so aus wie Zeitlupe.«

»Soll ich die Tochter anrufen?«

Sully war schon halb aus der Tür. »Nein«, erwiderte er. »Ich bring' sie so zurück. Wollte sowieso zum Kaffee hin, weil Sie mir ja schon wieder keinen gemacht haben.«

»Nun beeilen Sie sich!«

»Und sagen Sie der ›Bank‹, daß ich noch zu ihm komme. Sagen Sie ihm, daß er sich auf Ärger gefaßt machen kann«, rief Sully und machte die Tür zu, bevor Miss Beryl ihn noch einmal zu Eile mahnen konnte. Er blickte auf seine Uhr. Noch nicht mal sieben. Viel zu früh für so einen Aufstand.

Hattie hatte nur eine vage Ahnung, daß sie sich mitten auf der verlassenen Straße befand. Der graue Star trübte ihren Blick, den sie ohnehin nur nach unten auf ihre Pantoffeln gerichtet hielt. Sie war in dem Irrtum begriffen, daß sie sehr schnell vorwärts kam. Vor einer Viertelstunde war sie ausgebrochen und seitdem anderthalb Blocks weit gekommen. Der Wind blähte ihren dünnen Morgenmantel wie ein Segel. Sie war sich der Kälte nicht bewußt und spürte nicht, wie der Schneematsch ihre Pantoffeln näßte. Sie wußte nur eines – vor ihr lag die Freiheit.

Sully, dem es gar nicht gefiel, frühmorgens Leuten hinterherzujagen, war froh, daß es Hattie war, die er verfolgen mußte – vermutlich die einzige Person von Bath, die er einholen konnte, bevor sein Knie ihm den Dienst versagte. Seit Miss Beryl das Herannahen von Hattie beobachtet hatte, war diese um sechs Meter vorangekommen und befand sich nun vor dem Haus. Sully schätzte, daß sie mit jedem Schritt kaum zwanzig Zentimeter schaffte, doch ihre Füße stapften gehorsam, und sie warf flüchtige Blicke über die Schulter, um zu sehen, ob sie verfolgt wurde. Sie nahm keine Notiz davon, als Sully sich neben sie gesellte.

»Hallo, altes Mädchen«, grüßte er.

Hattie stieß einen schwachen Schrei aus und schlurfte schneller, als gehe sie auf einem Laufband.

»Rennst du von zu Hause weg?«

»Wer bist du?« wollte die Alte wissen. »Hörst dich an wie der verdammte Sully.«

»Stimmt genau«, erwiderte Sully. Da bog ein Auto auf die Main Street ein und kam auf sie zu. Sully machte den Fahrer auf sich aufmerksam und dirigierte ihn um sie herum.

»Auf dem Bürgersteig wird nicht gefahren«, schrie Hattie, als sie das Auto nahe vorbeibrausen hörte.

»Wo willst du denn hin?« fragte Sully.

»Will bei meiner Schwester in Albany wohnen«, erwiderte Hattie ehrlich, denn das war ihr Plan – leider hatte er nur den Haken, daß ihre Schwester seit zwanzig Jahren tot war. Außerdem lag Albany in der anderen Richtung.

»Wie wär's, wenn ich dich fahr'«, schlug Sully vor. »Dann kommst du viel schneller hin.«

»Dann los.«

Sully führte die Greisin wieder zu Miss Beryls Einfahrt zurück – es dauerte ein paar Minuten. Clive jr. war auf die Veranda getreten und sah ihnen zu. Bevor er etwas sagen konnte, legte Sully warnend den Finger an die Lippen und zeigte auf Clives Wagen, der am nächsten geparkt stand. Clive nickte und ging ins Haus, um die Schlüssel zu holen. Sully half der alten Frau von der Beifahrerseite aus auf den Rücksitz, ging dann um den Wagen herum und setzte sich neben sie. Clive jr. stieg ein und ließ den Motor an.

»Wer fährt da?« fragte Hattie und blinzelte nach vorne.

»Ich«, versicherte Sully.

Hattie erkannte, daß die Stimme neben ihr war. »Und wer sitzt da vorn?«

»Ich«, beharrte Sully. »Was glaubst du denn?«

»Ich hab' kalte Füße«, klagte Hattie, denn sie hatte es erst jetzt bemerkt. Sie fing an zu weinen.

Sully streifte ihr die Pantoffeln ab. Ihre Füße waren naß und eiskalt. Auf dem Rücksitz lag einer von Clive juniors Pullovern, und Sully benutzte ihn, um die knochigen Zehen der Alten abzutrocknen.

»Wer fährt?« fragte Hattie.

»Ich«, erwidert Sully. »Wie oft soll ich dir das noch sagen. Außerdem sind wir schon fast da.«

Sully bedeutete Clive jr., hinter dem Speisewagen zu parken, und stieg aus, Cass abzuholen. Miss Beryls Sohn war nicht gerade glücklich darüber, mit Hattie im Auto alleingelassen zu werden – zumindest würde es schwer sein, seine Abwesenheit zu verneinen, wenn Sully ausstieg.

»Ich muß tanken, altes Mädchen«, erklärte Sully, bevor er sich auf den Weg machte. »Du wartest hier.«

»Hier«, wiederholte Hattie und wackelte in Clive juniors Kaschmirpullover mit den Zehen.

An der Theke nahm Cass gerade die Bestellung von zwei Männern auf, die Sully nicht kannte. Er wartete, bis sie fertig waren. »Was für 'ne Laune hast du heute?« wollte er wissen, als Cass ihm den üblichen Kaffee vorsetzte.

»'ne schlechte«, erwiderte Cass. »Wie immer.«

»Dann ist ja gut«, meinte er. »Hätte dir nicht gern den Tag verdorben.«

»Wär' auch nicht möglich«, gab Cass zurück. Dann runzelte sie argwöhnisch die Stirn, als wüßte sie, daß es doch sehr gut möglich war. Instinktiv blickte sie zu dem Wohnungsanbau an der Rückseite des Restaurants, wo sie mit ihrer Mutter hauste. »O Gott, was ist mir ihr?« fragte sie und trat einen Schritt zurück.

»Es geht ihr gut.« Beruhigend hielt Sully die Hand hoch. »Sie sitzt draußen bei Clive Peoples im Wagen.«

»Ich dreh' ihr den Hals um«, sagte Cass, deren Furcht blitzschnell in Wut umschlug, und stürzte hinter der Theke hervor. »Hilf mir mal.«

Sully beschloß, ihr lieber nicht zu folgen. Er wollte nicht zuschauen, wie die alte Hattie in Wut geriet. Das letzte Mal, als er sie zurückbrachte, hatte sie ihn einen alten Furzknoten geschimpft und nach ihm getreten. Viermal war sie der Obhut ihrer Tochter entwichen, und dreimal hatte Sully sie zurückgebracht. Zum Glück erinnerte sie sich nie an seinen Verrat. In ihrem Gedächtnis waren nur die Erinnerungen der Vergangenheit lebendig, und erst kürzlich begangene Untaten vergaß sie fast sofort.

Sully trat hinter die Theke und band sich eine Schürze um, wobei er Roof, dem Koch, zunickte. »Hängt jetzt an uns beiden, Rufus«, sagte er. Als Antwort lud Roof mit einem großen Pfannenwender zwei Eier auf einen Teller, auf dem schon Dreiecke aus Toastscheiben und Bratkartoffeln lagen. Noch zwei elegante Bewegungen, und drei weitere Teller waren versorgt – dann kamen die vier Bestellungen aus der Drehscheibe gerutscht. »Ding Dong«, machte er. »Fertig zum Servieren.«

»Du läßt mich nicht mal in Ruhe 'nen Kaffee trinken, was?« meinte Sully und nahm einen Teller in jede Hand. Cass konnte sie auf dem ganzen Arm balancieren, aber Sully wollte es lieber nicht auf den Versuch ankommen lassen. Roof war ein umgänglicher Mensch – aber wehe, man ließ seine Eier fallen.

Hinterm Tresen vergaß Sully völlig Clive jr., der im Wagen saß und wartete, bis Hatties Tochter aus der Hintertür des zu einem Restaurant umfunktionierten Speisewagen hervorstürzte, um die Mutter zu holen. Er half Cass, ihre Mutter bis zur Tür zu bringen, wofür er von der Alten eine Schimpftirade erntete – sie dachte, er sei Sully, und nannte ihn unter anderem einen alten Furzknoten. Der Beschimpfte stieg wieder in den Wagen und wartete. Ungefähr alle dreißig Sekunden warf er mit wachsendem Ärger einen Blick auf seine Uhr. Es machte ihm ja nichts aus, zur Hilfeleistung gezwungen zu werden, aber es war typisch Sully, einfach zu verschwinden und ihn hier in der Gasse hinter Hatties Restaurant neben einem stinkenden Müllcontainer sitzenzulassen. Außerdem hatte er herausgefunden, wozu sein Kaschmirpullover benutzt worden war.

Und jetzt, da er Zeit zum Nachdenken hatte, fühlte er auch einen leichten Groll auf seine Mutter, die instinktiv Sully beauftragt hatte, sich um die Alte zu kümmern, als könne man ihn, Clive jr., nicht mit einer so heiklen Aufgabe betrauen. Insgeheim bezweifelte er ja, daß er es so gut erledigt hätte wie Sully. Er hatte wenig Erfahrung darin, wie man neunzigjährige Ausreißer zur Rückkehr überredete, und hätte vielleicht alles vermasselt. Im Geiste sah er sich mit der Alten mitten auf der Straße kämpfen wie ein Taschendieb oder ein Räuber: Er wurde gekratzt und beschimpft, bis er schließlich aufgeben mußte. Und es ärgerte ihn, daß seine Mutter offenbar einen ähnlichen Ausgang vorausgesehen und sich daher an Sully gewandt hatte, einen Mann, der wußte, was zu tun war.

War es diese Haltung seiner Mutter, oder war es Sullys Fähigkeit, das Kommando zu übernehmen, die Clive jr. dazu veranlaßte, sich wieder wie ein kleiner Junge zu fühlen? Er war nicht sicher, aber als er nun im Wagen saß und getreulich Sullys Anweisungen befolgte, entging ihm die Ironie seiner Lage nicht. Schließlich war er, Clive jr., wohl der wichtigste Mann in Bath, und wenn der Freizeitpark erst einmal in Angriff genommen wurde, dürfte es keinen Zweifel mehr darüber geben. Dann würde jeder zugeben müssen, daß die Auferstehung von Bath Clive jr. zu verdanken war, der die schweren Geldsäcke aus anderen Staaten – sogar aus dem fernen Texas – hierhergebracht hatte.

Dennoch hatte Clive jr. erkennen müssen, daß es immer noch

zwei skeptische Geister in Bath gab – solange seine Mutter und Sully noch da waren. Die beiden schienen nicht zu bemerken, daß es ein neuer Clive jr. war, der nach Bath zurückkehrte, um die Spar- und Darlehnskasse zu retten und der Stadt eine Zukunft zu verschaffen. Sie schienen den Jungen von einst zu sehen, nicht den Mann, der er geworden war. Und wie seltsam, daß ausgerechnet diese beiden Zweifler im selben Haus wohnten, in *seinem* Haus, dem Haus seiner Kindheit auf der Upper Main. Seine Mutter und Sully, der, seit Clive jr. denken konnte, ein Eindringling in jenem Haus gewesen war. Und sie lebten in einem Haus, das Clive jr. inzwischen als das Hauptquartier des Gegners bezeichnete.

Clive jr. wußte, er konnte sich glücklich schätzen, zwei solche Gegner zu haben, denn keiner der beiden würde je gegen ihn arbeiten, ja, sie wären überrascht, wenn sie erführen, in welcher Rolle er sie sah – besonders seine Mutter, die er mit allen Mitteln umzustimmen versuchte. Er hatte alles Mögliche getan, um ihr Vertrauen zu gewinnen: hatte sich große Summen geliehen, die er gar nicht brauchte, und sie ihr zum vereinbarten Zeitpunkt zurückgezahlt; hatte sogar Zinsen angeboten; hatte ihr zu großartigen Anlagen geraten, die ihr viel eingebracht hätten; doch seines Wissens war sie seinen Ratschlägen nicht ein einziges Mal gefolgt. Genausowenig, wie sie ihn in den letzten zwanzig Jahren um Rat gefragt hatte. Meistens konnte er sich damit trösten, daß seine Mutter nun mal die unabhängigste, intelligenteste Frau in ganz Schuyler County war; mochte ja sein, daß sie seine Ratschläge nicht brauchte, aber dann benötigte sie von keinem Menschen Rat. Sie behauptete in scherzendem Ton, daß sie allen Rat, den sie brauchte, von dem langverstorbenen Clive sen. erhielt, und, was noch unheimlicher war, von einer afrikanischen Geistermaske, die an der Wohnzimmerwand hing. Das wäre ja auch ganz in Ordnung gewesen, außer bei seltenen Situationen wie der heute morgen, wo sie sich der Grenzen ihrer Kraft bewußt wurde und sich nicht an Clive jr., sondern an Sully wandte, den Mann in Bath, dem am wenigsten zu trauen war. Und das war noch nicht einmal das Schlimmste: Kaum hatte sich seine Mutter an Sully gewandt, als der ihm auch schon einen untergeordneten Platz zuwies. Das war mehr als lächerlich: Der wichtigste Mann in Bath nahm Befehle von dem Unwichtigsten entgegen, von Donald Sullivan, einem Mann, der schon zu Lebzeiten in Vergessenheit geriet, der seinen Höhepunkt mit achtzehn erreicht hatte und sich seitdem auf dem absteigenden Ast befand.

Ihre gemeinsame Geschichte reichte weit zurück. In der Tat war es so – Sully hätte es überrascht, dies zu erfahren –, daß Clive jr. ihn als einen wesentlichen Teil seiner langen und schmerzlichen Adoleszenz ansah. Als Junge hatte Clive jr. um seine Männlichkeit gefürchtet. Er hatte sogar gefürchtet daß es ihm bestimmt war, homosexuell zu sein – ein Homo, wie man das damals in Bath nannte. Natürlich kriegte er einen Ständer wie andere Jungs in seinem Alter, wenn er die nackten Mädchen in den Zeitschriften ansah, die er aus dem Drugstore klaute und in den obersten Fächern seines Schranks versteckte, damit seine kleine Mutter sie nicht durch Zufall entdeckte. Aber diese Erektionen hatte Clive jr. als unerheblich abgetan, denn er war sicher, daß er eines Tages (wann? in einem Jahr? in einem Monat? morgen?) aufwachen würde und sich nicht länger von nackten Frauen erregen ließe. Einige Nackedeis hatten ihm schon damals nur ein müdes Grinsen abgerungen, und er hatte immer mehr Zeitschriften gestohlen in der Hoffnung, eine größere Auswahl nackter Frauen würde sein unausweichliches Schwulsein im Keim ersticken.

Der Grund zu Clive juniors Furcht lag darin, daß er tiefere Gefühle für Jungen als für Mädchen in sich zu entdecken glaubte. Hatte er sich nicht auch eher nach der Liebe und Zuneigung seines Vaters gesehnt als nach der seiner Mutter, deren winzige Gestalt ihm immer als ein Zeichen ihrer Bedeutungslosigkeit erschienen war? Er konnte sich nicht vorstellen, was seinen Vater bewogen hatte, sie zur Frau zu nehmen, oder warum er sie überhaupt anziehend gefunden hatte. Es gab keine Lehrerin an der ganzen High-School, über die mehr Witze gerissen wurden: Ihre rundrückige, zwergenhafte Gestalt und ihre korrekte Aussprache wurden in verheerender Weise nachgeahmt, besonders, wenn Clive jr. in der Nähe war. Er wollte gar nicht daran denken, wie es ihm ergangen wäre, wenn sein Vater nicht der Football-Trainer gewesen wäre.

Clive jr. hatte seinen Vater geliebt, und als Junge hatte er all die Jungen geliebt, die sein Vater liebte. Er selbst hatte sich nie im

Sport hervorgetan. Er hatte zwar die Größe seines Vaters geerbt (was Miss Beryl bei seiner Geburt fast umgebracht hätte), war jedoch nicht schnell und besaß weder Gleichgewichtssinn noch eine gute Koordination von Hand und Augen. Clive sen. war zu gutmütig, der Enttäuschung über den eigenen Sohn Ausdruck zu verleihen, aber Clive jr. spürte es zum Teil aus der Begeisterung, mit der sein Vater andere Jungen trainierte. Beim Essen konnte sich Clive sen. oft nicht zurückhalten und erzählte die Geschichten ihrer Erfolge. Er selbst war kein guter Sportler gewesen, doch er hegte in sich eine reine Liebe zum Sport und war Trainer geworden, weil er glaubte, der Sport sei das wahrste Sinnbild für das Leben. Und dieser Überzeugung hing er unerschütterlich an, auch wenn Miss Beryl ihn oft mit den Klischees neckte, die in seiner Seele eingebettet lagen.

Von all den Jungs, die er trainierte, schien er Sully am liebsten zu mögen, und es war Sullys Lob, das er am Tisch am lautesten sang. Als Schüler der vorletzten Klasse hatte Sully bei den Auswechselspielern angefangen, und Clive sen. war davon überzeugt, daß er, hätte er ein Dutzend Jungs von Sullys Schlag, in jedem Bundesstaat gewinnen würde. Dabei war Sully weder besonders groß noch besonders schnell. Er war trainingsfaul, konnte auch mit zahmer Kritik kaum umgehen und ließ allen Mannschaftsgeist vermissen. Ja, oft schien es ihm gleichgültig zu sein, ob seine Mannschaft gewann oder verlor. Er hörte nicht mit dem Rauchen auf, selbst als ihm mit Ausschluß gedroht wurde, und gab den andern Spielern das denkbar schlechteste Beispiel, dem natürlich mit Freuden nachgeeifert wurde.

Am Spieltag selbst jedoch, in der Stunde der Entscheidung, wurde Sully zum Berserker; er jagte Spieler, die schneller waren als er, und rannte andere über den Haufen, die doppelt so groß waren. Manchmal kostete es die Mannschaft Punkte, weil er nicht an seinem Platz war, doch genauso oft erwies sich dann der Platz, auf dem er stand, als der bessere. Wenn Sully einen Punkt verpfuscht hatte, rief ihn der vor Wut kochende Clive sen. zur Linie, um ihm die Leviten zu lesen. Manchmal kam Sully, manchmal nicht. Und oft geschah es, daß er, bevor Clive sen. ihn auswechseln konnte, die Oberhand im Getümmel gewann oder einen Paßwurf unterbrach und den Ball mit sich brachte, so daß der Trainer sehen konnte, wie klug er die Sache auf seine Art machte. »Wenn ich doch nur ein Dutzend Jungs wie ihn hätte«, pflegte Clive sen. kopfschüttelnd zu seufzen. »Was für eine Mannschaft hätt' ich dann.« Natürlich hatte er unrecht – ein Dutzend Typen wie Sully, und er hätte gar keine Mannschaft gehabt.

Clive jr. durfte als Sohn des Trainers auf der Bank sitzen, solange er nicht im Wege war. Und dort an der Seitenlinie war es gewesen, als er diese seltsame Liebe für Sully empfunden hatte. Seither zweifelte er an seiner Männlichkeit. Obwohl nur ein unerfahrener Schüler, war Sully all das, wonach ein Achtkläßler wie Clive jr. begierig strebte – er war furchtlos, besaß Einbildungskraft, verachtete jegliche Autorität, und vor allem war er völlig unempfindlich gegenüber Schmerz. Sully, so schien es, hatte wenig Interesse am Wettkampf, bis einer aus der anderen Mannschaft einen guten Wurf erzielte oder eine Beleidigung rief. Danach geschah etwas mit Sullys Augen. Wenn er das Spiel nicht gewinnen konnte, fing er eine Prügelei an und gewann. Wenn das auch nicht gelang, warf er sich mit rasender Wut gegen alles, war er schlagen konnte, als ob das Wissen darum, daß das Spiel nun verloren war, seine Bedeutung steigerte. Sullys besondere Gabe bestand darin, wieder aufzustehen – besser als jeder andere –, und wenn er geschlagen und hinkend und mit Nasenbluten zu seiner Gruppe zurückkehrte, so schimpfte er immer noch über die Schulter auf den, der ihn zu Boden geworfen hatte. Wann immer Clive jr. das beobachtete, wurde er von einer unerklärlichen Bewunderung und Sehnsucht erfüllt.

Es wäre auch bei diesen Gefühlen geblieben, wenn sich Sullys älterer Bruder im August des letzten Schuljahrs nicht betrunken hätte und auf einer späten Heimfahrt samstag nachts nicht bei einem Frontalzusammenstoß mit einem anderen Wagen getötet worden wäre. Clive sen. hatte großes Mitleid mit Sully empfunden, der sehr unter dem plötzlichen Tod seines Bruders litt. Natürlich tat es dem Trainer auch um seine Football-Mannschaft leid, die keinen abwesenden Sully gebrauchen konnte. Jeder wußte, was bei dem Jungen zu Hause vorging – der Vater ein Maulheld in den Kneipen, die Mutter eine kleine eingeschüchterte Maus, deren einziger Trost im Leben von der katholischen Kirche kam: Im kühlen Dunkel des Beichtstuhls, wo man ihr neues blaues Auge nicht sehen konnte, gestand sie die Missetaten ihres Gatten. Also hatte Clive sen. eines Abends Sully zum Essen eingeladen und ihm dann später angeboten, er könne jederzeit wiederkommen – eine Einladung, die Sully wörtlich genommen hatte. Für den Rest der Football-Saison wurde seine Anwesenheit im Wohnzimmer der Peoples zu einer festen Einrichtung. An den ersten Abenden holte Miss Beryl einen zusätzlichen Teller, wenn er erschien, dann, nach einer Woche, beschloß sie, es sei einfacher, von vornherein für Sully mitzudecken. Es war klar, daß der Junge diese Familie mit ihrem Tisch und ihrem Essen seiner eigenen, nun auch noch dezimierten Familie vorzog.

Da es Clive junior oblag, den Tisch zu decken, wurde er gezwungen, den Eindringling willkommen zu heißen. Als Sully im letzten Schuljahr war, hatte Clive jr. auf die High-School gewechselt, und das seltsame Gefühl der Sehnsucht, das er vor zwei Jahren Sully gegenüber verspürt hatte, war nun in die ebenso unerfüllbare Sehnsucht umgeschlagen, es Sully in allem gleichzutun; dieser ging gerade mit einer gewissen Joyce Freeman, die im ersten Jahr auf der High-School war und viel zu hübsch und zu beliebt, als daß man sich hätte trauen können, sie anzusprechen. Clive jr. verspürte große Abneigung gegen Sullys Besuche, zumal sein eigener Stern schon tief genug gesunken war: Seine Eltern waren von ihm enttäuscht. Und so tat Clive jr. alles, was ihm einfiel, um Sully zu zeigen, daß er nicht willkommen war. Wenn es einen angeschlagenen Teller gab, setzte er ihn an Sullys Platz. Wenn es eine Gabel mit verbogenem Zinken gab, kriegte Sully sie und dazu noch das Glas, das am Vorabend nicht ganz sauber geworden war. Diese Anspielung hätte jeder verstanden, nur Sully nicht. Wenn ihn die Gabelzinke in die Lippe piekte, bog er die gefährliche Zacke einfach zwischen seinem schmuddeligen Daumen und Zeigefinger gerade, hielt die Gabel gegen das Licht, um zu sehen, ob die Zinken jetzt in einer Reihe standen, und sagte: »Da, du kleine Ratte.« Und weil Clive jr. derjenige gewesen war, der die Zinken der Gabel so verbogen hatte, kam es ihm so vor, als spreche Sully in Wirklichkeit zu ihm.

Mitten in der Football-Saison schien es Clive sen. aufzugehen, daß er einen Fehler begangen hatte, als er Sully so großzügig sein Heim geöffnet hatte. Er sagte zwar nichts, aber Clive jr. spürte, daß sein Vater wußte, er hatte es vermasselt. Er hatte Sully zu einem besseren Mannschaftsspieler, zu einem verantwortungsbewußten Staatsbürger erziehen wollen. Clive sen. hatte die Chance gewittert, einem seiner Prachtspieler Moral und Denken beizubringen, Sully hatte lernen sollen, daß er nur ein Teil eines größeren Ganzen war, daß die Mannschaft immer an erster Stelle kam. Eine solche Einstellung, so glaubte Clive sen. fest, würde Sully auch auf dem weiteren Lebensweg helfen. ›Die Perspektive des Lebens‹ war in diesem Zusammenhang eine der Lieblingsphrasen von Clive sen. Alles, was sich auf einem Footballfeld abspielte, war auch auf ›die Perspektive des Lebens‹ übertragbar.

Aber wie hätte Clive sen. voraussehen können, daß Sully einen subversiven Verbündeten in Miss Beryl finden würde? Sicher hatte sie Clive sen. wegen des Ernstes, mit dem er gewisse Themen anging, oft zärtlich geneckt, aber er hatte sich nicht vorstellen können, daß sie ihm sein Vorhaben vereiteln könne, Sully zu erziehen. Wenn es so war. Nicht einmal das wußte Clive sen. sicher. Es schien ihm, als verhalte sie sich ein wenig subversiv, obwohl er auf keine ihrer Handlungen mit dem Finger zeigen und sie dafür rügen konnte. Es waren meist nur kleine Dinge, wie Sully ›Donald‹ zu nennen anstatt ›Don‹ oder ›Sully‹, wie ihn jeder andere nannte – hauptsächlich die Männer. Clive sen. wollte nicht, daß sein stärkster Schläger sich für einen ›Donald‹ hielt, aber er wußte nicht genau, ob er mit Miss Beryl darüber reden sollte, denn er konnte sich ihr verächtliches Schnauben schon vorstellen. Es gab eben ein paar Dinge, die Frauen nicht verstanden – man konnte sie ihnen auch nicht beibringen und sollte es erst gar nicht versuchen.

Aber es ging nicht nur darum, daß sie Sully ›Donald› rief. Er hatte sich vorgestellt, wie zwei Sportsleute – Sully und er – am Tisch saßen und über ihre Strategie gegen den nächsten Gegner sprechen würden, und zwar so, daß sein eigener Sohn, aus dem nie ein Sportler würde, auf diese Weise indirekt das Leben und die Lektionen des Sports begreifen würde. Aber er hatte nicht die Möglichkeit bedacht, daß Sully jeden Abend von Miss Beryl in ein Gespräch verwickelt würde: Die Unterhaltungen kreisten im

Bücher und Politik und die Befürchtung, daß Amerika sich nicht mehr lange aus dem von Hitler ausgezettelten Krieg heraushalten könne. Es waren Themen, denen der Football nicht standhielt und die Clive seniors Lektionen über ›die Perspektive des Lebens‹ irgendwie schrumpfen ließen.

Es war, als wollte seine Frau jede Lektion in Staatsbürgerkunde unterlaufen, die Clive sen. seinen eigenwilligsten Spieler lehren wollte. Zum Beispiel Gertrude Wynowski. Sie hatte viele Jahre auf der Junior High-School Sozialkunde gelehrt und war, nach Miss Beryls Meinung, eine arme Irre. Das Herzstück ihres Unterrichts war Heimatkunde gewesen, und bis zu ihrer erzwungenen Pensionierung hatte sie den Siebtkläßlern der Junior High in Bath vorzugsweise eingebleut, daß das benachbarte Schuyler Springs ein neues Babylon sei: Der Reichtum beider Städte gründe in moralischer Verworfenheit. Nach der Pensionierung hatte sie ihr aufmerksam lauschendes Publikum vermißt und begann, ihre Ansichten den Bürgern von ganz Bath mitzuteilen; sie schrieb einen ganze Reihe Tiraden, die in der Leserbriefecke des *North Bath Weekly Journal* veröffentlicht wurden, und erinnerte jedermann, daß sich der Reichtum von Schuyler Springs nur auf seine Immoralität gründete. Diese Gemeinde habe immer alle Arten von legalem und illegalem Glücksspiel geduldet – von Pferderennen über Hahnenkämpfe bis hin zu Ringkämpfen, und jahrzehntelang habe sie sogar die Existenz eines besonders berüchtigten Bordells toleriert. Der Ausdruck, den die Sozialkundelehrerin a. D. gebrauchte, war ›übel beleumdetes Haus‹, was ihre Siebtkläßler sehr verwirrte – die Bedeutung des Ausdrucks sollte für sie auch dunkel bleiben, denn Mrs. Wynowski lehnte jede Erklärung ab. Die Leser des *North Bath Weekly Journals* aber verstanden, was sie meinte, und sie schloß all ihre Briefe mit dem scharfen Hinweis, daß es nur noch eine Frage der Zeit sei, bis Schuyler Springs von einer vielleicht sogar biblischen Vergeltung heimgesucht werde.

Clive sen., der sein Bath liebte und sich in Schuyler Springs fremd fühlte – besonders während der Sommersaison –, war geneigt, Mrs. Wynowski im stillen zuzustimmen. Als Football-Trainer fühlte er sich der Moral verpflichtet, und er wollte unbedingt an eine Moral in der Welt glauben. Mehr als alles auf der Welt wünschte er sich, daß die Vergeltung, die Mrs. Wynowski vorausgesagt hatte, durch seine Football-Mannschaft käme. Es hieß immer, die Mannschaft von Schuyler habe Spieler, die gar nicht in der Stadt wohnten, und Clive sen. sah keinen Grund, seinen Schülern diese Gerüchte vorzuenthalten, wenn er sie dadurch zu besonderer moralischer Entrüstung anstacheln konnte. Es sind Betrüger, sagte er, und Betrug gedeiht nie. Das hatte er auch eines Abends beim Essen sagen wollen, da der Umstand des Betrugs auch in einem neuen Leserbrief von Mrs. Wynowski aufgetaucht war. Er hatte gehofft, seine Gattin würde dieser Ansicht zustimmen.

»Betrug gedeiht *immer*, meinst du wohl«, hatte sie ihn schon berichtigt, bevor er noch ausgeredet hatte. Dann fuhr sie fort: Selbst wenn Schuyler Springs auf Sünde und Glücksspiel aufgebaut sei, gebe es keinen Grund zu glauben, daß dieses Gebäude bald einstürzen werde. Solche Fundamente seien sehr haltbar, sagte sie. Wenn etwas unhaltbar sei, so Gertrude Wynowskis verschrobene Ansichten. Und schließlich habe man keinen Grund, darauf zu warten, daß Gott seinen Fluch über die Quellen von Schuyler verkünde; die Fakten legten eher nahe, daß er schon gesprochen habe, und es seien die Quellen von Bath gewesen, die nicht mehr sprudelten.

Wie sollte man nur, fragte sich Clive sen. verzweifelt, in einer solchen Atmosphäre die Lektionen des Footballs oder gar die ›der Perspektive des Lebens‹ lehren? Er hätte sich gern durchgesetzt, aber jedesmal, wenn er es versuchte, machte Miss Beryl kurzen Prozeß mit ihm. Hätte sie auf böse Weise seine sorgfältig ausgearbeiteten moralischen Richtlinien zerstört, hätte er sich wehren können, aber sie war immer so lieb und zärtlich, wenn sie seine Argumente zerschmetterte, daß Wut nicht angebracht schien. Aber während seine Argumente systematisch zu Staub zerrieben wurden, fühlte er sich immer verzweifelter, als ob die Zivilisation selbst zu einem Ende käme – was er zuweilen auch befürchtete. Es schien, als bestehe Miss Beryl mit Clive seniors Footballstar als Zuhörer tatsächlich darauf, daß die Regierung, das Gesetz, ja selbst Gottes Kirche nicht immer bedingungslosen Respekt verdienten. Und wenn man diese ernsthaft in Frage stellte, wie lange würde es dann noch dauern, dachte Clive sen., bis man auch Football-Trainer angreift?

Es war nun nicht so, als hätte Miss Beryl in Sully einen Verbündeten gewonnen. Die beiden führten lange Diskussionen, in deren Verlauf sie Sully des öfteren sanft zurechtwies, so wie sie es bei Clive sen. tat. Sully stellte sich auch nie auf Miss Beryls Seite, wenn sie mit Clive sen. diskutierte. Es schien, als merke er nicht, daß dort ein Kampf, ein Tauziehen um seine Aufmerksamkeit geführt wurde. Er schien nicht zu merken, wie Clive sen. immer ärgerlicher wurde, weil seine Themen mehr und mehr ins Abseits gerieten – schließlich hatte der Trainer Sully nicht eingeladen, um sich mit ihm über Gedichte zu unterhalten. Er wollte mit ihm über Football reden. Er hatte gehofft, Sully davon zu überzeugen, daß Football ein Gedicht war.

Clive jr. hatte zugesehen, wie sein Vater immer frustrierter wurde, und den richtigen Zeitpunkt abgewartet. Der kam eines Abends, als der sportliche Gast Miss Beryl anbot, beim Abtrocknen zu helfen – man stelle sich nur vor, Clive seniors bester Halfback/Linebacker stand am Spülstein – und Clive sen., der das nicht mit ansehen konnte, sich ins Wohnzimmer zurückgezogen hatte, um Radio zu hören, oder zumindest so zu tun. Clive jr. war ihm dorthin gefolgt und hatte sich ihm stirnrunzelnd gegenübergesetzt; als ihre Blicke sich trafen, hatte Clive jr. gesprochen. »Mir war's lieber«, vertraute er seinem Vater an, »als wir noch unter uns waren. Nur die Familie.« Sein Vater wollte etwas sagen, schloß dann aber den Mund und blickte finster auf die Küchentür, hinter der laute fröhliche Stimmen zu vernehmen waren. »Und so wird es auch wieder sein«, hatte der Vater gesagt. Noch nie hatte seine Stimme so bestimmt geklungen, nicht einmal auf dem Footballfeld.

Am nächsten Abend, als Sully nach dem Essen mit ein paar Freunden ausgegangen war, wanderten Clive sen. und jr. die Main Street hinauf in Richtung des Sans-Souci. Es war Anfang November, doch der Wind blies schon bitterkalt, und die Ulmen zu ihren Häupten hatten ihr Laub verloren und bildeten ein unglaublich hohes, fernes Netz aus schwarzen Zweigen. An der Ecke Main/Bowdon bogen sie ab, wie Clive jr. erwartet hatte. Sie klopften an dem winzigen Haus der Sullivans und warteten eine ganze Weile, bis Sullys Mutter im Nachthemd endlich die Tür aufmachte. Sie schien zu wissen, warum sie gekommen waren, obschon sie geduldig in ihrem schäbigen Wohnzimmer stand und wartete, während Clive sen. ihr sein Beileid zum Verlust ihres ältesten Sohnes ausdrückte; ihr erklärte, wie stolz er auf Donald war (in diesem Falle benutzte er die Namensgebung seiner Frau), der das Rückgrat der Mannschaft sei; wie die Mannschaft eine Art großer Familie geworden sei; und daß es nur noch eine Woche dauern würde, bis die Football-Saison zu Ende gehe und diese Familie sich auflöste. Sie hatten Sully wirklich gern während der Saison bei sich im Haus gehabt, und er hoffe, Mrs. Sullivan habe nicht geglaubt, sie hätten ihn ihr stehlen wollen. Clive jr. hatte beobachtet, wie sie allmählich die Bedeutung aus den Worten seines Vaters herausgehört hatte.

»Er bleibt jetzt zu Hause«, versprach sie, als Clive sen. schließlich zum Ende kam.

Dann erhoben sich Clive Vater und Sohn, und Clive sen. wiederholte, was für ein netter junger Mann Sully sei und daß er ein braver Bürger werden würde, denn wenn der Sport irgend etwas lehre, dann dies. Dieser letzte Satz rief ein brüllendes Gelächter von Big Jim Sullivan hervor, der lautlos hinter ihnen in die Tür getreten war, die er beinahe ganz ausfüllte; neben ihm erschien Clive sen., selbst ein ganz stattlicher Mann, wie ein Zwerg. »Ihr habt genug von ihm, das wollen Sie sagen«, schnaubte er.

Bevor Clive sen. dagegen protestieren konnte, hatte ihnen Big Jim den Rücken zugekehrt und sprach über seine mächtige Schulter hinweg: »Schicken Sie ihn ruhig nach Hause, *Coach*. Ich werd' ihn schon zurechtbiegen.«

Und er hatte Wort gehalten – Sully war nie mehr an ihrem Tisch erschienen.

Waren sie im Unrecht gewesen, er und sein Vater? Wenn er daran zurückdachte, verspürte er Gewissensbisse, doch sie waren nicht schlüssig. Dachte man einmal logisch darüber nach, so konnte Clive jr. nicht erkennen, was daran verkehrt sein sollte, wenn ein Junge seine Familie erhalten wollte. Doch nie hatten sie Miss Beryl von jenem Besuch erzählt. Es blieb ihr gemeinsames Geheimnis, doch anstatt Vater und Sohn einander näherzubringen, hatte es noch einen neuen Keil zwischen sie getrieben. Clive sen. schien nun die Gesellschaft seines Sohnes noch weniger zu genießen, und Clive jr. mußte feststellen, daß er seinen Vater nicht mehr so sah wie früher.

Letztlich war der Eindringling doch nicht ausgestoßen worden. Nach dem Tod von Clive sen. und in Abwesenheit von Clive jr. hatte Sully sich wieder einen Platz im Haus und im Herzen seiner Mutter erobert, so schien es Clive jr., und konnte nun aus beiden nicht mehr verstoßen werden. Seine Mutter wollte nicht einsehen, wie gefährlich er war, und ihr Eigensinn hatte Clive jr. in die unglückliche Position versetzt, nun als Erwachsener die Arbeit zu beenden, die er und sein Vater begonnen hatten. Es sollte doch für den wichtigsten Mann in Bath ein leichtes sein, Sully ein für allemal zu verstoßen, und es wurmte Clive jr., daß er in dieser Beziehung so machtlos war. Da er mehr von den Gesetzen des Handels als denen der Gefühle verstand, war Clive jr. nicht fähig, sich selbst zu erklären, warum sein eigenes Wohlbefinden so stark von Sullys Vertreibung abhing.

Es war irrational, das mußte Clive jr. zugeben, als er neben dem Müllcontainer hinter Hatties Imbiß saß und seine Atemwölkchen betrachtete, daß er so fest davon überzeugt war, Sully müsse weg, bevor er seine anderen Ziele in Angriff nehmen konnte. Auf alle Fälle war es irrational, sich, solange es die Koalition auf der Upper Main gab, immer noch als kleiner Junge zu fühlen und nicht als Mann. Wenn er sich nicht im Herzen von Sully befreien konnte, würde er ihn ewig fürchten. Das war einfach nicht auszuhalten. Clive jr. stieg aus.

»Hallo Clive«, sagte Sully, der tatsächlich überrascht schien, als Clive jr. plötzlich wie aus dem Nichts neben der Kasse auftauchte und mordlüsterne Blicke um sich warf. »Willst du frühstücken?«

Da man ihm die Verantwortung überlassen hatte, führte Sully das Geschäft nach seinen Maßstäben. Die Schublade der Kasse ließ er einfach offen stehen. Er tippte auch keine Beträge mehr ein. Er rundete die Rechnungen auf oder ab, manchmal zum Vorteil des Gastes, dann wieder zum Vorteil des Wirtes, und entnahm der Schublade das Wechselgeld. Heute kostete das Ein-Dollar-Neunundvierzig-Spezial eben anderthalb Bucks, und Scheiß auf die Steuer. Für das Zwei-Dollar-Neunundsiebzig-Frühstück aus Eiern, Speck, Toast und Bratkartoffeln verlangte Sully drei Dollar. Bis jetzt hatte jeder freudig bezahlt, denn jeder begriff, daß ein Ausnahmezustand vorlag. Sully weigerte sich strikt, mit kleineren Münzen als Vierteldollars umzugehen.

Clive jr. deutete auf seine Armbanduhr. »Weißt du, wo ich gewesen bin?« fragte er Sully.

»Keine Ahnung.«

»Draußen hinterm Haus, hab' auf dich gewartet.«

»Ich hatte ganz schön zu tun«, sagte Sully mit einer schwungvollen Geste über das ganze Restaurant hinweg. Es war jetzt nicht mehr so voll wie zu dem Zeitpunkt, als er hinter die Theke getreten war. »Ich dachte, du wüßtest jetzt genug und würdest nach Hause fahren.«

Clive jr. wurde zornig. »Du hast doch gesagt, ich soll warten.«

»Ich meinte ja nicht ewig«, gab Sully zurück.

Clive jr. glaubte jemanden kichern zu hören. Das war nicht der richtige Ort, um sich mit Sully anzulegen, stellte er fest.

»Trink einen Kaffee«, schlug Sully vor und goß ihm eine Tasse ein. »Und erzähl mir was über Thanksgiving. Hattest du ein nettes Fest?«

»Ehrlich gesagt – ich hab' mit meiner Verlobten gegessen«, teilte ihm Clive jr. mit. Er wollte gerade sagen, daß sie auch eine Bekannte von Sully sei, als er unterbrochen wurde.

»Ach ja?« machte Sully, offenbar nicht sehr an Clive juniors Heiratsplänen interessiert. »Und was hast du noch getan?«

Der Banker kniff die Augen zusammen, denn nun erriet er, worauf das Gespräch hinauslief. Als sie gestern auf seine Mutter gewartet hatten, waren er und Joyce nach oben in Sullys Wohnung gegangen, um zu sehen, wieviel Schaden Sully seit seinem letzten Besuch angerichtet hatte. »Nicht mehr viel«, antwortete er kleinlaut.

»Nicht mehr viel«, wiederholte Sully. »Ich dachte, du wärst vielleicht irgendwohin gegangen, wo du nichts zu suchen hast.«

Clive jr. spürte, wie die anderen Männer an der Theke aufmerksam wurden und mit unverhohlenem Interesse dem Gespräch lauschten. Er konnte auch spüren, auf wessen Seite sie standen – seine war es nicht.

»Das hatten wir doch schon mal«, versuchte er zu erklären. »Der Vermieter hat das Recht –«

»Du bist aber nicht mein Vermieter«, unterbrach Sully.

»Meine Mutter –«

»Ist der einzige Grund, warum ich dich nicht in den Arsch trete«, beendete Sully den Satz. »Das nächste Mal, wenn du ohne meine Erlaubnis in der Wohnung rumschnüffelst, kann sie dich nicht mehr retten.«

Clive jr. spürte, wie er vor Wut zu zittern anfing. Und wie immer in jenen Augenblicken peinlicher Verwicklungen spürte er, daß er außerhalb seiner selbst stand, sozusagen einen Schritt zurück, als kritischer Beobachter seiner eigenen schwachen Vorstellung. Von diesem Posten aus sah er, wie er mit schlecht gemimter Würde an der Theke stand, einen Dollar aus der Brieftasche zog und ihn wortlos auf die Theke legte, sich dann wie ein markiger deutscher Soldat aus einem alten Kriegsfilm um die eigene Achse drehte und mit lächerlichem Stechschritt an der Reihe schweigender Männer vorbeimarschierte. Vielleicht schwiegen sie auch gar nicht. Vielleicht war das nur seiner eigenen Verfassung zuzuschreiben. Wie auch immer – als Clive jr. aus *Hattie's* marschierte, hörte er nur seine eigene Stimme, die heute morgen zu seiner Mutter gesagt hatte: »Ich werd' mit Sully schon fertig.«

Und wie immer brauchte er eine Weile, bis er zu sich selbst zurückfand. Als nächstes wurde er gewahr, daß er an seinem Eichenschreibtisch in der Bank saß, also mußte er dorthin gefahren oder gegangen sein und sich durch die Seitentür eingelassen haben. Und er mußte den Vorhang zu dem Fenster zurückgezogen haben, das auf die Straße hinausging. Durch die dunkle getönte Scheibe konnte er bis zu *Hattie's* auf der Main Street blicken, das gerade die Tür öffnete und zwei lachende Männer entließ. Wie viele Male hatte er in den letzten Jahren aus dem Fenster geblickt, nur um Sully die Straße entlangkommen zu sehen – immer sah er aus wie ein Mann, der von einem Unfall davonhumpelt und zu benommen ist, seine eigenen Verletzungen wahrzunehmen. Sullys einziger Sinn im Leben bestand darin, weiterzuhumpeln, entgegen aller Vernunft.

Manchmal war er Clive jr. unsterblich, unzerstörbar erschienen. Er hatte schon vor vierzig Jahren um Sullys Unsterblichkeit gewußt, als dieser an einem Frühlingsabend im letzten Schuljahr ein letztes Mal zu ihrem Haus gekommen war, um Miss Beryl zu sagen, daß er zur Armee gehen wollte. Zu Clive juniors großer Beschämung hatte sie versucht, ihm das auszureden. Als sie keinen Erfolg hatte, bat sie Clive sen., mit dem Jungen zu sprechen. Doch dieser lehnte als Football-Trainer und als Mann mit moralischer Verpflichtung für die Gemeinschaft jede Form der Kriegsdienstverweigerung ab und spendete Sully für seinen Patriotismus Beifall. »Du Idiot«, hatte Miss Beryl gerufen und damit Clive jr. schockiert, der sich nicht erinnern konnte, daß seine Mutter die Ansichten seines Vaters jemals verächtlich behandelt hätte, auch wenn sie sich oft über sie lustig machte. »Es hat überhaupt nichts mit Patriotismus zu tun«, erklärte sie ihrem Mann, der vor ihrer Heftigkeit regelrecht zurückschreckte. »Der Junge ist doch schon im Krieg. Er ist genauso wie sein Bruder. Fährt wie 'nen Irrer, sucht nach einem Auto, an dem er sich den Kopf einschlagen kann.«

Ungeachtet seiner Jugend hatte Clive jr. gewußt, daß seine Mutter unrecht hatte; vielleicht schätzte sie Sullys Motive durchaus richtig ein. Sie irrte sich jedoch, wenn sie glaubte, Sully könnte sich bei einem Unfall ein Leid antun. Nach Clive juniors Meinung hätten die Kerle in dem anderen Wagen nicht die geringste Chance. Sullys besonderes Schicksal würde darin bestehen, einen Frontalunfall nach dem anderen zu erleiden, ohne daraus zu lernen, aber auch ohne daran zu sterben.

Und seine Prophezeiung war eingetroffen: Nicht Sully war mit neunzig Meilen in der Stunde gestorben, sondern Clive sen. mit lächerlichen zwanzig.

Und dennoch war Sully nicht unsterblich, das wußte Clive jr. Er war auch nur ein Mensch. Ein wahrer Dinosaurier, der geduldig der Zeit des Aussterbens entgegenschritt. Schon möglich, daß er längst tot war, und nur zu dumm, um es auch zu merken. Clive jr. hätte es Sully gern einmal erklärt, und er stellte sich eine Unterhaltung vor, die er nur aus Mangel an Courage noch nicht geführt hatte. »Weißt du, wie die Saurier rauskriegten, daß sie ausgestorben waren?« hätte er zu gern gefragt. Und Sully hätte zugeben müssen, daß er keine Ahnung hatte.

»Sie kriegten's nicht raus«, würde Clive jr. dann sagen. »Sie waren's schon.«

Als Cass mit Hattie am Arm zurückkehrte und die alte Dame, die nun gebadet und frisch angezogen war, in ihre Nische gesetzt hatte, war Sully die Lust zu helfen bereits vergangen. Er konnte zuweilen sehr großzügig sein und genoß diese Stimmung, solange sie anhielt – trauerte ihr jedoch nicht nach, wenn sie vorbei war.

»Beim nächsten Mal läßt du sie laufen«, wetterte Cass, als sie zu Sully hinter die Theke trat. Er hatte sich schon seiner Schürze entledigt.

»Warum tut sie das nur?« fragte er und glitt auf den Hocker, auf dem eben noch Clive Peoples gesessen hatte.

»Sie war immer noch wütend wegen gestern«, erzählte Cass mit gesenkter Stimme. »Sie wollte, daß ich an Thanksgiving aufmache, damit sie in ihrer Nische sitzen kann. Ich sagte, von mir aus könnte sie gerne gehen und da sitzen, und ich wette, daß sie's auch getan hat – sie hat bestimmt drei Stunden da rumgehangen, und erzählt dann mir, daß ich das Geschäft kaputtmache.«

»Sie scheint in dieser Nische sehr glücklich zu sein«, meinte Sully. Die alte Dame hatte nun ein breites Grinsen aufgesetzt; offenbar hatte sie verwunden, daß ihr Fluchtversuch vereitelt worden war.

»Das ›scheint‹ nicht nur so; wenn ich vierundzwanzig Stunden am Tag geöffnet hätte und sie die ganze Zeit da sitzen ließe, wär' sie die glücklichste Frau auf Erden.«

»Also laß sie da in Frieden sitzen«, schlug Sully vor. »Wem sollte das schaden?«

»Klar.« Cass funkelte ihn wütend an. »Warum sollte ich auch 'n Privatleben haben?«

Sully hob die Arme und ließ sie wieder sinken. »Dann steck sie in ein Pflegeheim. Wer sollte dir da Vorwürfe machen?«

»Jeder – auch du«, erwiderte Cass ernst. »Sogar ich selbst.« Ihr Blick wanderte an Sully vorbei zu ihrer Mutter. »Die Pfleger würden sie an einem Rollstuhl festbinden und vergessen.«

Sully wurde der Pflicht zu einer Antwort enthoben, da Rub, der draußen vorbeigetrottet war und mit besorgter Miene durchs Fenster hineingespäht hatte, den Raum betraut.

»Mir hat einer erzählt, daß du jetzt hier arbeitest«, sagte er so düster, als wäre dies zu schlimm, um wahr zu sein.

»Wer, ich?« gab Sully zurück.

Cass brachte Rub eine Tasse Kaffee.

»Ja, du, ich hätt's nie geglaubt«, sagte er ernsthaft und nippte an dem Kaffee.

»Kann ich 'nen Dollar borgen?« fragte Rub nach einer Weile. Sully gab ihm einen Dollar, und Rub steckte ihn in die Tasche. Sully musterte ihn von Kopf bis Fuß und schüttelte den Kopf.

»Was ist los?« wollte Rub wissen.

»Nichts«, gab Sully zurück.

»Und wie kommt's dann, daß du mich so anstarrst?«

Sully gab keine Antwort.

»Ihr guckt mich beide so seltsam an«, jammerte Rub, während Cass die beiden Männer mit ihrer üblichen Belustigung betrachtete.

»Du bist halt ein echt hübscher Mann, Rub«, sagte Sully zu ihm. »Siehst einfach klasse aus.«

Rub blickte zu Cass, als hoffte er auf einen Hinweis, wie er diese Bemerkung verstehen sollte.

»Bin ich nicht«, erwiderte er.

»Aber sicher doch«, entgegnete Sully. Er schob seine leere Tasse weg, erhob sich und pflanzte einen Kuß auf Rubs Borstenschädel.

Der wurde feuerrot. »Jetzt denken die Leute, ich wär' schwul«, sagte er traurig.

»Dieser Zug ist lange abgefahren, Rub«, meinte Sully. »Laß uns mit der Arbeit anfangen.«

Rub stand auf und schüttete den Kaffee hinunter. »Ich wußte nicht, daß wir Arbeit haben.«

»Arbeit gibt's immer«, sagte Sully. »Heute sogar für uns.«

Cass wollte kein Geld für den Kaffee annehmen. »Danke«, sagte sie zu Sully. »Ich bin dir wirklich dankbar, auch wenn's nicht so aussieht.«

»Bis dann, altes Mädchen«, sagte Sully mit lauter Stimme zu Hattie.

»Wer ist das?« Die Alte grinste wie eine Verrückte. »Hört sich an wie dieser verdammte Sully.«

Der Pick-up gab keinen Laut von sich, als Sully den Schlüssel im Zündschloß drehte. Es war, als sei die Zündung mit nichts als der eisigen Novemberluft draußen verbunden. Sully versuchte es noch ein paar Mal, ohne dem Motor auch nur ein Krächzen zu entlocken. Es hörte sich so an, als könne man das Gefährt nicht mehr retten. Sully lehnte sich zurück, ließ den Schlüssel in der Zündung stecken und fuhr sich mit den Fingern durchs Haar. Ängstlich starrte Rub auf seine Knie. Es war sehr unangenehm, hier neben Sully zu sitzen, dem durchaus zuzutrauen war, daß er seine Wut an leblosen Maschinen auslassen würde.

Rub wollte das Schweigen eigentlich nicht brechen, aber es fiel ihm schwerer stillzusitzen als Sully, der so aussah, als könne er den ganzen Winter so sitzen bleiben. Als er es nicht mehr aushielt, fragte Rub: »Will er nicht anspringen?«

Sully starrte ihn nur an.

»Laß uns zu Fuß geh'n«, schlug Sully vor und stieg aus.

Rub folgte ihn. Willst du deine Schlüssel nicht mitnehmen?« fragte er.

»Wieso denn?«

»Kommt vielleicht einer und klaut den Wagen«, sagte Rub.

»Denk doch mal nach«, riet Sully.

Rub dachte nach. »Jemand könnte deine Schlüssel klauen.«

»Ich hab' nur drei hier am Ring«, erwiderte Sully. »Einer ist für den Laster. Ich weiß nicht mal mehr, wofür die anderen waren.«

»Die alte Lady Peoples glotzt schon wieder«, bemerkte Rub, froh, daß er das Thema wechseln konnte. Die Vorhänge im Vorderzimmer hatten sich bewegt. »Ich wünschte nur, sie würd' einfach sterben und nicht mehr den Leuten nachspionieren.«

»Findest du das nicht ein bißchen gemein?« fragte Sully, als sie zu Fuß ins Zentrum zurückgingen.

»Sie hat doch damit angefangen«, gab Rub zurück. »Sie war immer so böse zu mir in der achten Klasse. Jetzt geb' ich's ihr einfach zurück.«

»Sie wollte vielleicht nur, daß du was lernst«, meinte Sully.

»Sie wollte, daß ich alles lerne«, erwiderte Rub ärgerlich. »Ich wünschte, sie würd' einfach sterben, damit ich sie vergessen kann.«

Im OTB trieb sich auch Jocko herum und begrüßte die beiden

Männer. »Das waren vielleicht ein paar Pillen«, sagte Sully zu ihm. »Hab' geschlummert wie ein Baby.«

»Prima«, sagte Jocko, doch Sullys Ton machte ihn mißtrauisch.

»Das Blöde war nur, daß ich gerade am Steuer saß.«

Jocko nickte. »Ich hab' dich gewarnt, wie du vielleicht noch weißt. Auf jeden Fall bist du ja noch heil.«

»Hmm«, machte Sully. »Wie war die Dreier gestern?«

»Drei-eins-sieben«, sagte Jocko. »Kann mich deshalb so gut erinnern, weil ich das auch getippt hatte.«

»Schön für dich«, erklärte Sully. »Lasset die Reichen reicher werden. Tu mir nur den Gefallen und gib nicht alles aus. Vielleicht muß ich mir was leihen.«

»Ich hab's gerade meiner Frau überschrieben. Hat mich alimentemäßig fast wieder beliebt gemacht. Nur liebesmäßig sieht's mies aus.«

»Ich mag Frauen, deren Liebe man nicht kaufen kann. Wie ging diese Dreier nochmal?« wollte Sully wissen.

»Drei-eins-sieben. Hör doch zu, um Gottes willen.«

Sully hatte den Abschnitt gefunden und studierte ihn aufmerksam, um sicherzugehen, daß er nicht aus Versehen den Gewinner erhalten hatte. »Zwei Drittel davon hatte ich auch«, sagte er.

»Na prima«, gratulierte Jocko. »Wie viele von diesen Pillen hast du gestern genommen?«

»Zwei.«

Jocko nickte. »Ist nicht gerade Aspirin.«

»Die erste schien nicht besonders zu wirken.«

»Und die zweite?« wollte Jocko wissen.

»Die war ein Hammer«, gab Sully zu.

»Nächstes Mal wartest du, bis die erste wirkt.«

»Mach' ich.«

Sully wettete seine üblichen Eins-zwei-drei und sammelte Rub ein, der den geliehenen Dollar auf eine Zweierwette setzte.

»Was hast du getippt?« fragte Sully, als sie wieder auf der Straße waren.

»Hab' ich vergessen«, gab Rub zu.

»Na klar«, stimmte Sully bei. »Ist ja erst 'ne Minute her.«

Sie begaben sich in den Doughnut-Shop, wo sie Carel Roebuck

trafen, der mit einer abgrundtief häßlichen Blondine flirtete. Sie erzählten ihm, daß der Pick-up nicht mehr ansprang, und Carl war bereit, Sully für ein, zwei Tage den El Camino zu leihen. Als die beiden Alten rausgingen, rief Carl: »Du solltest dir mal 'n paar Geschäftskarten machen lassen; Don Sullivan: Hansdampf; kann nichts, macht alles.«

»Danke für den Wagen.« Sully rasselte mit den Schlüsseln.

»Ich hatte eigentlich gedacht, daß *du* heute einen Job für *mich* erledigst«, gab Carl zu bedenken.

»Ich schau' mal, ob ich das heute nachmittag schaffe, wenn ich meine Arbeiten als Hansdampf erledigt hab'«, erwiderte Sully und ließ die Tür hinter sich zufallen.

Proxmires Autohandel lag ungefähr eine Meile außerhalb der Stadt direkt an der Landstraße, eingezwängt zwischen HAROLDS SCHROTTPLATZ und HAROLDS ERSATZTEILLAGER, die beide von niemand anderem als Harold Proxmire höchstselbst betrieben wurden. Ein Abschleppwagen, den die Aufschrift PROXMIRES ABSCHLEPPDIENST zierte, befand sich ebenfalls im Hof. Das Schild am Straßenrand, das am oberen Ende einer gekrümmten Stange angebracht war, verkündete: HAROLDS AUTOMOBILE WELT. Harold beschäftigte fünf Vollzeitangestellte: Harold Proxmire; seine Frau Gloria; einen Mechaniker, der ein schon auffällig unfreundlicher Mann war, dem Harold befohlen hatte, niemals, unter keinen Umständen, mit jemandem zu sprechen; ferner einen kurzgewachsenen älteren Mann, der offenbar Kilometergeld bezog und pausenlos durch die Reihen des Ersatzteillagers hetzte und in die oberen Regale hinaufspähte, wo die seltenen Teile herumlagen; und schließlich einen Teenager, meist einen, der die High-School abgebrochen hatte und den die Proxmires unter ihre Fittiche nahmen. Harold und Mrs. Proxmire waren gläubige Christen und stellten nur Teenager ein, deren überragende Talente bisher von der Welt verkannt worden waren; Harold versuchte immer, einen Jungen zu finden, der als Referenz wenigstens einen Aufenthalt in einem staatlich anerkannten Gefängnis oder in einer Besserungsanstalt vorzuweisen hatte. Dann konnte Harold ihm den Mindestlohn zuweisen, während seine Gattin den gefährdeten Teenager von ihrem Platz an der Kasse aus unentgeltlich mit christlichen Ratschlägen versorgte. Harold pflegte pro Jahr drei oder vier Jungen anzuheuern; manche hielten es drei Monate aus, bevor sie der schnöde Mammon – in Form einer Lohnerhöhung um einen Vierteldollar – zu anderen Aufgaben lockte. Andere räumten einfach die Kasse aus und machten sich aus den Staub. Die letzte Nachwuchskraft hatte Mrs. Harold einen Zettel im Geldscheinfach der Kasse hinterlassen, auf dem geschrieben stand: ›Jesus war ein dummes Arschloch. Sie auch.‹

Zur Zeit beschäftigten die Proxmires einen gewissen Dwayne bei sich; er war schlaksig, rothaarig und mürrisch und hatte bisher noch nichts aus Harolds *Automobiler Welt* geklaut, obwohl er unter dem Gewicht der täglichen Moralpredigten schon zu schwanken begann. Er fand Mrs. Harolds ständiges Gerede über Ehrlichkeit und die vielen Versuchungen des Satans einigermaßen beunruhigend. Dwayne war nie in Versuchung geraten, Harold – dem er sehr dankbar war – zu bestehlen, und nicht einmal Mrs. Harold, deren Gegenwart er in homöopathischer Dosierung ertragen konnte, wollte er betrügen; er fragte sich daher, was mit ihm nicht stimmte, wenn der Teufel ihm so wenig Aufmerksamkeit schenkte. Und noch ärgerlicher war, daß ihm auch die Kunden keine Aufmerksamkeit schenkten. Jeder wollte immer nur mit Harold sprechen, und so bestand Dwaynes Hauptaufgabe darin, seinen Chef zu suchen, der sich gleichzeitig um den Laden, das Lager und den Schrottplatz kümmerte und immer von einer Abteilung zur anderen unterwegs war, um besonders ungeduldige Kunden zu bedienen.

Als der El Camino von C. I. Roebuck in den Hof einfuhr, erwartete Dwayne keine Vorzugsbehandlung und war daher kaum überrascht, als Sully ausstieg und fragte: »Wo ist Harold?« Allerdings war der Junge ein wenig geistesabwesend. Das passierte ihm oft an Werktagen, an denen nur wenige Kunden vorbeikamen.

Harold Proxmire war groß und schlank, hatte einen käsigen Teint und kleidete sich in Grau, und an einem grauen Tag wie diesem bewegte er sich auf seinen dickbesohlten Schuhen wie eine Spukgestalt durch die Hallen.

»Irgendwo da«, antwortete Dwayne auf Sullys Frage mit einer vagen Handbewegung, die alle drei Bereiche von Harolds Imperium umfaßte.

Während ihr Mann überall sein konnte, war Mrs. Harold – eine kleine rundliche Frau mit einer toupierten Hochfrisur, die sie fast doppelt so groß erscheinen ließ – immer an der Kasse zu finden, wohin Sully sich jetzt auch wandte. Zwischen den Verkäufen pflegte sie auf ihrem Gestühl hinter der Kasse zu hocken und in der Heiligen Schrift zu lesen, umgeben von unzähligen Disney-Souvenirs. Mrs. Harold liebte Disney World und zerrte ihren Mann jedes Jahr im Februar nach Orlando, wo sie alle Attraktionen des Verzauberten Königreiches ausprobierten. Dort war alles so sauber und hell. Vermutlich gab es schmutzige, stinkende und laute Maschinen, die das Königreich in Gang hielten, aber die Leute bei Disney wußten, wie man die verbarg. Allem Anschein nach unter der Erde. Sie nahm an, daß es auch eine Tour gab, wo man den Besuchern zeigte, wie alles in Gang gehalten wurde, aber Mrs. Harold wollte sich den schönen Schein lieber bewahren. Und sie ließ auch nicht zu, daß ihr Gatte an einer Besichtigung teilnahm, sonst hätte er ihr womöglich alles erklärt, und das wäre noch schlimmer gewesen.

Jedes Jahr kaufte Mrs. Harold vor der Rückfahrt für ungefähr zweitausend Dollar Disney-Paraphernalien, denn sie unterhielt im Büro von Harolds *Automobiler Welt* einen nicht genehmigten und unautorisierten kleinen Disney-Laden. Im Frühling hingen die Wände voller Disney-Poster und T-Shirts, die Kasse war umstellt von wasserskilaufenden Goofys und Plutos aus Gummi und von Hüten in Form von Micky-Maus-Ohren. Jetzt, im November, war das meiste verkauft, und die tristen Wände zeigten sich wieder in erbarmungsloser Nacktheit, notdürftig verziert von einem Aschenputtel-Poster, das unter anderem drei dicke Feen präsentierte – eine gemahnte Sulley an Mrs. Harold. Neben der Kasse stand eine kleine Kiste mit billigen Disney-Figürchen und einem halben Dutzend Gummikrokodilen.

Einnahmen und Ausgaben aller drei Betriebe gingen durch diese Kasse, und wenn die glaubensstrenge Dame zu den Kunden hochblickte, schimmerte immer ihre innere Furcht durch, einer von ihnen könne der verkleidete Satan sein. Sie glaubte zum Beispiel fest daran, daß Sully irgendwie mit dem Teufel im Bunde stand, obwohl er nicht besonders hoch in Luzifers Hierarchie stehen konnte. Im tiefsten Innern ihres Herzens – das ihr selbst aber schon weitgehend verschlossen war –, hatte Mrs. Harold den alten Sully aufrichtig gern, denn er scherzte immer mit ihr, was sich sonst niemand traute, am wenigsten ihr eigener Mann. Immer wenn Sully erschien, brach das junge Mädchen von früher schüchtern aus der Festung hervor, in die es eingesperrt war, wurde jedoch mit Leichtigkeit wieder eingefangen, weil es vor vielen Jahren schon vergessen hatte, wohin es fliehen sollte und warum.

»Hallo, Esmeralda«, grüßte Sully, als sich die Tür hinter ihm und Rub geschlossen hatte.

Natürlich war das nicht Mrs. Harolds korrekter Vorname, aber Sully, der sich Namen grundsätzlich nicht merken konnte, nannte sie schon seit einer Ewigkeit so. War dies etwa der Name des eingesperrten Mädchens?

Mrs. Harold legte die Bibel hin und verweigerte Sully ein Lächeln, das er, wie sie wußte, gern gesehen hätte. »Harold!« bellte sie in die Sprechanlage, und die Lautsprecher, die draußen an hölzernen Pfählen angebracht waren, gaben es knirschend wieder. »Kundschaft!«

Sully nahm eins der Gummikrokodile in die Hand und betrachtete es. »Was für einen Wucherpreis wollen sie denn dafür haben?« fragte er.

Mrs. Harold hatte immer drei Dollar genommen und wollte es gerade laut sagen, als zu ihrer Überraschung Esmeralda einsprang und nur ›einen Dollar‹ verlangte.

»Okay«, sagte Sully, ließ eins der Krokodile in die Manteltasche gleiten und gab Mrs. Harold den Dollar. »Ich nehm' eins. Ich kenne da jemanden, der auf Krokodile steht. Aber sagen Sie mir noch eins, bevor Ihr Mann kommt.« Er hatte die Stimme gesenkt und lehnte sich nun mit den Ellbogen auf die Theke. »Und nicht lügen«, warnte er. »Lügen ist Sünde.«

»Christen lügen nicht, Mr. Sullivan«, gab Mrs. Harold zurück, kniff die Augen zusammen und lehnte sich auf ihrem Hocker zurück, um den Abstand zwischen sich und Sully aufrechtzuerhalten, während das junge Mädchen, das in ihrem Herzen begraben war, sich eifrig nach vorn beugte.

Sully zuckte mit den Schultern, als wollte er sagen, daß man über solche Behauptungen nicht streiten könne. Wenn sie sich aufs dünne Eis wagte, würde er sie lassen. »Sagen Sie mir schon die Wahrheit«, drängte er. »Kommt es Ihnen noch?«

»Harold!« bellte Mrs. Harold in die Sprechanlage.

Sully hielt die Hände hoch, als habe sie eine Waffe auf ihn gerichtet. »Was hab' ich denn Schlimmes gesagt?« wandte er sich mit einer Unschuldsmiene an Rub, der an der Tür stand und aussah, als würde er sich gleich in die Hose machen. »Hören Sie, Esmeralda. Sagen Sie mir, wenn ich falsch liege, aber da ist doch nichts Unrechtes dabei, daß es Ihnen von Zeit zu Zeit noch kommt, wenn Sie verheiratet sind. Jesus kann doch nichts dagegen haben, wenn es mit Harold ist, stimmt's?«

»Harold!« Die kreischende Frauenstimme brachte die Lautsprecher zum Schwingen.

Sully stand immer noch mit erhobenen Händen da. »Ich kann ja versteh'n, wenn Sie in Ihrem Alter 'n bißchen kürzertreten wollen, aber man muß doch nicht gleich damit aufhören. Sie sollten mal alle paar Wochen während der Mittagspause zumachen, den Mechaniker nach Haus schicken, die Kasse abschließen und Harold nach hinten schleifen... Würd' Ihnen guttun. Harold auch.«

In diesem Augenblick eilte Harold herbei, keuchend und graugesichtig, Dwayne auf den Fersen. »Oh«, sagte er erleichtert, als er die Lage überblickt hatte. »Du bist's. Ich dachte schon, wir würden überfallen.«

»Du solltest mal hören, was er sagt, wenn du nicht dabei bist«, berichtete Mrs. Harold, nun wieder halbwegs beruhigt. Jetzt, da Harold bei ihr war, konnte sie das junge Mädchen wieder einfangen und in die Festung ihres Herzens einsperren.

»Esmeralda«, sagte Sully und brachte das junge Mädchen dazu, ein letztes Mal hinter Mrs. Harolds Schulter hervorzuschauen. »Eines Tages werden Sie mir furchtbar weh tun.« Er wies auf die Bibel. »Zeigen Sie mir, wo geschrieben steht, daß Sie böse zu den Menschen sein sollen.«

Am schlimmsten war, so dachte Mrs. Harold, daß Sully sich erkühnte, die Heilige Schrift mit seinen Unverschämtheiten zu widerlegen. Gewöhnlich hatte sie einen Bibelspruch für fast jede Gelegenheit parat. Und wenn Sully weg war, fielen ihr auch wieder Dutzende von Stellen ein, die paßten – doch nie in seiner Gegenwart. Gerade jetzt schaffte sie es nicht, seine Herausforderung anzunehmen und ihm zu sagen, wo es in der Bibel hieß, man solle böse sein zu den Leuten, obwohl sie hätte schwören können, daß es eine solche Stelle gab.

Bevor ihr eine passende Erwiderung einfiel, hatte Sully sich abgewandt, um mit Harold zu reden, und sie blieb mitsamt der jungen Esmeralda traurig zurück.

»Hättest du etwas da, das mich interessieren könnte?« fragte Sully.

»Karre den Geist aufgegeben?« fragte Harold zurück und fühlte sich schuldig. Er haßte Dauerkunden, denn das bedeutete, daß der Wagen, den er ihnen verkauft hatte, nicht ewig gelaufen war, wie er gehofft hatte. Er wußte zwar, daß jede Maschine wie auch das Leben eines Menschen nur über eine begrenzte Lebenszeit verfügte, doch er wünschte sich eine bessere Welt, in er die Autos, die er verkaufte, ewig hielten. Sully war ihm als Dauerkunde besonders peinlich, denn er kaufte immer Lastwagen, die schon einige Jahre auf dem Buckel hatten. Harold hatte Sully noch nie einen verkauft, der weniger als achtzigtausend Meilen gelaufen war. »In sechs Monaten kommen Sie wieder an«, hatte er Sully vor überalterten Wagen gewarnt. Aber sechs Monate schienen Sully immer eine lange Zeit, und im großen und ganzen war er Optimist und schloß, daß er in sechs Monaten eigentlich nur besser dastehen könnte – aus dem einfachen Grund, daß es ihm nicht schlechter gehen konnte als im Augenblick. Natürlich hatte er fast immer unrecht, sowohl in seinen Überlegungen als auch im Ergebnis. Harold seinerseits war nicht sicher, ob man Kapitalismus und Christentum überhaupt unter einen Hut bringen konnte, auch wenn sich der Kapitalismus wie hier in Harolds *Automobiler Welt* so bescheiden zeigte und jenen, die davon abhingen – Harold und Mrs. Harold, dem mürrischen Mechaniker, dem halbblinden Wächter und einem jugendlichen Verbrecher –, nur ein karges Auskommen sicherte.

Sully schilderte Harold eindrücklich das morgendliche Versagen des Pick-ups. Hoffnungsvoll hörte Harold, in welchem Zustand sich der Laster befand. »Vielleicht sind ja nur die Batteriekabel angerostet«, vermutete er.

»Vielleicht«, stimmte Sully zu. »Das ist es aber nicht.«

Sie waren nach draußen geschlendert, wobei Rub sich respektvoll einen Schritt zurückhielt und Dwayne noch weiter hinten herumlungerte. »Woher wollen Sie das so genau wissen?« fragte Harold.

Sully dachte angestrengt nach. Er wußte es natürlich nicht genau, aber es schien vom Schicksal bestimmt, daß der Pick-up heute seinen Geist aufgab. Gestern hatte man ihm einen Job angeboten, für den er den Laster dringend brauchte, und heute mußte das Ding seinen Geist aufgeben. Wenn er so tief in einer Pechsträhne steckte, glaubte Sully an irgendein perverses kosmisches Gesetz, das für Ordnung im Unglück sorgte. »Nenn es eine Vorahnung«, sagte er zu Harold.

»Warum soll ich nicht mal nachschauen«, gab Harold zurück, der zwar durchaus an Vorahnungen glaubte, aber auch daran interessiert war, sie gelegentlich zu überprüfen. »Wir schicken Dwayne los und lassen ihn in den Wagen abschleppen.«

»Das wäre prima«, stimmte Sully zu, im Grunde froh, daß Harold so vernünftig reagierte.

»Kennst du Dwayne schon?« fragte Harold und erwischte den Jungen, der auf die Möglichkeit, mit einbezogen zu werden, nicht gefaßt war, mit dem Finger in der Nase. »Hol mal Sullys Laster her«, befahl Harold. Dwayne nickte und lief zum Abschleppwagen.

»Dwayne?« rief Harold ihm nach. »Willst du nicht wissen, wo er steht?«

Der Junge trottete zurück.

Sully gab ihm seine Adresse auf der Upper Main und sagte, der Wagen parke vor dem Haus. Dwayne erkundigte sich nach der Farbe des Lastwagens.

»Grün«, sagte Sully. »Ist der einzige da, der so aussieht, als ob es das Abschleppen nicht lohnt«, fügte er hinzu. Harold grinste, als Dwayne wieder losstapfte, während Rub sich die Handflächen am

Hemd abwischte. »Er hat in der Nase gebohrt und mir dann die Hand gegeben«, sagte er ärgerlich.

»Den hier solltest du kaufen«, sagte Harold auf dem Weg über den Schrottplatz und zeigte auf einen Schneepflug, der gegen den Stacheldrahtzaun gelehnt war. »Der Typ, dem er gehörte, hat ganz gutes Geld damit gemacht. Hat Straßen freigeschaufelt.«

»Und wie kommt's, daß er ihn verkauft hat?« fragte Sully.

»Hat er ja gar nicht«, erwiderte Harold. »Seine Witwe war's. Hab' das Ding auf 'ner Versteigerung ergattert.«

»Leider scheine ich keinen Laster zu haben, an dem ich ihn anbringen kann«, meinte Sully, obwohl ihm die Idee verlockend erschien. In einer Gemeinde wie Bath, in der die städtischen Dienstleistungen immer mehr beschnitten wurden, und in einem Winter wie diesem, der schon im November Schnee brachte, konnte sich ein Schneeräumer als lukrative Erwerbung erweisen. »Und ich glaub' nicht, daß ich stark genug bin, ihn selbst zu schieben.«

»Ich mach' dir einen Sonderpreis, wenn du ihn haben willst«, sagte Harold und nannte Sully eine Summe, die kaum höher war als jene, die er selbst bei der Versteigerung bezahlt hatte. »Warte aber nicht zu lange.«

»Ich müßte aber 'ne Bank überfallen, wenn ich einen Laster *und* den Schneepflug kaufen wollte.«

»Es soll ja Leute geben, die sich das Geld bei der Bank leihen«, machte Harold geltend.

»Aber nicht Leute wie ich«, entgegnete Sully. »Die Banken wollen auch einen Wert sehen, damit sie's einem wegnehmen können, wenn man mit der Investition Pech gehabt hat.«

Gegenwärtig hatte Harold nur zwei Laster anzubieten; der eine sah ganz gut aus; mit dem anderen unternahm Sully eine Probefahrt. Er war kaum besser in Schuß als sein eigener Wagen.

»Ich würde nicht viel dafür haben wollen«, sagte Harold, als Sully zurückkam und das Gefährt skeptisch betrachtete. »Aber er ist auch kaum noch was wert. Hab' ihn im Austausch für Ersatzteile gekriegt. Du hättest ja dann schon den anderen angezahlt.«

»Weiß ich«, sagte Sully. »Aber schon die Anzahlung werd' ich mir nicht leisten können.«

»Na ja«, meinte Harold. »Wer weiß – vielleicht krieg' ich ja den alten wieder hin.«

In diesem Augenblick hörten sie den Abschleppwagen zurückkommen und sahen, wie Dwayne einen Laster in den Hof zog, der mit Sullys Modell keinerlei Ähnlichkeit aufwies. Er war nicht einmal grün.

Harold seufzte tief. »Donnerwetter«, sagte er leise. Er hätte fast ›Himmelkreuzdonnerwetter‹ gesagt, konnte sich aber gerade noch bremsen.

Das von Miles Anderson erworbene Haus nahm die ganze südwestliche Ecke der Kreuzung ein. Es war das größte Haus auf der Upper Main Street, ein dreistöckiges Backsteingebäude mit zwei winzigen Balkonen, sogenannten ›*widow's walks*‹, im obersten Stock und einer riesigen Veranda, die um das ganze Haus herumführte. Die frühere Besitzerin war eine ältliche Witwe gewesen, die voller Angst ins Pflegeheim verzogen war, als ein riesiger Ast von den uralten Ulmen der Upper Main während des berüchtigten Schneesturms vor zwei Jahren auf ihr Dach gefallen war. Seit jenem Unglück hatte das Haus leergestanden. Sully konnte sich nicht entsinnen, jemals ein Verkaufsschild davor gesehen zu haben, mußte allerdings auch einräumen, nur selten an dem Gebäude vorbeigekommen zu sein.

»Ich wünschte, ich könnt' mir mal so 'n tolles Haus leisten«, sagte Rub, als er mit Sally im Wagen auf Miles Anderson wartete, der sich jetzt schon um eine Viertelstunde verspätet hatte.

»Wär aber 'n bißchen groß für dich und Bootsie, oder?« meinte Sully, der sich schon die ganze Zeit fragte, wie man ein solches Haus nur füllen konnte. In der Tat war Bootsie einer der wenigen Menschen, dem es vielleicht keine Mühe bereiten würde; jeden Tag ließ sie bei Woolworth's, wo sie arbeitete, etwas mitgehen und brachte es nach Hause, so daß die Wohnung bald aus allen Nähten platzte. Am leichtesten konnte man bei Woolworth's Goldfische stehlen, und sie hatten ein Aquarium, in dem sich so viele Fische tummelten, daß sie sich kaum bewegen konnten, ohne zusammenzustoßen. Das trübe Wasser war braun vom Fischfutter. Unter solchen Bedingungen starben die Fische so schnell dahin, wie Bootsie es schaffte, wieder neue in Plastikbeuteln mitgehen zu lassen und sie in ihre weiten Taschen zu stopfen. Sie nahm sogar Sachen, die nicht in ihre Taschen paßten; so war es ihr gelungen, ein Gemälde von der Größe eines Sofas mitgehen zu lassen, das den Atlantik im Sonnenuntergang zeigte: Die Wellen brachen sich leuchtendblau und orangefarben am Strand. Da weder Rub noch Bootsie jemals am Meer gewesen waren, konnten sie nicht beurteilen, ob es sich bei diesem Bild um ein Meisterwerk des Realismus handelte oder nicht.

»Ich hätte mein Zimmer gerne da oben.« Rub zeigte auf das Fenster unter dem Giebel, wo sich der größere der beiden Balkone befand. »Dann könnt' ich mich da auf diesen kleinen Vorsprung stellen.«

»Ich glaub's dir ja, Rub«, sagte Sully und versuchte, sich Rub auf dem kleinen Balkon vorzustellen.

»Ich wünschte nur, wir hätten 'ne Essenspause gemacht«, klagte Rub.

Sully blickte zum x-ten Male auf seine Uhr. »Dann geh schon«, sagte er. Vielleicht war es sogar besser, Miles Anderson zu treffen, ohne daß Rub dabei war. Er hatte ihn nur mitgebracht, um Miles Anderson zu zeigen, daß er auch einen kräftigen Helfer hatte. Doch dazu war später noch Zeit.

»Wohin denn?« fragte Rub hilflos wie ein Kleinkind im Dschungel. »*Hattie's* liegt doch an dieser Straße.«

Rub drehte sich um und blickte durch das hintere Autofenster, als müsse er sich erst davon überzeugen. »Und was ist mit dir?«

»Bring mir einen Hamburger mit.«

»Kannst du mir fünf Dollar borgen?«

»Nein«, entgegnete Sully. »Aber ich kann dich für gestern auszahlen.«

»Okay.« Rub machte ein gleichgültiges Gesicht.

Sully gab ihm das Geld.

»Was möchtest du drauf haben?«

»Ein Brötchen.«

»Das war alles?« Rub runzelte die Stirn.

»Und Ketchup.«

»Okay.« Rub machte sich daran, auszusteigen.

»Und Käse.«

»Okay.«

»Und 'n Gürkchen. Und 'n bißchen Zwiebel.«

»Okay.«

»Und etwas Sauce.«

»Das ist ja 'n Hamburger mit allem Drum und Dran«, gab Rub zu bedenken.

»Okay. 'n Hamburger mit allem Drum und Dran«, sagte Sully und grinste von einem Ohr zum anderen.

»Und warum hast du das nicht gleich gesagt?«

»Und 'n paar Fritten«, fügte Sully hinzu. »Und Ketchup drauf.«

Rub seufzte, dachte nach und wartete, bis er die neue Information gewissenhaft verarbeitet hatte. »Okay«, vermeldete er schließlich.

Sully gab ihm noch drei Dollar.

»Warum kommst du nicht einfach mit?« schlug Rub vor.

»Weil sonst Miles Anderson hier erscheint.«

»Woher willst du das wissen?«

»Weil's immer so läuft.«

Als Rub weg war, steckte Sully sich eine Zigarette an und stellte im Geiste eine Liste auf. Die Veranden waren alle durchgesackt, und die Fensterrahmen mußten abgeschliffen und gestrichen, teils auch ausgewechselt werden. Das Dach sah gar nicht mal schlecht aus, nur an der Stelle, wo der Ast niedergesaust war, hatte sich der Kamin geneigt. Im Rasen steckte ein riesiger Baumstumpf, den Sully an seinem Platz gelassen hätte, den Miles Anderson aber offenbar aus dem Weg geschafft haben wollte. Überall schlängelten sich braune Unkrautranken. Wie es wohl drinnen aussah? Miles Anderson hatte schon mehr als ein halbes Dutzend zeitraubender Aufgaben erwähnt, was Sully gut in den Kram paßte, da die meisten Außenarbeiten ohnehin noch bis zum Frühjahr warten mußten. Wenn es wieder wärmer würde, könnte er ein paar Büsche stutzen und Blätter und Zweige, die sich im Laufe der zwei Jahren angesammelt hatten, rechen und wegschaffen. Es sah so aus, als gäbe es genug Arbeit, um ihn und Rub den ganzen Winter über und bis in den Frühjahr hinein zu beschäftigen. Da Miles Anderson in New York weilen würde, konnten sie in ihrem eigenen Tempo herumwerkeln. Wenn er sich danach fühlte, konnte Sully auch abends arbeiten, was ihn davon abhalten würde, sein Geld im *Horse* auf den Kopf zu hauen und sich mit Tiny zu streiten. Und wenn ihm sein Knie keine Ruhe ließ, konnte er auf die Arbeit pfeifen, und Miles Anderson würde es nie erfahren.

Er drückte die Zigarette aus und stieg aus dem Wagen, schritt die Einfahrt und die Treppe zur Veranda hinauf. Durch das große Vorderfenster konnte Sully eine riesige Treppe erkennen, und an einer Wand war ein Kamin von solchen Ausmaßen, daß ein ausgewachsener Mann in seiner Mitte hätte sitzen können. Die leeren Räume sahen noch höhlenartiger aus als seine eigenen Zimmer, und er erinnerte sich, wie leer die Zimmer in Carls und Tobys Haus gewirkt hatten, bevor sie anfingen, sie mit Besitztümern zu füllen. Und dieses Haus war größer als das der Roebucks. Wer immer Miles Anderson war, dachte Sully – er mußte ganz schön viel Zeug haben, wenn er glaubte, so viele leere Zimmer füllen zu können. In zweieinhalb Jahrzehnten hatte Sully es nicht geschafft, seine Wohnung vollzustellen und schließlich die Häfte der Zimmer abgeschlossen. Bei anderen Leuten lief es genau umgekehrt, wie er wohl wußte: Ruth beschwerte sich immer, daß sie sich in den eigenen vier Wänden nicht mehr umdrehen konnte, ohne an einen Gegenstand zu stoßen, der gestern noch nicht dagewesen war. Und Miss Beryls Wohnung, die nicht größer war als die von Sully, barst vor Souvenirs, die sie von ihren Reisen mitgebracht hatte. Sully war sicher, daß seine Unfähigkeit, Krempel anzusammeln, irgendeine Bedeutung hatte, er wußte nur nicht welche. Er blieb auf den Verandastufen sitzen und dachte darüber nach.

Als es auf halb zwölf ging und Miles Anderson eine halbe Stunde Verspätung hatte, zog Sully den Zettel heraus, auf den er die Adresse geschrieben hatte, und schaute noch einmal nach, ohne jedoch zu glauben, daß er sich geirrt hatte; dies war das einzige leerstehende Haus in der ganzen Straße, und er hatte Miles Andersons Anweisungen am Telefon wiederholt. Nein, Miles Anderson kam einfach zu spät, und Sully war darüber nicht im mindesten überrascht. Dieser Mann hatte eine Art an sich, die Sully gar nicht gefiel – eine Stimme, die anzudeuten schien, daß er immer ›pünktlich‹ sei, egal, wann er auftauchte. Gut, daß Sully ihn kaum zu sehen brauchte, obwohl er für ihn arbeitete. Um sich abzulenken, stand er jetzt auf, beugte das Knie und schlenderte um die Ecke.

Anderthalb Häuserblocks weiter auf der Bowdon Street, kurz bevor die Straße in einer Sackgasse endete, stand das Haus, in dem Sully aufgewachsen war. Bevor das Sans Souci und die Bäder für die Öffentlichkeit geschlossen wurden, hatte dort immer der Hausmeister gewohnt. Jahrelang war dort Sullys Vater angestellt gewesen und hatte dafür gesorgt, daß niemand unbefugt das Hotelgelände betrat, das von einem acht Fuß hohen, rostigen schmiedeeisernen Zaun umgeben war. Im Grunde ging es nur darum, Kinder fernzuhalten und dafür zu sorgen, daß niemand in das alte Hotel schlich und Armaturen, Marmorfliesen oder alte Buntglasfenster stahl. Big Jim Sullivan war genau der richtige Mann für einen Job mit nicht genau umrissenen Pflichten – außer der, daß er anderer Leute Kinder anschreien durfte. Seinen eigenen Kindern gegenüber war er ohnehin bösartig gewesen, da hatte es ihm gut gefallen, daß er auch noch dafür bezahlt wurde, zu anderen Kindern böse zu sein. Einmal war ein Junge im Krankenhaus gelandet, wo er um sein Leben rang; Sullys Vater hatte ihn auf dem Gelände erwischt und gejagt, bis er ihn am Zaun stellte, wo der Junge versuchte, die eisernen Dornen, mit denen der Zaun bestückt war, zu überwinden.

Big Jim war ein langsamer, kräftig gebauter Mann gewesen, stolz auf seine Muskelpakete, und leicht in Rage zu bringen, wenn er in eine Situation geriet, die, wie die Jagd auf Kinder, nicht nach Kraft, sondern nach Schnelligkeit verlangte. Und es machte ihn wütend, als er zuerst beim Laufen ins Hintertreffen geriet und dann auch noch ausgelacht wurde (er behauptete, der Junge habe ihn von dem hohen Zaun herunter geneckt). Und so rüttelte Big Jim am Zaun, ›um ihn dort runterzukriegen, bevor er sich verletzte‹, wie er später der Polizei mitteilte. Als der Junge abrutschte, war Big Jim mit kreidebleichem Gesicht zum Haus zurückgerannt und hatte Sullys Mutter aufgetragen, die Feuerwehr zu rufen, die den Jungen herunterholen sollte. Auch ein Arzt sollte kommen. Sully und sein Bruder waren nach draußen gerannt, um zu sehen, was passiert war. Was sie dort sahen, hatte zuerst seltsam unwirklich ausgesehen, als ob ein Bild aus einem Alptraum in die wirkliche Welt eingedrungen war. Aus der Entfernung hatte es so gewirkt, als stünde der Junge, die Arme fest an die Seite gepreßt, vor dem Zaun und blickte nach oben in den Himmel. Doch seine Füße hingen vier Fuß über dem Boden. Es hatte so ausgesehen, als stünde er auf Luft.

Ein eiserner Dorn hatte sich durch die weiche Höhlung unter dem Kinn gebohrt und streckte sich nun wie eine schwarze Zunge aus dem Mund des Jungen. Sein Auge erinnerte Sully an das schreckerfüllte Auge eines Fisches, das in heller Verzweiflung zuckte, doch als die Hilfe schließlich kam, war das Auge ruhig geworden und starrte reglos in den blauen Himmel. Jahre später hatte Sully in Deutschland und Frankreich Männer auf alle möglichen Arten sterben sehen, doch nichts war so furchtbar gewesen wie der Anblick dieses Jungen, der am Zaun hing. Noch heute war die Erinnerung lebendig, und plötzlich merkte Sully, daß er bis zu dem Haus seiner Kindheit gewandert war und genau an der Stelle des Zauns haltgemacht hatte, wo der Junge damals hing. Nicht lange nach dem Unfall hatte man die Dornen vom Zaun entfernt, als ob man eine Wiederholung dieser Tragödie vermeiden oder den Leuten die Erinnerung an den schrecklichen Anblick nehmen wollte.

Als Sully dort stand und den rostigen Zaun berührte, hörte er ein fernes Grollen; der Boden unter seinen Füßen fing an zu beben, als versuche die Vergangenheit, ein Loch in die Gegenwart zu bohren, und er war schon halb darauf gefaßt, seinen Vater zu sehen, wie er ihm aus einem der dunklen, leeren Fenster entgegengrinste. Statt dessen erschien ein riesiger Müllwagen mit voller Ladefläche zwischen den Bäumen, die das Sans Souci umsäumten, und raste mit unverminderter Geschwindigkeit auf das Haus zu. Im letzten Augenblick drehte er ab und raste vorbei – der Boden bebte unter dem grollenden Motor. Sully dachte zuerst, daß der Fahrer die Herrschaft über den Wagen verloren haben mußte, denn obwohl der Laster langsamer wurde, konnte er sehen, daß er gegen den schmiedeeisernen Zaun prallen würde, an dem Sully sich jetzt mit beiden Händen festhielt. Als er schon die Erschütterung erwartete, fuhr der Laster unbehindert durch eine Lücke, die man aus dem

Zaun geschnitten hatte, bog nach links in die Bowden Street ein und näherte sich der Stelle, wo Sully am Zaun hing. Als der Laster vorbeidonnerte, grüßte der grinsende Fahrer Sully, indem er an seine Mütze tippte, eine Geste, die sein Vater immer in betrunkenem Zustand gemacht hatte. Erst als der Wagen auf die Upper Main gebogen war und in Richtung Schuyler Springs verschwand, war Sully, der sich immer noch am Zaun festklammerte, in der Lage, seine Verwirrung abzuschütteln, die ihn wie eine Woge überkommen hatte. Der Schmerz, der plötzlich sein Knie durchfuhr, machte ihm wieder bewußt, wo er sich befand, doch auch das konnte nicht ganz das dunkle Gefühl vertreiben, Big Jim habe ihm soeben postum einen Besuch abgestattet.

So lebhaft wie an den schrecklichen Anblick des Jungen erinnerte sich Sully auch an seinen Vater, der sich damals in der gaffenden Menge herumgedrückt hatte. »Wartet's nur ab . . . dieses gottverfluchte Land. Ich wette hundert Dollar, daß sie mich feuern, bloß weil ich meine Arbeit gemacht hab'«, hatte sein Vater mit beschwörender Stimme jedem zugeflüstert, der es hören wollte. »Wartet's nur ab, sage ich.« Als der Krankenwagen eintraf, hatte Sullys Vater schon die Hälfte der Gaffer überzeugt, daß *er* ihr Mitleid verdiente, obwohl der Junge, der einen Schock erlitten hatte, ein paar Meter von ihnen entfernt immer noch von dem Eisendorn herabhing.

Diese Überzeugungskraft, so hatte Sully später eingesehen, war die größte Gabe seines Vaters – für einen trägen, bösartigen Mann eine nützliche Gabe. Wenn man einen zwölfjährigen Jungen mittels eines Eisendorns am Kiefer aufhängen konnte und dann die Leute, die einen eigentlich hätten lynchen müssen, davon überzeugen konnte, sie sollten sich zuerst mal um den Job des Täters sorgen – nun, womit sollte man dann nicht durchkommen? Klar, daß man dann die eigene Frau und die Kinder windelweich prügeln konnte und von den Nachbarn immer noch für einen anständigen Kerl gehalten wurde – der vielleicht ab und zu einen über den Durst trank und sich zu allem möglichen hinreißen ließ, aber alles in allem ein feiner Kerl war. Wenn man Überzeugungskraft besaß, erfuhren nur Frau und Kinder, was für ein Ungeheuer man in Wirklichkeit war. Und selbst die fanden vielleicht noch Ausreden für die Launen des Vaters. Patrick hatte den Alten immer geliebt. Und die Mutter? Wer konnte das wissen? Vielleicht hatte sogar sie, sein bevorzugtes Opfer, bis zum Ende darauf gewartet, daß ihr Mann wieder zu jenem Menschen würde, in den sie sich einmal verliebt hatte.

Ruth hatte nie verstanden, warum Sully sich weigerte, die Versöhnung mit seinem Vater zu suchen. Sie dachte, ein großer Schritt wäre getan, als Sully sich bereit erklärte, den Alten im Altenheim in Schuyler Springs zu besuchen. Das war vor fast fünf Jahren gewesen – ein Jahr später sollte Big Jim sterben. Aber Sully hatte sich keinerlei Illusionen mehr über seinen Vater hingegeben. Der alte Mann brauchte ungefähr drei Minuten, bis er Ruth, eine Frau, der man nicht leicht Honig um den Mund schmieren konnte, weichgekocht hatte. Da er nun im Rollstuhl saß, hatte er die Strategie ein wenig geändert, doch es war immer noch derselbe gerissene Appell an die Gefühle seiner Mitmenschen. Die Krankenschwestern mühten sich um ihn und hörten nicht auf die dringenden Rufe der anderen Bewohner – es erinnerte Sully an die Dienstwilligkeit seiner Mutter, obwohl bei ihr die Furcht die treibende Kraft gewesen war. »Ich habe gesündigt wie ein Mann«, hatte Big Jim, offenbar kurz vorm Heulen, zu Ruth gesagt, sein Ton die gleiche Mischung aus Demut und Arroganz, die Sully aus seiner Kindheit noch so gut kannte. Immer noch glitt er mühelos in einen unterwürfigen Charme gegenüber Menschen, bei denen er sich einschmeicheln wollte – Männer mit einem richtigen Beruf, deren Fähigkeiten er fürchtete, und junge Frauen, die er gelegentlich zur Besichtigung des alten Hotels einlud. Aus diesem Grunde war Big Jim am Ende auch gefeuert worden – weil er heimlich junge Frauen auf das Gelände geschleppt hatte. »Ja, ich habe gelebt wie ein Mann und gesündigt wie ein Mann«, sagte er traurig zu Ruth. »Und ich fühle große Reue, aber wie es heißt, vergibt Gott allen Sündern, also wird er wohl auch mir am Ende vergeben.«

Als Sully verächtlich schnaubte, fügte er theatralisch hinzu: »Nur der eigene Sohn vergibt mir nicht.«

Und tatsächlich hatte sich Sullys Herz in dem Augenblick verhärtet, da er seinen Vater zum ersten Mal seit Jahren wieder gesehen hatte. »Vielleicht kannst du Gott reinlegen, Pop«, sagte er zu dem Alten. »Aber mich bescheißt du keine Minute lang.«

»Ich hab' immer gesagt, du läßt dich von keinem reinlegen«, begann Ruth auf der Rückfahrt. »Aber ich hätte nie gedacht, daß du klüger bist als Gott, wenn du's mir nicht gesagt hättest.«

»Nur in dieser einen Sache«, entgegnete Sully, der spürte, daß Ruth auf einen Streit aus war, den er vermeiden wollte.

Den Rest des Heimweges hatten sie schweigend zurückgelegt, obwohl Ruth es noch einmal versucht hatte, als sie in die Stadt einfuhren. »Was sagt es über einen erwachsenen Menschen aus, wenn er seinem Vater nicht vergeben will?«

»Ich hab' das Gefühl, du wirst es mir gleich sagen«, erwiderte Sully und seufzte.

»Du bist genau wie er, weißt du das«, begann Ruth.

»Nein, wußte ich nicht.«

»Ist aber wahr. Ich schau' ihn an und seh' dich.«

»Ich kann nichts dafür, was du siehst, Ruth«, sagte Sully, als sie am Bordstein hielt, um ihn herauszulassen. »Aber du kannst froh sein, daß du nicht mit ihm verheiratet bist.«

»Ich bin froh, daß ich mit keinem von euch beiden verheiratet bin«, gab sie zurück und fuhr los.

Danach waren sie eine ganze Weile lang ›brav‹ gewesen.

Das Haus seines Vaters sah noch schlimmer aus als das von Miles Anderson, wie Sully sogar vom Gartentor aus erkennen konnte. Das ganze Gebäude schien sich zu neigen, und das Holz war verwittert. An den Stellen, wo die Schindeln sich gelöst hatten und über das steile Dach gerutscht waren, sah man bereits die schwarze Teerpappe. Vermutlich waren Regen und Schnee nun auch in das Innere des Hauses eingedrungen. Aber das war nicht das einzige Problem. In dem Haus hatte schon lange niemand mehr gewohnt; wahrscheinlich wurde der Keller bei jedem Regen überschwemmt. Das Haus verfaulte vielleicht von unten genauso schnell, wie es von oben zusammenfiel. Vermutlich waren die Zimmer längst von Termiten, vielleicht sogar von Ratten in Beschlag genommen worden. Jahrelang hatte Ruth ihren Sully gedrängt, das Haus instand zu setzen und zu verkaufen. Sie verstand nicht, daß er aus dem langsamen Verfall größere Befriedigung schöpfte als aus dem Geld, das ein Verkauf einbrächte, denn das Geld würde ein Jahr später wieder verschwunden sein, ohne daß er wüßte, wofür er es ausgegeben hätte. Aber wenn er das Haus behielt, würde es immer dasein, und er konnte sich an dem Abbild seines unaufhaltsamen Niedergangs weiden. Er wollte nicht einmal über die Kosten nachdenken, die mit einer Instandsetzung verbunden waren. Jetzt sah er überall Häufchen von Hundekot, die er eigentlich in eine Schubkarre schaufeln und abtransportieren müßte. Na ja, das war wohl eher ein Job für Rub.

Ach ja, wo steckte denn Rub? Von seinem Posten aus konnte er sehen, daß Rub von *Hattie's* zurückgekehrt war und seinen Kumpel offenbar vermißte. Doch der El Camino stand noch an der alten Stelle, was Rub vor ein Rätsel stellte, das er allein vermutlich nicht lösen konnte. Er spähte gerade in die Fenster des Andersonschen Hauses, als Sully zur Kreuzung trottete und ihm zurief: »Was suchst du denn?«

Rub sah erleichtert aus. »Dich.«

»Und weißt du, was ich suche?« meinte Sully. »Meinen Hamburger.«

Rub blickte schuldbewußt. »Hab' ich vergessen.«

Sully bedeutete Rub, sich wieder in den Wagen zu setzen. »Prima«, sagte er. »Die ganze Zeit frag' ich mich schon, ob du wohl den Ketchup vergißt oder die Sauce oder die Fritten. Und nun vergißt du einfach das ganze Teil.«

»Ich hab' ja gesagt, du sollst mitkommen«, spielte Rub seinen einzigen Trumpf aus. »Der Typ ist nicht gekommen, was?«

»So ist es«, gab Sully zu und ließ den Motor an. Doch er fuhr nicht los.

»Wo fahr'n wir jetzt hin?« fragte Rub, der hoffte, dem Spott entronnen zu sein.

»Nirgendwohin«, erwiderte Sully. »Du hast immer noch was vergessen.«

»Was denn?«

»Die drei Dollar, die ich dir für den Hamburger gab, den du mir nicht geholt hast.«

Rub fand die Scheine, reichte sie hinüber und machte sich auf weitere Vorhaltungen gefaßt.

»Willst du jetzt mal was Nettes hören?« fragte Sully.

Wollte Rub nicht, sagte aber ja und amen.

»Ich hatte gar keinen Hunger«, gab Sully ihm zu verstehen und wendete den Wagen.

Den ganzen Morgen schon war Rubys Wimperntusche geflossen; jedesmal, wenn ihre Tränen versiegten, ging sie in das winzige Bad, wusch sich das Gesicht mit dem gelben Waschlappen, der allmählich grau wurde, und legte neuen Lidschatten auf. Und kaum hatte sie das Werk vollendet, als sie auch schon wieder in Tränen ausbrach und dachte, was für eine Ratte Carl Roebuck doch war, und wie sehr sie ihn dennoch liebte. Bis zu diesem Morgen hatte sie nicht bedacht, daß ein Mann, der seine Frau betrügt, auch seine Sekretärin betrügen wird, und das war eine sehr bittere Erkenntnis. Außerdem war sie wütend. Im Badezimmerspiegel hatte sie gerade festgestellt, daß die Wimperntusche den Kragen ihrer Lieblingsbluse befleckt hatte, einem teuren Stück in Mattweiß, das halb durchsichtig war, und das sie gern unter ihrem scharlachroten Bolero trug. Der Bolero war aus dicker Wolle, und man konnte daher nicht sehen, daß sie keinen BH unter der Bluse trug. Ruby hatte helle Haut, aber dunkle Brustwarzen, die in aufreizender Weise durch die Bluse schimmerten. Natürlich hielt sie den Bolero geschlossen, wenn die Bauarbeiter von Carl das Büro betraten, aber wenn sie mit Carl allein war, ließ sie ihn offen.

Jetzt war der Kragen der teuren Bluse durch Wimperntusche ruiniert und Ruby desgleichen – wie schon ihr ganzes Leben lang weinte sie sich die Augen aus wegen eines Kerls, der es einfach nicht wert war. Carl Roebuck hatte alle möglichen Versprechungen gemacht und keine davon gehalten. Ruby hatte noch nie einen Mann kennengelernt, der ihr die Wahrheit gesagt hätte. Die Männer, auf die sie flog wie die Motte aufs Licht, waren immer die schlimmsten Lügner unter der Sonne gewesen.

Und als ob das alles noch nicht reichte, als ob der Tag nicht schon verdorben war wie ihre mattweiße, halbdurchsichtige Bluse – mußte sie sich jetzt auch noch mit Sully herumschlagen. Sie konnte hören, wie er die drei Stockwerke hinaufstapfte und bei jeder Stufe vor sich hinbrummte. Es reichte nicht, daß Carl Roebuck – der ihr einmal gesagt hatte, er wolle den Rest seines Lebens, nein, die Ewigkeit in ihren Armen verbringen – eine verdammte Ratte war; nein, jetzt mußte sie sich auch noch Sullys ›Ich-hab's-dir-ja-gesagt‹ anhören.

»Ruby«, sagte er von der Tür her. »Sind das Ihre Dinger, die mich da so nett anschauen?«

Hastig warf die Sekretärin sich den Bolero über – in ihrer Wut hatte sie vergessen, daß sie ihn abgelegt hatte, um den Schaden an ihrer Bluse zu begutachten. Der letzte auf der Welt, der ihre Brustwarzen sehen sollte, war Sully.

»Er ist nicht da«, höhnte sie.

»Das sagen Sie jedesmal«, sagte Sully, ließ sich auf einen der Stühle fallen und nahm einen tiefen Zug aus seiner Zigarette.

»Manchmal stimmt's auch«, betonte Ruby.

»Hat er eine Nachricht hinterlassen?«

»Warum sollte er Ihnen eine Nachricht hinterlassen?«

»Weil er einen Job für mich hatte, den ich ja auch machen könnte, wenn ich nur wüßte, wo und was es ist.«

»Ihre Asche fällt gleich auf den Teppich«, warnte Ruby.

Sie hatte recht; Sully drückte die Zigarette in einem winzigen Aschenbecher aus, der auf dem mit Zeitschriften überladenen Couchtisch stand. »Es lohnt sich nicht, um den zu weinen, wissen Sie.«

»Woher wollen Sie denn wissen, um wen ich weine?« fragte Ruby.

»Ich weiß, daß Carl die Hälfte der Frauen in Bath jederzeit in Tränen versetzen kann«, sagte Sully. »Warum, ist mir ehrlich gesagt ein Rätsel.«

»Er versteht Frauen, deshalb«, sagte Ruby trotzig.

»Nun ja«, meinte Sully. »Wenn das so ist, darf er alle haben. Irgendeine Idee, wo er jetzt ist?«

»Wahrscheinlich bei seiner tollen Frau, von der er sich nicht scheiden läßt«, riet Ruby mit bitterer Miene. »Der er die brandneuen Wagen kauft. Die in dem dicken Haus auf der Glendale wohnen darf, während ich in einem winzigen Apartment hause und eine acht Jahre alte Karre fahre, die ich mir selber kaufen mußte.«

»Das Leben ist ungerecht«, sagte Sully, um nicht grinsen zu müssen.

»Es ist absolut beschissen«, stimmte Ruby ernsthaft zu. »Und ich krieg' immer nur das schlaffe Ende vom Schwanz.«

»Das andere sitzt ja auch fest«, betonte Sully.

»Ach, nun hau'n Sie schon ab, Sully. Sehen Sie nicht, daß ich furchtbar aufgeregt bin?«

»Okay, Dolly«, sagte Sully und kam wieder auf die Beine. »Sagen Sie ihm nur, daß ich da war, und wenn ich diese Arbeit noch machen soll, findet er mich im *Horse.* Und Ruby –«

»Was denn?«

»Geh'n Sie nie mit Ihrem Liebsten aus.«

Sully parkte den El Camino vor dem OTB in einer Parkverbotzone, die mit diagonalen Streifen markiert war. Ein junger Polizist namens Officer Raymer, mit dem Sully schon ein paarmal aneinandergeraten war, machte ein paar Kniebeugen in der Tür. »Ich gebe Ihnen zwei Minuten, um den Wagen da wegzufahren«, sagte er, was man durchaus großzügig nennen konnte. »Sonst gibt's einen Strafzettel.«

»Dann mal los«, erwiderte Sully. »Ist eh' nicht mein Auto.«

Drinnen stand Otis mit ein paar anderen Männern in gelben Windjacken, und einige riefen schon: »Sully!«

»Laß mich bloß in Frieden, du«, warnte Otis. »Wegen dir hab' ich Alpträume gekriegt.«

»Na prima«, gab Sully zurück.

»Hab' geträumt, ein Alligator wär' die Treppe raufgekrochen und hätte sich zu mir ins Bett gelegt. Bin aufgewacht, weil ich schrie und um mich trat. Meine Frau hat 'nen dicken blauen Fleck am Oberschenkel abgekriegt.«

»Und du meinst, davon hätte sie den blauen Fleck, Otis?« neckte Sully. Er überlegte kurz, ob er Otis das Krokodil geben sollte, das er bei Mrs. Harold gekauft hatte, fand aber, daß es jetzt nicht der richtige Augenblick war.

Alle außer Otis fanden Sullys Bemerkung ziemlich komisch; schon wurden andere Erklärungen für den blauen Fleck aufgetischt. Sully beobachtete durchs Fenster, wie Officer Raymer draußen immer ungeduldiger wurde.

»Ihr müßt wissen, daß meine Frau mir vierzig Jahre lang treu gewesen ist«, sagte Otis entrüstet.

Sully nickte. »Das ist ja auch schon fast so lange, wie ihr verheiratet seid, oder?«

»Mach' schon deine blöde Wette«, riet Otis. »Bevor ich den nächsten Alptraum kriege.«

Sully hielt abwehrend die Hände hoch. »Ich wollte nie, daß du Alpträume kriegst, Otis. Im Gegenteil, ich denke, Florida ist genau richtig für dich. Du sollst dich doch bloß vor den Alligatoren in acht nehmen.«

»Hau ab«, sagte Otis und schlug nach ihm. »Laß mich doch endlich in Ruhe.«

»Ich glaube, du solltest wirklich nach Florida zieh'n«, fuhr Sully fort. »Wenn du dich vorsiehst, bist du vielleicht in Sicherheit.«

»Hau ab. Verzieh dich.«

»Nur noch einen letzten Rat«, beharrte Sully. »Wenn du morgens aufwachst.«

»Er will einfach nicht geh'n?« sagte Otis flehentlich zu den anderen.

»Guck nur unters Bett«, riet Sully und machte es vor. »Ganz schnell. Wenn du dann Zähne siehst, bleib einfach liegen.«

»Davon werd' ich jetzt die ganze Nacht träumen«, sagte Otis mißmutig.

Sully schloß seine Wette ab, schwatzte eine Weile mit dem Buchmacher und schlenderte in dem Augenblick hinaus, als Officer Raymer mit dem Ausfüllen des Strafzettels fertig war.

Sully nahm ihn mit Würde entgegen, öffnete die Beifahrertür und warf ihn ins Handschuhfach. »Was glauben Sie, wer am Samstag gewinnt?« fragte er liebenswürdig.

Der Polizist blickte argwöhnisch drein, doch das Thema war zu verlockend, und Sully schien ehrlich an seiner Meinung interessiert zu sein. »Tja, Schuyler wohl«, meinte er traurig. »Die sind einfach zu stark.«

Sully nickte. »Sie haben auch mal für Bath gespielt, nicht?«

»Reserve, drei Jahre lang«, erwiderte Officer Raymer stolz.

»Ich fänd's wirklich schön, wenn unsere Jungs mal gewinnen«, sagte Sully und ging um den Wagen herum. »Vielleicht würden sie dann in der Welt rumkommen und was aus ihrem Leben machen.«

Officer Raymer wollte gerade zustimmen, da roch er plötzlich etwas – und rümpfte die Nase.

»Die Verlierer bleiben alle hier und geh'n zur Polizei«, grinste Sully, als er die Tür des El Camino öffnete.

Als der Polizist tatsächlich nach seiner Waffe griff, brach Sully in lautes Lachen aus.

»Du bist einfach nur konfus«, erklärte Mrs. Gruber, als Miss Beryl gesagt hatte, sie sei nicht gerade bester Laune. Konfus war ein Lieblingswort von Mrs. Gruber, das sie unbewußt sehr häufig benutzte, auch am Telefon. »Mir ist auch ganz konfus«, fügte sie hinzu. »Ich denk' immer noch, wir hätten Montag.« Und sie setzte zu einer Erklärung an; gestern, zu Thanksgiving, waren sie zum Northwoods Inn gefahren, ein Lokal, das sie gewöhnlich nur an Sonntagen aufzusuchen pflegten. Und so war der gestrige Tag in Mrs. Grubers Zeitrechnung zum Sonntag geworden, also konnte heute nur Montag sein.

»Ich weiß nicht, wo da ein Unterschied sein soll«, sagte Miss Beryl ärgerlich zu ihrer Freundin – Mrs. Gruber hatte schließlich keine Arbeitswoche mehr vor sich. »Laß es doch Montag sein.«

Mrs. Gruber dachte über diesen verrückten Rat nach. »Tja, meinte sie nach einer kurzen Pause. »Ich seh' schon, da ist jemand grantig heute.«

Damit hatte sie vollkommen recht. Zwar war die schreckliche Joyce-Person aus dem Haus: Um elf war sie endlich verschlafen aus dem Gästezimmer aufgetaucht, weil das Telefon sie geweckt hatte. Clive jr. hatte zwischen neun und elf dreimal angerufen und sich nach ihr erkundigt; er wollte die Bank zumachen und sie zum Essen nach Schuyler Springs ausführen, da es in Bath kein angemessenes Restaurant gab. Man konnte Bath gut verkaufen, weil es so nah bei Schuyler Springs lag, das hatte Clive jr. schon vor langer Zeit entdeckt. Seine übliche Strategie bestand darin, Besucher in einem feudalen Hotel in Schuyler Springs unterzubringen, sie dort zu verköstigen, zu den Pferderennen und den Konzerten zu fahren und sie damit zu beeindrucken, daß dies alles nur zehn Minuten von dem Ort entfernt war, wo sie ihr Geld investieren sollten. Wenn er es vermeiden konnte, nahm er potentielle Investoren niemals nach Bath mit.

»Glaubst du, es geht ihr gut?« hatte er Miss Beryl beim letzten Anruf gefragt. »Ich kann nicht glauben, daß sie immer noch schläft.«

»Würdest du aber, wenn du sie schnarchen hören könntest«, hatte Miss Beryl erwidert.

Unter normalen Umständen hätte es genügt, die schreckliche Joyce-Person aus dem Haus zu schaffen, um Miss Beryl wieder in bessere Laune zu versetzen, doch heute morgen fühlte sie sich unentwegt vom Bild der alten Hattie verfolgt, wie sie erbittert die Straße entlangfloh, den dünnen Morgenmantel von Windstößen gebauscht. Miss Beryl hatte die Alte immer für grob und geizig gehalten, aber die Würdelosigkeit ihrer Flucht und Gefangennahme hatte Miss Beryl fast in Tränen ausbrechen lassen. Schlimmer noch, sie hatte sich selbst in der Alten gesehen und erkannt, daß es genau dieses Schicksal war, vor dem ihr Sohn sie bewahren wollte; der Tag mochte kommen, an dem man auch für sie ein Netz brauchen würde. Clive jr. wollte nur sichergehen, daß an dem Tag wenigstens ihre finanziellen Angelegenheiten geregelt waren. Und vielleicht war das alles, was er wollte; sie mußte sich nur der Realität stellen und tun, was er für das Beste hielt; ihm das Haus verkaufen, damit nicht eines Tages der göttliche Schlag niedersauste. Besser jetzt als später. Reinen Tisch machen, statt es wie ein störrischer Esel immer wieder zu verschieben, bis es zu spät war.

Nachdem sie diesen vernünftigen Schluß gezogen hatte, war ihre gute Laune jäh gesunken. Am Vormittag hatte sie wieder Nasenbluten, und als sie schon dachte, schlimmer könne es nicht mehr kommen, wurde ihr wie an jedem Freitagvormittag das *North Bath Weekly Journal* ins Haus gebracht. Wie immer waren zwei der acht Seiten ausschließlich den Bedürfnissen und Nöten der Bürger gewidmet. Die Leserbriefecke, ›Sound Off!‹ betitelt, reichte in punkto Ausdrucksfähigkeit ungefähr an einen Jubelschrei heran, wie er in der Bronx durch einen Lautsprecher losgelassen wird. Da die Schreiber Decknamen benutzen durften, konnte man keinen Stil wiedererkennen. Ein Brief mordete mit Worten den Anführer der High-School-Kapelle, ein anderer stellte irgendein glühendes christliches Glaubensbekenntnis dar, doch leider ging der Sinn, falls vorhanden, inmitten schlecht konstruierter Sätze und fehlerhafter Grammatik verloren. Der dritte Leserbrief war eine einzige flammende Anklage gegen Perverse im allgemeinen und Homosexuelle im besonderen und gelangte erst kurz vor dem Aufruf zu ihrer vollständigen Ausrottung zu einem Ende. Der Grund für die unerwartete Gnade des empörten Schreibers bestand darin, daß man es nun ja nicht mehr tun müsse, da Gott einen besonderen Virus geschickt habe, der einem die Arbeit abnehme. Wieder ein anderer Schreiber drängte alle Einwohner Baths, am nächsten Samstag zum langerwarteten großen Spiel zu erscheinen und so der ganzen Welt zu zeigen, daß diese Gemeinde die beste war, was den wahren Mannschaftsgeist anging. Worte, die Clive sen. das Herz erwärmt hätten. Mannschaftsgeist war einer seiner Lieblingsvokabeln gewesen, bis seine Schule den Football abschaffte und ihm statt dessen die Fahrstunden anbot.

Miss Beryl las jeden dieser Leserbriefe und suchte in ihnen nach einem Hauch von gesundem Menschenverstand oder wahrem Mitgefühl – vergebens.

Statt dessen erfuhr sie, wie sehr die Menschen ihre schlechteste Seiten herauskehrten, wenn sie ihre Gedanken schriftlich ausdrücken durften – zumal in einer Leserbriefecke, in der moralische Fahrerflucht als ein Bestandteil wahrer Demokratie ausgelegt wurde.

Miss Beryl argwöhnte, daß sie selbst bei schwindender Gesundheit und Kraft immer noch klüger war als die meisten Leserbriefschreiber des *Bath Weekly*, klüger als ihre Freundin Mrs. Gruber, für die heute Montag war – vielleicht sogar klüger als ihr Sohn, der aus dem Fenster schaute und die Goldküste zu erblicken meinte. Miss Beryl war nicht wie die alte Hattie. Und ihr wurde klar, daß eine gute Chance bestand, daß sie auch nie so wurde.

»Das ist deine Schuld«, hatte sie gerade zu Clive sen. gesagt, als Mrs. Gruber anrief und ihre momentane ›Konfusion‹ erklärte. Das letzte und einzige Mal, daß Miss Beryl ihr Leben freudig einem anderen Menschen überantwortet hatte, war, als sie einwilligte, Clive sen. zu heiraten und mit ihm in Bath zu leben. Wie hatte er sie nur dazu gekriegt, fragte sie sich verwundert. Verflixt noch mal – es mußte Liebe gewesen sein. Dankbar für das Geschenk seiner Liebe hatte sie zugelassen, daß er sie nach Bath schleppte, wo er sie dann alsbald den Kämpfen mit den Achtkläßlern überließ. Und dann hatte er sich einfach umbringen lassen, während sie die ihr noch verbleibenden unzähligen Jahre in der Gesellschaft von Traktätchen wie ›Es reicht jetzt‹ und ›Ein wahrer Christ‹ verbringen durfte. Sie stand kurz davor, ihre Unabhängigkeit dem Sohn dieses Mannes zu Füßen zu legen, einem Sohn, der seinem Vater inzwischen so sehr glich, daß er sein Klon hätte sein können.

»Tut mir leid, wenn ich grantig klinge«, sagte sie nun zu Mrs. Gruber. »Als du anriefst, saß ich gerade hier rum und wünschte mir jemanden zum Streiten.«

Mrs. Gruber ging nicht darauf ein. »Ich hab' Clive jr. vorbeifahren sehen«, sagte sie. »Saß da eine Frau bei ihm im Auto?« Die alte Dame war geübt in der Kunst der rhetorischen Frage.

»Clive jr., der Stern an meinem Himmelszelt, will sich verehelichen«, erwiderte Miss Beryl. »Hab's gerade erst erfahren.«

»Und deswegen bist du grantig.«

»Wohl kaum«, entgegnete Miss Beryl. »Ich bin ungeheuer froh, wenn ich Clive jr. der Obhut einer Frau übergeben kann, die ihn haben will – und die da will wohl.«

»Also, ich ess' heute wie ein Vögelchen«, plapperte Mrs. Gruber, die zu abruptem Themenwechsel neigte. »Pflaumensaft. Und später dann ein bißchen trockenen Toast und Tee.«

Das war ihre Kampfdiät gegen jene hartnäckige Verstopfung, unter der sie nach einer schweren Mahlzeit im Northwoods Inn litt. Dort hatte sie gestern einen grünen Salat, einen Ambrosia-Salat, einen Rosinen-Karotten-Salat, einen Erbsen-Käse-Salat und einen Nudelsalat verdrückt; danach einen Blätterteig nebst Füllung, Preiselbeeren und kandierter Süßkartoffeln. Mrs. Grubers kleine, fünfundneunzig Pfund schwere Gestalt bot nicht mehr ausreichend Platz für all diese Leckereien, und so mußte sie sich heute mit den Spätfolgen ihrer Völlerei herumschlagen.

Dazu kam ihr Schuldgefühl. Seit über einem Jahr erstattete sie

– wie Miss Beryl ganz richtig vermutet hatte – Clive jr. heimlich Bericht über die Aktivitäten ihrer Freundin. Der Banker rief einmal pro Woche an, um sich vom Wohlergehen seiner Mutter zu überzeugen. Sie war kein richtiger Spion, sondern gab nur Informationen weiter – und das nur zu Miss Beryls Bestem, wie Clive jr. nicht müde wurde zu betonen. Seine Mutter war zu stur, um für ihre eigene Sicherheit zu sorgen. Hatte sie nicht im letzten Sommer ein Geheimnis aus jenem Sturz gemacht, bei dem sie sich die Hand verletzte? Mrs. Gruber verstand, wie sehr Clive jr. sich um seine Mutter sorgte, und teilte ihm solche Kleinigkeiten mit. Im Gegenzug verriet er ihr auch manches – so wußte sie zum Beispiel schon, daß Clive jr. heiraten wollte.

Der einzige Fehler, den sich Mrs. Gruber leistete, war nur, daß sie manchmal dazu neigte, zuviel auszuplaudern. Heute morgen zum Beispiel, als Clive jr. aus der Bank angerufen hatte und fragte, ob sie ein nettes Thanksgiving verbracht hätten, wollte Mrs. Gruber eigentlich nicht erzählen, daß Miss Beryl sich in Albany verfahren und kaum das Restaurant gefunden hatte – und hatte es dann doch getan.

»Erzähl mir was von ihr«, bat Mrs. Gruber.

»Von wem?«

»Von Clive juniors junger Frau.«

»Sie ist nicht mehr jung«, gab Miss Beryl zurück. »Wenn sie das Mädchen aus dem Jahrbuch ist, muß sie Ende Fünfzig sein.«

»Und ist sie nett?«

»Redet unheimlich viel«, erwiderte Miss Beryl. »Und sie ist ein Fan vom Präsidenten.«

»Das hört sich ja nett an«, sagte Mrs. Gruber, die den Präsidenten ebensosehr schätzte wie Gespräche, die die Stille ihres großen leeren Hauses füllten. »Und wann soll die Hochzeit stattfinden?« fragte sie, begierig zu hören, wieviel Clive jr. seiner Mutter erzählt haben mochte. Mrs. Gruber hatte er gesagt, im Frühling, gegen Ostern.

»Hab' leider vergessen zu fragen«, antwortete Miss Beryl. »Aber ich glaub' nicht, daß es so furchtbar eilig ist. Bin sicher, daß die Braut kein Kind erwartet.«

»Wird Joyce dann in der Bank arbeiten?« Das hatte sie eigentlich

Clive jr. fragen wollen, der erwähnt hatte, daß seine zukünftige Frau Buchhalterin sei.

Miss Beryl wollte eben gestehen, daß sie auch darauf keine Antwort wußte, als ihr etwas auffiel. »Woher weißt du denn, daß sie Joyce heißt?«

Mrs. Gruber erschrak. Jetzt hatte sie es trotz aller guten Vorsätze doch verdorben! »Ich muß jetzt aufhören«, sagte sie hastig. »Das Telefon klingelt.«

»Du bist doch am Telefon«, erinnerte Miss Beryl sie. »Es kann also nicht klingeln.«

»Äh, ich meinte ja auch die Türklingel«, stammelte Mrs. Gruber. Und legte auf.

Auch Miss Beryl legte auf, ließ jedoch die Hand auf dem Hörer liegen und dachte nach. Wenigstens wußte sie nun, wer der Verräter war – vor kurzem hatte sie schon gefürchtet, es könne Sully sein. Ihre beiden Ratgeber waren in dieser Sache wie immer geteilter Meinung gewesen: Clive jr. schlug sich auf die Seite seines Sohnes und meinte, Sully würde sie reinlegen, während Driver Ed ihr Verdächtigungen gegen Clive jr. zuflüsterte, die Miss Beryl große Schuldgefühle einflößten. Nun, da sie es sicher wußte, konnte Miss Beryl nicht umhin zu lächeln. »Na, wie findest du diese Leute?« fragte sie Clive sen.

Der wand sich verlegen in seinem Bildrahmen.

Miss Beryls Hand lag immer noch auf dem Hörer, als das Telefon erneut klingelte.

»An der Tür war kein Mensch«, sagte Mrs. Gruber im Ton ehrlichen Überraschtseins. »Ich kann das nicht begreifen. Hab' doch die Klingel gehört.«

»Weißt du, was du bist?« sagte Miss Beryl geheimnisvoll und zwinkerte Driver Ed zu.

Mrs. Gruber schluckte. »Was?« fragte sie ein wenig ängstlich.

»Du bist völlig konfus.«

Ruth war bester Stimmung, ohne sich den Grund erklären zu können. Erst gestern, an Thanksgiving, hatte sie einen nie gekannten Tiefpunkt erreicht. Alles war so schrecklich gewesen, daß sie Sully angerufen hatte, in der Hoffnung, er werde sie aufheitern. Nach so vielen Jahren hätte sie eigentlich wissen müssen, daß Sully gut darin war, einem die gute Laune zu verbessern, aber unfähig, einen aus der Trübsal herauszuholen. Er war viel zu ehrlich, einem anderen gute Laune vorzuheucheln.

Und so war es kaum überraschend, daß Sullys Anwesenheit, die Ruth gestern nicht hatte aufheitern können, ihr heute, da sie selbst besserer Laune war, sehr angenehm gewesen wäres. Heute fühlte sie sich einfach gut – trotz des schäbigen Motelzimmers, der schmierigen Dusche und der Tatsache, daß Sully nach der ersten Liebesbegegnung seit Monaten unverzüglich eingeschlafen war. Als sie in ein Handtuch des Motels gewickelt aus der Dusche kam, schnarchte er bereits friedlich, die Augen halbgeöffnet, doch so, daß nur das Weiße zu sehen war. Obwohl es Ende November war, hatte er seine Farbe vom Sommer noch nicht ganz verloren. Ruth mußte lächeln; sein Gesicht, sein Hals und seine Unterarme waren braun, ja fast rot von Sonne und Wind, während der Rest seines Körpers eine blasse, fast durchsichtige Farbe aufwies. Da er ein seltsam prüder Mann war, hatte er sich die Mühe gemacht, erst das Laken bis über die Taille hinaufzuziehen, bevor er in Schlaf fiel. Sein Kopf lag schräg gegen das Kopfende gelehnt, die Hände im Nacken gefaltet – eine Haltung, die allem Anschein nach gegen den Schlaf wappnen sollte, der ihn dann aber doch überfallen hatte. Daß er versucht hatte, wach zu bleiben, kam Ruth wie eine jener typischen kleinen Gesten vor, zu denen Sully zuweilen fähig war. Sie wußte, daß er den Schlaf viel dringender brauchte als die Liebe.

Ruth hingegen hatte die Liebe gebraucht. Schon lange gestand sie ihrem Mann keine ehelichen Rechte mehr zu, doch dieser schien den Verlust kaum zu merken. Ob er wohl eine andere Frau hatte? Ruth bezweifelte das. Soweit sie es beurteilen konnte, war Zack einer jener Männer, die irgendwann kein Interesse mehr daran haben, als wäre das Zölibat ein alter, bequemer Lehnstuhl, in dem man leichter hinein- als wieder hinauskam. Sie glaubte nicht, daß er sich viel um ihre Affäre mit Sully scherte – er konnte schon eifersüchtig werden, wenn man ihn dazu anstachelte, doch sie glaubte, daß er in Wahrheit das öffentliche Gerede fürchtete. Und sie argwöhnte, daß Zack es vorgezogen hätte, wenn die Leute ihm nichts von ihr und Sully erzählten, damit er so tun könnte, als wüßte er nichts von der Affäre. Unwissenheit konnte er so überzeugend vortäuschen wie Faulheit, darin war er Meister.

Nachdem sie nun fast zweieinhalb Monate ›brav‹ gewesen waren, hatte Ruth großes Verlangen verspürt, und mit Sully an diesem Nachmittag Liebe zu machen hatte sie glücklich gestimmt. Sie hoffte, das Pendel ihrer Beziehung werde wieder zurückschwingen, die Leidenschaft wieder neu aufflackern. Sie spürte ein überwältigendes zärtliches Gefühl für den friedlich schlummernden Sully und schwelgte einen Augenblick lang in der Vorstellung, seinen Heiratsantrag anzunehmen. Schon begann sie, sich ihr gemeinsames Leben auszumalen. Doch dies eignete sich prächtig dazu, ihre gute Laune zu zerstören, und das wollte Ruth auf keinen Fall. So ließ sie das Handtuch fallen, schlug vorsichtig das Laken zurück und fing an, Sully zu liebkosen, worauf seine Augenlider zu flattern begannen, obwohl er noch ein paar Sekunden weiterschnarchte. Als er endlich die Augen, die sich nicht einmal im Schlaf ganz schlossen, öffnete, grinste er sie an. »Oh«, machte er. »Du bist es.«

»Ja, ich bin's«, sagte Ruth. »Und paß bloß auf. Siehst du, was ich hier habe?«

Sully schloß die Augen wieder und holte tief Luft. »Ich hoffe nur, du hast keine weiteren Pläne mehr damit. Ich bin sechzig, vergiß das nicht. Ich kann keine Doppelnummern mehr schieben.«

»Wie schade«, meinte Ruth. »Und ich dachte gerade über deinen Antrag nach.«

»Welchen?«

»Den von gestern. Du hast gefragt, ob ich dich heiraten will.«

Sully dachte nach. »Nein«, sagte er schließlich. »Ich hab' dich gefragt, warum wir nicht heiraten. Und ich wußte auch, daß es 'nen guten Grund gab. Hatte ihn nur vergessen.«

Ruth fuhr fort, ihn zu streicheln. »So hab' ich das Gespräch aber nicht in Erinnerung.«

»Ich schätze, wenn du drauf bestehst, würd' ich dich heiraten.« Sully war jetzt ganz schwach. »Von den älteren Frauen in Bath bist du eine der schönsten. Au!«

»Nimm das zurück.«

»Du bist *nicht* eine der schönsten unter den älteren Frauen in Bath. Schon wieder ›Au‹.«

»Weißt du was?« sagte Ruth. »Ich glaube, du liebst den Schmerz.«

»Lehn dich nur nicht auf mein schlimmes Knie«, warnte er. »Von dem Schmerz hab' ich schon mehr genossen, als ich ertragen kann.«

»Vorhin hat es aber nicht weh getan?« fragte sie, als ihr die Einzelheiten ihres Liebesspiels wieder einfielen.

»Nein«, versicherte Sully einigermaßen schuldbewußt, weil die Knieverletzung seine Fähigkeiten als Liebhaber einschränkte. »Kann nicht so toll für dich gewesen sein.«

»Es war Klasse«, meinte sie traumverloren. »Ich bin gerne oben.«

Sully grinste sie an. »Du und alle Frauen.«

Ruth ging darauf nicht ein. »Ich bin aber auch gern unten.«

»Da bin ich aber froh, daß du so flexibel bist«, sagte er. »Obwohl ich glaube, daß du von jetzt an eher oben bist.«

Mit dem Fingernagel fuhr sie seinen Unterschenkel entlang und hielt kurz vor der Schwellung an, als wüßte sie genau, wo es schmerzhaft wurde. »Ist schlimmer geworden, nicht?« Der Anblick hatte sie erschreckt, als er aus der Hose stieg. Er hatte ihr zwar den Rücken zugedreht, aber sie hatte noch genug erkennen können.

»Ist wahrscheinlich nur Flüssigkeit«, erwiderte Sully. »Ich geh' demnächst und lass' es mir von diesen Bastarden punktieren. Im Moment hab' ich noch andere Sorgen, ob du's glaubst oder nicht. Du hättest nicht zufällig zwei große Scheine übrig?«

Ruth stützte sich auf einen Ellbogen. »Wer – ich?«

»Hab's auch nicht geglaubt.« Er erklärte ihr das Mißgeschick mit seinem Pick-up, erzählte von dem Wagen, den Harold Proxmire ihm angeboten hatte, und von dem Schneepflug.

»Hört sich ja toll an«, meinte Ruth. »Und deshalb läßt du dir jetzt das Knie nicht behandeln, stimmt's?«

»Ich weiß nicht, was ich tun soll«, erwiderte Sully. »Selbst wenn ich einen Dummen finde, der mir das Geld leiht . . . Ich bin zu alt, um mir bei den Leuten größere Geldbeträge auszuleihen, als ich in einem oder zwei Monaten verdienen kann.«

»Wirst du sauer auf mich, wenn ich dich dran erinnere, daß du ein Haus hast?«

Sully schüttelte den Kopf. »Ich darf dich dran erinnern, daß es nicht stimmt. Wenigstens nicht ganz.«

»Aber wem gehört es denn sonst?« wollte Ruth wissen. »Wenn dir nicht das Haus deines Vaters gehört, wem dann?«

»Ich hab' keine Ahnung«, gestand Sully. »Vielleicht der Stadt. Mein Vater hat jahrelang keine Steuern gezahlt, und ich erst recht nicht. Ich hör' immer wieder, daß es versteigert werden soll. Ist vielleicht auch schon passiert.«

»Dann kriegst du vorher Bescheid, Sully.«

»Ist vielleicht auch schon passiert. Ich schmeiß' den ganzen Mist immer mit den Wetteinsätzen weg.«

»Soll ich mal für dich nachgucken?«

»Nein. Ich will nichts von meinem Vater, Ruth«, sagte er ihr zum x-ten Mal. »Das weißt du doch.«

»Es geht nicht mehr darum, was du willst, Sully. Es geht darum, was du brauchst. Du brauchst mal 'nen Aufschwung. Verkauf das Haus und nimm das Geld. Und vergiß deinen Vater.«

»Das wäre wirklich vernünftig«, gab er zu und hoffte, damit die Diskussion zu beenden. Manchmal reichte so ein Zugeständnis aus, Ruth zufriedenzustellen.

»Womit du sagen willst, du tust es nicht, stimmt's?«

Sully setzte sich auf, suchte seine Zigaretten und zündete sich eine an, die er dann mit Ruth teilt. »Seltsamerweise bin ich heute noch dran vorbeigefahren«, bekannte er. Zugeben zu müssen, daß das Haus existierte und daß er ein gewisses Interesse daran hatte, war schon schwer. So schwer, daß er sich einer halben Lüge schuldig machte – er gestand ihr nicht, daß er dort stehengeblieben war und das Haus von außen betrachtet hatte, erwähnte nicht, daß er über den möglichen Wert des Grundstücks nachgedacht hatte. »Die aufgelaufenen Steuern wären wahrscheinlich mehr, als es noch wert ist. Macht aber nichts, ich hab' das Geld für die Steuer sowieso nicht.«

»Nimm mal an, du verkaufst es und kriegst ganze Zehntausend – und das wär' noch das Mindeste. Und nimm mal an, die rückläufigen Steuern betragen siebentausend. Das wär' auch schon viel.

Dann hättest du immer noch drei große Scheine übrig. Aber für die hast du ja gar keine Verwendung, oder was willst du mir hier weismachen.«

»Ich hab' mal dran gedacht, das Geld Peter zu geben«, erwiderte er und fragte sich, wie Ruth darauf reagieren würde. Sie war abwechselnd besorgt oder erzürnt über seinen Sohn, den sie nie persönlich kennengelernt hatte.

»Das löst aber nicht *dein* Problem«, stellte sie klar.

»Ich würd's ja dir geben, wenn's nur ginge«, sagte er und grinste. »Würde Zack aber ganz schön mißtrauisch machen, wenn ich dir ein Haus schenke. Seit zwanzig Jahren klatschen die Leute schon über uns, und so wäre er dann endlich überzeugt, daß sie nicht gelogen haben.«

»Trotzdem danke«, lächelte Ruth, »aber ich hab' schon eine verfallene Ruine.«

»Und wenn ich's verkaufe und dir das Geld irgendwie zuschiebe? Zum Beispiel für Gregorys College? Zack braucht es ja nicht zu erfahren.«

»Das ist ein reizendes Angebot, aber Gregory ist meine Sache«, erklärte Ruth.

Die Art, wie sie den Namen ihres Sohnes betonte, deutete darauf hin, daß sie nun über Ruths Tochter – ihrer beider Tochter, wie Ruth gern glauben wollte – reden würden, womit der alte Streit neu entfacht wäre. Das Mädchen hatte Zacks Züge, aber das wollte Ruth nicht zugeben. »Ich bin mir sicher«, hatte sie schon oft zu Sully gesagt. Doch Sully nahm eher das Gegenteil an: Ruth wollte als Frau einfach glauben, daß Janey eine Frucht ihrer Liebe zu Sully war und nicht von Zack stammte.

Nur einmal hatte Sully an seiner Überzeugung gezweifelt, und das war im letzten Frühling, ein paar Monate nach seinem Unfall gewesen. Er war ins IGA gegangen und hatte sich kurz vor Schichtwechsel in Ruths Reihe angestellt. Nachdem sie Sullys Einkäufe – eine Tube Zahnpasta und ein Päckchen Zigaretten – eingetippt hatte, schloß Ruth ihre Kasse ab und ging mit ihm hinaus. »Hier ist jemand, den du kennenlernen solltest«, sagte sie, als ein lärmender rostiger Cadillac vor dem Supermarkt hielt und hupte.

Ruth schleppte ihren Liebhaber zum Wagen und wollte ihn

gerade Janey vorstellen, als sie das kleine Kind bemerkte, das neben seiner Mutter auf der vorderen Sitzbank saß. »Wo zum Teufel ist denn der Autositz, den ich dir gekauft habe?« fragte Ruth, plötzlich wütend.

»Ich wußte doch, daß du erstmal darüber motzen mußt, bevor du überhaupt ›hallo‹ sagst«, entgegnete Janey.

»Hat sechzig Dollar gekostet«, gab Ruth zurück. »Ist wohl klar, daß mir das auffällt.«

»Wer wohl hat ihn verkauft«, erklärte Janey. Sully konnte nicht umhin zu grinsen, weil die Tochter genau den Ausdruck der Mutter gebrauchte, wenn es um den Ehemann ging.

»Ich kauf' einen Autositz, und er verscheuert ihn?«

»Na ja, sag nicht, ich hätte dich nicht gewarnt«, sagte das Mädchen, ohne allzuviel Mitgefühl zu zeigen. »Kannst ja noch einen kaufen und gucken, ob das nicht wieder passiert, du Dummkopf.«

Ruth starrte ihre Tochter wütend an.

»Guck mich nicht so an«, sagte Janey. »Ich hab' ihn ja nicht verkauft. Hab' bloß den schlechten Geschmack meiner Mutter in puncto Männer geerbt.« Als sie das sagte, schielte sie Sully mißtrauisch an, als habe die Vorsehung ihn dorthin gestellt, um als Beweis dieser These zu dienen.

Ihrer Mutter entging das nicht. »Sag ›hi‹ zu Sully«, befahl sie. »Eigentlich Don Sullivan.«

Das Mädchen begrüßte Sully mit einem männlichen Handschlag. »Hi«, sagte sie und fügte – zu Ruths Erstaunen – hinzu: »Hab' schon viel von Ihnen gehört.«

»Tja«, machte die Mutter. »In 'ner Kleinstadt . . .«

»Genau«, grinste Janey. Dann zu ihrer Mutter: »Soll ich dich jetzt nach Haus fahren, oder nicht?«

Ruth ging nicht darauf ein, sie spähte in das Innere des Wagens. »Willst du mit zu Oma kommen?« fragte sie.

»Geh schon«, sagte Janey zu dem Kind, das über den Schoß der Mutter krabbelte und durch das offene Fenster in Ruths Arme. Da erst bemerkte Sully das seltsame Auge und fühlte einen Stich.

»Hör mal, ich muß mich beeilen«, sagte er zu Ruth.

»Ja, ich weiß doch«, erwiderte sie. »Bis irgendwann einmal.«

Später hatte sie ihn im *Horse* angerufen. Bis dahin hatte er Zeit gehabt, darüber nachzudenken, warum er sich selbst in der Verunstaltung des Kindes gesehen hatte, warum er sich so verantwortlich fühlte.

»Ich wollte dich heute nachmittag nicht in Verlegenheit bringen«, sagte sie.

»Hast du auch nicht«, log er.

»Erzähl doch nichts.«

»Ich hab' einen Sohn, Ruth«, sagte er. »Aber keine Tochter. Und keine Enkelin.« Dann legte er auf.

Danach waren sie eine ganze Zeitlang ›brav‹ gewesen.

»Meine Wirtin sagte mir, daß sie gestern Besuch hatte«, begann er nun, da das Thema ohnehin aufkommen würde.

Ruth nickte. »Wenn eine Krise ausbricht. Hast du selber angeboten, wenn ich mich recht erinnere.«

Sully nickte. »Ist bloß, daß sie die arme Beryl ganz schön durcheinander gebracht haben«, erklärte er.

»Wieso?« Ruth runzelte die Stirn und war sofort wütend.

Sully zuckte die Achseln. Er wußte nicht, wie er Ruth erklären sollte, daß ihre Tochter eine rauhe, zuweilen grobe Art hatte, was Ruth, die selbst rauh und ungehobelt sein konnte, nie zu bemerken schien. Um die Wahrheit zu sagen – Sully hätte es selbst nicht bemerkt, wenn es nicht um seine Wirtin gegangen wäre. »Dazu braucht's auch nicht viel. Sie ist schon alt.«

Ruth schien diese Erklärung zu genügen. »Also, ich hätte sie nicht zu dir geschickt, wenn es eine andere Möglichkeit gegeben hätte. Ich dachte nämlich, Roy wär' hier in der Stadt.«

Sie erklärte dann, daß Janey endlich beschlossen habe, ihren Mann zu verlassen; sie war aus der Wohnung geschlichen, als er auf der Hirschjagd war. Sie hatte in Albany einen Job in Aussicht. Und eine Wohnung – zum Ersten des Monats. Roy hatte ihre Flucht entdeckt und gedroht, sie wieder nach Hause zu schaffen, sobald er seinen Hirsch erlegt habe. Das, so hofften sie, würde noch ein paar Tage dauern. Wenn Janey erst einmal nach Albany gezogen war, konnten sie sicher sein, daß Roy sie nicht mehr aufspüren würde.

Roy war ein kleiner Ladendieb aus Mohawk, der seine Jugend in Besserungsanstalten und im Gefängnis verbracht hatte. Sully hatte gerüchteweise gehört, daß er einmal auf dem Parkplatz hinter einer Bar in Schuyler Springs, aus der man ihn hinausgeworfen hatte, den Barkeeper halb totgeprügelt hatte. Und da es keine Zeugen gab, war Janeys Mann ohne Strafe davongekommen. »Natürlich hat ihr jeder gesagt, daß er nichts taugt, wenn ich mich recht erinnere.«

»Stimmt, Sully«, sagte Ruth. »Und du hast nie Fehler gemacht, willst du das damit sagen? Daß du immer auf gute Ratschläge gehört hast? Daß du nie stur warst und etwas gemacht hast, bloß weil dir alle geraten haben, es nicht zu tun? Wenn es einen Menschen auf der Welt gibt, der sie verstehen sollte, so ist es der Mann, der nicht zugeben kann, daß er sein eigenes Haus besitzt.«

»Und so sind wir wieder beim Haus gelandet«, äußerte Sully.

»Wir reden nicht über Häuser«, beharrte Ruth. »Wir reden über Sturheit, und wer sie von wem geerbt hat.«

»Und du bist sicher, sie hat es von mir«, meinte Sully. »Nicht von dir, beispielsweise. Oder von Zack.«

»Nix da.« Ruth lächelte. »Diese Sturheit ist so blöd, daß sie deinen Namen trägt. Wer war das noch, der bei der Tip-Top-Bau einsteigen konnte und es nicht getan hat? Wer säße jetzt hübsch auf dem Trockenen, wenn er nicht Flausen im Kopf gehabt hätte? Und wer will nach all den Jahren nicht zugeben, wie stur er war?«

Auch das hatten sie schon einmal durchgekaut; es war eines von Ruths Lieblingsargumenten. Und natürlich stimmte es, daß Kenny Roebuck ihm eine gleichberechtigte Partnerschaft in der Tip-Top-Baufirma angeboten hatte, als sie beide noch jünger waren. Und natürlich stimmte es, daß Sully besser gefahren wäre, wenn er das Angebot angenommen hätte. Doch Sully fand, daß Bedauern nicht viel nützte; wenn er sich jetzt den Luxus erlaubte, darüber zu jammern, daß er das Angebot nicht angenommen hatte, würde er auch andere Sachen bedauern, und dann risse die Welle des Bedauerns nie mehr ab. Und schließlich würde er wie sein Vater als alter sentimentaler Betrüger enden, der seinen Krankenschwestern und jedem anderen, der es nur hören wollte, immer wieder erzählte, daß er wie ein Mann gelebt und wie ein Mann gesündigt hatte. Nein – Sully hatte schon vor langer Zeit beschlossen, daß er sich nur ein gewisses Maß an Reue erlauben würde. Es kam nichts dabei heraus, wenn man alle Entscheidungen im Leben ein zweites

Mal treffen wollte, wenn man aus der Sicherheit der Gegenwart mit vorgetäuschter Weisheit über die Vergangenheit urteilte, wie es sich so viele Menschen im Alter angewöhnten. Sully kannte nicht allzu viele Leute, die im Laufe eines Lebens sehr viel klüger geworden waren. Manche begingen vielleicht weniger Fehler, aber das rührte nach Sullys Meinung nur daher, daß sie nicht mehr so schnell waren wie früher; sie hatten weniger Energie, doch nicht mehr Tugend; weniger Gelegenheit, etwas zu verpfuschen, doch nichts an Weisheit dazugewonnen. Sully hatte die Eigenart, zu seinen Fehlern zu stehen, was er auch jetzt wieder bewies: »Es war ziemlich schlau, nein zu sagen, wie man ja später gesehen hat«, teilte er Ruth mit. »Wenn ich die Hälfte von Tip-Top-Bau gekriegt hätte und jetzt zusehen müßte, wie Carl sie verschleudert, müßte ich diesen Hurensohn abknallen. Und würde im Kittchen landen. So lauf' ich als freier Mann herum und mach' mir keine Sorgen um das, was er anstellt.«

»Rumlaufen stimmt«, erinnerte ihn Ruth, »was uns wieder darauf bringt, daß du ein Auto brauchst.«

»Ich hab' doch den El Camino draußen stehen«, warf Sully ein.

»Na toll«, gab Ruth zurück. »Statt daß dir der Firmenwagen gehört, leihst du ihn aus.«

»Ich möcht' ihn auch lieber leihen«, sagte Sully wahrheitsgemäß und erklärte, daß er heute morgen schon einen Strafzettel kassiert hatte. »Hab' ihn für Carl ins Handschuhfach gesteckt. Wird 'ne nette kleine Überraschung.«

»Und wie nennst du das?« Ungläubig schüttelte Ruth den Kopf. Es war schon erstaunlich, wie schnell Sully sie auf die Palme bringen konnte. »Wenn andere Leute deine Strafzettel bezahlen müssen?«

»Bei Carl Roebuck nenn' ich es Gerechtigkeit.« Sully grinste übers ganze Gesicht.

Wütend stand Ruth auf und begann, sich anzuziehen. Wie befürchtet, hatte ihre gute Laune ein ernstes Gespräch mit Sully nicht überstanden. »Ich sag' Janey, daß du das so nennst.«

Sully blinzelte. »Wir haben über Janey geredet?«

»Einer von uns jedenfalls.«

Sully seufzte, schwang die Beine aus dem Bett und suchte seine

Unterhose, die irgendwo unter den Decken versteckt lag. »Nun, das hab' ich wieder nicht mitgekriegt, wie immer«, gab er zu.

»Du bekommst nie etwas mit, sobald es um Verantwortung geht«, sagte Ruth und hakte wütend ihren BH zu.

Sully streckte bittend die Hände aus. »Ich möchte nur wissen, was du willst, Ruth. Erst redest du über Strafzettel, dann im nächsten Augenblick geht's um Janey. Willst du, daß ich etwas für sie tue? Gibt es etwas, das *sie* von mir verlangt? Ich brauch' da einen kleinen Hinweis, Ruth.«

»Du kannst darüber nachdenken«, erklärte Ruth, nun vollständig in Rage. Vielleicht drückte sie sich nicht immer deutlich aus, aber sie vermutete, daß mit diesem Mann etwas nicht stimmen konnte, wenn er Verbindungen nicht erkannte, die ihr nur zu klar erschienen. Vielleicht stellte er sich auch nur blind, damit er durch ihre Erklärungen Zeit gewinnen konnte. Wenn sie versuchte, Sully dazu zu bringen, die Dinge einmal aus ihrer Sicht zu sehen, so war es, als versuche sie, eine Katze in einen Sack zu stecken – ein Bein schaute immer heraus. »Du könntest dir wenigstens Sorgen um sie machen. Das ist normal, wenn Leute sich mögen.«

Er stand mit dem Rücken zu ihr, aber sie konnte die Schwellung an seinem Knie sehen. »Darum zum Beispiel mache ich mir Sorgen um dich, auch wenn nichts dabei herauskommt.«

Sully stieg in seine Unterhose, bevor er sich zu ihr umdrehte. »Ich hab' dich nie darum gebeten, dir Sorgen zu machen«, erwiderte er. »Mir wär's auch lieber, du würdest darauf verzichten.«

Ruth kämpfte mit den Tränen und machte sich so schnell wie möglich fertig, während Sully nach seinem Unterhemd suchte. »Du willst wirklich ganz allein alt werden, was?«

»Es wäre vielleicht das beste«, gab Sully zu.

An der Zimmertür drehte sie sich noch einmal zu ihm um. »Du hättest deinem Vater vergeben sollen«, sagte sie. »Und ich hätte wissen sollen, was es heißt, daß du es nicht getan hast.«

Als sie gegangen war, sah Sully nachdenklich die Tür an, die sie hinter sich zugeschlagen hatte. Irgendwie hatte sich jetzt auch noch sein Vater ins Gespräch eingeschlichen. Sogar als Toter war er noch ein bemerkenswerter Hurensohn.

»Du schon wieder«, bemerkte Sully und ließ sich neben Rub, der an einem Bierglas nuckelte, auf den Hocker gleiten.

»Wo warst du denn?« fragte Rub. »Ich war drüben bei Carl, aber da warst du nicht.«

»Muß wohl schon weggewesen sein«, erklärte Sully.

»Wo denn?«

»Geht dich nichts an, Rub«, erwiderte Sully. »Gibt kein Gesetz, in dem es heißt, daß ich den ganzen Tag mit dir verbringen muß, oder?«

Rub verzog entnervt den Mund.

»Oder doch?« wollte Sully wissen.

»Wenn du mich mal suchst, und ich bin nicht da, wirst du auch immer böse«, erinnerte er Sully.

Da hatte er recht. »Na ja, jetzt bist du ja da.«

»Ha'm wir Arbeit?«

»Carl war nicht da.«

»Er ist hinten, spielt Karten.« Rub zeigte auf den großen Speisesaal, den Tiny außerhalb der Saison geschlossen hielt.

»Das erklärt alles«, meinte Sully, der hünenhafte alte Wirt.

Birdie trat auf die beiden Männer zu und grüßte Sully. »Grad', nachdem du weg warst, kam ein Anruf«, sagte sie.

»Miles Anderson?«

»Genau der. Er möchte, daß du ihn zurückrufst, ›sobald es dir möglich sein sollte‹«, imitierte sie Miles Andersons gespreizte Sprechweise. »Hier ist die Nummer.«

Sully nahm den Zettel von Birdie und stopfte ihn in seine Brusttasche.

»Willst du ihn nicht anrufen?« wollte Rub wissen.

»Jetzt noch nicht«, erwiderte Sully, obschon er wußte, daß genau das geraten wäre. Das ist das Dumme an Pechsträhnen – man weiß, was man tun sollte, bringt aber nicht die nötige Willenskraft dafür auf.

»Wie kommt's?«

»Weil es mir gerade jetzt nicht möglich ist«, erwiderte Sully, wodurch er Rub in Verwirrung stürzte, der absolut nicht begriff, warum es in einem müßigen Augenblick wie diesem nicht gehen sollte. »Weil ich 'ne Stunde auf den Blödmann gewartet hab', und jetzt kann er mal auf mich warten. Weil ich gerade jetzt 'n bißchen Poker spielen will. Wie ist's mit dir?«

Rub glotzte traurig in die Reste seines Bieres. »Bootsie hat meine Knete genommen«, gestand er. »Ich hätt' nie bei dem Trödelladen vorbeigehen sollen.«

»Wie riecht sie's bloß, daß ich dich grad' bezahlt habe?« staunte Sully.

»Sie rät's irgendwie immer«, erwiderte Rub aufrichtig verblüfft. »Hat auch keinen Sinn, ihr Lügen zu erzählen.«

»Ich dachte, ihr wolltet heute nachmittag arbeiten«, sagte Carl Roebuck, als er aufsah und Sully bemerkte. Um den runden Tisch unter dem Kronleuchter saßen vier Spieler. Sully kannte sie alle. Jeder von ihnen konnte es sich leisten zu verlieren – eine gute Voraussetzung für eine Partie mit ihnen.

»Dachte ich eigentlich auch«, erwiderte Sully und zog sich einen freien Stuhl heran. »Aber macht nichts. Das hier sieht mir nach einer besseren Laufbahn aus.«

»Da wär' ich mir nicht so sicher«, sagte einer der Männer. »Dieser Scheißkerl hier gewinnt jedes zweite Spiel.«

Nun schauten alle Carl Roebuck an, der sich seiner Gewinne in keiner Weise zu schämen schien.

»Mr. Glückspilz«, bemerkte einer der Männer.

Sully zog ein paar Scheine heraus, um sich als willkommener Teilnehmer einzuführen. »Sein Geheimnis ist, daß er einen bescheißt«, erklärte er. »Zum Glück kenn' ich all seine kleinen Tricks, und für heute hat er ausgeschissen.«

Carl verkaufte Sully ein paar Chips. »Du könntest auch das Dach von dem Haus auf der Belvedere decken, weißt du.«

Sully nickte.

»Typisch, daß du 'nen einbeinigen Mann auf ein Dach schicken willst. Ich fall' auf den Kopf, und du mußt mir nicht das ganze Geld zahlen, das du mir schuldest.«

»Mach doch, was du willst.« Carl teilte die Karten aus. »Sogar mit einem Bein wärst du dort oben auf dem Dach sicherer als hier unten bei uns.«

»Kann ich mitspielen?« fragte Rub. Er hatte, seit sie den Raum betreten hatten, in der Tür gestanden und auf den letzten freien Stuhl gestarrt. Bei diesen Männern traute er sich nicht, aufdringlich zu sein.

»Nein, Rub«, sagte Carl Roebuck.

»Nix da«, stimmten die anderen zu.

Rub starrte traurig zu Boden.

»Na klar, Rub«, sagte Carl. »Jesus. Weißt du denn nicht, wann du verarscht wirst?«

Rub wußte es wirklich nicht. Manchmal ließen ihn die Männer hier nicht mitspielen, weil sie behaupteten, daß er stank. Er wußte nicht, woran er erkennen sollte, daß es diesmal als Witz gemeint war, wo es doch meistens anders war. »Du hast mir keine Karten gegeben«, sagte er, als er sich auf den Stuhl neben Sully gesetzt hatte.

»Du hast ja auch noch nicht mitgespielt, als ich gegeben habe«, machte Carl geltend.

»Ich war da drüben«, verteidigte sich Rub und zeigte auf den Platz, wo er eben noch gestanden hatte.

»Wie kann ich dir 'n Blatt geben, wenn du da hinten stehst?« meinte Carl. Wie zur Bekräftigung ließ er eine Karte bis zur Tür fliegen. »Hätte ich das tun sollen?«

»Falsch gegeben«, sagte einer.

»Ich hatte ein Paar blöde Siebener«, sagte ein anderer ärgerlich. »Das war absichtlich falsch gegeben.«

Carl ließ seine Karten sehen – ein Paar Zehner.

»Mr. Glückspilz«, wiederholte der Mann, der es schon vorher gesagt hatte, und pfiff eine Melodie.

Rub ging und hob die Karte auf, die Carl auf den Boden geworfen hatte, dann setzte er sich wieder hin. Carl mischte. Sully hob ab. Carl teilte aus und überging Rub von neuem.

»Was ist mit mir?« fragte Rub.

»Tut mir leid, Rub«, meinte Carl. »Wolltest du denn mitspielen?«

Alle warfen ihre Karten hin und stöhnten.

»Entscheide dich«, sagte Carl. »Willst du spielen – ja oder nein?«

»In ungefähr einer Minute reiß' ich dir den Kopf ab«, drohte Sully.

Carl mischte und teilte ein neues Schicksal aus. »Ich hab' dir ja gesagt, daß du auf dem Dach glücklicher wärst. Manche Leute wissen einfach nicht, was gut für sie ist.«

Der Mann, der links von Rub saß, eröffnete das Spiel. Rub, ein erstaunlich guter Pokerspieler, erhöhte den Einsatz.

»Ist dir je in den Sinn gekommen, daß du auch zu diesen Leuten gehörst?« fragte Sully, nachdem er mitgegangen war.

»Ich weiß genau, was gut für mich ist«, sagte Carl und warf sein Blatt in die Mitte des Tisches. Zwei andere taten es ihm nach, so daß nur der Mann, der eröffnet hatte, und Rub und Sully übrig blieben. Sully rechnete seine Karten zusammen, die zusammen mit den ersten beiden einen Sausalito-Straight ergaben – zwei, vier, sechs, acht.

Tiny hatte neben dem Tisch eine alte Rippenheizung aufgestellt. Der surrende Ton erinnerte Sully an Autos, die rasch näher kamen. Zweifellos wäre es am besten, wenn er die Karten weglegen würde.

Miles Anderson rief an diesen Nachmittag noch dreimal an. Das letzte Mal nahm Sully, der gerade runde hundert Dollar im *Pot* liegen hatte, das Gespräch entgegen.

»Ich dachte, wir wollten uns heute treffen«, sagte Miles Anderson mit gut einstudierter Ungeduld.

»Ich auch«, gab Sully zurück. »Und ich war mir tatsächlich so sicher, daß ich da war und ungefähr eine Stunde lang auf Sie gewartet habe.«

»Wir müssen uns verpaßt haben«, meinte Anderson und wurde gleich etwas höflicher; offenbar war er willens, einen Teil der Schuld auf sich zu nehmen. »Ich wurde in der Bank aufgehalten.« Als Sully nichts darauf sagte, fügte Anderson hinzu: »Darf ich Ihr Schweigen so verstehen, daß Sie nicht länger an meinem Auftrag interessiert sind?«

»Nein«, erwiderte Sully. »Ich wußte nur nicht, daß ich jetzt was sagen sollte.«

»Dann darf ich es so verstehen, daß Sie den Job wollen?«

Sully bejahte.

»Denn, um ehrlich zu sein, im Augenblick spüre ich bei Ihnen nicht gerade viel Begeisterung«, sagte Miles Anderson, nun wieder ungeduldig. »Und wenn Sie nicht ganz sicher sind, wäre es mir lieber, Sie sagten es. Ein Mann, mit dem ich heute morgen auf der

Donald ›Sully‹ Sullivan (Paul Newman) erledigt alle Gelegenheitsjobs zu seiner eigenen Zufriedenheit – nicht unbedingt zur Zufriedenheit seiner Auftraggeber.

Rub (Pruitt Taylor Vince) ist Sullys bester Kumpel – aber manchmal leider etwas umständlich.

Die frühere Lehrerin Miss Beryl (Jessica Tandy) ist eine der wenigen in Bath, die Sully glaubt. Als Vermieterin allerdings weiß auch sie manchmal nicht, ob sie den zerstreuten Sully mehr fürchten oder schätzen soll.

Rub und Sully bei einer ihrer Lieblingsbeschäftigungen – Pokern.

Die hübsche Toby Roebuck (Melanie Griffith) hat es Sully angetan – aber trotz ihrer unglücklichen Ehe scheint sie für ihn unerreichbar zu sein.

Sully und der Schneepflug – eine Beziehung voller Tücken.

Für Jessica Tandy war die Rolle der Miss Beryl die letzte große ihres Lebens. Sie starb kurz nach Vollendung des Films.

Ende einer Dienstfahrt – ein Polizist weckt mit seiner Penetranz bei Sully längst verloren geglaubte Kampfesgelüste.

Sullys Sohn Peter (Dylan Walsh) taucht nach einem handfesten Ehekrach plötzlich bei Sully auf – und zwingt diesen, sich einige Fragen über seine Vergangenheit zu stellen.

Enkel Will (Alex Goodwin) bringt frischen Wind in Sullys Leben.

Sully (Paul Newman) mit seinem Anwalt Wirf (Gene Saks, hinten) in seiner Lieblingskneipe.

Oben: Der kleine Will
(Alex Goodwin).

Rechts: Ein Hund in
Sullys Schuhen.

Im ersten Schnee nach langer Zeit zeigt Sully sich von seiner hilfsbereiten Seite…

Bank gesprochen habe, vertraute mir an, daß Sie nicht besonders zuverlässig sind.«

»Schau'n Sie, Mr. Anderson«, sagte Sully. »Ich brauch' die Arbeit. Ich bin nur einfach zu alt, um in die Luft zu springen, wenn's Ihnen nichts ausmacht. Tief drinnen bin ich ganz aufgeregt. Sie können mir vertrauen.«

»Hmhm«, machte Miles Anderson. »Nun, man sagte mir, Sie seien unverschämt, obwohl ich damit schon gerechnet habe. Der unabhängige, schroffe Arbeiter Amerikas, voller Kampfgeist.«

Wer war dieser Kerl nur? »Es verhält sich in der Tat so, daß ich das College aufgebe, um an Ihrem Haus zu arbeiten«, gab Sully ihm zu verstehen, denn das stimmte ja beinahe. »Hör'n Sie, Mr. Anderson. Was meinen Sie dazu, sollen wir nicht ganz von vorne anfangen? Sie könnten sich dafür entschuldigen, daß Sie mich versetzt haben, und ich könnte mich für meine Unverschämtheiten entschuldigen, und dann könnten wir einen neuen Treffpunkt festsetzen – Sie versprechen, diesmal zu kommen, und wir betrachten das einfach als einen Neuanfang.«

»Wir wäre es mit morgen früh um zehn?« schlug Miles Anderson vor.

»Jetzt haben wir 'n paar Dinge übersprungen, was?« äußerte Sully. »Okay, um zehn. Ich werde eine Nelke im Aufschlag tragen.«

»Ich frage mich – könnte ich Sie etwas fragen?«

»Klar.«

»Haben Sie getrunken?«

»Nur ein bißchen. Kann ich Sie was fragen? Womit verdienen Sie Ihr Geld?«

»Ich bin Professor an der Universität.«

»Das ist mein Sohn auch.«

Verwirrung. »Tatsächlich?«

»Man hat ihm gerade die Verlängerung seines Lehrauftrags abgelehnt.«

»Das sind schwere Zeiten. Wo denn?«

»In West Virginia.«

»Ach herrje«, meinte Miles Anderson. »Und wo soll man dann noch alles suchen?«

Als Sully zum Spieltisch zurückkehrte, verkaufte Carl Roebuck

Chips an Wirf, der in der Zwischenzeit erschienen war. Sully konnte auf Anhieb erkennen, daß Wirf betrunken war. Neunzig Prozent der Chips lagen vor Carl Roebuck. Doch Sully war optimistisch – ein arbeitsreicher Winter lag vor ihm, und wenn Wirf mitspielte, brauchte er sich keine Sorgen zu machen, daß er sofort pleite gehen würde. Sully setzte sich hin, stand wieder auf, ging im Uhrzeigersinn um seinen Stuhl herum, dann andersherum, um das Pech des Nachmittags zu vertreiben. »Roter Fluß um das Arschloch eines grünen Affen herum«, sagte er schließlich geheimnisvoll und schlug ein kompliziertes Zeichen über dem Kartenstapel.

»Bist du jetzt fertig?« fragte Carl und nahm die Karten auf.

»Ja, bin ich.«

»Willst du abheben?«

»Nein, sie sind jetzt in Ordnung.«

In Ordnung waren die Karten jedoch nur für Carl Roebuck. Bevor Sully noch richtig mit im Spiel war, stand der Pot schon auf vierzig Dollar, und Sully erkannte, daß es weise gewesen wäre, wenn er vor den letzten beiden Karten Schluß gemacht hätte. Und um alles noch schlimmer zu gestalten, strahlte ihn Wirf so wohlwollend an, daß Sully schon eine rührselige Freundschaftserklärung befürchtete.

»Was ist?« fragte er schließlich.

»Ich versuche, telepathisch mit dir zu reden.«

»Also hör schon auf damit«, entgegnete Sully.

»Und verschwende deine Zeit nicht«, stimmte Carl Roebuck zu, während er Chips in die Mitte des Tisches warf. »Man kann nur mit Sully reden, indem man ihm 'ne Schaufel über den Schädel zieht.«

»Scheiß' auf euch«, sagte Sully und erhöhte den *Pot*.

Als sie mit Bieten fertig waren, ging es um einen Siebzig-Dollar-Einsatz. Carl gewann mit einem Full House und zog das Geld traurig zu sich heran.

»Ich wollte dir telepathisch den Rat geben, auszusteigen«, erklärte Wirf und warf seine drei Zweier in die Mitte.

Sully warf sein eigenes Blatt verdeckt dazu. Er wollte nicht, daß einer die miesen Karten sah.

Das Spiel wurde um fünf abgebrochen, als drei Spieler erklärten, sie müßten jetzt nach Hause und die Truthahnreste verzehren, solange sie selbst zu Hause noch willkommen seien.

»Sollen wir ihn vielleicht wecken?« fragte einer der Männer und wies auf Wirf, der mitten im letzten Spiel mit offenem Mund eingeschlafen war. Der betrunkene und ziellos spielende Wirf war der letzte Nagel zu Sullys Sarg gewesen.

»Laß ihn schlafen«, meinte Sully, für den ungestörter Schlaf seit seiner Knieverletzung eine Kostbarkeit war.

In der Bar war es wärmer als im Hinterzimmer. Sully merkte plötzlich, daß er schon seit zwei Stunden fror, und fragte sich, ob er sich etwas eingefangen hatte – vielleicht würde es schnell und schmerzlos und tödlich sein.

Nachdem Carl Roebuck seinen Gewinn in die Tasche gestopft hatte, glitt er auf den Barhocker neben Sully. »Na, mein kluges Köpfchen, wie groß ist der Schaden?«

Sully fuhr sich mit den Fingern durchs Haar. »Groß genug«, erwiderte er. Er schätzte seinen Verlust auf dreihundertfünfzig, vielleicht sogar vierhundert Dollar. Vielleicht sogar noch mehr.

»Ich hab' dich ja gewarnt, auf dem Dach wärst du sicherer gewesen«, erinnerte ihn Carl.

»Woher weißt du so haarscharf, daß ich dieses blöde ›Ich-hab's-dir-ja-gesagt‹ hören wollte?«

»Wenn man dich kennt, muß man es immer wieder sagen. Kannst jeden hier fragen«, äußerte Carl.

»Irgendwie macht's mir am meisten aus, wenn du es sagst«, meinte Sully. Doch im Grunde machte es ihm immer etwas aus. Am frühen Nachmittag, als Ruth es in der kurzen Stunde, in der sie zusammen waren, wohl ein halbes Dutzend Mal gesagt hatte. Oder wenn Wirf es sagte. Es gefiel ihm auch nicht, wenn die Leute es zwar nicht aussprachen, aber im stillen dachten.

Wenigstens hatte sein Kumpel Rub nicht verloren, sogar zwanzig Dollar Gewinn gemacht. Und Miles Anderson hatte den Arbeitsauftrag noch nicht anderweitig vergeben.

Dennoch: Bald schon, so fürchtete er, würde er seinen Stolz hinunterschlucken und jemanden um Geld bitten müssen. Ruth würde ihm bestimmt etwas leihen, aber sie besaß selber nichts. Wirf hatte vielleicht genug, würde es auch verleihen, aber Sully schuldete ihm jetzt schon zuviel. Und alte Damen pumpte Sully aus Prinzip nicht an, wodurch Miss Beryl wegfiel. Carl Roebuck würde ihm etwas borgen, wenn er ihn noch einmal betrunken erwischte, aber er lieh sich ungern etwas bei Carl aus – lieber wollte er ihn tüchtig weiterhassen. Er hätte auch zu Clive jr. von der Spar- und Darlehenskasse gehen können, aber bei dem bloßen Gedanken daran drehte sich ihm der Magen um, und jetzt erst fiel ihm auf, daß Clive jr. vermutlich der Mann gewesen war, der Miles Anderson vor ihm gewarnt hatte.

Schließlich war da noch Ruths Vorschlag, das Haus zu verkaufen. Er fragte sich, wieviel schlimmer es noch kommen mußte, bevor er diese Möglichkeit ernsthaft in Betracht zog. Da fehlte noch einiges, schloß er.

»Tja«, sagte Carl und riß Sully aus seiner Versunkenheit, »jetzt ist die Zeit gekommen, um mal nachzuschauen, ob ich heute abend noch ein Zuhause hab'.«

Fisch ist das, dachte Miss Beryl.

Sie hatte versucht, den Geruch zu bestimmen, der in Sullys Wohnung lastete. Ein Rätsel. Wie konnte ein Mann, der nie kochte, der nicht einmal Lebensmittel im Kühlschrank aufbewahrte, eine Wohnung haben, die nach Fisch roch? Vielleicht, weil er nie die Fenster aufmachte, grübelte sie. Zugegeben, bei diesem Novemberfrost würde er sie kaum aufbekommen, aber sie bezweifelte, daß Sully die Wohnung überhaupt lüftete, vielleicht nicht einmal im Sommer. Wenn sie genauer darüber nachdachte, wußte sie, daß er es nicht tun konnte, und zwar aus dem einfachen Grund, weil er sich nie die Mühe machte, die äußeren Fenster abzunehmen. Ihre hatte er jedes Frühjahr pflichtbewußt durch einfache Scheiben ersetzt, doch für ihn selbst lohnte die Mühe nicht, hatte er stets behauptet.

»Sie werden ja bei lebendigem Leibe gebraten«, hatte Miss Beryl stets gewarnt, worauf Sully mit seinem üblichen Achselzucken reagiert hatte, als wolle er sagen, sie habe vermutlich recht, doch ihm mache das nichts aus. »Keine Angst, Mrs. Peoples«, hatte er stets hinzugefügt. »Wenn's hier oben zu heiß wird, komm' ich nach unten und schlaf' bei Ihnen.«

Miss Beryl fragte sich, wie drückend heiß es in seinen Gemächern sein mußte, bevor Sully sich unwohl fühlte. Gerade jetzt war es unerträglich heiß, als sei die Augusthitze immer noch nicht aus den verschlossenen Räumen gewichen. Der Thermostat lieferte die Erklärung: fünfundzwanzig Grad. Kein Wunder, daß die Tapete sich abschälte.

Miss Beryl stellte den Thermostat ein paar Grad niedriger und dachte – wie schon so oft, wenn sie über das einsame Leben ihres Mieters grübelte –, daß Sully besser im Hafen der Ehe geblieben wäre. Er brauchte jemanden, der für ihn sorgte. Eine Gefährtin, die den Thermostat runterstellte und die brennenden Zigaretten einsammelte (Clive jr. hatte recht; überall braune Brandlöcher). Und um die Toilette abzuziehen, denn als Miss Beryl ins Bad spähte, wurde sie von einem einsamen Urintümpel im Klo begrüßt, den Sully am Morgen hinterlassen hatte, bevor er sich zur Arbeit aufmachte.

Miss Beryl betätigte die Spülung und sah zu, wie das kräftige Gelb heller wurde, bis es mit einem heftigen Gurgeln verschwand. Während die Spülung rauschte, löste sie das Rätsel um die Tatsache, warum hier Urin im Becken gewesen war, denn sie erinnerte sich, daß ein morgendliches Spülgeräusch zeitgleich mit Clive juniors beharrlichem Ratschlag gedröhnt hatte, daß man Sully vor die Tür setzen müsse. War es denn möglich, daß Sully nach dem Abziehen noch einmal aufs Klo gegangen war und das Wasser so tiefgelb gefärbt hatte? Konnte schon sein, dachte sie, wenn er am Vorabend mit seinen Kameraden soviel Bier im *Horse* getrunken hatte. Doch dann kam ihr eine überzeugendere Erklärung in den Sinn: Vielleicht gehörte Sully zu den Männern, die vorher abziehen müssen. Morgens beseitigte er den abendlichen See. Und seine morgendliche Erleichterung würde er erst bemerken, wenn er abends von der Arbeit kam. Miss Beryl fragte sich, ob er merken würde, daß ein Besucher dagewesen war, wenn er heute abend klares Wasser in der Toilettenschüssel vorfand.

Männer, dachte sie nur. Sie gehörten ganz sicher einer anderen Gattung an. Nur ihre unergründliche Fremdheit konnte dazu führen, daß eine einigermaßen normale Frau sich mit ihnen einlassen, sie gar lieben konnte. Hatte es jemals eine Frau gegeben, die sich einem Mann artverwandt gefühlt hatte? Miss Beryl bezweifelte das. Die Ironie war jedoch, daß nur ein so fremdes Wesen durchschaubar sein konnte. Verglichen mit den Bedürfnissen einer Frau verlangten Männer ja so wenig. Und sie schienen auch nicht in der Lage, ihre Bedürfnisse zu verstecken. Sully war natürlich ein extremes Beispiel – einen Man mit bescheideneren Bedürfnissen mochte man kaum finden, hier war das männliche Prinzip auf die Spitze getrieben –, doch Clive sen. war ihm in dieser Hinsicht ähnlich gewesen: Er war am liebsten in dicken, gefütterten Sweatshirts und weichen Baumwollhosen herumgelaufen und hatte es als besondere Ehre angesehen, daß er als Football-Trainer in der High-School genauso gekleidet sein durfte wie zu Hause (nur, daß er in der Schule auch noch eine Trillerpfeife um den Hals trug), während seine Kollegen in ihren Jacketts und Krawatten und Bügelfalten litten (glaubte er, denn *er* hätte unter solchen Maskeraden gelitten). Diese Sweatshirts weich und flauschig zu halten und die abgetragenen durch neue zu ersetzen, war eine der wenigen Forderungen, die Clive sen. an Miss Beryl gestellt hatte. Wenn seine Sweatshirts flauschig waren, fühlte er sich wohl, und immer wenn Miss Beryl ein neues kaufte und in seine Kommode legte, konnte sie darauf rechnen, daß er in der Küche hinter sie trat und sie kräftig und liebevoll in die Arme nahm. Wenn sie dann nach dem Grund fragte, erwiderte er stets ›Nichts‹, und sie hatte nie herausfinden können, ob Clive sen. sie aus Dankbarkeit für ihre Liebe umarmte oder ob sein plötzlicher Liebesbeweis nur ein Nebenprodukt seiner Zufriedenheit mit dem Sweatshirt war. Sie war nie sicher, was von einem Mann zu halten sei, dessen Zuneigung und innere Zufriedenheit um den Preis eines Sweatshirts erworben und unter Zuhilfenahme von Weichspülern erhärtet werden konnte. Sie fühlte Liebe für den Mann, damals wie jetzt, doch sie zweifelte, dieses Gefühl vor einer anderen Frau vertreten zu können.

Und noch schwerer mußte es einer Frau fallen, ihre Liebe zu Sully begründen zu können – dies mußte Miss Beryl eingestehen, als sie in Sullys Vorderzimmer zurückkehrte. Wenn man den Gerüchten glauben wollte, hatte er eine langjährige Geliebte, eine verheiratete Frau, die ihre Liebe offenbar dadurch aufrechterhielt, daß sie Sully nie in seiner Wohnung besuchte. Während sie mitten in Sullys Vorderzimmer stand, versuchte Miss Beryl zu ergründen, woran diese Umgebung sie erinnerte, und plötzlich dämmerte es ihr; Sullys Zimmer wirkten wie die eines Mannes, der gerade eine scheußliche Scheidung hinter sich hat, dessen Frau alle wertvollen Dinge mitgenommen und ihrem Mann nur jene Möbel überlassen hat, die schon vor langer Zeit nur für einen feuchten Keller gut genug erschienen. Vielleicht war das Sofa ja für den Fischgeruch verantwortlich. Miss Beryl roch versuchsweise an einem Kissen. Der Geruch erinnerte an alte abgetragene Kleider, aber nicht an Meeresbewohner.

Vielleicht, so dachte Miss Beryl, war es ja der Geruch ihres Verrats. Driver Ed hatte ihr geraten, Sully nicht durch heimliches Schnüffeln in seiner Wohnung zu enttäuschen. Und es half auch nichts, wenn sie sich einzureden versuchte, daß es Sully nichts ausmachen würde, weil er ihr vertraute. Er wußte ja, daß sie seine Post durchsah und ihm die Briefe gab, die er ihrer Meinung nach öffnen sollte. Vermutlich ahnte er sogar, daß sie die Briefe, die er in die Mülltonne geworfen hatte, rettete und öffnete und so auf Rentenschecks und Medikamenten-Erstattungen gestoßen war. Was er vermutlich nicht ahnte, war, daß sie einen großen braunen Umschlag mit der Aufschrift ›SULLY‹ hütete, in dem sie wichtige Schriftstücke aufbewahrte, die er eines Tages benötigen könnte. Sie glaubte aber nicht, daß er sich daran stören würde – außerdem hatte Miss Beryl nie Schuldgefühle verspürt, wenn sie die Interessen ihres Mieters gewissenhaft wahrnahm. Aber dieses Eindringen in seine Wohnung war eine andere Art Einmischung, und sie wußte es. Sie hatte nicht die Absicht gehabt, Sullys Wohnung auf Clive juniors Rat hin zu inspizieren, bis sie unversehens auf der Treppe gestanden hatte, und als sie dann oben war, wünschte sie, sie hätte zu ihren Grundsätzen gestanden und den Rat ihres Sohnes in den Wind geschlagen. Wie hatte er sie nur davon überzeugen können, in die lang gewahrte Privatspähre ihres Mieters einzudringen? Gewann Clive jr. etwa an Überzeugungskraft? Oder wurde sie mit zunehmendem Alter immer unsicherer gegenüber Einflüsterungen? Sie fürchtete sehr, es könne das letztere sein und fragte sich, ob sie wohl eine Liste von Handlungsweisen aufstellen sollte, die sie sich niemals zu eigen machen würde – sollte ihr Sohn sie auch noch so sehr bedrängen. Und wenn sie immer unsicherer und willensschwächer wurde, wenn sie eines Morgens aufwachte und Clive juniors Ratschläge ihr mit einem Mal sinnvoll erschienen – dann könnte sie diese Liste konsultieren, die sie erstellt hatte, als sie noch im Vollbesitz ihrer geistigen Kräfte war. Dann würde es schwarz auf weiß dastehen:

1. Investiere nie in etwas, das Clive jr. als ›bombensichere Sache‹ bezeichnet.
2. Verrate ihm nie, wieviel Geld du besitzt. Es bekäme ihm gar nicht gut, wenn er über deine Finanzen Bescheid wüßte, bevor du tot bist – und dann erbt er mein Geld ja sowieso.
3. Verkaufe ihm niemals das Haus. Und hör nicht auf seine Gründe, denn die sind überzeugend.
4. Laß dich von ihm nicht überreden, die Republikaner zu wählen. Das wäre gegen deine geistigen Interessen.

Die Frage war, ob sie noch Nummer fünf hinzufügen sollte.

5. Laß dich von Clive jr. nie dazu überreden, Sully rauszuwerfen, denn er mag dich, und du magst ihn. Und wenn Sully dein Haus mit dir drin niederbrennen sollte, kannst du sicher sein, daß keine bösen Absichten dahintersteckten.

Miss Beryl runzelte die Stirn über diese Liste, die sie im Kopf zusammengestellt hatte. Jeder Punkt war mehr als zweifelhaft, besonders Nummer fünf. Und die anderen vier zusammen zeigten, wie sehr es Miss Beryl an Großzügigkeit mangelte, was Clive jr. betraf, gar nicht zu reden davon, daß jeglicher Mutterinstinkt fehlte, der dem eigenen Kind mehr Glauben schenkt als anderen Menschen. Es war Driver Ed, der diese Liste aufgestellt hatte, nicht Miss Beryl selbst.

Sie war so in ihre Betrachtungen versunken, daß sie weder die

Schritte draußen auf der Treppe hörte, noch bemerkte, daß sie nicht mehr allein war. Und als der Eindringling sprach, fuhr die alte Frau fast aus der Haut, nicht aus Erstaunen darüber, daß da noch jemand war, sondern weil sie für den Bruchteil einer Sekunde geglaubt hatte, die Stimme – die ihr vage bekannt vorkam – befinde sich in ihrem Kopf. Was die Stimme sagte, war folgendes: »Sechs. Jetzt hör auf, mit dir selber zu reden. Jeder denkt ja, du bist bekloppt.«

Miss Beryl konnte die Augen nicht von dem kleinen Mädchen abwenden, das vollkommen reglos dasaß und Miss Beryl nur anstarrte, ohne sie offenbar wiederzuerkennen. Die kurzen Beine des Kindes hingen über das Polster, ohne den Boden zu berühren. Jedes andere Kind hätte mit den Beinen gezappelt, mit den Fersen gegen das Sofa gestoßen, doch dieses Mädchen blieb seltsam ruhig. Und das war noch nicht alles: die Mutter hatte sich nicht auf das Sofa neben ihre Tochter setzen wollen, sondern sich auf dem Boden niedergelassen und den Rücken gegen die Armlehne gestützt, als wolle sie auf diese Weise eingestehen, daß sie das Kind nicht verdiente. Doch als sie erst einmal saß, verstand Miss Beryl, warum die Mutter sich ihrer Tochter zu Füßen setzte, denn das Mädchen ließ, ohne seine Mutter anzusehen, seine kleine rechte Hand über den Oberarm der Mutter wandern, dann über die Schulter und den Hals, bis es das Ohr gefunden hatte. Miss Beryl schaute fasziniert zu, wie das Kind das Ohrläppchen der Mutter sanft zwischen Daumen und Zeigefinger rieb. Die junge Frau half dem kleinen Mädchen sogar, indem sie mit der anderen Hand ihr Haar vom Ohr zurückstreifte und festhielt, bis die kleinen Finger das Ohrläppchen gefunden hatten. »Mein kleines Spatzenhirn möchte immer nahe dran sein, stimmt's?«

Das Kind reagierte nicht auf diese Äußerung, obwohl es jetzt, mit dem Ohrläppchen zwischen den Fingern, viel entspannter und ruhiger aussah. Miss Beryl sah auch wieder das kranke Auge, und seit das kleine Mädchen das Ohrläppchen der Mutter gefunden hatte, war es noch mehr gewandert – sein Blick richtete sich nun gegen die Decke, während das gute Auge weiterhin auf Miss Beryl starrte, die vermutete, daß das kleine Mädchen auf dem kranken Auge tatsächlich blind war. War sie vielleicht auf beiden Augen blind? fragte sich Miss Beryl, da das andere Auge auch so wenig Ausdruck zeigte. Wie sie so still dasaß und das Ohrläppchen ihrer Mutter streichelte, als könne sie deren Gegenwart nur durch Berührung erfahren, konnte man das gut annehmen.

»Auf jeden Fall tut mir das leid mit neulich«, sagte die junge Frau gerade. »Ich hatte es echt gründlich satt. Hatten Sie schon mal so Tage, wo Sie nicht wissen, ob Sie scheißen sollen oder gleich abzieh'n?«

Miss Beryl zog es vor, die Frage zu überhören, denn sie konnte nur rhetorisch gemeint sein. »Wie heißt du denn?« fragte sie und blickte erst das Mädchen, dann die Mutter an. »Ich nehme an, ›Spatzenhirn‹ ist ein Kosename?«

»Ist einfach der beste Name, den's gibt«, sagte die junge Frau sachlich und legte den Kopf ein wenig schief, um ihrer Tochter zuzuzwinkern. »Ihr richtiger Name ist Tina, stimmt's, mein Spatzenhirn? Tina Tina Two Shoes.«

Tina hielt sich an dem Ohrläppchen fest. Regte sich nicht.

»Machen wir schon, seit wir mit der Brust aufgehört haben, nicht?« erklärte die junge Frau. »Ich hoffe ja nur, daß es nicht mehr lange so weitergeht. Ist, als ob man 'nen wackelnden Fünfzig-Pfund-Ohrring trägt.«

Miss Beryl blickte dem kleinen Mädchen in das gesunde Auge und sagte langsam: »Möchtest du einen Keks, Tina?«

»Wenn wir zu Hause wär'n, würd' sie bestimmt 'n Dutzend essen. Hier, glaub' ich, wird sie nichts wollen.«

Das kleine Mädchen schwieg.

»Sie ist nicht gerade sehr gesprächig, wie Sie vielleicht schon gemerkt haben. An manchen Tagen ist einfach keiner zu Haus, nicht wahr, Spatzenhirn?«

Miss Beryl erhob sich – sie war zu wütend auf die junge Frau, um noch länger mit ihr in einem Zimmer bleiben zu können. »Ich schau' trotzdem nach den Keksen. Über Nacht war ein Gast da, der einen ganzen Teller davon verputzt hat, also weiß ich, daß sie gut sein müssen.«

In der Küche konnte Miss Beryl hören, wie die Mutter mit nur leicht gesenkter Stimme auf das kleine Mädchen einredete. »Das ist 'ne Wohnung, heh, Spatzenhirn? Hast du jemals soviel Zeugs auf einem Haufen geseh'n? So 'n bißchen wie das Museum, wo wir in Albany waren, hm? Guck dir nur mal die große, alte Victrola da an. Da kam früher die Musik raus. Und wie findest du diesen Typen an der Wand da mit dem Schnabel und den Hörnern?«

Eine kleine Pause. Hatte das kleine Mädchen etwas gesagt?

»Weißt du noch, das Riesenmuseum? Wo wir die Indianer gesehen haben? Wie sie alle um das Feuer saßen? Weißt du noch, das Feuer? Das fandest du ganz toll. Und die Riesen-Dinos? All die Riesenknochen?«

Mein Gott, sagte Miss Beryl zu sich selbst, es ist fast so wie heute morgen, als sie die alte Hattie auf der Main Street mit wehendem Morgenmantel gesehen hatte. Wie verrückt doch das Leben war. Mit einem Teller voller Kekse kehrte sie ins Wohnzimmer zurück. Sie stellte die Süßigkeiten auf den Tisch, aber das Kind würdigte sie keines Blickes.

Allerdings schob sich die junge Frau unaufgefordert einen Keks in den Mund. »Manchmal, wenn ich anfange...«, erklärte sie, nahm einen Bissen, kaute und schluckte ihn nachdenklich hinunter. »Und irgendein Typ hat einen ganzen Teller von denen verdrückt?« fragte sie ungläubig.

»Es war eine Frau«, erklärte Miss Beryl. »Tut mir leid, wenn sie Ihnen nicht schmecken.«

»Nein, die sind schon in Ordnung«, meinte die junge Frau. »Obwohl – wenn ich 'nen ganzen Teller davon essen müßte, würd' ich göbeln.«

»Also das Wort hab' ich ja schon seit zwanzig Jahren nicht mehr gehört«, sagte Miss Beryl.

Die junge Frau grinste verschlagen. »Ja, ich weiß noch – Sie waren nicht gerade begeistert.« Dann: »Sie wissen überhaupt nicht mehr, wer ich bin, was?«

Nun, da sie darüber nachdachte, kam die junge Frau Miss Beryl doch ein wenig bekannt vor. Aber so ging es ihr mit jedem in Bath, der zwischen vierzig und sechzig war, denn so lange hatte Miss Beryl als Lehrerin in der achten Klasse unterrichtet.

»Machen Sie sich nichts draus, damals hab' ich wie ein Junge ausgesehen«, erklärte das Mädchen. »Die hier kamen erst in der neunten«, fügte sie hinzu und deutete mit den Zeigefingern auf ihre großen Brüste.

»Donnelly«, sagte Miss Beryl. Plötzlich war ihr der Name wieder eingefallen. »Ich wollte auch Ihrem Vater, Zachary, etwas beibringen. Jetzt seh' ich die Ähnlichkeit.«

Janey Donnelly machte die Augen schmal. »Sind Sie sicher?«

Miss Beryll war ziemlich sicher. Da sie einige Jahrgänge in North Bath unterrichtet hatte, hielt sie sich für einen widerwilligen Experten, was die hiesige Vererbung samt möglicher Abweichungen betraf. »Hauptsächlich Mund und Kinn«, erklärte sie. Plötzlich war ihr bewußt geworden, daß sie das Mädchen beleidigt haben könnte, wenn sie in ihren Zügen Zachary Donnelly wiedererkannte. »Und ich bin sehr erleichtert zu erfahren, daß ich Ihnen nicht erlaubt habe, das Wort ›göbeln‹ in meiner Klasse zu benutzen.«

»Damals hätten Sie aber fast was anderes gesagt«, erinnerte sich das Mädchen. »Ich sagte, mir wär' schlecht, und ich müßte aufs Scheißhaus geh'n, zum Göbeln. Das Wort ›Scheißhaus‹ hat Ihnen auch nicht so besonders gefallen. Sie sagten, ich könnte dort solange stehen bleiben, bis mir ein paar ›passende Begriffe für eine anständige Zuhörerschaft‹ einfallen wären.« Eine ziemlich treffende, jedoch nicht boshafte Nachahmung von Miss Beryls Ausdrucksweise jener Zeit.

Jetzt erinnerte sich auch Miss Beryl, wenn auch nur vage. Damals hatte Janey Donnelly wirklich wie ein Junge ausgesehen: das Haar streng und kurz geschnitten und in Haltung, Aussehen und Sprache mit verstörend männlichen Zügen versehen. Während die anderen Mädchen der Achten bis zur Nuttenhaftigkeit mit Make-up herumexperimentiert hatten, war Janeys blasses Gesicht ohne jede Farbe geblieben.

»›Toilette‹ ist mir ja auch gleich eingefallen«, erinnerte sich Janey, »aber bevor ich das mit dem ›Erbrechen‹ klarhatte, hatte ich schon längst gekotzt.« Sie wandte ihre Aufmerksamkeit wieder der Tochter zu. »Wie isses, Spatzenhirn? Willst du jetzt 'nen Keks oder nicht?«

Keine Antwort.

»Immer nur mein Ohr, was? Wie wär's, wenn wir 'n paar für später mitnehmen?«

Janey Donnelly nahm zwei Kekse, wickelte sie in eine Serviette und steckte sie in die Handtasche. »Sie ha'm nichts dagegen?«

»Ich bestehe sogar darauf«, sagte Miss Beryl.

»Ich glaub', die vermissen Sie vielleicht an der Junior High«, fuhr das Mädchen fort. »Ich weiß bloß nicht mehr, wen die danach als Gefängniswärter drankriegten, nachdem sie aufgehört haben.«

Miss Beryl konnte nicht umhin zu lächeln. »Soweit ich weiß, haben sie beschlossen, ohne einen solchen auszukommen.«

Janey Donnelly zuckte die Achseln. »Schön blöd«, meinte sie. »Ich les' übrigens immer noch gern Geschichten, falls es Sie interessiert. Komm' zwar nie an die Bücher ran, würd' es aber gern tun. Ich wette, mein Spatzenhirn hier wird das Lesen auch mögen, wenn sie's jemals lernt. Sie ist ganz wild auf alles, was sie selber tun kann, was, Two Shoes?«

»Wie alt bist du denn, Tina?« fragte Miss Beryl das Kind, das sie immer noch mit einem Auge anstarrte.

»Sie ist grad' fünf geworden«, erwiderte die Mutter. »Im Herbst geht's in den Kindergarten, obwohl ich da so meine Zweifel habe. Schule im Herbst, was, mein Spatzenhirn? Dann ist nix mehr mit Mommys Ohrläppchen. Wir müssen dich wohl neben jemanden mit Riesenohren setzen. Die Tische zusammenstellen.« Dann, zu Miss Beryl: »Was wär' das Leben nur ohne Abenteuer.«

Sie blickte auf ihre Uhr. »Wär's in Ordnung, wenn ich mal Ihr Telefon benutze? Ist nur 'n Ortsgespräch.«

Miss Beryl wies auf das Telefon, das die junge Frau vorher als alten Krempel abgetan hatte. »Tut mir leid, daß man da nicht sitzen kann. Ich hatte einen Stuhl da, aber der ist leider kaputtgegangen.«

»Das ist schon okay«, versicherte Janey, drehte sich um und sah ihre Tochter an. Sanft wand sie ihre Ohrläppchen aus dem Griff des kleinen Mädchens frei. »Guck dir die Zeitschriften an, okay? Hörst du, Two Shoes? Siehst du all die tollen Zeitschriften, die die alte Dame hier hat? Guck dir all die Bilder an, und wenn ich wiederkomme, kannst du mir ja sagen, welches du am tollsten findest. Vielleicht können wir ja auch 'ne Schere kriegen, damit du die Bilder ausschneiden kannst wie zu Hause. Wie wär' das?«

Sie schlug eine von Miss Beryls Zeitschriften auf einer Seite auf, wo eine große Anzeige für Gebäck zu sehen war, und legte sie dem Mädchen auf den Schoß. »Mann«, sagte sie. »Sehen die nicht lecker aus, was? Wir könnten sie glatt alle verputzen, nur wir beide, heh? Du guckst dir mal 'nen Augenblick die Bilder an, während Mommy telefoniert, okay? Ich bin nur hier drüben bei der Tür, okay? Kannst mich immer noch sehen, okay? Gut so?«

Während der ganzen Tirade hatte das kleine Mädchen keinen Mucks von sich gegeben, doch am Ende blickte sie auf die Bilder. »Du läßt Mommy mal telefonieren, und dann fahr'n wir wieder zur Oma.«

Das Donnelly-Mädchen kniete vor ihrer Tochter, während sie mit ihr verhandelte – ein überflüssiges Unterfangen, wie es Miss Beryl schien, da das Kind sich nun wirklich in den Anblick der Kuchen vertieft hatte. Warum ging die junge Frau nicht einfach zum Telefon und erledigte den Anruf?

»Mommy ist nur 'ne Minute weg. Du guckst dir das Bild an, und bevor du fertig bist, bin ich schon wieder da, okay, Tina? Bin bloß da drüben. Siehst du, da, wo das Telefon ist? Muß Opa anrufen, und dann bin ich wieder da, okay? Du bleibst, wo du bist, und guckst dir die Bilder an, und vielleicht können wir ja auch noch 'ne Schere kriegen.« Bittend sah sie Miss Beryl an, der die Vorstellung gar nicht gefiel, daß das Kind in ihren Zeitschriften herumschneiden sollte.

Als das Donnelly-Mädchen aufstand, blieb sie einen Augenblick still stehen und starrte auf ihre Tochter herunter, dann drehte sie sich um und wollte zum Telefon gehen. Sobald sie aus dem seitlichen Blickwinkel des Kindes verschwunden war, glitt die Zeitschrift von seinen Knien und es stand auf, um seiner Mutter zu folgen, die ärgerlich herumfuhr.

»Tina, du setzt sich sofort wieder auf deinen Hintern!« schrie sie, worauf das kleine Mädchen jäh innehielt. Es setzte sich jedoch nicht wieder hin. Zwischen ihm und seiner Mutter lag das halbe Zimmer, und es schien, als schätze das kleine Mädchen irgendwo in seinem Gehirn die Entfernung ab und komme zu dem Schluß, daß es sich nicht wieder setzen konnte, ohne den Verlust der Mutter zu riskieren. Und Miss Beryl konnte nichts tun als zuschauen, erschreckt und fasziniert.

»Das ist der Mist, der mich so rasend macht«, sagte die junge Frau zu Miss Beryl, als sei sie froh, eine Zeugin gefunden zu haben. »Haben Sie so was schon mal gesehen?«

Sie drehte sich um und wagte einen Schritt aufs Telefon zu. Das kleine Mädchen machte, ohne die Mutter anzusehen, ebenfalls einen Schritt und hielt inne, als die Mutter sich umdrehte.

»Machen Sie das mal 'ne Woche lang mit«, sagte die junge Frau zornig. »Oder bloß einen Tag. Nach vierundzwanzig Stunden wissen Sie nicht mehr, ob Sie Scheiße fressen, 'nen Hasen jagen oder den Mond anbellen sollen.«

»Ich hole eine Schere«, schlug Miss Beryl mit schwacher Stimme vor.

»Ach ja. Wollen Sie mich nicht gleich damit erstechen? Mich aus meinem Elend erlösen?« Dann wandte sie sich wieder an das kleine Mädchen. »Wie soll ich bloß wieder arbeiten, wenn du an mir hängst wie 'ne Klette? Sag mir das mal. Wie kann ich bei Denny's kellnern geh'n? Soll ich dich die ganze Zeit durch das gottverdammte Restaurant tragen, damit du an meinem Ohr grabbeln kannst? Am besten erklär' ich das doch den Gästen, was? Hier haben Sie Ihre Eier. Das ist meine Tochter. Sie ist fünf, kriegt aber den großen Affenschiß, wenn sie nicht den ganzen Tag an mein Ohr ran kann. Wird ja auch jeder sofort versteh'n, was?«

Falls die Kleine ein Wort davon hörte oder verstand, so zeigte sie es nicht. Miss Beryl kam es so vor, als hörte sie die Stimme ihrer Mutter gar nicht – sie wartete einfach nur auf das nächste Zeichen, das sie verstehen konnte. Wenn ihre Mutter wegging, würde sie ihr folgen. Wenn nicht, würde sie offenbar bis in alle Ewigkeit an ihrem Platz stehenbleiben.

Seltsamerweise schien die Wut der Mutter verraucht zu sein, nachdem sie das kleine Mädchen angeschrien hatte. Vielleicht hatte sie aber auch nur resigniert. »Was zum Teufel sollen wir tun, mein Spatzenhirn? Das möcht' ich zu gern wissen. Ich wär' dir auch für jeden Rat dankbar. Hörst du die Antwort vielleicht in deinem Kopf da rasseln? Dann laß mal hören, okay?«

Das kleine Mädchen stand reglos da.

»Also schön, komm schon her«, gab die Mutter schließlich nach. »Wir rufen Opa zusammen an. Ist dir das recht? Wir rufen Opa an und hören, ob Daddy endlich weg ist. Und dann lassen wir diese arme alte Dame in Ruhe, bevor sie die Bullen ruft und uns für verrückt erklärt.«

Das kleine Mädchen hatte sich noch immer nicht bewegt, und es rührte sich nicht, bis seine Mutter in die Knie ging und die Arme ausstreckte. Dann ging es langsam, fast vorsichtig, auf die Mutter zu, und sie umarmten einander in Miss Beryls Wohnzimmer – eine Umarmung, die lange genug währte, um einer alten Dame fast das schwache Herz zu brechen. Doch schnell erscholl ein lauter Klaps – und die Hand des kleinen Mädchens fuhr wie der Blitz nach unten.

»Fang nicht wieder mit dem gottverdammten Ohr an«, mahnte die Mutter und stand auf. »Ich brauch' es noch zum telefonieren.«

Dann nahm sie ihre Tochter an der Hand, die den Klaps erhalten hatte, und führte sie quer durchs Zimmer zum Telefon, wo sie den Hörer abnahm und den Apparat zweifelnd ansah. »Ich wette, Sie ha'm den schon, seit Jesus ans Kreuz geschlagen wurde«, brüllte sie Miss Beryl nach, die in die Küche gegangen war, um die Schere zu suchen, weil ihr sonst nichts Besseres einfallen wollte.

Miss Beryl deutete über die Straße hinweg auf das Haus von Mrs. Gruber. Es schneite wieder. Mrs. Gruber hatte das Licht auf der Veranda eingeschaltet und befreite ihre Treppe mittels eines Besens vom Schnee.

»Das ist meine Freundin, Mrs. Gruber«, sagte Miss Beryl zu der kleinen Tina. »Sie hat mal eine Schnecke gegessen – ob du's glaubst oder nicht.«

Die alte Frau und das kleine Mädchen standen schon seit fünf Minuten am Fenster, das auf die Straße hinausging – seit Janey Donnelly ihr Telefonat beendet und gesagt hatte, sie wolle lieber vorsichtshalber das Auto wegfahren. »Wenn Spatzenhirn mich durch das Fenster hier sehen kann, bleibt sie da stehen, bis ich wiederkomme. Sie wird sich nicht von der Stelle rühren, aber lassen Sie sie in Ruhe – dann bleibt sie einfach da stehen.«

Miss Beryl blieb kaum etwas anderes übrig, als dem Ratschlag zu folgen, obwohl sie insgeheim fluchte, sich das alles nur eingebrockt zu haben, weil sie in Sullys Wohnung herumgeschnüffelt hatte. Es war Gottes Strafe, weil sie den Rat von Clive jr. befolgt hatte.

Als das Donnelly-Mädchen aus der Haustür geschlüpft war, wollte das Kind ihr folgen, aber Miss Beryl sagte: »Hier ist deine Mommy«, und Tina war zum Fenster zurückgekommen und hatte zugesehen, wie ihre Mutter in den Wagen stieg und losfuhr. Seitdem hatte sie sich nicht vom Fleck gerührt, wie ihre Mutter vorausgesagt hatte. Miss Beryl hatte befürchtet, die Kleine würde anfangen zu weinen, doch sie stand einfach nur still da und starrte genau auf die Stelle, wo sie ihre Mutter zuletzt gesehen hatte; offenbar nahm sie an, sie würde auch dort wieder erscheinen. Schließlich ließ sie sich doch noch von Miss Beryl ablenken, die mit ihrem dünnen Finger auf Mrs. Gruber zeigte.

»Sie hat eine halbe Stunde auf der Schnecke herumgekaut und sie dann in die Serviette gespuckt«, sagte Miss Beryl zu dem Kind. »Sie ist wirklich einsame Spitze, wenn's darum geht, die Treppe sauberzuhalten. Wenn es so weiterschneit, wird sie vielleicht noch zwei-, dreimal fegen, bevor sie ins Bett geht, und morgen, nach dem Aufstehen als erstes wieder zum Besen greifen.«

Ohne es zu wollen, hatte Miss Beryl den größten Teil des Telefongesprächs mitbekommen. Mrs. Donnelly hatte versucht, das alte Telefon mit in den Korridor zu nehmen, aber das Kabel war nicht lang genug; so stellte sie es in die Tür und zog das Kabel so weit, bis sie auf der Treppe sitzen konnte, die zu Sullys Wohnung hinaufführte. Dann ließ sich die Tür aber nicht mehr schließen, und so hörte Miss Beryl das meiste der einseitigen Unterhaltung. Offenbar war von Anfang an alles schiefgegangen. Miss Beryl erkannte, daß die junge Frau ihren Vater anrufen wollte, um sicherzugehen, daß sie mit dem kleinen Mädchen aus ihrem Versteck kommen konnte. Statt dessen war es aber ihr Mann Roy, der ans Telefon ging.

»Gib mir Daddy, Roy«, hörte Miss Beryl. »Weil ich nicht mit dir sprechen will, darum. Wenn ich mit dir sprechen wollte, hätt' ich dich angerufen.«

Dann schwieg sie eine Minute lang.

»Also, ist ja echt Klasse, daß du deinen Bock erwischt hast,

Roy«, sagte sie dann. »Und ich hoffe, du bist damit zufrieden, denn ich komm' ganz bestimmt nicht nach Haus zurück. Du kannst das Vieh nach Hause karren und ganz alleine auffressen. Ich hab' 'nen Job und 'ne Wohnung für mich in Aussicht ... Glaub doch nicht, daß du mich finden kannst, Roy. Sobald du aus Schuyler raus bist und dich einmal umdrehst, weiß du doch nicht mehr, wo Süden ist. Du kannst ja noch nicht mal Albany auf 'ner Karte finden, also wie willst du mich dann finden. Bin sowieso erstaunt, daß du überhaupt ohne mich nach Bath gefunden hast. Bist ja erst zwei Dutzendmal hier gewesen ... Brauchst mir nicht zu drohen, das wirkt nicht mehr. Denk dran, was der Richter gesagt hat; wenn du das nächstemal jemand verprügelst, wanderst du in den Knast ... Ja, prima, dann mach es doch. Hätt' nichts dagegen, dich im Knast zu sehn'n. Auf jeden Fall leg' ich gleich auf. Das ist echt das längste Gespräch, das wir seit einem Jahr hatten, und was ich am besten finde, ist, daß ich am Ende keine Schläge abkriege ... Fahr einfach nach Haus, Roy. Fahr nach Haus und friß deinen Hirsch. Fang am Arschloch an und mach weiter bis ... Nein, du weißt auch nicht, wo ich gerade bin. Wenn du's wüßtest, wärst du in Nullkommanix da und würdest allen hier das Leben sauer machen. Du hast keine Ahnung, wo ich bin, und das kannst du dir zu all den anderen Sachen stecken, von denen du auch keine Ahnung hast. Wär' bloß noch eine mehr ... Bye, Roy ... Ja, ja, ja ... Ich freu' mich schon drauf, okay? ... Fahr nach Schuyler zurück. Roy. Fahr nach Haus und iß deinen Hirsch.«

Jetzt legt sie auf, dachte Miss Beryl, aber die Unterhaltung setzte sich noch ein paar Minuten in diesem Stil fort; ab und zu wurde sie heftig, führte aber zu keinem Ergebnis, und als sie schließlich doch zu einem Ende kam und die junge Frau ins Zimmer trat und das Telefon wieder auf den Tisch stellte, hatte Miss Beryl das deutliche Gefühl, daß es der Mann war, der schließlich aufgelegt hatte.

»Ich fahr' jetzt wohl besser den Wagen weg«, sagte die junge Frau. Ihr Gesichtsausdruck war eine seltsame Mischung aus Wut und Besorgnis. »Er ist blöd genug und findet mich noch aus Zufall. Wenn ich wieder da bin, geh' ich mit Spatzenhirn nach oben und versteck' mich. Sie sollen da nicht auch noch mit reingezogen werden.«

Die Straßenlaternen vor Miss Beryls Vorderfenster waren im Schneegestöber von einem Heiligenschein umgeben. Mrs. Gruber war mit dem Kehren fertig und schlug ihren Besen kräftig gegen den Verandapfosten, um den Schnee herauszuschütteln. Auf diese Weise schlug sie jeden Winter zwei oder drei Besen kaputt und beklagte sich immer darüber, daß Besen auch nicht mehr so stabil seien wie früher.

Plötzlich vernahm Miss Beryl aus der anderen Richtung das heisere Krächzen eines Motors; ein riesiger, vom Rost angenagter Cadillac von schmutzigweißer Farbe fuhr draußen vor. Miss Beryl wollte einfach nicht glauben, was sie da auf der Motorhaube sah; sie glaubte ihren Augen nicht zu trauen, bis der große Wagen direkt unter der Straßenlaterne, wo kurz vorher noch der Wagen des Donnelly-Mädchens gestanden hatte, mit einem Ruck zum Stillstand kam.

Der Hirsch wurde von Seilen gehalten, die man unter der Motorhaube durchgezogen und durch den Kühlergrill geflochten hatte. Offenbar war dies sehr hastig geschehen. Der Kopf des Tieres pendelte an dem schlanken Hals, die Zunge hing aus dem Maul und der ganze Körper rutschte bedrohlich auf dem glatten Untergrund. Dann stieg ein großer Mann mit orangefarbener karierter Jacke und einer Mütze mit Ohrenklappen aus. Als er die Tür zuschlug, rutschte das Tier in seinen Stricken noch weiter nach vorn. Der Mann schien nicht das Haus von Miss Beryl, sondern das Nachbarhaus zu beobachten.

»Daddy«, sagte das kleine Mädchen, so unerwartet, daß Miss Beryl erschrak; für einen Augenblick hatte sie das Kind vergessen, obwohl ihre Hände die ganze Zeit über auf seinen Schultern geruht hatten. Als sie versuchte, das kleine Mädchen vom Fenster wegzuziehen, begriff sie, daß es sich nicht rühren würde, wie die Mutter gesagt hatte. Also zog sie die Gardinen vor, die sie morgens immer beiseite schob, um Licht ins Zimmer hereinzulassen, und löschte das Licht. Die Gardinen waren hauchdünn, so daß sie und das Mädchen immer noch die Bewegungen des Mannes ausmachen konnten; er öffnete die Hecktür des Cadillacs und holte eine Flinte heraus. Als er die Tür zuknallte, rutschte der Hirsch wieder ein Stück, und sein Geweih hing wie ein Dreifuß über dem verschneiten Bordstein. Der Mann schritt um das Auto herum, warf einen Blick auf das Tier, schüttelte den Kopf, wandte sich wieder dem Haus zu, hob die Flinte an die Schulter und schoß. Unmittelbar nach dem Schuß hörte man zersplittertes Glas.

Miss Beryl wartete keinen zweiten Schuß ab; sie wählte sogleich die Nummer der Polizei. Ihr Bericht an den diensthabenden Beamten wurde von einer Reihe weiterer Schüsse begleitet, denn Jane Donnellys Ehegatte nahm systematisch die Fenster im zweiten Stock von Miss Beryls Nachbarhaus unter Beschuß. Zwischendurch schrie er mit lauter Stimme, daß seine Frau freiwillig herauskommen solle.

»Ich werd' verrückt«, sagte der Polizist am Telefon. »Das hört sich ja nach Schüssen an. Sind Sie sicher, daß es nicht der Fernseher ist?«

Als Miss Beryl zum Fenster zurückkehrte, hatte das Schießen aufgehört, und sie sah jetzt auch, warum. Neben dem Mann unter der Straßenlaterne stand jetzt das Donnelly-Mädchen, ziemlich wütend offenbar und gar nicht verängstigt. Der Mann hielt das Gewehr nicht mehr an der Schulter, sondern hatte es mit beiden Händen gepackt und hielt es schrägt vor sich. Er schien seiner Frau aufmerksam zuzuhören und versuchte wohl unter anderem zu begreifen, daß er die Fenster des falschen Hauses zerschossen hatte. Und es schien, als müsse er sich anhören, wie sehr ihn seine Frau verachte.

Da vernahm Miss Beryl aus der Ferne eine Sirene. Der Streifenwagen fuhr gerade in dem Moment vor, als der Mann mit der Flinte genug gehört hatte. Miss Beryl sah, wie er den Kolben hochriß, und wie der Kopf des Donnelly-Mädchens nach hinten geschleudert wurde. Als sie auf dem Bürgersteig zusammenbrach, schrie Miss Beryll auf und wollte die Augen des kleinen Mädchens mit ihren Händen bedecken – da entdeckte sie, daß das kleine Mädchen gar nicht mehr im Zimmer war. Die Tür zu Miss Beryls Wohnung und die Haustür standen weit offen.

Zuerst hielten sie am IGA-Supermarkt, wo Sully das kleinste Päckchen Hackfleisch erstand, das es dort zu kaufen gab.

»Was ist mit Brötchen?« fragte Peter zerstreut, der seinem Vater kurz zuvor im *Horse* über den Weg gelaufen war und sich ihm angeschlossen hatte. Wenn es etwas gab, das Sully an seinem Sohn nicht leiden mochte, so war es dessen Zerstreutheit. Wo immer Peter sich auch befand, ein Teil von ihm war stets woanders. Allerdings hatte er jetzt allen Grund zur Zerstreutheit: Während Ralph den kleinen Will aus dem Restaurant abholte, wo Sully ihm das Eis spendiert hatte, und während Vera und Peter den alten, asthmakranken Robert Halsey in das Pflegeheim in Schuyler Springs zurückbrachten, hatte Charlotte einfach Wacker und Andy zusammen mit ihren Spiel- und Anziehsachen ins Auto gestopft und war abgefahren. Sie hatte Peter zwar von ihrer Absicht erzählt, ihm sogar angeboten, mit ihr zu kommen. Er sollte Will aus dem Einflußbereich ›dieses gefährlichen Sullys‹ befreien, anschließend würden sie gemeinsam heimfahren. Wenigstens könnten sie so noch als Familie nach Morgantown zurückkehren. Peter hatte sich jedoch geweigert und ihr gesagt, sie solle sich beruhigen, und sie könnten alles besprechen, wenn er mit Vera aus Schuyler Springs zurückgekehrt war. Charlotte hatte ihn gewarnt, daß später niemand mehr da sein würde, mit dem er alles besprechen könnte, doch er hatte die Drohung nicht ernstgenommen. Er wußte ja, daß sie wütend war und allen Grund dazu hatte. Er konnte sich nur nicht vorstellen, daß sie es wirklich wagen würde – die Sachen packen und dann mitten in der Nacht allein nach West Virginia fahren.

Vera ihrerseits hatte den Streit mit Peters Frau noch angeheizt, indem sie Charlotte für den Schaden im Badezimmer verantwortlich machte. Sie behauptete jedenfalls, daß das übergeflossene Badewasser der Jungen unter die Fliesen geströmt sei und daß es nun Tausende kosten würde, sie auszuheben und zu ersetzen. Dies schien Charlotte eine kleine Lüge zu sein – schließlich stand das Wasser ein paar Zentimeter hoch, und das konnte nur bedeuten, daß es nicht unter die Fliesen abgeflossen war. Der Boden war nicht ruiniert, sondern lediglich naß. Man mußte ihn wischen, nicht aufstemmen, und sie beging den großen Fehler, ihrer Schwiegermutter dies zu sagen und nicht die besondere Problematik der Situation anzuerkennen. Vera ihrerseits fühlte sich nun bemüßigt,

Charlotte all die anderen Dinge vorzuhalten, für die die Schwiegermutter ihrer Meinung nach verantwortlich war. Es war die Schuld von Charlotte, daß man Peter den Lehrauftrag nicht verlängert hatte, wie es ihm zugestanden hatte. Vielleicht hatte die Universität es nicht so begründet, aber man wußte doch, daß Männer oft deshalb keine Karriere machen konnten, weil sie unzulängliche Ehefrauen hatten. Und sie tadelte Charlotte sowohl für das schlechte Benehmen der Kinder als auch für die Krise, in die ihre Ehe geraten war. »*Du* bist das, was mit meinen Sohn nicht stimmt«, hatte Sullys Exfrau am Ende Charlotte angezischt, bevor sie sich theatralisch auf die Knie niederließ, um den Fußboden mit ihren ›brandneuen‹ Badetüchern aufzuwischen, die nun, so schluchzte sie, auch ersetzt werden müßten, ›genau wie der Boden‹. Alles, wirklich alles, sei zerstört.

Charlotte hatte nur stumm dagestanden, als die Tirade ihrer Schwiegermutter auf sie niedergegangen war, aber dann fand sie ihre Stimme wieder, und sie war gerade dabei, ihrer tiefen Überzeugung Luft zu machen, daß Vera mehr Scheiße in sich habe als der Thanksgiving-Truthahn, da tauchte hinter ihnen in der Badezimmertür ein bleicher Robert Halsey auf und schnappte nach Luft, denn der Weg vom Badezimmer war lang und beschwerlich gewesen. »Würde einer bitte . . . «, keuchte er mit hoher, dünner Stimme, »so lieb sein . . . und mich nach . . . Hause . . . bringen.«

Vera holte tief Luft und kam mit einem Stolpern auf die Füße. »Nun schaut euch an, was ihr getan habt!« schluchzte sie und funkelte nicht nur Charlotte, sondern auch Peter an, der vergeblich versucht hatte, seine Mutter zu beruhigen. »Schaut ihn nur an!« befahl sie. »Ihr wollt ihn ja umbringen!«

Von diesen Ereignissen erzählte Peter seinem Vater nur das Nötigste; er sagte lediglich, daß Charlotte mit den beiden Jungen fortgefahren sei, und zwar aufgrund eines Streites mit Vera, deren Wut lang in ihr gebrodelt und schließlich übergekocht sei. Und er machte noch einmal die Andeutung, daß es noch andere Gründe gab, die nichts mit seiner Mutter zu tun hätten.

Sully war schon überrascht, daß sein Sohn soviel preisgab – schließlich war es höchst unwahrscheinlich, daß er selbst es sonst jemals herausgefunden hätte. Die Art, wie Peter die Ereignisse erzählte oder zusammenfaßte, ließ vermuten, daß er nicht ganz darinsteckte, sondern sich ein wenig von dem ganzen Theater distanzierte. Er berichtete sachlich über Charlottes Abreise und starrte dabei in die Fleischtruhe, als ob das ganze Drama auf den Etiketten der Hamburger-Packungen erklärt würde. Er nahm sogar ein paar Packungen heraus und wog sie nachdenklich in der Hand.

»Hunde fressen keine Brötchen«, erklärte Sully als Antwort auf die Frage, warum sie keine Brötchen brauchten.

»Willst du Hackfleisch für deinen Hund kaufen?« fragte Peter teilnahmslos, fast wie geistesabwesend.

»Ich habe keinen Hund, das ist für den Hund von jemand anderem«, sagte Sully, der keine Lust hatte, seinem Sohn genauere Erklärungen abzugeben.

Draußen warf er Peter die Schüssel des Al Camino zu. »Fahr du«, sagte er.

Peter folgte Sullys Anweisungen und fuhr aus der Stadt heraus. Sully kramte in seiner Hosentasche und fand Jockos Pillen; er schüttelte zwei Kapseln aus dem Plastikröhrchen und vergrub sie in dem Hamburger. »Das sollte reichen«, sagte er, »meinst du nicht auch?«

Peter starrte verständnislos auf das Fleisch.

Sully konnte nicht umhin zu grinsen. Gebildete Leute haben manchmal ernsthaft Schwierigkeiten zuzugeben, daß sie etwas nicht verstehen. Auch sein junger Philosophielehrer am College hatte immer so tun müssen, als könne er der Unterhaltung folgen, wenn bei seinem Erscheinen im Klassenzimmer über Sport gesprochen wurde. »Hast ja vielleicht recht«, meinte Sully und gab eine dritte Tablette dazu. Bei ihm hatten zwei gereicht, aber er wollte wirklich sichergehen. »Bieg hier ab«, sagte er und zeigte auf das Gelände, wo Carl seine schweren Maschinen stehen hatte. »Und fahr zum hinteren Tor.«

Peter gehorchte, immer noch verständnislos.

»Bleib hier«, befahl Sully. Dann stieg er aus.

Rasputin, der Dobermann von Carl Roebuck, sprang schon knurrend am Zaun hoch. Sully suchte in Bodennähe nach einer Lücke, die groß genug war, um den Hamburger durchzuschieben, während Rasputin mit unverminderter Wut und mit Schaum vor dem Maul Ausfälle gegen den Zaun machte. Als er schließlich eine Öffnung fand, legte Sully das Päckchen hin und schob es mit einem Stock hindurch. Rasputin stoppte sein Bellen für ungefähr zwei Sekunden, um den Hamburger mit einem beeindruckenden Biß zu verschlingen, und warf sich dann wieder wütend gegen den Zaun.

»Ich hoffe, du hast schönere Träume als ich«, sagte Sully, der sich an den Traum erinnerte, aus dem Peter ihm am Abend zuvor geweckt hatte.

»Ich kann's einfach nicht glauben«, sagte Peter, als Sully wieder in den Wagen stieg. »Ich hab' dir gerade dabei geholfen, einen Hund zu vergiften, oder?«

»Quatsch«, erwiderte Sully. »Erstmal war das kein Gift. Außerdem hast du mir nicht dabei geholfen – dein Part kommt später. Wir können erst noch ein Bier trinken gehen.«

»Meinetwegen«, sagte Peter mit der Miene eines Mannes, dem nichts mehr den Tag verderben kann.

»Hast du schon zu Abend gegessen?«

Peter verneinte.

»Gut«, meinte Sully, den plötzlich der Hunger überfiel. »Ich geb' einen Hamburger aus.«

»Ich weiß nicht, ob ich unbedingt einen von deinen Hamburgern essen will«, sagte Peter und gab Gas.

·

Im *Horse* saß Wirf immer noch genauso da, wie Sully ihn zurückgelassen hatte. Im Fernsehen lief eine Folge aus der Serie *Vor Gericht*, und Wirf und ein halbes Dutzend anderer Stammgäste versuchten vorauszusagen, wie der Richter entscheiden würde. Es war schon ein abendliches Ritual: Die Stammgäste wetteiferten miteinander, wer die meisten richtigen Urteile erraten konnte. Zur Zeit belegte Wirf Platz vier hinter Jeff, der abends den Dienst an der Bar versah, und Birdie, die manchmal nach ihrer Schicht noch etwas blieb, sowie Sully, der ohnehin kein Vertrauen in die Justiz setzte.

Peter schüttelte Wirf die Hand. »Ihr alter Herr war auch bis vor ein paar Tagen am College«, sagte Wirf. »Und dann hat er aufgehört – wahrscheinlich stand er kurz davor, was zu lernen.« An Sully gewandt fügte er hinzu: »Hast wie immer die ganze Aufregung verpaßt.«

»Gut«, meinte Sully. »Mein Bedarf ist für heute schon gedeckt. Was für 'ne Aufregung denn?«

»Irgendein Kerl, der mitten auf der Main Street 'nen Hirsch erlegt hat.«

Sully runzelte die Stirn und dachte darüber nach. Es war schon möglich, daß mitten auf der Main Street ein Hirsch auftauchte. Als er noch ein Kind war, grasten Rehe auf den Wiesen des Sans Souci. Auch jetzt noch behaupteten manche Leute, sie hätten frühmorgens und nach Schneefall Spuren in ihren Gärten gefunden.

»Der Kerl muß geglaubt haben, daß heut' sein Glückstag ist«, fuhr Wirf fort. »Hängt den ganzen Tag im Wald rum und friert sich die Eier ab, fährt dann endlich nach Haus, parkt den Wagen ein, nimmt die Flinte vom Rücksitz und erschießt 'nen Hirsch auf eigenem Grund und Boden. Nächstes Jahr setzt er sich vielleicht einfach ans Wohnzimmerfenster und wartet.«

»Ich schätze mal, du hast es nicht selbst gesehen«, sagte Sully. In Bath schlugen Neuigkeiten immer zwei Wege ein: den schnellen und den falschen.

»Nee«, meinte Wirf. »Hab' bloß hier gesessen. Hab' aber alles zu hören gekriegt.«

»Und keine Zweifel über die Zeugen?«

»Schon«, gab Wirf zu. »Aber die Geschichte gefällt mir. Und der Kerl, der sie erzählte, schwor, daß er das Vieh selbst gesehen hat.«

Sully grinste ihn an. »War wahrscheinlich betrunken wie du. Irgendeiner hat 'nen Hund überfahren und ihn da liegenlassen, woll'n wir wetten?«

»Was hab' ich euch gesagt«, brüllte Jeff, der Barkeeper. Der Richter hatte gegen den Angeklagten entschieden, wie er vorhergesagt hatte.

Birdie warf die Hände hoch. »Mir reicht's«, sagte sie. »Ich geh' nach Haus.«

»Wie wär's, wenn du uns vorher noch 'n paar Hamburger brätst?« schlug Sully vor.

»Die Küche macht um sieben zu«, erwiderte Birdie und zeigte auf die Biermarken-Uhr an der Wand; sieben Uhr fünfzehn.

»Okay«, meinte Sully. »Dann mach' ich sie eben selbst.«

Jeff schüttelte den Kopf. »Tiny will dich da nicht sehen. Du hinterläßt immer 'ne Riesenschweinerei am Grill.«

»Was willst du denn drauf?« erkundigte sich Birdie und rutschte vom Hocker.

»Ein Brötchen wär' nicht schlecht«, meinte Sully. »Und was sonst noch gut aussieht.« Das waren fast dieselben Anweisungen, wie er sie Rub am Mittag gegeben hatte für einen Hamburger, den er nie bekommen hatte.

»Und was ist mit dir, mein Hübscher?« fragte Birdie.

»Mit allem«, sagte Peter.

Interessiert stellte Sully fest, daß Peter es gewohnt zu sein schien, als gutaussehend bezeichnet zu werden. Als Junge hatte man ihn leicht in Verlegenheit bringen können, jetzt jedoch nicht mehr.

»Danke«, fügte Peter hinzu.

»Also, das ist jetzt ein Wort, daß du nicht von deinem Vater gelernt haben kannst«, sagte Birdie auf dem Weg in die Küche.

Im Fernsehen erklärte der Richter gerade das Prinzip der geteilten Schuld, das ihm erlaubte, Schuldzuweisungen vorzunehmen. Doch die Erklärungen waren nicht so beeindruckend wie jene, die Sullys junger Philosophielehrer vor der Klasse abgesondert hatte. Wenn er zum Beispiel eine Sache wie den freien Willen zu Ende erklärt hatte, war dieser bereits spurlos verschwunden, ausgelöscht. Die Zergliederung und Aufteilung einfacher Sachverhalte, wie sie der Fernsehrichter vornahm, war zwar auch trickreich, aber an Philosophie reichte sie nicht heran. Ein guter Philosoph konnte das, worum es gerade ging, zum Verschwinden bringen. Das gelang den Vertretern der Jurisprudenz noch nicht.

»Er hat für den Angeklagten entschieden?« fragte Wirf überrascht und funkelte den Fernsehrichter mit derselben verwirrten Miene an, die er auch bei Sullys Verhandlungen zur Schau trug.

»Genau wie letzte Woche«, sagte Sully. »Das ist 'ne Wiederholung, du Idiot.«

Wirf nickte. »Mir kam's auch bekannt vor.«

Wirf hatte eine Fünf-Dollar-Note aus der Brieftasche gezogen. Er war im Begriff, sie Jeff auszuhändigen, der die Wette diese Woche knapp gewonnen hatte. »Hast du die Folge etwa schon gesehen?«

Jeff sah einen nie direkt an, auch jetzt nicht. »Sully redet wie immer Scheiße. Das war keine Wiederholung nicht.«

»Ich dachte, es kommt mir so bekannt vor«, sagte Wirf.

»Dann solltest du doppelt blechen«, betonte Jeff. »Wenn du sogar bei 'ner Wiederholung daneben rätst.«

Dies schien Wirf ein schlagendes Argument, und er schob den Schein über die Theke. Jeff zapfte zwei Bier, die Sully nahm und zum anderen Ende der Theke schleppte, wo er allein mit Peter sprechen konnte.

»Was denn?« fragte Wirf, als er sah, daß Sully und Peter sich ans freie Ende der Theke verzogen. »Du willst nicht mit mir reden?«

»Jetzt im Moment nicht«, gab Sully zu.

»Ich hab' dir noch nicht alles über diesen Kerl erzählt, der den Hirsch geschossen hat.«

»War da noch was?«

»Sie haben den Hundesohn verhaftet«, brüllte Jeff vom anderen Ende der Theke. Er hatte sich auf einen Hocker gestellt, zum Fernsehapparat gelangt und auf einen Sender umgeschaltet, der ein Football-Spiel übertrug. Als einer der Gäste wissen wollte, wie es zur Verhaftung gekommen sei, erklärte Jeff: »Du darfst in der Stadt keine Flinte abfeuern. Ist gegen das Gesetz.«

Wirf seufzte. »Jeder weiß über das Gesetz Bescheid.«

»Außer dir«, meinte Sully.

Wirf ging nicht darauf ein, sondern wandte seine Aufmerksamkeit wieder dem Fernseher zu. Er stritt sich jetzt mit Jeff über die Frage, ob denn wenigstens das Footballspiel eine Live-Übertragung und keine Wiederholung sei.

Sully wandte sich an seinen Sohn und fragte, was er jetzt vorhabe.

Peter starrte in sein Glas, aus dessen Boden die Bläschen aufstiegen, um im Schaum zu verschwinden.

»Schätze, ich fahre morgen zurück«, antwortete er. »Ich nehm' nicht an, daß du mich bis Albany bringen kannst. Da könnte ich ein Auto mieten.«

»Aber sicher«, sagte Sully. »Hätte dich auch heute fahren können. Hätte mir Geld gespart.«

»Ich hätte schon vorher das Tollhaus verlassen sollen«, sagte Peter.

Sully nickte, weil er glaubte zu verstehen. »Deine Mutter?«

»Es wird immer schlimmer«, gab Peter zu, womit er Sully überraschte, denn der konnte sich nicht erinnern, Peter jemals anvertraut zu haben, daß Vera seiner Meinung nach bekloppt war.

»Sie kam mir vor wie immer«, sagte er, obwohl er vom Anblick seiner Exfrau doch überrascht gewesen war. Seit er sie zum letzten Mal gesehen hatte, war sie ein ganzes Stück gealtert. Und abgemagert. Vielleicht auch nur fester geschnürt.

»Ich glaub', sie steht am Rande eines Nervenzusammenbruchs, und Ralph wird sie vielleicht auch noch einen verschaffen.«

»Ralph sah nicht gut aus«, stimmte Sully zu. »Weshalb war er denn im Krankenhaus?«

»Prostata«, erwiderte Peter kurz. »Verdacht auf Krebs.«

Sully nickte. »Und was haben sie gesagt?«

»Sie sagten, es kommt wieder in Ordnung«, berichtete Peter. »Ich denke aber nicht, daß er ihnen glaubt. Sie wollen Bestrahlungen machen. Und er versteht nicht warum, wo sie den Krebs doch schon gefunden haben, wie sie sagen.«

»Er sollte aber besser tun, was sie sagen«, meinte Sully, obwohl er sich vorbehielt, anders zu entscheiden, sollte er einmal in dieselbe Lage kommen. »Und ist sie deshalb so wütend?«

»Wenn es so wäre«, erwiderte Peter, »ergäbe das wenigstens noch einen Sinn.«

Peters Ton gefiel Sully nicht besonders. Es mochte ja noch angehen, daß er, Sully, seine Exfrau Vera für bekloppt hielt, aber durfte auch der Sohn seine Mutter auf diese Weise einschätzen? »Sei nicht zu hart zu ihr«, riet er. »Das meiste, was sie tut, tut sie nur für dich.«

Peter lächelte nur. »Glaubst du?«

»Du etwa nicht?«

»Ich glaube, das meiste tut sie für sich selbst«, meinte er. »Besonders, wenn sie leidet.«

»Meinst du, sie leidet gerne?«

»Das mein' ich, ja.«

»Ich glaub', da tust du ihr unrecht«, sagte Sully, obwohl er selbst nicht überzeugt war.

»Du hättest bloß mal ihr Gesicht sehen sollen, als ich ihr heute abend erzählte, ich wollte hierher, um dich zu sehen. Als ob ich sie umbringen wollte. Ich glaub', das war der glücklichste Augenblick in ihrem Leben.«

Sully sah seinen Sohn aufmerksam an; sein Stolz auf den Sohn wich allmählich dem Bedauern über seine Charakterfehler. Peter war es, der sich am Leiden seiner Mutter zu laben schien.

Als die Hamburger kamen und Sully spürte, wie sich ihm wieder einmal der Magen umdrehte, schnitt er den Seinen in zwei Hälften und legte die größere Hälfte zusammen mit ein paar Pommes frites auf eine Serviette. »Bring das zu Long John Silver«, trug er Jeff auf. Wirf hatte das Essen schon gerochen und schaute nun mit seinem üblichen hungrigen Gesichtsausdruck zu, wie Peter mit großem Appetit seinen Burger hinunterschlang, was zweifellos darauf zurückzuführen war, daß er den Duftzerstäubern in Veras Haus entkommen war. Ein wenig belustigt schaute er seinem Vater zu, während Sully halbherzig mit dem restlichen Hamburger kämpfte, bevor er schließlich aufgab. »Wo wir gerade von Ärzten geredet haben«, sagte Peter, »wann warst du denn das letzte Mal bei einem?«

»Vor 'n paar Monaten.«

»Wegen deines Knies.«

»Stimmt.«

»Ich meine, um dich durchchecken zu lassen. Du bist dünner geworden.«

Sully wußte, daß es stimmte, obgleich er sich keine Sorgen machte. »Und du siehst aus, als hättest du 'n bißchen zugelegt, wenn ich das mal so sagen darf«, äußerte er, denn sein Sohn hatte einen Bauchansatz.

»Das sitzende Leben«, erklärte Peter und fügte, als Sully nichts erwiderte, hinzu: »Wenn du immer auf deinem Arsch hockst.«

»Ich weiß, was das heißt«, erwiderte Sully. »Du vergißt, daß ich bis vor 'n paar Tagen auch noch auf der Schule war.«

Peter grinste. »Kann man sich kaum vorstellen – du in der Schule.«

»Und man kann sich kaum vorstellen, wie du auf 'nen Zaun kletterst.« Sully stand auf und streckte sich. »Aber das werden wir schon noch herausfinden.« Dann warf er eine Zehn-Dollar-Note für die Hamburger und das Bier auf die Theke. Seine letzten zehn Dollar, fiel ihm ein. »Laß uns mal gucken, ob der Köter jetzt pennt.«

Als Sully an der Tür in seinen Mantel schlüpfte, bemerkte er wieder den Geruch, der dort in der Luft hing; er hatte ihn schon den ganzen Tag schwach wahrgenommen, doch jetzt war er noch stärker geworden.

»Ob ich noch erfahre, warum ich über 'nen Zaun steigen soll?« fragte Peter.

»Ganz einfach.« Sully öffnete die Tür, damit Peter vorgehen konnte. »Um für mich einen Schneepflug zu klauen.«

»Ich weiß nicht recht«, sagte Peter nun zum dritten Mal. Sein Vater fuhr mit einem Stock am Maschendrahtzaun entlang und machte einen Höllenlärm: Er schrie nach dem Hund. Das Gelände auf der anderen Seite des Zauns lag in völliger Dunkelheit, doch man konnte die schweren Maschinen noch erkennen. »Der Hund könnte irgendwo lauern, um anzugreifen«, sagte Peter.

Sully schaute ihn nur mitleidig an. »Wie war es denn eben? Hat er da etwa gewartet? Nein, da hat er direkt angegriffen.«

Das stimmte: Der Hund war mit Schaum vor der Schnauze auf den Zaun losgesprungen, bevor Sully überhaupt aus dem Wagen steigen konnte. Um so unheimlicher wirkte es jetzt, daß man den Hund nicht hören konnte. Hätten sie das Tier gefunden – betäubt und friedlich träumend gegen den Zaun gelehnt, wie sie es erwartet hatten – würde Peter kaum gezögert haben. Aber da war kein Zeichen von Rasputin. Sogar die Verpackung des Hackfleisches war verschwunden. »Wo ist das Styroporpäckchen?« fragte Peter laut.

Wieder beleuchtete Sully mit der Taschenlampe das umzäunte Gelände. »Vielleicht hat er's ja gefressen«, meinte er. »Rasputin ist nicht gerade der klügste Hund der Welt – nur der bissigste.«

»Und genau darüber mach' ich mir ja auch Sorgen«, gestand Peter. »So wie es die letzten Tage ging, würd' es mich nicht wundern, wenn ich mit 'nem zerfetzten Hals ende.«

»Willst du jetzt drüberklettern oder nicht?« fragte Sully. »Hätte wohl besser Wirf gefragt. Sogar ein einbeiniger Betrunkener hätte den Zaun inzwischen geschafft.«

»Sag mir doch noch mal, wieso das dein eigener Schneepflug ist, den wir da klauen«, wollte Peter wissen. Sully hatte ihm erklärt, daß der Pflug ›irgendwie‹ ihm gehöre, weil der Besitzer Sully Geld schuldete und nicht gewillt sei zu zahlen. Sully hatte das schöne Teil schon einmal gestohlen, und dieser Carl Roebuck hatte es sich einfach zurückgeholt. Offenbar handelte es sich um ein neues Gesellschaftsspiel in Bath. Dennoch war Peter nicht wohl bei der Sache: Was sie da vorhatten, kam einem Einbruch so nahe, daß die Gesetzeshüter den feinen Unterschied womöglich übersehen könnten.

»Ich hatte doch das Gefühl, daß deine Mutter dich so verzogen hat«, meinte Sully. Die Kritik traf tiefer, als er vermutet hätte.

Peter griff in den Maschendraht und prüfte, ob der Zaun schwankte.

»Nun mach schon«, sagte sein Vater. »Wir werden auch nicht jünger.«

Es war nicht leicht, den Zaun zu erklimmen. Die Sohlen von Peters Turnschuhen waren naß vom Schneematsch, und er rutschte immer wieder ab. Außerdem war er seit seiner Kindheit nicht mehr geklettert und schämte sich seiner Unbeholfenheit. Als er endlich einen Fuß seitlich oben auf den Zaun zwischen zwei Drahtmaschen gequetscht hatte, spürte er, daß es ihm an der nötigen Kraft fehlte, sich hinüber zu schwingen.

»Was ist denn los?« wollte sein Vater wissen. Eine berechtigte Frage.

»Nichts«, log Peter, dem die Arme zitterten. »Ich hol' nur tief Luft.«

»Bleib bloß nicht stecken!«

Weise Ratschläge.

Doch plötzlich hatte er es geschafft und stand auf der anderen Seite des Zauns und blickte Sully an, der, obwohl nur einen halben Meter entfernt, kaum zu erkennen war. Peter spürte, daß seine Hand brannte; er untersuchte die Handinnenfläche und entdeckte, daß er sie am Stacheldraht aufgekratzt hatte. Sein Vater richtete den Strahl der Taschenlampe auf die Verletzung. Es war nur ein

Kratzer, an dessen Rändern sich jedoch kleine Blutstropfen zu bilden begannen. Peter fühlte sich durch die Wunde und den Anblick seines Blutes plötzlich seltsam beschwingt, da die Verletzung im Auftrag eines zweifelhaften Mannes geschehen war. Der zufällig sein Vater war.

»Hier ist die Metallsäge«, sagte Sully und schob sie unter dem Zaun durch. »Ist nur ein Vorhängeschloß.«

Peter nahm die Säge entgegen und ging ein paar Meter am Zaun entlang, bis er das Tor ertasten konnte. Tatsächlich, da war ein Vorhängeschloß auf der Innenseite. Sully leuchtete so gut es ging mit der Taschenlampe. »Säg dir nur nicht den Daumen ab«, riet er.

Peter packte den glatten Griff der Metallsäge, der genau auf den Kratzer an seiner Hand paßte. Irgendwie erschien es ihm befriedigend, sein eigenes frisches Blut auf der Säge seines Vaters zu hinterlassen. Sully, das wußte Peter, war mißtrauisch gegenüber Intellektuellen und mochte folglich auch seine Bildung nicht, die er unter anderem durch den Besuch von Privatschulen erworben hatte, bis das Geld ausgegangen war. Peter hatte von seiner Mutter gehört, daß Sully sie beschuldigt habe, dem Jungen eine Erziehung über seinem Stand angedeihen zu lassen, als sie ihn auf eine private Vorbereitungsschule schickte. Vera hatte erwidert, sie versuche nur, den Jungen über Sullys Stand zu erheben. Dies war eine der Lieblingsgeschichten seiner Mutter gewesen, obgleich Peter vermutete, daß die Unterhaltung nicht ganz so verlaufen war.

»Willst du einen Handschuh?« bot sein Vater an.

Peter schüttelte mit dem Kopf und begann zu sägen. In der stillen Nacht machte er mehr Lärm als erwartet, und er stellte sich vor, wie seine Mutter davon erwachte und intuitiv begriff, daß ihr fünfunddreißigjähriger Sohn, der College-Professor, gerade im Begriff war, seinem Vater, vor dem sie ihn immer gewarnt hatte, dabei zu helfen, bei der Tip-Top-Baufirma einzubrechen. Gleichzeitig kam ihm die ebenso unerwünschte Erkenntnis, daß er sich vielleicht gar nicht so sehr von seinem leiblichen Vater unterschied, wie er immer gern geglaubt hatte. Sicher, er war nicht der Typ Mann, der Frau und Kinder verließ. Es war eher so, daß er sie aus dem Hause trieb.

Als Peter an dem Vorhängeschloß sägte und tief in Gedanken versunken war, wurde er sich mehr und mehr einer schweigenden, reglosen Gegenwart auf seiner Seite des Zauns bewußt. Er schaute nicht sofort hin, weil er es durch seinen Sohn Will abgehärtet war, der die Angewohnheit hatte, lautlos in Peters Arbeitszimmer einzudringen, genauer gesagt, in die Abstellkammer. Peter ließ stets die Tür offen, um frische Luft zu haben, so daß Will lautlos hineinschlüpfen und neben seinem Vater stehen konnte, wo er geduldig darauf wartete, daß der aufschaute, damit er ihm von Wackers neuestem Vergehen erzählen konnte. Peter wurde sich oft erst nach und nach der Anwesenheit Wills bewußt, und er merkte auch, daß der Junge – vielleicht aus Sympathie für das schwere Werk der Erwachsenen – den Vater erst einen Abschnitt zu Ende schreiben oder eine Karteikarte ausfüllen ließ. Diese kleine Geste nahm Peter jedesmal dankbar an, bevor er sich langsam auf seinem Stuhl herumdrehte, um Will nicht zu erschrecken, und ihn auf den Schoß nahm.

Auch jetzt spürte er eine ähnliche Gegenwart an seinem Ellbogen, die so reglos und schweigend wartete, als sei sie gar nicht wirklich vorhanden – als wäre da ein kleiner Junge, der auf die Erlaubnis wartet, den Mund aufzumachen. Peter drehte sich nicht um, bis er nicht den ersten Draht des Vorhängeschlosses durchsägt hatte. Verrückt oder nicht – er erwartete halb, Will dort im Dunkeln stehen zu sehen.

Es war aber nicht Will, sondern Rasputin.

Der Dobermann stand vollkommen reglos da, auch als Peter vor Schreck einen Satz machte und mit dem Rücken am Zaun landete. Der Strahl der Taschenlampe, der seitlich auf das Schloß gerichtet war, hatte den Hund nicht sofort erfaßt, aber als es soweit war, wäre Peter vor Schreck fast ohnmächtig geworden. Der Dobermann sah aus, als grinse er – er hatte die Zähne gefletscht und die Lefzen auf widerliche Art zurückgezogen. Und er gab absolut keinen Laut von sich – kein lautes Knurren, wie Peter es von einem sprungbereiten Tier erwartet hätte –, was den Anblick noch schrecklicher machte. Die Hinterläufe des Tieres waren weit auseinandergestellt.

Und so bereitete sich Peter auf seinen Tod vor, der ihn jetzt ereilen würde, bevor er herausfinden konnte, ob er seinem leiblichen Vater glich oder nicht. Es hatte keinen Zweck, den Zaun zu erklimmen – der Hund würde über ihm sein, sobald er sich bewegte. Und es hatte keinen Sinn, auf Rettung zu hoffen – der Zaun trennte ihn von seinem Vater, und Sully besaß ohnehin keine Waffe. Und die Tatsache, daß der Strahl der Lampe unverrückbar auf dem Kopf des Tieres lag, zeigte ihm, daß Sully mindestens genauso starr vor Überraschung, wenn nicht vor Furcht sein mußte. Wenigstens, so dachte Peter, würde es schnell gehen. Der Hund würde ihm in Sekundenschnelle den Hals aufreißen und das, so betete er, hoffentlich schmerzlos, wie es einem solchen Hunde zweifellos beigebracht wurde. Sein Vater würde sich die schreckliche Szene in aller Deutlichkeit, hilflos auf der anderen Seite des Zauns stehend, mit ansehen müssen. Peter neidete es ihm nicht, noch weinte er um sein eigenes Leben. In gewisser Weise würde es ihn befreien. Von Charlotte, von der er schon so lange frei sein wollte. Von der heißen Didi und ihren Pfirsichen. Von dem Beruf, den er verfehlt und der ihm nichts gegeben hatte. Von den gnadenlosen, unnachgiebigen Erwartungen seiner Mutter. Das alles wäre in einem Augenblick vergessen. Und danach das selige Nichts.

Wenn doch nur dieser Köter springen und ihm die Kehle zerfetzen und allem ein schnelles Ende machen würde! Rasputin jedoch grinste, sonst nichts. Als die Sekunden zu einer Ewigkeit gerannen, sah Peter, wie die Vorderläufe des Dobermanns leicht, wie vor Kälte, zitterten. Nach und nach wurde das Zittern heftiger, bis die Beine des Hundes nachgaben, und er mit der Schnauze auf dem Boden aufschlug, die Hinterbeine immer noch aufrecht. So blieb er einen Augenblick im Gleichgewicht, dann seufzte oder furzte er – Peter hätte es nicht bestimmen können – und kippte in einen braunen Schneehaufen.

Peter wäre dem Beispiel des Hundes gefolgt, hätte ihn nicht die Stimme seines Vaters unmittelbar neben seinem Ohr vor dem Zusammenbruch bewahrt. »Das war die dritte Pille«, sagte Sully in seiner typischen aufreizenden Art, in der er sich zu seiner eigenen Beurteilungsgabe in Situationen gratulierte, bei denen es nicht mehr viel zu beurteilen gab. »Beeil dich, bevor er aufwacht.«

Peter zitterte jetzt zu sehr am ganzen Leib, als daß er sich noch hätte nützlich machen können. Das Sägeblatt wollte nicht in der Sägespur bleiben, und die Hand seines Vaters, die die Taschenlampe hielt, schien auch nicht mehr so ruhig. Peter hatte gerade an drei verschiedenen Stellen im Draht weitergesägt, als auf einmal das Sägeblatt entzweibrach.

»Macht nichts«, sagte sein Vater und kletterte in den Wagen.

»Was heißt das, macht nichts?« wollte Peter wissen.

Sein Vater kurbelte die Scheibe herunter und lehnte sich aus dem Wagen. »Tritt mal ein bißchen vom Tor zurück.«

Peter tat wie ihm geheißen. Je verrückter die Dinge wurden, desto größer wurde seine Bereitschaft, mit seinem Vater zusammenzuarbeiten. Es war wichtiger, Befehle zu befolgen, als sie zu verstehen. Der El Camino vollführte eine Kehrtwendung und fuhr rückwärts auf das Tor zu. »Steh ich gut?« rief sein Vater.

»Wofür?«

»Egal«, gab Sully zurück. Dann fuhr er mit dem Auto gegen das Tor, das sich nach innen beulte, bis das Vorhängeschloß herausstieß und schließlich aufsprang. Das Tor schwang langsam nach innen und kam nur einen Augenblick zum Stillstand, als es den leblosen Rasputin streifte, der nicht einmal mit einem Zucken reagierte.

Für den Rest brauchten sie nicht länger als fünf Minuten. Zwei Minuten, um den Schneepflug unter der Plane zu finden, wo Carl Roebuck ihn versteckt hatte, und drei weitere, um ihn in den El Camino zu laden. Als Sully durch das Tor fuhr, wollte Peter es schon hinter ihm zuschlagen, doch sein Vater hinderte ihn daran. »Was denn nun noch?« fragte Peter. Seiner Ansicht nach war er bis jetzt äußerst geduldig gewesen.

Wie immer erklärte sein Vater gar nichts. Er wühlte in der großen Werkzeugkiste auf der Ladefläche des Lasters herum, bis er gefunden hatte, was er suchte. Ein Vorhängeschloß, das er seinem Sohn zuwarf. »Wir schließen besser ab. Nachher kommt noch einer und klaut was.«

Bei der Ampel am IGA-Supermarkt schaltete Sully die Beleuchtung im Wagen an. »Laß mal deine Hand sehen.«

Stolz wies Peter den langen, gezackten Kratzer in seiner Handfläche vor. Die Wunde war nun braun überkrustet.

Sully nickte und schaltete das Licht wieder aus. »Gut«, meinte er und bog auf die Kreuzung ab, da die Ampel auf Grün umgesprungen war. »Ich hatte schon Angst, du hättest dir ernstlich weh getan.«

Peter starrte auf das baufällige Haus. »*Das* willst du zu 'nem Bed-and-Breakfast machen?«

Sully konnte sich ein Grinsen nicht verkneifen. Er hatte Peter von dem Arbeitsauftrag erzählt und – als Peter mit unverhohlenem Interesse reagierte – angeboten, ihm das fragliche Haus zu zeigen. Aber statt zu Miles Andersons Haus zu fahren, hatte er es sich plötzlich anders überlegt und war in die Bowdon Street eingebogen, wo er vor dem Haus seines Vaters hielt. »Laß uns mal kurz aussteigen«, schlug er vor.

Peter tat wie ihm geheißen, ein wenig widerwillig, so schien es Sully, der ihn dafür nicht tadeln konnte. Als sie vor dem schwarzen Eisenzaun standen, der fast das ganze Gelände des Sans Souci umschloß, rüttelte Peter zweifelnd am Zaun, worauf es seinem Vater kalt den Rücken hinunterlief. »Du willst mich doch jetzt nicht fragen, ob ich hier auch noch raufklettere, oder?«

»Nicht, wenn du nicht willst«, gab Sully zurück. »Außerdem ist weiter unten noch ein Eingang.« Er zeigte auf die Stelle, an der gestern wie durch ein Wunder der Lastwagen hindurchgerast war.

Sully wollte keinesfalls, daß sein Sohn diesen Zaun erklomm, wenn auch die Dornen, die früher den oberen Rand geschmückt hatten, schon seit langem abmontiert waren. Vor einer halben Stunde, als es so ausgesehen hatte, als verliere Peter das Gleichgewicht und spieße sich selbst auf dem Zaun der Tip-Top-Bau auf, war ihm die Ähnlichkeit zwischen diesem imaginären Unfall und jenem vor fünfzig Jahren aufgegangen, als Big Jim den Zaun geschüttelt und den Jungen aufgespießt hatte. Plötzlich schien es vollkommen logisch, daß er, Sully, ähnliches Unheil heraufbeschwören würde wie sein Vater.

»Hast du 'ne Ahnung, wessen Haus das ist?« wollte er nun von Peter wissen.

Peter studierte das Gebäude im schwachen Licht der fernen Straßenlaterne. »Sollte ich's wissen?«

Sully zuckte die Achseln. »Wahrscheinlich nicht. Ich dachte, deine Mutter hätte es dir vielleicht erzählt. Es gehörte deinem Großvater. Es ist das Haus, in dem ich aufgewachsen bin.«

Falls dies eine Bedeutung hatte, so schien sie Peter nicht zu interessieren, denn er fuhr fort, den Kratzer auf seiner Handfläche zu begutachten. Sully wurde sich bewußt, wie wenig sie beide, Vater und Sohn, miteinander geteilt hatten und wieviel er damals aufgegeben hatte, als er zuließ, daß Peter allein von Vera großgezogen wurde. Jetzt konnte er nicht plötzlich anfangen, dem Jungen Vorträge zu halten. Die ersten fünfunddreißig Jahre seines Lebens würden Peter ausreichend geformt haben. Dennoch hätte Sully ihm zu gern gesagt, er solle nicht dauernd auf diesen Kratzer starren, der nicht schlimmer geworden war, seit er ihn das letzte Mal untersucht hatte. Wunden mußte man einfach ignorieren wie die Karten im *Stud*-Poker, die auch nicht besser wurden, egal, wie oft man sie anstierte. Wie Sullys Knie, das er morgens als erstes einmal kurz anschaute und dann für den Rest des Tages vergaß. Wie all die Fehler, die ein Mann im Laufe seines Lebens beging und die man bedauern und immer wieder wie Schorf auf der Kopfhaut kratzen konnte – aber besser war es, sie irgendwann zu vergessen. Dies alles hätte er gern seinem Sohn geraten, aber nach fünfunddreißig Jahren schien der Zeitpunkt für weise väterliche Ratschläge verpaßt zu sein.

»Ich nehme nicht an, daß du damit was anfangen könntest?« fragtc Sully.

Peter musterte abwechselnd seinen Vater, dann das verfallene Haus, und schließlich wieder seinen Vater. Sully wußte, was sein Sohn jetzt dachte: Was sollte dies Haus noch für einen Wert haben? Das Grundstück mochte einiges wert sein, zumal es an das Grundstück des Sans Souci grenzte – aber wenn man das verblichene, wettergegerbte Haus anschaute, konnte man sich nur schwer vorstellen, daß jemand dafür Geld bieten sollte.

»Klar«, meinte Peter. »Kann man als Sommerhaus nehmen.«

»Ich weiß«, gab Sully zu. »Es sieht nach nichts aus, aber schließlich gehört es mir, und ich hätt's gern, wenn es bald nicht mehr so wäre.«

Peter starrte immer noch auf das Haus. »Kann ich dir keinen Vorwurf machen.«

Sully wollte nicht ungehalten mit Peter sein, aber er spürte, daß seine Geduld bald erschöpft war. Was er besonders haßte, war, wenn er sich der Logik eines anderen Menschen bedienen mußte, und das würde jetzt der Fall sein; er mußte das sagen, was Ruth an seiner Stelle vorgebracht hätte. »Du siehst das falsch«, sagte er ohne große Überzeugung. »Wenn es deins wäre, würdest du's wahrscheinlich als erstes abreißen wollen und Stück für Stück verkaufen. Das Grundstück könnte 'n paar Tausender wert sein. Du zahlst die Grundsteuern, verkaufst es und steckst den Gewinn ein.«

»Könntest du auch tun«, betonte Peter, nicht ohne Grund.

Sully beschloß, den wahren Grund – daß er nichts mit Big Jim Sullivan, ob lebend oder tot, zu tun haben wolle – zu verschweigen, denn das hatte nie jemanden überzeugt und würde auch bei Peter nicht verfangen. Plötzlich fiel ihm ein, daß auch Peter in seinem Leben einmal einen ähnlichen Schwur geleistet haben mochte. Und vielleicht galt dieser Schwur noch. »Könnte ich, wenn ich das Geld für die Grundsteuer hätte. Hab' ich aber nicht.«

»Tja«, meinte Peter. »Ich auch nicht. Ich bin nicht mal sicher, ob ich mir morgen das Auto in Albany leisten kann. Wenn sie meine Kreditkarte nicht annehmen, werd' ich dich bitten müssen, mir was zu leihen.«

Sully dachte darüber nach, wo er das Geld eventuell auftreiben könnte. »Ich dachte, du kommst mit deinem Gehalt aus«, sagte er stirnrunzelnd. »Du bist doch Professor am College, oder etwa nicht?«

Peter kicherte unangenehm berührt, als wolle er ausdrücken, wie weltfremd sein Vater sei. »Hast du überhaupt 'ne Vorstellung davon, wieviel ein Assistent verdient, Dad?«

Die hatte Sully mitnichten. »So hoch oben auf der Leiter hab' ich mir schon einiges vorgestellt.«

»Hoch oben?« wiederholte Peter ungläubig.

»Ich weiß nicht, wie das heißt«, sagte Sully, »aber du hast doch deinen Doktor gemacht, oder nicht?«

»Ganz tief unten wäre schon richtiger gesagt«, erklärte Peter. »Jeder hat doch heute seinen Doktor. Wenn du noch ein oder zwei Monate in der Schule geblieben wärst, hätt'st vielleicht sogar *du* diesen entbehrlichen Titel gekriegt.«

Sully ignorierte die Beleidigung, die darin enthalten war. »Und warum wolltest du dann Professor werden?«

»Damit ich nicht so wurde wie du«, gab Peter so schnell zurück, daß Sully sich fragte, ob sein Sohn dieses Gespräch vorausgeahnt und sich die Antwort vorher zurechtgelegt hatte. »Außerdem war es Moms Idee: Sie wollte, daß ich niemals so ende wie du.«

»Also, dann kannst du ja aufhören, dir darüber Sorgen zu machen«, meinte Sully trocken.

Ein süffisantes Grinsen malte sich auf Peters Gesicht ab. »Ich bin nicht hart im Nehmen wie du, stimmt's?«

»Kein bißchen«, gab Sully im Brustton der Überzeugung zurück. »Du bist aber cleverer, und das ist ja auch schon was.«

»Aber nicht sehr viel klüger, meinst du«, sagte Peter. »Das seh' ich doch.«

Sully zögerte und wählte seine Worte sorgfältig. »Ich wollte nie, daß du mir ähnlich wirst«, erklärte er. »Es gab Zeiten, da wünschte ich, du würdest deiner Mutter nicht so ähneln, aber das ist etwas ganz anderes.«

Nun grinste Peter nicht mehr so verächtlich. »Spitze«, meinte er. »Sie hat Angst, daß ich so werde wie du, und du hat Angst, daß ich so werde wie sie.«

Als sie bei Miles Andersons Grundstück angelangt waren, wies Sully auf das Haus, und Peter erkundigte sich, wie es denn drinnen aussehe.

»Weiß ich nicht«, erwiderte Sully. »Ich komme erst morgen rein. Aber es scheint so, als gäbe es 'ne Menge Arbeit. Und das ist gut, ich brauch' nämlich welche. Solange mein Knie es aushält.«

Peter nickte und betrachtete das Gebäude nachdenklich. »Was hieltest du davon, wenn ich dir einen Monat aushelfen würde?«

»Meinst du das ernst?« Sully war in der Tat sehr überrascht.

»Ich gebe meine letzte Unterrichtsstunde am dreizehnten Dezember. Danach muß ich mich bis Mitte Januar nicht mehr am College blicken lassen.«

»Ich weiß nicht, wieviel ich dir zahlen kann«, gab Sully zu bedenken.

»Den Mindestlohn?«

»Vielleicht ein bißchen mehr«, sagte Sully und rechnete im Kopf nach; wenn er Rub nicht wegschickte, war es zweifelhaft, ob es Arbeit genug für drei gab, zumal für einen längeren Zeitraum. »Wär' natürlich schwarz.«

»Okay«, stimmte Peter zu.

»Du machst das doch nicht, damit deine Mutter stocksauer wird, oder?«

»Nein, weil ich das Geld brauche.«

»Weil es ganz bestimmt so kommt«, meinte Sully.

»Zu schade«, sagte Peter.

Wieder spürte Sully den verrückten Drang, seine Exfrau in Schutz zu nehmen, eine Frau, deren Schicksal ihm doch ziemlich gleichgültig war, wie er glaubte. Statt dessen schlug er vor: »Du kannst bei mir wohnen, wenn du willst. Ich hab' noch Platz.«

Peter grinste. »Dann würde sie aber wirklich stocksauer.«

Sully schlug seinen Kragen hoch, um gegen den Wind geschützt zu sein, der wie immer im Winter die Main Street entlangbrauste, wie zu der Zeit, als Sully noch ein Junge war und in der Stadtmitte zur Schule ging.

»Bring Will mit«, schlug er vor.

Peter grinste wieder. »Wacker nicht?«

Da er nicht zeigen wollte, daß er einen seiner Enkel deutlich vorzog, beließ es Sully bei einem Achselzucken. »Gestern hat er mir erzählt, daß ihr euch trennen wollt, Charlotte und du.«

Das war eine überraschende Eröffnung. »Das hat dir Will erzählt?«

»Wahrscheinlich hat er euer Gespräch mitangehört«, vermutete Sully. Er erinnerte sich, wie er und sein Bruder Patrick im Dunkeln in ihrem kleinen Schlafzimmer gelegen und auf Geräusche aus dem Zimmer der Eltern gelauscht hatten – eine Faust oder eine flache Hand, die auf nackte Haut traf. Zuerst hatten beide dabei Höllenängste ausgestanden, aber nach und nach hatte Sully eine Veränderung an seinem Bruder wahrgenommen, dem die Geräusche der Gewalt zuweilen ein düsteres Lächeln abrangen. Sully hoffte nur, daß seine Enkel sich nicht ähnliche Handgreiflichkeiten ansehen mußten.

»Glaub' ich eigentlich nicht«, meinte Peter. »Charlotte und ich sprechen so gut wie nie miteinander. Wenn einer von uns ins Zimmer kommt, steht der andere auf und geht raus.«

Sully versuchte, sich so etwas vorzustellen, aber es gelang ihm nicht. Die Frauen, mit denen er in seinem Leben zu tun gehabt hatte – Vera und Ruth –, waren Kämpfernaturen mit unterschiedlichen Stilrichtungen: Vera stichelte, machte zwei Schritte vor, dann einen zurück, gab nicht nach und traf genau zwischen die Augen; Ruth machte Ausfälle, drohte, liebte den Kampf und war sich nicht zu schade, Tiefschläge auszuteilen. Sully zog beide Beziehungs-Nahkampftechniken dem absoluten Schweigen vor.

»Sie meint, alles wär' deine Schuld, weißt du das?«

Sully konnte es kaum glauben. Er hatte immer gedacht, Charlotte würde ihn mögen. »Wer – Charlotte?«

»Nein – Mom.«

Erleichtert schob Sully die Hände tiefer in die Manteltaschen und bemerkte, daß eine Tasche ein Loch aufwies. Er wühlte im Futter herum, stieß auf einen ihm fremden Gegenstand und förderte alsbald das Gummikrokodil zutage, das er von Mrs. Harold gekauft hatte. Peter blickte das Tierchen ohne sonderliches Interesse an. Was seltsame Vorkommnisse anging, so waren sie an diesem Abend schon reichlich beschert worden.

Sully roch an dem Krokodil, das jenen ekligen Gestank an sich hatte, der ihn schon den ganzen Abend verfolgte. »Ich glaub', dieses Mistvieh hat in meine Tasche geschissen«, sagte er.

Peter zog die Nase kraus und trat einen Schritt zurück.

Sully steckte das Krokodil wieder in die Tasche. »Ich habe keinen Haß auf deine Mutter«, sagte er.

»Das ist lieb von dir«, meinte Peter.

Sie fuhren zu Veras Haus zurück und hielten an derselben Stelle, wo Sully beim letzten Besuch eingeschlafen war. Keiner schien es eilig zu haben, aus dem Wagen herauszukommen. »Willst du was Lustiges hören?« fragte Peter schließlich.

Sully wußte es nicht genau, sagte aber ja.

»Ich hatte viel Spaß heute abend«, sagte Peter und fügte hinzu: »Arme Mom. Das ist ihre größte Angst. Daß du in deinem Leben Spaß gehabt hast.«

»Sag ihr, sie soll sich keine Sorgen machen.«

Da öffnete sich die Garagentür, und Ralph kam langsam heraus. Er warf mißtrauische Blicke auf das fremde Auto. Peter kurbelte das Fenster herunter und rief ihm beruhigend zu: »Ich bin's nur, Pop.«

»Ist das dein Daddy da bei dir?« wunderte sich Ralph.

Sully stieg aus und winkte.

Ralph schlenderte auf den Wagen zu. »Was ist denn das?« wollte er wissen, als er den Schneepflug auf der Ladefläche des El Camino entdeckte. Nachdem sie das Gerät erfolgreich geklaut hatten, hatte Sully es völlig vergessen. Durch diesen Umstand sah er sich wieder einmal in einer seiner Lebensweisheiten bestätigt: Was man nicht hat, vermißt man viel mehr, als man das, was man besitzt, zu schätzen weiß. Aus diesem Grund hatte er immer das Gefühl gehabt, Besitz werde überbewertet.

»Das ist der Schneepflug, den ich dir versprochen habe«, sagte Sully. »Komm mal her und sieh ihn dir an.«

Zweifelnd trat Ralph näher. »Ist ja ein Prachtstück«, meinte er nach einem näheren Blick unter dem Licht der Straßenlaterne. »Kann ich mir aber nicht leisten, Sully.«

»Klar kannst du«, entgegnete der. »Hab' ihn doch umsonst gekriegt.«

»Das stimmt«, sagte Peter, und wieder überraschte er Sully, der mit dieser Komplizenschaft nicht gerechnet hatte. Er hatte eher erwartet, daß die von Vera antrainierte, strenge Moral sich durchsetzen und Peter den Diebstahl gestehen würde. Statt dessen stand er hier mit einem verschlagenen Grinsen im Gesicht im Licht der Laternen.

»Kann sein, daß ich das gute Stück ab und zu ausleihen muß«, warnte Sully. »Zum Beispiel jedesmal, wenn's richtigen Schnee gibt.«

»Na klar«, sagte Ralph.

Zusammen luden sie den Schneepflug ab und verstauten ihn in Ralphs Garage, wo er eine Weile sicher sein würde, sofern es Carl Roebuck nicht in den Sinn kam, Hausdurchsuchungen vorzunehmen. Die drei Männer standen in der Garage und starrten auf das gestohlene Gut.

»Riesig nett von dir, Sully«, sagte Ralph. »Ich bin sicher, Vera würde das auch sagen.«

»Wenn du so sicher bist«, sagte Sully, »kannst du ihr sagen, keine Ursache.«

»Wo ist sie denn jetzt?« fragte Peter mit vertraulich gesenkter Stimme, als ob ein lauterer Ton sie in ihre Mitte hätte zaubern können.

»Sie schläft, endlich«, sagte Ralph, der die Befürchtung seines Stiefsohnes zu teilen schien.

»Das war ein Tag, was?« meinte Sully.

Alle stimmten zu, der Tag sei große Klasse gewesen.

»Charlotte hat nicht angerufen, was?« fragte Peter.

Ralph schüttelte den Kopf. »Ich kann's immer noch nicht glauben, daß sie einfach so auf und davon ist und dich hier zurückgelassen hat.« Natürlich hatte er noch nie von einer Frau gehört, die ihrem Mann so etwas angetan hätte.

»Dad nimmt mich morgen nach Albany mit, so daß du hier bei Mom bleiben kannst«, sagte Peter zu ihm.

Ralph sah nicht so aus, als sei er von diesem Plan völlig überzeugt. »Und was ist, wenn Charlotte zurückkommt?«

»Dad«, sagte Peter übertrieben sanft. »Sie ist weg. Wenn eine Frau auf diese Weise geht, kommt sie nicht wieder und sagt: ›Tut mir leid‹.«

Ralph seufzte und sah aus, als würde er gleich in Tränen ausbrechen. »Ich fahre ihn nach Albany, wenn du nicht kannst«, sagte er zu Sully.

»Ich kann aber«, erwiderte der.

»Ist der erste Gefallen, um den ich ihn in zwanzig Jahren gebeten habe«, sagte Peter, und wieder war sein heimlicher Groll zu spüren, obgleich er ihn diesmal mit Humor verpackt hatte.

Da fiel Sully etwas ein. »Komm noch mal mit zu mir«, sagte er zu Peter.

»Jetzt?« Peter war erschöpft. Erst hatte ihn seine Frau verlassen, dann hatte er einen Schneepflug geklaut und wäre fast von einem Dobermann umgebracht worden. Allmählich reichte es.

»Nur einen Augenblick«, beharrte Sully. Dann, an Ralph gewandt: »Ich bring' ihn dir sofort zurück.«

Eine Minute später hielten sie vor Sullys Wohnung, und er zog den Schlüsselbund aus der Zündung und gab ihn Peter. »Nimm ihn schon«, sagte er. »Du bist doch in drei Wochen wieder da, oder nicht?«

»Ja, aber –«

»Dann nimm die Schlüssel.« Sully ließ den Bund in Peters Schoß fallen.

»Erst soll ich dein Haus nehmen, jetzt dein Auto. Als nächstes bietest du mir noch deine Frau an.«

»So was hab' ich nicht. Eigentlich hab' ich auch kein Auto. Das hier gehört demselben Kerl, von dem wir den Schneepflug geklaut haben. Er wird's schon verstehen.«

»Er wird's verstehen«, wiederholte Peter.

»Genau. Ich sorg' schon dafür.«

»Womit willst du fahren?«

»Ich krieg' morgen einen neuen Laster«, versicherte ihm Sully. »Der hier war nur geliehen. Normalerweise steht er nur rum«, log er.

Peter nahm die Schlüssel und schaute sie mißtrauisch an. »Ich werd' noch verhaftet, bevor ich überhaupt die Staatsgrenze passiert habe, schätze ich«, seufzte er.

»Nicht, wenn du heute nacht schon fährst«, riet Sully. »Vielleicht wird er ein oder zwei Tage sauer sein. Dann ist's wieder gut.«

»Ich wollte aber nicht vor morgen früh fahren«, erinnerte ihn Peter.

Sully konnte seine Gedanken lesen. »Fahr jetzt gleich. Ralph kümmert sich schon um deine Mutter. Du machst alles nur noch schlimmer. Darin bist du mir ähnlich.«

Peter blickte ihn prüfend an, bevor er den Schlüssel in die Zündung steckte. »Ich glaube, Mom hat recht. Du hast wirklich Spaß. Du hast im Leben Spaß gehabt.«

»Wenn ich konnte«, gab Sully zu. Und es stimmte – seinem Sohn ein Auto zu geben, das ihm nicht einmal gehörte, hatte seine Laune merklich verbessert. Den größten Teil des Abends hatte er geglaubt, er könne seinem Sohn in der Stunde der Not gar nichts geben, und nun freute er sich, daß er sich geirrt hatte.

Sie gaben sich die Hand, mehr oder weniger erfolgreich, da sich Gefühle des Grolls oder der milden Ironie schlecht durch den Druck von Handflächen vermitteln lassen.

Als Peter mit dem Wagen drehte und in die Richtung fuhr, aus der sie gekommen waren, streiften die Scheinwerfer etwas, das auf dem Rasen des Nachbarhauses lag. Sully hielt inne und blinzelte in die Dunkelheit. Zuerst dachte er, dort müsse eine Katze am Boden kauern, deren Augen im Licht kurz aufgeglüht hatten. Aber beim Näherkommen sah er, daß es keine Katze war, sondern ein Hirsch, der vollkommen reglos im Schnee lag. Das mußte der Hirsch sein, von dem Wirf erzählt hatte. Die Geschichte hatte also gestimmt. Und seltsamer noch als ein Hirsch auf dem Rasen war die Tatsache, daß jemand das Tier in einem Netz aus Seilen gefesselt hatte, als habe der Jäger den Hirsch erst gefesselt und dann erschossen. Oder hatte der Weidmann einen möglichen Wiederbelebungsversuch im Keim ersticken wollen? Am Geweih des Tieres hing ein Zettel, und da etwas daraufgekritzelt war, beugte sich Sully hinab, um es zu entziffern. BITTE DIESEN HIRSCH LIEGEN LASSEN, stand da, und in einer Ecke, ANORDNUNG DER POLIZEI. Der Zettel war mit Kugelschreiber geschrieben, und irgend jemand hatte mit Bleistift ein ›f‹ zwischen ›Hirsch‹ und ›liegen‹ gekritzelt. Sully dachte über die Rätsel nach, die sowohl das tote Tier als auch der Zettel in sich bargen, doch nach ungefähr einer halben Minute gab er auf, froh, daß es in diesem seltsamen Leben noch einige Rätsel gab, die nichts mit ihm zu tun hatten.

Oben warf er den Wintermantel auf die Lehne des Sofas und ließ sich fallen. Er war erschöpft, fühlte sich aber besser, als er sich eigentlich erlauben durfte. Morgen würde seine Lage kritischer sein als je zuvor. Seine großzügigen Gaben an Ralph und Peter waren keine Lösungen zu seinem persönlichen Dilemma, sondern vertieften es nur noch. Dennoch war er inmitten seiner Schläfrigkeit überzeugt, daß ihm schon etwas einfallen würde. Es gab immer Lösungen. Manche entdeckte man, andere wünschte man sich oder setzte sie mit Gewalt durch.

Doch da war noch ein letztes Rätsel, bei dessen Lösungsversuch Sully auf dem Sofa einschlief – es war der Geruch, der ihn schon den ganzen Abend verfolgt hatte. Carl Roebuck hatte ihn zuerst an der Tür des *Horse* bemerkt, aber der Gestank war Sully gefolgt, als er die Kneipe verließ. Im Auto hatte Peter ihn auf dem Weg zum IGA-Supermarkt bemerkt und gesagt, der Geruch erinnere ihn an einen Ort namens Boca Raton, wo er mit Charlotte in den Flitterwochen gewesen war. Später war der Gestank im El Camino so unerträglich geworden, daß Sully trotz der Kälte das Fenster herunterkurbeln mußte.

Er schlief nur wenige Minuten, bevor er aus einem Traum aufschreckte, in dem der Gestank von seinem Bein gekommen war, das langsam abfaulte. Seltsamerweise wußte er nun die Lösung. Er nahm den Mantel und wühlte in der Tasche herum, bis er den Riß gefunden hatte, und zog schließlich die verwesende Venusmuschel hervor, die sich geöffnet und eine Schleimspur bis hin zur anderen Tasche gezogen hatte, wo sie schließlich zwischen Sullys Arbeitshandschuhen liegengeblieben war. Eine Muschel, wie Wirf ganz richtig bemerkt hatte, war nur ein kleines Ding, aber Sully konnte sich gar nicht genug darüber freuen, daß er des Rätsels Lösung gefunden hatte.

Unten, in ihrem dunklen Schlafzimmer, konnte Miss Beryl ihren Mieter lachen hören. Sie hatte schon den Wagen vor dem Haus halten hören und überlegt, ob sie aufstehen und Sully an der Treppe abfangen sollte, dann aber beschlossen, es nicht zu tun. Bis zum Morgen waren es nur noch ein paar Stunden, und dann war immer noch genug Zeit für schlimme Neuigkeiten. Und in Wahrheit wollte sie Sully heute gar nicht mehr sehen oder an den Jungen erinnert werden, den sie und Clive sen. vor langer Zeit so gern gehabt hatten. Auch würde sie nicht mehr den Ratschlägen von Driver Ed lauschen. Wenn sie gekonnt hätte, würde sie auch Sullys trotziges Lachen überhört haben, das durch die Decke drang, als wolle es ihre Lebensgeister heben – als gäbe es da noch etwas, das sie nach den heutigen Ereignissen vor ihrem Fenster hätte milder stimmen können. Dennoch – wie nett klang dieses Lachen im Vergleich zu Clive juniors humorloser, sorgfältig abgetönter Bankerstimme, seinem ›Hab' ich dich nicht schon die ganze Zeit gewarnt‹, das sie sich den ganzen Abend hatte anhören müssen. Er war mit dieser schrecklichen Joyce-Person gekommen, weil er behauptete, die Streifenwagen gesehen zu haben, aber Miss Beryl argwöhnte, daß ihre Freundin Mrs. Gruber ihn angerufen hatte. Und zu diesem

Zeitpunkt war sie wirklich noch sehr mitgenommen und im Grunde ziemlich froh gewesen, ihren Sohn Clive jr. zu sehen, der den Namen des Mannes trug, den sie geliebt hatte, und der immerhin der Stern an ihrem Himmelszelt gewesen war. Nein, sie war dankbar, Clive jr. zu sehen, wie er draußen mit den Polizisten sprach – mit der ruhigen Sicherheit eines Bürgers, der mit seinen Steuern ihre Arbeit bezahlt – und die Polizisten hatten ihm voller Einverständnis zugenickt. Später hatte Miss Beryl ihm von ihren Befürchtungen erzählt, dies sei das Jahr, da Gott den Schlag auf sie würde niedersausen lassen. Aber dann konnte ihr Sohn sie davon überzeugen, daß Sully, vor dem er sie schon so oft gewarnt hatte, der symbolische Ast sei, der eines Tages auf sie herabfallen würde. Wie enttäuschend, zugeben zu müssen, daß ihr Sohn recht hatte – wie enttäuschend, seine tiefe Befriedigung zu sehen, die sich an der Gewißheit speiste, daß sie von nun an seinen Ratschlägen folgen würde. Wie beschämend, nach all diesen Jahren Sully als Verbündeten zu verlieren. Wie schrecklich, am Ende zu erkennen, daß sie keine Wahl hatte.

TEIL ZWEI

[illegible] war als der [illegible] wenig [illegible] an die
[illegible] Theater [illegible] Interesse [illegible]

Dienstag

Vor *Hattie's Lunch* wurde in der grauen Dämmerung des Dezembermorgens ein neues Spruchband aufgehängt, und Cass, die hinter der Lunchtheke stand, hielt mit der Arbeit inne, um zu lesen, was darauf stand. Die letzten Spruchbänder hatten nicht viel Glück gebracht: Bath hatte Schuyler Springs auf dem Sportplatz nicht besiegt; ja, Bath hatte nicht einmal an den Spielen teilgenommen, und der *Schuyler Springs Sentinel* hatte wieder einmal einen Leitartikel veröffentlicht, in dem vorgeschlagen wurde, man solle Bath aus humanitären Gründen aus dem Spielplan von Schuyler County streichen. Man war sich auch gar nicht sicher, ob es mit Bath überhaupt berg↑ ginge – in letzter Zeit war ein Gerücht umgegangen, daß das Sans Souci nicht wie geplant im Sommer wiedereröffnen werde, und auch mit dem Freizeitpark *Zur letzten Ausflucht* gab es Probleme. Es hatte sich einen Gruppe von Gegnern gebildet, die befürchteten, daß man den neuen Friedhof außerhalb der Stadt aufreißen und damit die ewige Ruhe seiner Bewohner stören werde. Bis jetzt waren diese Widerständler nicht mehr als eine Handvoll Einwohner, denen es nicht einmal gelang, in ihrer eigenen Gemeinde Aufmerksamkeit zu erregen. Das *North Bath Weekly Journal* hatte es versäumt, ihre erste Protestkundgebung vor der Tafel mit dem dämonischen Clown zu bringen, doch der *Schuyler Sentinel*, immer darum bemüht, seinem Konkurrenten und derzeitigen Scheingegner eins auszuwischen, hatte natürlich die Kundgebung in einem kleinen Artikel ganz hinten in der Wochenendausgabe erwähnt und seitdem noch drei weitere Artikel über die fortdauernde ›Meinungsverschiedenheit‹ lanciert, wobei jeder Artikel länger war als der vorige und ein wenig näher an die Seiten der wichtigen Themen heranrückte. Das Interesse, das die Artikel des *Sentinel* geweckt hatten, zwang nun das *North Bath Weekly Journal* zu einem drohenden Leitartikel, in dem vorgeschlagen wurde, Schuyler Springs mit seiner Rennbahn und seinen

Heilbädern, seinem Sommertheater und den Konzerten solle sich gefälligst aus den Angelegenheiten seiner glückloseren Nachbarstadt heraushalten. Man möge doch aufhören mit dem Versuch, das langersehnte und wohlverdiente Glück von North Bath zu torpedieren. Die lebenden Einwohner von Bath bräuchten diese Finanzspritze, fuhr das *Journal* fort, und man solle doch jeden seine eigenen Toten begraben lassen. Außerdem sei das Land für den neuen Friedhof niemals für diesen Zweck geeignet gewesen, da der Boden einfach zu sumpfig war. Erst letztes Frühjahr sei nach mehreren Tagen heftigen Regens ein Stück Boden aufgegraben worden, und man habe entdeckt, daß unter der Erde schon ein Bewohner war. Der Sarg war von der Stelle, wo er eigentlich hätte liegen sollen, weitergewandert, und unter dem Grabstein befand sich jetzt ein anderer Sarg. Man fürchtete, daß ein ganzes Heer von Särgen, das seit der Öffnung des Friedhofes vor zehn Jahren in die Erde hinabgelassen worden war, nun Reihe für Reihe mit einer Geschwindigkeit von bis zu fünf Zentimetern pro Monat dem Freeway zustrebe. ›Sehen wir doch den Tatsachen ins Gesicht‹, schloß der Artikel, ›diese Toten sind schon unterwegs.‹ Es sei doch besser, sie jetzt auszugraben, wenn sie noch ungefähr da waren, wo sie sein sollten, als damit zu warten, bis sie das Meer erreicht hätten. Das *Journal* drängte auf die Bildung einer Kommission, die sich um eine neue Friedhofsanlage kümmern sollte.

Nachdem er das Lokal betreten hatte, starrte Sully von der Eingangstür auf das neue Spruchband und versuchte, die Worte zu entziffern. Es sah aus wie NEW ENGLAND HOLY DAYS.

»Heilige Tage oder Ferien?«

Sully schaute noch einmal hin. »Holly Days«, berichtigte er.

»Das macht beides nicht viel Sinn, was«, meinte Cass, »schließlich sind wir ja hier nicht in Neuengland.«

»Soll ich mal das alte Mädchen holen?« fragte Sully, als er sah, daß Hattie nicht in ihrer Nische saß.

Da Cass keine Antwort gab, legte Sully dies als ›Ja‹ aus. Er begriff allmählich, daß es nun zu seinen Pflichten gehörte, die alte Frau jeden Morgen aus der Wohnung hinter dem Restaurant zu holen und sie in ihrer Nische zu plazieren. Sonst ließ Cass sie in der Wohnung versauern und lauschte mit einer Art grimmiger

Zufriedenheit, wie die Alte mit ihren knochigen Fäusten gegen die Tür hämmerte. Sie hatten Hattie befohlen, nie allein ins Restaurant zu kommen, weil sich auf dem Flur zwischen Wohnung und Lokal eine Stufe befand, die sie ohne Hilfe nicht schaffte, doch wenn die Alte das Gefühl hatte, daß man sie zu lange in der Wohnung allein ließ, hatte sie keine Hemmungen, aus voller Kehle zu brüllen und gegen die Tür zu hämmern, bis ihre arthritischen Hände furchtbar angeschwollen waren. Dann saß sie den ganzen Morgen in der Nische und kaute Anacin-Tabletten gegen die Schmerzen. »Laß sie doch hämmern«, pflegte Cass zu raten, aber Sully hielt es für besser, die alte Dame zu holen und es ihr in der Nische bequem zu machen. Er vermutete auch, daß Cass es ihm gern überließ, denn so hatte sie eine kleine Weile das dunkle Lokal für sich allein, bis die ersten Gäste um halb sieben erschienen.

Die alte Hattie, die sonst fast nichts mehr hörte, vernahm Sullys Schritte jedesmal, wenn er kam, um sie zu holen. Oder vielleicht spürte sie die Vibrationen, wenn er mit seinen schweren Schuhen durch den Korridor stapfte. Jedenfalls war die alte Frau immer schon mit dem Versuch beschäftigt, auf die Beine zu kommen, wenn Sully in die dunkle Stube hineinlugte. »Hallo, altes Frauchen«, sagte er heute morgen. »Wie ich sehe, bist du noch putzmunter.«

Hattie grinste tapfer, richtete sich an der Sofalehne auf und streckte ihm einen knochigen Ellbogen entgegen.

»Alles klar für einen neuen harten Tag?« fragte Sully und ergriff ihren Arm, damit sie sich aufstützte. Hattie mochte nicht mehr als fünfundachtzig Pfund wiegen, doch das reichte aus, ihn aus dem Gleichgewicht zu bringen, besonders so früh am Morgen, wenn sein Knie noch steif war.

»Harter Tag!« echote Hattie und krallte sich mit ihren Fingernägeln an ihm fest.

»Warte mal eine Sekunde«, sagte Sully und versuchte, ihre Klauen zu lösen. »Geh doch auf meine gute Seite. Jeden Morgen dasselbe. Kannst du nicht einmal aufpassen?«

»Aufpassen!« brüllte Hattie.

Es dauerte eine Minute, aber schließlich hatte er sie am richtigen Arm, und gemeinsam bewegten sie sich zur Tür. »Ich weiß ja, wie gern du mein schlimmes Knie hauen würdest, aber heute werd' ich's dir nicht erlauben, in Ordnung?«

»Ordnung!«

»Jetzt kommt die Stufe.«

»Hoch?«

»Runter, mein Dummerchen, wie gestern. Glaubst du, da hat einer 'ne neue Stufe gebaut, bloß um dich durcheinander zu bringen?«

»Runter«, sagte Hattie, und sie stiegen die Stufe hinab.

»Da«, sagte Sully. »Ha'm wir's wieder geschafft.«

»Geschafft!«

»Und jetzt paß auf«, mahnte er. »Wenn du heute abend zurückgehst, wie geht die Stufe dann?«

»Runter!«

»Runter?« fragte Sully. »Bist doch gerade erst runtergegangen. Man kann doch nicht immer nur bergab gehn. Irgendwann mußt du doch mal wieder hoch, meinst du nicht?«

»Hoch!«

»Da sind wir schon, altes Mädchen«, sagte Sully, als sie unter Cass' aufmerksamem Blick durch die ganze Länge des Restaurants gewandert waren.

Die alte Frau glitt in die Nische, fuhr mit den Händen über die kühle Resopal-Fläche, als stünde dort eine Nachricht in Blindenschrift. »Wer bist du?« fragte sie schließlich. »Hörst dich an wie dieser verdammte Sully.«

»Es wird schlimmer«, meinte Sully, als er sich zu Cass hinter die Theke gesellte und eine Schürze umband.

Cass blickte ihn über den Rand der Gläser hinweg an. »Versuch bloß nicht, mich aufzuheitern«, gab sie zurück.

Sully arbeitete nun schon seit über zwei Wochen in *Hattie's Lunch*, seit Roof aufgehört hatte und in seine Heimat North Carolina gefahren war, wodurch er das Städtchen Bath für eine Zeitlang ohne einen Schwarzen und damit ohne einen passenden Adressaten für das Wort ›Nigger‹ ließ. Es war jedoch ohnehin selten benutzt worden, und die Einwohner der Stadt, zumindest jene, die oft bei *Hattie's* saßen, entdeckten bald, daß der Gebrauch des Wortes zwanghaft mit einer Bewegung verknüpft war; seit Jahren hatten sie sich jedesmal, wenn sie das Wort aussprachen, nach Roof umgeschaut, um sicher zu sein, daß er nichts gehört hatte, oder um sich zu entschuldigen, falls doch. Jetzt, da er weg war, schauten sie sich immer noch um und kamen sich ein bißchen dämlich vor, wenn ihnen wieder einfiel, daß er ja in North Carolina war. Ein oder zwei Tage lang hatten Hatties Stammgäste gewitzelt, man solle doch eine Abordnung nach Schuyler Springs schicken, wo es Unmengen von Schwarzen gab – wie die Football- und Basketballteams bewiesen –, und sich einen ›Nigger‹ ausborgen, bis man einen angemessenen Ersatz für Roof gefunden hatte. Als Sully sich dazu entschloß, Cass an den Vormittagen auszuhelfen, mußte er viele Witze von Leuten wie Carl Roebuck einstecken, die ihrer Erleichterung Ausdruck verliehen, daß es so einfach war, einen neuen Nigger für die Arbeit zu finden.

Cass zu helfen war Sullys offizieller Grund, die Frühstücksschicht auf sich zu nehmen, aber es gab noch andere Gründe, und alle hatten mit Geld zu tun. Seit er eine kleine Summe von Wirf geliehen und sich mit Harold Proxmire geeinigt hatte, den Laster abzuzahlen und sich den Schneeräumer auszuleihen, wenn es schneien sollte, hatte es nicht ein einziges Mal geschneit, und das bedeutete, daß Sully nächste Woche seine erste Abzahlung nicht leisten konnte. Das würde Harold auch nicht erwarten, da es schließlich nicht geschneit hatte, aber der ewig blaue Himmel fing an, Sully nervös zu machen. Letzten Winter hatte es praktisch gar nicht geschneit, und wenn dieser Winter ähnlich verlief, würde er den Frühling mit einer Schuldenlast beginnen, die er sogar mit zwei gesunden Beinen kaum abarbeiten könnte.

Es hatte seine Vorteile, bei *Hattie's* hinter der Lunchtheke zu arbeiten. Sein Knie, das frühmorgens immer am meisten schmerzte, wurde geschmeidiger, wenn er neben dem warmen Grill stand. Und die drei oder vier Schritte, die er zwischen Grill und Kühlschrank zurücklegen mußte, waren für die ersten drei Stunden des Tages genau die richtige Übung; danach war er dann lockerer und konnte sich zu Rub und Peter im Anderson-Haus gesellen oder einen Auftrag für Carl Roebuck erledigen, wenn Carl zufällig einen jener billigen, undankbaren Jobs hatte, die er Sully mit Freuden zu geben pflegte.

Als Cass heute um halb sieben das Lokal öffnete, hatte sich schon eine kleine Männerschar, darunter Rub, vor der Tür versammelt. Rub glitt unverzüglich auf den Hocker, der Sully am nächsten stand, während dieser vor dem Grill Eier mit einem Schneebesen schlug. Rub hatte es in der letzten Woche, seit Peter nach Bath zurückgekehrt war, schwer gehabt. Er war daran gewöhnt, Sully für sich allein zu haben und ihn nicht mit Peter und einem kleinen Jungen teilen zu müssen. Bis vor einem Monat hatte Rub in seliger Unwissenheit darüber geschwebt, daß Sully einen Sohn, ja gar einen Enkel hatte, und er fand es nicht besonders fair, daß diese beiden Leute plötzlich ohne Vorwarnung auftauchten und einfach voraussetzen, sie seien willkommen. Es behagte ihm nicht, mit Peter zusammen zu arbeiten, da dieser nicht so gut zuhören konnte wie Sully. Hinzu kam – wenn Peter überhaupt mit Rub sprach, was nicht oft geschah, wählte er seine Worte in einem Englisch, an das Rub nicht gewöhnt war, so daß er sich wie ein Idiot vorkam. Die alte Lady Peoples hatte ihn damals in der achten Klasse gewarnt, daß die Welt diejenigen belohnt, die sich gut ausdrücken können, und er erfuhr jetzt, wie sehr das zutraf. Noch schlimmer war, daß auch Sully jetzt anders redete, zumindest im Beisein von Peter. Es schien so, als habe Sully jetzt nur noch Dinge mit seinem Sohn zu besprechen und nicht mit Rub, und es sah auch so aus, als höre Sully den Antworten seines Sohnes aufmerksam zu. Das stimmte Rub besonders ärgerlich, denn er hatte Sully immer als seinen einzigen wahren Freund angesehen: Schließlich vertraute er Sully Geheimnisse an, die er nicht einmal seiner Frau Bootsie verriet. Peter mochte ja Sullys Sohn sein, aber Rub war ziemlich sicher, daß Peter nicht solche starken Gefühle für Sully hegte wie er. Er war kein wahrer Freund. Und als Rub auf den Hocker glitt, um Sully auf der anderen Seite der Theke so nahe wie möglich zu sein, hätte er ihm gern diese ganze Geschichte mit der Freundschaft erklärt. Statt dessen fragte er: »Kannst du mir 'nen Dollar borgen?«

Sully schob den langen Pfannenwender unter eine Reihe Würstchen und drehte sie um, bevor er sich an Rub wandte, der sofort den Blick auf die Theke senkte und rot wurde. »Nein«, erwiderte Sully.

»Okay«, sagte Rub achselzuckend.

Sully seufzte und schüttelte den Kopf. »Du kannst dir 'n paar Eier borgen, wenn du willst.«

»Eier kann man doch nicht borgen«, entgegnete Rub. »Wenn du sie ißt, sind sie weg.«

»Wenn ich dir Geld gebe, ist es auch weg«, betonte Sully. »Da geb' ich dir lieber Eier.«

Er schlug zwei Eier über dem Grill auf, wo sie im Schinkenfett brutzelten. Seit Sully das morgendliche Eierbraten übernommen hatte, waren ein paar kleine, aber einschneidende Änderungen durchgeführt worden: zum einen wurden die Eier jetzt in Schinkenfett gebraten. Sully fand, daß sie so besser schmeckten, und außerdem war das Fett sowieso schon auf dem Grill. Auch reichte er den Leuten den Toast dazu, den er gerade zur Hand hatte – egal, ob Weizen oder Vollkorn. Wenn das Brot erst getoastet war, konnte man den Unterschied kaum noch sehen, und Sully öffnete lieber erst die nächste Packung, wenn er die alte aufgebraucht hatte. Seine Sturheit war schon zu einem Witz für jene Männer geworden, die genau wußten, daß er ihr Frühstück auf seine Art machen würde. Da er die Bestellungen der Kunden doch nicht beachtete, bestellten diese immer das, was sie auf keinen Fall haben wollten.

Sully setzte Rub den Teller mit den Eiern vor. »Weißt du, wovon ich träume?« fragte er.

Hungrig fiel Rub über das Frühstück her. Kurz darauf betraten Peter und Will das Lokal.

Peter wirkte heute morgen besonders verdrießlich. Er war es nicht gewöhnt, früh aufzustehen, und brachte bis zum Mittag kaum einen Ton heraus. »Wie wär's mit 'nem Kaffee?« fragte Sully.

»Nee«, brachte Peter schläfrig hervor. Er schaute auf Rub, der seinen Teller wegschob und nun erst Peter wahrnahm.

»Was sollen wir denn heute tun?« fragte Peter.

Sully legte die Stirn in Falten: »Heute soll's schön werden. Ich würde draußen arbeiten. Die Hecken beschneiden, alle Äste und Zweige zusammenrechen und wegschaffen. Unserem Auftraggeber den Eindruck vermitteln, daß wir vorankommen, falls er plötzlich auftauchen sollte, was Gott verhüten möge. Und irgendwann müssen wir auch mal diesen Baumstumpf ausgraben.«

»Ich hab' mir gedacht, das wär' doch 'ne gute Arbeit für den

Frühling«, sagte Peter mit schiefem Grinsen. »Irgendwann, wenn ich weg bin.«

»Ich seh' ja nicht, warum der Stumpf stören soll«, bemerkte Rub, wie jedesmal, wenn die Rede auf den Baumstumpf kam. »Wie kommt es, daß er den einfach draußen haben will?«

»Manche Leute mögen keine Baumstümpfe im Vorgarten«, erklärte Sully. »Freu dich lieber. Wir brauchen wahrscheinlich 'ne Woche, um ihn auszugraben. Das ist 'ne gutbezahlte Woche.«

»Baumstümpfe stör'n doch keinen, sag' ich«, wiederholte Rub beharrlich. Bei diesem Thema erwies er sich als besonders halsstarrig. »Und Ulmenwurzeln geh'n rein in die Erde bis halb nach China. Weißt du noch damals bei Carl?«

»Erinnere mich nicht daran«, sagte Sully.

»Ich wünscht' nur, er hätt' uns für den Job bezahlt«, murrte Rub, und seine Miene umwölkte sich.

»Wird er irgendwann noch«, sagte Sully. »Ich sorg' schon dafür.«

»Wann denn?« wollte Rub wissen.

»Irgendwann«, wiederholte Sully. »Genauso, wie du irgendwann heute arbeiten gehst.«

»Du hast doch grad' gesagt, es wär' keine Eile«, protestierte Rub.

»Das war vor 'ner halben Stunde.«

Rub glitt vom Hocker. »Kommst du dann rüber, wenn du hier fertig bist?«

Sully sagte, er würde kommen.

Als Rub und sein Vater gegangen waren, schlürfte Will die Kakaoreste aus der Tasse. Immer noch saß ihm der Sahnefleck auf der Nase. Sully wischte ihn mit einer Serviette ab. Der Junge lächelte seinen Großvater an, dann blickte er stirnrunzelnd in Richtung Tür, durch die sein Vater und Rub gerade gegangen waren. Etwas beunruhigte ihn, das war klar. Er beugte sich zu Sully herüber und flüsterte verschämt: »Rub stinkt.«

Es gab mehrere Gründe, warum Sully den Laster nicht kaufen wollte, den er jetzt dank Harolds *Automobiler Welt* fahren durfte: zum einen konnte er ihn sich nicht leisten, selbst wenn er den Schneepflug wegließ, und zum anderen war ihm klar, daß der Vorbesitzer den Wagen geradezu verhätschelt hatte. Nirgends war Rost zu sehen, und die Polsterung in der Fahrerkabine sah noch viel zu neu aus. Sogar die Lackierung war noch erhalten. Sicher, der Laster hatte schon sechzigtausend Meilen auf dem Buckel, aber Sully bezweifelte, daß es da über Stock und Stein gegangen war. Vermutlich hatte noch niemand diesem Laster Schwerstarbeit aufgezwungen, aber genau das hatte er nun vor. Sully fand, daß Lastwagen große Ähnlichkeit mit Menschen hatten. Wenn man sie zu früh verhätschelte, wurden sie verdorben und später unzuverlässig. Und so machte er sich unverzüglich daran, dem Wagen zu zeigen, daß die faulen Tage nun vorüber waren: Am ersten Tag setzte er ihn wie zufällig gegen einen Mast, wobei das Rücklicht zu Bruch ging und die Stoßstange eine Beule erhielt. In der Woche darauf hielt er vor dem OTB, um seine Dreierwette abzuschließen, und stieß die Fahrertür gegen einen Hydranten, wobei er den Lack ziemlich ankratzte. Der Vorbesitzer hatte auf die Ladefläche eine Matte gelegt, wahrscheinlich, um sie zu schützen, was Sully ziemlich bescheuert fand. Er liebte den Lärm, den seine Werkzeuge machten, wenn er sie am Ende eines Arbeitstages auf die Ladefläche warf. Als er das erste Mal einen Schraubenschlüssel auf die Matte warf, hatte er gar nichts gehört und schon geglaubt, die Ladefläche verfehlt zu haben. Dann war er um den Wagen herumgegangen, um auf der anderen Seite im Schnee nach einem Umriß in Form eines Schraubenschlüssels zu suchen. Als er keinen finden konnte, guckte er auf der Ladefläche des Pick-up nach, und da lag der Schraubenschlüssel mitten auf der Gummimatte. Am nächsten Tag verkaufte er die Matte für zwanzig Dollar an Ruths Sohn Gregory, der eine kleine Aufmunterung gebrauchen konnte; er hatte nach dem Spiel Schuyler gegen Bath mit der Schule aufgehört und sich als Hilfskraft in dem neuen Supermarkt an der Interstate verdingt. Dann hatte er sich einen Pick-up zugelegt, um dorthin zu gelangen. Er mochte die Matte. Mit dieser Matte und einer Luftmatratze konnte man sogar theoretisch ein Mädchen auf der Ladefläche haben.

Als Sully und Will am Vormittag aus *Hattie's Lunch* kamen und in den Laster kletterten, stellte Sully befriedigt fest, daß das Gefährt endlich nach etwas roch, das er sich leisten konnte – und nicht nach etwas, das seine finanziellen Möglichkeiten weit überstieg. Die Fenster waren hübsch dreckig, und auf dem Boden hatten sich eine ganze Reihe Styroporbecher und dreckiger Zeitungen mit Stiefelabdrücken angesammelt. Auch Will schien bereits den Schluß gezogen zu haben, daß dieser Laster seinem Großvater gehören konnte, denn er stieg immer vorsichtig ein und fühlte mit dem Fuß vor, ob da nicht ein Loch unter den Zeitungen verborgen war.

Als Sully den Wagen anließ und langsam rückwärts aus der Parklücke herausfuhr, sagte der Junge: »Der Gurt, Opa«, und Sully trat auf die Bremse und schnallte den Jungen an.

»So«, meinte er dann. »Wenn deine Großmutter rauskriegt, daß ich dich ohne Gurt fahren lasse, ist's aus mit mir.«

»Mom auch«, sagte der Junge, und seine Miene verdüsterte sich.

»Hast du noch mal mit ihr gesprochen?« wagte Sully zu fragen, während er den Rückwärtsgang einlegte und die Bremse löste.

»Sie hat gestern abend angerufen. Sie haben sich angeschrien«, gestand Will beschämt.

»Mmmmm«, machte Sully. »Dich lieben sie trotzdem. Bloß weil sie aufeinander wütend sind, heißt das noch nicht, daß sie dich nicht lieben.«

Der Junge erwiderte darauf nichts.

Als Sully aus der Gasse auf die Main Street einbog, fragte er: »Weißt du was?«

Der Junge schwieg jedoch nur, und Sully versetzte ihm einen Rippenstoß. »Opa liebt dich auch.«

Will runzelte die Stirn. »Opa Ralph?«

»Nein«, erwiderte Sully. »Opa ich.«

»Ich weiß«, sagte der Junge.

Und das Tollste an der ganzen Sache war – so erkannte Sully plötzlich –, daß es stimmte: er hatte seinen Enkel gern um sich. Als Peter zum ersten Mal mit Will im Schlepptau zur Arbeit erschienen war, hatte Sully gesagt, er halte es für keine gute Idee. »Er wird uns schon nicht im Weg stehen«, hatte Peter mit gesenkter Stimme prophezeit.

»Darum geht's nicht«, hatte Sully erwidert. »Was ist, wenn ihm was passiert?«

»Wie denn?«

»Stell dir nur vor, du hobelst 'nen Nagel raus, und der fliegt ihm direkt ins Auge. Dann sind wir aber beide dran.«

Peter schüttelte den Kopf. »Na, was sagst du dazu? Mein Vater macht sich Sorgen, daß was durch die Luft fliegen könnte und seinen Enkel verletzt.«

»Okay«, erwiderte Sully. »Wenn ich mir keine Sorgen machen soll, mach' ich mir keine.«

»Mach dir so viele Sorgen, wie du willst«, hatte Peter gesagt. »Ich sag' ja nur, es paßt nicht zu dir.«

»Ich hab' mir nie Sorgen um dich gemacht, willst du das damit sagen?«

»Hey«, gab Peter zurück und hob bedeutsam die Augenbrauen.

Und natürlich hatte er recht. Sully hatte sich kein einziges Mal um Peter gesorgt, als dieser noch ein kleiner Junge gewesen war, zum einen, weil Vera sich Sorgen für zehn machen konnte, und zum anderen, weil es ihm einfach nicht in den Sinn gekommen war; er wollte es nicht, brauchte es nicht, war sogar froh, daß er nicht mehr mit von der Partie war. In Augenblicken der Selbsterkenntnis hatte er sich eingestanden, daß er vermutlich sowieso nur Mist gebaut hätte.

Dies war seine Einstellung gewesen, und er mußte zugeben, daß sie ihm nicht so unnatürlich vorgekommen war wie seine gegenwärtige Einstellung: dieses Gefühl enger Verbundenheit, das er für seinen Enkel empfand – als habe die Elternliebe eine Generation übersprungen und sei erst jetzt bei ihm angekommen.

»Auf jeden Fall«, hatte Peter den Streit im Garten abgeschlossen, »habe ich kaum eine andere Möglichkeit, als den Jungen mitzunehmen.«

Der Grund, so erklärte er, bestand darin, daß Vera seit Ralphs erstem Krankenhausaufenthalt vormittags im Schreibwarengeschäft arbeitete.

»Und was ist mit Ralph?« wollte Sully wissen. »Jetzt sag mir nicht, er geht auch wieder arbeiten.«

»Er hat angeboten, auf Will aufzupassen, aber . . .«

»Aber was?«

Später, als der Junge gerade mal nicht in der Nähe war, hatte

Peter erklärt, daß Will nicht allein mit Großvater Ralph im Hause bleiben wollte, da dieser, wie der Junge wußte, erst vor kurzem im Krankenhaus gewesen war. Er hatte Angst, sein Großvater würde sterben, wenn die anderen nicht da waren, und daß er dann, bis die anderen zurückkehrten, allein mit einem Toten im Hause war. Vielleicht war das ein Grund für Sullys seltsame Zuneigung zu dem Jungen, der ihm als eine zitternde Ansammlung schrecklicher, unnötiger Ängste erschien. Außerdem hatte Ralph viele Verpflichtungen; er arbeitete unter anderem für die Lions und half in der Kommission für den Freizeitpark.

Statt zum Anderson-Haus zu Rub und Peter zu fahren, bog Sully bei Carl Roebucks Büro ab. Es war nun einige Tage her, seit er Carl zuletzt gesehen hatte, und der hatte gezielt die Andeutung verbreiten lassen, daß er vielleicht Arbeit habe. Mit einem unbezahlten Lastwagen unterm Hintern konnte Sully es sich nicht leisten, solche Andeutungen zu ignorieren. Er stellte den Wagen ab und kletterte mit Will im Schlepptau die schmale Treppe zum dritten Stock hoch. Falls Carl nicht da war – immerhin eine Möglichkeit – konnte er vielleicht von Ruby erfahren, wo er steckte, und Ruby würde vielleicht wieder ihre durchsichtige Bluse tragen. Doch zu seiner Überraschung war die Sekretärin nicht da. Am Schreibtisch saß Toby Roebuck, die aber nichts Durchsichtiges trug, sondern ein zeltartiges graues Sweatshirt von der Art, wo irgendein amerikanisches College draufzustehen pflegt. Was mochte es nur bedeuten, sann Sully, daß er den Anblick von Toby Roebuck in einem weiten Sweatshirt dem der jungen Ruby in ihrer durchsichtigen Bluse vorzog? Vielleicht kam es daher, daß er sechzig war – und ein Idiot. Doch egal, was es bedeuten mochte – er freute sich jedenfalls, sie hier an Rubys Schreibtisch zu sehen, den Telefonhörer am Ohr und offenbar guter Laune, nach dem Grinsen zu urteilen, das sie ihm zukommen ließ. Sie wies auf die zwei Stühle hinter dem Couchtisch.

»Ich sag' es ihm, Clyde«, meinte sie gerade. »Keine Garantie. Du weißt ja, wie er ist . . .«

Sully nahm nicht Platz, sondern steckte seinen Kopf in das innere Büro. Kein Carl zu sehen.

Toby legte auf und starrte Sully an. »Ich hab' gehört, du hättest den Job gewechselt. Riechst übrigens nach Schmieröl.«

Sully hatte eben auf ihren eigenen Jobwechsel anspielen wollen, aber sie war ihm zuvorgekommen. Auch machte es ihm ganz schön zu schaffen, wie die Frauen oft erst einmal seinen Körpergeruch konstatierten, bevor sie überhaupt hallo sagten.

»Wer ist denn das?« fragte Toby und blickte forschend auf Will, dessen Gegenwart Sully im Augenblick vergessen hatte.

»Mein Enkel«, stellte er vor, dann zu Will: »Sag ›Hi‹ zu Mrs. Roebuck.«

Will, schüchtern wie immer, murmelte etwas, das entfernt nach einem ›Hallo‹ klang.

»Ich hab' mich noch gar nicht richtig dran gewöhnt, daß du 'nen Sohn hast«, äußerte Toby, »und jetzt kommst du hier als Großvater an. Man soll es nicht glauben.«

»Mein Sohn hat heute morgen fast dasselbe gesagt«, gab er zu. »Was ist denn hier los? Ruby krank?«

Sie verzog das Gesicht. »Ruby hat vorigen Freitag die Kündigung eingereicht. Ich hätte sie warnen sollen, daß es darauf hinauslaufen wird.«

»Wo wird sie denn hingehen?«

Toby zuckte die Achseln. »Wir könnten ja der Wimperntuschenfährte folgen . . .«

»Lieber nicht«, meinte Sully. »Es ist ziemlich entmutigend, wenn man sieht, wie viele junge Mädchen sich über deinen Mann die Augen aus dem Kopf weinen. Ich weiß ja, daß wir seit *Women's Lib* nicht mehr öffentlich sagen sollen, die Frauen wär'n blöd, aber so, wie sie auf Carl reinfallen, sieht's stark danach aus.«

»Du meinst wohl, sie sollten lieber auf dich reinfallen?«

»Nicht alle«, gab Sully zu. »Aber wenn Carl sie alle zum Narren halten kann, sollte mir das wenigstens bei einer oder zweien gelingen.«

»Hast du nichts mehr mit Ruth?«

Sully achtete nicht auf die Frage hinter der Frage. Tatsächlich hatte er Ruth seit drei Wochen nicht mehr gesehen – seit Roy, der Mann ihrer Tochter, auf das falsche Haus geschossen hatte und Janey mit gebrochenem Kiefer und einer schweren Gehirnerschütterung im Krankenhaus eingeliefert worden war. Irgendwie hatte Ruth die Verantwortung für diese Ereignisse Sully aufgebürdet.

Zumindest hatte es sich so angehört, als sie es ihm gesagt hatte, bevor er noch ganz wach war. Es war nicht eine ihrer üblichen Diskussionen gewesen, die sie unter Ausschluß der Öffentlichkeit in irgendeinem Motelzimmer oder in Sullys Pick-up austrugen. Ruth war plötzlich in *Hattie's Lunch* aufgetaucht, bevor er einen Schluck Kaffee getrunken oder Rub den ersten Dollar des Tages geliehen hatte und bevor er sich überhaupt hatte überlegen können, was er Ruth sagen sollte. Er selbst hatte gerade erst vor wenigen Minuten von der immer noch ziemlich mitgenommenen Miss Beryl die ganzen Geschehnisse erfahren und war noch dabei zu entscheiden, ob er lieber nach Ruth suchen oder es ihr überlassen sollte, ihn zu finden. Und dann war ihm die Entscheidung abgenommen worden; er hatte zuerst nicht einmal bemerkt, daß Ruth da war, bis alle an der Lunchtheke geschwiegen hatten, als hielten sie den Atem an.

Und als er sich umgeblickt und gesehen hatte, wer da stand, war er weniger über Ruths Erscheinen als über ihr Aussehen erschrocken gewesen; sie sah aus wie eine Frau, die über Nacht ihre Jugend verloren zu haben schien. Man sah ihr nun jedes ihrer achtundvierzig Jahre an und noch einige darüber hinaus, und etwas Furchtbares stand in ihrer Miene, so als habe sie erkannt, daß sie endgültig die Schlacht verloren hatte, und – nach einigem Nachdenken – froh darüber war.

Welche Schlacht es auch gewesen sein mochte – Sully konnte sehen, daß sie den Kampf gegen ihn auf keinen Fall verlieren wollte. Sie sah aus, als wolle sie kurzen Prozeß mit ihm machen – und mit jedem anderen, der dumm genug wäre, sich auf seine Seite zu schlagen. Der einzige, der sich vielleicht auf Sullys Seite gestellt hätte, war Rub, der auf dem Hocker neben Sully saß, und der solche Angst bekam, als er Ruth erblickte, daß er Sully nicht einmal warnen konnte. Er hätte kaum ängstlicher sein können, wenn jemand ihm gesagt hätte, daß Carl Roebuck die Zementblöcke hinter dem dämonischen Clown gefunden hatte oder daß Bootsie gekommen war, um ihn auf seinen ›Dödel‹ zu hauen.

Und dann hatte Ruth wirklich kurzen Prozeß mit Sully gemacht, als er die einzige Karte zu seinen Gunsten ausspielte, weil er sie irrtümlich für seine Trumpfkarte hielt. »Ich war nicht mal dabei, Ruth«, hatte er gesagt.

Sie ließ die Bemerkung im Raum stehen, bis die Worte sich wie Himmelsschrift zwischen ihnen zu formen schienen. »Ich weiß, daß du nicht da warst, Sully«, sagte sie und senkte dabei ihre schroffe Stimme, wie sie es immer tat, wenn sie einen Schlag vorbereitete. »Aber wann warst du das letzte Mal da, wenn einer dich gebraucht hat?«

Ruth hatte immer schon ein Faible für bühnenreife Abgänge gehabt. Sully sah nur stumm zu, wie sie vom Hocker aufstand, beobachtete durchs Fenster, wie sie in den Wagen zu Zack stieg, der zu Sullys großer Überraschung dort auf sie gewartet hatte. Dann hörte man ein irres Kichern. Einen Augenblick lang glaubte Sully, daß es in seinem Kopf sein müsse, daß es seine eigene Verwirrung war, aber dann stellte sich heraus, daß die alte Hattie in ihrer Nische die Urheberin war, die mit diesem groben Heiterkeitsausbruch auf die vage wahrgenommene Spannung reagiert hatte. Cass hatte den ganzen Morgen gebraucht, um ihre Mutter wieder zu beruhigen.

»Ich hab' Ruth nie zum Narren gehalten«, sagte er jetzt zu Toby Roebuck. »Sie hat mich einfach trotz allem gemocht.«

»So mag dich jeder, Sully.«

»Tja, ist wohl besser als nicht gemocht zu werden«, meinte er.

Toby Roebuck antwortete nicht sofort. Hätte man Sully in diesem Moment gefragt, was er an Frauen überhaupt nicht mochte – auch an Frauen, die er gern hatte –, so hätte er geantwortet, es sei ihre Fähigkeit zu bedeutungsvollem Schweigen, als ob sie einem Mann Gelegenheit geben wollten, sich zu überlegen, was er da gerade gesagt hatte.

»Ich bin gestern in sie reingerannt«, sagte Toby schließlich.

»In wen?«

»Wen?« wiederholte sie. »Ruth, wen! Über wen haben wir denn grade geredet?«

»Oh, über sie«, sagte Sully mit gezwungenem Grinsen.

»Sie hatte ein kleines Mädchen dabei.«

Das sollte vermutlich eine Frage sein, doch Sully beschloß, nicht näher darauf einzugehen. Janey war immer noch nicht aus dem Krankenhaus entlassen worden. Sully selbst wußte nur in Bruchstücken, was während der letzten zwei Wochen durchgesickert war.

Vince war eines Nachts, kurz nachdem er seine Pizzeria zugemacht hatte, ins *Horse* gekommen und hatte ihm alles erzählt. Anscheinend hatte Ruth ihren zweiwöchigen Jahresurlaub beim IGA genommen und auch im Restaurant aufgehört, damit sie sich um Tina kümmern konnte, während Janey im Krankenhaus war. Der Einkommensverlust hatte wiederum Zack bewogen, sich eine feste Arbeit zu suchen. Roy, Janeys Mann, der keine Kaution stellen konnte, saß immer noch im Gefängnis und wartete auf seine Verhandlung. Alle schienen sich einig, daß er dort am besten aufgehoben sei, besonders seit er gedroht hatte, daß er, sobald er herauskäme, an Sully Rache üben wolle, da dieser seine Frau und seine Tochter versteckt hatte.

»Also«, sagte Toby Roebuck, »sieht's so aus: Zwischen Ruth und dir ist es aus.«

»Es stimmt, daß ich wieder zu haben bin, falls du darauf anspielst.«

»Sully, Sully, Sully.«

»Das ist das, was dein Mann immer sagt«, betonte Sully. Dann sah er eine willkommene Möglichkeit, das Thema zu wechseln. »Du hast aber meine Frage noch nicht beantwortet. Hilfst du hier nur aus, oder kann ich mich immer reinschleichen und dich hier finden?«

»Scheint so, als ob es 'ne Weile dauern wird«, meinte sie. »Er ist übrigens draußen auf dem Gelände, falls du's genau wissen willst. Er wär' jetzt ein neuer Mensch, sagt er. Ein Mensch, der viele Entscheidungen getroffen hat. Du solltest ihn mal danach fragen. Ist allerdings schon eine Stunde her, also wird er sich vielleicht nicht mehr erinnern.«

Sully nickte und stand auf. »Ich kann's kaum erwarten, es zu hören. Wenn ich ihn verpasse, sag ihm, daß ich da war.« Dann, zu Will: »Was meinst du, Sportsfreund? Sollen wir gehen?«

Will, der während der ganzen Zeit keinen Ton gesagt hatte, stand auf und ging vor seinem Großvater in den Flur.

»Bist du sicher, daß er mit dir verwandt ist?« erkundigte sich Toby.

»Ganz sicher«, erwiderte Sully. Als der Junge außer Hörweite war, fuhr er fort: »Ich will ja nichts sagen, aber Ruby hat immer diese durchsichtigen Blusen getragen. Natürlich liegt's bei dir . . .«

Sully wußte nicht, was er als Ergebnis dieser Neckerei erwartet hatte. Vielleicht würde sie ihm in gespielter Entrüstung etwas an den Kopf werfen. Und deshalb schloß er noch im Reden die Tür, und die Tür war fast zu, als er zu Ende gesprochen hatte. Fast. So daß er beinah nichts gesehen hätte, als Toby Roebuck es blitzen ließ – ihr Sweatshirt im Bruchteil einer Sekunde hochstülpte und wieder herunterzog. Im Zweifel, ob er es wirklich gesehen hatte, blieb er noch auf dem Fleck hinter der Tür stehen. Wie lange genau, wußte er nicht. Eine Sekunde lang? Oder zwei? Drei?

Wills Stimme, die von der Treppe her tönte, brachte ihn wieder in die Wirklichkeit zurück. »Was ist denn los, Opa?« rief der Junge, das Gesicht sorgenvoll verzogen.

Aus dem Büro ertönte fröhliches Gelächter. »Ja, Opa«, rief Toby Roebuck. »Was ist denn nur los?«

An dem Abend, als Sully und Peter den Schneepflug von Carl Roebucks Gerätehof stahlen, hatte es einen Verletzten gegeben, ja, fast wäre ein Toter zu beklagen gewesen: Rasputin, der Dobermann, hatte einen Schlaganfall erlitten. Sully und Peter hatten zwar gesehen, wie der Hund zusammengebrochen war, nahmen aber an, daß er einfach im Stehen eingeschlafen und dann umgekippt war. Doch so einfach lag der Fall nicht: der Hund, darauf abgerichtet, unwillkommene nächtliche Besucher anzugreifen, war durch die Tabletten, die ihn in einen friedlichen und schläfrigen Zustand versetzten, in einen tiefenpsychologischen Konflikt geraten; und da er seinen Tötungstrieb nicht mit seinem Schlafbedürfnis vereinbaren konnte, war sein Kreislauf zusammengebrochen.

Seit jenem Abend hatte der Hund nur einen kleinen Teil seiner Körperbeherrschung wiedererlangt. Er kam nun immer etwas schief dahergeschlurft, da eine Körperseite keine entsprechenden Befehle mehr erhielt. Seine ganze Wildheit war wie weggeblasen. Und als hätte der Hund gelernt, wie wichtig ein ungestörter Nachtschlaf ist, schlief er nun die meiste Zeit und lief auch im Wachzustand sabbernd und ziellos an der Umzäunung entlang, als suche er dort nach seiner verlorenen Angriffslust. Besucher, die er früher mit seinem tiefen kehligen Knurren nervös gemacht hatte, stupste er nun vertrauensvoll mit der langen Schnauze an und leckte ihnen die Hand. Nur bei Sully war es anders.

Es ist schon möglich, daß ein Hund nie vergißt, wer ihn vergiftet hat. Als Sully vorfuhr und am Zaun parkte, wachte Rasputin auf und knurrte. Er hatte an seinem bevorzugten Plätzchen geschlafen, an eben jener Stelle, wo er in der Nacht zusammengebrochen war, als Sullys Hamburger sein Leben veränderte. Nun versuchte er aufzustehen, eine heldenhafte Tat, die immer eine ganze Menschenmenge als Zuschauer anzog. Carl Roebuck und zwei seiner Männer, die gerade aus dem Wohnwagen der Tip-Top-Baufirma heraustraten, hielten inne, um das Schauspiel zu betrachten. War Rasputin erst einmal auf den Füßen, so konnte er ganz gut humpeln, aber er brauchte einige Versuche, um sich nach seinem Nickerchen von dem kalten Boden zu erheben. Das Problem schien die gesunde Körperhälfte zu sein, die ungeduldig auf die Reaktionen der langsamen kranken Hälfte wartete; diese konnte sich nur in Zeitlupe bewegen und brachte so das Tier dazu, sich immerfort im Kreise zu drehen wie ein Boot, das nur mit einem Ruder bewegt wird. Dann brach das arme Tier zusammen und mußte wieder von vorn anfangen. Erst wenn der Hund so erschöpft war, daß die gesunde Seite so langsam reagierte wie die kranke, konnte er aufstehen. Aber dann war er bereits reif für das nächste Nickerchen.

Die Männer auf den Stufen des Wohnwagens schauten einigen dieser vergeblichen Versuche zu und schüttelten ungläubig die Köpfe. Auch Sully und Will sahen einen Augenblick zu, wobei die Augen des Jungen vor Staunen und Furcht ganz groß wurden.

»Was hat er denn, Opa?« fragte der Junge.

»Er hatte vor ein paar Wochen einen Unfall«, erklärte Sully, der den Hund in der Zwischenzeit einige Male gesehen hatte. »Willst du auf meinen Schultern reiten?«

Als Will begeistert nickte, hob Sully ihn hoch.

»Schau mal an, wer da ist«, bemerkte Carl Roebuck, als er Sully und den Jungen näher kommen sah. »Bist du gekommen, um dein Werk zu bewundern?«

»Ist nicht meine Schuld, wenn du einen Dobermann hast, der Spastiker ist«, entgegnete Sully und setzte Will auf den Stufen ab.

Der Junge sah noch immer argwöhnisch Rasputins Kreisen zu. Nun, da er Sullys Stimme gehört hatte, stieß der Hund leise heulende Klagelaute aus.

»Ich glaube, es *ist* deine Schuld«, betonte Carl. »Wenn ich es bloß beweisen könnte!« Er wandte sich an die beiden anderen Männer: »Ich weiß ja, daß ihr liebend gern den ganzen Nachmittag hier rumlungern würdet und darauf wartet, daß der Hund 'nen neuen Anfall kriegt ...«

»Würd' ich gern«, sagte einer der beiden. »Geb' ich ja zu.«

Dann aber machte er sich mit dem anderen Mann auf, und Carl und Sully und der Junge stiegen in den Wohnwagen.

Carl Roebuck ging um den kleinen Metallschreibtisch herum und setzte sich, legte die Füße hoch und blickte erst den Jungen, dann Sully an. »Don Sullivan«, sagte er bedeutungsvoll. »Schneepflugdieb, Hundevergifter, Pfannkuchenbäcker. Geheimer Vater und Großvater. Hans Dampf; kann nichts, macht alles. Wie geht's denn so?«

Sully nahm sich einen Stuhl. »Ziemlich lausig, wie immer«, gab er zu. Er bedeutete Will, sich auf das Sofa zu setzen. »Mach es nicht kaputt«, warnte er.

Furchtsam betrachtete Will das Sofa. Es war zerschlissen – die Füllung quoll schon aus den Rissen im Bezug. Will kletterte vorsichtig auf das Sofa und merkte dann, daß beide Männer ihn angrinsten.

»Hat dein Großvater dir schon erzählt, wie er Hunde vergiftet?«

Wieder riß der Junge die Augen auf.

»Und er klaut anderen Leuten die Schneepflüge.«

»Achte nicht auf ihn«, riet Sully. »Er kann einfach nicht auf seine Sachen aufpassen.«

»Du hast ihn auch gut versteckt, das muß ich zugeben«, meinte Carl.

Sully nickte. »Ich glaube, diesmal bist du ihn wirklich los.« Er hatte Miss Beryl erzählt, daß man sich auf einen Besuch von Carl Roebuck gefaßt machen müsse, und Carl war auch tatsächlich aufgetaucht. Carl dürfe auch seine Wohnung durchsuchen, wenn er unbedingt wolle. Aber das hatte Carl abgelehnt, denn, so sagte er, Sully würde die Fräse nie an einem Ort verstecken, der so verräterisch war, und außerdem habe er sonst nichts da oben, das zu einem zusätzlichen Raub verleiten könne.

»Irgendwann taucht sie wieder auf«, sagte Carl nun. »Spätestens bei den ersten Schneefällen.«

»Ich hätte auch gern, wenn's schneite«, stimmte Sully zu, weil er wieder an Harolds Schneeräumschild dachte und an das Geld, das er damit verdienen konnte. »Ein oder zwei anständige Schneestürme, und ich brauch' dich nicht mehr.«

Carl grinste. »Du wirst mich immer brauchen. Und wenn es zwanzig Schneestürme gäb' und du zwanzig Schneeräumer hättest – eine Woche später würdest du wieder genauso schlimm dastehen.«

»Ich hab' nie behauptet, daß ich Glück habe«, gab Sully zu. »In einer Stadt wie dieser ist nur Platz für *einen* Glückspilz, und der bist du. Der Rest von uns versucht einfach nur klarzukommen.«

Carl schnaubte verächtlich. »Du bist der einzige, den ich kenne, der noch ans Glück glaubt.«

Sully nickte. »Ich hab' an Intelligenz und harte Arbeit geglaubt – bis ich dich kennenlernte. Nur Glück kann einen Mann wie dich erklären.«

»Das läßt aber keine gute Erklärung für dich übrig.«

»*Pech* ist die Erklärung für mich«, grinste Sully.

Carl Roebuck hatte wieder dieses Grinsen aufgesetzt, das einen wahnsinnig machen konnte. »Hast du schon 'ne neue Wohnung gefunden?«

»Erinnere mich nicht daran«, gab Sully zurück. Er hatte Miss Beryl versprochen, zum ersten Januar auszuziehen. Bis dahin waren es noch zwei Wochen, doch er hatte noch keine neue Wohnung gefunden. Am Tag nach der Schießerei hatte Clive jr. zuerst versucht, ihn zur Räumung zu zwingen, aber Sully hatte ihm gesagt, er könne ihn mal am Arsch lecken. Er würde erst gehen, wenn Miss Beryl es befahl, aber nicht vorher. Ungeachtet der Tatsache, daß jeder ihn für alles mögliche verantwortlich machen wollte, blieb Sully eisern. Er war damals nicht dagewesen und kannte den Mann nicht, der geschossen hatte. Vielleicht *war* Janey zu Miss Beryl gefahren, um ihn und ein Plätzchen zum Verstecken zu suchen, aber deshalb war er nicht verantwortlich für den

Amoklauf ihres verrückten Ehegatten. Und nachdem er die ganzen Anschuldigungen hatte einsickern lassen, war er zu dem Schluß gekommen, daß er zum Sündenbock gemacht wurde. Ruths Anschuldigungen klangen ihm immer noch in den Ohren, und nun fing auch noch Clive jr. damit an.

Doch als er später am Abend mit Wirf im *Horse* saß und trank, kam er doch zu dem Schluß, daß er vielleicht besser umziehen sollte. Miss Beryl hatte ihm nicht die Schuld gegeben, und das hatte Sully darauf gebracht, ihren Edelmut zu vergelten, indem er dafür sorgte, daß sie sich nicht mehr in der Schußlinie befand. Es mochte ja stimmen, daß er die Ereignisse nicht verursacht hatte – ohne ihn wären sie aber auch nicht passiert. Er mochte ja recht haben, daß Janey nicht seine Tochter war, obwohl Ruth so hartnäckig daran festhielt und Janey es vielleicht auch glaubte; vielleicht war sogar Zack dieser Meinung. All dies war ganz schön kompliziert und erinnerte Sully an eine jener verrückten Theorien, die sein junger Philosophielehrer mit Begeisterung von sich zu geben pflegte: Er sagte, daß jeder, alle Menschen auf der Welt, durch unsichtbare Fäden aneinander gebunden seien, und wenn man sich bewegte, übte man unweigerlich eine Wirkung auf andere aus. Auch wenn man nicht sah, wie die Fäden gezogen wurden – es gab sie. Damals hatte Sully diese Vorstellung als blödsinnig eingestuft; schließlich war er fast sechzig Jahre lang durchs Leben gekrochen, ohne auf jemand anderen eine sichtbare Wirkung auszuüben, außer auf sich selbst – und vielleicht noch auf Rub. Seine Frau hatte nach der Scheidung kaum noch von ihm Notiz genommen und sich in ihr neues Leben gestürzt. Sein Sohn sah einen anderen Mann als Vater an. Außer Rub gab es wirklich keinen, der von ihm abhängig war, was, wie er zugeben mußte, für das gute Urteilsvermögen der anderen sprach.

Doch das war vor Thanksgiving gewesen, bevor Peter mit seinen Nöten aufgetaucht war und seinen kleinen Jungen mitgebracht hatte, der gleichfalls in Nöten war; bevor Janey zu ihm gekommen war, weil sie ein Versteck brauchte; bevor er von Ralphs und Veras Sorgen und von Wirfs Krankheit erfahren hatte. Vielleicht gab es ja doch diese unsichtbaren Fäden zwischen den Menschen. Wenn das der Fall war, sollte er wohl doch eine neue Wohnung suchen.

Miss Beryl war achtzig und eine Frau, mit der man Pferde stehlen konnte, aber sie hatte sich im Alter etwas Ruhe und Frieden verdient. Sie verdiente es nicht, daß auf ihrem Rasen tote Hirsche abgeladen wurden und daß verrückte, eifersüchtige Ehemänner aus Schuyler daherkamen und wild in ihrer Straße herumballerten. Und wenn Sully erst einmal weg war, konnte das nicht mehr passieren.

Also hatte er seiner Wirtin mitgeteilt, daß er zum ersten Januar ausziehen wolle, vorausgesetzt, Clive jr. komme ihm nicht in die Quere und würde ihm nicht mehr zusetzen. Obwohl sie durch seine Entscheidung wirklich traurig gestimmt schien, hatte Miss Beryl nichts dagegen gesagt, und wieder einmal war es Sully wie so oft in den letzten vierzig Jahren in den Sinn gekommen, daß er wirklich der gefährliche Mann war, für den ihn alle Leute hielten.

»Ich mach' mir aber keine großen Sorgen«, sagte er jetzt zu Carl Roebuck. »Toby meint, ich kann bei euch wohnen, bis sich etwas ergeben hat. Sie hat gesagt ›es wär' schön, einen Mann im Haus zu haben‹.«

Vor dem Wohnwagen war ein lautes Knurren zu vernehmen, gefolgt von einem Kratzen und einem Schnüffeln an der Tür. Will rutschte ein wenig näher zu Sully.

»Witzig, wie sehr dieser Hund dich haßt«, äußerte Carl.

»Woher weißt du, daß er mich meint?«

Wieder ein lautes Knurren von draußen.

Carl Roebuck grinste. »Die Stimme seines Herrn.«

»Kann er denn rein?« wollte Will wissen.

»Guck mal«, sagte Carl. »Geh mal rüber zum Fenster und wirf einen Blick durch die Gardinen.«

Will schaute nun sehr zweifelnd drein, tat aber wie ihm geheißen.

»Steht er da?«

Als Will nickte, trat Carl Roebuck einmal fest gegen die Tür. Draußen hörte man einen dumpfen Aufschlag.

»Er ist umgefallen«, berichtete Will.

Carl blickte kopfschüttelnd zu Sully. »Ist das nicht furchtbar? Ein toller Dobermann, so scharf wie nur was. Fertiggemacht.«

»Hör mal«, sagte Sully. »Ich hab' gehört, du hättest Arbeit für mich.«

»Das hängt davon ab«, sagte Carl, setzte sich wieder und legte die Füße hoch. »Hast du immer noch dieses kleine Scheißhaus da auf der Bowdon?«

»Weiß ich nicht genau.«

»Du weißt es nicht?«

»Es ist mir egal«, gab Sully zurück, doch eher aus Gewohnheit, und nicht, weil es der Wahrheit entsprach; in den letzten Wochen hatte er fast jeden Tag an das Haus gedacht. Er war sogar eines Nachmittags vom Anderson-Haus dorthin gewandert und hatte es noch einmal in Ruhe betrachtet – und sich wieder gefragt, ob der Besitz mehr wert sein könne als die Grundsteuer, und wenn ja, wieviel. Ob es zum Beispiel zur Tilgung seiner Schulden reichen würde. Oder um Peter zu helfen. Die Rückkehr seines Sohnes nach Bath hatte in Sully den unerklärlichen Drang wiedererstehen lassen, seinem Sohn etwas geben zu können. Als Peter noch ein Junge war, hatte Sully ihm zu Weihnachten Geschenke geschickt und auch zu seinem Geburtstag, aber er konnte sich an kein besonderes Geschenk erinnern, und das kam Sully so vor, als habe er nie etwas geschenkt. Vielleicht wäre es gut, wenn er Peter das Haus vermachen würde oder das Geld aus dem Verkauf des Hauses.

»Weißt du noch, ob die Dielen aus Hartholz waren?«

Sully wußte es; er erinnerte sich noch, wie seine Mutter auf den Knien gelegen und sie gescheuert hatte.

Carl nahm das Telefon zur Hand und wählte eine Nummer. »Hi«, grüßte er, ohne seinen Namen zu nennen. »Tu mir einen Gefallen. Ruf im Rathaus an und find mal raus, wie es mit Sullys Haus auf der Bowdon steht. Er scheint nicht zu wissen, ob es ihm noch gehört. Und gib dem kleinen Rodrigo einen Kuß von mir.«

Bevor Sully versuchen konnte, aus dieser Unterhaltung schlau zu werden, hatte Carl schon wieder aufgelegt. »Willst du jetzt mal vorbeifahren und nachschauen?«

»Können wir machen«, sagte Sully und tat so, als sei es ihm egal. In Wirklichkeit war er sehr daran interessiert zu erfahren, was Carl von dem Haus hielt. Er hatte ihn schon einige Male danach fragen wollen, es dann jedoch unterlassen – denn er wollte sich nicht vor der ganzen Stadt blamieren, indem er Carls Hilfe in Anspruch nahm.

»Dann mal los«, schlug Carl vor, ohne aufzustehen oder auch nur die Füße vom Schreibtisch zu nehmen. Will, der ihre Verabredung wörtlich genommen hatte, stand auf, doch als er sah, daß keiner der beiden Männer sich regte, setzte er sich verwirrt wieder hin.

Sully sah Carl aufmerksam an. Irgendwie sah er verändert aus, und er erinnerte sich an Toby Roebucks Bemerkung, daß ihr Ehegatte eine Wandlung durchgemacht habe. »Du siehst heute wieder reichlich selbstzufrieden aus«, meinte er, beugte sich vor und zog einen kleinen Couchtisch, der mit Zeitschriften bedeckt war, zu sich heran, damit er auch die Füße hochlegen konnte. Sully war der festen Überzeugung, wenn zwei Männer in einem Zimmer waren und der eine die Füße hochlegte – dann hatte dieser die Oberhand. Besonders, wenn es sich bei einem der beiden um Carl Roebuck handelte. Wann immer es möglich war, legte Sully seine Füße hoch, selbst wenn es ihm weh tat. So machte er es auch jetzt und freute sich ungemein darüber, daß seine schneematschbespritzten Arbeitsstiefel eine Pfütze auf der obersten Zeitschrift hinterließen.

»Stimmt«, sagte Carl. »Ich hab' so gute Laune, daß nicht mal du mir 'nen Dämpfer versetzen kannst.«

»Das freut mich«, gab Sully zurück. »Es freut mich, wenn Typen wie du glücklich sind. Klar – ich wär' auch glücklich, wenn ich ein Vermögen geerbt und das schönste Mädchen in der County geheiratet hätte und dann noch nebenbei alle anderen vögeln könnte.«

Carl grinste und lehnte sich noch weiter in seinem Drehstuhl zurück, faltete die Hände hinter dem Nacken. »Du hast ja recht«, gab er zu, traurig, wie es schien. »Sie ist das schönste Mädchen in der ganzen County.«

»Das erzähl' ich dir schon seit Jahren, wie du dich vielleicht erinnerst.«

»Okay, jetzt hast du's mir wieder gesagt, du Klugscheißer«, lenkte Carl ein. »Dann interessiert es dich vielleicht zu hören, daß ich eine neue Seite aufgeschlagen habe.«

»Genau das hat sie mir auch erzählt«, sagte Sully. »Ich konnte es nur nicht übers Herz bringen, sie daran zu erinnern, wen sie denn nun gemeint hatte.«

»Hast du Toby im Büro gesehen?«

»Stimmt«, erwiderte Sully. Und wenn er nicht so überrascht gewesen wäre, hätte er dort schon einiges erkennen können. Nun, da Carl Roebuck ihm so selbstgefällig gegenübersaß, erwog Sully einen Augenblick lang, ihm zu erzählen, was vorgefallen war, nur um zu sehen, ob er Carl nicht doch einen Dämpfer aufsetzen könnte. Was ihn davon abhielt, war die, wenn auch vage Möglichkeit, daß Toby Roebuck ihm eine Art Einladung hatte zukommen lassen, die er eines Tages annehmen konnte, wenn er seinen Enkel nicht dabeihatte. Schließlich hatte er schon seit Jahren mit der Frau geflirtet. Sie wäre dumm, wenn sie ihn ernst nahm, aber vielleicht konnte man von einer Frau, die einen Carl Roebuck ernst nahm, auch nicht mehr erwarten.

»Sie hat dir überhaupt nichts gesagt?« Carl grinste immer noch wie ein Irrer. »Na, mach dir nichts draus«, fuhr er fort. »Sie erzählt es vielleicht nur Leuten, die sie mag.«

Plötzlich fiel es Sully wie Schuppen von den Augen. »Was?« staunte er. »Jetzt sag bloß nicht, daß sie schwanger ist.«

»Hat sich ein Kind eingefangen wie so ein kleiner *Cheerleader*«, erwiderte Carl. Sein Grinsen war jetzt so ansteckend, daß Sully nicht umhin konnte, trotz seiner Enttäuschung zurückzugrinsen.

Eine ganze Weile schwiegen beide.

»Also«, brach Carl Roebuck schließlich das Schweigen. »Jetzt willst du wohl Pate werden, nehm' ich an.«

»Ich kann nicht gleichzeitig Vater *und* Pate sein«, gab Sully zurück. »Du mußt verdammt noch mal auch was dazu beisteuern.«

»Wie auch immer. Der Deckhengst läßt das Fummeln sein. Mir ist jetzt klargeworden«, erklärte er, während er seinen warmen Mantel und die Handschuhe überzog und den Tweed-Hut aufsetzte, »daß ich einfach nur Vater werden wollte. Ist das nicht toll, wie das Unterbewußtsein arbeitet?«

»Sicher«, stimmte Sully zu. »Du hast uns ja auch alle ganz schön an der Nase rumgeführt. Wir dachten, du wärst einfach nur ein Scheißkerl. Wie lange willst du das denn durchhalten?«

Carl holte tief Luft. »Außer Toby hab' ich die letzten drei Tage gelebt wie ein Mönch, und ich bin noch nicht mal geil. Hab' mich ehrlich gesagt nie besser gefühlt. Du hättest mir früher sagen sollen, daß es in Ordnung ist, wenn man nicht mehr so oft will. Ich hab' das Spielen aufgegeben und das Trinken und das Rauchen und überhaupt alles – außer schlechten Freunden –, was überhaupt der einzige Grund ist, warum ich noch mit dir rede.«

Draußen vor dem Wohnwagen ließ Carl einen Tarzanschrei los und schlug sich auf die Brust. »Weißer Jäger macht Baby!« brüstete er sich. »Laß uns in zwei Autos fahren. Wir treffen uns dann dort.«

Sully erklärte sich einverstanden. Er war schon einige Schritte Richtung Tor gegangen, als er merkte, daß Will nicht an seiner Seite war. Der Junge stand immer noch auf den Stufen des Wohnwagens und suchte die Umgebung nach Rasputin ab, der nirgends zu sehen war. »Wo ist er?« fragte Will.

»Komm her«, sagte Sully. »Nimm meine Hand.«

Will kam vorsichtig näher. »Da ist er«, sagte er, als er den Hund ausfindig gemacht hatte.

Rasputin lehnte mit verschränkten Beinen am Maschendrahtzaun, als wolle er ausruhen. Wäre er ein Mensch gewesen, so hätte seine Haltung ausgedrückt, daß er sich gleich eine Zigarette anzünden und sie ein paar Minuten lang genüßlich qualmen würde.

»Ist das nicht ein verdammt jämmerlicher Anblick«, meinte Carl, während er auf seinen einst so verläßlichen Wachhund zuging. Rasputin regte sich schwach, ohne sich aufrichten zu können. Es war klar, daß er wieder das Gleichgewicht verloren hatte und gegen den Zaun geplumpst war, der nun das einzige war, was ihn noch aufrecht hielt.

Carl trat hinter den Hund, zog ihn vom Zaun weg und setzte ihn sanft nieder. »Weißt du, an wen er mich erinnert?« fragte er. Bevor Sully erwidern konnte, er wisse es nicht, gab Carl ihm die Antwort. »An dich«, sagte er.

Sully nickte. »Und er hat den richtigen Dreh raus«, gab er zu. »Ist mir vorher nie aufgefallen.«

Mittags stand Miss Beryl in der Küche und starrte ratlos in den Küchenschrank; sie erwog, einen Teller Suppe zu sich zu nehmen, nicht unbedingt, weil sie Hunger hatte, sondern weil sie mal etwas essen mußte. Für eine Frau ihres Alters hatte sie einen erstaunlich gesunden Appetit, aber in den letzten zwei Wochen hatte sie kaum noch richtig gegessen. Und das schlimmste war, daß sie wußte, warum: Es war nicht, wie Mrs. Gruber meinte, bloß eine ›Konfusion‹, weil ein Verrückter sich vor ihrer Haustür in die Zeiten des Wilden Westens zurückgeschossen hatte. Es war auch nicht – wie Clive jr. vermutete –, daß sie sich ein wenig verloren fühlte, weil sie dieses Jahr nicht auf Reisen gegangen war; in anderen Jahren war sie Ende Dezember damit beschäftigt gewesen, sich auf eine Reise in irgendein fremdes Land vorzubereiten. Clive jr. war immer noch der Meinung, daß sie auch dieses Jahr fahren sollte. Eigentlich hatte sie ja auch eine Reise nach Afrika geplant, wo sie einen Gefährten für Driver Ed zu finden hoffte. Wenn Ed ein wenig zufriedener war, würde er vielleicht aufhören, ihr andauernd subversive Ratschläge zuzuflüstern. Als Gefährten stellte sie sich eine nette weibliche Maske vor, der es nichts ausmachen würde, die Wand mit einem mürrischen alten Verwandlungskünstler wie Ed zu teilen, der seit kurzem – seit sie begonnen hatte, auf Clive juniors Ratschläge zu hören – noch verdrießlicher geworden war. Daß sie nun keine Ergänzung für Driver Ed finden konnte, war jedoch auch nicht der Grund ihrer Appetitlosigkeit.

Am Wochenende war Miss Beryl – die nun gemerkt hatte, daß sie einen langen Winter ohne rechte Beschäftigung vor sich haben würde – mit Mrs. Gruber ausgefahren, in der Absicht, das schwierigste Puzzle zu erwerben, das man nur auftreiben konnte. Sie gingen in einen teuren Hobbyladen in Schuyler Springs, wo Miss Beryl das Puzzle kaufte und Mrs. Gruber sich einen ›Treppenhüpfer‹ zulegte, da sie behauptete, so etwas noch nie gesehen zu haben. »Er sieht fast lebendig aus«, rief sie immer wieder, wenn die Drahtspirale – offenbar aus eigenem Antrieb – die Treppe hinunterpurzelte, die für sie aufgestellt war.

Auf dem Heimweg hatte Miss Beryl, die unzählige Male in ihrem Leben nach Schuyler Springs gefahren war, die Auffahrt verpaßt. Sie bemerkte ihren Irrtum erst, als sie eine Unterführung der Interstate entlangfuhren und das Donnern der Sattelschlepper hörten, die auf dem Weg nach Kanada waren. Mrs. Gruber, die nie etwas außerhalb des Wagens wahrnahm, merkte nichts vom Irrtum der Freundin, wodurch Miss Beryl Zeit gewann, nach einer Lösung zu suchen. Sie wollte nicht einfach anhalten und mitten auf der Landstraße ein langwieriges Wendemanöver ausführen, so daß vielleicht sogar Mrs. Gruber auf ihren Irrtum aufmerksam wurde. Also fuhr sie unbeirrt ein, zwei Meilen weiter, hielt sich auf einer Kreuzung rechts und brauste dann – wie sie hoffte – Richtung Süden. Bei der nächsten Möglichkeit hielt sie sich wieder rechts – theoretisch mußte das Westen sein und in Richtung Bath führen. Und sie hatte recht: Die Straße führte unter der Interstate hindurch und am neuen Supermarkt vorbei wieder auf die neue vierspurige Landstraße. Als sie an dem dämonischen Clown vorbeifuhren, der für den neuen Park ›Zur letzten Ausflucht‹ warb, schrie Mrs. Gruber – die das Schild wohl schon ein dutzendmal gesehen hatte, ohne es richtig wahrzunehmen – plötzlich auf: »Ach schau doch mal, Liebes! Das ist ja Clive jr.!«

Das Puzzle, das Miss Beryl in dem Hobbyladen in Schuyler Springs gekauft hatte, zeigte eine verschneite Winterlandschaft, die sie an das Wintergedicht erinnerte, das sie den Achtkläßlern so viele Jahre lang beizubringen versucht hatte. Die Äste auf dem Bild waren ein Gewirr aus schwarzen, ineinander verschlungenen Formen. »Warum denn das da?« wollte Mrs. Gruber wissen. »Das würde mich ja verrückt machen.«

Miss Beryl wünschte nun, sie hätte auf diesen Rat gehört. Daß es an das Wintergedicht erinnerte, schien der einzige Vorzug dieses Puzzles zu sein. Der Schnee hatte fast die gleiche Farbe wie der Himmel, und das Zusammensetzen der einzelnen Ausschnitte war etwas zu langwierig. Die vielen schwarzen und weißen Elemente des Puzzles (gar nicht zu reden von den grauen) machten die Bestimmung schwierig, ob ein Element nun zum Vordergrund oder zum Hintergrund gehörte. Im Schnitt brauchte Miss Beryl eine halbe Stunde, um ein einziges Teilchen auf dem richtigen Fleck zu plazieren. Sie merkte schon bald, daß sie nicht lange auf das Puzzle starren konnte – dann mußte sie eine Pause einlegen. Allerdings beging sie nicht den Fehler, nach alter Gewohnheit zum Vorderfenster zu schlendern und zu den Baumkronen emporzuschauen, denn es war ihr schnell klargeworden, daß das Bild vor ihrem Fenster genau dem Puzzle entsprach. Da war es schon besser, sich in die Küche zu begeben, die in einem fröhlichen Gelb gestrichen war.

Doch als Miss Beryl ihre Suppen anstarrte und ängstlich darauf bedacht war, ihre Verstörtheit auf Puzzles oder falsche Autobahn-Auffahrten oder Gewehrsalven zu schieben, mußte sie vor sich selbst zugeben, daß es nicht daran lag. Nein, sie selbst hatte etwas Schlechtes getan, und seitdem hatte ihr Magen nicht mehr richtig funktioniert.

Sie würde den Ausdruck auf Sullys Gesicht nie vergessen können – an jenem Morgen, als er ihr erklärte, daß Clive jr. recht habe und es vermutlich am besten sei, wenn er zum Monatsbeginn auszöge. Zwei Tage nach den schrecklichen Ereignissen vor ihrem Haus hatte er wie üblich am Morgen bei ihr hereingeschaut und gesagt: »Wollte nur mal sehn, ob Sie immer noch am Leben sind«, wobei der alte Scherz plötzlich eine neue Bedeutung gewann – die selbst Sully zu erkennen schien. Sully trug seine Arbeitsstiefel in der Hand und sah sich nach dem *Queen-Anne*-Stuhl um. »Was haben Sie denn mit meinem Stuhl gemacht?«

»Die Verlobte meines Sohnes hat sich draufgesetzt und ihn kaputtgemacht«, erwiderte Miss Beryl. Sie hatte die zersplitterten Teile zu einem gewissen Mr. Blue in Schuyler Springs gebracht, der am Telefon behauptet hatte, er könne alles reparieren.

Miss Beryl war immer noch wütend auf die Joyce-Person, die sich auch bei näherer Bekanntschaft als Schreckschraube erwies. Am Abend nach der Schießerei war sie mit Clive jr. erschienen und hatte eine Tirade wüster Ansichten vom Stapel gelassen; eine geschlagene halbe Stunde lang hatte sie wie ein Wasserfall geredet. Die ganze Gesellschaft, so erklärte sie, befände sich in Auflösung. Sie könne sich ja noch nicht einmal die Lokalnachrichten ansehen, ohne sich aufzuregen. Es gab mal so etwas wie gute Nachbarschaft, aber das sei nun dahin. Ja, sogar in ihrer eigenen Nachbarschaft in Lake George seien Dinge passiert, die man nur in New York oder in Jersey City erwarten sollte. Diese Leute waren Tiere, das war klar. Und so ging es endlos weiter – wie ein Panzer walzte sie mit ihren Meinungen alles nieder. Aus Rache war Miss Beryl in die Küche gegangen und hatte der unmöglichen Person einen extra starken ›Entkoffeinierten‹ zubereitet.

Und seltsam genug: Sully, der sonst jegliche Verantwortung strikt ablehnte, gab jetzt etwas zu. »Das mit dem Stuhl war vermutlich meine Schuld«, gestand er traurig. »Ich hab' schon gemerkt, daß er sich in letzter Zeit etwas wacklig anfühlte. Ich hätte was sagen sollen.«

Er stand mitten im Zimmer, die Stiefel in der Hand, und wirkte auf Miss Beryl noch geisterhafter als sonst. Stirnrunzelnd sagte er: »Ich hätte ihn eigentlich reparieren sollen. Ich wollte es auch machen.«

Miss Beryl hätte ihn fast unterbrochen, ihm gesagt, er solle es vergessen – als ob das bei Sully nötig gewesen wäre –, aber er schien so tief in Gedanken versunken, daß sie nichts gesagt hatte.

»Auf jeden Fall«, meinte er dann und tauchte aus seiner Versunkenheit auf, »wenn ich bis Ende des Monats draußen bin, können Sie dann einen neuen Mieter finden?«

»Wo wollen Sie denn hin?« hatte Miss Beryl laut gefragt und schon während des Sprechens erkannt, daß die Frage eine unbeabsichtigte Beleidigung enthielt, indem sie unterstellte, daß es keinen Platz auf der großen weiten Welt gäbe, wo man ihn willkommen heißen würde.

Zum Glück hatte Sully weder die Beleidigung wahrgenommen noch Miss Beryls Zweifel geteilt. »Ich find' schon was«, sagte er mit einem Achselzucken. »Diese Stadt ist doch immer halbleer. Ich könnte auch mit weniger Platz auskommen. Brauch' eigentlich nur ein Zimmer mit Bad. Ich will nur nicht, daß Sie dann in Schwierigkeiten kommen.«

»Ich brauche gar keinen Mieter, Donald«, versicherte sie ihm. »Ich hab' Sie als Mieter genommen, weil ich Ihre Gesellschaft anregend fand.« Sie spürte schon, daß dies eine dumme Bemerkung gewesen war, da er doch nur zum Schlafen und Duschen nach Hause kam, und fügte hinzu: »– weil ich wußte, daß Sie da waren.«

»Ich bin wirklich nicht viel dagewesen«, gab er zu. »Und auch nicht am Freitag, wo es nötig gewesen wäre . . .«

»Er hätte Sie bloß erschossen«, widersprach Miss Beryl. »Ihre Anwesenheit hätte alles nur noch schlimmer gemacht.«

»Tja, danke, daß Sie's so sagen, Mrs. Peoples«, sagte Sully und grinste ironisch. »Aber ich denke, daß es ruhiger wird, wenn ich nicht mehr hier bin. Das denkt Ihr Sohn auch, und dieses eine Mal könnte er sogar recht haben. Keiner kann die ganze Zeit im Unrecht sein. Nicht einmal ›Die Bank‹.«

Miss Beryl hatte tatsächlich dasselbe gedacht und deshalb nicht widersprochen. »Wenn Sie es sich anders überlegen sollten, Donald –«

»Werd' ich nicht«, entgegnete Sully. »Nicht, wenn es einmal entschieden ist. Und außerdem«, fügte er, sich umblickend, hinzu, »haben Sie jetzt auch gar keinen Stuhl mehr für mich.«

Zwei Wochen lag diese Begegnung nun zurück, und in der Zwischenzeit war Miss Beryl nicht mehr ganz sie selbst gewesen. Seit dem Gespräch hatte Sully sich noch seltener blicken lassen als zuvor. Zum Teil lag es daran, daß er angefangen hatte, frühmorgens bei *Hattie's* zu arbeiten und deshalb eine halbe Stunde früher aufstehen mußte. Statt draußen zu warten, bis das Restaurant aufmachte, öffnete er nun selbst und mußte daher den Wecker eine halbe Stunde früher stellen. Wie immer weckte das Summen in ihrem Schlafzimmer Miss Beryl, die nun den Besen immer neben ihrem Bett liegen hatte. Von dem Zeitpunkt an, da sie Sullys schwere Füße aufstampfen hörte, dauerte es höchstens fünf Minuten, bis er aus der Tür hinaus auf die graue Straße gestolpert war. Er zog seine Arbeitsstiefel jetzt im Korridor an und machte sich sofort auf den Weg. Manchmal sah Miss Beryl ihn am Spätnachmittag, wenn er von der Arbeit kam, um ein Bad zu nehmen, bevor er wieder ausging, doch sie vermißte ihr morgendliches Geplänkel. Sie dachte gerade darüber nach, wie sehr sie es vermißte und wie sehr sie Sully vermissen würde, wenn er nicht mehr da wäre, als es an der Tür klingelte.

Miss Beryls erster Gedanke war, daß es Mrs. Gruber wäre, die am Vormittag angerufen hatte, um zu hören, ob Miss Beryl Lust habe, zum Mittagessen auszufahren – und die dann sehr besorgt gewesen war zu erfahren, daß es ihrer Freundin immer noch nicht besserging. Im Winter kam Mrs. Gruber nur schwer zurecht, denn sie liebte Spaziergänge, mußte sie aber nach Thanksgiving aufgeben, weil es zu kalt wurde und sie dann Angst bekam, sich den Tod zu holen. Sie wagte sich erst wieder hinaus, wenn im April die Tulpen an ihrer Hauswand zu blühen begannen. Und so war sie ans Haus gebunden, außer wenn es ihr gelang, Miss Beryl zu einem kleinen Ausflug mit dem Ford zu überreden. Daher hatte sie ein persönliches Interesse an Miss Beryls Gesundheit. Sie war zuerst begeistert gewesen, als Miss Beryl ankündigte, diesen Winter nicht auf Reisen zu gehen, doch dann mußte sie zu ihrer großen Enttäuschung erkennen, daß Miss Beryl nicht nur die Weltreise abgeblasen hatte, sondern auch keine besondere Lust auf kleinere Ausflüge zeigte. Überzeugt davon, daß Miss Beryl mehr unter einer momentanen Konfusion litt als unter irgend etwas anderem, schien Mrs. Gruber wild entschlossen zu sein, ihre Freundin mit allen Mitteln wieder auf den Weg zur körperlichen und seelischen Gesundheit zu führen. Miss Beryl fürchtete also, an der Tür könne Mrs. Gruber mit einem Topf dampfender *Campbell's*-Hühner-Nudelsuppe stehen – und zwar einer äußerst schwachen Suppe, so wie Mrs. Gruber sie liebte, mit zuviel Wasser zubereitet. Auf dem Weg zur Tür spähte Miss Beryl durch die Gardinen, um zu sehen, ob sie recht hatte.

Sie hatte unrecht. Die Frau, die geduldig auf Miss Beryls Veranda wartete, war groß und schlaksig und in den mittleren Jahren; sie trug eine billige Hose, eine Männerjacke aus Segeltuch und keinen Hut. Miss Beryl brauchte einige Zeit, um sie wiederzuerkennen. »Ich kenne sie doch«, murmelte sie vor sich hin, während sie die Frau aufmerksam betrachtete. Dann zu Ed: »Was meinst du, Ed? Woher kenne ich sie?« Aber Ed ließ sich nicht zur Mitarbeit überreden. Das Problem einer Lehrerin in der Kleinstadt war, daß sie fast jeden ›kannte‹ oder vielmehr in fast jedem erwachsenen Gesicht einen ihrer Achtkläßler wiederzuerkennen glaubte. Miss Beryl war der Meinung, die Idee der Wiedergeburt müsse von einer leicht senilen Kleinstadtlehrerin entwickelt worden sein, einem Opfer ihrer Zunft, das in dem Wahn gelebt hatte, alle Leute, die sie auf der Straße traf, schon in einem früheren Leben gekannt zu haben. Doch diese hochgewachsene Frau war ihr auch als Erwachsene schon begegnet – und dies war ein noch größeres Rätsel, denn Miss Beryls Bekanntenkreis war im Laufe der letzten zehn Jahre stark geschrumpft. Verzweifelt wandte sie sich an ihren Mann. »Sitz da nicht so rum, Clive«, meinte sie. »Hilf mir mal.« Und warum sah sie diese Frau in einer Uniform vor sich?

Wenn man die richtige Frage stellt, findet man auch die Antwort. Kaum hatte sich Miss Beryl das gefragt, als sie die Frau auch schon als eine der Kassiererinnen des IGA erkannte. »Jetzt blicken wir endlich durch«, sagte sie zu ihren beiden Ratgebern, obwohl noch längst nicht alles klar war. Warum sollte eine Kassiererin des IGA zu Miss Beryl an die Tür kommen? Sie hielt keine Sammelbüchse in der Hand, schien also keine Spenden für die Herzkranken zu sammeln. Miss Beryl nahm an, daß sie, um das Geheimnis zu klären, die Tür aufmachen und fragen mußte. Sie wollte gerade die Gardine fallenlassen, als sie hinter der großen Frau kaum sichtbar das kleine Mädchen mit dem wandernden Auge erblickte; also mußte die hochgewachsene Frau die Großmutter des Kindes und – den Gerüchten im Städtchen nach zu urteilen – Sullys langjährige Geliebte sein. War es das kranke oder das gesunde Auge des kleinen Mädchens, das Miss Beryl an ihrem Platz festzubannen schien, bevor sie die Gardine loslassen konnte?

Es klingelte zum zweiten Mal in dem Augenblick, da Miss Beryl die Tür öffnete. »Oh«, sagte die große Frau, offenbar erschreckt. Ihre Stimme war rauh und männlich wie ihre Kleidung. »Ich wollte gerade wieder gehen ... Ich meine, ich dachte, Sie wären nicht zu Haus.«

»Nein, ich schaue mir bloß die Leute durchs Fenster an, bevor ich die Tür aufmache«, gab Miss Beryl zu. Sie versuchte einen Blick auf das kleine Mädchen zu erhaschen, aber es hatte sich zwischen den Beinen der Frau versteckt. »Ich lass' nur die Mormonen vor der Tür stehen. Und die bleiben auch da – als ob sie auf die Wiederkehr ihres Erlösers warten. Die Leute von der Versicherungsgesellschaft müssen natürlich auch draußen bleiben.«

»Ich bin Ruth. Erinnern Sie sich noch an die hier?« fragte die Frau.

»Aber sicher«, erwiderte Miss Beryl. »Du hast mich ganz schön erschreckt, weißt du das? Ich hab' geguckt, und da warst du plötzlich weg.«

Es war einer der schrecklichsten Augenblicke in Miss Beryls Leben gewesen; so eine einfache Aufgabe, und sie hatte versagt: Sie hatte das Kind nicht beschützen können. Nachdem er die Mutter des Kindes mit dem Gewehr niedergeschlagen hatte, schnappte sich der Vater einfach seine Tochter, schob sie in den Wagen und brauste davon. Und der blöde Polizist hatte nur dagestanden und sie fahren lassen.

»Sie kann ganz gut laufen, wenn sie will«, sagte Ruth in einem Ton, der andeutete, daß die Kleine nicht sehr oft wollte.

Miss Beryl besann sich auf ihre guten Manieren. »Kommen Sie aus der Kälte raus«, bot sie an. »Die Kleine hat zwar beim letzten Mal meine Kekse verschmäht, aber jetzt, wo wir schon alte Freunde sind, greift sie ja vielleicht zu.«

Das Kind versteckte sich immer noch hinter Ruth und weigerte sich, Miss Beryl auch nur anzusehen.

»Wir können auch bloß 'ne Minute bleiben«, meinte Ruth. »Sind nur vorbeigekommen, um uns zu bedanken.«

»Weshalb das denn?« Miss Beryl war ehrlich erstaunt.

»Weil Sie die Polizei gerufen haben. Wer weiß, was passiert wäre, wenn Sie's nicht getan hätten? Tut uns richtig leid, all der Ärger, was, Two Shoes? Wir wären auch schon mal vorbeigekommen, nur waren wir die meiste Zeit im Krankenhaus.«

Zu Miss Beryls Erstaunen sprach das Kind aus seinem Versteck. »Morgen«, sagte es.

Ruth drehte sich um und nahm die Kleine hoch. »Das stimmt, mein Liebling. Morgen ist der große Tag, nicht? Mom kommt aus dem Krankenhaus, und Oma kann wieder zur Arbeit geh'n. Vorläufig wenigstens.«

Miss Beryl nahm ihnen die Mäntel ab und hängte sie auf, während Ruth und das Kind sich ins Wohnzimmer begaben. »Mommy hat recht gehabt«, hörte Miss Beryl ihre Besucherin sagen. »Das ist eine Wohnung hier. Guck dir mal den ganzen Weihnachtsschmuck an!«

Miss Beryl mußte lächeln, da sie dieses Jahr zu melancholisch gewesen war, um ihre Wohnung weihnachtlich zu schmücken. Die ganze Dekoration lagerte noch in den Kartons. Vielleicht war Ruths Blick als erstes auf den Tisch gefallen, auf dem die vielen Nußknacker standen; und sie waren ihr, die Miss Beryl nicht für eine erfahrene Reisende hielt, wie Weihnachtsschmuck erschienen. »Und schau mal, Mrs. Peoples legt gerade ein Puzzle. Gibt ja kaum was, was wir lieber mögen als Puzzles, hm?«

Das Kind warf einen Blick auf das unvollendete Werk und dann auf Miss Beryl, worauf sich die alte Frau zu fragen begann, ob die Großmutter hier einen Wunsch ausdrückte – daß das Kind sich doch für etwas interessieren möge. Als Ruth sich aufs Sofa setzte, drehte das Kind dem Puzzle den Rücken zu, kletterte neben seine Großmutter aufs Sofa und nahm, ohne auch nur für einen Moment Miss Beryl aus den Augen zu lassen, Ruths Ohrläppchen zwischen Daumen und Zeigefinger. Dann erstrahlte sein Gesicht in einer Art Heiterkeit.

Ruth ließ sich vom Sofa gleiten und kam auf dem Boden unterhalb des Kindes zu sitzen. »So. Jetzt kommst du besser dran, nicht?« meinte sie.

»Hören Sie im IGA auf?« fragte Miss Beryl, da Ruth vorher ›vorläufig wenigstens‹ gesagt hatte.

»Nein, der IGA verläßt uns. Sie haben's noch nicht ausdrücklich gesagt, aber sie werden den Laden zumachen.« Ruth erklärte, daß der neue Supermarkt an der Interstate den kleinen IGA, der in großen finanziellen Schwierigkeiten gesteckt hatte, aus seinen Nöten erlöst habe, so wie der IGA vor zwanzig Jahren den Ruin der kleinen Lebensmittelläden eingeleitet hatte.

»Wollen Sie dann da draußen arbeiten?« fragte Miss Beryl.

Ruth schüttelte den Kopf. »Ich glaube nicht, daß die irgendeinen einstellen, der älter als fünfundzwanzig ist. Nein, Oma muß schon was anderes finden, stimmt's, Two Shoes?«

Das kleine Mädchen fuhr fort, Miss Beryl anzustarren.

»Wir wissen noch nicht genau, was, aber irgendwas wird uns schon einfallen«, meinte Ruth. »Man kann in diesem Leben nicht stehenbleiben, sonst wird man umgerannt. Wenn alles schiefgeht, können wir ja vielleicht für Opa Zack 'nen Job finden. Das wär' mal was Neues, hm? Wenn Opa Zack mal zur Abwechslung arbeiten muß?«

Miss Beryl hörte der Frau zu und war fasziniert davon, wie sehr ihr Tonfall dem ihrer Tochter Janey ähnelte. Es war, als sei die jüngere Frau plötzlich zu neuem Leben erwacht – nur dreißig Jahre älter und weiser: die scharfen Kanten ein wenig abgeschliffen, doch mit der gleichen unerschütterlichen Persönlichkeit.

»Vielleicht wird sich ja noch etwas ergeben«, sagte Miss Beryl und versuchte, ermutigend zu klingen. »Clive jr. – der Stern an meinem Himmelszelt – behauptet, daß wir in Kürze hier die Goldküste haben werden.«

Ruth schaute ein wenig verwirrt drein. Miss Beryl überlegte, ob ihr Gegenüber nicht wußte, wer Clive jr. war, oder ob sie ebenfalls Zweifel bezüglich der Existenz einer Goldküste in der Nähe von Bath hegte. Auf alle Fälle schien sie nicht geneigt, näher darauf einzugehen. »Wir könnten 'n bißchen Gold gebrauchen, was, Two Shoes? Wir wüßten schon ganz genau, was wir damit machen wollen.«

»Wie wär's mit einem Keks?« fragte Miss Beryl, die sich an ihr Versprechen erinnerte.

»Wir könnten einen vertragen«, erwiderte Ruth für das Kind. »Man weiß ja nie.«

Miss Beryl ging in die Küche, um die Kekse zu holen. Als sie zurückkam, sah sie zu ihrer Überraschung, daß das kleine Mädchen sich von der Großmutter entfernt hatte und nun mit herabhängenden Armen vor dem Tisch stand, auf dem Miss Beryl das Puzzle ausgebreitet hatte. Miss Beryl erzählte, daß sie schon seit Tagen ein bestimmtes Element dieses Spiels vermisse. Ruth schlug daraufhin vor, den Boden abzusuchen, dort lasse sie immer die Einzelteile ihres Puzzles liegen.

Miss Beryl war froh zu sehen, daß das Kind an dem Puzzle interessiert war. Vielleicht fühlte sich die kleine Tina bei ihrer Großmutter auch wohler als bei ihrer Mutter.

»Sagten Sie, daß ihre Tochter morgen aus dem Krankenhaus entlassen wird?«

»Sie ziehen ihr gerade die Drähte aus dem Kiefer«, erklärte Ruth. »Morgen kann Janey dann nach Hause kommen. Wir haben uns schon große Sorgen gemacht, weil Mommy nicht mit uns redet. Normalerweise kann sie den Mund nicht einen Augenblick halten, und jetzt redet sie überhaupt nicht. Aber Hauptsache, sie kommt nach Hause ... und ein gewisser anderer nicht.«

»Was ist denn mit ihrem Mann los?« sann Miss Beryl laut. Es war etwas seltsam Militärisches an der Art gewesen, wie er planvoll und ohne sichtbare Gefühle die Fenster im Nachbarhaus zerschossen hatte, als ob er auf Befehle reagierte, die ihm in jenem Augenblick durch Kopfhörer diktiert wurden.

»Er ist ein Schwachkopf«, sagte Ruth, »und er stammt aus einer Familie von Schwachköpfen. Wenn er uns nicht mehr in die Quere kommt, hat meine Tochter noch eine Chance. Wer weiß? Vielleicht ist sie sogar schlau genug, das zu merken.«

»Vielleicht kannst du mich mit deiner Mom dann mal besuchen«, sagte Miss Beryl zu dem Kind, das immer noch auf das Puzzle starrte, ohne es zu berühren. »Ich bin eine alte Frau, und ich krieg' nicht mehr so viel Besuch, außer von der Dame, von der ich dir letztens erzählt habe, die ein Stück die Straße runter wohnt.«

War das der Anflug eines Lächelns, der auf den Lippen des kleinen Mädchens erschien? Ein Lächeln, so erkannte Miss Beryl, ist etwas zweifelhaft, wenn die Augen nicht mitbeteiligt sind. »Schnecke«, flüsterte das Kind.

»Stimmt«, sagte Miss Beryl, über diese Antwort hocherfreut. »Die die Schnecke gegessen hat.«

Ruth lächelte. »Also daher stammte die Schnecke. Wir haben seit zwei Wochen immer nur von Schnecken gehört.«

»Also, wenn du kommst und mich besuchst, können wir ja mal die Dame mit der Schnecke anrufen und fragen, ob sie herkommt, damit du sie kennenlernen kannst. Sie sieht sogar aus wie jemand, der eine Schnecke essen könnte«, schloß Miss Beryl und warf Ruth einen Blick zu. »Die Oma kann auch mitkommen, wenn sie möchte.«

»Oma muß wieder arbeiten«, sagte Ruth, beugte sich vor und fuhr mit den Fingern am Schenkel ihrer Enkelin entlang. »Und überhaupt – wenn ich öfters herkomme, würden die Leute denken, daß ich jemand anders besuche.«

Bei dieser Anspielung auf Sully spürte Miss Beryl, wie ihr ein Schuldgefühl in der Kehle hochstieg. »Donald will zum ersten Januar ausziehen. Hat er Ihnen das nicht erzählt?«

»Wir sehen uns im Moment nicht«, gestand Ruth. »Hab' aber so was gehört.«

»Ich werde ihn vermissen. Clive jr. – der Stern an meinem Himmelszelt – ist überzeugt davon, daß Sully ein gefährlicher Mann ist, aber da liegt er falsch. Donald ist zwar nachlässig, aber er ist sich nur immer selbst sein größter Feind gewesen.«

»Ich weiß, was Sie meinen«, stimmte Ruth zu. »Ich hab' es aber schließlich aufgegeben. An meinem nächsten Geburtstag werd' ich fünfzig, und das hat irgend etwas zu bedeuten, ich weiß bloß nicht was. Wahrscheinlich, daß ich für seine Dummheiten zu alt bin. Und dann hab' ich das Gefühl, daß ich bald eine Verantwortung erben werde« – sie nickte fast unmerklich zu dem kleinen Mädchen hin – »und Verantwortung ist nicht gerade seine starke Seite.«

»Vielleicht tut er nur so«, meinte Miss Beryl – und bereute diese Äußerung sofort, denn sie hatte ausreichend Proben von Sullys Starrsinn erhalten.

»Vielleicht.« Ruth lächelte traurig. Es war ein wunderschönes, offenes Lächeln, das sie völlig veränderte, ihre Züge weicher machte und ihnen einen Anflug von Schönheit verlieh. Miss Beryl dachte, daß es dieses Lächeln gewesen sein mußte, das Sully all die Jahre bei ihr gehalten hatte, denn sonst war Ruth nicht besonders hübsch. Das Geheimnis der Zuneigung, insbesondere jener, die Clive sen. für sie empfunden hatte, war eines der großen Mysterien des Lebens. Was, so hatte sie sich oft gefragt, hatte sie nur zum Mittelpunkt seines Lebens werden lassen? Miss Beryl hatte sich nie Illusionen über ihre seltsame Erscheinung gemacht, und selbst als junges Mädchen hatte sie schon gedacht, daß Clive sen. die besondere Gabe besitzen mußte zu sehen, was hinter dem Äußeren steckte. Sie erinnerte sich noch, wie ihre Mutter sie, das unbeliebte Kind, hatte trösten wollen: »Mach dir keine Sorgen. Du hast das, was man innere Schönheit nennt, und wenn der Richtige kommt, wird er es erkennen.« Ruths bemerkenswertes Lächeln bot noch eine weitere Variante zu der Binsenweisheit ihrer Mutter an.

»Es sähe ihm ganz ähnlich, mich zu überraschen, jetzt, wo es zu spät ist«, sagte Ruth.

»Wir tragen die Ketten, die wir selbst geschmiedet haben«, erwiderte Miss Beryl. »Donald hat das neulich noch zu mir gesagt. Mir wären fast die Zähne aus dem Mund gefallen.«

Ruth lächelte wieder, dann runzelte sie die Stirn. »Am Ende wird er ganz allein dastehen, nicht wahr?« sagte Ruth, und ihre Augen glänzten verdächtig.

»So ergeht es uns allen«, hätte Miss Beryl fast erwidert. Unter den dunklen Zweigen der alten Ulmen war die Upper Main Street voller einsamer Witwen, die allein zum Himmel aufschauten und warteten. Miss Beryl machte sich um keine von ihnen Sorgen, eigentlich nicht mal um sich selbst. Warum dann um Sully? Was wäre, wenn er jedesmal ein wenig geisterhafter erschien, als ob er nach und nach verblaßte – als ob die Menschen, die endlich ihren Glauben an ihn verloren und einer nach dem anderen vor ihm flohen – so wie jetzt Ruth und sie selbst – ein Stück von ihm mit sich nähmen? Wenn er die Wohnung oben verließ, um sich ein neues Quartier zu suchen, wäre dann noch genug von ihm übrig, um eine neue Heimstatt zu füllen? Warum sollte man sich Sorgen darüber machen, ob ein Mensch am Ende allein war, wenn dieser Mensch doch alles für seine Vereinsamung tat? »Bei Donald«, sagte Miss Beryl jetzt wie zusammenhanglos, »hab' ich die Tür immer offen gelassen.«

Wieder zeigte Ruth ihr trauriges Lächeln. »Das war auch immer meine Methode.« Sie blickte zum ersten Stock hinauf, als erwarte sie, Sully oben zu sehen. »Das Dumme ist nur – ich kann nicht aufhören, auf den Flur zu schauen und dann immer enttäuscht zu sein«, erklärte sie und blickte wieder zu ihrer Enkelin hinüber.

Auch Miss Beryl beobachtete das Kind und dachte wie früher beim Blick auf ihre Achtkläßler daran, daß Menschen vielleicht selbstgeschmiedete Ketten trugen, daß diese Ketten aber oft schon halbfertig waren, bevor sie ihr erstes Glied dazuschmieden konnten. War das die Arbeit des Lebens – die vorgegebenen Ketten anderer zu vervollständigen?

»Wir müssen los, kleiner Pimpf«, sagte Ruth zu dem Kind, das keine Regung machte, bis sie es berührte; dann krabbelte es wieder aufs Sofa und suchte nach Ruths Ohr.

Sanft schob Ruth die Hand des Mädchens weg. »Wir fahren ja zu Mommy, und dann kannst du den ganzen Nachmittag mit ihrem Ohr spielen, okay? Laß Omas Ohr mal ein bißchen in Ruhe.«

Das Kind starrte wieder Miss Beryl an, fast schien es zu lächeln.

»Inzwischen kennen wir jede Kurve auf dem Weg zum Krankenhaus, stimmt's, Tina?« fragte Ruth und ergriff die schmale Hand des Kindes. »Wenigstens einmal am Tag fahren wir nach Schuyler und wieder zurück.«

»Ich hab' auch schon dran gedacht, sie zu besuchen«, sagte Miss Beryl, »aber leider kann ich nicht mehr so gut fahren wie früher. Beim letzten Mal hab' ich mich in Schuyler verfahren.«

Sie begleitete Ruth und Tina zur Tür und beobachtete, wie sie die Stufen hinab und in Ruths alten Wagen stiegen, der unter lautem Krachen ansprang und noch lauter wurde, als Ruth den Rückwärtsgang einlegte, Gas gab und mit einem entschuldigenden Achselzucken – wegen des Krachs – auf die Main Street zurücksetzte. Miss Beryl fühlte eine Taubheit in Armen und Beinen, und ihre Fingerspitzen und Zehen kribbelten ein wenig. Sie begab sich ins Badezimmer und putzte sich heftig die Nase, dann untersuchte sie das Taschentuch nach Blut. Als sie keines fand, ging sie ins Vorderzimmer zurück, wo das Telefon läutete.

»Warum mach' ich uns nicht eine schöne heiße Hühner-Nudelsuppe?« sagte Mrs. Gruber ohne Begrüßung. Jetzt würde sie noch ein oder zwei Minuten sinnlos daherschwatzen, bis sie sich zu der Erwähnung durchrang, daß sie ein fremdes Auto in der Einfahrt ihrer Freundin gesehen habe. Doch statt die Stimme zu senken, ließ sie den Satz in der Luft hängen, wie um ihren Wunsch nach einer ausführlichen Erklärung zu bekunden. Es wäre lustig, dachte Miss Beryl bei sich, diese Erklärung eine Zeitlang zurückzuhalten und ihre neugierige Freundin leiden zu lassen.

»Weil ich mich besser fühle«, sagte sie zu Mrs. Gruber. Es stimmte. Denn als sie den Hörer abgenommen hatte, war Miss Beryls Blick auf die Ecke des Puzzles gefallen, und sie hatte gesehen, daß das fehlende Teil nicht mehr fehlte. Das Kind hatte es gefunden und still und leise an der richtigen Stelle eingefügt, ohne ein Wort darüber verlauten zu lassen. »Laß uns doch irgendwo essen gehen.«

»Prima«, meinte Mrs. Gruber.

»Das ist typisch Sully«, meinte Carl Roebuck.

Die beiden Männer standen auf der hinteren Veranda des Hauses in der Bowdon Street. Will, den sie beide völlig vergessen hatten, hielt sich ein wenig abseits. Die verwitterte Veranda neigte sich gefährlich nach unten, und in einer Ecke, wo die Sonne nicht hinschien, hatte sich der Altschnee gesammelt. Will blickte an seinem Großvater vorbei auf das graue krumme Haus. Er wollte da nicht reingehen. Er hoffte, daß der Großvater die Tür nicht öffnen konnte. Das Haus war ganz krumm und sah aus, als ob es verhext wäre, und er wußte, daß seine Mutter ihm verbieten würde, da reinzugehen, wenn sie hier wäre. Oma Vera meinte, daß es gefährlich für Will wäre, wenn er Opa Sully auf seinen Morgenrunden begleitete. Sie sagte zwar nicht, warum Opa Sully gefährlich war, aber Will glaubte zu verstehen, was sie meinte, auch wenn seine Zuneigung zu seinem zweiten Opa täglich wuchs. Opa Sully stieg düstere stinkende Hintertreppen hoch und ging an Orte, wo wilde Hunde waren, und jetzt auch noch in ein Haus, das jeden Augenblick einstürzen konnte. Und ein paar von Opa Sullys Freunden rochen gar nicht gut. Bei seinem Großvater fühlte sich Will oft zwischen verschiedenen Ängsten hin- und hergerissen. Er wußte, daß er nicht zu nahe an Großvater herangehen durfte, besonders, wenn Opa Sully einen Hammer schwang oder eine Spitzhacke, wie jetzt gerade oder den langen, scharfen Pfannenwender, mit dem er im Restaurant die Rühreier umdrehte. Sogar sein Vater hatte ihn davor gewarnt, Opa Sully zu nahe zu kommen, wenn der ein Werkzeug in den Händen hielt, und deshalb hatte sich Will noch nicht mal bis auf die Veranda gewagt, wo sein Großvater die Hintertür mit der Spitzhacke attackierte.

Andererseits wußte Will aber, daß er seinen Großvater auch nicht aus den Augen lassen durfte – er spürte, wenn das passierte, würde er ohne Opas Schutz in feindlicher Umgebung verloren sein. Er wußte, wie vergeßlich Opa Sully war, der ihn schon einmal völlig vergessen hatte: In der vergangenen Woche waren sie zu einem außerhalb der Stadt gelegenen Holzlager gefahren, und Opa Sully hatte Will befohlen, beim Haupttor auf ihn zu warten. Dann war er hineingegangen und hatte mit dem Mann hinter dem Ladentisch gesprochen. Ein paar Minuten später waren die beiden Männer durch die Seitentür auf den Hof gegangen, wo riesige Holzstapel lagerten. Durch ein Fenster hatte Will zugesehen, wie sein Großvater und der andere Mann ungefähr ein Dutzend Bretter auf Opa Sullys Laster geladen und sie mit einem Seil festgebunden hatten. Dann hatte der Mann am Ende der Bretter eine rote Fahne befestigt, die im Wind flatterte. Will nahm sich vor, seinen Opa zu fragen, welchen Zweck die rote Fahne erfüllte. Dann schüttelten sich die beiden Männer die Hände, und Opa Sully war in den Wagen gestiegen und davongebraust, wobei die rote Fahne zum Abschied flatterte. Will sah zu, wie die großen Zeiger der Uhr langsam weiterrückten – es dauerte ewig, wie ihm schien – bis Opa Sully zurückkam: In einem Höllentempo fuhr er über den Parkplatz.

Der Laster kam rutschend zum Stillstand, und kleine Steine prasselten gegen das Fenster, hinter dem Will mit nassen Augen stand. Doch er weinte nicht richtig, und er war stolz darauf. In der Tat hatte er, seit er wieder mit seinem Vater nach North Bath zurückgekommen war, kein einziges Mal geweint, wie er sich das vorgenommen hatte. Er fand, nun, da Wacker nicht mehr da war, sollte er versuchen, tapfer zu sein. Als Opa Sully aus dem Laster stieg und hereinkam, rannte er schneller, als Will es je bei ihm gesehen hatte. Er sah tief besorgt aus, und es freute Will, als er sah, daß selbst ein so harter Mann wie Großvater sich Sorgen machen konnte.

»Ich wette, du hast gedacht, Opa hat dich vergessen«, sagte Sully.

Will nickte. Das war genau der Schluß, zu dem er gekommen war – warum sollte er es leugnen.

»Nur einen Augenblick lang«, hatte Opa Sully erklärt. Will erriet, daß so ein kurzer Augenblick für seinen Großvater nicht zählte, weil er daran gewöhnt war, Dinge noch viel länger zu vergessen. »Erzähl es nur deiner Großmutter nicht«, warnte er, als sie wieder im Wagen saßen und die Straße hinunterholperten. »Und deiner Mutter auch nicht, wenn sie anruft.«

Will versprach es.

»Und«, fuhr Sully nach reiflicher Überlegung fort, »erzähl es nicht mal deinem Vater.«

Dann hatten sich die Bretter, die auf dem Laster lagen, gelöst und waren eins nach dem anderen herunter auf die Straße gepoltert, und Opa Sully war auf den Seitenstreifen gefahren und ausgestiegen, um sie wieder aufzusammeln. Aus der Fahrerkabine konnte Will hören, wie Großvater die Bretter verfluchte und auf die anderen Autofahrer schimpfte, die den Brettern und Opa Sully in weitem Bogen ausweichen mußten. Aber als er das letzte Brett zurück auf den Laster gestemmt hatte, war er wieder etwas ruhiger geworden, und nachdem er tief Luft geholt und sich wieder hinters Steuer gesetzt hatte, schaute er zu Will hinüber und fuhr mit den Ermahnungen fort. »Hör mal«, sagte er. »Am besten erzählst du es gar keinem.«

Will hatte sein Versprechen gehalten und keiner Menschenseele etwas verraten, aber die heutige Situation erinnerte ihn stark an das, was auf dem Holzlagerplatz geschehen war, und er ahnte, daß bald wieder etwas geschah, das er nach Opa Sullys Ermahnungen lieber keinem erzählen sollte. Großvater war schon wieder fuchsteufelswild und schlug und fluchte, und das alte Haus, das seine Tritte einsteckte, sah so aus, als ob es jeden Moment zusammenbrechen würde.

Sully, der, soweit er wußte, keinen Schlüssel zu dem Haus besaß, versuchte die Hintertür mit Gewalt und mit Hilfe seiner Spitzhacke zu knacken. Das graue Holz, dessen Farbe schon längst abgeblättert war, war im Laufe der Jahre weich und porös geworden, so daß die Spitzhacke nur wenig ausrichten konnte. Bis jetzt hatte Sully es nur geschafft, die Tür zu beschädigen, die sich keinen Spaltbreit öffnete.

»Wer außer Don Sullivan würde eine Spitzhacke benutzen, um in sein eigenes Haus zu gelangen?« fragte sich Carl Roebuck und stampfte mit den Füßen, um warm zu werden.

»Tritt mal zurück«, befahl Sully und legte sein ganzes Gewicht in den nächsten Schlag. Wie alles an dem Haus hing auch die Tür schief, und Sully hatte bisher einen Spalt zwischen Tür und Rahmen geschaffen, gerade groß genug, daß er das flache Ende der Hacke dazwischen schieben konnte. Als er sich gegen die Hacke lehnte, erreichte er aber nur, daß der Stahl ein wenig tiefer in das morsche Holz einsank.

»Ich frag' mich auch, warum ich mich überhaupt wundern sollte«, fuhr Carl fort. »Dein Großvater steht auf Spitzhacken, Will. Er würde damit noch seine Armbanduhr reparieren.«

»Ich hab' keine Armbanduhr«, erinnerte Sully ihn. »Und wenn du nicht die Klappe hältst, werd' ich dich mal mit der Hacke reparieren.«

Carl lehnte sich gegen das Verandageländer und ignorierte die Drohung, wie er alle Drohungen Sullys ignorierte. »Was mir nur Sorgen macht – wenn du endlich drinnen bist, werden erst mal die Cops antanzen, uns wegen Einbruchs verklagen und uns ins Kittchen stecken.«

»Mich vielleicht.« Sully stand einen Moment aufrecht, um wieder zu Atem zu kommen. »Ich bin der Einbrecher. Du hast wie immer keinen Finger gerührt.«

Carl steckte sich eine Zigarette an und spähte durch das Küchenfenster. »Hey«, meinte er. »Ich hab' grad' eine Superidee. Du kannst hier rein.« Er nahm einen tiefen Zug, erinnerte sich dann, daß er das Rauchen aufgegeben hatte, und schnippte die Zigarette über das Verandageländer.

Sully grinste ihn an. »Du wirst es nie schaffen, was?«

»Willst du sie haben?« fragte Carl und hielt Sully das Päckchen Zigaretten hin. »Dann nimm sie.«

Sully nahm sie und steckte sie in die Tasche.

Carl sah überrascht aus. Natürlich war die Geste symbolisch gemeint gewesen, und er hätte Sully die Zigaretten nicht angeboten, wenn er gewußt hätte, daß der sie nehmen würde. Er wollte nicht bei diesem Päckchen aufhören, sondern irgendwann beim nächsten oder übernächsten. Und er vermißte seine Zigaretten schon. »Das ist doch nicht mal deine Marke«, meinte er.

»Ich rauch' sie trotzdem«, gab Sully zurück. »Ich hab' vielleicht zweimal in den zwanzig Jahren, die wir uns kennen, Etwas für Nichts von dir gekriegt.«

»Da bist du besser dran als ich«, erwiderte Carl. »Ich krieg' immer Nichts für Etwas, wenn ich mit dir arbeite. Warum schlägst du nicht eine dieser kleinen Scheiben da kaputt und machst dir die Tür von innen auf?«

»Weil ich dann das Glas ersetzen muß«, erwiderte Sully, trat einen Schritt zurück und blickte die Tür voller Wut an. »Da.«

Carl fing die Hacke auf. »Darf's denn wahr sein?« fragte er mit gespieltem Erstaunen. »Hat Don Sullivan, der Hans Dampf, der alles macht und nichts kann, endlich eingesehen, daß seine verläßliche Hacke nicht ganz das richtige Werkzeug für diesen Zweck ist?«

Sully grinste ihn an und schätzte die Entfernung bis zur Tür. »Wenigstens einmal in deinem Leben hast du recht«, gab er zu. »Und jetzt siehst du das Werkzeug, das ich hier brauche.«

Indem er das Gewicht auf sein lädiertes Bein verlagerte, trat er mit dem anderen Fuß so fest er konnte gegen die Tür, ungefähr in Höhe der Klinke. Es klang wie ein Pistolenschuß. Die Tür hielt stand, aber alle vier Fensterscheiben zersprangen und fielen Sully klirrend vor die Füße. »Du Arsch«, sagte er zu der Tür.

Carl schüttelte den Kopf und reichte Sully die Spitzhacke. »Wenn du erlaubst«, sagte er, griff durch das Fenster und entriegelte die Tür. Das Glas knirschte unter ihren Füßen.

In diesem Augenblick erinnerte Sully sich an Will und stellte zu seiner Bestürzung fest, daß der Junge weinte. Sully ging zu seinem Enkel hinüber und ließ sich auf der untersten Stufe nieder, damit er ihm direkt in die Augen schauen konnte. »Hey«, sagte er. Schließlich schaute Will auf. »Was ist denn los?«

Will schaute weg.

»Hat Opa dir angst gemacht?« riet Sully.

Der Junge schniefte.

»Das wollt' ich nicht.«

Will schaute ihn wieder an, die Augen gerötet.

»Wir können jetzt reingeh'n«, sagte Sully. »Willst du nicht das Haus sehen, in dem Opa großgeworden ist?«

»Opa Ralph?«

»Nein. Opa ich.«

»Es gibt wirklich nichts, wovor du Angst haben müßtest«, fügte er hinzu.

Will schniefte wieder und wimmerte dann leise. Immer, wenn Opa Sully so lieb war, mußte er am meisten weinen. Es war, als ob sein Großvater wirklich wollte, daß er tapfer war, und das machte es so viel schwerer, tapfer zu sein.

»Opa will doch nicht, daß dir was passiert«, sagte Sully, und als Will wieder zu Boden schaute, fügte er hinzu: »Hey . . . schau mich mal an.«

Will tat es.

»Hör auf«, sagte Sully.

Will unterdrückte ein Schluchzen.

»Braver Junge«, lobte sein Großvater. »Also paß auf. Du kannst entscheiden. Wir geh'n kurz rein, und du kannst sehen, wo Opa großgeworden ist, oder wir geh'n rüber zum anderen Haus, wo Dad ist.«

»Okay«, krächzte Will.

»Was ist okay?«

»Zu Dad«, brachte Will noch hervor, ebenso überzeugt, daß es die falsche Antwort war wie davon, daß es die einzige war, die er hatte geben können.

»Meine Güte«, murmelte Großvater. »Gott im Himmel.«

Als Sully vorfuhr, machten Peter und Rub gerade Pause; Rub saß auf der Vortreppe und Peter ein paar Meter weiter, mit dem Rücken zur Tür. Ob sie nun fünf Minuten oder eine Stunde so dagesessen hatten, konnte man nur raten. Sully schätzte eher eine Stunde. Auch schien es eine ganze Weile her zu sein, seit sie zuletzt miteinander gesprochen hatten. Rub hatte immer noch etwas gegen Peter, genauso, wie er etwas gegen all die anderen Leute hatte – Miss Beryl, Wirf, Ruth und Carl Roebuck –, die ihm als Konkurrenten der Zuneigung seines Freundes erschienen. Der Unterschied war nur, daß diese Leute sie am Arbeitstag in Ruhe ließen und Rub hier nicht in die Quere kamen. Peter hatte ein paar halbherzige Versuche unternommen, schien aber keinen besonderen Drang zu spüren, sich mit Rub anzufreunden.

Immerhin hatten sie einiges geschafft. Die Forsythie war zurückgeschnitten und ein großer Haufen Stöcke und Zweige auf der Wiese zusammengerecht worden. Sullys Axt stand aufrecht da, die Schneide in dem Baumstumpf auf dem Rasen vergraben. Ein paar abgesplitterte Holzstücke lagen in unmittelbarer Nähe des Baumstumpfes, aber man konnte schon sehen, daß sie mit der Arbeit nicht besonders weit gekommen waren. Rub hatte recht – Ulmenwurzeln gingen halb bis nach China. Es war Sully ganz recht, daß sie nicht weitergekommen waren. Den Ulmenstumpf auszugraben würde eine höllische Arbeit sein, aber es war etwas, das er im Frühjahr, wenn die Erde aufgetaut war, allein erledigen konnte. Er brauchte dazu nur eine Axt und eine Schaufel, vielleicht auch noch eine Kettensäge, wenn er sich irgendwo eine leihen wollte, und er konnte die Arbeit mehr oder weniger aufrecht stehend verrichten. Es war Arbeit, die er gut beherrschte und sein Leben lang ausgeführt hatte – die Art Arbeit, die keine besonderen Fähigkeiten erforderte außer einer beharrlichen Zähigkeit. Ruth hatte immer schon gesagt, wenn Sully seine Sturheit in jüngeren Jahren auf ein lohnenderes Ziel gerichtet hätte, so wäre er womöglich noch Präsident geworden.

Will trippelte hinter Sully die Einfahrt hinauf und gesellte sich zu seinem Vater, der den Jungen prüfend musterte. Zwar weinte er nicht mehr, aber Peter besaß vermutlich genug väterlichen Instinkt, um zu erraten, daß er es getan hatte. Sully war von Kummer, sogar von seinem eigenen, immer schon aus heiterem Himmel überrascht worden und sah es als eines der Wunder des Lebens an, daß andere Leute Kummer lange vorausahnen konnten oder ahnten, daß jemand eben noch geweint hatte. Jede Frau, mit der er zusammengewesen war, hatte ihm vorgehalten, daß er es einfach nicht wahrnahm, wenn sie sich vor Kummer verzehrte. Sogar sein Sohn schien diese Fähigkeit zu besitzen, die ihm so offensichtlich abging.

»Ich dachte, du hättest gesagt, du kommst direkt von *Hattie's* vorbei«, meinte Rub und klang wie ein kleines Kind, das wegen eines gebrochenen Versprechens murrt.

»Und hier bin ich schon«, betonte Sully.

»Wir haben fast schon Mittag«, erwiderte Rub. »Du willst uns heute vielleicht noch nicht mal Mittag essen lassen, oder?«

»Geh schon«, drängte Sully. »Wenn du sowieso den ganzen Tag rumsitzt, kannst du auch genausogut essen geh'n.«

»Wir ha'm bloß auf den Laster gewartet«, erklärte Rub. »Wir mußten schon zehnmal mit dem Canimo fahren.«

»*Camino*«, berichtigte Sully. Rub konnte das Wort einfach nicht behalten. »El Camino.«

»Wir brauchten den Laster«, beharrte Rub. Er war zu klug, um es wieder mit dem verhängnisvollen Wort zu probieren, da er schon wußte, was er dann von Sully zu erwarten hatte.

Sully reichte ihm die Schlüssel. »Versuch, ihn nicht kaputtzufahren«, riet er. »Wenigstens nicht, bis ich die erste Rate gezahlt habe.«

»Ich hab' nie keinen Laster von dir kaputtgefahren«, gab Rub zurück.

»Deshalb sind wir ja auch noch Freunde«, versicherte Sully.

Rub zuckte die Achseln. »Du bist aber mehr mit *ihm* Freund«, sagte er mit trauriger und gesenkter Stimme, damit Peter es nicht hörte.

»Peter ist mein Sohn, Rub«, erklärte Sully. »Tut mir leid, wenn du was dagegen hast, aber ich kann mit meinem Sohn gut Freund sein, wenn ich das will.«

»Er mag dich nicht mal«, sagte Rub.

»Stimmt«, gab Sully zu, dem es nichts ausmachte, ob Peter ihn hörte. »Aber das kommt schon noch. Er braucht bloß 'n bißchen mehr Zeit, um drüber wegzukommen, daß ich ihn über dreißig Jahre lang nicht beachtet habe. Er hat auch noch nicht begriffen, daß ich es nur zu seinem Besten getan habe.«

Rub zog die Stirn noch mehr in Falten. »Wie kommt's, daß er mich immer Sancho nennt? Als ob er mich für blöd hält.«

»Nun ja«, meinte Sully.

Rub rang sich ein schiefes Grinsen ab. »Wie kommt's, daß es mir nichts ausmacht, wenn *du* das sagst?« fragte er ehrlich erstaunt.

Auch Sully grinste jetzt. Niemand heiterte ihn schneller auf als Rub. »Weil wir Freunde sind, Rub. Freunde können einander die Wahrheit sagen.«

»Wie kommt's dann, daß ich dir nie sage, daß du doof bist?«

»Weil ich klug bin«, gab Sully zurück.

Rub seufzte. Sie hatten solche Gespräche schon öfter geführt, und nie kam etwas Wertvolles dabei heraus.

Peter hatte Will im Flüsterton etwas erzählt, während der Junge auf seinem Schoß saß. Peter lauschte, nickte verständnisvoll, warf einen Blick auf Sully und sagte etwas zu Will, das Sully nicht verstehen konnte. Dann rannte der Junge die Stufen hinunter, die Einfahrt entlang und sprang auf den Vordersitz des El Camino, der am Bordstein stand.

»Ich glaube, ich bring' Will jetzt nach Hause«, sagte Peter zu niemandem im besonderen. »Mom dürfte jetzt wieder da sein.«

»Okay«, sagte Sully und sah den anklagenden Blick seines Sohnes.

»Willst du mir erzählen, was los war?«

Sully zuckte mit den Schultern. »Ich wollte, ich wüßte es«, sagte er wahrheitsgemäß. »Ich hab' ihn angeguckt, und da war er am Heulen.«

»Er sagte, du wärst wütend geworden.«

»Aber doch nicht auf ihn.«

»Aber es muß ihm doch angst gemacht haben«, beharrte Peter.

»Alles scheint ihm angst zu machen«, erwiderte Sully, und sofort tat es ihm leid. »Wenn ich ihm angst gemacht hab', war's nicht so gemeint«, fügte er kleinlaut hinzu.

Peter schnaufte verächtlich. »Du hast ihn völlig vergessen, stimmt's? Du hast vergessen, daß er überhaupt da war.«

Sully fragte sich, ob Will nicht doch Peter von dem Vorfall am Holzlager erzählt hatte. Er glaubte es aber nicht. Wenn Peter das herausgefunden hätte, würde er etwas darüber gesagt haben. Oder so etwas wie: »Du hast ihn *wieder* vergessen.«

»Ich wüßte auch nicht, daß *du* dagewesen wärst«, sagte er in einem schwachen Versuch, sich zu rechtfertigen. Dennoch war er von Peters Intuition beeindruckt.

»Das geht wohl nur mich etwas an«, entgegnete Peter. Er wühlte in seiner Tasche nach den Schlüsseln des El Camino. »Bin in ein paar Minuten zurück.«

Sully und Rub sahen zu, wie er wegfuhr. Nachdem Peter den Wagen angelassen hatte, wendete er und fuhr die Main Street in die andere Richtung zurück. Sully konnte gerade noch einen Blick auf das blasse Gesicht seines Enkels erhaschen, bevor es mitsamt dem Auto verschwand und Sully mit dem Gedanken zurückließ, daß sein Sohn soeben Ruths jahrelangen Vorwurf wiederholt hatte – daß Sully nie da war, wenn er gebraucht wurde. Er erinnerte sich, daß dies auch eine von Veras Beschwerden gewesen war, obwohl sie in der Masse der anderen Beschwerden über seine tausendfachen Vergehen untergegangen war. Auch andere Leute hatten ihre Variationen zu diesem Thema beigesteuert; von seinem früheren Football-Trainer Clive Peoples, dem die Mordlust in den Augen stand, wenn Sully seinen vorgeschriebenen Aufgaben nicht nachkam, über Carl Roebuck, der ihn irgendwohin schickte und ihn dann dort nicht mehr fand, bis hin zu Rub, der gern in jeder

Minute gewußt hätte, wo sich Sully gerade aufhielt. Es waren in der Tat so viele Leute derselben Meinung, daß Sully nie da sei, wo man ihn brauche, daß er stark geneigt war, dieser Ansicht zuzustimmen – doch das tat er lieber nicht, da es zu jener besonderen Art des Bedauerns geführt hätte, in der er niemals schwelgen wollte.

»Tja«, sagte er stirnrunzelnd zu Rub. »Willst du jetzt die guten Nachrichten hören?«

»Ich denk' schon«, sagte Rub ein wenig argwöhnisch. Manchmal bedeuteten Sullys gute Neuigkeiten, daß sie den Auftrag hatten, eine verstopfte Klärgrube auszuheben.

»Ich hab' einen anderen Job«, erklärte Sully. »Und dann noch für deinen Lieblingsmenschen.«

Rub kniff die Augen zusammen. »Carl?«

Sully nickte. »Er wartet schon. Ist ganz ungeduldig, würd' ich fast sagen.«

»Wartet wo?«

»Am Haus.« Sully nickte in die Richtung, wo das Haus seines Vaters war.

»Ich dachte, du hast gesagt, du wolltest damit nix mehr zu tun haben«, erinnerte sich Rub.

Das war eins der Dinge, an die sich Sully bei Rub nie gewöhnen konnte. Gelegentlich konnte sich Rub aus heiterem Himmel plötzlich an etwas erinnern – an etwas, das man ihm einmal gesagt oder das er mitbekommen hatte. Und fast immer waren es Dinge, von denen Sully wünschte, daß Rub sie so schnell wie möglich wieder vergessen möge.

»Ich schätze, ich hab' das mal irgendwann gesagt«, gab Sully zu. Er wußte nicht, wie er Rub erklären sollte, daß es Spaß machen würde, die Dielen in dem Haus herauszureißen – es auszunehmen und damit seinen Verfall zu beschleunigen.

Sie schlurften zu dem Laster und stiegen ein. Während der Fahrt erzählte Sully Rub von Carls Vorhaben, die Hartholzdielen aus dem Haus in der Bowdon Street herauszureißen und sie in dem Häuschen am See zu verlegen, das Carl und Toby gehörte, das sie jedoch nur selten benutzten. Natürlich wunderte sich Rub gehörig, daß der reiche Carl sich nicht einfach neue Holzbretter kaufte.

»So werden die Leute reich«, klärte Sully seinen Kumpel auf. »Statt für alles Geld rauszuschmeißen, sparen sie hier und da immer ein paar Dollar. Und Typen wie uns heuern sie an, damit ihr Leben bequem wird.«

Rubs Miene war so düster wie eine Gewitterwolke, und inmitten dieser Düsternis konnte nur die Dummheit lauern. »Und dann bezahlen sie uns noch nicht mal«, klagte er, weil er sich an den Graben erinnerte, den sie vor Carls Haus ausgehoben hatten.

An der Mitte des Blocks wechselten sie auf die andere Straßenseite. Will hat recht, dachte Sully, als er aus knapp fünfzig Meter Entfernung das Gebäude seines Vaters betrachtete. Es sieht wirklich so aus, als ob es gleich einstürzt. »Carl wird uns schon bezahlen.«

Sie stiegen aus und schritten auf das renovierungsbedürftige Gebäude zu.

»Einmal. Diesmal wird er's tun. Er hat uns schließlich auch für diese Zementblöcke bezahlt, die du zerbrochen hast, weißt du noch?«

Sofort wandelte sich Rubs Wut in Furcht, und er wurde langsamer. »Das haben wir beide gemacht, nicht bloß ich.«

»Weiß ich doch, Rub«, sagte Sully und grinste verstohlen.

»Du bist in das Schlagloch reingefahrn, nicht ich.«

»Stimmt.«

»Ich hab' nicht mal diese Blöcke aufgeladen.«

»Du regst dich viel zu sehr auf«, meinte Sully. Und tatsächlich war Rubs Gesicht vor Angst puterrot geworden. »Carl ist gar kein so schlechter Kerl, wollt' ich nur sagen. Selbst wenn er wüßte, daß du all die Blöcke kaputtgemacht hast, würd' er dir verzeihen.«

»Schhhh«, machte Rub. »Da ist er ja.«

Carl Roebuck war auf die vordere Veranda getreten und sah ihnen entgegen. Als sie das Haus erreicht hatten, erschien auch Peter im El Camino. Beim Aussteigen mied er Sullys Blick, was bedeutete, daß er nun einen genaueren Bericht von Will erhalten haben mußte. Doch er schritt ruhig hinter Rub her, als sie das Tor passierten und den Gartenweg entlanggingen, während Carl Roebuck sie nur kopfschüttelnd betrachtete. »Sullivan & Co«, schnaubte er. Er hielt ihnen die Fliegentür auf. »Ich nehm' nicht an, daß einer von euch schon mal 'nen Boden aus Hartholz verlegt hat?«

»*Ich* wurde mal auf 'nen Hartholzboden gelegt«, sagte Sully.

»Und wie war's?« wollte Carl wissen.

»Weiß ich nicht mehr.«

»Hier drin riecht's ja wie zehn Generationen toter Sullivans«, äußerte Carl, als sie hineingingen.

»Ich riech' gar nichts«, sagte Rub mit gerunzelter Stirn.

Alle blickten ihn an und grinsten.

»Nee, wirklich nicht«, beharrte Rub ärgerlich.

Carl kniete sich hin und fuhr mit dem Daumen über den Boden, zog einen Strich in die dicke Staubschicht. Darunter kam ein immer noch glänzender Boden zum Vorschein.

»Wieviel Quadratmeter sind das, was meinst du?«

»Mit oben?«

Carl nickte. »Ein Zimmer oben können wir vergessen, das wird naß sein. Du hast wohl nicht das Loch im Dach gesehen?«

Sully sagte, er habe es nicht bemerkt.

»Was ist mit den Möbeln?«

»Welche Möbel?« fragte Sully.

»Da ist noch ein Zimmer voller Möbel, du Schmock«, sagte Carl Roebuck. »Ein Sofa, das besser aussieht als diese Streckbank in deiner Wohnung. Und ein Bett und eine Kommode. Alles mögliche eben. Kannst kaum die Tür aufkriegen.«

»Gut«, meinte Sully. Im Grunde erinnerte er sich sogar entfernt an den ganzen Plunder. Als sein Vater starb, hatte irgend jemand ihm geraten, er solle die Sachen versteigern lassen, aber er hatte, zumindest anfangs, abgelehnt und ein paar Jungen angestellt, die alle Möbel in eins der oberen Schlafzimmer schafften. Er hatte sich gesagt, er würde sich später darum kümmern, obwohl er wußte, daß er es nicht tun würde – und bis jetzt nicht getan hatte.

Carl Roebuck schüttelte den Kopf. »Du hättest das Haus retten können«, sagte er. »Du hättest es vermieten können – oder verkaufen und das Geld einstecken und jemand anders die Last aufhalsen.«

»Ich wollte das Geld nicht.«

Carl wandte sich an Peter. »Er wollte das Geld nicht.«

Peter zuckte die Achseln. Es war klar, daß er liebend gern jegliche Verwandtschaft mit diesem bedürfnislosen Mann abgestritten hätte.

»Weißt du was, Rub?« fragte Carl.

Rub fuhr erschreckt auf. Es war äußerst selten, daß Carl ihm seine Aufmerksamkeit schenkte. »Was«, fragte er.

»Du bist nicht der größte Dummkopf von Bath. Und laß dir das von keinem mehr erzählen.«

»Okay«, sagte Rub.

»Also was sagst du jetzt?« drängte Sully. »Willst du diese Dielen haben oder nicht?«

»Das hängt davon ab, welchen Wucherpreis du dafür verlangst.«

»Ich sag' dir was«, meinte Sully. »Du kannst sie umsonst haben. Bezahl uns nur die Arbeit.«

»Pro Stunde, meinst du wohl?«

»Warum nicht?«

Carl schnaubte. »Wenn ich euch drei einen Stundenlohn bezahle, ist das Holz noch lange nicht umsonst. Dann seid ihr ja im Mai noch dran.«

»Du willst also, daß ich dir eine Schätzung auf einen Job gebe, den ich noch nie gemacht hab'?« fragte Sully. »Findest du das etwa fair?«

Zur allgemeinen Überraschung schaltete sich jetzt Peter ein, der die Dielen an einer Wand inspiziert hatte. »Tausend Dollar«, schlug er vor.

Alle starrten ihn an.

»Drei Männer brauchen ungefähr 'ne Woche dazu«, sagte er. »Ein oder zwei Tage, um die Dielen rauszureißen. Wir werden so ungefähr jedes vierte Brett verlieren, denn die splittern, auch wenn wir vorsichtig sind. Jede Diele paßt mit der Feder in eine Nut, und man kann sie nicht alle heraushebeln, ohne daß die eine oder andere zu Bruch geht. Das Verlegen wird ziemlich lange dauern, vielleicht drei Tage. Dann müssen sie noch abgeschmirgelt und lasiert werden. Aber das Holz würde neu schon mehr als einen Tausender kosten.«

Carl blickte Sully an, und beide hoben die Arme und ließen sie wieder sinken.

»Bleibt nur der zufällige Verschleiß«, gab Carl zu bedenken, »die unvorhergesehenen Verwüstungen, die mit Sicherheit eintreten, wenn man dumm genug ist, Don Sullivan mit einer Spitzhacke ins Haus zu lassen.« Müde schüttelte er den Kopf. »Mein Häuschen wird dann wie das hier ausseh'n.«

»Elfhundert«, sagte Sully.

»Was?« fragte Carl.

»Diese Beleidigung kostet dich hundert mehr«, erwiderte Sully. »Und ich will sechshundert im voraus, weil ich's schließlich mit dir zu tun habe.«

»Ich werd' das noch bereuen.« Carl griff in die Hosentasche. »Kann ich jetzt schon sagen.«

Er zählte von einer dicken Rolle sechs Scheine ab.

»Du hast recht«, sagte Sully zu ihm. »Ich bin der größte Dummkopf von Bath. Wenn ich auch nur ein bißchen gescheit wäre, würde ich dir mit der Spitzhacke eins auf den Schädel geben, das Geld da nehmen und dich unter den Dielen begraben – und kein Mensch würd' dich vermissen.«

»Doch, du würdest mich vermissen, Schätzchen«, sagte Carl Roebuck in vertraulichem Ton und zwickte Sully in die Wange.

Mittags gingen sie ins *Horse*.

Wie immer während der Mittagsstunde hielten sich sämtliche Geschäftsleute der Main Street in der überfüllten Kneipe auf, und jeder Tisch war besetzt. Doch am Ende der Theke waren drei Hocker frei, und Sully schob Rub und Peter dorthin. Clive jr. und eine Frau, die Sully nie vorher gesehen hatte, standen gerade von einem Tisch auf, der nahe am Fenster stand. Als Clive jr. Sully sah, umwölkte sich seine Miene, und er schaute seine Begleiterin fast ängstlich an – zumindest kam es Sully so vor.

»Ich muß mal mit dem Arsch da reden«, sagte Carl, als Sully, Peter und Rub sich zur Theke begaben.

»Mit wem? Mit der ›Bank‹?«

»Ich habe da Sachen gehört, die mir nicht gefallen wollen«, erwiderte Carl. »Der verdammte Handel geht doch im Süden ab, das hab' ich im Gefühl.«

»Der Freizeitpark?«

»Was für ein aufgeblasener Dummkopf«, meinte Carl, während er Clive jr. aufmerksam beäugte. »Ich an seiner Stelle hätte diesen Großkotz aus Texas verkuppelt und dann um die Ecke bringen lassen und in ein Flugzeug zurück nach Haus verfrachtet, bevor die Tinte auf dem Vertrag trocken gewesen wäre. Aber Junior ist genau wie früher sein alter Herr. Absolut von vorgestern. Kannst du dir vorstellen, daß er diese Schachtel da heiraten will?«

»Für sie springt auch nicht viel dabei heraus«, meinte Sully. »Nun geh schon. Wir schicken dir die Rechnung, wenn wir fertig sind.«

»Zuzutrauen wär's dir«, gab Carl Roebuck zurück und entfernte sich.

Kurz darauf kam Birdie zu ihnen herüber, um die Bestellung aufzunehmen. »Wir haben was Neues auf der Karte«, sagte sie. »Büffelflügel, scharf.«

»Ich wußte nicht, daß Büffel Flügel haben«, sagte Peter, der Birdie aus irgendeinem Grunde mochte – vielleicht, weil sie ihm immer schmeichelte.

Rub runzelte die Stirn und sah Peter böse an. »Sie haben keine«, sagte er und blickte dann Sully an, ob der ihm zustimmen würde.

»Da sind zwei Anrufe für dich gekommen«, berichtete Birdie. »Einmal deine Ex und dann Mrs. Roebuck.«

»Na schön«, sagte Sully zögernd und suchte in seiner Tasche nach Kleingeld. »Was will denn deine Mutter von mir?«

»Keine Ahnung«, erwiderte Peter, ein wenig scheinheilig, so kam es Sully vor.

Schließlich fand er zwei Dimes. »Sie will mir wahrscheinlich mitteilen, daß ich kein besonders guter Großvater bin«, schloß er. »Soll ich ihr sagen, daß ich das schon von dir gehört habe?«

»Willst du nicht wenigstens noch bestellen, bevor du abzischst?« fragte Birdie.

»Einen Hamburger«, sagte Sully.

»Willst du nicht die Flügel probieren?«

»Na schön, wenn's unbedingt sein muß.«

»Nun sei doch nicht gleich beleidigt, hab' ja bloß gefragt.«

»Cheeseburger«, sagte Rub, als Birdie ihn anblickte.

»Probier mal die Flügel«, riet Sully.
»Okay«, sagte Rub.
»Was ist mit dir, mein Hübscher?« sagte Birdie zu Peter.
»Hamburger mit Fritten.«
»Mach dir nicht soviel Arbeit«, sagte Sully zu ihr, während er zum Münztelefon ging. »Bring uns dreimal die Flügel.«
Weil er nicht wußte, wie lange er telefonieren würde, nahm Sully den Barhocker mit und stellte ihn neben das Telefon. Er mußte zwei Gespräche führen. Eines mit der schönsten jungen Frau von Bath, die vielleicht angerufen hatte, um eine frühere Einladung zu erneuern, und eines mit seiner Exfrau, die mit Sicherheit angerufen hatte, um ihm in einer bestimmten Angelegenheit die Leviten zu lesen. Wen sollte er zuerst anrufen?
»Hi, Dolly«, sagte Sully, als Toby Roebuck den Hörer abnahm. »Dein nichtsnutziger Gatte sitzt gerade hier im *Horse.*« Clive jr. und seine Begleiterin waren gegangen. Carl hatte sich zu den hiesigen Geschäftsleuten an den Tisch gesetzt und erzählte gerade allen, was für ein Trottel Clive jr. war, das konnte Sully sehen. »Er hat eben erst bestellt. Ich kann in fünf Minuten da sein.«
»Am Telefon bist du ja ganz schön mutig«, erwiderte sie. Es war schon erstaunlich, daß sie nie auf seine Bluffs hereinfiel. »Außerdem«, fügte sie hinzu, »könntest du's in fünf Minuten gar nicht schaffen. So lang brauchst du schon, um bloß die Treppe hochzukommen.«
»Ich könnt' mir schon vorstellen, daß ich aus 'nem wichtigen Grund doppelt so schnell sein kann«, gab Sully zurück. Sie hatte recht – er war wirklich außerordentlich mutig am Telefon. »Was zum Teufel hab' ich da über dich gehört – es hat geschnappt?«
»Nur zu wahr«, gab Toby Roebuck zu. »Prahlt er immer noch so herum?«
»Wie ein stolzer kleiner Truthahn.«
»Man muß ihn einfach lieben.«
»Nee«, widersprach Sully. »*Du* mußt ihn einfach lieben.«
»Wie auch immer«, sagte Toby Roebuck im Tonfall einer Frau, die nun vom Flirten genug hatte. »Jetzt zu dem Haus.«
»Welchem Haus?«

»Deinem Haus, Sully. Schlag mal die Seite um. Wir reden jetzt über etwas anderes.«

Sully erinnerte sich, daß Carl sie gebeten hatte, nachzuforschen, was mit dem Haus in der Bowdon Street war, und auf einmal spürte er so etwas wie Hoffnung – sie war da, bevor er sie ersticken konnte.

»Technisch gesehen«, sagte sie, »gehört es immer noch dir.«

»Technisch«, wiederholte Sully, dem das Wort nicht besonders gefiel.

»Sie haben dir gerade eine sogenannte Tilgungsfrist gesetzt. Schon vor einem Monat. Du mußt doch eine Nachricht bekommen haben.«

»Muß ich«, gab Sully zu.

Toby Roebuck ging nicht weiter darauf ein. »Es bedeutet, daß jemand das Haus zum Preis der aufgelaufenen Grundsteuern erworben hat. Aber wenn du die Summe bis Anfang Februar aufbringen kannst, geht der Besitz wieder an dich zurück.«

»Wer war der Käufer?«

»Weiß ich nicht. Man erwartet von den Käufern nicht, daß sie ihre Identität preisgeben.«

Sully dachte darüber nach. »Nun ja«, meinte er nach einer Pause, »wer immer es auch war, er kann sich auf 'ne Überraschung gefaßt machen, weil ich gerade eben die Dielen an deinen Mann verkauft habe.«

»Hmmmm.«

»Ich wüßte bloß gerne, wer es überhaupt haben will«, sagte Sully, obwohl ihm in diesem Moment einfiel, daß die Besitzer des Sans Souci daran interessiert sein könnten, das briefmarkengroße Grundstück am Rande ihres Besitzes zu erwerben. Vielleicht wollten sie alles auf der Nordseite der Bowdon Street haben, um einen sauberen Schnitt zu machen. Und das führte bereits zur nächsten Frage: Wie sehr wollten sie es? »Wie hoch sind die Steuern?«

»Bist du bereit?«

»Ich glaub' schon«, meinte Sully, der fünftausend schätzte.

»Etwas über zehntausend.«

»Du machst Witze.«

»Tut mir leid.«

Sully holte tief Luft. Das war auf jeden Fall eine Antwort. »Eine Menge Geld für 'n Haus ohne Fußboden«, meinte er. »Ich nehm' nicht an, daß du's mir leihen würdest?«

Das kam Toby Roebuck besonders spaßig vor. »O Sully«, seufzte sie, bevor sie auflegte. »Du bist zum Schießen.«

Vera nahm beim ersten Läuten ab.

»Hi«, sagte Sully, ohne seinen Namen zu nennen. Bei Vera setzte er immer gern voraus, daß sie seine Stimme erkannte, selbst wenn sie ein Jahr lang nicht mehr miteinander gesprochen hatten. Er fand, daß sie ihm wenigstens soviel schuldete, da sie doch eine Zeitlang verheiratet gewesen waren und einen Sohn zusammen hatten. Seiner Meinung nach schuldete eine Frau das ihrem Exmann, besonders dann, wenn er sonst nichts mehr von ihr verlangte. »Was gibt's?«

»Wer ist da?«

Tatsächlich war Sully versucht, dieselbe Frage zu stellen. Wenn er nicht die falsche Nummer gewählt hatte, mußte es Vera sein – aber es klang nicht nach ihr, diese Stimme war um einige Töne tiefer. Wer auch immer es war – sie hörte sich an, als käme sie aus einem zweitägigen Tiefschlaf. »Vera?«

»Ach«, erwiderte sie.

»Was soll das heißen, ›Ach‹«, sagte er, schon verärgert. »Ich hab' gehört, du hast angerufen.«

»Nur um dir zu sagen, daß du gewonnen hast.«

Sully dachte darüber nach, aber es wollte ihm nichts einfallen, was er gewonnen haben sollte, zumindest nicht in Bezug auf Vera. »Wovon zum Teufel redest du überhaupt?«

»Ich wollte dir nur sagen, daß du gewonnen hast.«

»Was denn, Vera?« fragte er noch, aber da hatte sie schon aufgelegt.

Sully starrte das Telefon an, bevor er ebenfalls auflegte und zur Theke zurückging, wo Rub und Peter Hähnchenflügel aßen. Da keiner von ihnen aufblickte, ging er wieder zum Telefon und wählte erneut Veras Nummer. Dieses Mal mußte es zwanzig Mal läuten, bevor der Hörer abgehoben wurde. »Was zum Teufel ist denn los?« wollte er wissen. »Und leg nicht wieder auf. Ich brauch' bloß zwei Minuten bis zu euch. Und glaub' nicht, daß Ralph mich rausschmeißen kann, denn das schafft er nicht.«

»Ich mach' mir auch keine Illusionen mehr, daß mein Mann mich beschützt«, sagte sie voller Selbstmitleid. »Im Augenblick ist er nicht einmal da.«

»Kann ich ihm nicht verübeln«, gab Sully zurück. Die Worte waren ihm entschlüpft, bevor er es wollte, obwohl er auch nicht die Absicht hatte, sie zurückzunehmen. Als es am anderen Ende lange Zeit still blieb, begann er wieder: »Was ist los, Vera? Du hättest doch nicht angerufen, wenn du mir nichts sagen wolltest?«

Als sie schließlich sprach, hörte er, wie ihre Stimme brach. »Es ist bloß ... ich hab' mir ... soviel ... Mühe gegeben«, brachte sie schließlich unter Schluchzen heraus.

Sully mißtraute dem Kummer seiner Exfrau, da er aus langer Erfahrung Veras Neigung zum Theaterspielen kannte. Für Vera war es immer nur eine kurze Strecke bis zur Hysterie, ob in kleinen oder großen Dingen.

»Du hast dir nie Mühe gegeben«, fuhr sie fort, »aber er bleibt jetzt bei dir.«

»Reden wir über Peter?« fragte Sully in der Hoffnung, jetzt endlich einen Faden erhascht zu haben. Er war so sicher gewesen, daß es um Will ging, daß er jetzt nicht so schnell umschwenken konnte.

»Du hast gewonnen«, sagte sie wieder, »aber viel ist es nicht.«

»Zum Teufel mit dir, Vera«, sagte er und hätte jetzt selbst auflegen können.

»Laß dir mal von dieser ordinären Schlampe erzählen, die er in Morgantown aufgetan hat.«

»Peter erzählt mir überhaupt nichts«, versicherte Sully.

»Wird er noch«, erwiderte sie. »Ihr seid euch zu ähnlich. Ich bin die, die er verachtet.«

»Verrückt bist du auch.«

Wieder Stille. Theater, vermutlich. Doch vielleicht noch etwas anderes. »Man weiß es, wenn man jemanden verloren hat, Sully. Zumindest ich weiß das. Das macht die Übung – wenn mir etwas auf der Welt lieb und teuer geworden ist, weiß ich, daß ich es irgendwann verlieren muß.«

»Du hast Peter nicht verloren«, sagte er. »Und ich hab' ihn nicht für mich gewonnen. Hab's ja nicht mal versucht.«

»Das zieht ihn ja so an«, gab sie schniefend zurück. »Ich hab' ihn geliebt, bis mir das Herz gebrochen ist. Und du machst dir nichts aus ihm, deshalb will er dich.«

»Hör mal, Vera –«

»Du hättest mal hören sollen, was diese kleine Schlampe zu mir gesagt hat«, fuhr sie fort. »Es war, als ob ein fürchterlicher Gestank aus dem Hörer kommt und mein Heim vergiftet.«

»Ich war nicht dabei, Vera«, betonte Sully. »Ich hab' es nicht gehört.«

»Wie ein fauler Gestank«, fuhr sie fort. »Ich hab' uns ein sauberes Heim geschaffen, Sully.«

»Sicher hast du das.«

»Und jetzt treibt es ihn zu so einer«, klagte sie. »Was soll das nur?«

»Ich weiß es nicht, Vera«, erwiderte er, nun der Klagen müde. »Ich werd' jetzt auflegen.«

»Klar«, sagte sie. »Renn nur davon.«

»Verdammt noch mal, Vera.«

»Sei froh, daß du noch abhauen kannst«, sagte sie. »Sei froh, daß du noch irgendwohin kannst.«

An der Theke saßen Peter und Rub immer noch auf ihren Hockern, und zwischen ihnen türmte sich ein gewaltiger Haufen aus Hühnerknochen. Peter fing Sullys Blick auf, und seine Miene besagte, daß er zumindest Teile des Gesprächs erriet. Aus irgendeinem unbekannten Grund war Rub in Tränen ausgebrochen, ein äußerst unangenehmer Anblick.

»Was ist denn los, zum Teufel?«

»Die waren so scharf«, erklärte Rub. Er hatte förmlich in der Orangensauce gebadet – seine Hände waren über und über beschmiert, desgleichen seine Wangen und die Nasenspitze. Sogar in seinem Bürstenhaarschnitt schimmerte es orangefarben.

»Sieht auch nicht gerade schön aus«, äußerte Sully. Selbst Peter, der – von Vera erzogen – beim Essen ziemlich heikel war, hatte orangefarbene Hände.

Rub schaute seine Hände überrascht an und begann, sich die Finger abzulecken.

»Ich wette, daß sie gut geschmeckt haben«, sagte Sully. »Weißt du, woher ich das weiß?«

Rub blickte mit ehrlicher Neugier, wie immer, wenn es um irgendeine Form der Gedankenübertragung ging.

»Weil du mir keinen einzigen übriggelassen hast.«

Rub starrte den Knochenhaufen an, als suche er einen Flügel, der noch nicht ganz abgenagt war. Da er keinen fand, wurde seine Miene düster. »Er hat genauso viele gegessen wie ich«, sagte er, auf Peter zeigend. »Wie kommt's bloß, daß du nie auf ihn böse bist?«

»Ich bin auf niemanden böse, Rub«, beschwichtigte Sully. »Ich hab' bloß gesagt, mir ist aufgefallen, daß du alle Flügel verputzt hast.«

»Er aber auch«, beharrte Rub.

Gegen seinen Willen mußte Sully grinsen – über Rubs Fähigkeit, andere aufzuheitern, auch wenn es auf seine Kosten ging. »Versteh mich nicht falsch. Ich bin *froh*, daß es dir geschmeckt hat. Du hättest mir einen Flügel übrig lassen können, aber wenn du so großen Hunger hattest, bin ich froh, daß du alle aufgegessen hast.«

Nun ließ Rub seinen Kopf noch tiefer hängen. Für einen Mann seiner Größe hatte er einen ziemlich mächtigen Schädel, und wenn der ihm vor lauter Scham zu schwer wurde, konnte er ihn nicht mehr aufrecht halten. Peter, der sich mit mehreren Servietten einigermaßen gesäubert hatte und wenig Lust zeigte, sich an Rubs Schuldenlast zu beteiligen, beugte sich herüber und sagte in bühnenreifem Flüsterton: »Wo er gerade vom Teilen redet – erinner ihn doch mal an die sechshundert, die Carl Roebuck uns gab und die er doch glatt eingesteckt hat.«

Das stimmte, und Sully griff sofort in die Hosentasche und gab den Männern jeweils zweihundert Dollar. Rub faltete die Scheine sorgfältig mit seinen verschmierten Fingern und steckte sie in die Brusttasche. »Warum starrt ihr mich so an?« fragte er.

»Was hältst du davon, wenn wir uns wieder an die Arbeit machen?«

»Okay«, sagte Rub und glitt von seinem Hocker.

»Warte mal 'nen Moment draußen«, sagte Sully. »Muß mit meinem Sohn allein reden.«

Abermals umwölkte sich Rubs Miene.

»Nächstes Mal läßt du mir 'nen Flügel übrig, dann red' ich auch mit dir«, sagte Sully.

Als Rub gegangen war, sagte Peter: »Mensch, du bist vielleicht gemein zu ihm.«

»Er weiß, daß ich's nicht ernst meine.«

»Bist du sicher?« fragte Peter skeptisch.

»Einigermaßen.«

Peter sagte nichts darauf.

»Du solltest besser mal Pause machen und zu deiner Mutter rübergehen«, schlug Sully vor. »Sie ist ganz schön durcheinander.«

Peter seufzte und schüttelte den Kopf. »Wegen Will?«

»Wegen dir.«

»Wegen mir? Wieso wegen mir?«

»Woher zum Teufel soll ich das wissen? Ich hab' nie vorgegeben, deine Mutter zu verstehen. Sie meinte, irgendeine Frau hat für dich angerufen, aus West Virginia.«

Peter verdrehte die Augen. »O Gott. Na schön.«

»Deine Mutter meinte auch, du würdest mir vielleicht was darüber sagen wollen.«

»Will ich nicht.«

»Hab' ich ihr auch gesagt.«

»Hast du recht gehabt.«

»Fein. Behalt nur alles schön für dich. Den ganzen Scheiß. Ich sag' dir nur eins: Ich werd' mir nicht noch mehr von deinem blöden Mist bieten lassen.« Sully wurde immer lauter. »Du denkst wohl, ich müßte mich drauf gefaßt machen, aber das heißt noch lange nicht, daß ich's auch schlucken werde.«

Peter schien kurz davor, etwas zu erwidern, überlegte es sich dann aber doch anders.

»Geh schon und beruhige deine Mutter. Wir fangen schon mal mit den Dielen an.«

»Fangt oben an mit denen, die schon kaputt sind«, riet Peter. »Man braucht 'ne Weile, bevor man raus hat, wie sie ganz bleiben.«

»Woher weißt du das?«

»Das wird der dritte Hartholzboden, den ich für einen Professor verlege«, erklärte Peter. »Der erste war in Virginia, in meinem letzten Semester, für meinen Doktorvater. Den andern hab' ich vor zwei Jahren im Sommer in West Virginia verlegt. Hätte eigentlich an meinem Buch arbeiten sollen, aber ich brauchte das Geld. Also verlegte ich diesem Uni-Professor seinen Fußboden. Und drei Monate später stimmt er gegen die Verlängerung meiner Dozentur. Er meinte, ich wüßte keine Prioritäten zu setzen. Aber so hab' ich wenigstens was gelernt, was mir immer nützen wird, stimmt's?«

»Meinst du Fußböden verlegen oder dich selber zu bemitleiden?« erkundigte sich Sully, und schon wieder tat ihm leid, was er gesagt hatte.

»Danke«, gab Peter zurück. »Ich wußte ja, daß du mich verstehen würdest.«

Als er gegangen war, trank Sully sein Bier aus. »Birdie«, sagte er, da sie gerade in der Nähe stand. »Ich blick' überhaupt nicht mehr durch.«

»Dann sind wir ja schon zwei«, sagte sie mitfühlend. »Und das ist noch nicht mal das Schlimmste.«

Sully sah sie argwöhnisch an. »Was ist denn das Schlimmste?«

»Daß mir irgendeiner die drei Portionen Hähnchen bezahlen muß.«

Sully blickte sich in der Kneipe um, die sich in der Zwischenzeit beträchtlich geleert hatte; die Geschäftsleute der Main Street waren wieder an die Arbeit gegangen. Auch Carl Roebuck war schon weg.

»Ich schätze, das werde ich sein.«

Auf dem Rückweg zur Bowdon Street wartete ein seltsamer Anblick auf Rub und Sully: Als sie die Main Street entlangfuhren, starrte Rub – der immer noch beleidigt war, weil Sully ihn weggeschickt hatte – mürrisch aus dem Fenster und erblickte einen Wagen, der mitten auf dem Rasen des Anderson-Hauses geparkt war. Auf der Treppe saß eine gutgekleidete Frau mittleren Alters und schluchzte. Dieses Bild des Jammers schien Rub schnell den eigenen Kummer vergessen zu lassen. »Guck mal da«, rief er aufgeregt, während Sully an der Kreuzung Main und Bowdon hielt. Verwirrend fand Rub nicht so sehr die Tatsache, daß da ein Auto mitten auf dem Rasen stand oder daß auf der Vordertreppe eine Frau sich die Augen aus dem Kopf weinte, ihn verwirrte viel mehr, daß etwas fehlte. Seit sie den Auftrag mit dem Anderson-Haus übernommen hatten, hatte Rub den Tag gefürchtet, an dem sie den Baumstumpf aus dem Rasen holen mußten.

»Jemand hat den Stumpf weggemacht«, stellte er nun hoffnungsvoll fest und grinste Sully an.

Der setzte von der Kreuzung zurück, parkte vor dem Haus und stieg aus. Die Frau glich jener Dame, die er mit Clive jr. im *Horse* gesehen hatte. Es schien, als spräche sie zwischen den Schluchzern mit sich selbst. Beim Zuschlagen der Autotüren blickte sie auf und senkte sogleich wieder bekümmert den Kopf, da sie offenbar auf anderen Besuch gehofft hatte. Ihr Gesichtsausdruck besagte, daß das plötzliche Erscheinen von Rub und Sully für sie den Gipfel der Demütigung in ihrer Situation darstellte.

»Frag sie mal, wer den Stumpf weggemacht hat«, drängte Rub.

Sully verzog nur verächtlich die Lippen und schüttelte den Kopf. »Keiner hat den Stumpf weggemacht, du Idiot. Er ist unter dem Wagen.«

Sogleich ging Rub in die Knie und warf einen forschenden Blick unter das Automobil. Sully hatte recht: Der Stumpf *war* unter dem Auto, schlimmer noch, das Auto *hing* auf dem Stumpf, deshalb sah es auch so seltsam aus.

In diesem Augenblick trat Clive jr. aus Alice Grubers Haus und eilte auf sie zu; unter den riesigen schwarzen Ulmen wirkte seine Gestalt klein und unbedeutend. Je näher er kam, desto unsicherer wurde sein Schritt.

»Hi, Dolly«, rief Sully der Frau zu; sie sah ein gutes Stück älter aus als die Frauen, die Sully gewöhnlich mit ›Dolly‹ zu begrüßen pflegte, aber sie schien auch eine kleine Aufmunterung gebrauchen zu können.

»Sind Sie der Abschleppdienst?« fragte sie so traurig, daß Sully ein Drama herannahen fühlte.

»Ob ich der Abschleppdienst bin? Nein. Seh' ich etwa so aus?«

»Mein Verlobter hat ... den Abschleppdienst angerufen«, erklärte sie mit zitternder Stimme.

Rub funkelte sie an, als sei sie ein Ungeheuer aus einem Märchen.

»Könnten Sie diesen schrecklichen Mann nicht zum Gehen bewegen?« bat die Frau. Ihr Finger zeigte unmißverständlich auf Rub.

»Nee«, gestand Sully. »Hab's nie gekonnt. Sie können's aber gern mal versuchen.«

Hoffnungslos blickte sie über die Straße zum Sans Souci.

»Hi, Clive.« Sully grinste den Sohn seiner Vermieterin breit an.

Die Frau auf der Treppe war aufgestanden, als sie Clive jr. erblickte, rührte sich aber nicht von der Stelle.

»Ich will ja nichts gesagt haben«, meinte Sully zu Clive jr., »aber es sieht so aus, als ob du auf 'nem Baumstumpf hängengeblieben bist.«

Clive jr. betrachtete die Reifenspuren, die am Bordstein anfingen und sich bis zu der Stelle hinzogen, wo das Auto stand. Er seufzte tief.

»Es war ein Unfall.«

»Hab' mir schon gedacht, daß du da nicht mit Absicht geparkt hast«, stimmte Sully ihm bei.

»Ich war's ja gar nicht«, entgegnete Clive jr. »Ich hab' nur Joyce eine Fahrstunde gegeben.« Ein schlaues Lächeln spielte um seinen Mund. »Ich wette, du warst ganz schön überrascht, sie wiederzusehen.«

»Wen?« fragte Sully verblüfft.

Die drei Männer wandten sich der kummergeplagten Frau zu.

»Joyce«, erklärte Clive jr.

»Joyce wer?«

Nun war das Lächeln – falls es sich um ein solches gehandelt hatte – verschwunden. »Meine Verlobte. Du bist früher mal mit ihr ausgegangen.«

Sully schaute die Frau auf der Treppe näher an. »Ich hab' sie noch nie in meinem Leben gesehen«, versicherte er Clive jr. »Außerdem kennt sie mich gar nicht. Sie dachte, ich wär' der Abschleppdienst.«

»Du bist in der High-School mit ihr ausgegangen«, beharrte Clive jr.

Sully nahm erfreut zur Kenntnis, daß Clive jr. sich ärgerte. »Niemals«, widersprach er. »Auf keinen Fall.«

»Damals hieß sie Joyce Freeman.«

»Nie von ihr gehört.«

»Wie kommt's, daß sie nicht aufhört mit Heulen?« fragte Rub.

Clive jr. starrte Rub so wütend an, daß dieser verlegen auf seine Schuhe blickte und Sully anstieß, damit der ihm weiterhalf. »Wie kommt's, daß sie nicht aufhört mit Heulen?« wiederholte er seine Frage.

»Vielleicht denkt sie über ihre Zukunft nach«, erwiderte Sully. »Schließlich wird sie ja den Junior hier heiraten. Nimm's nicht tragisch, Clive. War nur 'n Witz.«

Nach dieser Erklärung sah Clive jr. erleichtert aus, und zu Sullys Erstaunen wurde er ein wenig zugänglicher und erklärte mit einigem Widerwillen, wie sich alles zugetragen hatte. Joyce hatte nie Autofahren gelernt, und so habe er während der letzten Wochen versucht, ihr einiges beizubringen. Heute hatten sie versucht, auf der Upper Main Street – die recht breit und dennoch kaum befahren war – das Einparken rückwärts zu üben. Joyce war kein Naturtalent. Trotz seiner geduldigen Erklärungen schlug sie das Lenkrad jedesmal zu scharf ein und fuhr beim Zurücksetzen auf den Bordstein. Als Clive jr. sah, daß sie beim Versuch, den Wagen in eine gerade Position zu bringen, immer wieder gegen den Bordstein stieß, habe er ihr geraten, sie solle erst aus der Parklücke herausfahren. Offenbar hatte sie vergessen, daß sie noch den Rückwärtsgang eingelegt hatte, und war daher überrascht, als sie die Bremse losließ und das Auto einen Satz rückwärts machte. Das führte sogleich zu dem Fehlschluß, sie würde rollen, und als einzige Lösung fiel ihr ein, Gas zu geben. »Ich hab' ihr gesagt, daß die Logik ihrer Gedanken stimmte«, erklärte Clive jr., »nur die Voraussetzung falsch war, aber sie ist untröstlich.«

»Soll ich's mal versuchen?« bot Sully an. »Wo sie doch mal meine Freundin war?«

Clives Augen verengten sich zu schmalen Schlitzen. »Du warst in der Oberstufe – sie aber erst in der Unterstufe.«

»Wie auch immer, Clive. Sollen wir euch jetzt von dem Stumpf runterheben?« fragte Sully.

»Ich hab' dir doch gesagt, daß der Abschleppwagen schon unterwegs ist.«

»Ich glaube nicht, daß die euch da runterheben können«, gab Sully zu bedenken. »Guck dir doch mal die Hinterachse an.«

»Die werden schon wissen, was zu tun ist«, behauptete Clive jr. steif und fest; wieder hatte sich seine Miene umwölkt. Sullys hartnäckige Weigerung, seine Verlobte wiederzuerkennen, war der Grund dafür, das hätte Sully beschwören können.

»Du brauchst hier nicht auch noch zu warten«, sagte der Bankier genervt.

In diesem Augenblick erschien der Abschleppwagen – Harold Proxmire von Harolds *Automobiler Welt* saß selbst am Steuer und der rothaarige Junge Dwayne hinter ihm im Fahrerhäuschen. Da man Dwayne nicht zutrauen konnte, das richtige Fahrzeug abzuschleppen, war Harold offenbar selbst mitgekommen, um auf ihn aufzupassen.

Harold, wie immer in Grau gekleidet und graugesichtig, stellte den Abschleppwagen auf der anderen Straßenseite ab und kletterte müde heraus; als er Sully sah, schüttelte er nur den Kopf. »Hätt' ich mir ja denken können, daß du da mit drinhängst«, sagte er und betrachtete die Lage. »Ist das da drunter ein Baumstumpf, Mr. Peoples?«

Clive jr. bejahte es und erklärte noch einmal, wie es zu dem Mißgeschick gekommen war. In Harold Proxmire fand er einen dankbareren Zuhörer als in Sully. Harold nickte ernst, und als Clive jr. geendet hatte, sagte er: »So ein Pech, daß dieser Stumpf genau da stehen mußte.«

»So cin Glück, meinst du wohl«, warf Sully ein. »Wenn der Stumpf nicht im Weg gestanden hätte, wär' sie wahrscheinlich mitten ins Wohnzimmer gerast.«

»Ich hab' ihm gesagt, er kann sich davonmachen, wann immer er will«, sagte Clive jr. zu Harold, der sich auf die Knie niedergelassen hatte, um einen Blick unter das Auto zu werfen.

»Bin froh, daß er's nicht getan hat«, erwiderte Harold. »Wir müssen den Wagen nämlich runterheben.«

»Ihr könntest ja das Auto anketten und den Stumpf gleich mit rausziehen«, schlug Sully vor. »Würd' uns 'ne Menge Arbeit ersparen.«

»Dwayne, hör auf, in der Nase rumzubohren und faß mal mit an«, befahl Harold.

Der Junge, der sich gerade dieser verstohlenen Tätigkeit gewidmet hatte, wurde so rot wie seine Haare. Zusammen mit Rub und Sully nahm er seinen Platz hinter dem Wagen ein, während Harold um das Fahrzeug herumging und sich hinters Steuer klemmte.

»Wo soll ich helfen?« fragte Clive jr. voller Angst, man könnte ihn bei der Bergung seines eigenen Gefährts vielleicht nicht gebrauchen. In der Tat war an der hinteren Stoßstange, wo Sully, Rub und Dwayne sich auf das Heben vorbereiteten, kein Platz mehr für ihn.

»Wie wär's denn da bei ihr?« schlug Sully vor.

»Ich denke, es reicht schon, Mr. Peoples«, meinte Harold. Er zählte bis drei und sie hoben den Wagen an; überraschend leicht rollte er vorwärts. Das einzige Unglück geschah Dwayne, der in der Mitte zwischen Sully und Rub bestanden hatte, und nun über den Baumstumpf stolperte und sich selbst in die Lippe biß, die sofort blutete.

»Da haben wir's, Mr. Peoples«, sagte Harold und zog die Handbremse an. »Jetzt sind Sie wieder ein freier Mann.«

Clive jr. machte aber nicht den Eindruck; er wirkte eher wie ein Mann, der ein unsichtbares Joch trug und eine Bürde, die nur er selbst sah. »Was schulde ich Ihnen?« fragte er.

»Nur die Anfahrt, würd' ich sagen. Wir mußten Sie ja nicht abschleppen. Aber wenn ich Sie wäre, würde ich den Wagen mal aufbocken und die Achse untersuchen lassen. Damit Sie sicher sind, daß da nichts gebrochen ist.«

Clive jr. gab Harold einen Zwanzigdollarschein, wandte sich dann an Sully.

»Sei nicht dumm, Clive«, sagte der.

Alle standen nun reglos um das befreite Auto herum: fünf Männer, von denen keiner fähig schien, ein paar Abschiedsworte zu finden. »Dwayne und ich fahren jetzt mal lieber zurück, bevor die Chefin Verdacht schöpft«, äußerte Harold schließlich. »Sagen Sie Ihrer Bekannten, daß solche Dinge nun mal passieren, Mr. Peoples. Sie sollte nur mal sehen, aus was für Situationen ich manche Leute raushole.«

»Und ich werd' so schnell wie möglich den Stumpf rausgraben«, versprach Sully. »Falls du bald wieder eine Fahrstunde geben willst.«

»Ich nehme nicht an, daß du schon eine neue Wohnung gefunden hast«, sagte Clive jr.

»Noch nicht.« Sully lächelte listig. »Aber danke der Nachfrage.«

Sully und Rub folgten Harold und Dwayne zum Abschleppwagen. Harold stieg an der Beifahrer-, Dwayne an der Fahrerseite ein. »Nimm das hier, bevor ich noch irgendeinen Blödsinn damit anstelle«, sagte Sully und gab Harold die zweihundert Dollar, die er noch von dem Vorschuß übrig hatte.

»Bist du sicher?« fragte Harold.

Sully versicherte es.

»Willst du 'ne Quittung?«

»Nee«, gab Sully zurück. »Ich will, daß es endlich mal schneit.«

»Tja«, meinte Harold. »Auf mich kannst du zählen. Ich werd' mir den Laster nicht wiederholen.«

»Weiß ich doch«, erwiderte Sully. »Aber Esmeralda vielleicht.«

»Sie ist wirklich die schrecklichste Christin im ganzen County«, gab Harold zu. »Stimmt's nicht, Dwayne?«

Dwayne sah offenbar nicht viel Sinn darin, die Frage zu beantworten, denn er zuckte bloß die Achseln.

»Hab' ich sie nicht irgendwann letzte Woche in der Glotze geseh'n?« fiel Sully ein. Er war im *Horse* gewesen und hatte zum Fernseher hochgeblickt, gerade noch rechtzeitig, um eine Protestgruppe zu sehen, die sich gegen den Freizeitpark ›Zur letzten Ausflucht‹ stellte.

Harold seufzte und nickte.

»Hab' ich's mir doch gedacht«, sagte Sully. »Es war allerdings nur 'n kleiner Bildschirm, und da paßte ihr Haar nicht so ganz darauf, deshalb war ich mir nicht sicher.«

Harold ging nicht darauf ein. »Unser Junge liegt da draußen begraben«, erklärte er. Sully hatte schon fast vergessen, daß der Sohn der Proxmires in Vietnam getötet worden war. »Und sie will nicht, daß seine letzte Ruhe gestört wird.«

»Das kann man verstehen«, gab Sully zu, dem es nun leid tat, sich über Mrs. Harold lustig gemacht zu haben.

»Ist schon ein komischer Zeitpunkt, um zu protestieren«, sagte Harold, und seine Augen glänzten verdächtig. »*Im* Krieg wollte sie's nicht. Ließ auch mich nicht.«

»Schließlich haben wir selbst mal gekämpft, wenn ich mich recht erinnere«, erinnerte ihn Sully. Harold hatte auch gedient.

Harold nickte. »In der Tat. Ich dachte, es würde nie aufhören.«

Beide schwiegen einen Augenblick.

»Hab' ich nicht gehört, daß dein Sohn wieder in der Stadt ist?« fragte Harold dann.

Sully nickte. Er hatte ein seltsames Gefühl. Nicht viele Leute erinnerten sich daran, daß er einen Sohn hatte, und viele würden Peter nicht als seinen Sohn angesehen haben. Harolds Bemerkung brachte ihn wieder auf Veras Behauptung, daß er ihren Sohn für sich gewonnen habe. »Er hilft mir für ein, zwei Wochen aus«, erklärte er und hätte fast hinzugefügt, ›bis er wieder zum Lehren ans College geht‹. Doch das, so schien ihm, sollte man nicht zu einem Mann sagen, dessen eigener Sohn eine Meile außerhalb der Stadt unter der Erde lag. Und es wäre Prahlerei gewesen: ›mein Sohn, der College-Professor‹. Sully fühlte, daß er nicht das Recht hatte, derart zu prahlen.

Harold nickte zu Clive jr. hinüber, der seine schluchzende Verlobte endlich von den Stufen heruntergelotst hatte und sie zum Auto führte, das immer noch mitten auf dem Rasen stand. Er hatte sie am Ellbogen gefaßt und geleitete sie wie eine Blinde. »Als Kind hatte ich einen Irish Setter, der war genau wie sie. Das reinste Nervenbündel.«

Sie beobachteten, wie Clive die Frau vorsichtig auf den Beifahrersitz absetzte, um den Wagen herumschlich und hinterm Steuer Platz nahm. Der Motor sprang sofort an, und Clive fuhr langsam über den Rasen und den Bordstein hinunter. »Er sollte wirklich diese Achse nachprüfen lassen«, meinte Harold. »Aber ich wette, er tut's nicht.«

»Es wird schon nichts passieren«, sagte Sully. »Bankiers passiert doch nie was Schlimmes.« Aber dann dachte er an Carl Roebucks Zweifel bezüglich des Freizeitparks und fragte sich, ob Clive jr. Ärger zu erwarten hatte. Um Miss Beryls willen hoffte er, daß es nicht so war.

»Ich glaube nicht, daß ich an seiner Stelle noch mehr Fahrstunden geben würde. Ist sein alter Herr nicht auf diese Weise gestorben?«

»Manche lernen's nie«, sagte Sully. »Grüß Esmeralda von mir.«

Als der Abschleppwagen anfuhr, bemerkte Sully, daß Rub niedergeschlagen aussah. »Was ist denn mit dir los?« fragte er.

»Ich wünscht' nur, du hättest ihn genommen?« sagte Rub.

»Hätte was genommen?«

»Er hatte doch 'nen Zwanzigdollarschein.«

»Wer?«

»Der Banktyp«, meinte Rub. »Ich hätte zwanzig Dollar echt gut gebrauchen können.«

»Zehn, meinst du wohl.«

»Es waren aber zwanzig«, beharrte Rub. »Hab' sie doch geseh'n.«

»Aber du hättest nur die Hälfte gekriegt, stimmt's?«

Rub zuckt die Achseln.

»Oder wolltest du die ganzen zwanzig für dich allein und mir nichts übriglassen?«

»Ich hab' ja gar keine Hälfte gekriegt«, protestierte Raub. »Nix hab' ich gekriegt.«

»Tja, und genau das hab' ich auch gekriegt«, sagte Sully.

Rub seufzte; das hörte sich ganz nach einer weiteren Diskussion mit Sully an, bei der er nicht gewinnen konnte.

»Da kommst Peter«, sagte er traurig, als der El Camino erschien. »Mit ihm hättest du's wahrscheinlich geteilt, obwohl er nicht mal dabei war.«

»Wie steht's mit der Arbeit?« wollte Wirf wissen, als Sully am Abend das *Horse* betrat und sich neben ihn auf den Hocker setzte. Und irgend etwas an seinem Tonfall verriet Sully, daß es keine beiläufige Frage war.

»Es ist hart«, erwiderte er. »Dreckig – und unterbezahlt.« Er nickte zu der beschlagenen Flasche Mineralwasser hin, die vor Wirf auf der Theke stand. »Wie ich sehe, lebst du schon wieder ungesund«, spottete Sully, der wußte, daß sein Anwalt vorher dem Bier reichlich zugesprochen hatte. »Ich denke nach«, erwiderte Wirf. »Und diese ungesunde Lebensweise hilft mir dabei. Möchtest du gern wissen, worüber ich nachgedacht habe?«

»Nein«, erwiderte Sully.

»Über die Dummheit«, sagte Wirf.

Sully beobachtete ihn genau und versuchte, den Grad seiner Trunkenheit abzuschätzen, was bei Wirf nie leicht fiel. »Du bist nicht gerade bester Laune, wie ich sehe.«

Birdie kam und reichte Sully das Bier, das er, wie sie wußte, bestellen würde. »Er will nicht mal mehr auf *Vor Gericht* wetten«, sagte sie traurig.

»Ich glaub', ich trink' noch eins, Birdie«, sagte Wirf. »Jetzt, wo der Gegenstand meines Nachdenkens anwesend ist.«

Als Birdie zum Kühlschrank ging, um eine neue Flasche herauszuholen, veranstaltete Sully eine große Show – stellte sich auf die Sprossen des Barhockers und verrenkte sich den Hals, um Birdie in die Bluse zu gucken. »Was ist denn das für ein BH?«

»Ein Zweisitzer«, gab sie zurück. Dann stellte sie Wirf das Bier hin und verzog ihr Gesicht. »Auf die Dummheit.«

»Ich bin nicht dumm«, verteidigte sich Wirf. »Nur selbstzerstörerisch.«

Nachdem sie noch ein paar Sätze gewechselt hatten, war Sully klar, daß sein Anwalt heute nicht bester Laune war, und er setzte sich ans andere Ende der Theke, wo Jocko saß, der ihm die Pillen besorgt hatte, mit denen er den Dobermann kampfuntüchtig gemacht hatte. Während sie sich über die letzten Wetten unterhielten, kam die Birdie mit einer Nachricht für Sully, von Wirf auf eine Serviette gekritzelt. Darauf stand: ›Du Sollst Nicht Von Einer Kamera Aufgezeichnet Werden Beim Laden Von Zementblöcken, Während Du Um Eine Vollrente Klagst‹. Wirf grinste ihn an, das konnte Sully sogar vom anderen Ende der Theke her erkennen.

Sully formte aus Wirfs Zettel eine Kugel und warf sie zurück. Natürlich, der Kerl in der schwarzen Limousine! dachte er. Den er für einen Privatschnüffler gehalten hatte, der Carl Roebucks ungezählte Ehebrüche aufdecken sollte.

Wirf kritzelte wieder etwas auf eine Serviette.

»Was macht dein Anwaltfreund da – Vollmachten ausstellen?«

»Würd' mich wundern, wenn er überhaupt Vollmachten kriegt«, gab Sully zurück.

Birdie brachte die neue Mitteilung. ›Denn Wahrlich Ich Sage Dir: Wenn Du Beim Arbeiten Erwischt Wirst, Während Du Lebtest von Einer Rente, Hast Du Wahrhaftig Und Auf Immer in den Augen des Staates Verschissen.‹

Sully knüllte auch diesen Zettel zusammen und schlenderte zu Wirf. »Auf Video aufgenommen?«

»Wahrlich.«

»Hmmm«, machte Sully und fuhr sich mit den Fingern durchs Haar. »Also deshalb war der Typ da. Ich hatte gehofft, es wäre irgendein Ehemann, der Carl Roebuck ans Leder wollte. Und ich dachte, ich hätte ein Fernglas in seiner Hand gesehen.«

»Es war 'ne Videokamera.«

»Kein Scheiß?«

»Wahrlich.«

»Und was können die jetzt machen?«

»Weiß ich nicht genau«, gab Wirf zu. »Kommt drauf an, wie gemein sie werden wollen. Sie könnten dich auf Rückzahlung der bisherigen Rente verklagen. Und die Umschulungsbeihilfe zurückfordern.«

»Und – werden sie?«

»Wahrscheinlich nicht. Ich werd' sie zwingen, das Videoband als Beweismittel vorzulegen, und ich schätze mal, ein Band, auf dem du beim Arbeiten zu sehen bist, würde uns genauso viel schaden wie denen. Und sie hätten sich die ganze Mühe umsonst gemacht. Siehst du, eines der ursprünglichen Zehn Gebote hast du auch auf deiner Seite.«

»Nur eins?«

»Du kannst kein Blut aus einer Rübe pressen.«

Sully zuckte die Achseln. »Warum machen wir uns dann Sorgen?«

Wirf grinste nur, als Sully sich wieder neben ihn auf den Hocker setzte. »Sully, Sully, Sully«, sagte er, und zusammen gingen sie zum gemütlichen Teil des Abends über.

Mittwoch

Miss Beryl konnte sich nicht entsinnen, jemals ein so heftiges Schneetreiben erlebt zu haben. Gebannt starrte sie durch die Fenster auf das Schauspiel. Sie hatte sich an diesem Morgen ein wenig benommen gefühlt, als wenn sie zu schnell aufgestanden wäre – dabei hatte sie sich doch ganz langsam erhoben, neben ihrem Bett gestanden und überlegt, ob sie sich nicht lieber wieder hinsetzen sollte. Die Grippe, dachte sie, verflixt noch mal. Miss Beryl hatte schon lange keine Grippe mehr gehabt – fast zehn Jahre nicht mehr –, und ihre Erinnerungen an das Gefühl dieser Krankheit waren mehr als vage. Heute war sie nicht nur benommen, sie hatte auch ein Gefühl, als seien ihre Füße und ihre Finger meilenweit entfernt, als gehörten diese Gliedmaßen einer anderen Frau. Und jetzt schwirrte der Begriff Grippe in ihrem Bewußtsein umher wie etwas, das gerade frisch und heiß aus dem Ofen kam und die Erklärung wie Hefe aufgehen ließ.

Grippe. Das erklärte auch ihre Empfindlichkeit während der letzten Tage, vielleicht sogar ihr hartnäckiges Schuldgefühl gegenüber Sully. Miss Beryl war der festen Überzeugung, daß Schuldgefühle im Umfeld einer Krankheit wie Pilze emporschießen und daß ein plötzliches Schuldgefühl oft die Annäherung eines Virus ankündigt. Dieser spezielle Virus – so glaubte Miss Beryl – war ein Geschenk dieser schrecklichen Joyce-Person. Sie hatte auf Miss Beryl den Eindruck einer Frau gemacht, die kübelweise Wehwehchen mit sich herumschleppt. (Miss Beryl hatte durch Mrs. Gruber von dem Autounfall erfahren, da Clive jr. von ihrem Telefon aus den Abschleppdienst angerufen hatte und als Gegenleistung die ganze Geschichte erzählen mußte. Und der Bericht hatte Miss Beryl in ihrer Ansicht bestärkt, daß die Joyce-Person eine Gefahrenquelle darstellte.) Es würde sie daher gar nicht überraschen zu erfahren, daß Clives zukünftige Verlobte eine Virenträgerin war.

Seit ihrer Pensionierung hatte sich Miss Beryls Gesundheitszustand trotz ihres fortgeschrittenen Alters spürbar verbessert. Das Klassenzimmer der Achten war offenbar ein vorzüglicher Ort gewesen, sich alle möglichen Krankheiten einzufangen – auch

Depressionen, die, wie Miss Beryl glaubte, zusammen mit Schuldgefühlen jeder Krankheit Tür und Tor öffneten. Sie kannte keinen Lehrer, der nicht Depressionen und Schuldgefühle hatte – Schuldgefühle, weil er seinen Schülern nicht mehr beigebracht hatte, Depressionen, weil er wußte, daß auch kaum mehr möglich war. Seit ihrer Pensionierung hatte Miss Beryl viel weniger Veranlassung, sich solchen negativen Schwingungen hinzugeben – außer der ständigen Ermahnung, daß sie ihren Sohn mehr lieben sollte, und dem freitäglichen *North Bath Weekly Journal*, das sie immer deprimierte. Nein, beschloß Miss Beryl, es mußte diese schreckliche Joyce-Person gewesen sein, diese Zerstörerin von Autos und Stühlen, deren Plappermaul ständig offenstand, um üble Nachreden und einfältige Meinungen auszuspeien – sie war Schuld daran, daß Miss Beryl wieder anfällig für Viren wurde. Nachdem sie die Quelle ihrer Benommenheit festgestellt hatte, beschloß Miss Beryl, daß es am besten sei, den Virus so zu behandeln wie die Person, von der er vermutlich freigesetzt worden war – soweit wie möglich ignorieren und hoffen, daß es vorüberging. Mach dir deinen Tee, Alte, sagte sie zu sich selbst, und zieh dir ein Paar schöne, warme Socken an.

Als sie ans Fenster getreten war und die Vorhänge zurückgezogen hatte, fiel ihr der seltsam glitzernde Schnee auf. Es war, als schneie es im hellen Sonnenschein, denn die Straße war voller wirbelnder Schneeflocken, die wie Glühwürmchen leuchteten, und Miss Beryl mußte sich setzen, um das Schauspiel mit stillem Erstaunen zu betrachten, wobei sie äußerst irritiert war, daß die heiße Teetasse ihr kaum die eiskalten Finger wärmte. Auch schien es über ihre Kräfte zu gehen, mit den Zehen zu wackeln; denn die Zehen schienen – wie vorher die Hände – sehr weit weg zu sein, wie zu einer anderen Person gehörig. Das ergab absolut keinen Sinn. Bei einer Größe von nicht einmal fünf Fuß war Miss Beryl nie sehr weit von ihren Füßen entfernt.

Und so fand Sully sie vor, als er die Treppe herunterkam, zum ersten Mal in dieser Woche den Kopf zur Tür hineinsteckte. Mit dem Rücken zu ihm saß sie am Fenster. »Na schön, Sie brauchen gar nix zu sagen«, meinte er, als sie auf seine übliche Bemerkung, daß sie noch nicht tot sei, nichts erwiderte.

Doch als er die Stimme erhob und sich nach ihrem Befinden erkundigte und Miss Beryl immer noch nicht reagierte, trat Sully an ihren Stuhl und spähte ihr argwöhnisch ins Gesicht, als betrachte er einen Menschen, der ihm eine Schaufensterpuppe vorspielte.

Miss Beryl, die weder gehört hatte, daß er hereingekommen war, noch seine Frage vernommen hatte, war trotz der Überraschung sehr froh, das Gesicht ihres Mieters schräg vor sich zu erblicken. Schließlich hatte Sully doch um viel Schnee gebetet, und Miss Beryl war froh, daß seine bescheidene Bitte erhört worden war. Sie hoffte nur, daß dieser seltsame leuchtende Schnee auch lang genug liegenblieb, um nach einer Räumung zu verlangen. Sie hätte Sully gern gesagt, daß sie ihm viel Glück wünschte, daß sie ihm immer alles Gute wünschen würde, daß er immer einen Platz in ihrem Herzen haben werde, aber ihre Stimme schien ihr nun genauso weit entfernt wie ihre Arme und Beine. »Schau'n Sie mal«, brachte sie schließlich heraus – wobei ihre eigene Stimme wie die eines anderen klang, vielleicht wie die von Mrs. Gruber – »der schöne Schnee.«

Sully hätte nichts lieber gesehen als Schnee, aber tatsächlich lag die Straße von Miss Beryls Haus im hellen Sonnenschein da. Doch Kinn und Hals, Nachthemd und Morgenmantel seiner Wirtin waren voller Blut.

»Wohin geht's jetzt?« wollte Sully wissen.

»Hoch!« donnerte Hattie. Sie standen vor der Schicksalstufe, und die alte Frau stützte sich schwer auf Sullys Arm. Auf seltsame Weise ähnelte sie einem Kind, das gerade Eislaufen lernt – sie hatte die Füße so weit auseinander gestellt, daß die Knie sich fast berührten. Da sie so lange gegen die Wohnungstür gehämmert hatte, waren ihre Hände geschwollen. Sully war erst später zum Restaurant aufgebrochen, weil er Miss Beryl nicht allein lassen wollte. Die ersten Worte der alten Dame waren in einer Art Trance herausgekommen, aber dann war sie plötzlich aufgewacht und hatte behauptet, sie habe nur wieder mal besonders heftiges Nasenbluten gehabt. Sie bestand darauf, daß er sich keine Sorgen machen dürfe, und beharrte insbesondere darauf, daß er Clive jr. nichts von ihrer Unpäßlichkeit erzählte. Widerwillig hatte Sully zugestimmt. In der Tat schien es ihr wieder besser zu gehen, wie sie da zwischen Küche und Vorderzimmer hin und her gehuscht war und das ganze Blut aufgewischt hatte. Er hatte versprochen, am Vormittag nach seiner Arbeit im *Hattie's* wieder bei ihr vorbeizuschauen, und sie hatte versprochen, zum Arzt zu gehen. Der Anblick der blutüberströmten Miss Beryl verfolgte ihn schon die ganze Zeit, besonders seit er die schwankende Hattie am Arm hatte. Sobald er sie losließ, würde es ihr genauso ergehen wie seiner alten Vermieterin.

»Ach ja?« erwiderte er jetzt. »Na ja, die Stufe geht aber runter, also geh'n wir besser in die Richtung – es sei denn, du kannst fliegen.«

»Runter!« stimmte Hattie zu, und zusammen nahmen sie schwankend die Stufe.

»Na siehst du«, sagte Sully, als sie den Abstieg bewältigt hatten. »Das Leben mit dir ist ganz schön riskant«, fügte er hinzu, als sie weitergingen. »Eines Tages versuchst du's noch mit ›Hoch‹, und dann liegen wir beide unten und kommen nicht mehr auf die Beine.«

»Unten ist die Hölle«, äußerte die Alte.

»Wohin ich dir nicht folgen werde«, versicherte Sully.

Hattie, das wußte Sully, verstand kaum etwas von dieser Unterhaltung. Seit Thanksgiving hatte ihr Gehör nachgelassen, und man merkte, daß sie Gesprächen nicht mehr folgen konnte. Sie schnappte ein oder zwei Worte auf und machte ihr eigenes Gespräch daraus. Aus diesem Grund zelebrierte er auch jeden Morgen mit ihr das ›Hoch‹-und-›Runter‹-Ritual. Er nahm an, daß sie den Klang der Worte liebte und sich gern an einer Unterhaltung beteiligte, wenn sie auch etwas einsilbig war. Sie stieß die beiden Worte mit unglaublicher Energie und Befriedigung hervor.

»Die müssen zahlen«, murmelte sie jetzt, während sie sich ihren Weg zwischen der Lunchtheke und den Tischen an der Wand entlang bahnten. Cass, die nicht einmal aufgeblickt hatte, als das langsame Paar an ihr vorüberzog, funkelte die alte Frau nun wütend an.

»Was hat sie gesagt?«

Die alte Frau vernahm die Stimme ihrer Tochter, drehte sich um und bellte: »Die müssen ZAHLEN!«

Cass sah aus, als wollte sie über die Lunchtheke springen und die Alte erwürgen. »Ma!« schrie sie zurück. »Hör mir zu. Ich werd' mir das nicht den ganzen Tag lang bieten lassen. Hast du gehört? Nicht schon wieder. Wenn du dich nicht benimmst, geht's zurück aufs Zimmer. Dann wirst du eingesperrt, verstanden?«

Hattie wandte sich ab und schlich weiter. »Die müssen zahlen«, murmelte sie noch einmal.

»Ist schon in Ordnung«, versicherte Sully der immer noch aufgebrachten Cass. Dann wandte er sich an Hattie: »Keine Angst, altes Mädchen. Wir lassen sie alle zahlen. Wir lassen sie doppelt zahlen. Wie wär' das?«

»Zahlen«, stimmte Hattie zu.

»Da sind wir«, sagte Sully, als er sie in ihrer Nische verstaut hatte. »Jetzt setz dich gerade hin. Laß dich nicht so hängen.«

»Nicht so hängen«, wiederholte Hattie. »Die müssen zahlen.«

Sully nahm sich eine Schürze und gesellte sich zu Cass hinter der Theke. Die funkelte immer noch wütend ihre Mutter an, und es schien echte Drohung in ihrem Blick zu liegen. Gestern war ein anstrengender Tag gewesen: Seit Monaten schon hatte die Kasse, die fast so betagt war wie Hattie und von Beginn an im Lokal gestanden hatte, immer mal wieder verrückt gespielt, weil die Geldschublade nicht aufspringen wollte. Schließlich hatte sie vollends geklemmt, und Cass hatte eine neue Kasse bei einem Großhändler in Schuyler Springs bestellt. Und das war gestern, sie dann in der ruhigen Zeit zwischen Frühstück und Mittagessen, aufgestellt worden.

Das Problem war nur, daß die alte Kasse sehr laut gewesen war und für die alte Hattie die einzige Verbindung zur Außenwelt dargestellt hatte, zumal ihr grauer Star schlimmer geworden war. Die laute disharmonische Musik der pensionsreifen Registrierkasse hatte Hatties Schwerhörigkeit durchbrochen und sie davon überzeugt, daß die Geschäfte gut liefen. Die neue Kasse hingegen arbeitete lautlos und heimlich. Selbst wenn man direkt daneben stand, konnte man nur ein insektenartiges Surren vernehmen. Da das übliche Rasseln und Zuschlagen nicht mehr zu hören war, sah die alte Hattie die Gestalten und Schatten der Gäste im Restaurant aus und ein gehen und schloß offenbar daraus, daß ihre Tochter das Essen verschenkte – eine Vorstellung, die sie fuchsteufelswild machte. Als die Reihe der Mittagsgäste vor Hatties Nische nicht abriß, hatte sie angefangen zu kreischen: »Die müssen zahlen! Die müssen zahlen!« Zuerst war die Wut der Alten komisch gewesen, aber nach einem Blick auf ihr Gesicht, das vor Wut außer sich war, machten sogar die stärksten Männer einen großen Bogen um sie wie um einen kleinen tollwütigen Hund, der an einer dünnen Leine hängt.

Das dämpfte ihre Wut keineswegs. Als die Schlange der Gäste immer noch ungehindert an ihr vorbeiströmte, die Tür, die außerhalb ihrer Reichweite war, sich öffnete und schloß, hatte Hattie erst Drohungen und schließlich Beleidigungen ausgestoßen. Ihren Gästen machte es zwar nicht allzuviel aus, als ›Furzknoten‹ beschimpft zu werden, aber der Anblick einer derart geifernden Alten war nicht gerade beruhigend, und diejenigen, die entkamen, waren froh, auf der Straße zu sein. Als Hattie klar wurde, daß weder Drohungen noch Beleidigungen den stetigen Strom der Gäste eindämmen konnten, nahm sie einen Salzstreuer, war ihn blind in die Menge und traf Otis Wilson direkt hinter dem rechten Ohr, wodurch er sich auf seinem Hocker um sich selbst drehte.

»Weihnachten«, sagte Cass jetzt zu Sully, ihre Stimme gesenkt und drohend. Sully, dem diese Dinge sonst nicht auffielen, bemerkte, daß Cass heute morgen erschöpft aussah, urplötzlich gealtert.

»Sie ist schon in Ordnung«, sagte er und hoffte, tröstend zu wirken. »Sie wird sich schon wieder beruhigen.«

Beide schauten nun die alte Frau an. Hattie preßte die Lippen zusammen, so daß es jedem der beiden schwer fiel, sich vorzustellen, sie werde sich wieder beruhigen. Oder nachgeben.

»Nach Weihnachten wird sie wieder in Ordnung sein«, meinte Cass.

Heute morgen hatte Sully beim Hereinkommen ein Schild an der Tür bemerkt, auf dem stand, daß *Hattie's* in der Woche zwischen Weihnachten und Neujahr schließen würde, eine unerhörte Neuerung. Natürlich war es früher an vielen Feiertagen geschlossen gewesen, aber soweit Sully sich erinnern konnte, hatte *Hattie's* nie eine volle Wochen zwischen Weihnachten und Neujahr zugemacht. Die hastig hingekritzelte Mitteilung und die Tatsache, daß Cass ihm vorher nichts davon gesagt hatte, deuteten darauf hin, daß sie erst in der letzten Nacht diesen Entschluß gefaßt hatte. Die tiefen Falten um ihre Augen wiesen sogar auf den frühen Morgen hin.

»Darauf wird sie sich aber nicht einlassen«, sagte Sully und nickte zu dem Schild hin, wobei er bemerkte, daß Rub auf der anderen Seite der Tür stand, im grauen Licht des frühen Morgens von einem Fuß auf den anderen trat und die Hände tief in den Taschen seines Mantels vergraben hatte; offenbar hoffte er, Aufmerksamkeit zu erregen und ins Warme hineingelassen zu werden. Er war gerade groß genug, um über den oberen Rand des Schildes spähen zu können, und Sully sah, wie er sich freute, daß man ihn endlich bemerkt hatte – doch dann verfinsterte sich seine Miene, weil nichts dabei herauskam. Er sah auf sein Handgelenk, als wolle er auf die Uhr schauen und herausfinden, wie lange es noch dauerte, bis das Lokal wieder aufmachen mußte. Da Rub nie eine Uhr trug, wunderte sich Sully, woher er wohl diese Handbewegung haben mochte.

»Sie hat in der Sache gar nichts zu sagen«, fuhr Cass fort, die Rub noch nicht bemerkt hatte. Ihr Ton klang herausfordernd; Sully überlegte, ob er sich auf einen Streit einlassen sollte.

»Okay«, erwiderte Sully. »Ich hab' bloß gemeint, daß es ihr nicht besonders gefallen wird.«

»Nein«, entgegnete Cass. »Das hast du nicht nur gemeint. Du meinst, ich kann es nicht durchsetzen und sollte es gar nicht erst versuchen. Du meinst, es wär' einfacher, ihr wie immer ihren Willen zu lassen, weil's ja am Ende sowieso darauf hinausläuft. Das hast du mit deinem ›darauf wird sie sich aber nicht einlassen‹ gemeint.«

Das stimmte – es war so ziemlich das, was er gemeint hatte. Dennoch widersprach er.

»Gestern war das Maß voll«, sagte sie und zeigte mit einer Handvoll Messer, die sie gerade vom Trockenbord genommen hatte, auf ihn. »Jetzt reicht's. Sie kommt jetzt in ein Heim. Da kann sie die

Leute beleidigen, die dafür bezahlt werden, sich das anzuhören.« Sie warf die Messer in den Plastikkübel unter der Theke.

»Okay«, stimmte Sully zu. »Prima.«

Indem er Cass' Urteilsvermögen oder vielleicht auch ihren freien Willen angezweifelt hatte, hatte er Cass' Wut auf *sich* gelenkt. Zuweilen fragte er sich, ob es seine ganz besonderes Fähigkeit war, daß er den Zorn beinahe jeder Frau auf sich lenken konnte. Alle schienen sie mit Freunde von ihrem eigentlichen Objekt der Wut abzulassen. Wenn Ruth wütend war auf Zack oder Vera auf Ralph oder Toby Roebuck auf Carl, so waren diese Frauen nur allzu bereit ihre Wut an Sully abzulassen, sofern er gerade zur Stelle war. Verkörperte er vielleicht in konzentrierter Form ein bestimmtes männliches Prinzip, das sie als den Grund ihrer Unzufriedenheit mit den eigenen Männern ansahen? Es schien Sully an der Zeit zu sein, Cass abzulenken, bevor sie vor Wut überzuschäumen begann. »Willst du nicht Rub hereinlassen?« schlug er vor.

Rub hampelte immer noch im Eingang herum.

»Er kommt auch mit jedem Morgen früher«, meckerte Cass. »Wenn ich ihn reinlasse, sieht's so aus, als hätten wir schon offen.«

»Er wird schon dafür sorgen, daß du dich besser fühlst«, prophezeite Sully.

»Wie?«

»Weiß ich nicht«, gestand Sully. »Schafft er aber immer.«

»Du willst ihn ja bloß quälen.«

»Wink ihm mal zu«, schlug Sully vor.

Sie winkten beide, aber Rub erwiderte den Gruß nicht, blickte sie nur böse an.

»Okay, du hast gewonnen«, sagte Cass und versuchte, ein Lächeln zu unterdrücken. »Geh schon und laß ihn rein.«

»Siehst du?« sagte Sully und ging um sie herum.

»Aber vorher müssen wir eins klären«, sagte sie.

»Was?«

»Ich werd' nächste Woche hilfe brauchen. Ich weiß nicht, wen ich sonst fragen soll.«

»Okay«, sagte Sully.

»Sag das nicht, wenn du's nicht ehrlich meinst.«

»Ich schau', wie ich's einrichten kann.«

»Es wird nur einen Vormittag dauern. Ich will mir zwei Häuser angucken. Eins in Schuyler und eins in Albany.«

»Okay.«

»Hör auf mit deinem Okay.«

»Okay.«

»Geh schon und hol ihn rein.«

Sully zeigte sich hilfsbereit.

»Ihr habt über mich geredet«, fluchte Rub, als Sully die Tür hinter ihm schloß und wieder verriegelte. »Ich könnt' drauf schwören.«

»Der muß zahlen«, sagte die alte Hattie vernehmlich.

Rub, der vor allen alten Frauen Angst hatte, sprang rasch zur Seite, um Hattie in Augenschein zu nehmen und – wenn möglich – zu entscheiden, ob sie wirklich ihn gemeint hatte. In all den Jahren, die er hier verkehrte, hatte sie nie ihn gemeint, nur heute schien sie tatsächlich ihn – und schlimmer noch – das Geld zu meinen, das er nicht besaß. Ohne die Alte aus den Augen zu lassen, flüsterte er: »Kannst du mir 'n Dollar borgen?«

Als Peter mit schlaftrunkenen Augen, aber schon fertig zur Arbeit angezogen, das Zimmer verließ, das er mit Will im Hause seiner Mutter teilte, stieß er auf Ralph, der vor Veras Zimmer stand und lauschte. In Krisenzeiten wie diesen wurde das Eheschlafzimmer zu Veras Zimmer erklärt, und Ralph wußte, daß er ohne Erlaubnis keinen Zutritt hatte. Gemeinsam standen die beiden Männer im Flur und lauschten auf die Laute auf der anderen Seite der Tür. Doch die einzigen Geräusche im ganzen Haus stammten von Will, der unten in der Küche seine Cornflakes-Schüssel auskratzte. Als Peter sich umdrehte und die Treppe hinunterstieg, folgte Ralph ihm.

»Fertig, Sportsfreund?« fragte Peter.

Will war fertig. Er hatte seine Cornflakes aufgegessen und veranstaltete nun mit den wenigen verbleibenden Cheerio-Flocken in der Schüssel ein kleines wissenschaftliches Experiment. Zuerst trieben sie an der Oberfläche. Man konnte ein Cheerio ziemlich lange mit dem Löffel unter der Oberfläche der Milch halten, aber wenn man den Löffel wegnahm, trieb es wieder oben. Man konnte es in zwei Hälften zerbrechen, und dann trieben beide oben. Dann konnte man die zwei Hälften wieder entzweibrechen, und alle vier Stückchen schwammen. Aber wenn man sie in noch kleinere Stücke zerbrach, sogen sie sich voll und trieben nicht mehr lustig dahin, sondern sanken als brauner Matsch auf den Grund der Schüssel. Es war schön, in aller Ruhe solchen Spielereien nachgehen zu können, ohne Wackers Attacken fürchten zu müssen. Wacker besaß ja ein untrügliches Gespür dafür, wann andere für sich sein wollten und er sie folglich am empfindlichsten störte. Will rieb sich die zarte Haut innen am Arm zwischen Ellbogen und Achselhöhle. Es tat kaum noch weh; es heilte allmählich. Er lächelte seinem Vater und seinem Großvater zu.

»Wie wär's, wenn du das jetzt mal ins Spülbecken stellst?« schlug sein Vater vor. »Hilf Oma mal ein bißchen, ja?«

Will tat, wie ihm befohlen. »Ist Oma krank?« wollte er wissen. Er wußte, daß irgend etwas seine Großmutter aufgeregt hatte, und er hoffte, einer der Erwachsene würde es ihm bald erklären. Es hatte irgendwie mit dem Telefon zu tun und mit jemandem, der seinen Vater sprechen wollte, aber immer wieder an Oma Vera geriet. Und es hatte irgendwie damit zu tun; daß sie nicht mehr mit Mommy und Wacker und Andy zusammenwohnten. Und vermutlich auch damit, daß Daddy Oma Vera gestern abend erzählt hatte, daß er nach Weihnachten vielleicht kein Lehrer mehr sein würde. Vielleicht würden sie ja bleiben und mit Opa Sully arbeiten. Da war Oma Vera ganz furchtbar böse geworden. Und war es immer noch. Böse auf Daddy und Opa Sully, auch auf Opa Ralph, weil er nicht auf ihrer Seite stand. Sie war böse auf Mommy, weil sie weggefahren war. So ungefähr der einzige, auf den sie nicht böse war, war Will, und dafür war er sehr dankbar. Aber leider fragte sie Daddy immer wieder: »Was wird nur mit dem Kind? Was wird nur mit deiner Familie?« Worauf Will sich fragte, ob sie Gefahren kommen sah, von denen er nichts ahnte.

Während Will seine Cornflakes-Schüssel nahm und sie auf das Abtropfbrett stellte, sagte Peter zu seinem Stiefvater: »Warum kommst du nicht mit und gönnst dir 'nen Kaffee im *Hattie's.*«

»Lieber nicht«, erwiderte Ralph.

Peter schüttelte den Kopf. »Ich würd' mich hier 'ne Weile dünne machen«, sagte er. »Du kriegst die volle Breitseite ab, wenn du hierbleibst.«

Ralph zuckte mit den Schultern und folgte den beiden zur hinteren Veranda, wo Peter und der Junge dicke Mäntel und Handschuhe überstreiften. »Ich bin daran gewöhnt«, sagte er mit gesenkter Stimme, ja schuldbewußt. Zu sagen, ›ich bin daran gewöhnt‹ klang so, als ob er Vera auch so sah wie sein Sohn. Doch das stimmte nicht. Ralph hätte nie behauptet, daß Vera unrecht hatte, wenn sie sich aufregte. Ihn selbst gingen alle die Dinge nicht mehr so unmittelbar an. Sonst hätte er sich auch so aufgeregt wie Vera. Es war eben so, daß die Leute sich selber in den Schlamassel ritten. Peter hatte sich reingeritten, und das war's dann wohl. Vera hingegen schien genau zu wissen, was Peter tun sollte. Das war wiederum typisch für sie. Es war ihre starke Seite, anderen Leuten die Richtung zu weisen, und genau das meinte Ralph, wenn er zugab, er sei daran gewöhnt. Er war daran gewöhnt, daß seine Frau wußte, was als nächstes zu tun sei und wie man es erreichen konnte.

»Deine Mutter will doch bloß das Beste für dich, sonst nichts«, sagte er.

»Ich weiß«, erwiderte Peter und zog den Reißverschluß an Wills Jacke zu. Der kleine Junge hatte offenbar irgendwann einmal die Haut in dem Reißverschluß eingeklemmt und stopfte immer die Hand dazwischen, damit es nicht wieder passierte. Sully hat recht, dachte Peter, der Junge hat vor fast allem Angst. »Und das wär' auch ganz in Ordnung, wenn sie nicht immer so genau wüßte, was das Beste für mich ist. Für mich und jeden anderen auch«, fügte er hinzu, um anzudeuten, daß er wußte, wie auch Ralph unter ihrer Autorität litt.

»Zum Teufel«, brummte Ralph. »Es ist doch nur ihre Liebe.«

Peter schüttelte den Kopf. »Nein, Pop, das stimmt nicht ganz. Es ist Liebe, sicher, aber nicht *nur* Liebe.«

Ralph fand diese Unterscheidung spitzfindig und überflüssig. »Jedenfalls«, sagte er, »kümmer dich nicht drum, was sie gesagt hat. Du weiß, daß du solange hier bleiben kannst, wie du willst. Dieses Haus gehört auch mir, und solange das so ist, bist du mit den Deinen . . .«

Ralph merkte plötzlich, daß er nicht weitersprechen konnte, denn seine Stimme hatte vor lauter Zuneigung für alle Beteiligten versagt. Vor Liebe. *Nur* aus Liebe.

Peter blickte seinen Stiefvater aufmerksam an. »Wie machst du das bloß, Pop?« wunderte er sich. »Wie hältst du das aus?«

Ralph war für die Anerkennung dankbar, wußte aber nicht, wie er Peters Frage beantworten sollte, ohne wieder scheinbar etwas zuzugeben. »Ich komm schon mit allem klar«, sagte er schließlich. »Sie bleibt nicht lange in dieser Stimmung. Bis heute abend . . .« Er ließ die Bemerkung offen, weil ihm wieder eingefallen war, mit wem er da sprach. Er wäre vielleicht fähig gewesen, einen Fremden davon zu überzeugen, daß die Dinge sich bis zum Abend zum Guten wenden würden. Peter aber kannte seine Mutter und wußte es daher besser. Und um die Wahrheit zu sagen – nie zuvor hatte Ralph seine Vera in einem derart schlimmen Zustand gesehen. »Ich hoffe nur, das mit den Anrufen hört jetzt auf.«

Peter senkte verzagt den Blick. »Ich hab' keine Ahnung, wie sie die Nummer herausgekriegt hat.« Das stimmte aber nicht ganz: Letzte Nacht war ihm wieder eingefallen, daß er Deirdre ja per R-Gespräch am Abend von Thanksgiving angerufen hatte. Vermutlich war die Nummer in ihrer Telefonrechnung aufgetaucht. Er litt zwar unter den Anrufen, seine schlimmste Sorge aber war, daß Didi selbst hier erscheinen würde, wie sie bereits angedroht hatte.

»Wie hast du denn bloß eine wie die kennenlernen können?« wunderte sich Ralph. Diese Frage hatte ihn schon seit gestern nachmittag beschäftigt, seit er den letzten der Anrufe entgegengenommen hatte, was er längst bereute. Ralph kannte selbst keine Akademiker, aber er stellte sie sich so vor wie die Leute, die im Bildungssender von Albany erschienen, der im Kabelfernsehen ausgestrahlt wurde. Vera mochte dieses Programm und verachtete Ralph immer, wenn er nach einer Stunde einer solchen Drama-Show gestehen mußte, daß er nicht mehr so genau verstand, worum es eigentlich ging. Er hatte geglaubt, daß jeder an Peters Universität so spreche wie die Leute im Bildungssender – und war daher nicht im geringsten auf die junge Frau vorbereitet, die immer wieder anrief und Peter zu sprechen verlangte und offenbar nicht glauben wollte, daß er nicht da war, und schließlich einmal zu Ralph sagte:

»Okay, aber fragen Sie ihn nur, wenn er nach Hause kommt, ja? Fragen Sie ihn nur, ob ich etwa von allen Frauen an der ganzen Ostküste am besten blasen kann?«

»Ich hab' sie auf einer Dichterlesung kennengelernt«, erwiderte Peter auf Ralphs Frage.

Ralph nickte ernst und heuchelte Verständnis. »Sind die Frauen da etwa alle so wie sie?«

Peter konnte nicht umhin zu grinsen. »Ein paar schon.«

Ralph schüttelte den Kopf. Er war noch nie in seinem Leben auf einer Dichterlesung gewesen. Und der Grund, warum er nie einer beigewohnt hatte – weil dort Gedichte vorgelesen wurden –, war ihm immer als ausreichend erschienen, doch nun hatte er einen weiteren Grund, falls er jemals einen brauchen sollte. Vera hatte ihn nie gebeten, sie zu einer Dichterlesung zu begleiten, aber es war genau das, was sie eines Tages tun könnte, wenn sie sich über ihn geärgert hatte und nach einer Strafe suchte, oder wenn sie keine Lust mehr auf den Bildungssender hatte. Gut war nur, daß es in Bath keine solchen Lesungen hab, aber Schuyler Springs war ja auch nicht weit entfernt, und vielleicht gab es dort welche. Und in Albany vielleicht auch. Das war schon ein furchteinflößender Gedanke. Ein Mann konnte von Dichterlesungen umzingelt sein, ohne es überhaupt zu wissen.

Ralph war viel zu verlegen gewesen, um Peter die Frage der jungen Frau weiterzugeben, ob sie nun den Allerbesten an der ganzen Ostküste blasen könnte oder nicht. Ralph konnte genausowenig wiederholen, was sie gesagt hatte, wie er sich einzugestehen wagte, daß er selbst einmal als junger Mann diese Erfahrung gemacht hatte. Es war in South Carolina gewesen, wo solche Sexualpraktiken gegen das Gesetz verstießen. Ralph hatte diese schreckliche Erfahrung nie vergessen. Was hatte er sich damals nur dabei gedacht? Jetzt, mit achtundfünfzig, stellte er sich immer noch dieselbe Frage wie mit achtzehn. Und gab sich die immer gleiche Antwort – daß er nicht gewußt hatte, worum es wirklich ging, bis es zu spät gewesen war, einen Rückzieher zu machen. Ralph hatte sich zum Beispiel vorgestellt, daß *jeder* von ihnen ein Mädchen haben würde. Und ein eigenes Zimmer. Verschiedene Mädchen und abgetrennte Zimmer. So hatte er sich das vorgestellt. Nicht ein Mädchen für alle, und alle in einem heißen, dunklen Raum zusammengepfercht. Er hatte sich kein öffentliches Schauspiel vorgestellt, sondern einen intimen Akt, der Freude bereiten und nicht wie ein dumpfes fernes Magengrollen wahrgenommen werden sollte. Er hatte sich zwei nackte Menschen vorgestellt, nicht ein vollständig bekleidetes Mädchen, das sechs Männer bediente, die ihre Hosen herunterließen, wenn sie an der Reihe waren, um sie danach sofort wieder hochzuziehen. Er hatte sich nicht vorgestellt, vor Zuschauern zu agieren, die mit Ratschlägen und Kritik aufwarteten und am Ende Beifall spendeten. Wie hatte er sich nur zu einer so erbärmlichen Sache hergeben können?

Nun ja, es war eben keine Absicht gewesen, konnte er zu seiner eigenen Verteidigung vorbringen. Er hatte es wirklich nicht gewollt. Er wußte nicht, auf was er sich da eingelassen hatte, und er unterstellte, daß es ähnlich bei Peter gelaufen sei. Wie sie jetzt so verlegen dastanden und durch die Anwesenheit des Jungen an einem richtigen Gespräch gehindert wurden, gab Ralph nur sich selbst die Schuld, weil er Peter nicht die richtigen Ratschläge gegeben hatte. Er hatte ihn ja noch nicht einmal vor der Existenz solcher Frauen gewarnt, die einem Mann das Gefühl seiner Männlichkeit nehmen konnten, und dies in einer Weise, wie es kein anderer Mann erreichen konnte, und wenn er auch noch so verächtlich über einen sprach. »Für dich wohl nicht das Richtige, was, Mr. Schlapp?« hatte das Mädchen in South Carolina verächtlich gefragt, nachdem sie eine Weile an dem jungen Ralph herumgear beitet hatte, ohne zu einem Ergebnis zu kommen. Einige seiner Freunde hatten schallend über die Beleidigung gelacht. Aber einer, der noch nicht an der Reihe war und vielleicht ähnliche Schwierigkeiten wie Ralph befürchtete, hatte sich zu seiner Verteidigung aufgeschwungen und dem Mädchen gesagt, sie solle nicht mit vollem Mund reden; dieser Freundschaftsbeweis hatte Ralph geholfen, sich zu entspannen und sich auf das Wesentliche der Sache zu konzentrieren, bis schließlich das ferne Magengrollen kam, wie ein Zug, der in der übernächsten Stadt in den Bahnhof ein und wieder ausfährt. Nein, Ralph lehnte es ab, schlecht von seinem Stiefsohn zu denken. Er hätte gern etwas Witziges und Tröstendes gesagt wie der Junge damals in South Carolina, etwas, wie es Sully immer einfiel, aber das einzige, war er tun konnte, war, Peter und dem Jungen zu versichern, daß sie so lange bleiben konnten, wie sie wollten. Er vermutete, daß Peter sich versteckte, und dafür konnte er ihn nicht im mindesten tadeln. Auch jetzt, nach vierzig Jahren, würde Ralph vor dem Mädchen aus South Carolina seine Tür versperren, vielleicht sogar in die dichten Wälder der Adirondacks flüchten, bis er sicher sein konnte, daß die Gefahr vorüber war. Und Ralph hielt sich nicht für einen Feigling – es gab nun mal Frauen, vor denen ein Mann mit Recht Angst hatte.

»Du willst doch nicht wirklich mit dem Lehren aufhören?« fragte Ralph. Er war genauso überrascht gewesen wie Vera, als Peter verkündet hatte, er wolle einen klaren Schnitt machen – von Charlotte, die sich nie besonders um ihn gekümmert hatte, bis sie von der Nebenbuhlerin erfuhr; von Deirdre, die Frau von der Dichterlesung; von seiner Lehrtätigkeit am College, der schlimmsten Knechtschaft, die er je erfahren hatte; und von West Virginia, was sich fast von selbst verstehe. Außerdem, so meinte Peter, könne Sully seine Hilfe gebrauchen, wenn er noch etwas bliebe, und vielleicht könnten sie beide, Vera und Ralph, auch ein wenig Unterstützung brauchen.

»Ich weiß nicht, Pop«, sagte er jetzt. »Ich hab' sowieso nur noch ein Semester. So hab' ich wenigstens die Genugtuung, selber gegangen zu sein.«

»Schätze, ich habe diese ganze Geschichte mit dem Lehrauftrag sowieso nie verstanden«, sagte Ralph. Peter hatte schon mehr als einmal erklärt, daß man ihm die Entscheidung im vergangenen Frühjahr mitgeteilt und ihm ein akademisches Jahr Zeit gegeben hatte, um eine neue Stelle zu finden, aber das hatte Ralph nicht begriffen. Wie konnte man nur einen Mann feuern, der fünf Jahre lang seine Arbeit getan hatte? Laut Peter hatte sein Chef (den er den Institutsleiter nannte) schon zugegeben, daß es eine Gemeinheit war – Peter war ein guter Lehrer und bei den Studenten ziemlich beliebt. Aber das College wollte ihn auf die eine oder andere Art unbedingt loswerden, weil er irgendwelchen Erwartungen nicht entsprochen hatte; und danach konnten sie einen jungen Professor einstellen, der ein geringeres Gehalt bezog als Peter. Vera hatte sich furchtbar aufgeregt, aber Peter hatte gesagt, es lohne sich nicht. Die Wahrheit sei, daß er kein besonders guter Lehrer war und auch kein großer Gelehrter. Peter so etwas sagen zu hören, machte Vera noch wütender – sie war nun einmal eine Frau, die keine Konzessionen machte. Und daß Peter gestern abend verkündet hatte, er wolle nicht einmal zum letzten Semester zurückkehren, war der endgültige Beweis gewesen, daß er die Waffen streckte, sein Leben aufgab. Sie könne nicht mehr glauben, daß er ihr Sohn sei, sagte sie. Sie könne nicht mehr glauben, daß er Robert Halseys Enkel sei.

Peter hatte nur reumütig gelächelt und gesagt, daß es ihn nicht überrasche, nicht an Robert Halsey heranzureichen, da dies nie jemandem geglückt sei. Und dann führte er auch ihre übrigen Kritikpunkte ad absurdum: Er hatte keine Brücken hinter sich verbrannt, sie waren ohne sein Zutun eingestürzt. Er gab nicht Forschung und Lehre auf – man warf ihn vielmehr raus. Er war nicht einmal der, der seine Ehe beendete – Charlotte hatte es getan. Sobald sie nach Morgantown zurückgekommen war, hatte sie den spärlichen Rest von ihrem gemeinsamen Sparbuch abgehoben, einen kleinen Lieferwagen gemietet und war mit Wacker und dem kleinen Andy nach Ohio zu ihren Eltern zurückgekehrt. Das einzige, was ihn noch in West Virginia erwarte, sei sein Vermieter und die Rechnungen zum Monatsanfang, die er nicht würde bezahlen können.

»Ich verliere nicht viel, wenn ich jetzt aufhöre«, versicherte Peter seinem Stiefvater. »Wenn einem erst mal der Lehrauftrag entzogen wird, ist man so was wie ein Aussätziger. Das einzige, was ich noch machen könnte, wäre in irgendeinem Baptisten-College in Oklahoma zu unterrichten. Oder vielleicht noch in einem Gemeinde-College in South Carolina. Und dazu drängt es mich nicht.«

Ralph schauderte, als er South Carolina hörte, versuchte jedoch seine Erleichterung zu verbergen, als Peter sagte: »Vielleicht übernehm' ich ja ein oder zwei Kurse am Schuyler Community College.«

Doch um die Wahrheit zu sagen, war es Ralph lieb, wenn sein Stiefsohn in der Nähe blieb. »Solltest auf jeden Fall am Ball bleiben«, meinte er.

Jetzt grinste Peter. »Dad meinte, er kennt da 'ne ganze Reihe

Leute. Das wär' doch mal was, wie? Ich krieg' einen College-Job auf Empfehlung von Don Sullivan!«

Ralph erkannte nicht, was daran so seltsam sein sollte. »Die Leute mögen Sully«, erklärte er. »Ich mag ihn auch. Er ist . . .« Ralph dachte darüber nach, wie Sully eigentlich war.

»Genau«, sagte Peter. »Ist er ganz sicher.«

Ralph, der spürte, wie sich ihm wieder vor lauter Liebe die Kehle zusammenzog, blickte sich verzweifelt nach irgendeinem Gegenstand in der Garage um, der ihn von seinen heftigen Gefühlen abbringen würde. In einer Ecke stand der Schneepflug, den er von Sully bekommen hatte. »Weißt du, es hat nicht ein einziges Mal geschneit, seit dein Dad uns den gegeben hat«, bemerkte er.

»Das ist wieder etwas, womit Mom recht hat«, erkannte Peter. »Sie sagte immer, wenn du etwas von Dad brauchst, hat er's ganz bestimmt nicht. Und das, was er hat, ist zu nichts nutze.«

Beide betrachteten den Schneepflug, als ob er der geeignete Gegenstand zur Illustration dieser gewichtigen Behauptung sei. Draußen hatte ein Auto eine laute Fehlzündung, und Will quiekte vor Angst. »Das war nichts«, beschwichtigte Ralph. »Es gibt nichts, wovor man Angst haben müßte.«

»Ich weiß«, log Will.

Officer Raymer stand vor dem OTB Wache, als Sully und Will in dem El Camino vorfuhren, den freien Parkplatz geflissentlich übersahen und rückwärts in eine markiertes Dreieck hineinsetzten, auf dem mit großen deutlichen Buchstaben PARKEN VERBOTEN stand. In den letzten paar Wochen hatte Officer Raymer dem unverbesserlichen Sully ein halbes Dutzend Strafzettel geschrieben, obwohl der El Camino nicht Sullys Wagen war und Officer Raymer wußte, daß er Carl Roebuck gehörte, der mit dem Polizeichef per du war und jeden Strafzettel abschmettern konnte. Wenn Sully jetzt den freien Parkplatz ignorierte, so nur um den Polizisten zu ärgern.

Im OTB bildeten die Windjacken-Männer wahre Menschentrauben. Sully erkannte Otis sofort an dem weißen Verband hinterm Ohr.

»Gott, nein«, sagte Otis, als er Sully gewahr wurde, der in der Tür stand und ihn hämisch angrinste.

Sully inspizierte die Schwellung hinter Otis' Ohr. »Ich mach' mir Sorgen um dich, Otis«, sagte er.

»Brauchst du nicht«, beharrte Otis. »Bleib mir bloß vom Leib, dann wird's mir schon gutgehen.«

Als Sully sich im Raum umschaute, wurde er Jocko gewahr, der an der Wand lehnte. Sully ließ Otis stehen und strebte auf Jocko zu, gefolgt von Will, der noch angestrengt die Ergebnisse vom Vortag studierte.

»Wenn du schon wieder 'ne Dreier gewonnen hast, will ich's gar nicht wissen«, warnte Sully jetzt Jocko, der aufblickte, als sie zu ihm traten.

»Okay«, stimmte er zu. »Und wenn du schon wieder eine verloren hast, will ich davon auch nichts hören. Wer ist denn das?«

»Sag ›Hi‹ zu Jocko. Er ist der freundliche Apotheker von nebenan.«

Will schielte immer noch zu den Ergebnissen hin.

»Wo wir gerade davon reden. Ich nehm' nicht an, daß du von den letzten Pillen noch was da hast?«

»Gar nichts mehr«, erwiderte Jocko. »Ich hab' aber gestern neue Muster bekommen. Hab' sofort an dich gedacht.«

»Du bist der Boß.«

»Komm mit in mein Büro.«

»Kannst du hier einen Augenblick warten?« fragte Sully Will, der ihn am Ärmel festhielt. Sofort trat Furcht in das Gesicht des Jungen. »Dauert bloß eine Minute. Kannst du so lange mal tapfer sein? Ich sitz' da in dem Auto. Du kannst es von hier aus sehen.« Er zeigte auf den Marquis-Wagen draußen. »Guck mal nach, wie die Dreierwette gestern rauskam, und wenn du damit fertig bist, bin ich schon wieder da. Okay?«

Will holte tief Luft. Okay.

Draußen wühlte Jocko in seinem Handschuhfach voller Psychopharmaka, hielt ein Fläschchen nach dem andern hoch und betrachtete sie prüfend durch seine dicke Brille. »Hier«, sagte er schließlich. »Nimm die.«

Sully hielt sie kurz hoch und steckte sie in die Tasche. »Ich hab' mich schon gefragt, ob du mir jemals gelbe geben würdest. Alle anderen Regenbogenfarben waren wohl schon mal dran. Was sind das für welche?«

»Ganz irre gelbe Knockouts. Eine davon sollte reichen.«

»Okay.«

»Sag mir Bescheid, wenn dein Pipi davon gelb wird.«

»Mein Pipi *ist* gelb«, sagte Sully.

»Oh, oh«, machte Jocko. »Dann könnte es schon zu spät sein.«

Sie stiegen wieder aus. »Was schulde ich dir?«

Wie immer winkte Jocko ab. »*Nada*. Wie ich dir doch sage – das sind bloß Muster.«

»Das sagst du jedesmal.«

»Weil sie's jedesmal sind«, gab Jocko zurück. »Du wirst noch so 'ne richtige Laborratte.«

»Ich stamme von Ratten ab«, meinte Sully. Im Fenster sah er das ängstliche Gesicht seines Enkels; dessen Mut schien bereits aufgebraucht zu sein.

»Sieht nett aus, der Junge«, bemerkte Jocko.

»Er ist auch ein netter Junge«, sagte Sully, und wieder überkam ihn ein Gefühl des Stolzes wie gestern, als er Harold Proxmire von Peter erzählt hatte. »Ich find's schön, wenn er bei mir ist. Obwohl er ein kleines Nervenbündel ist, wie sein Vater früher.«

»Das haben sie von Vera geerbt«, meinte Jocko nachdenklich. »Sie und ihr Mann haben letzthin ihr Päckchen zu tragen gehabt.«

»Ich weiß darüber nicht so genau Bescheid«, gab Sully zu. »Weiß nur, daß Ralph im Krankenhaus war.«

»Sie haben einen ganz schönen Schuldenberg. Muß ja so sein.«

»Glaub' ich nicht«, erwiderte Sully. »Ralph hat doch so lange bei der Post gearbeitet. Er wird doch versichert sein.«

»Die Versicherung frißt doch erst mal achtzig Prozent auf«, gab Jocko zu bedenken. »Hast du schon mal versucht, die anderen zwanzig zu zahlen, wenn du erst mal wer weiß wieviel Kosten hattest?«

»Ich hab' nicht gesagt, daß sie keine Probleme hätten«, lenkte Sully ein.

»Ich sollte dir das ja nicht sagen –« begann Jocko.

»Dann tu's auch nicht, um Christi willen«, gab Sully zurück.

»Okay«, sagte Jocko bereitwillig.

Traurig blickte Sully ihn an. Er winkte Will zu, der sofort zurückwinkte. Schließlich behielt die Neugierde in Sully Oberhand. »Was ist denn passiert?«

»Nimm dich in acht vor Vera, falls du ihr begegnen solltest«, sagte Jocko ungewöhnlich ernst, die Augen hinter der dicken Brille wie die einer Eule.

»Ich bin immer vorsichtig, wenn's um Vera geht«, erklärte Sully. »Ich trag' sogar 'nen Schutzschild, wenn ich ehrlich sein soll.«

»Du hast mich nicht verstanden. Um sie mach' ich mir Sorgen, nicht um dich.«

Sully runzelte die Stirn. Jocko der Apotheker wußte oft genau über den Gesundheitszustand der Einwohner von Bath Bescheid. »Sie ist doch nicht etwa ernstlich krank?«

»Nicht direkt«, erwiderte Jocko und rückte bedeutsam seine Brille zurecht. »Wenn das rauskommt, mußt du dir 'nen neuen Lieferanten suchen.«

Sully versprach Verschwiegenheit bis ans Ende seiner Tage.

»Vor ungefähr 'nem Monat hat sie einer meiner Angestellten beim Klauen erwischt. Ich bin gerade noch rechtzeitig dazugekommen, um zu verhindern, daß sie verhaftet wurde.«

»Du machst Witze«, sagte Sully, weil es klar war, daß Jocko keinesfalls scherzte.

»Leider nicht.«

»Ich kann's einfach nicht glauben.«

»Konnte ich auch nicht. Ich nahm sie mit in mein Büro, und sie wurde hysterisch. Wurde richtig schön hysterisch, verdammt. Hat mir echt angst gemacht. Ich dachte, sie würde auf der Stelle einen Nervenzusammenbruch kriegen. Schluchzte wegen der Schande, die sie über ihren Vater bringen würde. Sechzig Jahre alt, und sie macht sich Sorgen, daß sie dem guten Ruf ihres Vater schadet.«

»Was hast du getan?«

»Hab' ihr ein Valium gegeben, sie nach Hause geschickt und ihr gesagt, sie soll alles vergessen. Seitdem hat sie sich nicht mehr im Laden blicken lassen. Sie geht jetzt zu der Apotheke in der Nähe der Interstate.«

Sully nickte. »Keine gute Tat bleibt je unbestraft.«

Sie trafen Will an der Hintertür. Er hielt einen Wettschein in der Hand. Sully hatte dem Jungen am Vortag seinen Abschnitt in die Hand gedrückt, damit der Junge ihm Glück bringe. Er konnte von seinem Platz aus jedoch nicht erkennen, wie die Ergebnisse von gestern ausfielen. »Was ist gestern rausgekommen?« fragte er Jocko.

»Vier-fünf-sieben.«

Sully nickte, nahm Will den Abschnitt ab und studierte ihn ohne besonderes Interesse. »Hab' die ganze Woche noch keinen Schnitt gemacht. Man sollte doch wenigstens mal einen richtigen unter den Dreien treffen, oder etwa nicht?«

»Schon ganz gut, daß du gestern keinen richtigen hattest«, sagte Jocko mitfühlend. »Der Gewinn hätte dich doch nur verunsichert. Trotzdem war da 'ne ganz nette Doppelwette, zwei-acht, und doppelter Gewinn, wenn einer so schlau war, das zu tippen.«

Sully blicke auf den Abschnitt, den Will ihm gegeben hatte. Zwei-acht stand darauf. »Hier haben wir den Schlaumeier«, sagte er zu Jocko. Er hatte völlig vergessen, daß er dem Jungen einen Schein gekauft und ihn die Nummern hatte wählen lassen. Beinahe hätte er den Zettel zerrissen.

Jocko prüfte den Abschnitt, dann die Tafel, und schließlich blickte er Will an, der vor Freude strahlte und rot geworden war. »Das ist mal was Gescheites: tausendachthundert, und fünfundsiebzig.«

»Wie gefällt dir das?« meinte Sully. »Du bist reich.«

Jocko reichte Will das Rennblatt. »Und auf wen setzt du heute, Kleiner?«

»Fühlten Sie sich zu diesem Zeitpunkt auch benommen, Mrs. Peoples?« wollte der junge Arzt wissen; er pumpte gerade die schwarze Blutdruckmanschette auf, die sich unangenehm eng um ihren Oberarm schloß. Das scheußliche Gefühl schien ihr wie eine ganz natürliche Verlängerung der jüngsten Ereignisse; seit jenem Morgen vor Thanksgiving – als sie zu den Bäumen hinaufgeblickt und die Überzeugung gewonnen hatte, daß sie in diesem Jahr dran war – hatte sie immer öfter das Gefühl ereilt, umzingelt zu werden. Vermutlich hatte Clive jr. in einem Punkt doch recht – sie hätte sich eine Urlaubsreise gönnen sollen. Andererseits hatte er sich in Sully geirrt, der sich heute morgen als die treue Seele erwiesen hatte, für die sie ihn immer schon gehalten hatte. Es war nicht Sully, der den Schlag niedersausen ließ, sondern Gott der Herr höchstpersönlich – dieser miese Kerl –, und der junge Arzt würde ihr jetzt sagen, auf welche Weise es geschähe. Miss Beryl bereitete sich also darauf vor, der Wahrheit ins Angesicht zu sehen.

Das war jetzt schon das zweite Mal innerhalb einer halben Stunde, daß ihr Blutdruck gemessen wurde; beim ersten Mal hatte es die Schwester gemacht. Während der Untersuchung hatte Miss Beryl den Doktor fast so prüfend betrachtet wie er sie, wenn auch ohne die Hilfe aufdringlicher Instrumente. Schon wieder diese Vererbungsgeschichte, sagte sie zu sich, obschon das hier ja Schuyler Springs war, und sie sich leicht irren konnte. Es war ziemlich unwahrscheinlich, daß sie diesen jungen Arzt früher einmal in der achten Klasse unterrichtet hatte, obwohl er ihr vage bekannt vorkam, wie eine etwas ältere Ausgabe eines Achtkläßlers aus längst vergangenen Zeiten. Diesen jungen Doktor prüfte sie, um seine Ratschläge nicht befolgen zu müssen, wenn sie ihr nicht paßten. Man konnte doch schließlich nicht von ihr erwarten, den Rat ehemaliger mittelmäßiger Schüler zu befolgen.

»Ich hab' mich belastet gefühlt«, gab sie zu und beantwortete damit seine Frage über die Benommenheit. »Jetzt, wo es vorbei ist, fühl' ich mich *entlastet*«, fügte sie hinzu.

Der junge Mann ließ ein geduldiges professionelles Lächeln aufblitzen. »Entlastet? Meinen Sie, Sie fühlen sich jetzt wieder kräftiger?«

Miss Beryl verzog das Gesicht. Wie die meisten jüngeren Leute, die sie in letzter Zeit kennengelernt hatte, hatte auch dieser junge Mann keinen Sinn für Wortspiele, keine Liebe zur Sprache, vielleicht nicht einmal Phantasie. Clive jr. war als Junge genauso gewesen: jedesmal wenn sie mit ihm spielen wollte, hatte er sie nur verdutzt angesehen. Dieser junge Arzt war vermutlich zu gescheit, um nur ein mittelmäßiger Schüler gewesen zu sein, aber sie konnte sich gut vorstellen, wie sie vor zwanzig Jahren eine ›Zwei Minus‹ unter eins seiner jugendlichen Machwerke geschrieben hatte und dann darauf wartete, daß er sich beschwerte. Was stimmte denn nicht damit? hatte er wissen wollen. Wo waren ihm die Punkte verlorengegangen? Was hatte er falsch gemacht?

Doch in einer Vermutung lag er richtig: Nach dem Nasenbluten hatte sie sich sogleich besser gefühlt. Also verbesserte sie seine Note auf ›Zwei Plus‹, wie sie es vermutlich auch damals getan hatte. Sie beschloß, dem jungen Arzt zu vertrauen. »Ich dachte die ganze Zeit, es würde schneien«, gab sie zu und kam sich ein wenig dämlich vor. »Ich konnte es *sehen*.«

Der Arzt nickte, offenbar überhaupt nicht erstaunt über ein Symptom, das Miss Beryl als das schlimmste Zeichen ihrer Krankheit ansah. Er ließ die Luft aus der Manschette und riß den Klettverschluß auf. Als sie sich den Arm rieb, fragte er: »War das unangenehm?«

»Es hat weh getan, falls Sie das meinen. Sind wir jetzt fertig?«

»Fast. Ich denke aber, es wäre gut, ein paar Blutuntersuchungen zu machen.«

Miss Beryl schlug mit dem schmerzenden Arm, als wäre es ein Flügel. »Gehe ich recht in der Annahme, daß Sie *mein* Blut nehmen wollen?«

Wieder die Spur eines Lächelns. »Nun ja, wir könnten meins nehmen, aber dann hätten wir auch meine Ergebnisse.«

Miss Beryl stand auf, setzte sich jedoch wieder, als der Doktor, der ihr gegenüber saß, sich nicht erhob. »Ihr Ärzte seid wie die Polizei – wenn man euch braucht, seid ihr nicht da. Wenn Sie heute morgen um sechs bei mir vorbeigeschaut hätten, dann wäre das mit dem Blut kein Problem gewesen. Sie hätten nicht mal die Nadel dazu gebraucht – eine Salatschüssel hätte es auch getan. Und jetzt wollen Sie mehr haben.«

»Nur ein bißchen«, versicherte er ihr. »Sie haben doch keine Angst vor der Nadel, oder? Es wird nicht weh tun.«

»Wird es nicht unangenehm sein?«

»Vielleicht ein kleines bißchen«, erwiderte er ernsthaft, warf die Manschette achtlos auf einen Tisch und schlug die Beine übereinander. Er öffnete den Mund, zögerte und schloß ihn wieder.

»Jetzt müssen wir mal ernsthaft miteinander reden, nicht wahr?« meinte Miss Beryl.

»Stimmt«, gab er zu. »Haben Sie einen Hausarzt in Bath?«

Miss Beryl bejahte es.

»Und Sie sind nicht zu ihm gegangen?«

»Er ist eine Klatschbase«, erklärte Miss Beryl. »Erzählt alles sofort meinem Sohn. Ich bin nur hier, weil ich's Donald versprochen habe.«

»Donald?«

»Sullivan«, sagte sie. »Sie werden ihn wahrscheinlich nicht kennen.« Sie hatte Sully wirklich versprechen müssen, zum Arzt zu gehen; nur so konnte sie ihn aus ihrer Wohnung herausbekommen, damit sie die Blutspur aufwischen konnte. Sully hatte sogar darauf bestanden, sie über Mittag zum Arzt zu fahren und später wieder abzuholen. Vermutlich würde er es vergessen, aber vielleicht würde er dieses Mal jedoch daran denken, und so hatte sie einen Termin im Krankenhaus von Schuyler vereinbart, Mrs. Gruber gebeten, sie zu begleiten – sie erklärte, daß sie zu ihrer Jahresuntersuchung ins Krankenhaus müsse – und Sully einen Zettel an der Tür hinterlassen, auf dem sie versicherte, daß sie zum Arzt gefahren sei. Sie hatte sich jedoch einen Arzt wie ihren eigenen in Bath vorgestellt, einen älteren Mann, der Verständnis hatte, aber nicht besonders schnell von Begriff war, und es mußte ein Fremder sein, der nichts verraten würde. Auf diesen grünen Jungen war sie nicht vorbereitet gewesen.

»Leben Sie allein?« fragte der grüne Junge.

Miss Beryl bejahte die Frage und fügte hinzu, daß sie schon ohne großen Schaden seit fast dreißig Jahren so lebe, seit ihr Mann gestorben war.

»Und Sie fürchten, Ihre Unabhängigkeit zu verlieren?«

Miss Beryl setzte seine Note auf ›Eins Minus‹ herauf. »So ist es«, gab sie zu.

»Fahren Sie Auto?«

»Selten. Zum Supermarkt und zurück. Ich gedenke auch, es ganz bleiben zu lassen. Und wenn ich ehrlich sein soll, hab' ich nie verstanden, warum dieses Land von Autos so besessen ist. Es muß irgendeinen tieferen Grund haben, und ich möchte ihn lieber nicht wissen. Ich fürchte auch fast, daß ich eines Tages jemanden verletzten könnte. Mein Ehemann Clive – der Stern an meinem Himmelszelt – kam in einem Auto zu Tode, und die Verlobte meines Sohnes, die zu Fuß schon ziemlich gefährlich ist, hätte ihn gestern fast auf dieselbe Weise umgebracht.«

Der junge Mann nickte ihr zu, sichtlich bemüht, Verständnis für ihre Ansichten aufzubringen.

»Ich benutze den Ford nur noch zum Einkaufen«, betonte Miss Beryl. »Und wenn irgendwo zwischen hier und Albany ein neuer Laden eröffnet wird, werde ich von meiner Nachbarin Mrs. Gruber zum Fahren verdonnert. Sie ist übrigens auch eine Klatschbase.« Im Augenblick wartete Mrs. Gruber in der Halle des Krankenhauses, wo sie sich auf einen Lunch in der neuen Krankenhaus-Cafeteria freute, über die sie im *North Bath Weekly Journal* gelesen hatte, und die sie seit langem besuchen wollte. Miss Beryl hatte ihrer Freundin nichts über das Nasenbluten erzählt, da sie fürchtete, diese Information würde bis zu Clive jr. vordringen. »Sie sehen also, daß ich das Fahren nicht vermissen werde. Meine Unabhängigkeit gründet sich auf meine Lebensweise, die Art, wie ich die Dinge angehe, die sich sehr von der Art der anderen unterscheidet. Ich esse, was ich will und wann ich will. Ich lese und rede mit mir selbst und schaue aus dem Fenster und denke über das Leben nach. Ich kenne und mag meine Nachbarn, aber sie sollten auf jeden Fall Abstand wahren, und nicht einmal mit den Nettesten würde ich mein Haus teilen wollen. In meiner oberen Etage wohnt ein Mieter, und das Beste an ihm ist, daß er so selten zu Hause ist. Er schaut morgens rein, um zu gucken, ob ich immer noch am Leben bin, und dann ist er weg und kommt nicht wieder, bevor nicht die letzte Kneipe zugemacht hat. Er ist ein Freigeist. Donald Sullivan. Kann sein, daß ich ihn schon erwähnt habe. Clive meint, ich wäre glücklicher, wenn ich Gesellschaft hätte. Er vergißt aber seinen Vater und Ed.«

Der junge Mann runzelte die Stirn. »Sie sagten doch, Ihr Mann sei bei einem Autounfall umgekommen.«

»Ist er auch«, erwiderte Miss Beryl, erfreut, daß ihr Zuhörer doch aufgepaßt hatte.

»Und doch . . .«

»Seine Fotografie steht auf dem Fernseher, und wir diskutieren immer noch über die Dinge, wie früher. Damals haben wir uns schon nicht einig werden können – und heute ist es genauso.«

»Damit bleibt . . . Ed?«

»Ed ist ein Zamble.«

»Ein was?«

»Eine afrikanische Geistermaske. Teils Mensch, teils Tier, teils Vogel. Wie wir alle.«

Der junge Mann lächelte. »Jetzt wird mir klar, was Sie damit meinen – mit sich selbst zu reden. Finden Sie sich unterhaltsam?«

»Nicht besonders«, meinte Miss Beryl. »Verglichen mit dem Fernseher. Clive meint, ich sollte mir Kabel zulegen. Das meint er, wenn er sagte, ich brauche Gesellschaft.«

Nun blinzelte der Doktor.

»Clive jr.«, erklärte Miss Beryl, um ihm zu helfen, da er sich so offensichtlich Mühe gab. »Clive sen. ist tot. Sein Sohn hat überlebt.«

»*Sein* Sohn?«

»Unser Sohn«, gestand Miss Beryl. »Seh'n Sie, nun hab' ich's zugegeben. Jetzt sind sie hoffentlich zufrieden.«

»Ihr Sohn und Sie sind nicht einer Meinung, verstehe ich das richtig?«

»Er ist Bankier«, erklärte Miss Beryl.

Der Doktor schien darauf zu warten, daß sie fortfuhr.

»Ich sehe schon, für Sie ist das wohl kein ausreichender Grund.«

Neuerliche Verwirrung. »Wofür?«

»Er ist der Verantwortliche für den neuen Freizeitpark, der bei uns angelegt werden soll. Er hält Bath für die Goldküste. Er sagt, daß das Geld die Interstate raufgekrochen kommt.«

»Hmmm«, sagte der junge Arzt.

»Lassen Sie uns doch über etwas reden, wovon Sie etwas verstehen«, schlug Miss Beryl vor. »Was stimmt nicht mit mir? Außer der Tatsache, daß ich achtzig bin.«

Als der junge Arzt zu einer Erklärung ansetzen wollte, unterbrach sie ihn. »Keinen Schmus. Tun Sie so, als ob Sie es Clive erzählten.«

»Welchem Clive?«

»Junior. Wir tun nur so als ob. Sie werden ihm nie etwas verraten.«

»Nun, Mrs. Peoples –«

»Das wird ja nicht besonders überzeugend«, unterbrach sie wieder, »wenn Sie Clive jr. mit dem Namen seiner Mutter anreden.«

Jetzt grinste der junge Mann übers ganze Gesicht. »Nun, Clive«, fuhr er fort, »das Beste, was ich tun kann, ist, Ihnen darzulegen, war vermutlich passiert ist.«

»Ma ist Pädagogin«, sagte sie mit Clives Stimme. »Sie wird es schon verstehen.«

Der Arzt wurde ernst. »Ich glaube – ich bin mir eigentlich ziemlich sicher –, daß Ihre Mutter heute morgen einen Schlaganfall erlitten hat. Sie können es von mir aus einen Mini-Schlaganfall nennen. Das ist beim fortgeschrittenen Alter Ihrer Mutter nichts Ungewöhnliches. Das Gehirn wird für einen Augenblick nicht mit Sauerstoff versorgt, wodurch das Gefühl der Benommenheit hervorgerufen wird und die Einbildung, daß es schneit. Die Ursache? Ein kleines Blutgerinnsel, doch vielleicht werden wir das nie erfahren. Und die Ursache mag sich schon Wochen vorher aufgebaut haben.«

Miss Beryl hörte sich alles an und fragte sich, ob die Ursachen, auf die dieser junge Mann hier anspielte, nur im Körperlichen begründet lagen oder vielleicht auch seelisch bedingt sein könnten. Konnte Untreue ein Blutgerinnsel hervorrufen? Miss Beryl war geneigt, es zu glauben. »Kann es wieder vorkommen?«

Der Doktor zögerte, dann nickte er. »Sie – Entschuldigung – Ihre Mutter kann ein Jahr oder länger davon verschont bleiben. Andererseits kann es in einem Monat wieder passieren. Der nächste Anfall kann stärker sein oder weniger stark. Wenn es einige Male hintereinander passiert, könnte das auf einen wirklich gefährlichen Anfall in naher Zukunft hindeuten. Wenn Sie wieder solche Symptome zeigt wie heute, sollte sie mich sofort aufsuchen. Sie müssen sie dazu bringen.«

»Ma kann ganz schön stur sein«, hörte Miss Beryl sich mit der Stimme ihres Sohnes sagen. Es war erschreckend, wie leicht sie diese Stimme nachahmen konnte, nicht nur die ärgerlichen Floskeln wie ›Ma‹ und anderes, sondern seine ureigene Sprachmelodie nebst Betonungen. Dies war das erste Mal, daß sie die Stimme ihres Sohnes vor einem Fremden zum besten gab, und sie fühlte den billigen Verrat und fragte sich, ob sich jetzt bereits ein neues Gerinnsel bildete. »Man kann sie ihr einem Stock auf den Kopf hauen, aber man kann sie nicht dazu bringen, ihre Meinung zu ändern, wenn sie sich einmal entschieden hat.«

»Genau den Eindruck hat sie auf mich gemacht«, antwortete der Doktor und grinste sie an, um ihr zu zeigen, wie sehr er das Spiel genoß. »Sie ist wirklich einsame Klasse.«

Dann trat er auf den Flur und rief seine Schwester herbei. »Wenn ich mir Ihre Blutwerte angesehen habe, werde ich Ihnen vielleicht ein Mittel gegen Gerinnung verschreiben«, sagte er. »Bis dahin passen Sie auf sich auf, Mrs. Peoples... ich spreche doch jetzt mit Mrs. Peoples?

»Ich wünscht' nur, diese Nägel würden sich nicht alle verbiegen«, murrte Rub, als es wieder einmal passierte. Die dreieckigen Nägel, mit denen die dünnen Hartholzfliesen auf die Balken genagelt waren, gaben mit Leichtigkeit nach, wenn man von unten gegen sie hämmerte. Sie jedoch aus dem Holz zu ziehen, war – wie Peter vorausgesagt hatte – eine zeitraubende und frustrierende Arbeit. In der Mitte des Wohnzimmers hatten sie zwei Sägeböcke auf den Speerholzplatten aufgestellt und so eine Insel geschaffen, die von Abgründen umgeben war, in die ein unvorsichtiger Mann stürzen und im Keller landen konnte – eine gefährliche Situation, wenn man bedachte, daß hier die beiden unvorsichtigsten Männer von Bath am Werk waren. Unten in der Dunkelheit konnte man gelegentlich raschelnde Laute vernehmen. Sully hatte keine Lust, in den Keller zu steigen und nachzuschauen. Vor ein paar Monaten hatte er schon gehört, wie die Männer, die mit den Restaurierungsarbeiten im Sans Souci beschäftigt waren, sich beschwerten, daß überall in den unteren Etagen des baufälligen Gebäudes Ratten hausten – zweifellos von den schweren Baumaschinen aufgescheucht. Offenbar hatte man Kammerjäger bestellt, doch Sully kam es so vor, als hätte es ebensogut der Rattenfänger sein können, der mit seiner Flöte die gesamte Rattenpopulation des Sans Souci in den winzigen Keller des ehemaligen Sullivan-Hauses gelockt hatte.

»Ich wünschte nur, du hättest mir nicht gesagt, daß das Ratten sind«, sagte Rub und lauschte auf die Geräusche, die wie raschelndes Papier klangen.

Jeder, der Rubs Tiraden während eines langen Nachmittages belauschen mußte, hätte ihn für unzufrieden gehalten, aber Sully wußte es besser: Rub war zum ersten Mal seit zwei Wochen – seit Peter an Sullys Seite aufgetaucht war – zufrieden. Nach dem Mittagessen war Ralph unerwartet in Bath erschienen und hatte mit Peter allein gesprochen, worauf dieser mit seinem Stiefvater ohne Erklärung das Haus verließ. Irgend etwas ging da vor, aber offenbar war es nichts, das sie Sully anvertrauen wollten, der vermutete, daß Vera wieder in einer Krise steckte. Den ganze Nachmittag lang hatte er einfach nicht das Bild loswerden können, wie seine Exfrau in Jockos *Rexall* beim Stehlen erwischt wurde. Er fragte sich, ob Peter davon wußte. Oder Ralph.

Rub jedenfalls tat es nicht leid, als er Peter verschwinden sah, denn so hatte er Sully endlich wieder für sich allein. In Gesellschaft der zwei Sägeböcke in der Mitte des Wohnzimmers und umgeben von einer Menge gefährlicher Löcher im Fußboden, standen sie einander gegenüber und zerrten die widerspenstigen Nägel aus den Fliesen. Als sie mit den Holzteilen fertig waren, die sie an der westlichen Wand aufgestapelt hatten, holte Rub die herein, die sie auf der Veranda gestapelt hatten. Er hüpfte behende von Querbalken zu Querbalken, während Sully auf der stabileren Insel aus Sperrholz verblieb und auf die biegsamen Nägel fluchte.

Den ganzen Nachmittag verbrachten sie in diesem magischen Kreis, nahe genug, um einander zu berühren, obwohl Rub dies niemals gewagt hätte. Er hegte die tiefe pupertäre Furcht, für ›schwul‹ gehalten zu werden – eine Furcht, die immer mit seinem ebenso ausgeprägten Bedürfnis im Widerstreit lag, Sully so nah wie möglich bei sich zu haben, damit er ihm seine tiefsten Wünsche, einen nach dem anderen, anvertrauen konnte. Rubs Wünsche kamen am besten heraus, wenn er mit gesenkter Stimme sprechen konnte, in einem Graben beispielsweise, wenn Sully nur ein paar Meter entfernt war und alles gut hören konnte. Rub wollte seine Wünsche nicht lautstark äußern – er ließ sie lieber sanft wehen, so daß sie wie von selbst auf unsicheren Schwingen zu Sully fanden. Wie frischgeschlüpfte Vögel waren Rubs Wünsche zu neu in der Welt und zu schwerfällig, um sich zu ausgedehnten Flügen zu erheben; sie liebten ihr Nest.

Rub hatte sich also gewünscht, daß Peter aufhören solle, ihn Sancho zu nennen, daß sie hier im Haus die Heizung andrehen könnten, damit sie keine Handschuhe tragen müßten, daß seine Frau Bootsie aufhören möge, bei *Woolworth's* zu stehlen, bevor sie erwischt wurde und sie beide ins Gefängnis wanderten; daß das Sans Souci, dessen einer Gebäudeflügel durch das nordöstliche Fenster hinter den alten Eichenbäumen sichtbar war, ihn und Sully für zwanzig Dollar die Stunde anstelle, wenn im Sommer das Kurbad eröffnete. Und daß er mal einen Tag lang unsichtbar sein dürfte, um sich in die Gemächer der guten Toby Roebuck einzuschleichen und ihren nackten Körper unter der Dusche zu beobachten.

Sully hörte nur mit halben Ohr zu. Wie immer war er von Rubs Bescheidenheit beeindruckt. Wie typisch für ihn, sich die Gabe der Unsichtbarkeit zu wünschen und sich dann mit einem einzigen Tag zufriedenzugeben. Oft konnte man in Rubs Wünschen eine seltsame Weisheit erkennen, als hätte er gelernt, daß man nichts im Leben ganz bekommt, sondern immer nur mit Vorbehalten und Unwägbarkeiten, die einem das Geschenk verleideten oder einen nach Zugaben hungern ließen. Es war, als wüßte Rub irgendwie, daß er besser dran war, wenn seine Wünsche nicht in Erfüllung gingen. Was im Fall der Unsichtbarkeit sicherlich auch das Beste war; in den meisten zwischenmenschlichen Situationen war Rub ohnehin der Unsichtbarkeit näher, als er sich wünschen konnte.

Obwohl er nur mit halben Ohr zuhörte, war Sully froh über Rubs Litanei, denn sie half ihm, die Geister der Bowdon Street fernzuhalten. Es schien ihm, als könne sein Vater – bis zur Halskrause voll mit billigem Bier und moralischer Entrüstung – jeden Augenblick wieder zur Haustür hereintorkeln, die in seinem Zustand kaum breit genug für ihn wäre. Und dort, in den Schatten, saß Sullys Mutter und wartete auf ihn, wie sie schon seit Jahren auf das Wunder wartete, daß – wie der Priester ihr immer wieder versicherte – eines Tages eintreten müsse, wenn ihr Glauben nur stark genug war; sein Rat vertiefte nur ihre Verzweiflung, auch wenn er ihr die Kraft gab, jede weitere Heimsuchung demütig zu ertragen.

Der Priester war ein großer zufriedener Mann gewesen, fast so groß wie Big Jim selbst. Groß genug jedenfalls, so hatte Sully damals gedacht, um seinem Vater entgegenzutreten, wenn er nur wollte – aber wahrscheinlich zu träge und selbstzufrieden, um es zu tun. Als Junge schon hatte Sully begriffen, daß der Priester nicht helfen würde – daß er zufrieden damit war, wenn das menschliche Leben ein Musterbeispiel für Schmerz und Furcht war. Er schien nicht im geringsten überrascht, als Sullys Mutter ihm von ihrem Zuhause berichtete, er schien durch ihr Elend nicht im geringsten entmutigt. Er selbst hatte eine Arbeit gefunden, die ihm sehr zusagte, und ein Teil dieser Arbeit bestand darin, den Unglücklichen geistigen Beistand zu gewähren. Und er schien zu begreifen, daß er sich um seinen Job brachte, wenn er wünschte, die Menschen sollten glücklicher sein.

»Das ist Sünde, Isobel«, hatte Sully ihn in salbungsvollem Flüsterton zu seiner Mutter sagen hören. Sie hatte Sully nicht mit in die Kirche nehmen wollen, aber er war zu klein, um allein zu Hause gelassen zu werden. So hatte sie ihn auf eine Bank im Mittelschiff gesetzt und war dann zum Beichtstuhl gegangen. Der Priester hatte verlangt, daß sie den Beichtstuhl betrat und ihre Beichte ablegte, aber Sullys Mutter hatte das abgelehnt, behauptet, sie fühle keine Reue, bitte nicht um Vergebung. Sie ging sonst immer zur Beichte, aber dieses eine Mal blieb sie hart.

Was sie dem Priester zu sagen hatte, war nicht für Sullys Ohren bestimmt, doch ihre Stimmen hatten in der kühlen, dunklen Kirche widergehallt. »Es ist eine schlimme Sünde, sich vorzustellen, Gott hätte nicht die Macht, in Seiner Welt das Gute zu tun«, sagte der Priester. »Für Gott ist alles möglich. Nur uns erscheinen die Dinge so schwierig. Auch schlimmere Sünder als Ihr Mann sind von einem Augenblick zum anderen bekehrt worden. Denken Sie nur an den heiligen Paulus, der von seinem Pferd gestoßen wurde, auf seinem Weg nach Damaskus, dem Weg zum Glauben.«

»Dafür bete ich ja auch«, hatte seine Mutter gesagt, und der Priester hatte ihr ermutigend zugelächelt, bis sie fortfuhr. »Ich bete ja darum, daß er geschlagen wird«, erklärte sie. »So sehr, daß er nie wieder aufsteht.«

»Schhhh, Isobel«, mahnte der Priester. »Wenn solch schreckliche Dinge deine Zunge verlassen, fliegen sie sofort zu Gottes Ohr.«

Da war sie aufgestanden und hatte mit ihren verweinten Augen in der Dunkelheit der Kirche nach Sully Ausschau gehalten, der tief in seine Bank gesunken war. »Was macht das für einen Unterschied?« fragte sie. »Gott hört ja doch nicht zu.«

Seine Mutter hatte nie mehr mit dem Priester gesprochen. Auch seine Beerdigung ein Jahr später hatte sie nicht besucht. Ihre Abwesenheit fiel aber auch niemandem auf. Die Menschen kamen aus dem ganzen Bundesstaat, um an der Totenmesse teilzunehmen und am Sarg vorbeizudefilieren. Sullys Vater hatte seine beiden Söhne mitgebracht. Sully konnte sich noch genau erinnern, was sie dafür anziehen mußten: Vater und Bruder trugen dunkle, schlechtsitzende Anzüge, er selbst ein weißes Hemd, das ihm zu klein war, und der Kragen lag so eng am Hals, daß ihm das Blut in Wangen und Stirn pochte. Die Prozession am offenen Sarg wurde nicht im Begräbnisinstitut, sondern im Pfarrhaus abgehalten, und die Reihe der Gläubigen, die dem Toten die letzte Ehre erweisen wollten, erstreckte sich über die Treppe und um die Ecke bis zur Kirche hin.

Der Priester war an einem Knochen erstickt. Wenn jemand bei ihm gewesen wäre, hätte er vielleicht gerettet werden könne, aber er pflegte immer allein im riesigen Eßzimmer des Pfarrhauses zu speisen, wo drei Tage später sein Sarg stehen sollte. Seine Haushälterin im Nebenzimmer hörte, wie er um sich schlug, aber da war es schon zu spät. Als sie ihm zu Hilfe eilte, waren seine Augen schon vor Schreck aus den Höhlen getreten, als habe man ihn gezwungen, etwas so Furchtbares anzuschauen, daß sein Verstand darüber irre geworden war. Was auch beinahe der Haushälterin widerfahren wäre, so furchtbar war der Anblick.

Trotz aller Anstrengungen seitens des Bestattungsunternehmers trug der tote Priester im Sarg noch beinahe denselben Gesichtsausdruck zur Schau, mit dem ihm seine Haushälterin gefunden hatte. Viele der Gläubigen bekamen es mit der Angst zu tun, als sie den Priester zum letzten Male in dem prachtvollen Gehölz erblickten. Der Bestattungsunternehmer hatte fieberhaft an den herausgequollenen Augen und den verzerrten Gesichtszügen gearbeitet. Es war ihm gelungen, den Ausdruck erbärmlicher Angst zu mildern, doch der Priester sah immer noch alles andere als zuversichtlich aus, nun, da er vor seinen Schöpfer treten sollte; und jene, die seiner geistlichen Führung jahrelang gefolgt waren, konnten seine Gegenwart jetzt kaum mehr ertragen: In unchristlicher Eile defilierten sie am Sarg vorbei, und nur ein einziges Mal entstand ein Engpaß, als Sullys Vater unbedingt niederknien und beten mußte. Allerdings glich seine Haltung eher der eines Mannes, der einem alten Freund ein paar Ratschläge zuflüstert. Für die übrigen Trauernden reichte ein kurzer Blick auf den Priester, um sie in Windeseile das Nebenzimmer aufsuchen zu lassen.

Erst später, als die ersten Trauergäste ihre Beobachtungen mit denen der Nachzügler verglichen, fand man heraus, daß der Mund des Gottesmannes während der Prozession langsam aufgeklappt sein mußte; zuerst waren seine Lippen fest geschlossen gewesen – einer weißen Falte gleich – aber zwei Stunden später, als der letzte der Gläubigen wie ein Blinder aus dem dunklen Pfarrhaus in den nachmittäglichen Sonnenschein geleitet worden war, mußte der Bestattungsunternehmer wieder an seine Arbeit gehen: Der Mund des Priesters, aus dem vordem so viele weise Ratschläge geströmt waren, hatte sich nun weit geöffnet, und die letzten zermürbten Trauernden hatten die lebhafte Erinnerung, als habe sie der Tote förmlich angefleht, ihm in den Hals zu greifen und den Knochen herauszuholen, an dem er vor zwei Tagen erstickt war.

Noch deutlicher als an den verblichenen Priester erinnerte Sully sich an seinen Vater. Big Jim war ein Mann, dem die Leute aus dem Weg gingen, wenn sie konnten. Wenn sie ihn von weitem näher kommen sahen, ohne daß er sie bemerkt hatte, wandten sie sich ab und steckten die Köpfe zusammen, um die Flucht zu planen. Sie mochten ihn am Abend zuvor betrunken und angriffslustig erlebt oder versucht haben, ihm nach einem Streit in der Kneipe wieder vom Bürgersteig aufzuhelfen – und dann hatte er sie vermutlich mit blutigem Kinn und trüben Augen angestiert und ihnen gesagt, wohin sie sich ihre Hilfe stecken könnten. Oder sie hatten eine schlimme Geschichte über ihn gehört. Big Jim hatte den Ruf, zu Hause ein harter Mann zu sein – in jenen Zeiten der beschönigende Ausdruck für jemanden, der seine Frau verprügelt. Dennoch schaffte es Sullys Vater in jeder Gesellschaft, Vorurteile abzubauen und sich bei den Leuten einzuschmeicheln. Dieselben Leute, die vorgegeben hatten, ihn nicht zu sehen, klopften ihm auf den Rücken und zweifelten an der Wahrheit der Geschichten, die sie über ihn vernommen hatten – ja, sogar an ihrer eigenen Wahrnehmung. Jetzt tat es ihnen leid, wenn er gehen mußte, wo er doch so ein netter Kerl war, der den einzigen Fehler hatte, daß er ein klein wenig grob war und zu laut lachte.

Am Tag der Sargprozession war Sullys Vater der einzige in dem überfüllten Pfarrhaus, der von der schrecklichen Erscheinung des Priesters unberührt schien – es war, als habe der Gottesmann in Big Jims Augen immer schon dieses Antlitz besessen. Nachdem er die Leute wegen seines vorgetäuschten Gebets aufgehalten und seine Söhne angewiesen hatte, ebenfalls zu Gott zu beten, stellte er sich mit den Seinen dem Bischof vor, der aus Albany angereist war, um am Tag darauf das Hochamt zu halten. Sully bemerkte, daß einige der Gemeindemitglieder den Ring des Bischofs küßten, und war erleichtert, daß weder er noch sein Bruder noch sein Vater darum gebeten wurden. Es schien so, als habe der Mann im Ornat Sullys Vater auf den ersten Blick durchschaut, weshalb er ihn dann geflissentlich übersah.

Bevor sie das Pfarrhaus verließen, befahl Big Jim seinen Söhnen, auf ihn zu warten, er käme gleich zurück. Sie sahen, wie er sich im Korridor zu der alten Frau hinunterbeugte, die des toten Priesters Haushälterin gewesen war, und sie etwas fragte. Nervös zeigte sie den Flur entlang. Sully und sein Bruder sahen ihm nach, wie er zuerst den Flur entlangging, dann jedoch urplötzlich nach links schoß und die Treppe hinaufstieg, die zur oberen Etage führte. Patrick grinste Sully verschwörerisch an.

Als ihr Vater lange Zeit, wie es schien, wegblieb, sagte Sully zu seinem Bruder, er müßte mal. »Ganz dringend«, fügte er hinzu, damit es auch wirkte. Wenn sein Vater im Haus des toten Priesters pinkeln durfte, dann durfte er das vielleicht auch. Zumal er wirklich großen Druck auf der Blase verspürte.

Da niemand auf die beiden achtete, stiegen sie die Treppe hinauf. In der oberen Etage waren fünf Zimmer, so üppig ausgestattet, daß Sully und sein Bruder wie erstarrt dastanden, hatten sie doch so etwas noch nie vorher gesehen.

Ihr Vater hielt sich im Arbeitszimmer des Toten auf; er stand nur da mitten im Raum mit den vielen Bücherregalen und schaute ... auf das feine Ledersofa, auf die silbergerahmten Bilder, die an den makellos weißen Wänden hingen; auf den riesigen Rollschreibtisch aus Eiche mit der Messinglampe; den gigantischen freistehenden Globus; und die ledergebundenen Bücher in Regalen, die bis zur Decke reichten. Im Raum hing ein Duft nach Tabak und nach etwas, das Sully erst später als Rasierwasser und Alkohol identifizieren sollte. Auf der Schreibunterlage befand sich ein goldenes Mäppchen mit Schreibutensilien, dazu ein schlanker goldener Brieföffner.

Ihr Vater schien weder erstaunt noch verärgert zu sein, seine Söhne hier oben zu sehen, obwohl er sie bei anderen Gelegenheiten schon verprügelt hatte, wenn sie seinen Befehl, sich nicht von der Stelle zu rühren, mißachteten. »Kein schlechter Schwindel, was?« sagte er mit einer schwungvollen Geste, die nicht nur das Arbeitszimmer, sondern das ganze Haus umfaßte. »Das läppert sich, die ganzen Nickel und Dimes von der Kollekte, was? Immer diese Kollekten, siebenmal in der Woche, und sonntags dann noch dreimal. Kann man schon was mit machen. Seht ihr das hier? Das nennt sich das Armutsgelübde. Ich wette, der Scheißer war genauso keusch wie arm, was meint ihr?«

Sully wußte nicht, was das Wort keusch bedeutete, aber er wußte, daß er jetzt ganz dringend mußte. »Da hinein«, zeigte sein Vater. »Sieht zwar nicht so aus, ist aber trotzdem eins.«

Und es stimmte – wenn da nicht die Toilette gewesen wäre, hätte Sully es nicht als Badezimmer erkannt. Er war größer als das Schlafzimmer, das er sich mit seinem Bruder teilte. Eine Wand wurde von einem Sofa eingenommen, und Dusche und Badewanne waren hinter Samtvorhängen verborgen. Es roch wohl übel, da Big Jim kurz zuvor das stille Örtchen aufgesucht hatte. Sully beeilte sich und wischte sich die Hände nach dem Waschen an der Hose ab, weil er keines der dicken violetten Handtücher des Priesters naß machen wollte. »Tolles Scheißhaus, was?« sagte sein Vater, als Sully wieder herauskam, und dann warteten sie darauf, daß Sullys Bruder auch ins Badezimmer verschwand, obwohl er Junge sagte, er müsse nicht. »Versuch's«, drängte der Vater. »Du wirst schon noch was rausquetschen können.«

Auf dem Heimweg machten sie an einer Kneipe halt, damit Sullys Vater dem Barkeeper beschreiben konnte, wie es im Pfarrhaus aussah. Er erinnerte sich an die kleinsten Einzelheiten, die Sully gar nicht aufgefallen waren, und je mehr Bier er trank, desto lebhafter und wütender schäumten seine Erinnerung auf. »Du solltest mal sein Scheißhaus sehen«, erzählte er dem Mann hinter der Theke, der, soweit Sully sehen konnte, schon die Nase voll hatte von den Beschreibungen. »Ist größer als dein ganzes gottverdammtes Haus.«

»Hast ja mein Haus noch nie geseh'n, Sully«, erwiderte der Mann.

»Ach ja?« machte Sullys Vater. »Na ja, so ein Scheißhaus hast du jedenfalls noch nicht geseh'n, weil du würdest es nicht glauben. Und das is' noch nich' alles. Du hättest mal die Klamotten von diesem Bischof seh'n sollen. Die kosten mehr als alles, was du hast. Ich wette, mehr als die Klamotten von dir und deiner Frau zusammen, und ich red' ja nur darüber, was er gerade anhatte.«

»Ich bin auch nicht verheiratet, Sully«, sagte der Mann.

»Glückspilz«, sagte Sullys Vater. »Diese Religion ist ein gottverdammter Schwindel. Wir sollten alle mit unsern Jobs aufhören und lieber Goldkreuze umhängen und Klingelbeutel rumgeh'n lassen.«

Der Barkeeper war ein wenig blaß geworden. »Wie wär's mit ein bißchen Ehrfurcht vor den Toten? Du sprichst da über 'nen Priester. Der arme Kerl ist eben erst gestorben. Er war Gottes Hirte, Sully.«

»Du solltest mal den Sarg sehn', in dem sie ihn begraben woll'n«, fuhr Sullys Vater unbeirrt fort. »Wette, der hat mehr gekostet als die ganze Kneipe hier.«

»Warum gehst du nicht heim, Sully?« drängte der Barkeeper.

»Warum gehst du nicht 'nen Stein ficken, George, du blöder Arschkriecher von einem Pollacken«, erwiderte Sullys Vater.

Sie waren dann zu Fuß nach Hause gegangen, wobei Sullys Vater mit jedem Schritt wütender geworden war; das Bier gärte in ihm, und er verbitterte. »Hast du gesehen, wie dieses Arschloch von einem Bischof mich angeglotzt hat?« fragte er Patrick mit einem Rippenstoß.

»Ich glaube nicht, daß er dich mochte, Pop«, gab Patrick zu.

»Kannst du dir auch denken, warum?«

Patrick wollte wissen, warum.

»Weil ich seinen Ring nicht küssen wollte, darum«, erklärte der Vater stolz. »Hast du dieses Riesenglitzerding geseh'n? Das sollst du küssen, weil er der Bischof ist und du ein Niemand. Aber der würd' mir eher den Hintern küssen, bevor ich dem den Ring küsse, und das hat er auch gemerkt. All diese Scheißkerle sollen doch zur Hölle fahr'n, is' meine Meinung.«

»Meine auch«, stimmte Patrick zu, und um zu zeigen, wie sehr er die Verachtung des Vaters teilte, zog er aus der Jackentasche den schlanken, goldenen Brieföffner, den er aus dem Arbeitszimmer des Priesters gestohlen hatte.

Als sein Vater das sah, verschwand seine Wut, und er schlug Patrick auf den Rücken. »Warum zum Teufel auch nicht?« meinte er. »Er wird ihn sowieso nicht mehr brauchen, was? Der Scheißkerl hat seinen letzten Brief schon aufgemacht.«

Jahre später, lange nach dem Tod seiner Mutter, erinnerte sich Sully daran, was sie an jenem Nachmittag in der dunklen Kirche zu dem Priester gesagt hatte, wie sie geweint und ihre geheime Schande gestanden hatte, daß sie jede Nacht darum betete, ihr eigener Mann möge niedergeschlagen werden. Wie alt war er gewesen, als er erkannt hatte, daß die Gebete seiner Mutter erhört worden waren, zumindest ein wenig? Sie hatte nachdrücklich, entschieden und unzweifelhaft darum gebetet, daß Sullys Vater der Schlag treffen möge – an der Deutlichkeit der Botschaft gab es keinen Zweifel. Sie hoffte auf eine Art Blitzschlag, am besten mitten auf die Stirn, wie eine offizielle Nachricht von Gott. Sie kannte ihren Mann und wußte – auch wenn Gott das nicht wußte –, daß ein böser Blick dazu nicht ausreichen würde. Doch statt seinen heiligen Blitz zu schicken, hatte Gott eine endlose Reihe tolpatschiger Barkeeper und Rausschmeißer und Polizisten ausgesandt, die ihrem Mann den rechten Weg weisen sollten, als ob selbst Er in Seiner unendlichen Weisheit nicht clever genug sei zu erkennen, daß Big Jim einen Schädel aus Granit besaß. Erst, wenn Big Jim sturzbetrunken war, konnten sie sich überwinden, ihn hinauszuwerfen in die regennasse Gosse.

An dem Abend, da er mit seinen Söhnen im Pfarrhaus herumgeschnüffelt hatte, lieferte er sie früh zu Hause ab und ging dann wieder aus. In dem dunklen Schlafzimmer hatten die Jungen über die Ereignisse des Tages gesprochen, bis Patrick eingeschlafen war; immer noch hielt er den gestohlenen goldenen Brieföffner in der Hand. Sully hatte noch lange wachgelegen; er schämte sich, daß er nicht mitgenommen hatte, denn er sah ein, daß sein Vater recht hatte: Der reiche Priester würde seine Schätze nicht mehr brauchen, und mehr noch, er hatte nicht einmal Kinder, die ihn beerben konnten. Sully malte sich aus, wie gern er den großen Globus mitgenommen hätte, der so hoch war wie er selbst, mit den riesigen blauen Meeren und den hohen Bergen, die reliefartig hervorstachen, und alles eingefaßt in einer Sichel aus poliertem Messing. Er stellte sich vor, wie er davorstünde und stundenlang daraufschaute, ihn drehte, obwohl ja die Welt, die er zeigte, sich selbst durch das All drehte. Dann würde er wissen, daß diese Welt ihm gehörte. Schließlich war er beim Gedanken daran in Schlaf gefallen, und irgendwann um Mitternacht war sein Vater heimgekommen, inzwischen sinnlos betrunken, und hatte Sully in seinem Bett wachgerüttelt. War der letzte glückliche Gedanke des Jungen noch in seinen Zügen zu lesen gewesen? Hatte ihn Big Jim deshalb aufgeweckt? Unmöglich, darauf eine Antwort zu finden, und doch hatte Sully diesen Eindruck, als ihm Big Jim mit seiner sauer riechenden Fahne eine Warnung zukommen ließ. »Glaub' ja nicht, daß du groß wirst und dann jemand besonderes bist. Schlag dir *diese* Scheiße schon mal gleich aus dem Kopf.«

Am nächsten Morgen, als die Sonne hell zum Fenster hereinschien, erkannte Sully, daß sein Vater recht hatte. Man konnte zwar einem toten Priester einen schlanken, goldverzierten Brieföffner klauen. Aber man konnte nicht die ganze Welt stehlen.

Am späten Nachmittag hatten sie gerade die Arbeit beendet, als Peter zurückkehrte. Rub sah nicht besonders erfreut aus, als Peter erschien, bis er den Sixpack Genesee-Bier erblickte, den dieser mitgebracht hatte. »Howdy, Sancho«, grüßte Peter und reichte ihm das Bier. Rub runzelte die Stirn, drehte jedoch fachmännisch eine Dose aus dem Plastikring.

Auch Sully nahm ein Bier, öffnete die Beifahrertür und setzte sich; dann streckte er sein Knie und zuckt dabei zusammen. »Dein Zeitgefühl wird immer besser«, äußerte er, nachdem er einen Schluck genommen hatte. »Wir sind gerade erst vor 'ner halben Minute fertig geworden.«

»Weiß ich«, gab Peter zurück und stellte die andern Bierdosen auf die Motorhaube des El Camino. »Ich bin vorbeigefahren, und ihr wart noch nicht fertig, als hab' ich noch 'ne Runde um den Block gedreht.«

Rub machte ein Gesicht, als glaubte er ihm.

»Außerdem«, betonte Peter, »hab' ich heute morgen schon mein Geld verdient.«

»Wann?« wollte Rub wissen. Er konnte sich noch ganz genau an den Morgen erinnern, und er wußte, daß er mutterseelenallein in der Kälte geschuftet hatte, während sich Peter ohne Erlaubnis entfernt und den Morgen in Miles Andersons Haus verbracht hatte, im Warmen. Und alles, was er dort getan hatte, war, zu reden – er hatte überhaupt nicht gearbeitet.

»Du hättest mir was sagen sollen«, meinte Sully. »Seh' ich das richtig, daß wir nicht gefeuert worden sind?«

»Ich hab' ihm versichert, daß das Haus auf deiner Liste ganz oben steht. War nicht unbedingt einfach, weil du ja nicht da warst. Ich sagte ihm, ich würde persönlich dafür sorgen, daß der Auftrag erledigt wird. Ihm gefällt die Vorstellung, jüngere Kräfte einzustellen.«

Sully drückte seine Bierdose zusammen und warf sie in den Bodenraum des Lasters. »Meinst du, daß wir bis Mitte Januar fertig sind?«

Peter drückte seine Dose gleichfalls zusammen und warf sie in den El Camino. »Ich hab' mich eigentlich so gut wie entschieden, hierzubleiben.«

Sully nickte. »Hab' schon so was läuten hören. Hast du's deiner Mutter schon gesagt?«

»Gestern abend.«

»Und deshalb hat sie sich heute so aufgeregt?«

»Deshalb und aus anderen Gründen.«

»Gibt sie jetzt mir die Schuld?«

Peter grinste breit. »Von Anfang an.«

»Gut. Dann hast du vielleicht mal 'ne Erholungspause.« Als Peter darauf nichts erwiderte, fragte Sully: »Geht's ihr denn sonst gut?«

»Wem?« Peter runzelte die Stirn.

»Deiner Mutter. Von der wir gerade reden.«

Peter dachte nach. »Nun ja . . .«, machte er.

»Prima«, gab ihm Sully zu verstehen. »Kannst so bleiben.«

»In Ordnung«, stimmte Peter zu; er konnte einen wirklich rasend machen.

»Ich sag' dir was«, begann Sully, im Grunde froh darüber, nicht mehr zu erfahren als das, was Peter ihm erzählen wollte. »Du hilfst mir, diese Bretterladung zu Carls Häuschen zu schaffen, und ich stell' dich dafür dem schönsten Mädchen von Bath vor.«

Rub fuhr hoch, als er begriff, daß es sich um eine Anspielung auf Toby Roebuck handelte. »Kann ich mit?«

»Nein«, erwiderte Sully. »Du bist verheiratet. Wär' nicht gut für dich.«

»Er ist doch auch verheiratet«, betone Rub und deutete auf Peter.

»Aber nicht so glücklich wie du«, gab Sully zurück.

Rub runzelte die Stirn. »Ich hab' nie gesagt, ich wär' glücklich.«

»Weiß ich«, stimmte Sully zu. »Bootsie hat's mir gesagt.«

»Wenn sie wie die gute, alte Toby aussäh', wär' ich's auch«, trotzte Rub.

»Tja«, meinte Sully. »Geh mal besser nach Hause, bevor Bootsie merkt, daß du nicht da bist, und mir die Schuld gibt. Gibt schon zu viele Frauen, die böse auf mich sind.«

Rub wollte nicht auf diese Art verabschiedet werden. Zu seiner Frau nach Hause gehen war das letzte, was er jetzt wollte – und besonders jetzt, da er sonst Carls Frau sehen könnte. Und noch wichtiger waren die drei Bierdosen, die auf der Motorhaube des El Camino standen. »Kann ich noch eins haben?« fragte er.

»Warum fragst du mich?« fragte Sully zurück. »Ich hab' das Bier nicht geholt. Außerdem tust du nie, was ich sage, nicht einmal nach Hause gehen willst du.«

»Hier, Sancho«, sagte Peter und warf Rub eine Dose zu.

Rub fing die Dose auf und damit auch den Spitznamen, den er

so sehr haßte, und in diesem Augenblick stiegen ihm die Ungerechtigkeit und die Enttäuschung seines Lebens im Halse hoch. Er wäre fast daran erstickt; und er konnte sich nicht mehr vorstellen, das Bier zu trinken, um das er doch noch vor wenigen Sekunden gebeten hatte. Er fing die Dose auf, wandte sich mit der gleichen Bewegung dem Haus zu und warf die Dose in ein Fenster im ersten Stock, das mit lautem Klirren zerbrach. Im Haus fing Rasputin an zu bellen, dann war er wieder still. »Ich hör' auf«, sagte Rub, und mehr als diese drei Worte konten er nicht mehr herausbringen. Selbst wenn die gute, alte Toby Roebuck ihm angeboten hätte, auf seinem Gesicht zu sitzen, nur damit er ein paar Worte mehr sprach, hätte er es nicht geschafft; selbst wenn sie nackt gewesen wäre und ihm Hundertdollar-Scheine in Massen angeboten hätte. Die drei Wörter, die er herausgebracht hatte, waren der Ausdruck seiner Verzweiflung und nachdem er sie ausgesprochen hatte, drehte er allen den Rücken zu und machte sich zu Fuß auf den Heimweg.

»Hey«, rief Sully hinter ihm her, ein wenig beschämt und auch erstaunt, daß seine übliche Neckerei ein solch unerwartetes Ergebnis gezeitigt hatte. »Nimm's doch nicht so schwer.«

Stur lief Rub weiter, ein Bild des Trotzes. In diesem Augenblick sah er auf seltsame Weise einem kleinen Jungen ähnlich, zumindest kam es Sully so vor. Das einzige, was zu diesem Eindruck noch fehlte, war der Baseball-Schläger, den er hinter sich herschleifen müßte.

»Rub«, rief Sully wieder. »Hey.«

Peter zerdrückte seine leere Bierdose und warf sie auf den Vordersitz des El Camino.

»Scheiße«, sagte Sully, sah schließlich seinen Sohn an und fand in dessen Miene die Ablehnung, die er schon erwartet hatte. »Jetzt bist du auch sauer auf mich, stimmt's?«

»Warum mußt du bloß immer so gemein zu ihm sein?«

Sully wußte es selbst nicht. Er wußte nicht einmal, ob er wirklich gemein gewesen war; er hatte immer den Eindruck gehabt, daß es Rub Spaß machte, geneckt zu werden. Und es war immer schon sein Standpunkt gewesen, daß die Leute, die mit ihm zu tun hatten, sich auf eine Neckerei gefaßt machen mußten.

»Du kannst ja mal fünf Stunden lang einen knappen halben

Meter neben ihm steh'n und dir sein Geschwätz anhör'n, dann würden wir ja sehen, ob dir nicht auch so zumute wäre«, sagte Sully; doch im Moment, wo er diese Rechtfertigung vorbrachte, wußte er schon, daß sie nichts wert war. Zum einen stand Peter inzwischen ja jeden Morgen, wenn Sully bei *Hattie's* beschäftigt war, stundenlang neben Rub, und zum anderen hatte Rubs Geplapper nichts mit dem zu tun, was soeben vorgefallen war. Im Grunde fand Sully Rubs Geschwätz beruhigend – wie einen Radiosender, dessen Musik man nur mit halbem Ohr zuhört. »Scheiße«, sagte er wieder. »Gib mir mal eine.«

Als Peter ihm eine der letzten beiden Dosen reichte, warf Sully sie auch gegen das Haus. Doch statt das Fenster zu treffen, auf das er gezielt hatte, traf Sullys Dose gegen den Giebel und fiel lautlos auf den gefrorenen Boden, wo sie einen Riß bekam und wie ein Rasensprenger Schaumfontänen sprühte.

»Glaub ja nicht, daß ich noch mal ein Sixpack hole«, sagte Peter.

An der Kreuzung der Main Street vor Miles Andersons Haus holten sie Rub ein. Rub wußte, daß sie ihm auf den Fersen waren – er konnte die Hartholzfliesen hören, die auf der Ladefläche des Lasters rappelten, und die Reifen, die nur wenige Zentimeter hinter ihm über das Pflaster krochen – aber er drehte sich nicht um und beschleunigte auch nicht sein Tempo. Sollten sie ihn doch über den Haufen fahren, wenn sie wollten. Ihm des Rest geben. Eigentlich wünschte er sich das. Was er mehr fürchtete als den Tod unter den Rädern, war, daß Sully noch näher heranfahren und auf die Hupe drücken würde.

Als Rub zum Bürgersteig kam, fühlte er sich in Sicherheit, doch einen Augenblick später hörte er den Laster über die Bordsteinkante rumpeln, immer noch in dem Tempo, das er selbst vorgab. Er wagte nicht, sich umzusehen, aus Angst, seine letzte Würde zu verlieren, indem er Neugierde oder Furcht verriet. Außerdem sollte niemand sehen, daß er heulte wie ein Baby.

Und so bot sich jenen Witwen, die in dem Wohnviertel der Upper Main Street lebten und an diesem Spätnachmittag zufällig aus dem Fenster schauten, ein nicht alltägliches Schauspiel: Mrs. Gruber beispielsweise, die einen Großteil ihrer einsamen Zeit damit verbrachte, hinter den halbgeschlossenen Gardinen auf die vertraute Straße zu blicken, mußte zweimal blinzeln, um sicherzugehen, daß sie nicht schlief oder gar unter Wahnvorstellungen litt. Auf der anderen Straßenseite rumpelte ein Pick-up über den Gehweg zwei Räder auf dem Beton und zwei auf dem Rasen der Vorgärten. Ein paar Schritte vor dem Laster kämpfte ein kleiner, fast zwergenhafter Mann mit grimmiger Entschlossenheit gegen den schneidenden Wind, der die alten Ulmen schon den ganzen Nachmittag über zum Seufzen gebracht hatte. Da er sich nach vorn beugte und keine Notiz von dem Pick-up zu nehmen schien, der hinter ihm den Bürgersteig entlangkroch, dachte Mrs. Gruber, daß der zwergenhafte Mann mit einer unsichtbaren Kette an den Laster geschmiedet sei. Es sah so aus, als müsse er ihn ziehen. Mrs. Gruber dachte darüber nach und kam zu dem Schluß, daß sie sich geirrt haben mußte: Der Lastwagen konnte sich doch unmöglich auf dem Bürgersteig befinden. Warum sollte ein Mann einen Pick-up über den buckligen Bürgersteig ziehen, wenn es auf der glatten Asphaltstraße doch viel besser ging? Vermutlich eine optische Täuschung. Mrs. Gruber blinzelte erneut und versuchte krampfhaft, etwas zu erkennen, was der Wirklichkeit näher kam. Aber der Pick-up *war* auf dem Bürgersteig; sie wußte es, weil er sich nicht vor, sondern hinter den Ulmen bewegte. So wie der zwergenhafte Mann, der ihn zog. Da das Telefon direkt vor ihr stand, nahm sie den Hörer ab und wählte die Nummer von Miss Beryl. In einer Minuten würde die seltsame Prozession vor deren Haus vorüberziehen, und Miss Beryl konnte es besser erkennen.

»Dad«, mahnte Peter auf dem Vordersitz des Lasters. »Dad.«

Sully achtete nicht auf ihn. Er saß über das Lenkrad gebeugt und konzentrierte sich auf die schwierige Aufgabe, gleichzeitig hinter Rub zu bleiben und Hindernisse zu umfahren. An manchen Stellen, wo die Hecken bis auf den Bürgersteig wuchsen, wurde der Weg äußerst schmal, und der Laster streifte die Zweige, während er auf der anderen Seite die riesigen, ausgedehnten Wurzeln der Ulmen überwinden mußte: »Schau ihn bloß an«, sagte Sully und wies auf Rub, der sich immer noch weigerte, von ihnen Notiz zu nehmen. »Hast du schon mal so einen sturen Kerl gesehen?«

»Ja«, erwiderte Peter. »Allerdings.«

Sully überhörte die überdeutliche Anspielung. »Schau ihn bloß an«, wiederholte er bewundernd. Er drückte auf die Hupe, und Rub machte einen Satz, ohne sich umzudrehen. »Unglaublich«, meinte Sully.

»Hier ist 'ne Einfahrt«, mahnte Peter. »Fahr doch auf die Straße zurück.«

»Unglaublich«, wiederholte Sully. »Was würdest du an seiner Stellte tun?«

»O mein Gott!« Peter stöhnte laut auf. Sully war an der Einfahrt vorbeigefahren, hatte nicht einmal daran gedacht, diesen Wahnsinn zu beenden.

»Er kapiert es einfach nicht«, sagte Sully ehrlich erstaunt. »Er muß doch bloß hinter einen dieser Bäume springen und schon sind wir im Arsch.«

»Och, ich würde sagen, wir sind auf jeden Fall am Ende«, bemerkte Peter. »Siehst du, was uns da entgegenkommt?«

»Nein, was denn?« fragte Sully und drosselte das Tempo, weil sie wieder durch einen Engpaß mußten. Das rechte Vorderrad näherte sich einer der ältesten Ulmen der Straße, deren Wurzeln in geradezu unverschämter Weise aus dem Boden quollen. Der Lastwagen gab sich alle Mühe beim Bewältigen der Steigung – kam ein Stück voran, rollte wieder zurück. »Scheiße«, fluchte Sully und gab ein wenig mehr Gas, während er gleichzeitig die Kupplung festhielt; er verdrehte den Hals, um an Peter vorbeizusehen. »Ich kann's nicht erkennen. Schaffen wir's?«

»Ich glaube nicht« erwiderte Peter, obwohl er gar nicht zu den Ulmenwurzeln geblickt hatte. Er sah vielmehr zu dem Streifenwagen, der auf sie zubrauste.

»Ich glaube schon«, entgegnete Sully, als habe es sich um eine rein rethorische Frage gehandelt. Er ließ die Kupplung los, und wieder machte der Pick-up einen Satz nach vorn und stellte sich dabei schräg. Als er endlich mühsam den Gipfel der knorrigen Wurzel erklommen hatte, rutschte er um so schneller auf der anderen Seite wieder hinab und kratzte mit dem Boden über den Bürgersteig.

Der Streifenwagen hatte am Bordstein gehalten; hinaus stieg ein verwirrter und wütender Officer Raymer. »Hey!« schrie er. »Sie befinden sich auf dem Bürgersteig!«

Jetzt erst bemerkte Sully den Polizisten und trat auf die Bremse. »Kurbel mal kurz dein Fenster runter«, befahl er Peter. Der tat es, und Sully beugte sich zum Fenster hin und brüllte: »Zisch ab!«

Dann nahm er den Fuß von der Bremse, und der Laster machte wieder einen Satz vorwärts. Jetzt war das Hinterrad mit Klettern an der Reihe – die Hartholzfliesen klapperten beängstigend.

Sully Ausbruch schien Officer Raymers Denkfähigkeit beflügelt zu haben, denn er setzte sich wieder in den Streifenwagen, wendete, brauste in die Richtung, aus der er gekommen war und stellte sich in eine Einfahrt zwischen Rub und den Pick-up. Sully erkannte zu spät, was er vorhatte.

Wäre der Polizist im Wagen geblieben, wäre nichts passiert; aber er machte den Fehler, wieder auszusteigen und Sully triumphierend anzugrinsen. Als dieser das Grinsen gewahrte, wußte er, daß seine Pechsträhne noch nicht zu Ende war. ›Ich werd' jetzt Scheiße bauen‹, dachte er bei sich; sein nächster Gedanke war: ›Aber ich muß eigentlich nicht‹. Unmittelbar darauf folgte der dritte, gleichfalls sehr vertraute Gedanke: ›Aber ich tu's trotzdem‹. Und wie immer hatte der dritte Gedanke etwas seltsam Befreiendes an sich, obwohl Sully aus Erfahrung wußte, daß diese Gefühl, so angenehm es auch war, nicht lange anhalten würde. Er war kurz davor, sich selber einen Schaden zuzufügen, da konnte es gar keinen Zweifel geben. In solchen befreienden Augenblicken hatte er zwar Angst, sich selbst zu betrügen, zugleich aber auch die berauschende – wenngleich irrige – Ahnung, daß er kraft seines Willens die Wirklichkeit zu seinem Vorteil verändern könne. Die Wirklichkeit war ein Streifenwagen und ein grinsender Cop, aber Sully sah vor seinem geistigen Auge nur, wie er die Hindernisse beseitigen könnte. Er war nicht sicher, ob er den Wagen oder den Mann beseitigen könnte, aber etwas konnte er sicher beenden – und das war das Grinsen. Das wäre immerhin ein Anfang! Außerdem hatte sich bei ihm in dem Moment, als er des Grinsens ansichtig geworden war, das Denken abgeschaltet. Es hatte einem ungleich tiefer sitzenden Instinkt Platz gemacht. Halb wünschte er sich, Ruth wäre jetzt hier, um die triumphale Rückkehr jenes Burschen in ihm zu bezeugen, den sie kritisch ›den alten Sully‹ nannte. Auch an seinen Vater dachte er mit ungewohnter Zärtlichkeit; er begriff, daß dies genau der Moment war, auf den sein Vater immer hingetrunken hatte – dieser besondere Augenblick, wenn einem sowohl das Hindernis als auch die Mittel zu seiner Beseitigung so klar vor Augen standen. In der Phantasie konnte Sully sich genau ausmalen, wo die massive Stoßstange des Pick-up den Streifenwagen erwischen würde; er spürte schon die Erschütterung des Aufpralls, sah, wie die Seitenwand des Wagens sich verzog und schließlich eingedrückt wurde, als der Pick-up ihn vom Bürgersteig schob, bis er vollends auf einen Rasen abrutschte.

Doch es war nur fair, den Polizisten, der sich für viele kleine Unverschämtheiten rächen wollte, die Sully sich ihm gegenüber im Laufe der Jahre geleistet hatte, erst einmal zu warnen. Sully zog die Handbremse an, kurbelte das Fenster herunter und streckte den Kopf hinaus. Seine Stimme war, wie immer in solchen Momenten, betont ruhig. Ein klügerer Polizist würde die Drohung vernommen haben, aber leider war nur Officer Raymer zugegen; er war der Polizist, der auch zu spät gekommen war, als Veras Tochter von ihrem trunkenen Mann mit dem Gewehr niedergeknüppelt worden war. Sully hatte ihm sein Versagen schon spöttisch unter die Nase gerieben. »Das ist aber kein guter Parkplatz«, bemerkte Sully jetzt. »Ich an Ihrer Stelle würde mir einen anderen Parkplatz suchen.«

»Sie steigen jetzt sofort aus, Sully«, befahl der Ordnungshüter. »Jeder Spaß hat mal ein Ende. Ich muß Sie jetzt in Gewahrsam –«

Sully, der das Fenster wieder hochgekurbelt hatte, vernahm von dieser Ankündigung neuer ordnungspolitischer Maßnahmen rein gar nichts mehr. »Falsch, du Arschloch«, stellte er nur fest. »Der Spaß fängt grade erst an.«

»Dad –« sagte Peter. Er zumindest hatte die Warnung vernommen.

Tatsächlich hatte Sully seinen Sohn beinahe vergessen. »Das ist jetzt genau der Zeitpunkt, wo die Leute normalerweise aussteigen«, teilte er mit.

»Dad –« begann Peter von neuem.

»Okay«, sagte Sully und legte den Gang ein. »Wie du willst!«

Als der Polizist den Motor aufheulen hörte und sah, wie der Lastwagen wieder anfuhr, erstarb das triumphierende Grinsen in seinem Gesicht. Sully hatte das vorausgesehen. Er fand, daß er nun mit dem Grinsen an der Reihe sei.

»Dad –« Peter streckte beide Beine weit aus, als wolle er sich mit aller Kraft in eine imaginäre Beifahrerbremse stemmen. »Oh mein Gott, nicht.«

Er hatte gesehen, wie Officer Raymer die Pistole aus dem Halfter gezogen hatte und die Sullivans ins Visier nahm. Auch Sully wurde Zeuge dieser Diensthandlung, doch es kümmerte ihn nicht im geringsten. »Niemals würde er schießen«, versicherte er seinem ängstlichen Sohn – Bruchteile von Sekunden, bevor der Schuß donnerte.

Officer Raymer hatte einen Warnschuß abgeben wollen, als der Laster weiterrollte. Er feuerte über die Fahrerkabine hinweg, um sicherzugehen, daß niemand in Mitleidenschaft gezogen würde. Aber der Schuß hallte wie Donner in der stillen Straße, so laut, daß Officer Raymer nicht sicher war, ob er wirklich das Geräusch von splitterndem Glas gehört hatte. Als die Echos erstarben, lauschte er immer noch in der Hoffnung, den klirrenden Laut wieder zu vernehmen. Vielleicht eine Windharfe, versuchte er sich zu beruhigen. Auf jeden Fall hatte der Laster angehalten.

Im Wagen blickte Sully zu seinem Sohn herüber, der sein Gesicht mit dem Ellbogen abschirmte, als wolle er sich gegen eine zu grelle Sonne schützen. Die Erschütterung war so heftig gewesen, daß sie sogar Sully aus seinem Zornesrausch aufgescheucht hatte. »Hat er wirklich geschossen?« fragte Sully seinen Sohn; er wollte erst gewissenhaft die Fakten überprüfen, bevor er den nächsten Schritt unternahm.

»Ich denke, ja. Das *war* ein Schuß«, erwiderte Peter. »Ich würde auch dafür stimmen, daß wir uns ergeben, wenn ich hier überhaupt eine Stimme habe.«

»Das ist verdammt unverantwortlich«, rief Sully mit einem wütenden Blick auf den Polizisten. Wieder ließ er das Fenster herunter. »Du dummer Arsch«, rief er. Dann, zu Peter: »Kann man so etwas glauben?«

»Dad –« fing Peter wieder an, aber Sully war schon ausgestiegen und humpelte jetzt auf den Polizisten zu, der den Revolver in seiner Hand betrachtete, als sei er überrascht, ihn dort zu finden. Oder als ob er nun, da er wußte, daß man damit schießen konnte, Einsicht in die Nutzlosigkeit der Feuerwaffe genommen hatte. Denn sie bewirkte nicht einmal, daß der Mann, der da auf ihn zutrat, langsamer wurde. Niemals, so dachte Peter, hatte ein Mann je so hilflos ausgesehen. Peter kurbelte das Fenster im Führerhäuschen herunter und schrie: »Dad –«

Dieser Aufschrei erfolgte genau in dem Augenblick, als sein Vater eine kurze Rechte schlug, die den Polizisten direkt auf die Nase traf. Officer Raymer riß nicht einmal den Arm hoch, um den Angriff abzuwehren. Sie Kopf flog nach hinten und kam leicht gerötet wieder in die ursprüngliche Position zurück, seine Mütze landete verkehrt herum auf dem Dach des Streifenwagens. Dann gaben seine Knie nach und er plumpste sanft gegen die Seite des Wagens. Sully stand eine Sekunde lang über ihm, dann blickte er zurück zu Peter, der den Kopf auf dem Fenster steckte. »Was ist?« fragte Sully.

Peter schüttelte den Kopf und kurbelte das Fenster wieder hoch.

Sully öffnete die Tür des Streifenwagens und stellte die Zündung ab. Der Wagen bebte noch einmal und stand dann still. Dann kam Sully zum Laster zurück und kletterte hinein. »So«, meinte er. »Wo ist denn Rub bloß?« wunderte er sich und suchte die Straße ab. Rub war nirgends zu sehen.

Peter starrte seinen Vater mit weit aufgerissenen Augen an.

»Was ist?« fragte Sully wieder.

Peter schüttelte ungläubig den Kopf. »Nichts«, sagte er und warf die Hände hoch.

»Gut«, meinte Sully. »Hab' doch tatsächlich eine Minute lang geglaubt, du wolltest mir 'ne Predigt halten.«

»In einem Punkt hast du recht behalten«, sagte Peter, als sie am IGA vorbeifuhren und die Kreuzung passierten, um Toby Roebucks Bronco aus der Stadt zum See zu folgen. »Sie ist die schönste Frau von ganz Bath.«

Sie waren bei Tip-Top-Bau angekommen, als Toby eben dabei war, die Haustür abzuschließen. Sie hatte nicht die leiseste Ahnung gehabt, wo ihr Mann steckte, hatte ihnen aber gern zeigen wollen, wo das Häuschen lag, damit sie das Holz abladen konnten. »Wird dein Mann nicht argwöhnisch, wenn du spät nach Hause kommst?« hatte Sully gefragt, der in einer sicheren Situation wie dieser gern seine Anspielungen machte.

»Ich sag' ihm einfach, ich war mit dir zusammen«, hatte sie erwidert, »weil das immer so ein keusches Erlebnis ist. Wer ist denn das?«

Sully hatte ihr Peter vorgestellt, der sich über den Vordersitz beugte, um ihr die Hand zu schütteln. Sully bemerkte, wie natürlich sein Sohn diese Geste vollführte, wie er es schaffte, durch sie seine Bewunderung für Toby Roebucks Schönheit auszudrücken, ohne gleich im Erdboden zu versinken. Er fragte sich, wo Peter diese Selbstsicherheit gelernt hatte. Von Ralph bestimmt nicht. Von ihm selbst auch nicht.

»Dein Sohn, hmm?« hatte Toby geäußert. »Schätze, das heißt wohl, es gab mal eine Zeit, wo du nicht so ein keusches Erlebnis warst.«

»Wär' ich heute auch nicht, wenn ich 'n bißchen mehr Energie hätte«, hatte Sully versichert und hinzugefügt: »Laß uns schnell machen, Dolly, bevor mich die Bullen erwischen, und mein Sohn die ganze Arbeit allein machen muß.«

Fragend hatte sie ihn angesehen.

»Kennst du einen Officer Raymer?«

Sie hatte das Gesicht verzogen. »Der, den sie feuern wollen, stimmt's?«

»Er und ich hatten gerade eine kleine Meinungsverschiedenheit«, hatte Sully erklärt. »Er kann jeden Moment hier auftauchen.«

Toby hatte zuerst Sully, dann Peter angeblickt, der ihr mit einem reuigen Nicken zu verstehen gegeben hatte, daß es stimmte. »Sully, Sully, Sully«, hatte sie nur gesagt.

Und nun rasten sie durch die Dämmerung auf den See zu, wo das Häuschen der Roebucks stand; die Hartholzfliesen hinten im Wagen klapperten so laut, daß sie schreien mußten, um einander in dem Lärm zu verstehen.

»Und sie ist auch eine der nettesten«, kommentierte Sully Peters Bemerkung, daß Toby die schönste Frau von Bath war. »Ihr Mann behandelt sie natürlich wie Dreck. Er hat ihr dieses Jahr schon dreimal den Tripper angehängt. Kannst du dir vorstellen, wie man das so einem Mädchen antun kann?«

Peter antwortete nicht sofort. Einen Augenblick später bemerkte Sully, daß sein Sohn ihn aus dem Dunkel angrinste. »Was ist?« fragte er.

»Wie lange bist du schon in sie verschossen?«

Sully betrachtete ihn mißbilligend. »Sie ist wohl 'n bißchen jung für mich.«

»Das hab' ich dich nicht gefragt«, betonte Peter, der immer noch verstohlen grinste.

»Ich kann's bloß nicht mit anseh'n, wenn ein hübsches Mädel so mies behandelt wird«, meinte Sully.

Wieder machte Peter eine bedeutungsvolle Pause, dann sagte er schließlich: »Okay.«

»Glaubst mir wohl nicht, du Klugscheißer?«

»Was immer du sagst«, stimmte Peter zu und schaute auf die Rücklichter des Bronco vor ihnen. »Vielleicht hättest du mehr Glück, wenn du sie als Frau sehen würdest. Frauen haben es nicht mehr so gern, wenn man sie als ›Mädchen‹ bezeichnet.«

»Nicht?«

»Nee.«

»Hast du das auf der Uni gelernt?« fragte Sully.

»Unter anderem.«

»Und jetzt weißt du immer die richtigen Dinge zu sagen?«

»Nee«, erwiderte Peter. »Nur ein paar von den falschen.«

»Was ist bloß mit dem schüchternen Jungen passiert, der du früher einmal warst?«

»Weiß ich nicht. Warum?«

»Ich mochte ihn.«

»Wirklich?« fragte Peter. »Hättest mal was sagen sollen.«

Das Häuschen der Roebucks lag am anderen Ende des Sees und war nur über eine holprige, ungepflasterte Straße zu erreichen, die sich am Ufer entlang durch den dichten Wald schlängelte. Der See erschien wie ein Spiegel, der die Mondsichel reflektierte. Sie hatten schon alle anderen Häuschen hinter sich gelassen, als Toby schließlich die Straße verließ, einen steilen Uferweg hinabfuhr und auf einem schmalen Felsvorsprung parkte, der nur Platz für ein Auto bot. Sully hielt schräg hinter ihr und schaltete den Motor aus, dann die Scheinwerfer, die das lange Dach des Häuschens beleuchteten, das noch ein Stück weiter unten lag. Als sie ausstiegen, konnten sie die Wellen ans Ufer schlagen hören.

»Nettes Versteck, Kleines«, sagte Peter im Humphrey-Bogart-Stil. »Hier werden uns die Bullen nie finden.«

»Hinter dir sind sie ja auch nicht her«, betonte Sully.

»Bei meinem Pech werde ich noch als Komplize einkassiert.«

»Ich sag' ihnen, daß du mir keine große Hilfe warst«, entgegnete Sully, »wie immer.«

»Don Sullivan, der letzte überlebende rauhe Kerl«, sagte Toby Roebuck. Sie stand ganz nah bei ihnen, das verriet ihr Parfüm, das sich mit dem frischen Wind vom See vermischte und eine erregende Mixtur aus feuchter Erde und Laub und Wasser und Frauenduft hervorrief. Nicht Frau, dachte Sully. Mädchen. »Ich sollte den gottverdammten Schlüssel wohl besser dabeihaben«, sagte sie. Sie konnten hören, wie sie in ihrer Tasche herumwühlte.

»Wir könnten vielleicht auch so rein«, meinte Sully und stieg aus.

»Klar«, schnaubte Toby. »Ich hab' das gehört mit dir und der Spitzhacke. Da!« Triumphierend hielt sie den Schlüssel hoch, ein Silberblitz im Mondschein. »Paßt auf die Stufen auf.«

»Sicher«, sagte Sully. »Welche Stufen?«

Da nahm sie seine Hand und legte sie auf ein Geländer, das er nicht bemerkt hatte. »Vier Stufen, dann geht's ein Stück geradeaus, dann nochmal drei Stufen«, erklärte sie und führte ihn mit der Hand am Ellbogen – beinahe auf die Art, so mußte er beschämt feststellen, wie er die alte Hattie jeden Morgen von ihrer Wohnung ins Restaurant geleitete.

»Autsch«, sagte er, als sein Fuß auf ein unebenes Stück Boden traf, sein Knöchel umknickte, und der Schmerz vom Knie bis in die Leiste schoß.

»Warum wartest du nicht hier?« schlug sie vor. »Ich geh' aufschließen und dreh' das Licht in der Küche an.«

Während sie dies sagte, wurde auch schon ein Licht angeschaltet, nicht vor, sondern hinter ihnen. Nun war es hell genug, daß Sully erkennen konnte, daß Peter nicht mehr bei ihnen war. Seine

Stimme tönte von dem Platz, wo sie die Autos abgestellt hatten. »So besser?«

»Hey«, sagte Toby. »Ein Sullivan mit Köpfchen!« In Wahrheit halfen die Scheinwerfer kaum – sie erleuchteten zwar die Bäume und das Dach des Häuschens, erreichten aber nicht den Pfad. »Jetzt warte mal, ja?« flüsterte sie.

Sully beschloß, auf sie zu hören. Einen Augenblick später kam Peter und schaute zweifelnd zu, wie Sully sein Knie beugte.

»Geht's?«

»Ja«, erwiderte Sully. »Ausgezeichnet.«

»Hör mal«, sagte Peter mit gesenkter Stimme. »Laß mich die Dinger abladen.«

»Mir geht's gut«, beharrte Sully. »Ich laß es langsam angehen.«

In diesem Augenblick leuchteten mehrere Lampen im dem Häuschen auf, und die beiden Männer konnten Toby Roebuck flink von Raum zu Raum eilen sehen, mit wehendem Haar.

»Warum läßt du mich nicht einfach machen?« fragte Peter.

»Darum.«

»Oh«, machte Peter. »Na ja, solange du 'nen Grund hast.«

»Hör mal«, sagte Sully. »Wenn ich nicht mehr arbeiten kann, hör' ich auf, okay. Bist du damit einverstanden?«

»Wie du meinst, Boß.«

Sie schwiegen eine Weile, und man hörte nur den Wind in den Bäumen und die kleinen Wellen, die gegen das Ufer schlugen, und die Schritte von Toby Roebuck, die durch das Haus lief, dessen Fenster nun alle ein gelbes Licht verströmten und den gefährlichen Pfad zwischen ihnen und der hinteren Veranda erleuchteten.

»Tja, ich nehme an, so muß es sein«, meinte Peter. »Das Leben steckt doch voller Überraschungen. Wer hätte gedacht, daß wir uns mal um eine Frau streiten?«

Sully starrte seinen Sohn an, dessen Augen im Dunkeln wie die einer Katze glommen. »Meinst du, daß es *darum* geht?«

Da hüpfte Toby wieder heraus auf die Veranda und spähte am Ufer entlang zu ihren beiden Begleitern, die sie im dunklen Mittelgrund zwischen den Lichtern von oben und vom Haus nicht erkennen konnte. Doch als Peter wieder sprach, klang seine Stimme ganz nah. »Ja, ich glaube, daß es darum geht«, hörte sie ihn sagen.

Die Arbeit nahm fast eine Stunde in Anspruch, und zum Ende hin überließ Sully es Toby und Peter, die Dielen den Uferweg entlangzuschleppen. Obwohl jetzt an der Hintertür Licht brannte, lag der Weg im Dunkeln. Man konnte leicht ins Straucheln kommen. Sully blieb beim Laster, riß die ineinander verschachtelten Bretter heraus und lehnte sie gegen die Ladeklappe, damit Toby und sein Sohn sich immer einen Armvoll schnappen konnten. Während er sie bei der Arbeit beobachtete, mußte er sich eingestehen, daß Peter recht hatte: Sie hatten um eine Frau gestritten. Er mußte auch zugeben, daß er auf die gesunden Beine seines Sohnes neidisch war. Peter mußte zwar ungefähr zehn Jahre älter sein als Toby. Er schien die Energie zu bewundern, mit der sie die Dielen über den Uferweg trug. Peter ging langsamer als sie, trug jedoch jedesmal eine größeres Last auf der Schulter.

Sie beschlossen, das Holz auf der geschützten Veranda, die um das ganze Haus herumlief, zu stapeln, und als Toby zugleich mit Peter auf der Veranda eintraf, nutzten sie die Gelegenheit zu einer kurzen Pause. Sully hörte ihre Stimmen, die von dem eiskalten Wind herangeweht wurden, und einmal hörte er Toby Roebuck auflachen – ein Laut, der in ihm den Wunsch erweckte, Rub wäre mitgekommen. Rub hätte längst lauter wütende Wünsche hinausposaunt: Er hätte wissen wollen, wie es kam, daß Typen wie Peter und Carl immer Glück bei den Frauen hatten und sie nicht; er hätte gewünscht, daß die gute, alte Toby durch das ganze Rumgehüpfe so ins Schwitzen kam, daß sie ihre Jacke auszog und ihre tanzenden Brüste sehen ließ. Hätte Sully ihn darauf aufmerksam gemacht, daß es Dezember und einige Grad unter Null war, hätte Rub einfach gewünscht, daß es Sommer wäre. Wenn man Rubs Wünsche zusammenzählt, kam dabei heraus, daß er sich eine völlig andere Welt wünschte, wo auch er seinen Anteil an allem bekam – an Geld, Frauen, Essen, Wärme und Behaglichkeit. Sullys Aufgabe hingegen – so wie er sie verstand – war, die Welt zu verteidigen, in der sie nun einmal zurechtkommen mußten.

Jetzt, da Rub fehlte, merkte Sully – der auf der Ladeklappe des Pick-up saß und auf seinen Sohn und das schönste Mädchen von Bath wartete, damit sie die letzte Fuhre hinüberschafften –, daß er selbst einige Wünsche hegte; er verschwendete seine Zeit nicht auf die unerfüllbaren – daß er jünger sein wollte, weniger stur, flexibler und vorsichtiger –, sondern widmete sich mehr jenen Dingen, die einst seinem Einfluß ausgesetzt gewesen waren. Zum Beispiel wünschte er, er hätte nicht versucht, den steilen Uferweg im Dunkeln herabzusteigen, denn diese Übung war seinem Knie gar nicht gut bekommen. Er wünschte, daß Ruth und er nicht in Fehde lägen, denn er hätte sie heute abend gern gesehen, wie immer, wenn er etwas besonders Schlimmes angestellt hatte. Es war, als besitze Ruth die Gabe der Absolution; sie sollte ihm versichern, daß es doch einen neuen Sully gab, und er könnte sich dann entscheiden, ob ihr ihr glauben wollte oder nicht. Er wünschte auch, er wäre nicht ganz so gemein zu Rub gewesen, dem er jetzt gut zureden mußte, wieder zur Arbeit zu kommen; er wünschte, daß er den Polizisten nicht am hellichten Tag auf der Main Street angegriffen hätte; daß es anfangen sollte zu schneien, damit er endlich etwas Geld verdienen konnte; und daß der scharfe Wind wenigstens einmal so lange aussetzen sollte, damit er sich eine Zigarette anzünden konnte. Da einige dieser bedauernden Wünsche geradewegs in jenes Lamento führten, das er so sehr verabscheute, beschloß er, sie einfach als Schulden abzuschreiben und nicht mehr über ihnen zu brüten – sofern er sich nur endlich diese Zigarette anzünden konnte. Als er gerade mit dem Versuch beschäftigt war, schnitten in einiger Entfernung zwei Scheinwerfer durch die Bäume, und er hörte den Motor eines kleinen Wagens, der langsam näher kam. Das konnte nur eines bedeuten. Eine Minute später kurvte Carl Roebucks Camaro in Sicht und kam kurz vor Sullys Sitzplatz rutschend zum Stehen.

»Don Sullivan«, sagte Carl beim Aussteigen. Sogar im Dunkeln glaubte Sully ein Grinsen auf seinem Gesicht zu erkennen. »Der Flüchtige.«

»Ich fliehe nicht, ich arbeite«, widersprach Sully und warf das nutzlose Streichholz weg. »Wenn du jemals einen Tag in deinem Leben gearbeitet hättest, würdest du den Unterschied kennen.«

»Wie kommt's, daß du jedesmal, wenn ich dich sehe, auf 'ner Ladeklappe rumhockst und behauptest, du würdest arbeiten?« Carl zog sein Feuerzeug aus der Tasche und hielt schützend die Hände darum.

Sullys Zigarette fing Feuer, bevor der Wind die Flamme auslöschte. »Bin viel zu müde, um dir das zu erklären.«

»Nun ja«, meinte Carl, fühlte in Sullys Brusttasche nach den Zigaretten und zog sich eine heraus, »ich hab' so das Gefühl, als ob du demnächst 'n paar Tage Urlaub auf Staatskosten kriegst.«

»Nix da.« Sully blies den Rauch durch die Nase aus. »Ich hab' den besten einbeinigen Anwalt von ganz Bath.«

»Wobei mir einfällt«, sagte Carl und nahm einen tiefen Zug von seiner Zigarette. »Wirf sagte, ich soll dir das hier geben.«

Es handelte sich um eine Serviette. Sully entfaltete sie und las im Licht des Autoscheinwerfers Wirfs unfrohe Botschaft. ›Wahrlich – dieses Mal Bist Du Wirklich und Wahrhaftig Im Arsch.‹

Sully knüllte die Serviette zusammen und schleuderte sie von sich. »Ist schon ein toller Verteidiger, was?«

»Würd' ihn gern mal vorm Obersten Bundesgericht sehen. Verteidigungsreden auf Papierservietten. Warum zum Teufel mußtest du aber auch 'nen Bullen verprügeln?«

»Kam mir irgendwie ganz toll vor.« Sully seufzte und erzählte in Kürze, was sich zugetragen hatte.

Carl setzte eine zweifelnde Miene auf. »Hat er wirklich die Pistole gezogen?«

»Er hat sogar auf mich gezielt, der Arsch.«

»Ich glaub' nicht, daß dir das irgendeiner abnimmt, wenn du nicht 'nen Zeugen vorweisen kannst.«

»Wenn Zeugen dabei gewesen wäre, hätte ich ihn nicht verprügelt«, gab Sully zurück. »Mein Sohn war aber dabei.«

»Das ist doch schon was, denk' ich«, sagte Carl, »obwohl es besser wär', einen Zeugen zu haben, der nicht lügt, um dir aus der Patsche zu helfen.«

»Ich glaub' nicht, daß er das tun würde«, gab Sully zu.

»Ein Mann von Ehre, was?«

»Davon weiß ich nichts«, meinte Sully. »Ich glaub' nur, daß er mich nicht gern genug hat, um für mich zu lügen.«

Carl sog gedankenverloren an seiner Zigarette. »Du weißt ja, warum das passieren mußte, nicht?«

Plötzlich ging Sully auf, daß Carl wirklich sauer war. Das bedeutete, daß sie kurz vor einem richtigen Streit standen. Nach dem letzten hatte Sully vier Monate lang nicht mehr mit Carl gesprochen. »Weil ich soviel Glück habe?«

»Scheißdreck«, erwiderte Carl. »Du weißt schon, warum dir solche Sachen immer wieder passieren müssen – weil du dich über alles und jeden vierundzwanzig Stunden am Tag lustig machen mußt. Weil du nie, nie damit aufhörst, verdammt noch mal.«

»Ach so«, sagte Sully. »Darum.«

»Warum mußtest du auf dem Bürgersteig fahren?« beharrte Carl. »Du hast Rub gehänselt, bis sogar er es nicht mehr ertragen konnte, und selbst dann hattest du noch nicht genug. Mußtest noch weitergeh'n. Du mußtest das arme, kleine Arschloch noch total zur Schnecke machen.«

»Ich kann nicht glauben, daß ausgerechnet du das sagst«, meinte Sully. »Wann hast du denn je etwas anderes getan, als ihn zu beleidigen?«

»Es gibt einen Unterschied, Sully«, sagte Carl ohne die geringste Spur von Heuchelei.

»Welchen Unterschied denn, Carl?« fragte Sully und schnippte die Kippe weg. »Sag mir doch mal, warum es in Ordnung ist, wenn du ihn neckst, und bei mir nicht. Würd' mich wirklich interessieren.«

»Weil er nicht in mich verliebt ist«, gab Carl zurück.

»Jetzt hör aber auf damit«, sagte Sully, nun ehrlich erzürnt. Er rutschte von der Ladeklappe. »Er ist nicht schwuler als du.«

»Weiß ich doch«, sagte Carl. »Aber er würde dir am hellichten Mittag aus allen Himmelsrichtungen einen blasen, wenn du ihn darum bittest, und du weißt das auch, Sully.«

Zumindest wußte Sully, wie stark Rubs Zuneigung war. Er war ihm ja auch nur über den Bürgersteig hinterhergefahren, weil er gehofft hatte, ihn mit einem Scherz zurückzugewinnen. Früher hatte diese Methode immer den gewünschten Erfolg gebracht. Es war nicht, wie Carl vermutete, der Wunsch gewesen, Rub noch mehr zu demütigen. Dennoch, so mußte Sully zugeben – eine einfach Entschuldigung hätte es auch getan. »Ich werd' es wiedergutmachen«, hörte er sich kleinlaut sagen.

»Wie denn?« wollte Carl wissen. »Indem du ihm einen Marmeladen-Doughnut spendierst?«

Darauf konnte Sully nur verächtlich schnauben. »Falls ich mich nicht sehr irre, werde ich ihm noch ungefähr zehntausend Doughnuts spendiert haben, bevor ich den Löffel abgebe.«

»Und du meinst, du kannst deine Schulden mit Krapfen abbezahlen?«

»Ich kann ja nicht mal aus dir besonders viele Doughnuts rauspressen«, betonte Sully, froh, daß er eine Möglichkeit gefunden hatte, von dem ernsten Thema abzukommen. »Wär' ja toll, wenn ich's könnte.«

»Siehst du?« schnappte Carl. »Das meine ich. Immer mußt du einen foppen. Den blöden Cop vorm OTB hast du einen Monat lang jeden Morgen auf den Arm genommen, und dann wunderst du dich, wenn er dich erschießen will. Jeder, der dich kennt, will dich erschießen, Sully. Was dich rettet, ist bloß, daß wir anderen alle unbewaffnet sind.«

Sie hörten, wie unten im Dunkeln die Tür des Häuschens zugeschlagen wurde. Leise Stimmen näherten sich über den Uferweg. Carl nahm schnell einen letzten Zug, dann warf er die Zigarette zu Boden und trat sie aus.

»Zieh den Reißverschluß hoch, wo du grade dabei bist«, riet Sully.

Carl fühlte, fand ihn zugezogen und bemerkte, daß Sully ihn angrinste. »Genau *diesen* Scheiß hab' ich gemeint«, sagte Carl mit Nachdruck.

»Sag mal«, begann Sully, da er wußte, daß er nun mit Tobys Unterstützung die Oberhand gewinnen würde. »Weißt du, was ein Heuchler ist?«

»Das kann *ich* dir sagen«, meinte Toby, die wie aufs Stichwort erschien. »*Er* kann's aber nicht.«

»Siehst du, welchen Dank ich ernte?« sagte Carl flehend zu Sully. »Meine schwangere Frau treibt sich mit zwei finsteren Gestalten im Wald herum, ich rase zu ihrer Rettung heran, und was krieg' ich dafür? Herzschmerz.«

»Eine finstere Gestalt«, berichtigte Peter ihn.

»Außerdem«, sagte Toby, »war das wohl keine besondere Rettungstat. Du stehst ja schon seit zehn Minuten hier herum und redest mit Sully.«

»Hat der Bulle wirklich die Pistole gezogen?« wollte Carl von Peter wissen.

Der nickte.

»Mir hast du nicht geglaubt, was?« sagte Sully.

Carl Roebuck achtete nicht auf ihn. »Komm her, Weib«, sagte er plötzlich und fiel auf die Knie.

»Mach' ich«, sagte Toby. »Aber nur, weil ich Zeugen hab'.«

Als sie auf Armeslänge herangekommen war, zog Carl sie an sich, lüpfte ihren Pullover und barg seinen Kopf darunter.

»Möchtet ihr vielleicht lieber allein sein?« erkundigte sich Sully.

»Auf keinen Fall« erwiderte Toby. Carl liebkoste ihren Bauch.

»Wie geht's meinem kleinen Rodrigo?« kam Carls gedämpfte Stimme unter dem Pullover hervor. »War Mummy heut' auch lieb zu dir?«

»Es reicht«, meinte Toby und versuchte zurückzuweichen. »Du hast 'ne kalte Nase.«

Carl jedoch verschränkte seine Arme hinter ihren Schenkeln, so daß sie sich nicht bewegen konnte. »Rodrigo, Rodrigo, hier kommt dein Papa zu Besuch.«

»Ich hab' ihn gewarnt«, sagte Toby zu den beiden anderen, »daß ich das Baby abtreibe, bevor ich es Rodrigo taufen lasse.«

»Hör nicht auf sie, Rodrigo«, bat Carl. »Mommy ist böse, aber dein Daddy liebt dich über alles.«

»Daddy kriegt gleich mein Knie in die Luftröhre.«

»Gute Nacht, mein Schatz«, schloß Carl, der anscheinend die Drohung ernst nahm und nun wieder unter dem Pullover seiner Frau auftauchte. »Wer zum Teufel soll eigentlich den Boden verlegen, wenn du im Knast sitzt?« wollte er wissen.

»Sprich mit meinem Assistenten«, riet Sully und zeigte auf Peter. »Er wollte es sowieso machen.«

»Was ist mit deinem Zwerg?« fragte Carl. »Macht er auch mit?«

»Klar«, meinte Sully, obwohl er nicht unbedingt glaubte, daß Rub mit Peter arbeiten würde, wenn Kumpel Sully nicht dabei war. »Du könntest auch mal selbst mit Hand anlegen, wenn es alles zuviel wird«, schlug er vor.

»Nein, ich hab' schließlich 'ne Firma«, entgegnete Carl. »Ich hab' auf dich gezählt, und jetzt baust du so einen Bockmist.«

»Fang nicht schon wieder davon an«, warnte Sully. »Du willst das Haus doch erst im Juni benutzen, stimmt's? Also muß diese Arbeit morgen noch nicht fertig sein.«

»Falsch«, gab Carl zurück. »Wieder falsch. Falsch und in alle Ewigkeiten verdammt falsch. Du bist wie 'n Kompaß, der immer nur nach Süden zeigt, weißt du das? Willst du wissen, warum du diesmal falsch liegst, du Schmock?«

»Eigentlich nicht.«

»Ich werd's dir sagen. Ich hab' einen Käufer, der es sich während der Ferien angucken will.«

»Das ist das erste Mal, daß ich von einem Käufer höre«, sagte Sully.

Carl schüttelte den Kopf. »Du bist sowas von unverschämt – als nächstes wirst du mir erzählen, wenn du gewußt hättest, daß wir das Haus verkaufen wollen, wärst du nicht hingegangen und hättest 'nen Bullen k. o. geschlagen, stimmst's? Willst du mir das etwas verkaufen?«

»Sohn«, sagte Sully, »sei ein lieber Junge und schlepp das Arschloch zum See und ersäuf ihn. Stopf ihm ein paar Steine in die Taschen.«

»Vielleicht muß Sully ja gar nicht ins Gefängnis«, warf Toby ein.

»Er hat einen Polizisten angegriffen, um Gottes willen«, sagte Carl, der mit seiner Geduld am Ende war. »Natürlich muß er in den Knast. Und das zwei Tage vor Weihnachten. Wir haben noch Glück, wenn sie vor dem Ersten Anklage erheben.«

»Du regst dich viel zu sehr auf, Carl«, meinte Sully, denn darauf hinzuweisen war vermutlich das einzige, was in dieser Lage noch Spaß machte. Er selbst hatte seine Situation schon durchdacht und war zu einem ähnlichen Schluß gekommen; er hatte wirklich alles vermasselt, und das Hochgefühl der Freiheit, das ihn in jenem Augenblick der tolldreisten Tat überkommen hatte, war nun unter dem eisigen Dezemberwind in nichts zerstoben.

»Ich werd' dich jeden Tag besuchen«, versprach Carl. »Aber nur um dich leiden zu sehen.«

»Wenn du mich jeden Tag besuchen kommst, leide ich bestimmt viel«, gab Sully zu.

»Laßt uns heimfahren«, schlug Toby Roebuck vor. »Es ist kalt, und wir werden nicht rauskriegen, was noch auf uns zukommt, wenn wir hier festfrieren.«

»Endlich erklingt die Stimme der Vernunft«, sagte Peter, der die Auseinandersetzung mit ironischer Distanz beobachtet hatte.

»Was für einen Sinn hat die Vernunft, wenn man's mit Don Sullivan zu tun hat?« wollte Carl, immer noch streitlustig, wissen.

»Er regt sich bloß künstlich auf.« Sully zwinkerte Peter zu.

»Willst du meinen Rat?« fragte Carl. »Stell dich selbst. Wart nicht erst, bis sie dich finden. Fahr zum Rathaus, geh rein und frag gleich nach der Zelle.«

»Das ist dein Rat?«

»Das ist mein Rat.«

»Okay«, sagte Sully. »Dann werd' ich's nicht tun.«

Carl warf die Hände hoch und wandte sich an Peter. »Immer nach dem verdammten Süden«, klagte er. »Jedesmal.«

Mitternacht. *The Horse*. Appell.

Anwesende Stammgäste, alle betrunken: Wirf (völlig), Peter (schläfrig), Sully (auf dem besten Wege dazu).

Anwesendes Schankpersonal, nüchtern: Birdie, am Ende der Theke sitzend (gutgelaunt beobachtend), Tiny, hinter der Theke (böswillig beobachtend).

Abwesende Stammgäste, unter anderem: Rub Squeers.

»Vergiß nicht, Rub zu überreden, daß er dir hilft«, sagte Sully nun schon zum fünftenmal in einer Stunde.

»Okay«, willigte Peter ein. Es hatte keinen Sinn, darüber zu diskutieren, wie er wohl wußte. Sein Vater gab ihm Ratschläge – so dachte er – statt einer Entschuldigung. Wie sie von Wirf erfahren hatten, war tatsächlich ein Haftbefehl für Sully ausgestellt worden. Sie hatten den Pick-up hinter dem *Horse* geparkt in der Hoffnung, daß sie vielleicht noch in Ruhe ein Bier trinken konnten, bevor er verhaftet wurde. Das Gefühl, auf geborgte Zeit zu leben (zu trinken) hatte zuerst zu einer festlichen Stimmung geführt, die erst bei dieser letzten Runde (von dem spendablen Wirf, wie die meisten der vorigen) etwas an Glanz verloren hatte.

»Versuch, um sechs bei *Hattie's* zu sein«, riet Sully seinem Sohn. »Du weiß doch, wie man Eier brät, oder?«

»Besser als du.«

»Ist nicht so schwer, das Frühstück«, versicherte Sully, obwohl das nicht stimmte: Imbißköche mußten die reinsten Jongleure und Meister der Zeiteinteilung sein. Cass würde aber ein Auge zudrücken und ihm helfen. Oder sie würde selbst am Grill stehen und Peter an der Kasse und an den Tischen arbeiten lassen. »Laß die Arbeit für Miles Anderson, bis du den Fußboden im Häuschen verlegt hast.«

»Ohhh-kay.«

»Weißt du, wie man mit 'ner Kreissäge umgeht?«

Peter grinste betrunken. »Besser als du.«

Sully nickte. Kleiner Klugscheißer. »Wie lange, glaubst du, wirst du dafür brauchen?«

»Wenn ich allein arbeite, vielleicht drei, vier Tage.«

»Du wirst aber nicht allein arbeiten.«

»Ach ja, stimmt«, sagte Peter, als er sich wieder an die Anordnung seines Vaters erinnerte: ›Hol dir Rub zu Hilfe‹.

»Morgen hat er sich wieder beruhigt«, meinte Sully. »Gib ihm ein Frühstück aus. Leih ihm 'nen Dollar, damit er seine Doppelwette machen kann.«

»Okay«, sagte Peter wieder.

Wirf, der dem Gespräch gelauscht hatte, schüttelte den Kopf. »Du machst mich besoffen, weißt du das?«

Sully wirbelte auf dem Hocker herum. »Ich mach' dich betroffen?«

»Nein«, entgegnete Wirf. »Du bist schuld, daß ich saufen muß. Ich saufe nur, weil die menschliche Existenz so absurd ist. Wenn du nicht wärst, könnte ich ein tugendhaftes Leben führen.«

»Dann solltest du dankbar sein, daß du mich hast«, erklärte Sully und wandte sich wieder seinem Sohn zu. »Glaubst du, du kannst diesen Schneepflug an den Laster koppeln, wenn es schneien sollte?«

»Wenn du es kannst, kann ich es auch.«

»Sag Harold, er soll es für dich machen«, beschloß Sully nach eingehendem Nachdenken. »Sag ihm, du bist mein Sohn.«

»Genau«, stimmte Wirf zu. »Wenn du Probleme kriegst, sag bloß, wer dein Vater ist. Und alle Türen werden sich dir öffnen.«

Wieder wirbelte Sully auf seinem Hocker herum. »Ich kann nicht glauben, daß du 'ne Woche brauchen wirst, um mich da rauszukriegen«, sagte er.

»Ich bin Jude. Das sind nicht meine Feiertage«, erklärte Wirf. »Außerdem – wie soll ich denn anfangen, dich rauszuboxen, wenn du noch nicht mal reingehen willst?«

»Du bist derjenige, der hier eine Runde nach der anderen schmeißt«, betonte Sully. »Wie kann ich mit Saufen aufhören, wenn du schon wieder 'ne neue Runde bestellst, bevor ich das letzte Bier erst halb getrunken habe?«

»Da ist die Weisheit des Zen-Buddhismus«, bemerkte Wirf weise. »Wenn's kein Bier gäbe, gäb's auch keine Betrunkenen. Oder war's andersrum? Wenn es keine Betrunkenen gäb', würd's auch kein Bier geben. Wenn ich nicht so betrunken wäre, könnt' ich's dir genau erklären.«

Sully schüttelte den Kopf. »Abertausend Anwälte im Staat New York, und ich muß natürlich an einen betrunkenen, einbeinigen, buddhistischen Juden geraten.«

»Laß uns nach Hause gehen«, schlug Wirf vor. »Dein Junge ist eingeschlafen.«

Sie drehten sich um und starrten Peter an, dessen Kopf auf der Theke lag. Wenn er ausatmete, formten sich Wellenlinien auf der beschlagenen Theke.

»Die Kleinen sind so süß, wenn sie schlafen, nicht?« äußerte Wirf.

Sully gab seinem Sohn einen Rippenstoß. Erschreckt fuhr er hoch und sagte: »Okay.«

»Deine Runde«, sagte Sully. »Und tu nur nicht so, als ob du schläfst.«

»Oh Gott«, stöhnte Peter. »Laß uns heimgeh'n.«

»Hey«, rief Sully über die Theke zu Tiny. »Zahlen. Bring Wirfs Rechnung.«

»Da geht's schon wieder los«, meinte Wirf.

Tiny brachte Wirfs Rechnung. Sully wartete schon. Sie hatten Peter keine einzige Runde ausgeben lassen.

Sully studierte die Rechnung genau, sammelte die Scheine ein und stopfte sie in Wirfs Brusttasche. »Ein toller Abschluß für 'nen tollen Tag«, sagte er.

Alle drei rutschten nun von ihren Hockern herunter.

Draußen hatte der Wind nachgelassen, der Nachthimmel war voller Sterne. Die drei Kreuzungen in der Ortsmitte waren mit festlichen Laternen geschmückt.

»Kommt mir trotzdem irgendwie nicht vor wie Weihnachten«, sagte Sully.

Wirf musterte ihn argwöhnisch, als er jedoch merkte, daß Sully diese Bemerkung durchaus ernstgemeint hatte, platzte es aus ihm heraus. Auch Peter kicherte. Birdie trat heraus und ließ Wirf Sully das Gesagte wiederholen, und danach mußte Wirf so sehr lachen, daß er sich am Bordstein niedersetzen mußte. »Ist genau wegen solche Augenblicke, daß ich mich mit dir vollaufen lasse«, rief er.

Sully, der nichts Spaßiges an dem finden konnte, was er gerade gesagt hatte, wandte sich an Birdie. »Du weißt doch, daß man einem Verurteilten die letzte Bitte erfüllt. Mein Laster steht hinterm Haus. Was meinst du, soll'n wir uns ausziehen und sehen, was passiert?«

Birdie dachte darüber nach. »Okay«, sagte sie schließlich ohne besondere Begeisterung.

»Hast du denn gar keinen Stolz?« fragte Sully erschreckt.

»Alles nur Gerede«, gab sie zurück. »Wie ich's mir gedacht hatte.«

Nachdem sie Wirf wieder auf die Beine geholfen hatten, und er unter Birdies Führung auf seinen Wagen zutaumelte, schlenderten Peter und Sully die Straße entlang auf die Polizeiwache zu. Als sie an der Gasse hinter *Woolworth's* vorbeikamen, bat Sully seinen Sohn, ›mal einen Augenblick‹ zu warten, und verschwand in der Dunkelheit, wo Peter ihn würgen hörte. Eine Minute später kam Sully zurück, ein wenig bleich und unsicher auf den Beinen. »Hast du für morgen alles klar?«

»Alles klar«, erwiderte Peter und hielt zur Bekräftigung einen Daumen hoch. In den letzten zwei Stunden war er seltsam zugänglich gewesen, ohne seinen üblichen distanzierten Sarkasmus. Nicht mehr dieser kleine Klugscheißer, dachte Sully. Vielleicht mußte sein Sohn einfach nur ein bißchen mehr trinken. Oder er war immer noch von dem schönsten Mädchen von Bath verzaubert.

Langsam schritten sie weiter.

»Was willst du denn jetzt Will erzählen?« fragte Sully. Von allen Sorgen, die er sich nicht machen wollte, war diese die größte.

Peter war über diese Frage ziemlich erstaunt. »Was soll ich ihm denn erzählen?«

Sully wußte es auch nicht. »Wahrscheinlich, daß sein Großvater ein Arschloch ist. Sag ihm, es liegt in der Familie.«

»Danke schön.«

»Dich hab' ich nicht gemeint«, sagte Sully wahrheitsgemäß; er hatte an seinen Bruder gedacht, und wie sehr Patrick im Laufe der Jahre seinem Vater ähnlich geworden war, bevor er bei dem Autounfall ums Leben gekommen war.

»Noch mal danke schön«, sagte Peter.

»Du willst wirklich auch im neuen Jahr noch hierbleiben?«

»Ich weiß es nicht«, gestand Peter. »Ich dachte aber schon.«

»Nicht jeder Tag wird wie heute«, versprach Sully.

»Nicht?«

»Deine Mutter hat aber trotzdem recht. Es wär' besser für dich, wenn du in dein College zurückgingst.« Als Peter nichts darauf erwiderte, fuhr er fort: »Willst du was Komisches hören? Ich hab' das College gemocht.« Zum ersten Mal gestand er es ein.

Peter schaute ihn überrascht an. »Aber du hast doch aufgehört.«

Sully zuckte die Achseln. »Ich hab' nicht behauptet, daß ich da hingehörte. Ich mochte es eben.«

»*Wohin* gehörst du denn, Dad?«

TEIL DREI

Donnerstag

Sie standen vorm Rathaus, und Sully wies die Treppe hinauf zum erleuchteten Eingang der Polizeiwache. »Genau hierhin, schätz' ich. Zumindest für heute nacht.«

»Ich kümmer' mich um alles, so gut es geht«, versprach Peter ernst.

»Okay«, sagte Sully. »Fein.«

»Willst du, daß ich mit reinkomme?«

»Nein.«

»Gut«, sagte Peter.

Zu ihrer Überraschung schüttelten sie sich am Fuße der Treppe die Hände. »Ich komm' raus, eh du dich's versiehst«, prophezeite Sully. »Bete darum, daß wir Schnee kriegen.«

Beide blickten zum wolkenlosen Himmel auf; dann humpelte Sully die Rathausstufen hoch. Als er oben ankam, ging er hinein und ließ die Tür hinter sich zufallen, trat dann aber wieder heraus. »Vergiß nicht, den Hund zu füttern«, rief er nach unten.

Peter hatte Rasputin völlig vergessen – der lag vermutlich immer noch am Küchenschrank im Haus in der Bowdon Street angekettet. »Es wird nicht gerade einfach sein, dich zu vertreten, was?« rief er zurück.

Sully riß seine Hände auf Schulterhöhe hoch, als wollte er gleich ein Lied anstimmen. »Du mußt dir am Anfang nicht zuviel zumuten«, riet er. »Ich konnte es zuerst auch nicht.«

Clive jr., der in seinem Lincoln vor der Spar- und Darlehenskasse saß – mit drei großen Gepäckstücken im Kofferraum – war in nachdenklicher Stimmung. Da der Wagen im schrägen Winkel zum Bordstein geparkt stand, konnte er in dem kleinen Rechteck seines Rückspiegels beide Ampeln gleichzeitig betrachten. Sie blinkten gelb. Vorsicht also.

Kurz darauf kam der Zeitungswagen des *Schuyler Springs Sentinel* hinter ihm in Sicht, wendete auf der verlassenen Straße und fuhr rückwärts an den Bordstein vor der Apotheke heran. Der Fahrer stieg aus, öffnete die hintere Luke und ließ einen Packen Zeitschriften in den dunklen, verwinkelten Eingang fallen. Clive jr. hatte schon ein Exemplar des *Sentinel* auf dem Sitz neben sich liegen, da er um halb fünf Uhr morgens nach Schuyler Springs gefahren und sich eine Zeitung besorgt hatte. Nicht daß sie Neuigkeiten enthalten hätte. Gestern am späten Nachmittag hatte er einen Anruf aus Florida erhalten und wußte daher natürlich schon, daß Escape Enterprises im letzten Moment abgesagt hatten und den Freizeitpark statt dessen in der Nähe von Portland in Maine anlegen wollten. Der *Sentinel* hatte die Gründe für diese Entscheidung aufgezählt: Den Streifen Marschland zwischen North Bath und der Interstate, der den Einwohnern der Region so riesig erschienen war, hatten die Erschließer des Baugeländes als zu dürftig abgetan – er würde keine nachträglichen Expansionen zulassen. Außerdem waren die Steuer- und Gesetzesvorschriften in Maine für die Erschließer günstiger. Auch die Bevölkerungszahlen und das Klima sprachen für Portland.

Der *Sentinel* hatte auf der ersten Seite einen Leitartikel gebracht, in dem die Begründung für die äußerst späte, überstürzte Entscheidung des Unternehmens scharf angegriffen wurde. Unter normalen Umständen hätte der *Schuyler Sentinel* kein Mitleid mit der Not seines armen Nachbarn gezeigt, aber hier lag der Fall etwas anders; der Freizeitpark ›Zur letzten Ausflucht‹ sollte für die ganze Region, nicht nur für Bath, ein warmer Regen werden, und in einer großzügigen Geste hatten die Herausgeber des *Sentinel* offenbar entschieden, daß hier die ganze Gegend geprellt worden sei. Und aus welchem Grund? Sie wiesen darauf hin, daß das Gelände nach Beginn der Verhandlungen nicht kleiner geworden sei, auch die staatlichen Abgaben und die fehlenden investorischen Anreize, über die sich die Erschließer nun beschwerten, seien zuvor nicht als Hinderungsgründe angegeben worden. Das Grundstück und das Klima hätten sich ebenfalls nicht verändert. Ein paar Meilen weiter gab es schon einen Kurort mit Rennbahn und Heilquellen und Sommerkonzerten. Was also waren die *wahren* Gründe für diesen

Rückzieher? hatte der Leitartikel im *Sentinel* bedeutungsvoll gefragt und sogar angedeutet, daß der Staat Maine ein paar Hände geschmiert haben könnte. Es hieß auch, daß die Entscheidung nichts mit der Friedhofsfrage zu tun haben könne, die die Zeitung aus Schuyler lange Zeit so breitgetreten hatte. Nein, es mußte etwas anderes sein.

Clive jr. kannte den wahren Grund, denn er hatte dieselbe Frage an D. C. Collins von Escape Enterprises gerichtet, der ihn gestern nachmittag persönlich von Texas aus angerufen hatte, um sich für den Beschluß zu entschuldigen. »Ich weiß ja, wie hart ihr dran gearbeitet habt«, gab Collins zu. »Ihr habt wirklich alles getan, was wir wollten.« Mehr hätte er nicht preisgegeben, wenn Clive jr. ihn nicht so gedrängt hätte. »Nun ja«, hatte Collins schließlich eingewilligt, »wenn Sie's wirklich wissen wollen, werd' ich's Ihnen sagen. Das bleibt aber unter uns, und ich werd' es später leugnen, falls ich muß. Aber Sie wollen's wissen. Gerade heraus gesagt – ich bin derjenige, der die Entscheidung getroffen hat, und ich werde Ihnen sagen warum. Wir wollen ungefähr neunzig Millionen Dollar investieren. Das ist 'ne schöne Stange Geld, Clive. Und damit hört es nicht auf – wir müssen schließlich Zeit und Material investieren. Und wenn das verdammte Ding dann endlich fertig ist, müssen wir jede Menge Leute aus der Gegend einstellen – sonst gibt es nämlich böses Blut. Wir brauchen die Unterstützung aus der Bevölkerung. So, und jetzt verstehen Sie mich bitte nicht falsch. Ich weiß, wie sehr Ihre Leute da oben mitgearbeitet haben. Was ich nun meine, hat mehr mit ... wie nennt man das noch mal ... mit dem Ambiente zu tun. Gerade heraus gesagt – viele Leute bei euch da oben in der Kante sind ein bißchen komisch. Verdammt noch mal, Clive, ich mein' es nicht böse, aber sie *sehen* sogar komisch *aus*.«

Hier hatte Collins eine Pause gemacht, damit Clive das Gesagte verdauen konnte. »Ihr habt da oben 'ne wirklich schöne Gegend, ehrlich. Besonders die Bäume. Aber ihr habt da auch 'n paar Leute, die aussehen, als würden sie auf den Bäumen *leben*, und das ist die gottverdammte grausame Wahrheit. Wir jedoch brauchen ein ganz anderes Ambiente. Wir brauchen Leute, die wie die im Süden von Maine aussehen. Oder in Massachusetts.« Darauf war es hinausgelaufen – die Leute in Bath sahen komisch aus.

In diesem Augenblick donnerte ein großer Müllwagen mit der Aufschrift ABFALLBESEITIGUNG SQUEERS von der Division Street auf die Main Street. Offenbar hatte der Fahrer zu dieser Tageszeit das gelbe Signal der Ampel als ein ›Du-Mußt-Hier-Nicht-Unbedingt-Halten‹ interpretiert. Drei kleinwüchsige kräftige Männer in speckigen Jeans, marineblauen Sweatshirts mit Kapuzen und schweren orangefarbenen Überziehern klebten wie Fliegen an den Seiten des Gefährts. Einer von ihnen, den Clive jr. als den Kerl erkannte, der immer mit Sully unterwegs war, rutschte mit den Füßen ab (die anderen beiden schienen über der hinteren Stoßstange bessere Plätze zu haben, ihre Füße fanden auf einer großen ebenen Fläche Halt) und mußte sich mit beiden Händen an einem metallenen Schlauch festhalten, während seine Füße wie verrückt umherzappelten, um wieder Halt zu finden. Bevor dies jedoch geschah, kam der Laster mit einem Ruck hinter Clive juniors Wagen zum Stehen. Der verdrießlich aussehende Rub Squeers ließ den metallenen Schlauch los und sprang hinunter. Zielsicher landete er mit dem Hintern voran in einer gefrorenen Pfütze. Seine beiden Gefährten stiegen ein wenig eleganter hinunter und grinsten sich an. Einer streckte dem Fahrer einen hochgehaltenen Daumen hin, und der grinste über den Rückspiegel der Beifahrerseite zurück. Rub stand ohne Kommentar auf, gab seinen Kollegen auf ihre Fragen, wie es ihm gehe, keine Antwort, und holte die Mülltonne, die neben dem Zeitungsstapel im Eingang der Apotheke stand. Die beiden anderen Männer tapsten zu den anderen Mülltonnen.

Clive jr. beobachtete sie, besonders Sullys Freund Rub. Nun ja, er mußte es zugeben, die Leute ›bei euch da oben in der Kante‹ sahen wirklich komisch aus. Diese Müllmänner der Squeers-Familie wirkten allesamt so, als seien sie einem mißglückten gentechnischen Experiment entsprungen – sie hatten runde Schultern, keine Taille, keinen erkennbaren Hals und – ihren tapsigen Bewegungen nach zu schließen – keine ordentlichen Kniegelenke. Als einer der beiden, der während der Fahrt auf der Stoßstange gestanden hatte, mit einer Mülltonne zurückkam und eine Pause einlegte, um sich am Schädel zu kratzen, bemerkt Clive jr., daß die Haare auf seinem Schädel genau dieselbe Länge hatten wie die Stoppeln an seinem Kinn, und plötzlich war Clive jr. sicher, daß D. C. Collins, der zweimal in Bath gewesen war, genau dieses Schauspiel gesehen haben mußte. Clive jr. hatte immer versucht, Collin's Bild von Bath zu beeinflussen, indem er ihm die erfolgreichen Geschäftsleute der Stadt vorstellte und ihn dann aus der Stadt in eines der nobleren Restaurants von Schuyler Springs lotste, dessen Nähe er immer als besondere Werbung benutzte. Aber ein- oder zweimal war er nachlässig gewesen, und als er eines Morgens Collins in einem Hotel in Schuyler Springs abholen wollte, hatte man ihm mitgeteilt, daß der Herr schon im Mietwagen nach Bath gefahren sei. Und dann hatte Clive jr. ihn ausgerechnet bei *Hattie's* finden müssen. Nun stellte er sich vor, wie Collins aus dem Mietwagen gestiegen war, gerade rechtzeitig, um den Müllwagen der Squeers um die Ecke kurven zu sehen – und eine besondere Auswahl von Mitgliedern der Squeers-Familie, die wie Kakerlaken an den Seiten des Gefährts hingen. Gott im Himmel.

Der Squeers, der oft mit Sully zusammen war und der vielleicht sogar der sonderbarste Kauz der ganzen Bande war – das Gesicht verdüstert vor Ärger und Kummer –, griff mit wütender Miene die Mülltonne aus dem Eingang der Apotheke und machte sich auf den Weg zum Laster. Er hielt die schwere Tonne an den Griffen und stützte sie gegen die Hüfte ab, so daß der Boden ziemlich weit vorstand, und als er an Clive juniors Auto vorbeikam, hörte der Bankier, wie die Tonne den Lack schrammte. Da blickte Rub Squeers überrascht auf, als sei der Wagen plötzlich wie von Zauberhand in seinen Weg gestellt worden. Und noch erstaunter blickte er, als er sah, daß da auch jemand im Wagen saß. Offenbar hatte der Fahrer des Müllwagens das Ganze mitangesehen, denn als Clive jr. ausstieg und die Wagentür schloß, hörte er, wie die Tür des Lasters zugeschlagen wurde, und sah einen vierten Squeers, den kleinsten von allen, auf sich zukommen. Nun standen alle vier Squeers um die Rückseite des Continental herum, um sich den Kratzer anzusehen, den Rub dort hinterlassen hatte. Wie sie dort standen, ähnelten sie auf geradezu unheimliche Weise vier Däumlingen. »Jetzt hast du's endlich geschafft«, sagte der Fahrer mit einem wütenden Blick auf den Kratzer oder vielmehr die Kerbe, die dort im Lack sichtbar war.

Rub seufzte. »Ich wünschte nur, ich hätt' Sie vorher gesehen.«

»Das einzige Auto auf der ganzen gottverdammten Straße, und du mußt natürlich dagegenrammen«, sagte der Fahrer. »Jesus Christus auf der Krücke!«

Die anderen beiden Squeers schauten Clive jr. erwartungsvoll an.

»Es tut mir wirklich leid, Mr. Peoples«, sagte der Fahrer. Clive jr. war überrascht – doch dann erinnerte er sich, daß er den Mann schon einmal gesehen hatte, ihm keinen Kredit gewährt hatte für den Kauf des Lastwagens, dessen Eigentümer er nun doch geworden war. »Wir kümmern uns drum, ich versprech' es Ihnen.«

Plötzlich tat es Clive jr. leid, daß er diesem Squeers das Geld nicht geliehen hatte – er erinnerte sich wieder, wie der Mann in einem schlechtsitzenden Anzug vorgesprochen hatte. »Na ja, zum Teufel«, sagte er und riskierte einen kumpelhaften Ton. »Solche Sachen passieren nun mal.«

»Manchen aber öfter«, sagte Squeers und beäugte Rub wütend. »Find' ich wirklich Klasse, daß Sie jetzt nicht total wütend werden, Mr. Peoples. Lassen Sie das machen und schicken Sie mir dann die Rechnung. Und ich wär' Ihnen sehr dankbar, wenn wir das alles ohne die Versicherung regeln könnten.«

»Wir ha'm echt nix für diese Schleimscheißer übrig«, warf ein anderer Squeers ein – es war der, der sich am Kopf gekratzt hatte. Offenbar war er durchaus erheitert, daß sie so gut miteinander klarkamen.

»Würd' die gern umnieten, bloß um sie krepier'n zu sehn«, sagte der, der sich bisher noch nicht geäußert hatte.

»Habt ihr Typen nichts zu tun?« fragte der kleine Squeers, der sich offenbar als Manager der Firma betrachtete.

Nun ja, er hatte recht, es gab viel zu tun, also gingen sie und packten es an, wobei sie Rub auf dem Wege noch ein paar Kopfnüsse verpaßten. Zurück blieben zwei hart arbeitende Geschäftsleute. Squeers kniete sich neben dem Lincoln nieder und fuhr mit dem Zeigefinger an dem Kratzer entlang. »Wir kommen dafür auf, Mr. Peoples«, wiederholte er. »Darauf können Sie vertrauen.«

»Ich weiß«, erwiderte Clive jr. und spürte ein seltsames warmes Gefühl des Vertrauens in seiner Brust aufwallen. Dazu ein klein wenig Übelkeit, doch das war vermutlich auf den Geruch des Müllwagens zurückzuführen.

»Sie sagen mir nur, wie hoch der Schaden ist, und schon stehe ich zur Verfügung. Sie brauchen nur einmal anzuklopfen.«

»Das ist gut«, stimmte Clive jr. zu.

Und so blieb nichts zu tun, als den Kratzer noch ein letztes Mal zu inspizieren und damit das Band des Vertrauens zwischen ihnen beiden zu festigen. »Wie gehen die Geschäfte?« fragte Clive jr. schließlich, als das gutmütige Schweigen zwischen ihnen unerträglich wurde.

»Gut«, erwiderte Squeers und fügte bedeutsam hinzu: »Müll gibt's immer, keine Frage. Die Leute mögen's nicht, wenn er sich auftürmt, außer in New York City. Ich hab' schon geglaubt, wir machen Pleite, und dann ist es doch bergauf gegangen.«

»Das freut mich«, sagte Clive jr., der spürte, wie der abgelehnte Kredit über ihnen schwebte, fast greifbar. Beide schienen nach Worten zu suchen, um auszudrücken, daß keiner dem anderen etwas nachtrug.

»Also schätz' ich mal, daß sie den neuen Park jetzt doch nicht bauen werden?« äußerte Squeers nach einem weiteren langen Augenblick des Schweigens. Es schien ihn zu freuen, mit dem Bankier so wichtige Dinge besprechen zu können, und er schaute immer wieder auf die verlassene Straße, als erwarte er, ein Zeuge könnte dort auftauchen.

»Nein«, erwiderte Clive jr. »vermutlich nicht.«

»Na, dann zur Hölle mit denen«, meinte Squeers. »Wenn wir's vorher ohne die geschafft ha'm, dann jetzt auch.«

»Ich schätze ja«, stimmte Clive jr. zu.

»Trotzdem schlimm«, fuhr Squeers fort. »Ich schätze mal, dann hätte es hier dreimal soviel Müll gegeben.«

Sie schüttelten sich die Hände, und Clive jr. war erstaunt, daß Squeers Hand – einmal aus dem Arbeitshandschuh heraus – sich als sauber erwies.

Als die Gebrüder Squeers verschwunden waren, stieg Clive jr. wieder in den Lincoln und fuhr aus der Parklücke heraus. Über ihm befand sich das neue Spruchband, daß man gestern aufgehängt hatte, bevor die Neuigkeiten die Runde machten. Der Spruch war typische Bathsche Prahlerei, derer sich auch Clive jr. schuldig gemacht hatte, zu der Zeit, als er immer noch glaubte, daß die gelben Ampeln ein ›Du mußt hier nicht unbedingt halten‹ bedeuteten. Doch der Spruch schien ein anderer zu sein als gestern. Er hieß: 1985: DAS ERSTE JAHR VOM REST EURES LEBENS.

Clive jr. fuhr auf der Main Street Richtung Süden, an dem IGA vorbei und aus der Stadt hinaus – in Richtung Schuyler Springs und einer neuen Hoffnung. Es war ein Umweg, aber so mußte er wenigstens nicht am Haus seiner Mutter vorbeifahren. Es war schon ein herber Rückschlag, den Park ›Zur letzten Ausflucht‹ scheitern zu sehen, ein Projekt, das soviel Zeit, Geld und Planung verschlungen hatte. Es war aber noch schlimmer, daß er es nicht einmal geschafft hatte, endlich Sully aus dem Haus seiner Mutter zu vertreiben. Sicher, Sully hatte versprochen, zum neuen Jahr draußen zu sein, aber jetzt war er im Gefängnis gelandet und konnte unmöglich bis zum ersten Januar die Wohnung räumen – und Clive jr. war sich plötzlich sicher, daß Sully niemals das Haus verlassen würde. Er hatte gewollt, daß Sully nicht nur das Haus verließ, sondern auch die Zuneigung seiner Mutter, ihren Schutz verlor, so daß Sully zu guter Letzt wenigstens die Aufgabe erfüllen konnte, sich selbst zu zerstören, eine Aufgabe, die er vor so langer Zeit begonnen, aber noch nicht erledigt hatte. Clive jr. konnte immer noch nicht begreifen, daß diese Selbstzerstörung soviel Zeit in Anspruch nahm. Sully war schließlich ein Mann, der nicht nur die gelben, sondern sogar die roten Ampeln ignorierte. Vielleicht ging es ja auch darum – wenn man schon leichtsinnig war im Leben, dann aber konsequent und ohne Rücksicht auf Verluste.

An diesem frühen Morgen hatte Clive jr. die Fahrbahn für sich allein. Zu seiner Linken lag der Friedhof, der zu so vielen Streitigkeiten Anlaß gegeben hatte, und dahinter das riesige Gebiet, das ›Zur letzten Ausflucht‹ hätte werden sollen – nun ebenfalls eine Grabstätte. Clive jr. versuchte sich vorzustellen, wie es ausgesehen hätte, wenn der Sumpf trockengelegt und asphaltiert worden wäre, er sah eine riesige Achterbahn vor sich und ein doppeltes Riesenrad. In der Ferne himmelblaue mäandernde Gewässer. Landschaften in leuchtenden Farben, die an den Film über das Zauberland Oz mit Judy Garland erinnern sollten. Dieses Bild war bis vor wenigen

Tagen sein Lebensinhalt gewesen, doch jetzt sah er nur den trotzigen Sumpf vor sich. Die Experten hatten ihm versichert, daß das Gebiet trockengelegt und bebaut werden könnte, aber heute war er nicht mehr sicher, ob es ein kluges Unternehmen wäre. In zwanzig Jahren würde der Beton auf dem Parkplatz aufplatzen und brechen, und aus den Rissen würden faule Sumpfgase strömen. Und Unkraut würde emporschießen – schneller wachsen, als man es durch Gifte vernichten konnte. Dann würde man herausfinden, daß die Riesenräder jedes Jahr um ein paar Zentimeter einsanken. Der ganze Park würde nach und nach versacken. Man würde staatliche Inspektoren rufen, und sie würden sich nachdenklich die Köpfe kratzen und den Kreisbehörden mitteilen, daß dieses ganze Gebiet einst eine Feuchtzone gewesen sei und tief unten in der Erde immer noch als solche existiere.

Als Clive jr. auf die Schotterstraße durch jenes kleine abgeteilte Stück Land abbog, auf dem Carl Roebuck am Rande des Freizeitparkgeländes seine staatlich subventionierten Farmhäuser bauen ließ, beschaute er sich die halbfertigen, schmucklosen Häuschen mit den drei Zimmern. Das hier, so dachte er, war das typisch kleinkarierte, geschäftliche Wagnis, wie man es in Bath erwarten konnte. Von der Vorstellungskraft her befand es sich nur eine Stufe höher als das Unternehmen der Brüder Squeers. Viele der kleineren Geschäftsleute, die ihre Pläne hoffnungsvoll an dem neuen Freizeitpark ausgerichtet hatten, würden nun in ernste Schwierigkeiten geraten. Er hatte gerüchteweise gehört, daß Carl Roebuck diese Häuser nicht zum Verkauf bauen ließ, sondern weil er sich einen größeren Gewinn erhoffte, wenn er das Land verkaufen mußte. Wenn das stimmte, würden die Gebäude keine ehrliche Untersuchung überstehen, obschon man natürlich für einen angemessenen Preis ein Gutachten bekommen konnte – so wie Clive jr. ein Lob in den höchsten Tönen eingeheimst hatte für diesen Sumpf, der ›Die letzte Ausflucht‹ werden sollte und nun wieder völlig wertlos geworden war, zur nicht geringen Überraschung der Investoren. Clive jr. konnte sich ein Grinsen nicht versagen. Er hatte schon lange der wichtigste Mann in Bath sein wollen, ein Mann wie sein Vater, ein Mann, den jeder kannte. Nun, in einer Woche – vielleicht schon in den nächsten Tagen – würde er mit Sicherheit berühmt sein.

Er hatte den Motor nicht abgestellt, und aus dem Auspuff drang der Qualm in dicken Wolken. Seine Mutter hatte wie immer recht gehabt; es würde immer schlechte Gegenden geben. Während er finanziell und spirituell investiert hatte, war ihm der Sinn ihrer Voraussagen aufgegangen. Worin nur hatte er sich geirrt? In Texas und Arizona hatte er eine Lektion über den Unternehmergeist erhalten. D. C. Collins hatte ihn mitten in die Wüste gefahren, wo es weit und breit nichts zu sehen gab als Steine und Sand, Kakteen und Sonne. Und eine Werbetafel, die verkündete, daß hier Silver Lake Estates entstehen würde. »Sehen Sie den See?« hatte Collins gefragt und in die Unendlichkeit gedeutet. Clive jr. sah aber keinen See und sagte es auch. »Sie haben aber trotzdem unrecht«, erklärte Collins. »Er ist doch da – weil es Leute gibt, die daran glauben, daß es ihn geben wird. Wenn genug Menschen daran glauben, wird es dort einen See geben. Irgendwie wird er angelegt. Schauen Sie sich das Land doch an.« Mit einer schwungvollen Handbewegung schien er die ganze Wüste zu umfassen. »Was fällt Ihnen als erstes auf?« Bevor Clive jr. etwas erwidern konnte, sagte Collins: »Kein Wasser. Kein einziger Tropfen. Wie kommt's dann, daß diese Städte wachsen? Dallas. Phoenix. Tucson. Weil die Leute glauben, daß es Wasser geben wird. Und sie haben recht. Wenn es nötig ist, pumpen die Leute sich das Wasser aus Alaska her. Sie müssen Vertrauen haben. Kommen Sie in zwei Jahren zurück, dann finden Sie hier den schönsten See, den Sie je gesehen haben, und in seiner Mitte schießt eine Fontäne fünfzig Fuß hoch in den Himmel. Das einzige, was das Projekt aufhalten könnte, wäre, wenn ungefähr die Hälfte der Investoren kalte Füße kriegt – wenn das geschehen würde, wäre nicht einmal genug Wasser da, um eine Sippe von Gila-Ungeheuern am Leben zu erhalten. Wir reden hier über Glauben, Clive. Vertrauen Sie dem Schild da, denn es ist die Zukunft, so sicher wie das Amen in der Kirche – wenn nicht, sind wir alle im Arsch.«

Clive jr. hatte seine Lektion gelernt, dem Schild vertraut. Als erstes hatte er ein eigenes Schild aufgestellt, um seinen Glauben an die Zukunft zu verkünden. Damals hatte er geglaubt, daß Collins recht habe, und daß er, Clive jr., der rechte Mann sei, um die Botschaft in seine Heimatstadt zu tragen. Bath – er sah es wie in einer

Offenbarung – hatte Probleme mit seinem mangelnden Glauben, wagte zu wenig und dachte kleinkariert. Zweihundert Jahre zuvor hatten die Leute nicht an Jedediah Halseys Sans Souci geglaubt, an das große Hotel mit den dreihundert Zimmern mitten in der Wildnis. Man stelle sich nur einmal vor – sie verspotteten den Glauben eines Mannes an die Zukunft. Kein Wunder, daß Gott ihre Quellen hatte versiegen lassen.

Von seinem Platz vor den Toren von Carl Roebucks Baugrundstück konnte Clive jr. das Schild mit dem dämonischen Clown auf der anderen Seite des Highway sehen. Vor einigen Monaten hatte er zwei seiner Angestellten in der Bank zugehört, wie sie darüber redeten, daß der Clown ihm so ähnlich sei. Kein Zweifel – in naher Zukunft würde man das Projekt als Clives Blödsinn bezeichnen. Er drehte am Rückspiegel, bis er sich selbst sehen konnte. Er wollte jetzt, ›nach der Erniedrigung‹, seine Züge erforschen, um die Ähnlichkeit mit dem Clown ausmachen zu können. Aber diese Ähnlichkeit gab es nicht. Im Grunde sah er seinem Vater sehr ähnlich, eine Tatsache, für die er aus tiefstem Herzen dankbar war. Allerdings kam es ihm auf einmal in den Sinn, daß sein Vater, wie er ihn als Jungen gekannt hatte, einen Eierkopf hatte, weshalb er auch immer die Baseball-Kappe trug, sogar im Haus, sofern Miss Beryl es erlaubte. Clive sen. schien gewußt zu haben, daß sein braves, kurzgeschnittenes Haar zusammen mit seinen großen Ohren ihn eher komisch aussehen ließ.

Clive jr. stellte den Rückspiegel wieder gerade, betrachtete die Auspuffgase, die der Lincoln von sich gab, und versuchte, wie den ganzen Morgen schon, die Panik zurückzudrängen – es war die schlimmste Angst, seit er ein kleiner Junge gewesen war und sich vor den Prügeleien der Burschen aus der Nachbarschaft gefürchtet hatte. Wenn er sich jetzt in einer Garage befände, wäre seine Reglosigkeit sein Tod. So aber schwanden die blauen Rauchwolken harmlos, oder zumindest unsichtbar, in der weiten Welt von Luft und Erde und Wasser dahin.

Sully bedauerte, seine Wäsche nicht gewaschen zu haben, bevor er ins Gefängnis gegangen war. Socken schienen das größte Problem zu sein, genauer gesagt, das absolute Fehlen von sauberen Socken – schmutzige hatte er im Überfluß. Er dachte wieder an Carl Roebucks Wäschekommode voller Socken und Unterhosen, Vorräte für mindestens einen Monat, und verspürte einen Stich der Eifersucht. »Wir müssen mal kurz bei den Herrenmoden reinschauen«, rief er zu Wirf herüber, der mit einem Grunzen auf dem Sofa erwachte, wo er beim Fernsehen eingeschlafen war, während Sully unter der Dusche gestanden hatte.

»Was?«

Sully schlüpfte mit bloßen Füßen in seine besten Schuhe. »Ich muß mir ein paar Socken zulegen.«

Einen Moment Schweigen, diese Drohung wollte verdaut werden. »Wie können einem Mann im Kittchen denn bloß die Socken ausgehen?«

»Ganz einfach«, erklärte Sully von der Tür aus. »Weil ich schon keine frischen mehr hatte, als ich reinmußte. Wie seh' ich aus?«

Er vermißte nicht nur frische Socken, sondern auch die Hose zu seinem Anzug. Als leidenschaftlicher Pferdewetter hätte er darauf wetten können, daß sie in der Reinigung waren, und zwar seit dem Tag, da er den Anzug zum letzten Mal getragen hatte. Und wann war das nur gewesen? Die Sachen, die er in die Reinigung brachte, pflegten dort zu verbleiben, bis er sie wieder benötigte.

»Famos«, erklärte Wirf lustlos. »Ich weiß nicht, ob ich mir da noch die Mühe mit den Socken machen würde.«

»Das nenn' ich ein Wort von einem Mann, der nur einen Fuß zum Erfrieren hat«, gab Sully zurück. »Laß uns geh'n.«

Wirf erhob sich und blickte über die Breite des riesigen Wohnzimmers hinweg auf den Fernseher. »Du brauchst 'ne Fernbedienung«, äußerte er.

Sully blickte sich im Zimmer um, machte im Geiste Inventur. Es gab so vieles, was er brauchte. Nicht jedoch eine Fernbedienung. Er hatte den Eindruck – hatte es sogar körperlich gespürt, als er die Wohnung betreten hatte –, daß sich in seiner Wohnung etwas verändert hatte: Zwar fehlte nichts, und es war auch nichts umgestellt worden – dennoch war da eine Veränderung. Eine Luftveränderung mußte es sein, etwas, das er immer nach Clives unerlaubten Besuchen wahrnahm. Allerdings war es nicht der unverwechselbare Geruch von Clive juniors Aftershave. Dies hier war ein unauffälliger, feiner Duft, den er nicht so recht einordnen konnte. Es roch irgendwie jung, entschied er.

Oder roch er nur seine eigene Abwesenheit? Eine Woche lang hatten keine stinkenden Arbeitsklamotten auf dem Boden seines Schlafzimmers gelegen. Da fiel ihm wieder ein, daß er ja in zwei Tagen, am ersten Januar, überhaupt nicht mehr in dieser Wohnung sein würde. »Wo ist die Wohnung noch mal, die ich mir angucken soll?« fragte er Wirf.

»Auf der Spruce Street«, erwiderte Wirf.

»Zweihundertfünfzig im Monat.«

»Ein Zimmer?«

»Zwei.«

»Zwei brauch' ich eigentlich nicht« sagte Sully und zog sich den Parka über das Anzugjackett. Der Saum des Jacketts lugte unter dem Parka hervor.

»Großer Gott«, sagte Wirf. »Hast du nicht mal 'nen Mantel?«

»Was sollte ich mit einem Mantel?« fragte Sully.

»Zweihundertfünfzig ist mehr, als ich hier zahle«, fügte er hinzu.

»Hättest ja im Gefängnis bleiben können«, schlug Wirf vor. »Das hätte gegen Wohnungsnot geholfen. Und ich könnte dich dann zu Hochzeiten und Beerdigungen rausholen.«

»Ich hab' dort tatsächlich mehr Geld verdient.« Während seines sechstägigen Aufenthaltes hatte er beim Cribbage-Spiel mit drei verschiedenen Polizisten über zweihundert Dollar gewonnen.

Gemeinsam mühten sie sich die Treppe hinunter, Sully humpelnd und stöhnend. Wirf stampfend und schnaubend. »Ich hoffe, die anderen sind nicht solche Krüppel«, sagte Wirf auf dem Treppenabsatz.

Tatsächlich waren die Sargträger der alten Hattie keine besonders kräftige Truppe. Außer Wirf und Sully war da noch Carl Roebuck, in dessen letzten Krankenbericht ein vierfacher Bypass verzeichnet stand; Jocko, dessen vom High-School-Football ruinierte Knie zweimal ersetzt worden waren und manchmal vernehmlich klickten; und Otis, der schon rot anlief, wenn er nur in ein Auto ein- oder aussteigen mußte. Und Peter, Gott sei Dank. In der Eile wären sie auch nicht schlechter beraten gewesen, wenn sie Frauen zu Trägern bestimmt hätten. Der Sarg der alten Hattie wäre mit Ruth, Toby Roebuck, Cass und Birdie an den Griffen in besseren Händen gewesen. Sully fielen nur zwei Frauen in der ganzen Stadt ein, mit denen es schlechter gegangen wäre: die eine war seine Wirtin, und die andere lag in dem Sarg, der nun getragen werden mußte. Aber der althergebrachte Brauch bestimmte, daß sechs Männer den Sarg zu tragen hatten, egal, in welcher Verfassung sie waren.

Da er gerade an seine Wirtin gedacht hatte, beschloß Sully, bei Miss Beryl hereinzuschauen, die er seit dem Morgen, da er sie blutüberströmt vorgefunden hatte, nicht mehr gesehen hatte. Laut Peter, der ein paarmal nach ihr geschaut hatte, ging es ihr gut.

»Kennst du meine Wirtin?« fragte Sully.

»Ich bin ihr Anwalt«, erwiderte der.

»Im Ernst?«

»Ich brauch' ein paar zahlende Kunden, sonst kann ich mir meine ehrenamtliche Tätigkeit nicht leisten.«

»Du meinst mich?«

»Nein«, erwiderte Wirf. »Du bist meine *irren*amtliche Tätigkeit. Das mit dir mach' ich bloß, um mal wieder lachen zu können.«

Sully klopfte an Miss Beryls Tür und zog sie im selben Augenblick auf. »Sind Sie noch am Leben, alte Frau?«

Miss Beryl war nicht nur am Leben, sondern sogar schon für die Beerdigung gerüstet. Sie hatte bereits ihren Hut aufgesetzt. »Ich dachte, Sie wären immer noch im Gefängnis«, sagte sie.

Sully trat ein, und Wirf folgte ihm widerwillig – er war es nicht gewöhnt, ohne Einladung in die Wohnungen älterer Damen hineinzuplatzen.

»Ich hab' einen guten Anwalt«, erklärte Sully. »Für Beerdigungen kann er mich raushauen.«

»Nur bei denen, für die er verantwortlich ist«, korrigierte Wirf, in Anspielung auf Hatties seltsames Ende. Sully wußte immer noch nicht, ob er es glauben sollte; er hatte die Geschichte von Peter, von Wirf und von Carl Roebuck gehört, und während sich die Versionen ein wenig im Tonfall unterschieden (gemäß ihrer Persönlichkeiten klang Peters Version furchtbar distanziert; Wirfs gefühlsselig und apologetisch; Carl hingegen erstickte fast an seiner Heiterkeit), so waren die Fakten doch dieselben, und Sully hielt sie für wahr, so unwahrscheinlich es auch klang. Peter hatte seiner Meinung nach nicht die Phantasie, sich eine derartige Geschichte auszudenken, Wirf war zu nett dazu und Carl zu sehr mit sich selbst beschäftigt.

Dem Vernehmen nach hatte sich folgendes ereignet: Nach Sullys Einfall, Hattie die alte Kasse in die Nische zu stellen, war die Alte höchst zufrieden gewesen; nun konnte sie, jedesmal wenn ein Gast an ihr vorbei zur Tür ging, verrückte Zufallssummen in die Kasse tippen. Manche der Gäste, die sie jahrelang nicht beachtet hatte, als sie klein und blind und fast taub gewesen war, blieben jetzt mit Vorliebe bei ihr stehen und stritten gutwillig über die Summe, die im Sichtfenster der Kasse aufleuchte. Einer dieser Gäste war Otis Wilson, der vielleicht die Absicht hatte, die alte Frau davon zu überzeugen, daß er es ihr nicht nachtrug, daß sie ihn mit dem Salzstreuer hinterm Ohr getroffen hatte. An jenem schicksalhaften Morgen war die alte Hattie nach und nach in ihrer Nische zusammengesackt, bis es so aussah, als würde sie hinter dem Tisch auf den Boden rutschen. Außer ihrer Tochter, die aber immer sehr beschäftigt war, wagte sich gewöhnlich nur Sully die Freiheit herauszunehmen, die Alte an den Schultern zu packen und wiederaufzurichten. Otis hätte sich nicht einmal getraut, Hattie, die er für sehr gefährlich hielt, anzufassen, obwohl er durchaus Lust hatte, vor der versammelten Menge eine Show abzuziehen, indem er es lautstark ablehnte, zweiundzwanzig Dollar fünfzig für eine Tasse Kaffee zu zahlen. »Zahlen!« hatte die Alte wieder einmal gekichert, hatte sich dann vorgebeugt, sich gewunden und krampfhaft versucht, den Oberkörper aufzurichten ... In diesem Augenblick hatte Otis auf die eine Taste gedrückt, die normalerweise die vielen Zahlenkarten im Sichtfenster zum Verschwinden brachte. Doch diesmal hatte sich aus unbekannten Gründen die Kassenschublade, die schon lange klemmte, mit ungeahnter Wucht geöffnet und die alte Frau mitten auf die Stirn getroffen. Sie war gestorben, ohne noch einen Laut von sich zu geben – dort in ihrer Nische.

Miss Beryl trat an ihren Tisch, hob einen amtlich aussehen Umschlag auf und reichte ihn Wirf. »Wo Sie schon einmal da sind ... kümmern Sie sich doch bitte um beide Angelegenheiten, die wir besprochen haben.«

Wirf nahm den Umschlag ein wenig widerwillig an sich, wie es Sully schien. »Sind Sie sicher, daß Sie es so haben wollen, Mrs. Peoples?«

Sully blickte sie stirnrunzelnd an. Wieder ein Rätsel. Seit er aus dem Gefängnis entlassen worden war, befand er sich in einem Zustand zunehmender Desorientierung. Er hätte es sich nicht träumen lassen, daß er einmal so sehr den Ereignissen hinterherhinken würde, bloß, weil er ein paar Tage im Kittchen gesteckt hatte. War denn die ganze Stadt während seiner Abwesenheit verrückt geworden?

»Was das Haus angeht, so wird es Zeit, Abraham«, sagte sie, nicht gerade eine genaue Antwort auf seine Frage. »Nur eine sture, selbstsüchtige alte Frau wie ich konnte das so lange hinausschieben.« Nun blickte sie Sully an und nickte. »Als die alte Hattie noch lebte und immer ihre Ausbrüche veranstaltete, wußte ich, daß ich nicht die verschrobenste Alte in der Stadt war. Aber nun, wo sie von uns gegangen ist, werde ich vielleicht diese Rolle ausfüllen und ich habe mir gedacht, daß ich mich um ein paar Dinge kümmern muß, bevor ihr anfangt, *mich* mit einem Netz zu jagen.«

Wirf steckte den Umschlag in die Tasche. »Sie wissen, daß Sie das nächsten Monat nicht mehr umschreiben können, sollten Sie es sich anders überlegen.«

Miss Beryl, die den Weg des Umschlags in die Tasche ihres Anwalts mit argwöhnischen Blicken verfolgte, sah so aus, als bereue sie es bereits. »Werde ich nicht«, versicherte sie ihm. »Wenn ich in naher Zukunft Clive sen., den Stern an meinem Himmelszelt« – sie zeigte auf das Foto ihres verstorbenen Gatten, das jetzt den Kaminaufsatz zierte – »wiedersehen soll, muß ich meine Angelegenheiten in Ordnung bringen. Seit kurzem schimpft er mit mir.«

»Na ja«, machte Sully. »Wenn Sie schon Stimmen hören, wird's wohl nicht mehr lang dauern.«

Miss Beryl, die sich sonst an Sullys beißendem Humor zu ergötzen pflegte, starrte ihn nun mit einem Gesichtsausdruck an, den sie nur zeigte, wenn er besonders frech gewesen war. »Donald«, sagte sie. »Sie und ich – wir kennen uns jetzt schon mehr Jahre, als ich zählen möchte. Darf ich Ihnen etwas Persönliches sagen?«

»Das tun Sie doch immer, Mrs. Peoples«, gab Sully zurück. Er hatte sich schon gefragt, wann sie endlich beginnen würde, ihn wegen seiner letzten Missetaten zu schelten. Zweifellos fand Miss Beryl es nicht passend für einen Mann mit Sohn und Enkel, einen Polizisten bewußtlos zu schlagen. Würde er jemals erwachsen werden? Miss Beryl war der einzige Mensch, der ihm eine Standpauke halten durfte, und so holte er tief Luft und bereitete sich darauf vor, seine Medizin zu schlucken.

»Es wäre schön für mich, wenn ich es übersehen könnte«, begann sie geheimnisvoll und sah ihn streng an, »aber ich kann es nicht. Wie sehr ich auch versuche, Ihre Fehler zu übersehen, so muß ich doch anmerken, daß Sie heute morgen keine Strümpfe tragen und daher ein äußerst lächerliches Gesamtbild abgeben.« Sully blickte auf seine Schuhe und die nackten Knöchel herab. »Die kaufen wir gleich«, versprach er.

»Nun, das möchte ich doch hoffen«, fuhr sie fort. »Ich wäre Ihnen dankbar, wenn Sie sich daran erinnern; sobald Sie dieses Haus verlassen, wirkt sich das sowohl auf Ihren wie auch auf meinen Ruf aus. Doch es scheint Zeiten zu geben«, fügte sie bedeutsam hinzu, »wo Sie das vergessen.«

»Es tut mir leid, Mrs. Peoples«, sagte er, und das war nicht geheuchelt. »Ich wollte Ihnen keine Schande machen.«

»Das glaube ich«, betonte Wirf. »In der Regel begnügt er sich damit, sich selber Schandc zu machen.«

»Nun, niemand ist eine Insel«, erinnerte Miss Beryl. »Wissen Sie noch, wer das gesagt hat?«

Sully nickte. »Sie.« Seine Standard-Erwiderung auf alle Zitate, mit denen seine Wirtin ihn behelligte. »Während der ganzen achten Klasse.«

Miss Beryl wandte sich an Wirf. »Es macht mir angst, Abraham, wenn ich daran denke, daß ich geholfen habe, dieses Leben in eine Form zu bringen. Was wird Gott dazu sagen?«

»Sähe Ihm ähnlich, wenn er Ihnen die Schuld gibt«, stimmte Sully zu. Seiner Erfahrung nach wurden die Leute gewöhnlich für Fehlentwicklungen beschuldigt, an denen sie ganz unschuldig waren. Ihm selbst passierte das so oft, daß er das Phänomen allmählich als ein Mosaiksteinchen der göttlichen Vorsehung betrachtete; die Dinge, die ein Mensch dagegen wirklich verschuldet hatte, wurden meistens gar nicht zur Kenntnis genommen. Sein Vater zum Beispiel: Big Jim war nie wegen des Jungen angeklagt worden, der sich an dem Zaun aufgespießt hatte. Auch die Grausamkeit, die er seiner Familie lange Jahre hindurch angetan hatte, war ungesühnt geblieben. Wohlversorgt war er gestorben, von Gewissensbissen verschont, und seine letzten Lebensmonate hatte er damit verbracht, jungen Krankenschwestern an den Hintern zu fassen, die ihn dafür auch noch als ganzen Kerl ansahen. Die einzige Theorie, die Sully zu diesem Mißverhältnis einfallen wollte, war, daß der Mensch von Natur aus dazu neigte, offensichtliche Schuld zu übersehen, dafür aber im Geiste Verbindungen und Verantwortlichkeiten herzustellen, die jeder Realität entbehrten.

Natürlich war dieses Prinzip auch auf seine bescheidene Existenz anwendbar. Er hatte seine Fehler gemacht, und es gab viele Anschuldigungen, die man vor seiner Tür niederlegen konnte, aber er hatte das Gefühl, als ob viele Leute seine Fehler mißverstünden. Er war nicht gerade ein guter Ehemann gewesen, und Vera hatte recht, wenn sie sich darüber aufregte. Aber dann hatte sie auf geradezu unheimliche Weise als Brennpunkt ihrer Wut Entwicklungen ausgesucht, die er gar nicht ausgelöst hatte. Auch Ruth verfuhr so, indem sie versuchte, ihn für Janeys Unglück verantwortlich zu machen. Für seine schlimmsten Fehler hingegen war er fürstlich belohnt worden. Daß er Kenny Roebucks Haus angezündet hatte, war ihm überreich gedankt worden. Die Tatsache, daß er seinen Sohn vernachlässigte, hatte unter Veras und Ralphs Obhut einen gebildeten Mann aus ihm werden lassen. Aus diesen ganzen Verrücktheiten ahnte er allmählich, wohin seine jetzige Lage führen würde – irgendwie würde er, obwohl er einen Polizisten angegriffen hatte, freikommen. Das hatte er im Gefühl. Doch dafür würde die allgemeine Übereinstimmung herrschen, daß er am Tod der alten Hattie schuld sei.

Nein, dachte Sully, die Welt tat wenig, um einem den Glauben an Gerechtigkeit einzuflößen. Die christliche Lehre besagte, daß die Unzulänglichkeiten dieser Welt in der nächsten wiedergutgemacht würden, doch er hatte da seine Zweifel. War die Verdrehtheit der Welt, die er kannte, nicht die genaue Spiegelung dieser nächsten

Welt? Was, wenn Big Jim Sullivan vom Himmel, wo er gemütlich zur Rechten des Heiligen Vaters thronte, auf ihn heruntergrinste.

»Hören Sie – sagen Sie der ›Bank‹, daß ich so schnell wie möglich ausziehen werde. Mein Anwalt meint, ich könnte schon morgen raus, obwohl man ja weiß, daß er sich irren kann.«

»Ich regle das schon mit Clive«, sagte sie, und dann zu Wirf: »Lassen Sie nur nicht zu, daß er den Richter verprügelt.«

»Wollen Sie mit uns zur Beerdigung fahren?«

»Nein, ich fahre mit Mrs. Gruber dahin«, erklärte Miss Beryl.

»Kannte Mrs. Gruber denn Hattie?«

»Soweit ich weiß, nicht«, gab sie zu. »Sie will bloß nichts verpassen.«

Draußen auf der Veranda bemerkte Sully, daß eine Ecke des Umschlags, die Miss Beryl dem Anwalt gegeben hatte, aus der Manteltasche schaute. »Überschreibt sie das Haus jetzt doch an Clive?« wollte Sully wissen.

»Geht dich nichts an«, sagte Wirf und schob den Umschlag ganz in die Tasche.

»Du bist wirklich ein verschwiegener Hurensohn, weißt du das?«

Wirf zuckte mit den Schultern. »Schon mal was von vertraulichen Angelegenheiten gehört?«

»Jetzt kenn' ich dich schon all diese Jahre und krieg' erst heute mit, daß dein Vorname Abraham ist.«

»Das wußtest du nicht?« sagte Wirf. »Steht doch an der Tür zu meinem Büro.«

»Du hast ein Büro?«

»Sully, Sully, Sully.«

Wirf streifte die Handschuhe über und griff nach dem Handlauf des Verandageländers, das immer noch am Fuß wackelte, wo Carl Roebuck, die Ratte, die Schrauben gelöst hatte. Sully beschloß, es sofort nach seiner Entlassung aus dem Gefängnis zu reparieren, sonst würde Miss Beryl auch noch zu Tode kommen, und dann wäre er für den Tod zweier alter Damen verantwortlich.

Die nur entfernt an geistliche Musik erinnernden Orgelklänge wurden in der ganzen Leichenhalle übertragen. Sogar noch in jenen winzigen Waschraum, den Sully sich hatte zeigen lassen, damit er seine Hose und die Socken anziehen konnte, die er bei dem Herrenausstatter gekauft hatte. Der enge Raum war ungefähr so groß wie ein Wandschrank und war mit einer Toilette, einem winzigen Waschbecken und einem Spiegel ausgestattet, der alles verzerrt wiedergab. In einer Ecke hing ein kleiner Lautsprecher, aus dem die Musik herabtröpfelte. Als Sully auf der Toilette saß, stieß er mit den Knien fast an die Tür, die er beim Eintreten hinter sich geschlossen hatte. Sein Knie war entgegen aller Logik im Gefängnis schlimmer geworden, und die Hose zu wechseln und frische Socken anzuziehen erwies sich als eine schmerzvolle Aufgabe. Er war schon in Schweiß gebadet, als die Tür, die zu verriegeln er vergessen hatte, sich öffnete und er in Unterhosen auf der Toilette saß, den einen Fuß noch nackt.

»Jesus Christus«, sagte Jocko, wurde feuerrot und machte die Tür blitzschnell wieder zu. Dann war nur noch seine Stimme durch die Tür zu hören: »Hat dir nie einer erklärt, daß du dich nicht komplett ausziehen mußt, wenn du dich erleichtern willst?«

»Geh nicht weg«, sagte Sully zur Tür. »Ich muß mit dir reden.«

Sully zog die zweite Socke an, dann die Anzughose, die zum Jackett paßte. Die Reinigung – es gab deren zwei in Bath – lag direkt rechts neben dem Herrenausstatter, wo Sully die Socken gekauft hatte, folglich hatte er Wirf überredet, es doch dort einmal zu versuchen. »Das sind sie, ganz genau«, hatte Sully gerufen, als die Hose erschien; er hatte sie sofort unter den vielen erkannt, die an der Kette an ihnen vorbeischwebten.

»Unglaublich«, hatte Wirf gemurmelt.

Das Mädchen blinzelte, als sie das Datum auf dem Schein las. »Neunzehnhundertzweiundachtzig?« hatte sie staunend ausgerufen. »Vor zwei Jahren haben Sie die hergebracht?«

»Und sagen Sie mir nicht, daß sie jetzt nicht fertig ist«, hatte Sully gewarnt. »Ich brauch' sie sofort.«

Jocko hielt immer noch draußen Wache, als Sully schließlich erschien und zur Betonung seinen Reißverschluß hochzog. »Ich dachte, du wärst im Gefängnis«, sagte Jocko.

»War ich auch«, gab Sully zu. »Sie haben mir 'nen dreistündigen Arbeitsurlaub gegeben. Weil ich Sargträger bin.«

Jocko schnaubte verächtlich. »Gott, wie ich diese Kleinstädte liebe«, sagte er. »Bist du überhaupt angeklagt worden?«

»Morgen«, erwiderte Sully.

»Hab' ich dir nicht gesagt, du sollst dich vor dem Bullen in acht nehmen?« fragte Jocko.

»Weiß ich nicht, hast du?«

Jocko gab einen gurgelnden Laut von sich. »Worauf wirst du plädieren?«

»Auf einen Anfall vorübergehender geistiger Umnachtung«, erwiderte Sully. »Wir werden behaupten, daß es an deinen Pillen lag.«

Jocko wurde kreidebleich.

»Und wo wir gerade davon reden«, grinste Sully, »ich hab' schon wieder fast keine mehr.«

»Du bist wirklich ein schlimmer Mensch, Sully.«

»Das sagen alle«, stimmte Sully zu. »Ich glaub' es aber eigentlich nicht.«

»Ich hab' dich gestern überall gesucht«, erinnerte sich Jocko. »Wußte nicht, daß du im Gefängnis warst.«

»Dann bist du der einzige, der's nicht erfahren hat«, meinte Sully. Der Angriff auf Officer Raymer hatte schon weithin traurige Berühmtheit erlangt, bevor ein minutiöser Bericht im *North Bath Weekly Journal* erschienen war, dazu ein strenger Leitartikel, in dem der Autor sich über einen neuen Geist der Gesetzlosigkeit beklagte, der nicht nur ihre Gemeinde, sondern die Grundlagen der Zivilisation gefährde. Denn kurz zuvor war schon etwas Ähnliches geschehen, als ein verrückt gewordener Jäger, dem es nicht reichte, in den Wäldern ein Blutbad anzurichten, in die Stadt gestürmt war und auf der Upper Main Street Fenster zerschossen hatte. Der Leitartikel deutete an, daß sich da ein Trend ausbreite, und warnte davor, die Schießerei auf der Main Street als unwichtig abzutun, weil der Übeltäter schließlich aus Schuyler Springs stammte, einer Gemeinde mit vielen unerwünschten Subjekten, wo man sich auf solche Scheußlichkeiten gefaßt machen mußte. Nein, in Wirklichkeit gebe es eine ganze Reihe Verbindungen zwischen den beiden Ereignissen, sofern man sich nur die Mühe gebe, genau nachzuforschen. Es gebe doch hier im Ort Familien, die in ihren Annalen

Gewalttätigkeit aufwiesen (die Sullivans, Vater und Söhne, wurden jedoch nicht namentlich erwähnt), vielleicht sogar – so lautete eine Anspielung – eine ererbte Neigung zu Gewalt. Mit dieser unheilverkündenden, wissenschaftlichen Bemerkung schloß der Leitartikel.

»Ich war in Gettysburg in Pennsylvania und hab' meine Ex besucht«, erklärte Jocko entschuldigend. »Wir haben 'ne Woche lang den alten Kampf ausgefochten. Auf jeden Fall war da unten nichts über deine Heldentaten zu hören.«

»Gut«, sagte Sully, dann blickte er Jocko stirnrunzelnd an. »Wieso hast du denn nach mir gesucht?«

»Ich hab' geseh'n, daß deine verrückte Dreierwette tags zuvor gewonnen hatte, und da wollte ich sichergehen, daß du's erfährst und den Schein nicht wegwirfst.«

Sully starrte ihn nur an.

»Tut mir leid«, meinte Jocko. »Dachte, du wüßtest es.«

»Es hat geklappt, während ich im Knast saß?«

Jocko rückte seine dicke Brille zurecht; er sah nun wirklich betrübt aus. »Du wirst doch nicht einen Brillenträger schlagen?«

Sully hätte Jocko nie geschlagen. Wäre jedoch Gott selbst dagewesen (das mußte diese perverse Gottheit sein, deren Existenz er immer schon erahnt hatte), so hätte er möglicherweise einen Versuch gemacht.

»Ich dachte, du wüßtest es«, wiederholte Jocko.

»Tu mir einen Gefallen«, bat Sully.

»Was du willst«, erwiderte Jocko. »Bloß schlag mich nicht.«

»Sag mir nicht, wieviel es war«, befahl Sully. »Niemals – wie sehr ich dich auch bitte.«

»Hey«, sagte Jocko, während er auf die Toilette ging. »Ist ja gut.«

Sully hörte, wie er die Tür verriegelte. Es gab Leute, sann er, die waren wirklich vorsichtig; mit denen spielte Gott meistens nicht herum.

Der Raum, in dem die alte Hattie in ihrem Sarg lag, war leer bis auf die anderen Träger und zwei Angestellte der Leichenhalle. Die Alte hatte alle ihre Zeitgenossen überlebt und hinterließ nur noch Cass. So war es schwer gewesen, die erforderliche Zahl von Trägern beizubringen. Peter war geradezu gezwungen worden, und

Sully hatte vom Gefängnis aus Carl Roebuck und Jocko und Wirf für einen Einsatz gewonnen. Otis, der eine gewisse Verantwortung fühlte, hatte sich freiwillig zur Verfügung gestellt. Auch Ralph, gutherzig wie immer, hatte helfen wollen, war aber von Vera zurückgezogen worden, denn sie sagte, er solle nach seiner Operation nicht so schwer heben. Man hatte auch kurz an Rub gedacht, ihn aber aus Respekt vor der Verstorbenen abgelehnt. Carl, Wirf und Otis standen auf der anderen Seite des Raums und unterhielten sich mit gedämpften Stimmen. Cass, ganz in Schwarz gekleidet, stand neben dem Sarg und sprach leise mit einem der Angestellten der Leichenhalle. Peter lehnte an der gegenüberliegenden Wand – in seinem Tweedjackett, dem Oxford-Hemd und der schmalen Strickkrawatte sah er richtig schick aus.

Sully gesellte sich zu ihm. »Was machst du denn hier so ganz allein?«

Peter zuckte mit den Achseln. »Auf dich warten?«

»Magst du die anderen Leute da nicht?«

Wieder zuckte Peter die Achseln auf diese Weise, die einen rasend machen konnte.

»Glaubst du an das Glück?« wollte Sully wissen.

»Eigentlich nicht«, gab Peter zur Antwort.

Sully nickte, das hatte er erwartet. »Weißt du was? Ich schon.«

Peter grinste – offenbar hatte er die Antwort auch erwartet.

»Erinnerst du dich noch an diese Dreierwette, die ich jetzt seit drei Jahren tippe?« fragte Sully. »Gestern, als ich im Knast saß, ist sie zum ersten Mal herausgekommen.«

»Wann?«

»Gestern, Vorgestern«, korrigierte er sich, als er sich daran erinnerte, was Jocko erzählt hatte.

»Tatsächlich.«

»Und was kommt dir nicht wie Pech vor?« fragte Sully.

»War doch kein Pech, daß du im Gefängnis gelandet bist«, meinte Peter.

»Wie ist's mit dir?« wollte Sully wissen. »Hast du jemals Pech gehabt?«

»Nie«, gab Peter grinsend zurück. »Nicht einmal.«

»Nicht mal in der Wahl deiner Väter?«

»Ralph war ein toller Vater.«

»Klugscheißer.«

Beide schwiegen eine Weile. Es war Peter, der schließlich das Schweigen brach. »Ich muß morgen nach West Virginia fahren, alles in Ordnung bringen. Die Sachen aus meinem Büro räumen und schauen, was noch in der Wohnung übrig ist. Sobald wir hier fertig sind, werde ich losfahren.«

»Kommst du allein zurecht?«

Peter ließ wieder sein seltsames, nur angedeutetes und wie auf halbem Wege gestorben aussehendes Lächeln spielen, das einen verrückt machen konnte. »Ein Freund will mir helfen.«

»Wenn du warten kannst, bis ich rauskomme, kann ich dir helfen. Wirf meint, es kann nur noch einen oder zwei Tage dauern.«

»Ich mach's besser jetzt sofort«, sagte Peter, ohne offenbar einen Grund angeben zu wollen.

»Wie du willst«, meinte Sully.

»Okay.«

»Wie kommt's, daß du Will nicht mitgebracht hast?«

»Oma wollte es nicht erlauben«, erwiderte Peter. »Ist vielleicht auch besser so.«

»Schätze schon«, stimmte Sully zu, obwohl er jetzt erkannte, daß er gehofft hatte, seinen Enkel zu sehen. »Geht's ihr jetzt besser?« Peter hatte ihn zweimal im Gefängnis besucht, und obwohl er seine übliche Distanz wahrte, verhehlte er nicht, daß Vera ihnen allen das Leben schwer mache. Aus West Virginia waren noch mehr Anrufe gekommen, und Robert Halseys Gesundheitszustand hatte sich weiter verschlechtert.

Peter nickte zum Sarg hin. »Ich glaube, sie wollen ihn jetzt schließen«, sagte er.

Tatsächlich hatte sich der Deckel des Sarges ein wenig herabgesenkt, während Sully den Gang entlanggehumpelt war. Als die Angestellten Sully bemerkten, machten sie ihm klar, daß ein erneutes Anheben des Deckels eine Verletzung der Regeln bedeutete. »Alle warten schon«, sagten sie zu ihm.

»Sie ist meine Mutter«, sagte Sully zu ihnen.

»Ist sie nicht«, sagte einer der jungen Männer.

»Nun ja«, gab Sully zu. »Nicht im Blute.«

»Eine halbe Minute.« Der junge Mann klappte den Deckel wieder auf. »Wir kommen noch zu spät zur Kirche.«

Die alte Hattie lag da mit demselben Ausdruck grimmiger, zielloser Eigenwilligkeit, den sie auch im Leben gezeigt hatte. Falls sie sich verändert hatte, so sah sie jetzt nur noch entschlossener aus. Sully, der immer noch unter dem Wissen litt, daß seine Wette sich ausgezahlt hatte – aber leider ohne ihn –, überlegte, ob er mit der Alten tauschen wollte, wenn man ihm die Gelegenheit bieten würde. Es war eine starke Versuchung. »Selbst jetzt sieht sie noch gar nicht richtig tot aus, was?« meinte Cass, die neben ihn getreten war.

»Ist sie aber doch«, erwiderte Sully. »Schätze, es war doch nicht so 'ne gute Idee, die Kasse umzustellen. Wie fühlst du dich?«

»Wie eine Heuchlerin«, gestand Cass. »Hab' ihr doch ein dutzendmal am Tag den Tod gewünscht, Sully.«

Gemeinsam blickten sie auf die alte Frau hinab; Cass weinte leise.

»Als sie noch lebte und mich daran hinderte, konnte ich nur daran denken, daß ich wegwollte, und was ich alles tun würde, wenn sie erst einmal tot wäre. Jetzt bin ich nicht mehr so sicher, daß es an ihr lag.«

»Laß dir Zeit«, sagte Sully, um sie zu trösten. Im Grunde aber konnte er ihre Zweifel verstehen. Er hatte sich einst ausgemalt, wie schön die Welt wäre, wenn Big Jim Sullivan nicht mehr unter den Lebenden weilte, nur aber dann war die Welt doch so ziemlich dieselbe geblieben, nur, daß es jetzt einen Menschen weniger gab, den man für alles Unheil verantwortlich machen konnte. Sully hatte damals dennoch den feierlichen Schwur geleistet, ihm alles in die Schuhe zu schieben.

»Hab' ich etwa richtig gehört, daß du das Restaurant verkaufen willst?«

»Schhh –« machte Cass mit einem Blick auf ihre Mutter, die, ihrem grimmigen Ausdruck nach zu schließen, bereits einen komplizierten Vergeltungsplan schmieden mochte. »An eine Freundin von dir.«

»Hab' da so ein Gerücht gehört«, meinte Sully. Eigentlich war es mehr als ein Gerücht gewesen. Wirf hatte die Einzelheiten des Verkaufs ausgehandelt, und Sully erzählt, daß Vince und Ruth als Partner einsteigen würden. Vince stellte das Geld unter der Voraussetzung, daß Ruth seinen Anteil kaufen würde, sobald sie es vermochte.

»Sie wird den Laden schon wieder in Schwung bringen. Ruth kennt sich in dem Gewerbe aus. Und sie kann wirklich schwer schuften. Jetzt kann sie endlich in Eigenregie arbeiten. Sie hat auch versprochen, den alten Namen zu behalten, und das sollte den Toten wohl Freude machen.«

Wieder blickten sie auf Hattie nieder, die, falls sie sich freute, es mit keiner Miene zeigte.

»Ich hoffe nur, daß du nicht zu früh verkauft hast«, sagte Sully. »Was ist, wenn der Freizeitpark doch noch eröffnet und die Stadt zu 'ner Goldmine wird?«

»Wenn der Freizeitpark aufmacht, wird sofort 'n Dutzend neuer Restaurants eröffnen. Hast du übrigens heute keine Zeitung gelesen?«

Sully nickte. »Klar, aber wer will das wissen?«

»Wir wissen es«, erwiderte Cass. »Diese Stadt wird sich nie ändern.«

Sully hätte ihr gern zugestimmt; aber er hatte gerade daran gedacht, wieviel sich in der einen Woche geändert hatte, in der er auf Staatskosten gelebt hatte. Der Tod der alten Hattie und Cass' Umzug waren schon gewaltige Veränderungen für ein Nest wie Bath.

»War Peter 'ne gute Vertretung?« wollte Sully wissen.

»Ganz ordentlich«, antwortete Cass ohne große Begeisterung.

Das erfüllte ihn mit einer seltsamen Dankbarkeit. Er wollte um Cass' willen, daß Peter die Arbeit gut erledigte, aber er begann sich auch zu fragen, ob Peters scherzhafte Behauptung, er könne alles besser als Sully, nicht doch ein Körnchen Wahrheit enthalten mochte. Er und Cass warfen einen verstohlenen Blick zu Peter, der sich jetzt auf einem der Klappstühle am hinteren Ende des Raums niedergelassen hatte und anscheinend sein Portemonnaie durchwühlte – vermutlich prüfte er, ob er genug Geld für die Fahrt nach West Virginia besaß. Sully beschloß, ihm seinen Pokergewinn anzubieten.

»Er hat die Arbeit gemacht wie die hier«, bemerkte Cass.

»Er ist aber trotzdem gut auf seine Art«, meinte Sully. »Vielleicht einfach nur zu viel Bildung. Oder zuviel von seiner Mutter.«

»Oder er hat 'ne Zucchini im Auspuffrohr stecken«, sagte Cass überraschend. Die Möglichkeit, daß sie Peter vielleicht gar nicht mochte, hatte Sully bisher gar nicht erwogen.

»Ich bin froh, daß er heute morgen dabei ist«, gestand er. Er hielt seinen Sohn für den einzigen tauglichen Sargträger am Platz. Wenn er nicht wäre, würden die anderen wie Kegel auf dem überfrorenen Bürgersteig umkippen.

»Versteh mich nicht falsch«, wandte Cass ein. »Ich war schon froh, einen fähigen Imbißkoch zu haben.«

Sully runzelte die Stirn. Wieder eine Überraschung. »Ich wußte nicht, daß er da Erfahrung hat.«

»Teufel auch, ja«, erwiderte Cass. »Er kann mit Eiern umgehen, auch wenn's mit der Unterhaltung nicht klappt.«

Sully nickte. »Es ist schon erstaunlich, *was* er alles kann.« Offenbar hatte er die Hartholzfliesen in Carls Haus ganz allein verlegt.

Cass entbot ihm ein wissendes Grinsen. »Ich wollte nicht sagen, daß du nicht der stolze Papa sein darfst.« Irgendwann mußte sie mit den Weinen aufgehört haben, obwohl ihre Wangen immer noch Tränenspuren aufwiesen. »Er hat bloß nicht die Fähigkeit wie sein alter Herr, die Leute aufzuheitern.«

Sully beschloß, das Kompliment als solches zu nehmen, obschon er bezweifelte, daß es eine besondere Gabe war, Menschen aufzuheitern. Er hielt den Leuten nur vor Augen, daß alles noch viel schlimmer sein könnte. Das war auch der Vorteil, den man aus Rubs ständiger Anwesenheit ziehen konnte.

Cass blickte einen der diensteifrigen Angestellten an und bedeutete ihm, daß sie den Deckel nun wieder schließen könnte, und sie und Sully wandten sich ab. Sie hörten, wie Carl Roebuck zu Wirf und den anderen sagte: »Okay Mädel, denn man los«, worauf Peter sich von seinem Stuhl erhob. »Ich kann schon verstehen, warum alle Frauen auf ihn fliegen«, gestand Cass. »Er sieht gut aus.«

»Genau wie sein Vater«, sagte Sully.

»Genau«, stimmte Cass zu. »Bloß sieht er auch noch gut aus, wie ich schon sagte.«

Sully gesellte sich zu den anderen Männern am Sarg.

»Will der Professor uns helfen, oder was?« wunderte sich Carl Roebuck. Tatsächlich trat Peter ohne besondere Eile auf sie zu. Am Sarg angekommen, nahm er den einzigen Platz ein, der übrig war, am Kopfende. »Dann nehmen wir den einbeinigen Anwalt und Sullivan senior in die Mitte, damit wir sie nicht verlieren«, schlug Carl Roebuck vor.

Otis war der einzige, der darauf nicht grinste. Im Gegenteil, als er auf den geschlossenen Sarg starrte, fing seine Lippe an zu zittern, und er begann zu quieken.

»Verdammt Otis«, sagte Carl Roebuck. »Hör schon auf damit.«

»Ich kann nichts dafür«, heulte Otis.

»Hey, Kopf hoch!« meinte Sully, legte seinen Arm um Otis Schultern und gab ihm einen aufmunternden Klaps. Nur Jocko schien durch seine dicken Gläser zu erkennen, daß Sully beim Wegnehmen des Armes das Gummi-Krokodil, das er bei Harolds *Automobiler Welt* erstanden hatte, in Otis' Manteltasche gleiten ließ.

»Du bist *so* ein schlimmer Mann, Sully«, sagte Jocko, als sie zu beiden Seiten von Hatties Sarg ihre Plätze einnahmen. »Okay, Leute«, sagte Carl Roebuck, als sie die silbernen Handgriffe faßten. »Auf drei.«

Vom Küchenfenster aus beobachtete Janey, wie ihr Vater aus dem Wohnwagen stier, wobei er Dampf aus seinen Nüstern blies wie ein Stier. Mit seinem gedrungenen Körper und dem großen Kopf auf schmalen Schultern ohne Hals sah er auch in anderer Hinsicht einem Stier äußerst ähnlich. Und genauso dämlich, dachte Janey. Nein, das war unfair. Zack war immerhin klüger als ein durchschnittlicher Stier, der ja so dumm war, daß er glaubte, gegen eine ganze Menschenschar gewinnen zu können, von denen einer außer einem roten Tuch auch noch einen Dolch in der Hand hielt. Der durchschnittliche Bulle sah das rote Tuch und sonst nichts. Ihr Vater glich eher diesem Stieg aus der Bildergeschichte, der überall Blumen roch. Wie hieß er noch gleich? Ferdinand.

Auf halbem Wege zwischen dem Wohnwagen und der Garage

bemerkte Zack seine Tochter, hielt jäh inne und winkte ihr zu, verlor dann aber auf dem vereisten Weg das Gleichgewicht und konnte es nur durch eine wenig elegante Bewegung zurückerlangen, indem er wie eine Windmühle mit den Armen ruderte. Als Gegengruß veranstaltete Janey am Küchenfenster einen ähnlichen Windmühlenwirbel.

Ruth, die mit ihrer Enkelin auf dem Sofa im Wohnzimmer saß und Fotos in Zeitschriften betrachtete, blickte auf, als sie Janeys Bewegungen aus dem Augenwinkel gewahr wurde, und sah erleichtert zu ihrer Tochter hinüber. Wenigstens begann Janey sich nun zu erholen, dachte sie. Eine schrecklich lange Zeit – während des ganzen Krankenhausaufenthaltes – war ihre Tochter nicht sie selbst gewesen. Ruth hatte sich schon Sorgen gemacht, daß ihre Verletzungen nicht nur körperlicher Art waren, daß sie mehr erlitten hatte als ›nur‹ eine Gehirnerschütterung und einen mehrfachen Kieferbruch. Erst als man ihr die Drähte aus dem Kiefer entfernt hatte, war Ruth bewußt geworden, wieviel von der Persönlichkeit ihrer Tochter in ihrem Lächeln steckte, das durch die Drähte verhindert worden war oder sich vielmehr zu einem traurigen Lächeln verwandelt hatte. Solch ein entsagendes Lächeln hatte nie zu Janeys Mienenspiel gehört.

Wie Ruth hatte auch Janey die Gabe, gegensätzliche Gefühle in ihrem Gesicht auszudrücken. Wut oder Freude spiegelten sich in ihren Mienen wider, auch wenn der Anlaß dazu längst vorüber war. Sully kreidete Ruth immer an, daß sie ohne jede Vorwarnung auf ihn wütend sein konnte – eine Anschuldigung, die sie jedesmal nur noch wütender werden ließ. Sie wußte aber auch, daß sie trotz steigender Wut auf dem Gesicht immer noch eine Freude trug, die darauf gründete, was er Stunden zuvor für sie getan hatte. Noch schlimmer war es mit Zack: mit ihm zu leben bedeutete, ständig wütend zu sein, zumindest für Ruth, und dieser mehr oder weniger eingeschworene Ärger blieb in ihr Gesicht gegraben, selbst in jenen wenigen Momenten, wo er ihr irrtümlich etwas Freude bereitet hatte. So wußte Zack selbst nach dreißig Ehejahren noch nicht, wann er etwas richtig gemacht hatte, und konnte nette Gesten daher auch nie wiederholen. Janey hatte die allzu offene Ausdrucksweise ihrer Mutter geerbt – ihr Gesicht drückte immer noch eingeschworenen Ärger oder Freude aus, selbst wenn sich die inneren Gezeiten schon längst geändert hatten.

»Mach' deinem Vater bloß keinen Mut«, sagte Ruth, die mit einem Blick erfaßte, was am Küchenfenster vor sich ging.

Nachdenklich wrang Janey das Küchentuch in dem seifigen Wasser aus. »Ich kann nicht anders«, meinte sie, als ihr Vater in der Garage verschwand. »Er sieht so verloren aus.«

»Natürlich sieht er verloren aus«, gab Ruth zurück und schlug ärgerlich eine Seite um, worauf Tina sie sofort wieder zurückblätterte. Eins der vielen Dinge, die Ruth an ihrer Enkelin nicht ganz verstehen konnte, war, was die Kleine nun so genau an den Bildern betrachtete, die ihr liebster Zeitvertreib waren. Alle anderen Kinder wollten nur so schnell wie möglich durch ein Buch blättern. Janey als kleines Mädchen hatte es nicht abwarten können, bis eine Seite im Märchenbuch zu Ende gelesen war. Sie hatte ungeduldig gewartet, daß Ruth fertig wurde, weil ihre Neugier und Vorstellungskraft schon bei den nächsten Seiten war, so daß manche Seiten zerrissen wurden, weil Ruth sie mit dem Daumen zuhielt und Janey mit ihren kleinen Fingern daran herumfetzte. Tina hingegen konnte es nicht langsam genug gehen. Sie schien die Bilder nicht anzusehen, sondern förmlich in sich aufzusaugen, und Ruth fragte sich oft, ob sie bloß langsam war oder sehr tiefgründig. Die meisten Menschen würden es als langsam bezeichnen, aber das Urteil darüber stand noch aus. Ruth hatte jedoch bemerkt, daß Tina sehr genau beobachtete und sich das meiste merkte, was sie einmal gesehen hatte. Vor zwei Jahren hatte Ruth ihr zu Weihnachten ein Buch mit dem Titel *Finde das kleine Kaninchen* geschenkt, in dem die Kinder aufgefordert wurden, eine Reihe von Tieren aufzuspüren, die in sehr detaillierten Zeichnungen versteckt waren. Manchmal war von dem Tier nur ein Teil zu sehen, der beispielsweise im dichten Laub eines Baumes verborgen war; dann wieder bestand ein Tier aus einer Reihe unzusammenhängender Gegenstände, aus deren Umrissen es sich zusammensetzte. Tina hatte jedes der Tiere so schnell gefunden – viel schneller als Ruth –, daß ihre Großmutter den Eindruck gewann, sie müsse das Buch schon vorher gekannt haben und sich an die Tiere erinnern, was Janey aber unter heißen Schwüren abgestritten hatte.

»Warum sollte dein Vater nicht verloren aussehen?« fuhr Ruth fort. »Schließlich ist er schon sein ganzes Leben lang verloren.«

»Ja, weiß ich ja«, sagte Janey traurig, »aber vorher hatte er ja dich, also war es nicht so schlimm. Du solltest ihm wenigstens erlauben, uns zu besuchen.«

Da Janeys Mann nun im Gefängnis steckte, hatte Ruth darauf bestanden, daß sie sich den Wohnwagen wiederholten, in dem Janey mit ihrem Mann gelebt hatte. Sie zogen den Wohnwagen also von Schuyler nach Bath und stellten ihn im Hof neben der Garage auf -- genau dort, wo er vorher auch gestanden hatte. Sie hatten ihn komplett möbliert geerbt, als Zacks Bruder mit seinem Geländewagen während einer Tauwetterperiode auf einen zugefrorenen See gefahren war. Zuerst hatten sie daran gedacht, den Wohnwagen zu verkaufen, bis sie erkannten, daß er so gut wie nichts bringen würde, verrostet wie er war und voller brauner Altschneeflecken an den Seiten. Innen war er mehr als notdürftig isoliert, und Ruth befürchtete schon immer hohe Stromrechnungen. Aber wenn es je einen Mann gab, der es verdiente, in einem heruntergekommenen Wohnwagen zu leben, so war es ihr Gatte.

»Du bist bloß unglücklich, weil du Sully verloren hast, und jetzt läßt du's an Daddy aus«, warf Janey ihrer Mutter vor, ohne sie anzusehen.

»Ich hab' überhaupt niemand verloren«, berichtigte Ruth. Sie hatte Sully heute morgen auf der Beerdigung gesehen, und er hatte so einsam gewirkt, daß sie einen Augenblick mit sich kämpfen mußte, bevor sie ihren Entschluß bekräftigte. »Ich hab' sie beide verlassen. Das Leben kann auch nicht viel schlimmer sein ohne Männer. Wenigstens ohne die, die ich immer abkriege.«

»Wenn du nicht so 'nen schlechten Geschmack hättest, hättest du gar keinen«, stimmte Janey fröhlich zu.

»Du hast mir besser gefallen, als sie dir den Mund verdrahtet hatten«, sagte Ruth, »und du bist gerade die Richtige, über schlechten Geschmack in puncto Männern zu reden.«

»Je nun . . .« sagte Janey in ihrer typischen Art, wobei sie ihre Stimme nicht senkte. Eines Tages hatte Ruth erkannt, daß Janey diese Redewendung immer dann gebrauchte, wenn sie glaubte, ihr Gegenüber rede nur Unsinn.

»Laß diese ›Je nun‹«, sagte Ruth. »Du weißt, wie ich das hasse.«
»Je nun...«
»Und ich will auch nicht, daß du deinem Vater was zu essen bringst«, fügte Ruth hinzu, einem neuen Argwohn Luft machend.
»Ich hab' ihm überhaupt nichts gebracht«, entgegnete Janey. Während sie sprach, trat Zack aus der Garage und machte sich wieder auf den eisglatten Weg zurück zum Wohnwagen. Unter einem Arm trug er etwas, das so groß und rund wie ein Fußball und in Alu-Folie gewickelt war. Diesmal winkte er nicht und warf auch keinen Blick zum Haus. »Wie heißt noch mal diese Krankheit, die man kriegt, wenn man kein Gemüse ist?«
Ruth dachte eine Weile nach. »Rachitis«, sagte sie schließlich.
»Genau«, sagte Janey. »Willst du, daß Daddy Rachitis kriegt?«
»Ich würde ihm nur gern Furunkel an den Hals wünschen«, erwiderte Ruth. Sie verstand die Anspielung ihrer Tochter. Seit Ruth ihren Mann vor zwei Wochen in den Wohnwagen verbannt hatte, lebte Zack ausschließlich von gebratenem Wildfleisch.
Um die Wahrheit zu sagen – es war der Hirsch, der Ruth dazu gebracht hatte, ihn rauszuschmeißen. Natürlich war sie schon vorher wütend auf ihn gewesen; Zack hatte hartnäckig geleugnet, Roy zu Sully geschickt zu haben, damit er dort nach Janey Ausschau halten konnte, aber er hatte über alle Maßen schuldbewußt gewirkt, und es war typisch für seinen feigen Charakter, so etwas zu tun. Vermutlich hatte Roy mit handfester Drohungen nachgeholfen hatte.
Aber daß er dann auch noch den Hirsch haben wollte, den Roy erlegt und dann mit heraushängender Zunge auf der Upper Main Street liegengelassen hatte, brachte das Faß zum Überlaufen. Sie konnte sich ganz genau vorstellen, wie Zack um den Hirsch gekämpft hatte, wie er erklärte, ihn umsonst wegzuschaffen, daß er von Rechts wegen ja seiner Tochter gehöre, da ihr Mann schließlich jetzt im Gefängnis sitze. Vermutlich hatte er sogar erläutert, daß er in der Garage eine Tiefkühltruhe habe, und wie er das Tier zerteilen und dort aufbewahren wolle. Daß es doch schließlich nicht ungesetzlich getötet worden sei. Und überhaupt – es sei doch ein Verbrechen, zweihundert Pfund bestes Fleisch wegzuwerfen. Letzteres war das Argument, mit dem er Ruth zu überzeugen ver-

sucht hatte: »Es wär' doch ein Verbrechen, es wegzuwerfen.« Dann hatte er mit seinen schmalen Schultern gezuckt – selbst in Zacks Arsenal dummer und ärmlicher Gesten die dümmste und ärmste Geste.

Ja, der Hirsch war es, den Ruth nicht mehr ertragen konnte. Vor einigen Jahren hatten sie schon einmal einen Winter lang Hirschfleisch gegessen, und damals hatte sie beschlossen, es nie wieder zu tun. Jenen Hirsch hatte Zack selbst auf dem Gewissen – er hatte ihn mit dem Pick-up erwischt und ihn in den Wald zurückgeschleudert, aus dem das Tier eben hervorgeschossen war. Noch bevor er zum Stehen kam, hatte Zack beschlossen, daß sie nun eine Tiefkühltruhe brauchen würden, und er kannte jemanden, der eine gute gebrauchte Truhe zu verkaufen hatte. Die hatte er dann auf dem Rückweg gleich erworben und zu dem toten Hirsch auf die Ladefläche gestellt. Dann war er zum IGA gefahren und hatte Ruth von ihrer Kasse weggeholt. »Jetzt haben wir den ganzen Winter umsonst Fleisch«, hatte er ihr danach erklärt. Ruth hatte zuerst den toten Hirsch angestarrt, dann ihren lebenden Mann. Es war sein Gesichtsausdruck, der ihr so zu schaffen machte; er war so stolz auf den Hirsch, als hätte er ihn selbst mit Pfeil und Bogen auf eine Entfernung von hundertfünfzig Metern erlegt. »Verdammt, das krieg' ich doch wieder raus«, hatte er gesagt, als sie um den Wagen herumging, um den eingebeulten, blutverschmierten Kühlergrill zu betrachten. Aber da hatte sie sich schon umgedreht und war wieder im Laden verschwunden; sie wollte lieber gar nichts sagen, denn dann hätte sie dem Gefühl Ausdruck gegeben, das sie eben überfallen hatte – daß sie mit einem Mann verheiratet war, dessen Vorstellung von Glück in einem zufällig überfahrenen Wildtier bestand. Den ganzen Winter über hatten sie vom Fleisch des Hirsches gelebt, und mit jedem Mundvoll mußte sie Zacks Bemerkung mitschlucken, daß es ganz umsonst war.

Als Zack diesen zweiten Hirsch für sich beanspruchte, gab eine Saite, die schon lange zum Zerreißen gespannt war, nach und riß entzwei. Ruth war mit einer menschlichen Hyäne verheiratet. Ihr Haus war mit unnützen Dingen angefüllt, die er auf Müllhalden oder sonstwo ergattert hatte und ihr voller Stolz zeigte. Die Dinge waren meist nicht mehr vollständig, sondern nur noch in Fragmenten vorhanden – Kupferspulen und Rotoren, Teile aus Fiberglas und von Elektromagneten, von denen er behauptete, daß sie ›völlig in Ordnung waren‹, was nichts anderes hieß, als daß er nichts dafür hatte zahlen müssen. Zacks Leben steckte voller Rätsel, aber das schwierigste – wie er immer wieder staunend zugeben mußte – bestand darin, daß so viele Menschen Dinge wegwarfen, die doch noch ›völlig in Ordnung waren‹: Reifen mit genügend Profil, die nur eine neue Radkappe brauchten; Motoren und Pumpen, die immer noch funktionierten; große Eisenteile, die man noch prima auf dem Schrottplatz verkaufen konnte. Zack schleppte es alles ins Haus. Er begriff nie, daß seine Frau weniger gegen die Dinge selbst etwas einzuwenden hatte als vielmehr gegen seine Einstellung, daß man unbedingt alles ausschlachten müsse. Immer noch glaubte Zack, ihr den Wert jedes einzelnen Gegenstandes erklären zu müssen und begriff nicht, daß das einzige, was sie noch mehr haßte als die Ehe mit einem wandelnden Müllschlucker, in dem Zwang bestand, seinen Rechtfertigungen zu lauschen. Es war ihre Vorstellung von der Hölle, Zack bis in alle Ewigkeit zuhören zu müssen, wie er ihr beizubringen versuchte, daß man für Dinge, die andere wegwarfen, noch zwei Cent pro Pfund bekommen konnte, sofern man sich nur an die richtigen Leute wandte.

Janey trocknete sich gerade die Hände ab, und Ruth schaute ihr zu, wobei sie Mühe hatte, die Tränen zurückzuhalten. Sie dachte daran, wie anders Janeys Leben verlaufen wäre, wenn sie ein hübsches Gesicht hätte. Dann wären die Jungs eher schüchtern gewesen und hätten sie in Ruhe gelassen. Janey war nicht abstoßend, bloß ein wenig häßlich wie Ruth selbst, und das war es, was den Jungs Mut verlieh. Sie hatten nie die Hände von ihr lassen können. Mit dreizehn hatte sie bereits einen Busen wie eine Zwanzigjährige, und als Janey vierzehn war, überraschte Ruth sie eines Nachmittags auf dem Sofa im Wohnzimmer mit einem Jungen, der sie heftig befummelte und dessen Hände ob der unerwarteten Störung regelrecht in Janeys BH stecken blieben. In Ruths Augen war Janey immer noch der verletzliche Teenager, dessen Kopf mit dem Wachstum des Körpers nicht ganz Schritt gehalten hatte. Sie war aber damals schon nicht mehr ganz unschuldig gewesen. Janey hatte das Fummeln Spaß bereitet, selbst an jenem Nachmittag, als die Mutter ihr Vergnügen störte. Ihr Problem war nur, daß sie das Fummeln nicht als das sehen konnte, was es war. Ruth hatte vollstes Verständnis dafür – ihre Tochter hatte eben gewisse Beschränkungen geerbt.

»Ich nehm' nicht an, daß du auf Spatzenhirn aufpaßt, wenn ich mal für 'n paar Stunden weggehe?« fragte Janey von der Tür her.

»Wohin?« fragte Ruth zurück, ehe sie sich bremsen konnte.

»Einfach nur raus«, erklärte Janey. »Sei nicht so neugierig. Ich bin jetzt erwachsen.«

»Du bist doch gerade erst aus dem Krankenhaus entlassen worden.«

»Und jetzt hast du Angst, daß ich 'n bißchen Spaß haben könnte. Du hast beschlossen, den Männern abzuschwören, also soll ich dasselbe tun.«

Darin lag genug Wahrheit, um Ruth auf die Palme zu bringen. Da sie sich entschlossen hatte, es mit dem Zölibat zu versuchen, hätte sie es vorgezogen, wenn ihr jemand dabei Gesellschaft leistete. Doch statt das zuzugeben, sagte sie zu ihrer Tochter: »Ich muß morgen früh raus. Da könnt' ich etwas Hilfe gebrauchen.«

»Ich dachte, Cass wäre da.«

»Ist sie ja auch«, sagte Ruth. Cass hatte versprochen, sie den Rest der Woche über zu begleiten, um ihr zu helfen, mit den Kunden und den Lieferanten fertig zu werden, die alle begierig schienen, daß das Restaurant wieder eröffnete, nachdem es nun fast eine Woche seit Hatties Tod geschlossen hatte.

»Dann brauchst du mich ja nicht«, sagte Janey und warf sich den Mantel über.

»Glaubst du, du wirst meinen alten Job übernehmen?«

»Schwer zu sagen«, erwiderte Janey, als sei auch dies eine unwillkommene Einmischung in ihre Angelegenheiten.

»Vince wird jemanden einstellen müssen. Er wird dir die Stelle nicht ewig freihalten.«

»Wird er wohl«, grinste Janey. »Er ist völlig in mich verknallt.«

Ruth dachte darüber nach. Es mochte stimmen. »Du könntest es schlechter treffen. Vince ist ein sehr netter Mann. Er wäre gut zu dir.«

»Er ist alt, Mama.«

»Jünger als ich.«

»Je nun . . .« Sie kam zum Sofa herüber und hob Tina hoch, rieb ihre Nase an der des Mädchens. »Mommy geht mal für 'ne Weile weg, Spatzenhirn. Tu der Oma einen Gefallen und sei brav.«

»Sie ist schon in Ordnung«, gab Ruth zurück. »Tu *du* der Oma einen Gefallen und sei brav.«

»Oma war nie brav«, betonte Janey. »Warum sollte ich's dann sein?«

»Damit du nicht so endest wie Oma«, erwiderte Ruth.

Plötzlich wurde Janey ernst, obwohl ihr Gesicht noch die Vorfreude auf ein nahes Rendezvous ausdrückte. »Ich wüßte nicht, was ich ohne Oma anfangen sollte.«

Als ihre Tochter gegangen war, ließ Ruth den Tränen freien Lauf – sie weinte heimlich, damit Tina es nicht bemerkte. Das kleine Mädchen, das ein Bild in der Zeitschrift so aufmerksam betrachtete, als erwarte sie, später darüber geprüft zu werden, hatte nicht einmal aufgeschaut, als ihre Mutter das Haus verließ. Als sie Ruth schließlich erlaubte, die Seite umzublättern, setzte sie ein strahlendes Lächeln auf, streckte die kleine Hand aus und fand Großmutters Ohrläppchen.

Sie zeigte auf das Bild und sagte: »Schnecke.«

Die Uhr am Armaturenbrett zeigte auf halb vier. Clive jr. konnte sich nicht entsinnen, wann er das letzte Mal um diese Zeit noch wach gewesen war. Und nicht bloß wach. Hellwach bis in die Poren. Große, dunkle Bäume huschten an ihm vorüber. Er stellte sich vor, die Scheinwerfer seines Autos wären Laserstrahlen, die mühelos durch das Holz schnitten, er malte sich aus, wie die riesigen Bäume gefällt wurden und hinter ihm auf die Straße stürzten, seinen Verfolgern den Weg abschnitten.

Natürlich würde es erstmal keine Verfolgung geben. Und auch später nicht. Man konnte vielleicht seine letzten Einkäufe auf Kreditkarte mittels eines Computers aufspüren, aber nicht ihn selbst und seinen Wagen. Dennoch genoß Clive jr. das Gefühl von Flucht und Verfolgung; als Junge war er vor anderen Jungs davongerannt, aber damals war er auch gedemütigt worden, und es war ihm nie in den Sinn gekommen, daß Wegrennen auch Spaß bedeuten konnte oder eine Herausforderung – daß seine Flucht sich nicht in blinder Panik erschöpften mußte, sondern befreiend wie der Geschmack des eigenen Blutes wirkte. Clive jr. fuhr sich mit der Zunge über die aufgeplatzte Lippe und lächelte. Nie hätte er gedacht, daß der Geschmack von Blut die Angst *vertreiben* konnte? Sully mußte das schon als Teenager gewußt haben. Woraus sonst hätte er den Mut schöpfen sollen, sich mit blutig geschlagener Nase vom Spielfeld zu erheben und sich sofort wieder in den Kampf zu stürzen. Vielleicht hatte Clive sen. Sully genau das beibringen wollen – daß man Blut und Schmerzen ertragen konnte.

Als das rechte Vorderrad des Lincoln den Seitenstreifen berührte, steuerte Clive jr. den großen Wagen mit einem Ruck auf die zweispurige Straße zurück, mitten auf die durchgezogene Linie, und wieder bemerkte er, daß er sich überhaupt nicht fürchtete – schon zu Beginn seiner Flucht war es so gewesen. Er fuhr jetzt seit einundzwanzig Stunden; seine Flucht hatte am Morgen begonnen, als er sich an der Kreuzung zur Interstate mit einer Wahl konfrontiert sah, die er nicht erwartet hatte. Im Norden lagen Schuyler Springs und Lake George, wo Joyce ihn mit gepackten Koffern erwartete, damit sie endlich zu ihrem lang geplanten Wochenende auf den Bahamas aufbrechen konnten. Statt dessen hatte er sich nach Süden gewandt und aufs Gas gedrückt, denn er hatte sofort die unwiderrufliche Entscheidung begriffen, daß er Joyce zusammen mit dem ganzen Rest zurücklassen müsse. Irgendwie hatte das Treffen mit den Gebrüdern Squeers ihn aufgerüttelt, und er erkannte nun unter anderem, daß Joyce im Grunde neurotisch, egozentrisch und verbraucht war. Sie zu heiraten, so erkannte er mit erschreckender Klarheit, würde ein Leben im Elend bedeuten.

Er befand sich jetzt irgendwo im westlichen Pennsylvanien. Vor einer halben Stunde war er an einem Schild vorbeigerast, das ihn über die Entfernung nach Pittsburgh aufklärte – noch einhundert Kilometer –, aber seitdem hatte er zwei Abzweigungen passiert und Orte von denen er noch nie im Leben gehört hatte. Im Handschuhfach lagen drei Verwarnungen wegen überhöhter Geschwindigkeit, eine aus New York State, die anderen beiden aus Pennsylvanien, beide von dem gleichen Polizisten ausgestellt. Er hatte die erste Verwarnung in Pennsylvanien wortlos entgegengenommen, in sein Handschuhfach gelegt und dem jungen Bullen auch noch die Befriedigung geraubt, indem er es ablehnte, Reue zu zeigen. Wieder eine befreiende Erfahrung. Sein Leben lang hatte Clive jr. den Bullen nach dem Mund geredet. (›Schätze, da hab' ich doch den Bleifuß draufgehabt, was, Officer?‹) Wenn man seine Schuld zugab, konnte man die ersten Fragen des Polizisten umgehen (›Wissen Sie eigentlich, wie schnell man hier fahren darf, Mr. Peoples? Und wissen Sie auch, wie schnell *Sie* gefahren sind?‹) und ihn dazu zwingen, den Rest der Unterhaltung aus dem Stegreif zu improvisieren. Mit einem derartigen Dilemma konfrontiert, beschlossen die meisten Cops, ihn lieber mit einer mündlichen Verwarnung davonkommen zu lassen. Clive jr. hatte schon gespürt, daß dieser junge Polizist auch auf diese Taktik hereinfallen würde, aber einer seiner Vorsätze, die er gefaßt hatte, als er nach Süden fuhr anstatt Richtung Norden, nach Lake George, zu seiner Verlobten, war, daß er nie mehr vor einem Cop auf die Knie fallen würde.

Also hatte er die Verwarnung schweigend angenommen, in sein Handschuhfach gestopft und war, nachdem der Polizist ihm noch einen schönen Abend gewünscht hatte, zurück auf die Interstate gefahren, wo er das Tempo schon bald wieder auf hundertvierzig Stundenkilometer hochgezogen hatte. Als derselbe Polizist fünfzehn Kilometer später wieder auftauchte, schien er eindeutig verwirrt. »Sie kapieren wohl nur langsam, Mr. Peoples«, hatte er gesagt, und diesmal forderte er Clive jr. auf, auszusteigen und sich neben den Wagen zu stellen. Auf dem Seitenstreifen lag Schnee, und Clive jr. verlor das Gleichgewicht und stürzte auf die Knie, wobei er sich den Mund am Kotflügel des Lincoln blutig schlug. Der Beamte erlaubte ihm, sich wieder auf die Füße zu stellen und leuchtete ihm dann mit der Taschenlampe ins Gesicht, wobei er die aufgeplatzte, blutige Lippe bemerkte. »Sagen Sie mir doch, was so lustig ist, Mr. Peoples, ich würde gern mitlachen.« Aber Clive jr. hatte wieder nichts gesagt. Statt dessen hatte er sich abgewandt und in den Schnee gespuckt – eine der wenigen befriedigenden Gesten seines Lebens, wie er nun dachte.

Der Polizist der Highway-Patrouille hatte ihn eine halbe Stunde lang im Kalten stehen lassen und in sein Funkgerät gesprochen, während Clive jr. im eisigen Wind zitterte, bevor er sich wieder in den Lincoln setzen durfte. Endlich ließ der Cop ihn ziehen, diesmal aber nicht ohne eine ernste Verwarnung. »Ich glaube, ich fahre einfach mal ein Stück hinter Ihnen her, Mr. Peoples. Fahr'n Sie nur weiter hundertvierzig, dann werden wir ja sehen, wer zuletzt grinst.«

Clive jr. hatte die nächste Abfahrt genommen, war Richtung Süden einer einsamen Landstraße durch die Alleghenies gefolgt und um zwei Uhr morgens durch eine Reihe kleiner, heruntergekommener Ortschaften gerast, von denen nicht viel mehr zu sehen war als düstere, abgewirtschaftete Tankstellen mit Garage und Ladenlokal. Amerika, so schien ihm nun, hatte immer noch jede Menge schlechter Gegenden.

Da er schon wieder auf dem Randstreifen fuhr, lenkte Clive jr. den Lincoln zurück auf den Asphalt, doch er war etwas erstaunt, als der Wagen nicht sofort reagierte. Es schien, als sei ein Sekundenbruchteil zwischen seiner Drehung des Lenkrades und der Reaktion der Reifen vergangen, so daß er sich fragte, ob er in einer Spurrille gefahren war. Aber als er auf eine gerade Strecke kam, war alles wieder in Ordnung. Das Gefühl war seltsam, aber auch vertraut, obwohl er wohl fünf Jahrzehnte zurückdenken mußte, um es wiederzufinden. Wie alt er damals wohl genau gewesen war, als man ihn in einem Vergnügungspark in eines jener buntbemalten Kinderautos gesetzt hatte, die langsam um eine ovale Bahn herumkurvten? Er wußte es nicht mehr, entsann sich aber einer gewissen Enttäuschung, als er herausfand, daß das Steuer des Wagens nicht echt war, daß sein wildes Drehen, egal ob nach rechts oder links, keinerlei Auswirkung auf das Fahrzeug hatte. Auch die beiden Pedalen unten im Fußraum – vermutlich sollten sie Bremse und Gas darstellen – erwiesen sich als Täuschung. Und er erinnerte sich, wie er versucht hatte, die Enttäuschung vor Vater und Mutter – vielleicht sogar vor sich selbst – zu verbergen.

Der Wald wich zurück, die Straße verbreiterte sich zu einem Platz, der *Hatch* hieß, und Clive jr. flog mit fünfundsechzig Meilen an einer gelbblinkenden Ampel vorbei, bevor ihn der Wald wieder verschluckte. Die großen schlanken Bäume bildeten einen Bogen über ihm. Hinter den Wolken kam ein Dreiviertelmond hervor und spiegelte sich im Zierrat auf der Motorhaube. Der Mond stand, so vermutete Clive jr., am westlichen Horizont und leuchtete ihm den Weg. Er fragte sich, wie schnell er fahren müßte, um den Mond genau dort im Rücken zu behalten, um das Aufgehen der Sonne zu verhindern. Es wäre schön, wenn man den nächsten Sonnenaufgang verhindern könnte. Vielleicht reichte ja die Geschwindigkeit. Er blickte in den Rückspiegel, um sicherzugehen, daß nichts, nicht einmal die Morgendämmerung, ihn erreichen konnte, und war froh, als er sah, daß das kleine Spiegelrechteck immer noch dunkel blieb.

Auch ohne Blick in den Rückspiegel hätte er vermutlich das Schlagloch übersehen oder es nicht vermeiden können. Der rechte Vorderreifen des Lincoln traf mitten hinein, das rechte Hinterrad eine Sekunde später, wobei der ganze Wagen erschüttert wurde und das Lenkrad einen Schlag abbekam, der sich in Clives weiche Hände fortsetzte. »Autsch«, stieß er laut hervor, und als er seine Stimme hörte, überlegte er sich, ob es nicht klüger wäre, das Tempo ein wenig zu drosseln. Er konnte schließlich ein Wettrennen gegen die Morgenröte doch nicht gewinnen. Dann spürte er, wie der Lincoln wieder auf den Randstreifen geriet, und als er diesmal am Lenkrad drehte, reagierte der Wagen gar nicht mehr.

Vor ihm lagen zweihundert Meter gerader Strecke – bei einer Geschwindigkeit von hundert Kilometern – nicht gerade viel Zeit. Ausreichend Zeit allerdings, um sich an Harold Proxmires Mahnung zu erinnern, die Achse des Lincoln prüfen zu lassen, nachdem Joyce den Wagen auf den Baumstumpf gesetzt hatte; genug Zeit, sich vorzustellen, was am Ende der geraden Strecke liegen mochte; genug Zeit, um sich vorzustellen, wie es wäre, von der Straße getragen zu werden und durch die Luft zu fliegen, während die Scheinwerfer sich mühten, die andere Seite der Schlucht zu erreichen, unter sich nur Schwärze und Stille; genug Zeit, um daran zu denken, daß sein Vater in einem Auto ums Leben gekommen war, und das bei einer Geschwindigkeit von fünfzig Stundenkilometern, Zeit genug, seine eigenen schlechten Chancen abzuwägen.

Als zu Clive juniors Überraschung die Lenkung wieder reagierte, und er die Kurve mit sechzig nahm, wobei ein Hagel von Kieselsteinen in die dunkle Schlucht gesprüht wurde, fühlte er seltsamerweise fast gar nichts, und als er sich mit der Zunge über die Unterlippe fuhr, war er enttäuscht, dort kaum noch etwas von dem salzigen Geschmack zu finden. Aber indem er mit den Zähnen darauf biß, schaffte er es, die Haut wieder aufplatzen zu lassen wie eine Traube, und wieder kostete er das süße Blut.

Vor ihm öffnete sich inmitten der Bäume ein Aussichtspunkt, und weit unten sah er eine große Autobahn, die schnurgerade auf einen Lichtschein im Westen zulief. Es sah aus wie ein Bild aus dem Fenster eines Flugzeugs. Das mußte der Pennsylvania Turnpike sein, riet er, und, dahinten in der Ferne, Pittsburgh.

Wieder spürte er ohne Furcht das Spiel im Lenkrad; er besaß nicht die vollständige Kontrolle, aber sie war ihm auch nicht ganz entglitten. So also, dachte er, mußte sich Sully fühlen.

Freitag

Richter Barton Flatt ging es gar nicht gut. Sein Unterkiefer hing tief herab, was dem Gesicht einen zynischen Ausdruck verlieh, und abgesehen von einem kleinen Haarbüschel über der Stirn waren ihm alle übrigen Haare in der Chemotherapie ausgefallen. Er thronte in seinem Amtszimmer im Ledersessel hinter einem riesigen Eichenschreibtisch, aber es war deutlich zu erkennen, daß er sich nicht wohl fühlte, wie er sich da in seinem Stuhl drehte und wand. Er sah aus wie ein Mann, der in einen Titanenkampf gegen heftige Blähungen verstrickt war, und die anderen Männer im Raum beäugten ihn äußerst mißtrauisch. Neben dem kranken Richter saßen in dem Raum Satch Henry, der Bezirksstaatsanwalt, Polizeichef Ollie Quinn, Officer Doug Raymer in Zivil und mit Sonnenbrille, ein rotäugiger Wirf, der aussah, als habe man ihn im Bett liegend angezogen, und natürlich Sully, zu dessen Ehren die Versammlung einberufen worden war. »Okay, Jungs und Mädels«, sagte der Richter Flatt und klappte den Deckel über dem Umschlag zu, der den Polizeibericht enthielt. »Dann laßt mal schauen, ob wir nicht ein bißchen Kleinstadtrecht sprechen können, hier und jetzt.«

»Euer Ehren, könnten wir uns dann nicht alle hinsetzen?« bat Chief Quinn. Vor dem Richtertisch waren im Halbkreis fünf Klappstühle aufgestellt worden, und jeder Stuhl war besetzt außer Sullys; der humpelte im Hintergrund an einer Wand vor den Bücherregalen entlang. Sein Knie pochte im Rhythmus einer Blaskapelle, und er fand es geraten, sich viel zu bewegen.

»Mr. Sullivan«, sagte Richter Flatt, »fühlen Sie sich besser, wenn Sie sitzen oder wenn Sie stehen?«

»Im Augenblick stehe ich lieber«, erwiderte Sully und nach einer Pause fügte er hinzu: »Euer Ehren.«

»Er steht nicht, er läuft herum«, bemerkte der Polizeichef.

Richter Flatt rutschte in seinem Sessel hin und her, was die anderen dazu bewog, sich zurückzulehnen, als hätte man ihnen einen Stoß versetzt.

»Er macht mich einfach nervös«, erklärte der Chief und blickte über die Schulter argwöhnisch zu Sully.

»Jeder, der nicht im Gefängnis sitzt, macht Sie nervös, Ollie«, äußerte der Richter. »Damit bewahren Sie bloß ein Klischee der Faschisten.« Dann sagte er zu Sully: »Gehen Sie lieber dorthin, zur anderen Seite, Mr. Sullivan. Unser Polizeichef befürchtet einen Angriff von hinten.«

»Euer Ehren«, schaltete sich Satch Henry ein, die Hand gehorsam erhoben wie ein Schüler in der Grundschule. »Wenn Sie sich nicht wohl fühlen, können wir ja vertagen –«

»Nein, wir werden das jetzt durchstehen«, entgegnete Richter Flatt. »Mr. Sullivan hat bereits einen Feiertag im Gefängnis verbracht, und ich werde nächste Woche bestimmt nicht mehr Lust auf dieses Verfahren haben als jetzt. Falls Sie nicht vorschlagen, die Sitzung bis zum nächsten Monat zu vertagen – dann befinde ich mich nämlich im Ruhestand und Sie würden einen Richter bekommen, der Ihnen mehr zusagt.«

»Das ist *nicht* das, was ich sagen wollte, Euer Ehren«, sagte Henry rasch.

»Gut«, meinte der Richter. »Dann können wir ja anfangen.«

Wirf, der seit Betreten des Verhandlungszimmers noch kein Wort gesagt hatte, besah sich seine Fingernägel; auf seinem Gesicht lag die Andeutung eines Lächelns. Vor einer halben Stunde hatte er sich kurz mit Sully beraten und ihm erklärt, was seiner Meinung nach geschehen würde. »Wenn alles läuft, wie ich es mir vorstelle, werde' ich nicht viel sagen (»Tust du sowieso nie«, hatte Sully ihn erinnert), und ich will nicht, daß du den Mund aufmachst, bevor du gefragt wirst. Denk immer daran, egal, was auch geschieht – die Tatsache, daß wir hier nur in einer Vorverhandlung sind, zeigt, daß wir nicht auf verlorenem Posten stehen. Satch Henry weiß das auch, und er ist drauf und dran, sich einen abzubrechen. Die Sache steht gut für uns, außer wir vermasseln sie.«

Sully war sich da nicht so sicher. Im Laufe der letzten beiden Jahre waren er und Wirf in eine Menge Gerichtsverfahren verwickelt gewesen, aber nicht ein einziges hatte sich zu Sullys Gunsten entwickelt. Allerdings mußte er zugeben, daß diese Verhandlung heute einen vielversprechenden Anfang genommen hatte. Laut Wirf gab es viel böses Blut zwischen dem Richter und dem Büro des Staatsanwalts, und Sully glaubte das auch zu spüren; Richter Flatt war für seine Bissigkeit ebenso berühmt wie für seine liberalen Zielsetzungen. Immerhin konnte Wirf ja einmal recht haben. Bei der Sendung *Vor Gericht* riet er ja auch hin und wieder richtig, also warum nicht auch einmal im wirklichen Leben?

Richter Flatt schob den braunen Umschlag mit dem Polizeibericht quer über seinen Schreibtisch, wobei sein Zeigefinger auf Satch Henry wies. »Okay, Satch, dann verraten Sie mir mal die Wahrheit, die ganze Wahrheit und nichts als die Wahrheit. Wollen Sie Mr. Sullivan wirklich anklagen, das Ganze vor Gericht bringen und einen Haufen Steuergelder verplempern?«

Satch Henry lief dunkelrot an. »Euer Ehren, ich glaube, es gibt Präzedenzfälle für die Verurteilung von Menschen, die Polizisten angegriffen haben. Und Mr. Sullivan ist schon des öfteren wegen Gewalttätigkeit aufgefallen. Er hat Officer Raymer die Nase gebrochen und eine Gehirnerschütterung beigebracht. Nehmen Sie mal die Brille ab, Doug.«

Officer Raymer nahm die Sonnenbrille ab. Er hatte zwei blaue Augen – oder vielmehr grüne Augen, denn die geschwollene Haut zu beiden Seiten der Nase hatte sich farblich verändert.

Richter Flatt musterte den Polizisten aufmerksam. »Heißen die immer noch Veilchen?« erkundigte er sich. »So nannte man sie, als ich noch ein Junge war.«

Durch die unerwartete Frage blickte Officer Raymer etwas verwirrt. »Ich glaube ja«, erwiderte er. »Das oder ›blaues Auge‹.«

»Waren Sie vorher schon einmal in einen Faustkampf verwickelt, Officer Raymer?«

»Klar«, sagte der Polizist. »Viele Male.«

»Was machen Sie normalerweise, wenn Sie einen Schlag kommen sehen?«

Officer Raymer legte den Kopf schief und dachte nach. »Ducken?« riet er.

»Warum haben Sie sich diesmal nicht geduckt?«

»Euer Ehren –« begann Satch Henry.

»Unterbrechen Sie mich nicht, Satch. Sehen Sie nicht, daß ich mit dem Mann rede?«

Satch Henry öffnete den Mund, um noch etwas zu sagen, schloß die Lippen aber dann wieder. Wirf erlaubte sich den Anflug eines Lächelns.

»Warum haben Sie sich diesmal nicht geduckt?« wiederholte der Richter.

»Hab' wohl nicht geglaubt, daß er den Schlag wirklich durchziehen würde«, antwortete der verdrossene Polizist.

»Warum nicht?« wollte Richter Flatt wissen. »Wie Satch sagt, ist Mr. Sullivan schon oft wegen Gewalttätigkeit aufgefallen. Stammt aus einer Familie von Kneipenkämpfern. Warum wollten Sie dann nicht wahrhaben, daß er Ihnen einen Schlag verpassen würde?«

»Also, zum Teufel auch, Richter«, brach es aus Officer Raymer heraus. »Ich hab' doch mit der gottverfluchten Pistole auf ihn gezielt. Der Hurensohn ist einfach verrückt.«

Nun wandte Richter Flatt seine Aufmerksamkeit dem Staatsanwalt zu. »Sie sagten doch, daß Sie diesen Mann als Zeugen vernehmen wollten, nicht wahr? Er hat gerade zugegeben, mit der Waffe auf einen unbewaffneten sechzigjährigen Krüppel gezielt zu haben.«

»Ich denke nicht, daß ich Sully als Krüppel bezeichnen würde«, sagte Satch Henry kleinlaut, doch das Argument hatte ihn getroffen.

»Kommen Sie mal kurz her, Mr. Sullivan«, sagte der Richter. »Krempeln Sie mal vor diesen Herren das Hosenbein hoch.«

»Eigentlich lieber nicht«, sagte Sully, der sich fast wie ein kleiner Junge vorkam, dem man beim Doktorspiel befiehlt, die Hose runterzulassen.

»Tun Sie's trotzdem, Mr. Sullivan«, befahl der Richter. »Und kommen Sie hier nach vorne, wo wir's alle sehen können.«

Sully tat, wie ihm befohlen, und stellte den Fuß auf den Stuhl, der für ihn bereitgestellt worden war; vorsichtig rollte er das Hosenbein hoch, bis das Knie freilag. Er selbst sah es nach einiger Zeit wieder zum ersten Mal; es sah aus wie eine tropische Frucht, die jeden Moment aufplatzen würde.

Alle im Raum waren betroffen von dem Anblick. Wirf mußte

sich abwenden, und sogar Officer Raymer stieß einen Schmerzenslaut aus. Satch Henry erholte sich als erster. »Können wir ins Protokoll aufnehmen, Euer Ehren, daß Officer Raymer nicht für den Zustand von Sullys Knie verantwortlich ist, während Sully die Verantwortung für die Quetschungen und die Gehirnerschütterung des Polizisten trägt?«

»Nein, es wird nicht ins Protokoll aufgenommen, Satch«, entgegnete Richter Flatt und legte eine rhetorische Pause ein. »Bei Vorverhandlungen gibt's kein Protokoll.«

»Kann ich die Hose wieder runterkrempeln?« fragte Sully.

»Ja, dürfen Sie«, sagte der Richter. »Ich bestehe sogar darauf.«

Alle schauten zu, wie er das Hosenbein wieder herunterließ.

»Schmerzt es so schlimm, wie es aussieht, Mr. Sullivan?«

»Ich nehme Schmerztabletten«, erwiderte Sully, der schon gemerkt hatte, worauf der Richter hinauswollte. »An manchen Tagen geht's. Und die anderen überstehe ich auch irgendwie.«

»Welche Wirkung haben diese Tabletten?«

»Sie machen mich schläfrig.«

»Nervös vielleicht? Gereizt?«

»Nicht sehr, eigentlich gar nicht.«

»Sie würden also den Angriff auf den Polizisten nicht auf die Tatsache schieben, daß Sie Medikamente nehmen?«

»Nein, eigentlich nicht.«

»Ein klares ›Ja‹ wäre die kluge Antwort gewesen«, betonte der Richter. »Okay, wenn es also nicht an den Pillen lag, warum haben Sie dann den Polizisten vertrimmt?«

Die Antwort auf diese Frage war in Wahrheit so kompliziert, daß Sully daran zweifelte, sie je selbst zu verstehen, sie aber einem kranken, ungeduldigen Richter plausibel zu machen, war unmöglich. »Ich weiß nicht«, hörte er sich sagen. »Ich war wohl sehr müde. Es war ein harter Tag.«

Richter Flatt sagte darauf nichts, und Sully fragte sich schon, ob er erwartete, daß er fortfahren solle. Als er es jedoch nicht tat, sagte der Richter: »Okay, Mr. Sullivan«, und wandte sich wieder Satch Henry und Ollie Quinn. »Müdigkeit kann ich gut verstehen. Ich bin selbst müde. Und ich hab' es satt. Deshalb gehe ich nächsten Monat in den Ruhestand. Weil ich krank und müde bin und keine Lust mehr auf menschliche Gesellschaft habe. Passiert mir selbst schon oft, daß ich am liebsten jemanden erschießen möchte, also ist es Zeit für mich, abzudanken und das Feld der Kleinstadtgerechtigkeit einem anderen zu überlassen, Gott möge seiner Seele gnädig sein. Nun, auf jeden Fall werde ich jetzt eine Prophezeiung machen und eine Empfehlung geben, und dann überlasse ich es Ihnen zu entscheiden, Satch. Wenn Sie unbedingt vor Gericht ziehen wollen, bitte, aber dann unter meinem Vorsitz, und ich sag' Ihnen jetzt schon, daß Sie das besser nicht wünschen sollten.«

»Euer Ehren –«, begann Satch Henry.

»Halten Sie die Luft an, Satch, hier ist mein Revier.«

Satch Henry hielt die Luft an.

»Hier nun die Fakten«, sagte Barton Flatt. »Wir haben Mr. Sullivan, der eine Dummheit gemacht hat, und das vor Zeugen. Sie haben gute Chancen für eine Verurteilung, Satch. Aber Himmelherrgott noch mal, was für eine Show Mr. Wirf dann abziehen könnte. Wenn Mr. Sullivan für seine Faustkämpfe berüchtigt ist, so hat unser Polizist auch einiges, was in den Akten verzeichnet steht. Während der letzten sechs Monate hat er eine alte Frau wegen einer Pizza in Angst und Schrecken versetzt und einen Verrückten mit einem Gewehr auf Fenster in der Main Street schießen lassen, hat dann zugesehen, wie dieser auch noch eine junge Frau angriff und sich daraufhin davonmachte. Bei dieser Gelegenheit befand er es für richtig, die Waffe im Halfter stecken zu lassen, aber bei Mr. Sullivan zieht er nicht nur die Pistole, sondern schießt sogar, und die Kugel schlägt in ein Haus ein, das einen ganzen Block entfernt ist. Sie behaupten, Mr. Sullivan sei eine Gefahr für die Allgemeinheit, aber Mr. Wirf wird beweisen, daß wir mindestens zwei Leute hier unter uns haben, die eine Gefahr darstellen. Und bevor er fertig ist, werden Sie wie ein Idiot aussehen, Satch, und Ollie ebenfalls, und Ihr Polizist, der wirklich ein Idiot *ist*, wird genauso blöd aussehen. Und falls Mr. Wirfly kein Dummkopf ist, wird er eine Gegenklage gegen die Polizei und die Stadtverwaltung anstrengen, die monatelang für Schlagzeilen in der Zeitung von Schuyler – vielleicht sogar in den Blättern von Alban – sorgen wird. Nicht, daß das Ihnen noch viel ausmachen könnte, Satch, Sie sind ja kommenden November nicht mehr im Amt. Meine Empfehlung ist bloß, bauschen Sie die Sache nicht so auf. Einigen Sie sich hier und jetzt in diesem Zimmer, nicht vor Gericht.«

»Euer Ehren –« versuchte es Satch Henry wieder, nun, da der Richter zu Ende gesprochen hatte.

»Nichts da«, schüttelte der den Kopf und hielt die Hand hoch. »Ist immer noch mein Revier. Und Sie hören mir noch ein bißchen länger zu. Ich habe Ihnen gesagt, was geschehen wird, und jetzt sag' ich Ihnen, was Sie tun müssen, um es zu vermeiden. Ich hab' ungefähr ein halbes Dutzend vernünftiger Vorschläge, und der erste wäre, daß wir Mr. Sullivan und Officer Raymer hinausschicken, weil ich nicht glaube, daß ihre Anwesenheit hier noch vonnöten sein wird. Außerdem geht mir Mr. Sullivans Rumlaufen auch allmählich auf die Nerven, und um den Anblick von Polizisten mit Sonnenbrillen habe ich mich noch nie besonders gerissen.« Nun wandte er sich an Sully und Officer Raymer, und schaute zweifelnd vom einen zum anderen. »Wenn wir Sie bitten, sich nach draußen zu begeben, Gentlemen, glauben Sie, daß Sie dann in der Lage wären, von künftigen Feindseligkeiten abzusehen? Ich möchte, daß Sie mir ehrlich antworten, denn ich kann Ihnen auch einen Anstandswauwau mitgeben, wenn Sie diesbezüglich Zweifel hegen sollten.«

»Ich denke, ich kann für das Verhalten meines Mandanten garantieren«, sagte Wirf und warf Sully einen warnenden Blick zu.

Der Richter blickte Wirf an, wie er wohl ein unartiges Kind angeblickt haben würde. »Sie beleidigen mein Urteilsvermögen, Mr. Wirfly. Ich kenne Sie, und ich kenne Ihren Mandanten, und ich weiß, daß Sie mir nichts dergleichen garantieren können.«

Wirf gelangte zur Einsicht, daß der Richter recht hatte.

»Wie ist es, Mr. Sullivan?« wollte der Richter wissen. »Sie sind doch nicht müde, oder? Nicht so wie letztens, als sie dachten, daß es eine prima Idee wäre, einen Polizisten halb bewußtlos zu schlagen? Glauben Sie, daß Sie sich mal zehn Minuten lang wie ein erwachsener Mensch benehmen können?«

»Ich will's versuchen, Euer Ehren«, versprach Sully.

»Versuchen Sie's nicht«, riet der Richter. »Tun Sie's einfach. Und wie ist es mit Ihnen, Officer?«

Officer Raymers Miene hatte sich bedrohlich verfinstert. Er war nicht ganz sicher, hatte aber den Eindruck, daß der Richter ihn kurz zuvor einen Idioten genannte hatte, und fand das ziemlich unfair. »Ich möchte nur sagen, wohin das bloß mit diesem Land gekommen ist, das möcht' ich bloß mal wissen. Ich kann die Geschichte einfach nicht glauben, und ich sag' das bloß fürs Protokoll.«

»Nun, das können Sie eben nicht«, entgegnete Richter Flatt. »Gehen Sie raus auf den Korridor, setzen Sie sich hin und denken Sie eine Weile darüber nach, dann wird Ihnen schon aufgehen, warum Sie nichts fürs Protokoll sagen können, denn ich habe es bereits einmal erklärt.«

Nun versuchten sowohl Satch Henry als auch der Polizeichef, ein Schmunzeln zu unterdrücken, und Officer Raymer, der dies wohl bemerkte und daraus schloß, daß ihre Unterstützung allmählich abbröckelte, polterte wütend aus dem Zimmer. Sully folgte ein wenig langsamer und erreichte gerade noch rechtzeitig die Tür, um deren lautes Zuschlagen zu verhindern. Auf der anderen Seite des Flurs verschwand Officer Raymer auf der Herrentoilette, und fast augenblicklich war ein lauter Tritt gegen den Mülleimer zu vernehmen, der dort stand.

Am Ende des Flurs befand sich ein Warteraum, auf den Sully jetzt zuschritt, in der Hoffnung, dort einen Kaffeeautomaten auffindig zu machen. Er hatte die Taschen noch voller Kleingeld von gestern abend, als Wirf und Carl Roebuck ihn auf eine Runde Pokern besucht hatten. Carl schien furchtbar sauer auf ihn zu sein, wollte aber im Gefängnis nicht mit dem Grund rausrücken. Im Verlauf des Abends hatte Carl ihn mit allen möglichen Schimpfworten belegt, hatte geraucht und getrunken, was das Zeug hielt, und schien nicht an seine vorherigen Enthaltsamkeitsschwüre erinnert werden zu wollen. Sully hatte seine schlechte Laune auf den Zusammenbruch des Freizeitparkprojekts geschoben. Als das Pokerspiel kein Ende nehmen wollte und sie nicht mehr genug Platz in der Zelle fanden, mußten sie sich in das Verhandlungszimmer neben dem Einweisungsschalter begeben. Sully hatte die ganze Nacht über gewonnen, so daß er jetzt genug Kleingeld bei sich trug, um ein Metallsuchgerät in Alarm zu versetzen.

Seine Glückssträhne der vergangenen Nacht schien anzudauern, denn er fand in der Tat eine Kaffeemaschine, und als er zwei Vierteldollarmünzen einwarf und dafür eine halb volle Tasse pechschwarzen Kaffee erhielt, konnte er immer noch nicht das Gefühl abschütteln, das Blatt habe sich gewendet. War seine Pechsträhne nun vielleicht zu einem Ende gekommen, würde sich doch noch alles zum Guten wenden? Er saß da, hatte sein krankes Bein auf einen Plastikstuhl gelegt und dachte immer noch über alle möglichen Folgen nach, als Officer Raymer aus der Toilette kam, die Hose immer noch halb offen. Bei dem Anblick seines Kontrahenten überlegte der Beamte, ob er auf dem Absatz kehrtmachen sollte, das konnte Sully deutlich sehen.

Er zog einen zweiten Stuhl unter dem Tisch hervor. »Setzen Sie sich«, schlug er vor. »Das macht's leichter.«

»Nein danke«, erwiderte Officer Raymer und starrte Sully durch die dunkelgetönten Brillengläser an. »Wissen Sie, so etwas wie Gerechtigkeit gibt's überhaupt nicht. Das macht mich so fertig.«

»Natürlich gibt's das nicht«, stimmte Sully zu. »Wie alt sind Sie?«

»Also, jedenfalls zieht's mich runter«, sagte Officer Raymer.

Sully nickte. »Absolut richtig. Wie wär's mit 'nem Kaffee? Ich geb einen aus.«

»Ich kann meinen Kaffee selbst bezahlen«, gab der Polizist zurück und fischte in seiner Tasche nach Münzen, bevor er zum Kaffeeautomaten schlurfte.

Von seinem Platz aus konnte Sully erkennen, daß Officer Raymer sich irrte; die Münzen in seiner Hand schienen zusammen nicht mehr zu ergeben als ungefähr fünfundvierzig Cent. In der Reihe der Automaten stand auch ein Geldwechsler mit einem handgeschriebenen AUSSER-BETRIEB-Schild. Officer Raymer bemerkte es jedoch nicht, steckte einen Dollarschein in den Schlitz und wunderte sich, als dieser wieder ausgespuckt wurde. Sully raffte eine Handvoll Kleingeld zusammen und ließ es auf den Tisch fallen. Wutschnaubend suchte sich der Polizist die benötigten Münzen heraus und knallte den Schein auf den Stapel. Als Officer Raymer zum Preis von fünfzig Cent dieselbe halbe Tasse trüber, schwarzer Brühe erhielt wie Sully, sah dieser – der den Frust des Polizisten nur zu gut nachfühlen konnte – voraus, was nun kommen würde, und sagte: »Warten Sie noch einen Augenblick«, worauf er geschwind einen Tisch weiter rückte. Als er sich außer Reichweite des Sturms wähnte, sagte er: »Denn man los«, und Officer Raymer, der den Automaten mit beiden Händen gepackt hielt, begann nun, ihn hin und her zu rütteln, bis das obere Ende des Automaten gegen die Wand stieß und abprallte, wieder und wieder. Der Polizist rüttelte weiter, bis irgend etwas in dem Automaten zerbrach und ein Schwall Kaffee sich auf den Boden ergoß. Da trat Officer Raymer zurück und sah mit ungetrübter Befriedigung zu, wie die Pfütze zu einem See wurde. »So«, sagte er.

Gerade als er sich seinen Stuhl heranzog, platzte Ollie Quinn in den Flur. »Mein Gott«, meinte er, als er den Schaden sah. »Ich dachte schon, da hätte jemand geschossen.« Und verschwand wieder.

Officer Raymer nahm einen Schluck Kaffee und beruhigte sich soweit, daß die Farbe aus seinen Wangen wich. Sein Ausdruck hatte sich von Wut wieder zu seiner üblichen schafsdämlichen Miene gewandelt – alles während der Zerstörung eines Kaffeeautomaten –, und Sully konnte auch das verstehen. Der Polizist seufzte schwer: »Manchmal wird es einem alles zuviel, was?«

Sully wollte gerade sagen, daß es genau dieses Gefühl gewesen war, das ihn veranlaßt hatte, den Polizisten zu schlagen, und daß er es nicht persönlich nehmen solle, als er aufblickte und Peter und seinen Enkel in der Tür stehen sah, durch die eben noch der Polizeichef hereingeplatzt war. Peter betrachtete die Szenerie mit der gewohnten ironischen Distanz, als wolle er sagen, daß man von diesen Leuten ohnehin nur Verrücktheiten erwarten könne. Sully bezweifelte jedoch, daß der kleine Junge sich jemals so distanziert geben könnte. Wie immer wirkte Will seltsam erwachsen, wie er da auf seinen Großvater zutrat, auf dessen gesundes Bein kletterte und ihm die Arme um den Hals legte. Ein anderes Kind wäre davongerannt. Ein anderes Kind hätte vergessen, welches Bein gesund war. Ein anderes Kind hätte vergessen, daß er überhaupt ein krankes Bein hatte.

»Was gibt's denn, Sportsfreund?«

»Wacker ist im Krankenhaus«, berichtete Will.

Peter zog sich einen Stuhl heran und nickte dem verdrießlichen

Polizisten grüßend zu. Falls er erstaunt war, Officer Raymer und seinen Vater so friedlich beieinander sitzend vorzufinden, so erwähnte er es mit keinem Wort.

»Kennen Sie meinen Sohn schon?« fragte Sully.

Officer Raymer runzelte die Stirn. »Sie waren auch in dem Wagen, stimmt's?«

Peter gestand diesen Schandfleck in seiner Vita ein, während sie einander die Hände schüttelten.

»Was ist mit Wacker?« fragte Sully.

»Er hat die Mandeln rausgekriegt«, erwiderte Peter.

»Alles gutgegangen?«

Peter zuckte nur mit den Schultern. »Soviel ich gehört habe, ja. Aber ich wurde überhaupt nur deshalb benachrichtigt, weil ich jetzt die Krankenhausrechnung zu erwarten habe.«

Sully nickte. »Ich hätte dich auch nicht so früh zurückerwartet.« Peter war nach Hatties Beerdigung mit dem Lastwagen nach Morgantown gefahren, um dort noch einiges zu erledigen – verschiedene Möbel aus dem Haus zu holen, das er und Charlotte gemietet hatten; die Konten zu löschen, seine Bücher aus dem Büro in der Universität zu holen; und sich um seine Versicherungsbeiträge zu kümmern, da Sullivan Enterprises nicht unbedingt Krankengeld und Sozialversicherung für seine Beschäftigten vorsah.

»Bin gerade erst zurückgekommen«, berichtete Peter.

»Da mußt du ja die Nacht durchgefahren sein.«

»Soviel gab's auch wieder nicht zu tun«, erklärte Peter. »Charlotte hat sich das meiste gekrallt. Ich hatte mehr Zeugs im Büro als zu Hause.«

»Was haben sie dazu gesagt, daß du deine Arbeit aufgibst?« wollte Sully wissen.

Peter zeigte sein selbstmitleidiges Lächeln, das einen so wütend machen konnte. »Die waren nicht halb so traurig wie mein Vermieter, dessen Enttäuschung so groß war, daß er mir meine Kaution nicht auszahlen wollte.«

Sully nickte. »Ich würde dir ja gern einen Kaffee ausgeben«, bot er an, »aber unser Freund hier hat eben den Automaten abgemurkst.«

Officer Raymer, der sich ganz der philosophischen Betrachtung seiner inzwischen leeren Tasse gewidmet hatte, blickte auf. »Das Scheißding war schon kaputt«, sagte er ärgerlich.

»Wie wär's mit 'ner Limo?« fragte Sully seinen Enkel.

Will war einverstanden.

Sully zeigte auf den Stapel aus Münzen, und Will fischte sich die heraus, die er brauchte.

»Klasse«, bemerkte Peter, als sein Sohn einen weiten Bogen um den Kaffeesee schlug, um zum Cola-Automaten zu gelangen. »Dem Kind um elf Uhr früh eine Limonade zu erlauben.«

Sully hatte nicht einmal die Zeit bedacht. »Entschuldige«, sagte er. »Wollte ihm bloß etwas kaufen.«

»Ich weiß«, sagte Peter, nicht unfreundlich; vielleicht wollte er nur andeuten, daß sein Vater bei allem, was er anbot, doch nie das Richtige treffen würde.

»Was glauben Sie, werden die mir dafür abknöpfen?« fragte Officer Raymer.

»Hat irgendeiner geseh'n, wie Sie ihn kaputtgemacht haben?« fragte Sully zurück.

»Sie.«

»Ich doch nicht«, entgegnete Sully. »Das Ding war schon hinüber, als ich hier reinkam.«

Einen kleinen Plastikbecher, der nur halbvoll war, in der Hand, kehrte Will an den Tisch zurück. »Die gönnen einem nicht viel hier«, sagte er bedauernd. Er hatte zwei Münzen – einen Dime und einen Nickel – übrig und legte sie wieder auf Sullys Stapel.

»Sag es dem hier.« Sully wies auf den Polizisten. »Er kümmert sich drum. Er repariert die Automaten.«

»Wacker kriegt zwei Tage lang nichts als Eis und Cola«, sagte Will und erwartete halb, daß man ihm eine Antwort geben würde; statt dessen starrten ihn sein Vater, sein Großvater und der Mann, der hier die Automaten reparierte, nur stumm an und machten ihn ziemlich nervös wie immer, wenn seine Anwesenheit von den Erwachsenen zu deutlich wahrgenommen wurde. Er starrte auf seine Limonade, bis die Erwachsenen endlich ihre Blicke von ihm abwandten, nahm dann einen Schluck und achtete besonders darauf, wie die kalte Flüssigkeit seinen Hals hinunterrann; dabei fiel ihm Wacker ein, im Krankenhaus, umgeben von Ärzten, von denen einer ihm mit einer

Schere in den Hals gefahren war, und er stellte sich vor, wie sein Bruder komplizierte Rachepläne schmiedete.

Derweil wurde am andere Ende des Flurs der Kleinstadtgerechtigkeit Genüge getan.

Die Wohnung, die Wirf ausfindig gemacht hatte, befand sich etwas südlicher auf der Main Street in einer Gegend mit großen, schäbigen Häusern und rissigen, unkrautüberwucherten Gehwegen, die sich wie Achterbahnen an bräunlichen Rasenflächen vorbeischlängelten. Nur auf der einen Seite der Straße standen Häuser, gegenüber lag der Parkplatz und der Müllcontainer des IGA-Supermarktes, auf dessen Schild nun zu lesen stand. AB 15. JANUAR GESCHLOSSEN. Als Wirf am Bordstein hielt und alle vier – Wirf und Sully vorn, Peter und Will auf dem Rücksitz – ausstiegen, wurden sie von lautem, mehrstimmigen Hundegebrüll begrüßt; einer der Hunde zerrte an der Leine, mit der er am Geländer der Veranda des Nachbarhauses festgebunden war. Was Sully wieder an zwei wichtige Dinge erinnerte: daß er immer noch Miss Beryls Verandageländer reparieren mußte und daß er jetzt einen Hund besaß. Laut Peter war Rasputin seit geraumer Zeit der Haushund auf der Bowdon Street, schlief bei Nacht in der Küche und tollte tagsüber auf der hinteren Veranda herum.

»Erster Stock?« fragte Sully und starrte nach oben auf die leeren Fenster. Wirf nickte mit dem Kopf.

»Gut, daß es nicht drei Etagen sind, sonst würdest du mich bestimmt auf die dritte Etage verfrachten«, sagte Sully.

»Der ewig Undankbare«, sagte Wirf, während sie die Vordertreppe heraufstiegen.

Die Wohnung hatte eine separate Tür, die nicht verriegelt war, so daß sie sich in Ruhe umsehen konnten. Der Vermieter war zur Arbeit gegangen. Die Treppe war eng und steil, und Sully bemerkte, wie Will sie ängstlich betrachtete. »Nimm Opas Hand«, schlug er vor. »Hast du deine Stoppuhr noch?«

Will nahm sie aus der Tasche und zeigte sie dem Großvater.

Die Wohnung war ein gutes Stück kleiner als Sullys derzeitige Behausung, wenn auch die Küche größer war; sie bot Platz für seine Sitzecke mit den Stühlen. Steckdosen und Wasserleitungen waren uralt, und auch das war in Ordnung, da er sie nicht brauchen würde. Im Wohnzimmer gab es einen Kamin, in dem ein Holzscheit und die Asche von zwei Jahren lagen. Um den Kamin herum waren Bücherregale in die Wand eingelassen. »Was zum Teufel soll ich denn damit anfangen?« meine Sully.

»Mein Gott, du kannst einem vielleicht auf den Wecker gehen«, sagte Wirf. »Geh doch wieder ins Kittchen zurück.«

Will bekam ganz große Augen, als er diesen offenbar ernstgemeinten Vorschlag vernahm.

Zu seiner Schande mußte Sully eingestehen, daß er wirklich kaum mehr Platz brauchte, als er in der Gefängniszelle zur Verfügung gehabt hatte. Er brauchte ein Plätzchen zum Schlafen. Eine Dusche. Ein Klo. Einen Kleiderschrank. Wirklich zu Hause fühlte er sich jedoch nur im *Horse*, bei *Hattie's*, im OTB und in Carl Roebucks Büro.

Dieses von Wirf ausgekundschaftete Haus lag auch noch am falschen Ende der Main Street, ein gutes Stück weiter weg von seinen Heimstätten als Miss Beryls Haus. Und da er gerade an *Hattie's* dachte, fiel ihm noch etwas ein: Es hieß ja nun nicht mehr *Hattie's*, sondern *Ruth's*, und heute sollte die große Wiedereröffnung stattfinden. Er war am Morgen vorbeigefahren und hatte die Ankündigung gelesen. Früher oder später mußte er ja mal hineingehen und sehen, wie es mit Ruth und ihm stand, herausfinden, ob *Hattie's*, die vielleicht gemütlichste Heimstätte von ganz Bath, für ihn noch eine Heimat war.

»Soviel Platz brauch' ich ja gar nicht, Wirf«, sagte er, als Peter in eins der Schlafzimmer verschwunden war und Will mit sich genommen hatte. »Und ich kann's mir auch nicht leisten.«

»Wo glaubst du denn noch etwas für zweihundertfünfzig Dollar im Monat zu finden?« fragte Wirf. »Willst du vielleicht in einem Wohnwagen leben?«

»Im Moment zahle ich bloß zweihundert im Monat«, betonte Sully.

»Das kommt nur, weil deine Wirtin so großzügig ist«, entgegnete Wirf. »Sie könnte für die Wohnung gut vierhundert im Monat verlangen.«

Sully zuckte mit den Achseln. »Also, wenn du meinst, ich soll sie nehmen, dann nehm' ich sie.«

Wirf warf die Hände hoch.

»Was ist denn?« fragte Sully. »Was willst du bloß von mir?«

»Warum mach' ich mir bloß die Arbeit?«

»Keine Ahnung.«

Wirf winkte mit beiden Händen ab. Nun grinsten sie einander an. »Was wollte Barton von dir?« fragte Wirf nach einer Weile.

Nachdem der Richter und Wirf mit dem Bezirksstaatsanwalt und dem Polizeichef eine Schlichtung ausgehandelt hatten, wollte Richter Flatt noch einmal Sully sehen. Wirf, der Angst hatte, daß Sully etwas Dummes anstellen würde, wodurch der Handel nichtig wurde, hatte im Zimmer bleiben wollen, aber Flatt hatte ihn mit strengen Worten hinaus auf den Flur geschickt. Zu Sullys Erstaunen bezog sich die Frage des Richters darauf, was vor all den Jahren wirklich passiert war, als der Junge auf dem Dorn des Zaunes aufgespießt wurde. Der Richter, damals noch ein junger Mann, hatte zu der Menge gehört, die sich auf dem Bürgersteig drängte, um das Eintreffen des Krankenwagens abzuwarten. Wie Sully hatte auch er den Anblick offenbar niemals vergessen können. Sully erklärte, daß er nicht dabeigewesen sei, als es geschah, daß er nicht mehr gesehen habe als die anderen Gaffer. Und er überlegte, ob er dem Richter sagen sollte, was sein Bruder ihm erzählt hatte – daß der Junge aufgespießt worden war, weil sein Vater am Zaun gerüttelt hatte, vor Wut schäumend, bis der Junge herabgefallen war. Das hatte das Opfer später ausgesagt, aber sein Wort hatte gegen das von Sullys Vater gestanden, und schließlich war der Junge ja auf verbotenem Grund und Boden gewesen. Sully war versucht gewesen, dem Richter zu erzählen, was er wußte, doch dann hatte er plötzlich beschlossen, es doch nicht zu tun, ohne zu wissen, warum.

»Nichts von Bedeutung«, sagte er jetzt zu Wirf mit derselben seltsamen Zurückhaltung. Er hatte nie versucht zu verbergen, wie sehr er seinen Vater verachtete, aber auch nie einer Menschenseele anvertraut, was sein Bruder ihm an jenem Tage erzählt hatte.

»Schön, wie du willst«, sagte Wirf. »Kannst nicht mal deinen eigenen Anwalt vertrauen. Wirst schon sehen, ob's mir was ausmacht.«

»Okay«, stimmte Sully zu.

»Schande über dich.«

»Was?« meinte Sully.

»Du hast meine Gefühle verletzt.«

»Hast doch grad' gesagt: ›Wirst schon sehn, ob's mir was ausmacht‹.«

»Ich bin dein Anwalt. Wir lassen uns regelmäßig vollaufen. Und das ist jetzt der Dank dafür«, rief Wirf schmollend. »Scheiß auf dich.«

Sully setzte sich auf einen der Heizkörper und beugte sein Knie. »Was zum Teufel ist heute bloß los mit dir?« wollte Wirf wissen. »Ich hol' dich aus dem Kitchen raus, und du benimmst dich, als wär' jemand gestorben.«

Er hatte recht. Vor ungefähr einer Stunde, als er allein in dem schäbigen Pausenraum des Rathauses gesessen hatte – kurz bevor er erfuhr, daß die Klage wegen Körperverletzung fallengelassen würde –, hatte er sich noch guten Mutes gefühlt. Er hatte Anzeichen zu sehen geglaubt, daß seine Pechsträhne endlich zu Ende ging. Und dieses Gefühl trug ihn auch jetzt noch. Warum dann diese plötzliche Ahnung, daß der Wandel zum Besseren kaum etwas zu bedeuten habe?

Das Gefängnis hatte ihn auf seltsame Weise von seinen Ängsten und Erwartungen befreit – wenn er auch keine Fortschritte bei der Lösung seiner vielfältigen finanziellen und persönlichen Probleme zu verzeichnen hatte, so machte er im Gefängnis jedenfalls auch keine Rückschritte. Niemand hatte dort Erwartungen an ihn geknüpft. Nun, als freier Mann, sah er einen Berg unbewältigter Probleme vor sich: Da war der Lastwagen, der bezahlt sein wollte, und das Haus von Miles Anderson, das auf den Umbau wartete. Er stand sowohl bei Harold Proxmire als auch bei Wirf in der Kreide, und um die Schulden begleichen zu können, mußte er arbeiten, und um zu arbeiten, mußte er sich wieder mit Rub versöhnen.

Noch verwirrender war, daß er den genauen Zeitpunkt ausmachen konnte, an dem ihn sein guter Mut verlassen hatte – es war, als er aufgesehen und seinen Sohn und seinen Enkel in der Tür des Wartebereichs im Rathaus gesehen hatte, kurz nachdem Officer Raymer den Kaffeeautomaten demoliert hatte. Jedesmal, wenn er Peter sah, fühlte er tief im Magen undeutlich die unermeßliche Schuld, die ein Mann wiedergutmachen muß, eine Schuld, die besonders schwer mit Geld wiedergutzumachen ist, das man nicht hat. Ein Enkel war nur ein Gläubiger mehr – es erinnerte einen unwillkürlich daran, daß man immer noch nicht frei war. Je länger er darüber grübelte, was er Peter schuldete, um so mehr bezweifelte er, den Umfang seiner Schuld je ermessen zu können, auch wenn er nun mehr und mehr das Bedürfnis verspürte, seinem Sohn etwas zu geben. Es ging ihm nicht aus dem Kopf, daß er seinem Enkel um elf Uhr morgens den Farbstoffgiften einer Limonade ausgesetzt hatte.

Schlimmer noch – Peter schien darauf aus zu sein, die Schuldgefühle seines Vaters noch zu verstärken. Er hatte sich als erstklassiger Arbeiter erwiesen, der darüber hinaus Sullys verschiedene Eisen in den verschiedenen Feuern hielt, während Sully selbst aus dem Feld geschlagen war. Sicher, Peter schaffte es, ihm bei jeder Arbeit spüren zu lassen, daß er sie nur widerwillig erledigte, aber er erfüllte seine Aufgaben schneller und wirksamer als Sully es vermocht hätte. Peter, so mußte Sully sich eingestehen, war mit ein Grund, warum seine Pechsträhne nun beendet schien. Sollte er es schaffen, aus dem Graben herauszukriechen, so verdankte er es zum großen Teil seinem Sohn, wohingegen er selbst kaum in der Lage schien, Peter aus seinen mannigfachen Schwierigkeiten zu helfen: eine plötzlich aus den Fugen geratene Ehe; der Verlust einer Arbeit, die gleichzeitig eine Aufgabe darstellte; die Hoffnung, in Zukunft über ein ausreichendes Einkommen zu verfügen. Und indem er sich von Peter helfen ließ, stellte er sich gegen Vera, die ihrem Sohn den Rat gab, sich nach einem neuen Lehrauftrag umzusehen und sich bloß von dem Schiffbruch fernzuhalten, der Don Sullivan eines Tages hinunterziehen würde. Und wer wollte sie dafür tadeln?

Doch wichtiger noch: Sully war nicht sicher, ob sein Stolz ihm erlauben würde, daß Peter – dessen Existenz er oft genug monatelang vergessen hatte – sein Retter sein durfte. Es wäre vielleicht einfacher, wenn er den Mann, zu dem der Junge von einst herangewachsen war, gern haben könnte. Zuweilen glaubte er, daß es ihm möglich sei, es zu lernen, und manchmal schien es ihm sogar, als ob er ihn schon liebe, doch es war nicht die beständige Zuneigung, die er für Wirf, Ruth, Miss Beryl und sogar für Rub empfand. Selbst sein Gefühl für Carl Roebuck war stärker – eine Zuneigung, die mit Ärger vermischt war. Die Liebe zu seinem Sohn ähnelte seltsamerweise eher dem Gefühl, daß er für Toby empfand; ein Gefühl, das er nicht benennen konnte und das tief in seinem Innern hauste. Bei beiden kam er sich oft wie ein Esel vor, und irgend etwas schien ihn zu warnen – vielleicht aus dem gleichen Grund, denn es waren beide Menschen, auf die er keinerlei Anrechte besaß: weder auf eine schöne junge Frau noch auf einen Sohn. Es machte ihm nicht viel aus, daß Peter nicht fähig schien, seinen alten Groll zu vergessen. Alten Groll konnte er gut verstehen – auch er konnte seinem Vater nicht vergeben und erwartete es auch nicht von seinem Sohn. Was aber erwartete er dann von ihm?

Vielleicht, daß Peter ihm ein wenig ähnlicher wäre. Sicher, er war ein tüchtiger Arbeiter; er begriff schneller und ließ sich nicht leicht aus der Ruhe bringen. Allerdings schien er auch zu erwarten, daß harte Arbeit belohnt würde, eine kindische Haltung, die Vera ihm eingeflößt hatte. Da sein Fleiß in der Schule mit vielen guten Noten belohnt worden war, erwartete er einen gutbezahlten Job und Sicherheit. Als fähiger Lehrer hatte er später offenbar auch mit Beförderungen und Anerkennung gerechnet. Und wenn es dann anders kam, überließ er sich dem Selbstmitleid, wieder ein Erbe seiner Mutter. Moralische Selbstgerechtigkeit und Selbstmitleid hatten immer schon zu Veras Charakterzügen gehört.

So sehr Sully seinen Vater auch verachten mochte, sie waren sich immer einig gewesen – obwohl es keiner ausgesprochen hatte –, daß der Apfel nicht sehr weit vom Stamm gefallen war. Der Alte hatte die Verachtung verstanden und akzeptiert, weil er hinter Sullys Ablehnung auch Selbsthaß erkannt hatte. In den letzten zwei Jahrzehnten seines Lebens hatte Sully ihn nicht mehr als ein halbes Dutzend Mal gesehen, aber jedes Mal war zwischen ihnen etwas Merkwürdiges geschehen. Er fing einen Blick von dem Alten auf, der zu sagen schien: ›Ich *kenne* dich, Freundchen, ich kenne dich besser als du dich selbst‹. Sully hatte dann jedesmal wegschauen müssen, wenn das wissende Grinsen erschien, hatte vor der Wahrheit, die darin lag, die Augen abgewandt. Und vielleicht war es das, was Sully von Peter wollte – ein sicheres Gefühl, daß der Junge wirklich sein Sohn war, daß der Apfel nicht so weit vom Stamm gefallen war. Zuweilen konnte er es fast glauben – an dem Abend, da er ins Gefängnis gewandert war und zuvor mit Wirf und Peter im *Horse* getrunken hatte –, doch meistens hatte er das Gefühl, als sei der Apfel den Hügel hinuntergerollt bis in das nächste County, und das machte es ihm so schwer, für Peter mehr Zuneigung zu empfinden als für seine Exfrau, die diesen Sohn aufgezogen hatte.

Von seinem Platz auf dem Heizkörper konnte Sully hören, wie Peter leise mit Will in einem der beiden Schlafzimmer sprach. Ihre Stimmen hallten in den leeren Räumen, die Worte konnte er nicht ganz verstehen. Auch das, erkannte er, war eines der Dinge, die ihn besonders ärgerten – daß sein Sohn immer im Flüsterton mit Will reden mußte, als ob man Sully nicht einmal die beiläufigsten Dinge mitteilen dürfe. Wirf lauschte ebenfalls den gedämpften Stimmen und schien zu verstehen, was Sully durch den Kopf ging. »Schwarze Gedanken«, grinste er. »Du hast heute nur schwarze Gedanken.«

Dagegen ließ sich schlecht etwas sagen, und Sully hielt den Mund.

»Nun«, meinte Peter, als er und der Junge sich zu ihnen gesellten. »Wirst du sie nehmen?«

»Mein Anwalt meint, ich soll es tun«, erwiderte Sully.

»Was natürlich heißt, daß er's nicht tut«, sagte Wirf. »Er hat noch nie auf meinen Rat gehört.«

»Wenn du sie nicht nehmen willst, nehm' ich sie«, bot Peter an.

Sully dachte darüber nach, war sogar ein wenig erfreut. »Gut«, meinte er und fragte sich, ob diese Geste ihm die Last von den Schultern nehmen würde, seinem Sohn etwas geben zu müssen. »Mach das. Für dich paßt sie sowieso besser.«

»Okay«, willigte Peter ein. »Und danke.«

»Schätze, das bedeutet, daß du noch 'ne Weile dableibst«, sagte Sully vorsichtig.

Peter nickte. »Hab' ein paar Abendkurse im Community College in Schuyler aufgetan«, erwiderte er.

»Gut«, sagte Sully wieder, fasziniert von dieser Entwicklung. »Ist gar nicht mal so schlecht da.«

»Genau das hat der Institutleiter gesagt. ›Nicht so schlecht, wie Sie sich's vielleicht vorstellen‹. Seine Rede.«

»Irgendwo mußt du ja anfangen«, sagte Sully mit einem Achselzucken, in der Hoffnung, seinen Sohn aufzuheitern.

»Ich hab' auf der Uni angefangen«, entgegnete Peter. »Das hier ist das Ende, nicht der Anfang.«

Sully beschloß, es aufzugeben. »Hast du denn das Geld für die erste und die letzte Monatsmiete?« fragte er und versuchte nachzurechnen, wieviel er beitragen könnte.

Zu seiner Überraschung nickte Peter.

»Ich hätte dir ein- oder zweihundert leihen können, wenn du's brauchst«, bot Sully an.

»Brauch' ich nicht«, sagte Peter. »Trotzdem danke.«

Sully nickte und zwinkerte Wirf zu. »Bin ja froh, daß wenigstens einer in der Familie Geld hat.«

»Du hast mehr, als du glaubst«, bemerkte Peter, zog seine Brieftasche und reichte Sully einen Wettschein, eine eins-zwei-dreier Wette. Sully rechnete das Datum nach – der Wettabschnitt war zwei Tage alt.

»Ist das deiner?«

»Nein«, sagte Peter. »*Deiner.* Du weißt es nicht mal mehr, was?«

Und plötzlich fiel es ihm wieder ein; an dem stockbesoffenen Abend, bevor er in den Knast gewandert war, hatte er Peter unzählige Anweisungen erteilt – was mit dem Haus von Miles Anderson zu geschehen hatte; wie man bei *Hattie's* die Eier briet; daß er sich Rub zur Arbeit in Carl Roebucks Häuschen zu Hilfe holen sollte; daß er nach Miss Beryl schauen sollte, wenn er daran dachte; daß er Rasputin füttern sollte –, und irgendwo dazwischen hatte er, wie er sich jetzt vage erinnerte, Peter auch angewiesen, die Dreierwette abzuschließen, indem er erklärte, daß es typisch für sein Glück wäre, wenn das ›Scheißding‹ erst dann gewinnen würde, wenn er im Gefängnis saß – ein weiterer Beweis für den böswilligen Gott, der vermutlich den Einflüsterungen von Big Jim gehorchte, dessen Erdenleben ihm sicherlich einen Platz im inneren Kreis als besonderer Berater und Vertrauter dieser Gottheit beschert hatte. Doch wie durch ein Wunder schien Sully inmitten seiner betrunkenen Inspiration die Pläne jener Gottheit durchkreuzt zu haben.

»Ich hätte ihn dir ja schon bei der Beerdigung gegeben«, erklärte Peter, »aber ich wußte nicht, daß es einen Gewinner gab, bis du es mir erzählt hast, und dann wußtest du nicht, an welchem Tag das war. Ich hatte nämlich ein paar Tage lang vergessen, zu wetten.«

Bevor Sully die Tatsache verdauen konnte, daß der Schein in seiner Hand mehr als dreitausend Dollar wert war, befielen ihn plötzlich Zweifel. »Hab' ich dir überhaupt das Geld gegeben?«

»Welches Geld?«

»Für die Wette.«

»Wer weiß das schon?« meinte Peter. »Und wen kümmert's?«

Sully wußte, daß er ihm kein Geld gegeben hatte. »Wenn du mit deinem Geld gewettet hast, gehört der Gewinn dir. So läuft das.«

»Ich würde nicht mal ins OTB gegangen sein, wenn du's mir nicht gesagt hättest«, hielt Peter dagegen.

»Darum geht es nicht.«

»Das ist ja wieder toll«, platzte Wirf dazwischen. »Ich liebe es, wenn Ihr Vater sich über die moralische Bedeutung der Dinge ausläßt. Sie müssen nur der Argumentation folgen und den Gewinn einstreichen.«

»Was hast *du* denn jetzt mitzureden?« fragte Sully.

»Keine Ahnung«, gab Wirf zu. »Werd' wohl besser nach unten gehen und in der Kälte rumsteh'n.«

»Gut«, meinte Sully. »Dann geh auch.«

Vater, Sohn und Enkel lauschten, wie er die Treppe hinunterhumpelte. Sully blickte auf seinen Sohn und spürte noch stärker als zuvor, daß er nicht zulassen konnte, daß Peter seinen Erlöser spielte.

»Hör zu, du mußt das Geld nehmen«, sagte er dann. »Du hast Will und jetzt auch noch die Arztrechnung von Wacker. Du wirst es brauchen.«

»Nicht so sehr wie du«, gab Peter zurück. »Ich schulde niemandem etwas.«

Sully dachte über die Bemerkung nach; Zeit seines Lebens hatte er dasselbe von sich behaupten können – nun war er auf einmal in Schulden begraben. »Ich sag' dir was«, meinte er schließlich, einen Kompromiß im Auge. »Warum nennen wir's nicht einfach ein Darlehen?«

Von der Hintertreppe ertönte eine Lachsalve von Wirf, der auf dem Treppenabsatz in Hörweite stehengeblieben war. »Das ist ganz Ihr alter Herr«, rief er zu Peter herauf. »Er würd' es Ihnen lieber schulden, statt Sie darum zu betrügen.«

Sie verabredeten, daß Sully und Peter sich in einer Stunde wieder an der Hintertür der Wohnung treffen sollten, um Peters Möbel auszuladen, die sich immer noch in einem kleinen Wohnwagen befanden, der in der Einfahrt vor Veras Haus stand. Peter sollte dann die restlichen Sachen von sich und Will in Koffer packen und Will unter der Obhut von Ralph lassen, während er mit Sully den Umzug machte. Zum Glück war Vera nicht da – sie war ins Senioren-Krankenhaus in Schuyler Springs gefahren, in das Robert Halsey während der letzten Nacht eingeliefert worden war. Sully sollte die Stunde nutzen, um Rub aufzutreiben, dessen Hilfe sie brauchen würden, um die Möbel die steile Treppe hinaufzuschaffen. »Viel Glück«, meinte Peter, der überzeugt war, daß Rub nun nichts mehr mit ihnen zu tun haben wolle.

»Er wird schon tun, was ich ihm sage«, versicherte Sully, obgleich er selbst gar nicht sicher war. Er freute sich überhaupt nicht auf ein Wiedersehen mit seinem Kumpel, das mit Sicherheit eine sehr beschämende Erfahrung würde. Sully war kein Mensch, der in aller Offenheit um Verzeihung bat, und er hatte das Gefühl, als ob seine üblichen Entschuldigungen – beispielsweise das Angebot eines dicken, fetten Cheeseburgers im *Horse* – diesmal nicht bei Rub verfangen würden. Es ging nicht darum, daß er sich nicht bei Rub entschuldigen wollte – er haßte es nur, in aller Öffentlichkeit um Verzeihung betteln zu müssen, mit der möglichen Folge, daß sich dann die Schleusen zu seinen sonstigen Versäumnissen öffnen würden.

Zunächst einmal, beschloß er, würde er im OTB nach Rub Ausschau halten; weniger, weil er Rub dort zu treffen hoffte, als vielmehr, um sich seine Dreierwette auszahlen zu lassen und eine neue abzuschließen. Auf keinen Fall würde er von der Zahlenkombination eins-zwei-drei abweichen – in dieser verrückten Welt mochte diese einfältige Zahlenkolonne durchaus zweimal in der Woche gewinnen, besonders dann, wenn er sie nicht getippt hatte.

Die Männer mit den Windjacken waren alle schon gegangen, aber Jocko saß noch da und starrte durch seine dicken Brillengläser auf das Rennblatt. Als Sullys Schatten darauf fiel, spähte er über den Rand der Brille, die ihm über die Nase gerutscht war. »Endlich frei, endlich frei«, bemerkte er. »Dank sei dem allmächtigen Gott.«

»Wir sind eine große Nation«, stimmte Sully ihm bei.

»Irgendeiner sagte mir noch, daß sie dich rausgelassen haben.« Jocko faltete das Rennblatt zusammen und steckte es unter den Arm. »Fiel mir ja schwer, es zu glauben.«

»Stimmt aber trotzdem«, sagte Sully. »Wie sich herausstellte, hab' ich dem richtigen Cop eins verpaßt.«

»Wie hat Barton ausgesehen?«

»Der Richter? Scheintot. Na ja, so ziemlich.«

»Du hast Glück gehabt. Er war furchtbar streng früher. Wahrscheinlich bereitet er sich darauf vor, bald vor seinen Schöpfer zu treten.«

»Du hast nicht zufällig Rub gesehen?«, erkundigte sich Sully.

»Nicht, seit du von der Bildfläche verschwunden bist. Heißt seine Frau nicht Elizabeth?«

Sully schüttelte den Kopf. »Bootsie.« Doch wenn er es recht überlegte, konnte Bootsie gut ein Kosename für Elizabeth sein.

»So ein großes, dickes Mädchen? Die in dem Billigladen gearbeitet hat?«

»Genau.«

»Sie ist heute morgen verhaftet worden.«

»Guter Gott«, meinte Sully. »Warum denn?«

»Diebstahl. Sie hatte schon den halben Laden bei sich im Haus.«

Wieder nickte Sully. »Sie hatte die Angewohnheit, jeden Tag 'n bißchen was extra mitzunehmen.«

»Jetzt ist rausgekommen, daß sie sie schon 'nen Monat lang beobachtet haben.«

»Ich hoffe nur, daß es auch größere Zellen gibt als die, wo ich drin war. Bootsie könnte sich darin nicht mal umdrehen.« Er zeigte

Jocko seinen Wettschein. »Übrigens – hat sich jetzt rausgestellt, daß ich doch getippt hatte.«

Von seinem unerwarteten Gewinn in gute Laune versetzt, beschloß Sully, daß jetzt der beste Zeitpunkt sei, um einmal im Lokal vorbeizuschauen. Es war nach eins, und die wenigen Mittagsgäste mußten nun gegangen sein.

Als er ankam, war tatsächlich keiner da außer Cass, die die Theke scheuerte, und – zu Sullys großem Erstaunen – Roof, der nun einen Monat weggewesen war. Ruth hingegen konnte er nirgends erblicken, und die Tatsache, daß sie nicht, Roof aber doch da war, fand Sully äußerst verwirrend. Es war, als sei er in der Zeit zurückversetzt worden, und er wandte sich unverzüglich zu Hatties Nische, um sicher zu sein, daß sie nicht da war, daß er die Ereignisse der letzten paar Tage nicht nur geträumt hatte. Es bestand sogar die vage Möglichkeit, daß er den vergangenen Monat bloß geträumt hatte, wenn man den Wettschein in Betracht zog. Doch hier stand Roof in Fleisch und Blut, einen Kohlestein in beiden Händen, und schrubbte schweigend den Grill.

»Du bist also wieder da, Rufus«, begann er vorsichtig.

Roof drehte sich nicht um. Das hatte er noch nie getan. Wenn das Lokal voll war und die Tür aufging, lehnte sich jeder an der Theke vor oder zurück, um zu sehen, wer da wohl kam – nur Roof nicht, der lieber den Blick auf seine Arbeit gerichtet hielt als auf die, die ihm den Grund dazu gaben. »So 'ne kleine Stadt braucht 'nen Farbigen«, bemerkte er nur.

»Haben wir auch gemerkt, als du weg warst«, erwiderte Sully und grinste Cass an, die sein Eintreten mit amüsierter Miene betrachtet, jedoch noch keinen Schritt auf ihn zu getan hatte. »Kann ich jetzt endlich 'nen Kaffee haben, oder streikst du?«

»Sollte ich eigentlich, was dich angeht«, gab sie zurück und schnappte sich die Kanne. »Hat dir noch keiner erzählt, daß Beerdigungen nicht der richtige Ort für Späße sind?«

Gestern hatte Otis während der Totenmesse das Gummikrokodil in seiner Tasche entdeckt und einen Blöklaut ausgestoßen, der jeden in der Kirche zu Tode erschreckt hatte – außer der alten Hattie.

»Er sollte ihn eigentlich erst zu Hause entdecken«, meinte Sully.

Am Boden der Kanne war noch genug schwarzer Kaffeesatz, um Sullys Tasse zu drei Vierteln zu füllen. »Da«, meinte Cass. »Das ist alles, was du kriegst, und mehr, als du verdienst.«

»Koch bloß keinen frischen«, meinte Sully.

»Werd' ich nicht«, versicherte sie. »Von nächster Woche an kochen andere den Kaffee.«

»Wo wir grade von anderen Leuten reden . . .«

»Sie ist an der Hintertür, nimmt 'ne Bestellung entgegen«, erklärte Cass. »Wir haben gewettet. Sie meinte, du hättest nicht den Mut, heute herzukommen. Wobei sie nicht ›Mut‹ gesagt hat.«

»Warum können die Leute nicht mal aufhören, darauf zu wetten, was ich tu'«, sagte Sully.

»Hast du dich wieder mit Rub versöhnt?« wollte Cass wissen.

»Ich bin auf dem Wege dazu, sobald ich dein Lokal verlasse«, erwiderte Sully.

»Gut«, meinte Cass. »Ihr zwei wart so ein tolles Gewinner-Team.«

Nun grinsten sie einander an – zwei gute alte Freunde. »Wirst du 'n bißchen hierbleiben, oder was machst du?«

Sie schüttelte den Kopf. »Montag kommt der Umzugswagen. Wirf schickt mir dann den Scheck nach, wenn der Verkauf perfekt ist.«

»Und wohin?«

»Nach Boulder in Colorado.«

»Warum denn, um Himmels willen?«

»Warum denn nicht?«

Sully zuckte die Achseln. »Schön, wenn du's so haben willst.«

»Ich will's.«

Ihre Sicherheit machte Sully nervös.

»Roof ist doch auch zurückgekommen, stimmt's nicht, Rufus?«, äußerste Sully. »Du fandst es nicht gut da in North Carolina.«

Roof war nun fertig und legte den Scheuerstein beiseite. »Waren nur faule Jungs da«, sagte er unerwartet heftig. »Meine Enkel. Sie glauben, du bist dumm, wenn du arbeitest. Verdienen fast genauso viel, wenn sie nicht arbeiten. Betrügen die Leute lieber. Sie sagen, was 'n bloß mit deinem Hirn los? Schuftest wie 'n Nigger. Ich sagte ihnen, ich weiß ja nicht, was ihr seid, aber ich bin 'n Nigger. Ein schuftender Nigger.«

Sully blickte Cass an, die auch ganz verblüfft war. Roof hatte in zwanzig Jahren nicht soviel gesagt wie jetzt an einem Tag.

»Is nix Falsches an Arbeit außer der Bezahlung«, sagte er nun und goß Essig auf den Grill, worauf eine giftige Wolke hochstieg.

Sully lehnte sich zurück, um den Rauch nicht abzukriegen. »Ja – und die Bedingungen.«

»Und die verschwendete Zeit«, fügte Cass hinzu.

»Und die vielen Schmerzen«, meinte Sully.

»Is nix Falsches an Arbeit«, wiederholte Roof. Vielleicht kann man einem Mann, der zwanzig Jahre lang darauf gewartet hat, etwas zu sagen, nicht so leicht mit Späßen beikommen. Als er mit dem Grill fertig war, goß er Wasser in sein Glas, stürzte es hinunter, schlenderte dann hinter der Theke hervor und schmiß seine Schürze zu der Schmutzwäsche. »Ihnen wird's da gefallen in Colorado«, sagte er zu Cass, ohne sie anzusehen. Dann stellte er das leere Glas auf die Theke und ging.

»Du glaubst doch nicht, daß Rufus verrückt geworden ist, oder?« sagte Sully, als die Tür hinter ihm zugefallen war.

»Nein, glaub' ich nicht«, erwiderte Cass.

Aus dem hinteren Raum ertönte Ruths Stimme, und Sully schwang seinen Hocker herum, weil er erwartete, sie hereinkommen zu sehen. »Wer soll denn jetzt die Wohnung hinten nehmen?« fiel ihm plötzlich ein.

»Ruth wahrscheinlich«, erwiderte sie.

Sully runzelte die Stirn.

»Sie denkt daran, ihr Haus zu verkaufen.«

»Und was wird mit Zack?«

»Der wohnt zur Zeit in 'nem Wohnwagen hinterm Haus.«

Das war das erste Mal, daß Sully von jenem Arrangement hörte. Diese Nachricht war neue Nahrung für sein Gefühl, sich nicht mehr zurechtzufinden. »Welcher Wohnwagen?«

»Der, den die Tochter vorher hatte. Du solltest sie überreden, daß sie dir die Wohnung vermietet«, schlug sie vor.

»Ich glaub', besser nicht«, sagte Sully, obwohl ihm der Gedanke auch durch den Kopf geschossen war. »Da sollte ich lieber mit dir nach Colorado geh'n. Wäre sicherer.«

»Hier wirst du auch ganz sicher sein«, sagte Cass bedeutsam.

»Das heißt?«

»Das heißt, daß Ruth mit dir fertig ist. Das heißt, daß du's endlich geschafft hast, eine der wenigen begehrenswerten Frauen in dieser Stadt zu verlieren.«

»Wer sind denn die anderen?«

»Gut.« Cass warf die Hände hoch. »Mach du nur deine Witze.«

»Meinst du, Ruth wär' besser dran, wenn sie sich von Zack getrennt und mich geheiratet hätte?«

Da kam Ruth aus dem hinterem Raum und enthob Cass einer Antwort. Ruth blickte Sully einen Augenblick aufmerksam en, dann schaute sie auf ihre Uhr.

»Du schuldest mir einen Dollar«, sagte Cass zu ihr.

»Schreib's auf mich auf«, schlug Sully vor.

Ruth ging zur Kasse, nahm den Einsatz aus der Kasse heraus und schob eine zusammengefaltete Rechnung darunter. »Die Tage deiner offenen Rechnungen sind vorbei, mein Freund.«

Sully zuckte mit den Schultern, zog einen Dollarschein hervor und legte ihn neben seine leere Tasse. »Vielleicht krieg' ich ja ab und zu mal 'ne volle Tasse, wenn ich jetzt immer bezahle.«

Die beiden Frauen wechselten einen Blick. »Ist das in Ordnung, wenn du selber abschließt?« erkundigte sich Cass.

»Klar«, versicherte Ruth. »Du bist jetzt frei und kannst gehen.«

»Mein Philosophielehrer sagt, so etwas wie Freiheit gibt es nicht«, warf Sully ein.

»Hat er das gesagt, bevor oder nachdem er dich kennengelernt hat?« fragte Ruth.

Cass sah sich mit gemischten Gefühlen im Lokal um.

Aus irgendeinem Grunde fühlte Sully sich unwohl. »Wann willst du los Montag?« fragte er Cass.

»Ganz früh.«

»Wie früh?«

»Sechs«, erwiderte sie. »Vielleicht auch sieben.«

»Brauchst du Hilfe beim Packen?«

»Das machen die Umzugshelfer schon«, sagte sie. »Ich brauch' nicht mal den kleinen Finger zu rühren.«

»Ich schau' mal vorbei«, sagte Sully.

»Tu das nicht«, sagte Cass, und es klang wie ein Befehl. Als er sie anschaute, sah er, daß ihr die Tränen in den Augen standen.

»Schick mir doch 'ne Karte«, schlug er vor.

»Und wohin?«

»Zum *Horse*, mit dem Rest meiner Post. Tiny wird sich schön ärgern.«

Dann kam sie um die Theke herum, und sie umarmten sich, und Cass flüsterte ihm ein Dankeschön ins Ohr. »Wofür?« wollte er wissen.

»Keine Ahnung«, gab sie zu.

»Jetzt guck mich nicht so an«, warnte Ruth, nachdem Cass gegangen war.

»Wie an?«

»Als ob ich das Restaurant bei 'nem krummen Pokerspiel gewonnen hätte.«

»Wollte ich nicht«, sagte Sully und merkte im selben Augenblick, daß er genau so geschaut haben mußte. »Eigentlich wollte ich gerade fragen, wie das Geschäft läuft.«

»Kann man jetzt noch nicht sagen«, erwiderte sie. »Ein paar von den Stammkunden gehen jetzt zum Morgenkaffee in den Doughnut-Shop, soviel ich gehört habe.«

Sully nickte; er schämte sich. »Sie werden wiederkommen.«

»Wenn nicht, dann zur Hölle mit ihnen«, sagte Ruth munter und blickte ihm direkt in die Augen.

»Hast du denn auch ein gutes Geschäft mit dem Kauf gemacht?« fragte Sully.

»Das beste«, erwiderte Ruth. »Es war ein fairer Preis, und ich hab' das Geld von Vince bekommen.«

»Da ist nichts gegen zu sagen«, stimmte Sully zu.

»Nee«, meinte Ruth. »Hat mich übrigens ziemlich an den Handel erinnert, den dir Kenny Roebuck vor zwanzig Jahren vorgeschlagen hat.«

Sully nickte, weniger um die Wahrheit des Gesagten zu bestätigen, als deshalb, weil er wußte, daß sie jetzt streiten wollte. »Ich hoffe, du bist mit deiner Entscheidung so zufrieden, wie ich's mit meiner immer war«, sagte er.

Ruth konnte nicht umhin zu lächeln. »Du mußt wirklich einen Kopf aus Granit haben.«

»Und nicht umsonst«, gab Sully zurück, »wo mir doch jeder immer wieder dagegentritt.«

»*Du* bist derjenige, der dagegentritt«, versicherte sie ihm. »Du bist nämlich ganz schön biegsam und weißt es nicht einmal.«

Da ging die Eingangstür auf, und Janey trat in einer weißen Kellnerinnentracht herein, wie sie ihre Mutter in *Jerry's Pizza* getragen hatte. Ungeduldig zerrte sie ihre Tochter hinter sich her. Janey überschaute die Situation mit einem Blick, dann ließ sie die Tür hinter sich zufallen. Sie brachte das kleine Mädchen und einen ausgestopften Spielzeughund, den das Kind bei sich trug, in der Nische unter, die früher Hatties Nische gewesen war. Sully kam es so vor, als habe er den Hund vorher schon einmal gesehen, aber er konnte sich nicht mehr erinnern, wo. Das Kind blickte das Tier eindringlich an, als erwarte es, daß sich unter dem Stoff ein wirklicher, lebendiger Hund verbarg. »Du bleibst genau hier sitzen, okay?« sagte Janey zu ihrer Tochter. »Mommy geht bloß mal da drüben hin, und Oma ist ja auch da, okay? Du kannst uns beide noch seh'n. Keiner will dich allein lassen. Du bleibst einfach mal 'ne Minute lang da sitzen.«

Dann kam sie zu Ruth herüber, die die Kasse abzählte. »Steht sie auf?« flüsterte sie.

»Nein, sie sitzt noch genau da, wo du sie hingesetzt hast.«

»Ich kann nicht glauben – es wird besser mit ihr.« Janey schlüpfte an ihrer Mutter vorbei und hinter die Theke, wo sie sich eine Limonade aus dem Ausschank zapfte. »Dann werd' ich jetzt mal das Kommando abgeben.«

»Mach's dir nur gemütlich«, meinte Ruth.

»Werd' ich«, gab Janey zurück. »Und wo du so nett bist, erzähl' ich dir auch, daß ich Daddy in der Gasse gesehen hab'. Er wird jeden Moment durch die Hintertür reinkommen.« Nun schaute sie Sully bedeutsam an. »Wie geht's Ihnen, Mr. Sullivan?«

»Prima«, versicherte Sully. »Alles wird einfach immer besser und besser.«

»Wenigstens sind Sie aus dem Knast raus«, meinte Janey, ohne offenbar zu merken, daß diese Bemerkung ein wenig zu persönlich war. »Als nächstes lassen sie dann meinen Mann raus.«

»Besser nicht«, sagte Ruth und blickte zu dem Kind in der Nische hinüber. Sully folgte ihrem Blick. Im Licht der Nachmittagssonne wirkte das blonde Haar des Mädchens wie ein Heiligenschein und ließ sie der alten Hattie furchtbar ähnlich sehen, die in ihren letzten Monaten fast auf die Größe eines Kindes geschrumpft war. »Nicht, wenn wir gerade anfangen, Fortschritte zu machen«

»Sie hat gestern das halbe Puzzle von der alten Dame gelegt«, sagte Janey und verwirrte damit Sully, der immer noch an Hattie dachte.

»Welcher alten Dame?«

»Ihrer Wirtin«, erwiderte sie, und nun fiel Sully auch wieder ein, wo er den ausgestopften Hund schon einmal gesehen hatte. Dann wandte sie sich an ihre Mutter. »War Zack immer schon so schnell?«

»Jetzt nicht mehr.« Ruth grinste.

Janey schien dies als letzte Weisheit zu akzeptieren. »Hey, Spatzenhirn. Mama geht jetzt zum Arbeiten. Du bleibst hier bei Oma, okay? Opa kommt auch gleich. Bist du dann okay?«

»Es wird ihr schon gutgehen«, versicherte Ruth.

»Besser, meinst du«, entgegnete Janey. »Besser bei dir als bei mir.«

»Du kommst zu spät zur Arbeit«, meinte Ruth mit einem Blick auf die Armbanduhr.

»Das ist schon okay. Der Boß ist in mich verliebt.«

Nun hörten sie, wie sich die Hintertür öffnete, und alle warteten auf Zacks Erscheinen, auch wenn Sully sich nicht umdrehte. »Wir sind hier vorn, Dummkopf«, rief er, im Grunde froh darüber, daß nun jemand kommen würde, gegen den er bestehen konnte. Gegen eine Frau allein konnte er sich schon schwer durchsetzen, doch wenn sich zwei gegen ihn verbündeten, dann wußte er, daß er seine Zelte bald abbrechen mußte. »Halt dich nur ans Licht.«

Zack betrat den Raum und ließ sich auf den Hocker neben Sully gleiten. Statt einer Begrüßung erkundigte er sich bei Ruth: »Was willst du denn jetzt mit der alten Kasse machen?«

»Die ist doch kaputt«, erwiderte Ruth. »Und außerdem hat sie eine alte Frau umgebracht.«

Entweder machte diese Information keinen Eindruck auf Zack, oder er wußte längst, wie Hattie zu Tode gekommen war. »Ich kenne 'nen Typen in Schuyler, der würde dir dafür glatt fünfhundert hinlegen. Solche Tasten werden heute gar nicht mehr gemacht.«

Ruth blickte ihren Mann böse an. »Tu mir einen Gefallen«, sagte sie.

»Okay.« Zack zuckte mit den Schultern.

»Von jetzt an komm durch die Vordertür«, sagte sie.

»Ich weiß nicht, warum du dir überhaupt solche Mühe gibst, Daddy«, schaltete sich seine Tochter ein. »Siehst du nicht, daß sie bloß auf einem rumhacken will? Bevor du gekommen bist, hat sie auf Sully rumgehackt. Sie würd's bei mir auch machen, wenn ich's zulassen würde.«

Zack zuckte wieder mit den Schultern. »Er würde vielleicht sogar auf siebenhundert raufgeh'n«, sagte er zu seiner Frau. »Dieser Typ sammelt Kassen. Alle Modelle.«

»Scheiße«, sagte Janey und verdrehte die Augen zur Decke.

Ruth betrachtete die beiden aufmerksam, erst ihren Mann, dann ihre Tochter, schließlich seufzte sie zu Sully hin. »Vererbung«, sagte sie, und dann schenkte sie ihm jenes großzügige Lächeln, das ihn vor vielen Jahren in sie verliebt gemacht hatte und das auch jetzt dafür sorgte, daß sie in seinen Gefühlen verankert blieb. Natürlich hatte Cass recht gehabt – Ruth war eine begehrenswerte Frau. Er hatte sie nur nicht genug begehrt und tat es auch jetzt nicht, wenn er ehrlich war. Er konnte es zwar bedauern, aber nicht ändern. Und dann erkannte er noch zwei andere Dinge: erstens, daß Ruths Bemerkung sehr großzügig gewesen war, indem sie zum ersten Mal zugab, daß er nicht Janeys Vater war, und zweitens, daß sie nun wirklich auseinander und höchstens noch gute Freunde waren.

»In Ordnung, ich geh' ja schon«, sagte Zack soeben, obwohl er keine Anstalten machte, sich von seinem Hocker zu erheben. »Bin nur vorbeigekommen, um zu seh'n, wie's sich macht, und ob du etwas brauchst.«

»Ich brauch' nichts«, sagte Ruth. Sie hatte nun das Geld aus der

Schublade abgezählt und schlang Gummibänder um die Bündel von Ein-, Fünf- und Zehndollarscheinen.

Zack schien die traurige Wahrheit zu begreifen, daß seine Frau ihn nicht brauchte – weder ihn noch den anderen Mann, der einen Hocker weiter saß.

»Tja«, machte Sully und rutschte vorsichtig vom Hocker. »Ich geh' wohl besser mal Rub suchen.«

»Magst du Hirschfleisch?« fragte Zack plötzlich.

»Wer, ich?« fragte er überrascht. »Nein.«

»Ich hab' bloß 'ne ganze Kühltruhe voll, deshalb hab' ich gefragt«, gab Zack kleinlaut zu. »Kann 'n paar richtig gute Steaks geben. Ich würd' nix dafür haben wollen, wenn du mir welche abnimmst.«

»Ich hab' in zwanzig Jahren nichts für mich selbst gekocht, Zachary«, gab Sully zu. »Trotzdem danke.«

Janey kicherte böse.

»Was ist denn so lustig?« fragte Ruth und knallte die Kassenschublade in einer Weise zu, die wohl andeuten sollte, daß ihre Tochter besser daran ist, eine gute Erklärung vorzuweisen.

»Hab' nur grad' gedacht, daß ich die einzige hier bin, die etwas hat, was ein anderer haben will.« Zur Bekräftigung rückte sie ihre Brüste zurecht.

»Genieß es, solang du kannst«, riet ihre Mutter.

»Weiß du, was dieser Hund sagt?« fragte Sully das kleine Mädchen beim Hinausgehen; er fragte sich, ob Miss Beryl es ihr wohl gesagt hätte.

Tina blickte ihn mir ihrem schielenden Auge an, während das gute immer noch auf den Hund gerichtet blieb, und wieder hatte Sully das seltsame Gefühl, er sähe eine Reinkarnation der alten Hattie vor sich. Gerade, als er dachte, das Kind würde wohl nicht antworten, sagte es fast unhörbar: »Foo auf dich.«

»Genau«, gab Sully zu. »Foo auf mich.«

Die Haustür war unverriegelt, also begab sich Sully einfach hinein, wobei er lautstark klopfte. Einen Augenblick lang glaubte er, sich in der Hausnummer geirrt zu haben und in die falsche Wohnung eingedrungen zu sein. In Rubs und Bootsies Domizil hatten immer Couchtische, Lampen, das riesige Aquarium und abertausend überflüssige Sachen den Weg versperrt, die Bootsie von ihrer Arbeit hatte mitgehen lassen. An den Wänden hatten unzählige Poster mit Wasserfällen, traurigen Clowns, Hundewelpen und dem Konterfei von Elvis gehangen. Heute jedoch erinnerte diese Wohnung Sully an seine eigene Heimstatt: Die Wände waren kahl, und als einzige Möbelstücke das verlotterte Sofa und die alte Fernsehtruhe.

Rub saß im Vorderzimmer auf dem Boden mit dem Rücken gegen die Wand gelehnt und regte sich nicht. Einen flüchtigen Moment lang befürchtete Sully, er sei tot. Er trug einen Mantel und Arbeitsstiefel und hatte die Wollmütze über die Ohren gezogen. Neben ihm stand eine Flasche Thunderbird-Wein. Benommen blickte er zu Sully hoch, dann wandte er sich wieder der Betrachtung seiner gestiefelten Füße zu.

»Hallo, Dummkopf«, grüßte Sully ihn.

»Hi«, quetschte Rub heraus, als sei er nicht fähig, mehr zu sagen.

Sully versetzte ihm einen zärtlichen Nasenstüber, wobei er ihm die Wollmütze vom Kopf schlug. »Nimm deinen Hut ab. Du bist im Haus.«

Rub hob die Mütze vom Teppich auf und drehte sie in den Händen. »Ich wünscht' bloß, wir wär'n immer noch Freunde.«

»Sind wir noch, Rub«, versicherte Sully.

Wieder schaute Rub ihn an, ungläubig diesmal.

»Weißt du, was *ich* mir wünsche?« fragte Sully.

»Was?« Nun schien er neugierig geworden zu sein.

»Ich wünsche mir, daß du deinen Hintern hochkriegst. Wir haben 'ne Menge Arbeit vor uns, und ich kann nicht alles allein machen.«

Unsicher stand Rub auf und warf dabei die leere Weinflasche um. »Bootsie hat sich in Gefängnis gebracht.«

Sully nickte. »Hab' schon gehört.«

»Hast du sie im Gefängnis gesehen?«

»Frauen kommen nicht in dieselben Zellen wie Männer.«

»Die haben alles wieder mitgenommen, was sie geklaut hat«, meinte Rub und blickte sich in der leeren Wohnung um.

»So daß du jetzt wenigstens Luft kriegst«, betonte Sully, der den Mief dieser Wohnung jedoch niemandem als beste Atemluft empfehlen würde– es roch immer noch nach zehn Pfund totem Goldfisch. »Laß uns mit der Arbeit anfangen.«

»Okay«, willigte Rub ein.

Sie gingen hinaus. »Wie kommt's, daß du den Canimo hast?« fragte Rub beim Einsteigen.

»Camino, du Esel«, verbesserte Sully. »Wie oft muß ich dir das noch sagen?«

Rub dachte darüber nach und stellte die Frage neu: »Wo ist denn der Laster?«

»Peter hat ihn.«

»Ist er immer noch hier?« Die Enttäuschung war ihm deutlich anzumerken.

Sully ließ den Wagen an, dann stellte er die Zündung wieder aus. »Hey«, sagte er.

Rub starrte auf seine Knie.

»Schau mich an«, bat Sully. »Er ist mein Sohn. Du bist mein bester Freund. Kannst du dich daran gewöhnen?«

Rub nickte, schniefte.

»Und heul nicht«, warnte Sully, der es kommen sah. »Hörst du?«

»Werd' ich nicht«, sagte Rub, doch es war ein Versprechen, das er nicht halten konnte.

Sully schaute ihn an, schüttelte ungläubig den Kopf und stieß einen Seufzer aus. Er war ohne Entschuldigung davongekommen, aber das hier war schlimmer. »Ich hätte im Knast bleiben sollen«, sagte er und ließ den Wagen an. Dann schaltete er das Radio an, um das Schluchzen seines besten Freundes zu übertönen.

Da er Rub schneller gefunden hatte als erwartet, beschloß Sully, wieder zur Silver Street zu Veras Haus zu fahren, falls Peter noch dort sein sollte. Und seine Ahnung hatte ihn nicht getrogen, denn der Wohnwagen stand immer noch in der Einfahrt; aus irgendeinem Grunde war er von Sullys Laster losgekoppelt und ein Stück zur Seite gefahren worden. Die Hintertür des Hauses, die sich zur Garage hin öffnete, war aufgeschoben worden. Da er Veras Wagen nirgendwo erblicken konnte, parkte Sully ein und stellte die Zündung ab.

Rub öffnete die Beifahrertür und erbrach sich in den Rinnstein, fast an derselben Stelle, wo Sully an Thanksgiving gewürgt hatte. Rub hatte jedoch mehr zu bieten – wahrscheinlich die ganze Flasche Thunderbird. Als er fertig war, sagte er: »Jetzt geht's mir besser.«

»Klar«, meinte Sully.

Sie waren schon auf halbem Weg zum Haus, als Peter rückwärts aus der Küchentür trat; er hielt das eine Ende einer Federkernmatratze. »Jetzt kommt eine Stufe, Pop«, sagte er gerade.

Ralph trug das andere Ende der Matratze. »Weiß ich doch«, sagte er. »Setz sie mal eine Minute ab.«

Nun bemerkten sie Sully und Rub, und Ralph sah äußerst erleichtert aus. »Lehn sie einfach gegen die Tür«, schlug er vor.

»Kennst du Rub Squeers?« fragte Sully.

»Ich glaube nicht«, sagte Ralph, indem er die Hand ausstreckte. Rub, durch Sullys Vorstellung völlig überrascht, brauchte zwei Sekunden, bevor er begriff, wie ihm geschah. Sein Gesichtsausdruck zeugte von höchster Verwirrung; außerdem schämte er sich über den Zustand seiner Hemdbrust.

»Er ist mein bester Freund«, erklärte Sully, »aber ein bißchen schwer von Begriff.«

»Du hast mich früher nie jemandem vorgestellt«, sagte Rub staunend.

»Natürlich hab' ich das«, entgegnete Sully. »Hast es bloß vergessen.«

»Also, ich erinner' mich nicht«, erklärte Rub.

»Hab' ich ja grad' gesagt.«

»Ich würd' mich aber an so etwas erinnern.«

»Willst du Peter nicht ›Hi‹ sagen?« meinte Sully.

»Howdy, Sancho«, sagte Peter.

»Hi.« Rub schnitt eine böse Grimasse.

»Warum schnappst du dir nicht das andere Ende von der Matratze?« schlug Sully vor. »Ralph sieht ganz schön fertig aus.«

»Bin ich auch«, gab Ralph zu. »Und ich muß gar nicht mehr schleppen, um völlig fertig zu sein.«

»Weil du alt bist«, erklärte Sully.

»Ich bin nicht so alt wie du, und du arbeitest den ganzen Tag.«

»Ehrlich gesagt, guckt er uns beim Arbeiten zu«, äußerte Peter über die Schulter hinweg, während er und Rub, der schon wieder ein wenig bleich aussah, die Matratze zum Wohnwagen schleppten.

»Willst du einen Kaffee, Sully?« fragte Ralph. »Ich hab' gerade welchen gekocht.«

»Gut«, meinte Sully. »Laß uns reingehen und den beiden beim Arbeiten zusehen. Ist kalt hier draußen.«

Ralph ging langsam voraus. Will saß in der Küche und trank aus einer Kaffeetasse. Sully zog einen Stuhl neben ihn. »Was ist denn das?«

»Kakao.«

»Kann ich dir auch machen, wenn du willst«, bot Ralph an.

Aber trotz mehrmaligen Zuredens begnügte Sully sich mit einem Kaffee.

Ralph stellte Sully eine Tasse hin und zog sich ebenfalls einen Stuhl heran. »Ich bin froh, daß du mit deinem Freund vorbeigekommen bist. So werden wir vielleicht fertig, bevor Vera aus Schuyler zurückkommt. Das da ist das Bett aus dem Gästezimmer, und sie wird Zustände kriegen.«

»Ihr hättet ja mein Bett nehmen können«, bot Sully an.

»Und wo willst du dann schlafen?«

»Auf der Couch. Ich schlaf' sowieso nicht mehr soviel, daß es mir was ausmachen könnte.«

»Ich auch nicht mehr«, sagte Ralph traurig. »Ich steh' so ungefähr zwanzig Mal in der Nacht auf.«

»Wenn Vera rauskriegt, daß du Peter das Bett überlassen hast, wirst du derjenige sein, der keinen Platz mehr zum Schlafen hat.«

»Ich wünschte, ich wär' letzte Nacht wachgeblieben«, sagte er. »Bei uns ist eingebrochen worden.«

»Du machst Witze.«

Ralph blickte schuldbewußt. »Bloß in der Garage. Du rätst nicht, was sie uns geklaut haben.«

»Doch«, entgegnete Sully. »Den Schneepflug.«

»Warst du das etwa?« fragte Ralph, den Mund vor Staunen weit offen.

»Nein, aber ich weiß, wer's war.«

»Wer denn?«

»Der Kerl, dem ich ihn gestohlen habe. Mach dir keine Sorgen. Ich klau' ihn ihm wieder.«

Ralph schüttelte den Kopf und blickte mit hochgezogenen Augenbrauen Will an, der alles mitbekommen hatte. »Dein Opa Sully ist schon einer, was?«

Will blickte zwischen den beiden hin und her, ohne seine Meinung kundzutun.

Kurz darauf betraten Peter und Rub wieder das Haus. »Nur noch die oberste Matratze, und wir sind fertig«, sagte Peter. »Paß auf die Stufe auf, Sancho«, warnte er Rub.

»Mach' ich«, erwiderte der, obwohl es nicht sehr glaubhaft klang. Sully glaubte zu spüren, wie es in Rubs Hirn arbeitete, wie er sich der neuen Realität stellte, die Sully ihn eben erst gelehrt hatte – daß Peter also Sullys Sohn war, Rub hingegen sein bester Freund. Er brauchte eine Weile, um die Feinheiten zu begreifen. Sully konnte es ihm nachfühlen.

Ralph neigte den Kopf zur Seite und lauschte. »Oh-oh«, machte er.

»Was ist?«

Ralph stand auf und ging zum Fenster. »Das hab' ich befürchtet.«

»Soll ich mal mit ihr reden?« bot Sully an.

Ralph dachte gründlich über dieses tapfere und großzügige Angebot nach, schüttelte aber schließlich den Kopf. »Nein, am besten geht ihr jetzt. Will und ich schaffen's schon allein, stimmt's, Willer?«

»Okay.« Sully erhob sich und spähte aus dem Küchenfenster. »Ich glaub', sie sind jetzt sowieso fertig.«

Tatsächlich zerrten Peter und Rub bereits an dem Wohnwagen und versuchten, ihn wieder an die Anhängerkupplung von Sullys Laster zu befestigen.

Zuerst glaubte Sully, seine Exfrau würde einfach an ihnen vorübergehen, als ob das, was in ihrer Einfahrt vor sich ging, für sie nicht existierte. Sie sah aus, als wolle sie auf keinen Fall die Anwesenheit ihres Sohnes zur Kenntnis nehmen. Ihr Gesicht drückte Abwehr aus, bis sie aus dem Augenwinkel Rub gewahrte – da blieb sie stehen, wandte sich um und starrte ihn an. Sie hatte den Gesichtsausdruck einer Frau, die gerade bei einer Gegenüberstellung den Mörder ihrer Eltern ausfindig gemacht hat.

»Oh-oh«, machte Ralph wieder. Sully war schon auf seinem gesunden Bein zur Tür gehüpft.

Als er nach draußen trat, war Peter schon um den Wohnwagen herumgelaufen und hielt seine Mutter fest, die an seinen Armen zerrte wie ein Hund an seiner Leine. »Schafft ihn weg!« heulte sie. »Schafft ihn weg!«

»Mom«, sagte Peter und versuchte, sein Gesicht zwischen sie und Rub zu schieben, damit der aus ihrem Blickfeld entfernt war. Sie hatte einen Arm freibekommen und zeigte auf Rub, als ob es einen Zweifel daran gäbe, daß sie ihn nicht vor ihrem Haus haben wollte.

»Schafft den stinkenden Kerl hier weg!« schrie sie, immer noch mit dem Finger auf ihn zeigend. Jedesmal, wenn Peter einen Arm erwischte und festhielt, riß sie den anderen los und streckte ihn gegen Rub aus. »Warum steht er immer noch da?« schrie sie. »Schafft ihn weg! Schafft ihn von meinem Haus weg!«

Rub war viel zu verblüfft und durcheinander, als daß er sich hätte rühren können. Es konnte keinen Zweifel daran geben, auf wen sie zeigte, aber trotzdem wurde er das Gefühl nicht los, daß sie gar nicht ihn meinte. Er konnte sich auch nicht erinnern, die Frau je zuvor gesehen zu haben. Und seiner Meinung nach war er hier eingeladen worden. Vielleicht nicht von dieser Verrückten, aber von den anderen Leuten, die doch offensichtlich hier wohnten. Sicher, er hatte sich auch schon früher geirrt, als er dachte, er wäre irgendwo willkommen und dann gebeten wurde zu gehen. Aber diese Frau hier sah so aus, als ob sie ihm liebsten umbringen würde. Er hatte noch nicht einmal etwas zu ihr gesagt, und trotzdem war sie so böse auf ihn, zeigte mit dem Finger und schrie. Eine Frau, die er noch nie im Leben gesehen hatte.

Vera nahm Sully gar nicht zur Kenntnis, bis auch er sich zwischen sie und Rub Squeers stellte. »Vera«, sagte er ruhig. »Hör jetzt auf damit. Sofort!«

»Du bist dafür verantwortlich«, schluchzte sie. »Du hast ihn in mein Haus gebracht. Warum mußt du nur alles« – sie suchte nach dem richtigen Wort – »*beschmutzen*. Warum kannst du uns nicht in Ruhe lassen?«

»Dad«, warf Peter ein, »geh jetzt. Ich kümmere mich um sie.«

»Okay«, erwiderte Sully, der jetzt genug von diesem bizarren Theater gesehen hatte. »Du bist verrückt, Vera«, sagte er zum Abschied. »Du warst es schon immer, und jetzt *bist du's wirklich*.«

Inzwischen war auch Ralph hinausgekommen und streckte seiner Frau scheu die Hand entgegen; sie schlug sie beiseite. »Rühr mich nicht an!« heulte sie. »Daß mich keiner von euch anrührt!«

»Ich hab' ihr doch gar nichts getan«, beteuerte Rub, als Sully im Wagen den Zündschlüssel umdrehte. Rub starrte immer noch über die Schulter hinweg auf das Bild in der Einfahrt, wo Peter und Ralph gemeinsam versuchten, Vera ins Haus zu bugsieren. Mehrere Nachbarn standen vor ihren Häusern und glotzten. »Ich hab' sie doch noch nie in meinem Leben geseh'n.«

»Vergiß es«, sagte Sully. »Nichts davon hatte was mit dir zu tun.«

Rub war froh, das zu hören, froh, daß Sully ihm sagte, was er behalten und was er vergessen sollte. »Sie sah aus, als wollt' sie mich umbringen«, meinte er.

»Mich will sie umbringen«, versicherte Sully ihm. »Nicht dich.«

Rub runzelte die Stirn. »Ich wünscht' nur, dann hätt' sie dich angeschrien. Ich hab' ihr doch nichts getan. Ich hab' sie doch nie zuvor gesehen.«

»Weiß ich doch, Rub, verdammt noch mal«, knurrte Sully. »Ich sag' doch, vergiß es. Und sag mir jetzt nicht, du kannst das nicht, denn da kenn' ich dich besser.«

»Mir geht's gar nicht gut«, sagte Rub und lehnte den Kopf gegen die kühle Scheibe.

Statt zur Wohnung zu fahren, brachte Sully seinen Kumpel nach Hause und setzte ihn am Straßenrand ab. »Mach ein Nickerchen«, riet er. »Ich komm' dich später holen.«

»Wann?«

»Später.« Er sah die Zweifel in Rubs Miene. »Ich versprech's dir.«

Dann fuhr er zurück zur Silver Street, ohne auf seinen gesunden Menschenverstand zu hören.

Er hatte eigentlich nicht vor, wieder in Erscheinung zu treten. Peter hatte recht: Die Wogen würden sich schneller wieder glätten, wenn Sully nicht auf der Bildfläche erschien. Er wollte nur vorbeifahren, um zu sehen, ob Peter und Ralph es geschafft hatten, Vera ins Haus und von der Straße wegzuschaffen. Irgendwie glaubte er nicht daran. Er hatte Vera immer schon für leicht verrückt gehalten, aber der Ausdruck, den er nun in ihren Augen gesehen hatte, zeugte von einer neuen Intensität des Wahnsinns, und das machte ihm angst. Er sah schon im Geiste Polizeiwagen und eine Menschenmenge vor sich, als er in die Silver Street einbog.

Aber da war gar nichts – vor dem Haus seiner Exfrau herrschte vollkommene Stille. Der Wohnwagen stand immer noch in der Einfahrt, immer noch nicht angekoppelt. Sully hielt am Bürgersteig, stieg aber nicht aus. Falls Peter in den nächsten Minuten auftauchen sollte, würde er ihm seine Hilfe anbieten. Sonst würde er sich auf den Rückweg zu seiner neuen Wohnung machen, wo er keinen Schaden anrichten konnte.

Ein Stück weiter die Straße hinauf hatte sich eine kleine Menschenmenge versammelt, und Sully war froh, daß dieser Aufstand – was immer er auch bedeuten mochte – ihn nichts anging. Doch dann fiel ihm ein, daß Robert Halseys Haus in jenem Block war, genau dort, wo jetzt die Leute herumstanden. Während er noch damit beschäftigt war, herauszufinden, was dies alles zu bedeuten hatte, bemerkte er seinen Enkel Will, der furchtsam im Eingang von Veras Haus stand, zwischen der äußeren und der inneren Tür, die hinter ihm offenstand. Als Sully winkte, zeigte der Junge die Straße hinauf.

Sully war das letzte Mal vor – wieviel? – ungefähr dreißig Jahren in Robert Halseys Haus gewesen. Er hätte es fast nicht wiedererkannt. Einst eines der gepflegtesten Häuser der ganzen Straße, sah es nun ausgesprochen schäbig aus. Verwittertes graues Holz schaute überall hervor, so daß er unmöglich war zu sagen, in welcher Farbe es zum letzten Mal gestrichen worden war, und die marode Veranda senkte sich gefährlich zum Boden hinab. Sully erinnerte sich, daß es früher einmal auch eine Seitenveranda gegeben hatte, aber diese hatte man offenbar abgerissen, und die Hintertür schwebte nun ein Stück über der Erde.

Das Haus sah kaum besser aus als das seines Vaters auf der Bowdon Street.

Kaum, daß er aus dem El Camino ausgestiegen war, wurde er sofort von einem der anderen Stammkunden von *Hattie's* erkannt. »Was ist denn hier los, Buster?« fragte Sully möglichst beiläufig.

»Es ist deine Frau, Sully«, erwiderte Buster, offenbar nicht gewillt, ihm Distanz zu dieser Angelegenheit zuzugestehen.

»Das kann nicht sein«, gab Sully zurück. »Ich bin nicht verheiratet.«

»Sully, der Retter!« rief einer aus der Menge, als er die schräge Vordertreppe mit Hilfe des schwankenden Geländers erklomm. »Los, Sully«, rief ein anderer, und dann bildete sich ein Chor: »Los, los, los, los.« In der Ferne war eine Sirene zu hören.

Ralph stand in der Tür und sah völlig verängstigt aus. Vera stand mitten im Zimmer, mit wildem Blick, und riß wie eine Rasende Seiten aus einem Hochglanzmagazin. Peter stand mit dem Rücken zum Geschehen am Telefon. »Nein«, sagte er gerade. »Keiner ist verletzt worden.«

»Laß uns nach Hause gehen, Vera«, bat Ralph und streckte die Hand nach ihr aus, wie er es schon zuvor in der Einfahrt getan hatte. Vera beachtete ihn nicht, fuhr fort, Seiten aus der Zeitschrift zu reißen und sie auf einen verblüfften dicken Mann zu schleudern, der auf einem verlotterten Sofa saß. »Sie hat kein Recht nich', meine *Playboys* zu zerreißen«, sagte der Mann zu Sully. Allerdings schien seine Behauptung auch eine unausgesprochene Frage zu enthalten (›oder doch?‹), als zweifle er, ob diese wildgewordene Furie vielleicht doch ein moralisches, wenngleich nicht gesetzlich verbürgtes Recht dazu hatte.

Vera schleuderte ihm eine weitere Handvoll Seiten entgegen, »Schmutz!« kreischte sie. »Sie haben diesen Schmutz in meines Vaters Haus gebracht. *Sie* sind schmutzig.«

In diesem Augenblick erschien eine verängstigte Frau mit zwei kleinen Kindern aus einem der hinteren Zimmer. Sie waren dick vermummt in Wintermäntel, Mützen und Handschuhe. Vorsichtig führte sie die Kinder in weitem Bogen um Vera herum. Sully wartete, bis sie aus der Haustür waren, dann sagte er: »Vera.«

Seine Exfrau weigerte sich, seine Anwesenheit zur Kenntnis zu nehmen, doch Peter drehte sich um, den Hörer immer noch am Ohr, offenbar telefonierte er noch. Sein Gesichtsausdruck besagte, ›Na toll, was kann denn noch alles schiefgehen?‹.

»Vera«, sagte Sully wieder, und diesmal blickte sie auf.

»Das ist alles deine Schuld«, sagte sie.

»Ja, das weiß ich doch«, erwiderte er freundlich. »Jetzt müssen wir aber allmählich gehen, altes Mädchen. Die Bullen kommen gleich, und du willst doch nicht verhaftet werden.«

Einen Augenblick lang schien sie tatsächlich zur Vernunft zu kommen, dann fiel ihr Blick wieder auf ein Nacktbild des *Playboys*, den sie in den Händen hielt, und sie fing wieder an zu reißen. Wenn sie mit der einen Zeitschrift fertig war, schnappte sie sich die nächste. Entweder war diese eine der Lieblingsausgaben des Mannes oder sie hatte den Bogen überspannt – jedenfalls sprang er auf und es gab ein heftiges Tauziehen, das Vera gewann, worauf der Mann hilflos die Hände in die Höhe warf. »Jetzt fängt sie schon wieder an«, meinte er, als sie auch bei diesem Heft die Seiten herausriß.

»Vera«, sagte Sully wieder und wagte einen Schritt auf sie zu.

Peter sagte noch etwas und legte den Telefonhörer auf. »Dad«, warnte er, »du machst es nur noch schlimmer.«

»Zum Teufel noch mal«, gab Sully zurück. Das einzige, was es seiner Meinung nach schlimmer machen konnte, war, sie weitermachen zu lassen. »Vera« mahnte er wieder.

Seine Exfrau bearbeitete weiter die Zeitschrift.

»Vera, entweder hörst du jetzt mit diesem Scheiß auf und gehst heim, oder ich werd' dir den Hintern versohlen«, drohte er und fügte hinzu. »Und du weißt, daß ich das tun werde.«

Vera schien im Moment eher ein Problem mit den Seiten zu haben, weil sie zu viele gefaßt hielt und sie nicht zerreißen konnte; dennoch wollte sie nicht aufgeben und zerrte außer sich vor Wut an ihnen herum, das Gesicht krebsrot vor Anstrengung.

Da machte Sully seine Drohung wahr und schlug härter zu, als er eigentlich beabsichtigt hatte – so hart, daß ihr Teilgebiß, von dessen Existenz er bis dahin nichts geahnt hatte, wie der Mundschutz eines Boxers aus ihrem Mund hervorgeschossen und unter einen Stuhl schlitterte. Da trat er erschrocken zurück, als sei er derjenige, den man geschlagen hatte, nun, da er seine Exfrau ohne ihre oberen Zähne sah. Vera hingegen schien den Verlust nicht einmal zu bemerken. Aber plötzlich und mit einer gewissen Verzögerung wurde ihr die Peinlichkeit ihrer Lage doch noch bewußt und sie sank auf die Knie nieder und schluchzte, daß ihre Schultern zitterten. »'au, 'ie gemacht ha'en, 'ully«, weinte sie und blickte vom Boden zu ihm auf.

Peter, der blaß und mitgenommen aussah, rückte den Stuhl weg und fand das Gebiß. Ralph, das sah Sully, hatte sich abgewandt.

»Großer Gott«, sagte der Dicke auf dem Sofa. »Sie mußten ihr ja nicht gleich die Zähne ausschlagen.«

Als Sully seinem Sohn die Hand entgegenstreckte, reichte dieser ihm das Gebiß, und Sully ließ sich auf das gesunde Knie nieder – das chronisch kranke schmerzte so stark, daß er fürchtete, er könnte jeden Augenblick ohnmächtig werden. Vera, immer noch auf den Knien, hatte nun das Gesicht in den Händen vergraben, und er mußte sie zweimal rufen, bevor sie ihn ansah. »Hier«, sagte er und gab seiner Exfrau ihre Zähne zurück.

Sie nahm das Gebiß, betrachtete es einen Moment lang verblüfft und steckte es in den Mund.

»Wir werden jetzt aufstehen«, sagte er, und da sie dazu nicht in der Lage schien, half er ihr auf, und sie ließ es geschehen, daß er sie an sich zog. Sie begrub ihr Gesicht an seiner Schulter und schluchzte. »Ich hasse dich so sehr, Sully«, sagte sie zu ihm.

»Ich weiß, Liebling«, beruhigte er sie und führte sie zur Tür. Peter kam auf sie zu, und Sully übergab sie an ihn und Ralph. Draußen klang die Sirene noch einmal auf und verstummte dann. Sully spähte aus dem Fenster und sah, daß es ein Krankenwagen war, gefolgt von einem Streifenwagen. Er beschloß, noch einen Moment auf seinem Posten zu bleiben, falls die Cops ihn sehen und falsche Schlüsse ziehen sollten. Er war ziemlich sicher, daß die beiden jungen Männer, die jetzt aus dem Krankenwagen sprangen, dieselben Typen waren, die an Thanksgiving zu Veras Haus gekommen waren, als sie angenommen hatte, er sei gestorben.

Daher blieb er noch einen Augenblick länger im Wohnzimmer des Dicken. Der Mann saß immer noch völlig verdattert und perplex auf dem Sofa. Sully zog einen Zwanzigdollarschein aus der

Tasche und reichte ihn dem Mann. »Für Ihre Zeitschriften«, sagte er.

Der Dicke musterte den Schein mit einem Ausdruck höchster Unzufriedenheit im Gesicht. »Sie hat den mit Vanna White zerrissen«, sagte er. »Das war 'n Sammlerstück.«

»Wer ist Vanna White?« fragte Sully.

»*Das Glücksrad?*« erklärte der Mann mit fragendem Ton.

Da fiel es Sully wieder ein. Es war die Show, die nach der Sendung *Vor Gericht* lief. »Tut mir leid«, sagte er.

»Soviel ha'm die auch nicht gezeigt«, gab der fette Mann zu. »Keine einzige Möse.«

Zu Sullys Erstaunen fühlte er plötzlich eine Aufwallung selbstgerechter Empörung wie Vera; und er war froh, daß sie nicht mehr da war und hören konnte, wie solch ein Wort im Hause ihres Vaters ausgesprochen wurde. »Ich würde es an Ihrer Stelle nicht auf eine Anklage ankommen lassen«, riet er.

»Okay«, willigte der Mann ein. »Wir wollen auch kein' Ärger mit den Nachbarn.«

Sully trat ans Fenster und warf einen Blick nach draußen. Vera wurde wie eine Behinderte in den Krankenwagen bugsiert. Die Menge fing an, sich in alle Richtungen zu zerstreuen. Nach ein paar Minuten stapfte auch er hinaus.

Ralph saß auf der obersten Treppenstufe und hielt sich am Geländer fest. Als Sully sich neben ihn setzte, zeigte ihm Ralph die andere Hand, die immer noch wie wild zitterte. »Ich besteh' nur noch aus Nerven, Sully«, sagte er. »Guck dir das an.«

»Nun«, meinte Sully, »jetzt ist es ja vorbei.«

»Ich weiß nicht, warum die Leute sich nicht vertragen können«, sagte Ralph und sang wieder sein übliches Lied. »Das kann ich einfach nicht verstehen.«

Sully konnte sich eines Lächelns nicht erwehren.

»Ihr Vater hat das Haus immer so schön in Ordnung gehalten«, sagte Ralph und begutachtete das verrotte Holz der Veranda. »Ich glaube, es bricht ihr das Herz, wenn sie's so vernachlässigt sehen muß.«

»Ich weiß«, stimmte Sully zu, obwohl seine eigenen Erfahrungen von anderer Art waren; für ihn war der Verfall seines Elternhauses ungeheuer befriedigend gewesen. Er war jederzeit bereit, zuzugeben, daß weder seine noch Veras Ansicht besonders vernünftig war. »Du hast das Richtige getan«, sagte Ralph nun – vermutlich spielte er darauf an, daß Sully sie geschlagen hatte.

Sully war froh, das zu hören, denn er selbst war gerade zu dem entgegengesetzten Schluß gekommen. »Wenn du zum Krankenhaus willst«, sagte er, »fahr' ich dich.«

»Peter ist bei ihr. Ich wär' da nur im Weg«, sagte Ralph und blickte auf seine zitternden Hände. »Ich bin in so was gar nicht gut.«

Sully fischte in seiner Tasche nach dem letzten Pillenfläschchen von Jocko und schüttelte zwei Tabletten heraus. »Nimm eine davon.«

»Was ist das?«

»Keine Ahnung«, mußte Sully zugeben. »Macht dich aber garantiert ruhiger.«

Ralph steckte die Tablette in seine Brusttasche, während Sully die seine ohne Wasser herunterschluckte.

»Wie kannst du das bloß?« wunderte sich Ralph.

»Weiß ich nicht«, erwiderte Sully. »Ich tu's einfach.«

»Ich geh' besser wieder nach Haus«, sagte Ralph und mühte sich mit Hilfe des Geländers auf die Beine. »Will starrt wahrscheinlich immer noch auf die Stoppuhr, die du ihm geschenkt hast, und fragt sich, ob wir alle ihn wohl verlassen haben.«

In der Aufregung hatte Sully den Jungen völlig vergessen. Nun stellte er sich vor, wie er allein im Haus saß und vesuchte, die aufsteigende Panik niederzukämpfen. Sully spürte einen winzigen Bruchteil der Angst eines kleinen Jungen im eigenen Magen und dachte daran, was es bedeutete, daß er seinen Enkel wieder vergessen hatte. Dies war eines der Dinge, die Vera und Ruth ihm immer wieder vorgehalten hatten – sein überentwickeltes Talent, wichtige Dinge aus dem Auge zu verlieren. »Wie kannst du das bloß?« hatten beide ihn zu wiederholten Malen während ihrer Beziehung gefragt. »Wie kannst du einfach Leute vergessen?« Er hatte es als rhetorische Frage aufgefaßt und daher nie eine Antwort erteilt. Hätte er antworten müssen, so hätte er dieselbe Antwort gegeben wie eben, als Ralph ihn fragte, wie um alles in der Welt er eine Pille trocken herunterschlucken konnte. Er wußte nicht wie. Er konnte es einfach.

Eine Viertelstunde darauf saß Sully allein am Ende der Theke im *Horse*, hatte die erste halbe Flasche Bier hinuntergespült und wartete darauf, daß die Wirkung von Jockos Pille einsetzte. Er erwog, zur Sicherheit eine zweite Tablette zu schlucken (Strategie Nummer eins) oder einen Jack Daniels zu trinken, um der ersten Tablette zu durchschlagender Wirkung zu verhelfen (Strategie Nummer zwei), oder sich darauf zu verlassen, daß er schon bald von seinen Schmerzen abgelenkt würde (Nummer drei). Der Anblick seiner verwirrten Exfrau, die ihre abgrundtiefe Verachtung für ihn ausgedrückt hatte und danach in einen Krankenwagen verfrachtet worden war, um in einer Klinik ruhiggestellt zu werden, hatte Sullys harten, leidgeprüften Panzer durchbrochen, und das Blut, das nun in seinem Knie pochte, hämmerte unaufhörlich, so daß der Schmerz einen neuen Höhepunkt zu erreichen drohte – er war wie ein Orchester, in dem die Musiker wie wild auf ihren Instrumenten klimperten und bliesen und schlugen und nur auf den abschließenden Schlag der Becken warteten, der ihm – da war Sully sicher – endlich erlauben würde, in tiefe Ohnmacht zu versinken. Er konnte spüren, wie der Beckenspieler sich nun in der hintersten Reihe erhob, in jeder Hand ein Becken, wie er sich grinsend anschickte den entscheidenden Schlag auszuführen. Natürlich war es sein Vater, dieser Musiker, der nur einen Ton schlagen mußte. Big Jim riß die Becken hoch über seinen Kopf, um so weit wie möglich auszuholen. Nennst du das etwa Musik? Das hätte Sully ihn gern gefragt.

»Nenne ich *was* Musik?« fragte Wirf, der sich auf dem Hocker neben ihm niederließ.

»Hab' nicht mit dir geredet«, sagte Sully.

Wirf schaute ihn kurz an. »Du siehst aus, als ob du gleich den Löffel abgibst.«

»Hab' eben eine Pille geschluckt«, erwiderte Sully. »Sobald die wirkt, geht's mir wieder gut.«

Wirf glitt wieder vom Hocker herunter. »Ich muß mal pinkeln. Bestell mir einen Club Soda mit 'nem Spritzer Zitronensaft.«

»Okay.«

»Und zahl ihn.«

»Okay.«

»Und ein Ei. Wie ich sehe, sind unsere Gesetzesgegner auch da«, äußerte Wirf und zeigte auf den großen Ecktisch, an dem acht Leute saßen, unter ihnen Satch Henry und Ollie Quinn.

Sully hatte sie kaum bemerkt.

»Sie haben mich nicht eingeladen«, meinte er.

»Mich auch nicht«, gab Wirf zu. »Ich wette, sie haben Angst, daß wir ihnen einen Korb geben.«

Sully nickte. »Einer von uns vielleicht.«

»Guck mal, wer auch wieder da ist«, sagte Wirf und zeigte auf Jeff, der wieder seinen Dienst hinter der Theke versah.

Sully nickte. »Er hat mir das erste Bier ausgegeben.«

»Ich beeil' mich«, sagte Wirf.

Auf dem Weg zur Herrentoilette kam Wirf an Carl Roebuck vorbei, der gerade das Lokal betreten hatte. An seinem Arm hing eine junge Frau, die Ende Zwanzig sein mochte. Sie sah nicht so gut aus wie Toby Roebuck, aber um Klassen besser als die Mädchen aus Texas. Sie trug ihr Haar lang herabhängend, und als Carl Roebuck anbot, ihr den Mantel abzunehmen, lehnte sie ab; ihr sei kalt, sagte sie. Die Art, wie sie den Mantel vor der Brust zusammenhielt, schien Sully darauf hinzudeuten, daß sie vielleicht nichts darunter trug. Oder hing damit zusammen, daß sie mit Carl Roebuck unterwegs war.

»Hier ist jemand, um den du besser einen Bogen machen solltest«, sagte Carl zu ihr, als sie sich zu Sully am Ende der Theke gesellten. »Didi, das ist Sully. Sully, die liebliche Deirdre.«

Das Mädchen blickte Sully mit, wie ihm schien, echtem Interesse an. »Ich hab' schon viel von Ihnen gehört«, sagte sie. Carl Roebuck schien überrascht, doch dann erfaßte er, worum es ging. »Ach, stimmt ja«, sagte er.

Jetzt mußte die Pille endlich wirken, schloß Sully. Er konnte dem Gespräch nicht besonders gut folgen.

Immer noch Sully anstarrend, schmiegte sich das Mädchen an Carls Schulter und flüsterte ihm irgendeine Nettigkeit ins Ohr.

»Genau da, wo wir reingekommen sind«, wies Carl sie an.

»Kommst du mit?«

Carl schnaubte und liebkoste sie. Er war ziemlich betrunken, erkannte Sully. »Du willst, daß ich mal mit für kleine Mädchen gehe?«

»Frauen, du Schwein«, sagte sie ohne eine Spur von Ernst. »Könnte dir ja gefallen.«

»Ich muß mit dem Mann hier reden«, erklärte Carl. »Er ist mein Beichtvater.«

»Okay«, sagte sie mit Kleinmädchenstimme, dann, an Sully gewandt: »Er hat 'ne Menge zu beichten.«

Sie sahen ihr nach, wie sie zur Toilette stolzierte. Als sie hinter der Tür verschwand, auf der ›Sitzer‹ stand, schwang Carl Roebuck auf seinem Hocker herum, um Sully in die Augen zu sehen. »Du weißt ja, daß ich einige Erfahrung in diesen Dingen habe«, sagte er mit trübem Blick.

»In welchen Dingen?«

»Sex«, erklärte Carl. »Man könnte sogar sagen, daß ich beträchtliche Erfahrung habe.«

»Könnte man«, stimmte Sully zu.

»Und daß ich nicht zu Hyperbeln neige«, fuhr Carl fort.

»Könnte ich auch sagen, wenn ich wüßte, was das heißt«, sagte Sully.

»Übertreibungen«, erklärte Carl. »Bist du denn nie zur Schule gegangen?«

»Ach, blas mir doch einen«, gab Sully zurück.

Begeistert schlug Carl auf die Theke. »Das ist genau das, was ich meine!« rief er aus. »Das Mädchen ist die beste Bläserin an der ganzen Ostküste. Sie saugt dir den Korken aus der Sektflasche. Sie saugt dir die Radmuttern aus 'm Traktor. Sie könnte sogar dich noch zu 'nem Höhepunkt bringen, Sully.«

Sully ging nicht auf die Beleidigung ein. »Weiß du, was ich so schwer verstehe?«

»Was denn? Frag mich. Frag mich jeden verdammten Scheiß. Ich bin heute der große Antwortmann.«

»Okay«, meinte Sully. »Wir fangen mit 'ner leichten Frage an. Warum bist du« – er blickte auf seine Uhr – »mittags um eins schon betrunken?«

»Weil ich Schmerzen leide«, erwiderte Carl, offenbar ernsthaft. »Du hast recht. Das war einfach. Nächste Frage.«

Sully schüttelte ungläubig den Kopf. »*Du* leidest Schmerzen?«

»Ich ... leide ... Schmerzen«, wiederholte Carl. »Was denn? Meinst du, du hast den Schmerz für dich gepachtet? Zur alleinigen Verfügung auf dem Markt?«

Sully nahm das Pillenfläschchen heraus und stellte es zwischen sich auf die Theke. »Nimm eine davon«, schlug er vor. Tatsächlich war das Pochen in seinem Knie fast verschwunden, aber er war nicht sicher, ob es an der Tablette lag oder an der Ablenkung, auf die er so gehofft hatte.

Carl winkte ab. »Heilen sie auch Herzschmerz?«

»Hilft es denn, wenn man einen geblasen kriegt?«

»Für den Augenblick, ja«, erwiderte Carl. »Das war wieder so 'ne leichte Frage. Frag doch mal was Schweres.«

»Okay«, setzte Sully an. »Was ist denn jetzt aus dem ganzen schönen Schmus geworden, den du letzte Woche noch jedem aufs Butterbrot schmieren mußtest? Daß du jetzt eine neue Seite aufschlägst? Daß du jetzt nicht mehr so hechelnd rumlaufen wolltest, wo du doch Vater wirst?«

Carl Roebuck grinste nun übers ganze Gesicht und heuchelte Erstaunen, die Zeigefinger an die Schläfen gepreßt, als erhalte er Nachrichten per Gedankenübertragung. »Ich *wußte*, daß du das fragen würdest!« rief er aus. »Genau an die Frage hast du doch gedacht, als ich hier mit der Bläserkönigin hereinspazierte. Gib's zu. *Das* hältst du für 'ne richtig schwere Frage, stimmt's?«

Sully nahm erst mal einen Schluck Bier. Er hatte Carl Roebuck schon vorher so erlebt – es bedeutete, daß er kurz davor stand, eine Bombe platzen zu lassen. Oder was er dafür hielt. Sully schaute Carl argwöhnisch an, bevor er antwortete. »Also, ich weiß ja nicht, ob die Frage so schwer ist«, meinte er. »Mir fällt nur auf, daß du noch keine Antwort gegeben hast.«

»Dann werd' ich's tun«, sagte Carl. »Der ganze schöne Schmus? Du möchtest wissen, was aus dem ganzen schönen Schmus geworden ist? Ich werd's dir sagen. Der ganze schöne Schmus galt, bevor jemand namens Sullivan es schaffte, meine Ehe kaputt zu machen, bevor jemand namens Sullivan mein Leben kaputtgemacht hat.«

Sully blinzelte ihn nur an, fühlte sich ein wenig schuldig. Es stimmte, er war schon lange in Toby Roebuck verliebt gewesen und würde bei Gelegenheit vermutlich diese Ehe kaputtgemacht haben. Aber er hatte die Gelegenheit eben nicht erhalten. Verbreitete da jemand dumme Gerüchte? »Weißt du was?« sagte er, als er seine Stimme wiederfand.

»Nein, was denn?« sagte Carl, immer noch grinsend.

»Das passiert mir heute 'n bißchen zu oft. Meine Exfrau hat mir gerade verklickert, ich wär' an allem schuld, was in ihrem Leben schiefgegangen ist. Von ihr kann ich so 'nen Scheiß erwarten, sie ist völlig verdreht. Aber nicht von dir. Wenn du glaubst, ich hätte *dein* Leben kaputtgemacht, bist du noch verrückter als sie.«

»Sully«, rief Jeff vom anderen Ende der Theke her. Mit einer Handbewegung bedeutete er ihm, die Stimme zu senken. Mehrere Leute von dem Tisch, an dem Satch Henry und Ollie Quinn saßen, guckten schon in seine Richtung.

»Sully, Sully, Sully.« Carl Roebuck schüttelte traurig den Kopf. »Wer hat denn was über dich gesagt?«

Wieder hatte Sully das Gefühl, der Unterhaltung nicht ganz folgen zu können. »Du. Grade eben.«

»Nein, du Schmock, hab' ich nicht.« Carl hielt einen Finger hoch, als wolle er einen Tagesordnungspunkt aufrufen. »Spul den Film nochmal zurück. Was hat der liebe Carl gesagt?«

»Du hast gesagt, ich hätte deine Ehe und dein Leben kaputtgemacht«, erwiderte Sully, der es allmählich leid war.

Carl Roebuck gab einen Laut von sich, der an eine Hupe erinnerte. »Fa-alsch! Das war die Niete, und *Sie* kriegen keinen Preis. Don Pardo, sag unserem Dummkopf hier, was der liebe Carl gesagt hat!« Und dann, mit der Stimme eines Quizmasters: »Was Mr. Roebuck tatsächlich gesagt hat, war, daß *jemand namens Sullivan* seine Ehe und sein Leben kaputtgemacht hat. Das waren seine Worte.«

Nun kam die junge Frau namens Didi zurück, kletterte auf den Hocker neben Carl und ließ ihre Hand an der Innenseite seines Oberschenkels entlanggleiten.

»Schau dir das an«, sagte Carl aufgeregt zu ihr und zeigte auf Sully. »Das ist immer so spannend. Er wird gleich etwas begreifen.

Da! Siehst du's? Es dämmert ihm! Bei Jupiter, ich glaub', gleich hat er's! Er ist doch nicht so dämlich!«

Nun grinsten ihn beide an, das Mädchen eher anzüglich, wie Sully schien, und Carl Roebuck in einer Weise, die ihn bloß rasend machte – und dann lag Carl plötzlich auf dem Boden, auf dem Rücken, den Barhocker zwischen den Beinen. Wirf, der in diesem Moment zurückkam, half Carl auf die Beine und stellte den Hocker wieder hin. »Ich kann dich nicht mal für 'ne Minute allein lassen, wie?« sagte er und zwängte seinen dicken, friedlichen Leib zwischen Sully und Carl Roebuck.

Carl, der sich die Stelle am Hinterkopf befühlte, auf der er gelandet war, erklomm vorsichtig seinen Hocker. »Du hast mich verletzt, Sully«, sagte er. »Ich bin verwundet. Du hast meine Lippe aufgeschlagen und meine Gefühle verletzt. Ich wollte dir nur ein Freund sein, und was krieg' ich dafür? Herzschmerz.«

»Ich hab' dir nicht die Lippe aufgeschlagen«, gab Sully zurück. »Hab' dich am Kinn erwischt. Die Lippe hast du dir selber aufgebissen.«

Carl kostete das Blut. »Oh«, machte er. »Dann, schätz' ich, ist alles meine Schuld.«

In diesem Augenblick kam Ollie Quinn mit einer Handvoll Scheine an die Theke, um das Essen zu bezahlen. Von der Kasse aus betrachtete er die Menschenansammlung am Ende der Theke – Carl, der vorsichtig seine Lippe betastete, das Mädchen Didi, die Carls Hinterkopf begutachtete, Wirf, Sully, der immer noch saß wie in dem Augenblick, als er den Schlag ausgeteilt hatte, und seine rechte Hand massierte, die Tatwaffe. »Für einen alten Furz bist du immer noch ganz schön schnell«, sagte Ollie Quinn. Er nahm einen Zahnstocher aus dem Schnapsglas neben der Kasse, beförderte ihn mit Hilfe der Zunge zwischen seine Vorderzähne und gab ein schmatzendes Geräusch von sich. »Ihr hättet allerdings seinen alten Herrn seh'n sollen. Also, das war ein richtiger Prügelheld.«

»Eine wahre Legende«, stimmte Satch Henry vom Tisch aus zu. »Schnell mit den Händen«, erinnerte er sich. »Und klüger. Er hätte gewartet, bis der Polizeichef das Lokal verlassen hat.«

»Sag jetzt bloß nichts«, riet Wirf mit gesenkter Stimme.

»Wollen Sie Klage erheben, Mr. Roebuck?« erkundigte sich Ollie Quinn.

»Sicher«, erwiderte Carl. »Aber nicht gegen ihn.«

Der Polizeichef nickte Sully zu. »Sie haben aber heute Ihren Glückstag«, meinte er.

Am Mittag startete Miss Beryl den Ford, fuhr rückwärts aus der Garage heraus, drehte in Richtung Schuyler Springs und fuhr an Mrs. Grubers Haus vorbei; ihre enttäuschte Freundin stand am Fenster und winkte ihr traurig nach. Dies war das erste Mal in jüngster Zeit, daß Miss Beryl irgendwohin gefahren war und Mrs. Gruber nicht mitgenommen hatte, der es völlig egal war, wohin sie fuhren, solange sie nur wegkam. Und daher war Miss Beryl gar nicht erstaunt, als ihre Freundin diesen Betrug nicht verstehen konnte. Sie würde Mrs. Gruber auch nicht angerufen haben, wenn sie nicht befürchtet hätte, daß ihre Freundin den Ford beim Heraussetzen aus der Garage sehen, aus dem Haus stürzen und noch unters Auto geraten würde.

»Ich bin ganz schnell fertig«, hatte Mrs. Gruber gebettelt. »Ich zieh' mir nur noch schnell Mantel und Schal über.«

Aber Miss Beryl hatte nein gesagt. »Ich bin heute nicht auf andere Leute eingestellt«, hatte sie so geduldig wie möglich erklärt und gehofft, daß diese Erklärung unter diesen Umständen ausreichen würde, obwohl sie es eigentlich hätte besser wissen müssen. »Wenn ich um fünf nicht zurück bin, kannst du ja den Suchtrupp ausschicken«, hatte Miss Beryl noch hinzugefügt, die den Morgen vorwiegend am Telefon verbracht hatte, denn eine Menge Leute wollten wissen, wo Clive jr. geblieben war. Im Grunde hatte es gestern schon mit einer ganzen Reihe Anrufe der schrecklichen Joyce-Person begonnen, die mit gepackten Koffern auf Clive jr. gewartet hatte, damit er sie zu dem langersehnten Wochenende auf den Bahamas abholte. Zuerst hatte sie ängstlich geklungen (»Ich frage mich, wo er nur sein kann? Da muß doch etwas Schreckliches passiert sein!«), und am Ende rachsüchtig (»Er soll nur nicht glauben, daß er so davonkommt! Schließlich hat er mir was versprochen!«) Miss Beryl hatte schließlich Mitleid mit der jungen Frau verspürt und ihr erklärt, daß Clive jr. ja vielleicht einfach abgehauen sei. Am Morgen war ein Artikel im *Schuyler Springs Sentinel* erschienen, in dem auf eine mögliche Betriebsprüfung bei der Spar- und Darlehenskasse in North Bath hingewiesen wurde, besonders auf die Verbindung dieses Geldinstituts mit verschiedenen anderen in Florida und Texas. Auch deutete man an, daß manche der erheblichen Vermögenswerte der Bank nur durch Landankäufe und -verkäufe zustande gekommen seien, Käufe, die nur auf dem Papier standen, ohne daß wirklich einmal eine größere Summe Geld den Besitzer gewechselt hätte. Diese Story hatte wiederum einen Reporter aus Albany zum Hörer greifen lassen sowie den häufig betrunkenen, immer überarbeiteten Herausgeber des *North Bath Weekly Journal,* einen langjährigen Bekannten von Miss Beryl, der sie zuerst mit denselben Fragen belästigte wie seine Kollegen, sich dann aber eines Besseren besann, sich für seine Aufdringlichkeit entschuldigte und ihr riet: »Sagen Sie diesen Blutsaugern kein Wort.« Dann hatte es noch mehrere Anrufe der aufgeregten Junior-Vizepräsidentin der Sparkasse gegeben, die wissen wollte, ob Clive jr. sich bei Miss Beryl gemeldet habe. Er sei nicht auf die Bahamas geflogen, sagte die Frau. Zu Hause war er jedoch auch nicht. Sie wollte Miss Beryl davon überzeugen, daß sie Clive jr. schon vorgestern dringend hatte sprechen müssen. »ASAP«, sagte sie geheimnisvoll. Miss Beryl, die kein Wort davon verstand, konnte sich trotzdem gut vorstellen, worauf dies alles hinauslief; ihr Sohn hatte Bankrott gemacht.

Miss Beryl hatte gerade den Hörer neben die Gabel legen wollen, als Mr. Blue anrief, um ihr zu sagen, der Queen-Anne-Stuhl sei nun repariert und könne abgeholt werden. »Ich würde ihn ja selbst abliefern«, erklärte er, »aber leider hatte ich einen Unfall und hab' mir den Knöchel gebrochen.«

Miss Beryl, die äußerst dankbar war, einen wichtigen Grund zu haben, Haus und Telefon zu verlassen, hatte sofort eingewilligt, selbst nach Schuyler Springs zu fahren.

»Mein Enkel wird hier sein und Ihnen helfen, den Stuhl ins Auto zu schaffen«, sagte Mr. Blue traurig. »Ich würde es ja selbst tun, wenn ich könnte.«

Er hatte ihr den Weg zu seinem Geschäft beschrieben, das auf einer der Seitenstraßen lag, die von der Hauptstraße im Geschäftsviertel in Schuyler Springs abgingen. Ohne durch das andauernde Geplapper von Mrs. Gruber abgelenkt zu werden, fand Miss Beryl den Laden mühelos. Im Winter sah Schuyler Spring genauso traurig und verlassen aus wie Bath, und sie fand einen Parkplatz genau vor dem Geschäft. Mr. Blue, ein Mann Ende Sechzig, erwartete sie schon; er stand auf Krücken gestützt im Eingang, und sein rechter Knöchel war so dick bandagiert, daß er Miss Beryl an ein Wespennest erinnerte. »Es tut mir furchtbar leid, daß Sie sich herbemühen mußten, Mrs. Peoples«, sagte er und führte sie in den Laden, wo ein Junge mit kaffeebrauner Haut und wirrem von gefärbten Strähnen durchwirkten Haar auf der Ladentheke neben der Kasse saß, mit den Absätzen gegen die Theke schlug und Miss Beryl und seinen Großvater verächtlich anstarrte. Er mochte zwölf oder dreizehn Jahre zählen, ein Alter, mit dem Miss Beryl sich gut auskannte.

»Geh da runter«, sagte Mr. Blue zu dem Jungen, dann fügte er hinzu: »Stell dich gerade hin«, als sein Enkel eine krumme, mürrische Haltung einnahm.

»Das ist mein Enkel Leon. Er kommt in den Ferien zur Aushilfe«, erklärte Mr. Blue. Irgend etwas an der Art, wie er es sagte, deutete aber auf eine ganz andere Wahrheit hin – daß dies hier ein schwieriger Junge war, den man bei jeder Gelegenheit in eine weniger unruhige Umgebung schickte. Der Junge warf seinem Großvater einen Blick zu, als wollte er sagen: Wem willst du da was vormachen?

Mr. Blue hatte den Queen-Anne-Stuhl völlig wiederhergestellt. Einer, der von der Zerstörung nichts gewußt hätte, würde keinen Schaden festgestellt haben. »Sie müssen keine Angst haben, sich draufzusetzen«, sagte er, stolz auf sein Werk.

»Wirklich?«

»Er steht wieder fest«, versicherte er. »Die Leute glauben nicht daran, daß man die Sachen auch wieder reparieren kann. Sie machen etwas kaputt und werfen es sofort weg. Das versuch' ich auch meinem Enkel hier beizubringen: Man kann Möbel reparieren. Sind manchmal besser als neue.«

»Neu ist besser«, sagte der Junge trotzig. »Neu ist neu.«

»Ach ja?« machte sein Großvater. »Wir werden jetzt diesen alten Stuhl in das schöne alte Auto der Lady hier schaffen – und vorsichtig.«

»Ich hab' noch nichts kaputtgemacht«, sagte der Junge zu Mr. Blue.

»Mein Herz hat er mir gebrochen«, sagte der, als sein Enkel aus der Tür war. »Er und seine Mutter und dieser Niggerfreund von ihr.«

Nach dieser scheußlichen Äußerung wußte Miss Beryl nicht, ob es noch angemessen war, Mitleid mit Mr. Blue zu hegen, aber sie tat es dennoch. Er hatte, so dachte sie, eben ein unvollkommenes Menschenherz, das man gebrochen hatte.

Draußen traf Miss Beryl den Jungen neben dem verschlossenen Wagen an; er machte den Eindruck, als habe sich die ganze Welt gegen ihn verschworen und ihm eine unmögliche Aufgabe zugeteilt. In ein oder zwei Jahren würde er alle Aufgaben so betrachten.

»Laß uns versuchen, den Stuhl auf den Rücksitz zu stellen«, sagte sie ihm so fröhlich, wie sie konnte. Klein wie sie war, bedeutete es für sie immer einen Kampf, irgend etwas in den Kofferraum des Ford hineinzubugsieren.

Als sie Mr. Blues Enkel die hintere Tür aufschloß, schaute er sich den Platz an, dann den Stuhl und schließlich die zwergenhafte alte Frau, die von ihm verlangte, den Stuhl dort unterzubringen, wo kein Platz dafür war. »Der blöde Stuhl wird da nicht reinpassen«, meckerte er.

»Versuch's«, sagte Miss Beryl.

Der Stuhl paßte hinein. Es war nicht viel Platz, aber er ließ sich den Rücksitz entlangschieben. Im Unrecht gewesen zu sein, war dem Jungen offenbar völlig egal – er befand sich in jenem Alter, wo er sowieso immer recht hatte, weil die anderen ja alle blöd waren.

Miss Beryl setzte sich in den Ford, blieb einen Augenblick ruhig sitzen und dachte an ihren Sohn, fragte sich, wie weit er wohl weglaufen würde. Sein Vater hatte Clive jr. einst ohne großen Erfolg beibringen wollen, wie man sich wehrt, wie man die Hände hochnahm, um das Gesicht zu schützen. Sobald Clive sen. jedoch auf den weichen Bauch des Jungen zielte, riß dieser die Hände wieder herunter, worauf der Vater ihm eins hinter die Ohren gab, um ihn auf seinen Fehler aufmerksam zu machen. Da hatte Clive jr. jedesmal aufgegeben; er wollte keine Lektionen in Selbstverteidigung – er wollte, daß sein Vater ihn beschützte, auf seiner Seite stand, die Bengels in der Schule verfolgte und ihnen eine ordentliche Tracht Prügel verpaßte.

Und zweifellos hatte er das auch von ihr gewollt. Daß sie auf seiner Seite stand. Die Dinge so sah wie er. Ihm vertraute. Daß er der Stern an ihrem Himmelszelt war. Liebe war vermutlich das richtige Wort für das, was Clive jr. gewollt hatte.

Am Tisch saßen zwei Nackte, obwohl Sullys Enkel Will dies nicht sogleich erkannte, denn in der Mitte des Tisches lagen, neben einem Stapel zerknüllter Geldscheine, ein Berg von Kleidungsstücken, ein Revolver, und – was Will am meisten erschreckte – ein Unterschenkel, den man aufrecht hingestellt hatte. Diese untere Beinhälfte trug einen Schuh mit brauner Spitze, eine Nylonsocke und zeigte sich über der Socke in Rosa, der Farbe von Wills eigener Haut, wenn seine Mutter oder Oma Vera sein Badewasser zu heiß eingelassen hatten oder wenn er zu lange drin geblieben war. Am oberen Teil des Beins war etwas, das wie ein kompliziertes Gurtwerk aussah. Und weil er so gebannt auf das Bein starrte, entgingen ihm zunächst die beiden Nackten.

»Oh, schaut mal!« quiekte das Mädchen, das einen grünen Augenschirm trug, aber kein Hemd. »Ein kleiner Junge!« Erst da bemerkte Will, daß sie nackt war, und wurde verlegen. Ihre Brust sah so seltsam, so verletzlich aus, als sei ein unsichtbarer Knochen gebrochen. Will hatte auch seine Mutter schon barbusig gesehen und erinnerte sich, bei dem Anblick dasselbe gespürt zu haben, als ob diese Brüste, die Frauen besaßen, durch eine furchtbare Verletzung so geworden waren, vielleicht durch einen Sturz. Er blieb wie angewurzelt stehen, als das Mädchen mit dem grünen Augenschirm sich mit ausgestreckten Armen zu ihm beugte. »Ist er nicht niedlich?«

»Laß meinen Enkel in Ruhe«, riet Sully, der leicht betrunken war, dann wirbelte er auf seinem Stuhl herum, um Ralph zu begrüßen;

der hatte, als er eine barbusige Frau gewahrte, unwillkürlich einen Schritt zurück gemacht und war dann noch weiter zurückgewichen, so daß er schon fast wieder aus der Tür war und im Schankraum stand. »Wir sind hier bald fertig«, sagte Sully und zog seinen Enkel zu sich heran. »Das ist die letzte Runde. Die Leute hier haben schon ihr letztes Hemd verloren.«

»Wie wär's, wenn mal jemand die Tür da zumacht?« schlug Carl Roebuck vor und zeigte auf die Tür, durch die Ralph und der Junge eben eingetreten waren. »Ich fühl' mich irgendwie 'n bißchen nackt hier.«

»Das ist das Arschloch, das dir deinen Schneepflug geklaut hat«, erklärte Sully wie nebenbei, indem er auf Carl Roebuck wies, dessen Kiefer in den wenigen Stunden, seit Sully ihn vom Barhocker geschlagen hatte, in geradezu monströser Weise angeschwollen war.

Als Carl aufstand, wurde klar, daß er sich nicht bloß ein bißchen nackt fühlte, sondern es tatsächlich war – er hatte nur noch Socken an. Als er auf Ralph zuging, um ihm die Hand zu schütteln, sah es für einen Moment so aus, als wolle der Reißaus nehmen. »Ich geb' ihn zurück«, versprach er, »wenn Ihr Sohn mir meine Frau zurückgibt.«

»Peter ist *mein* Sohn«, erinnerte ihn Sully, als er zum Tisch zurückkehrte. »Ein Sohn von Ralph würde so was nicht tun, stimmt's, Ralph?«

Ralph verstand gar nichts mehr. Nicht die beiden Nackten. Nicht den Kleiderstapel auf dem Tisch. Nicht den Revolver. Nicht die Prothese. Und nicht das Gerede über Peter. Es war, als sei er irrtümlich auf einer Dichterlesung gelandet. Er hatte sich, seit Peter ihm jene Sitzungen beschrieben hatte, vorgestellt, wie es dort sein müßte, und erwartete jetzt halb, daß einer anfangen würde, ein oder zwei Verse aufzusagen. Entweder war das alles nur verrückt, oder diese Leute hier waren betrunken oder die Pille von Sully, die ihm das Gefühl gegeben hatte, er sei ein Besucher von einem anderen Stern, zeigte immer noch ihre Wirkung.

»Mach dir keine Sorgen um den Schneepflug«, sagte Sully und wandte seine Aufmerksamkeit wieder den Karten zu. »Ich kann mir ziemlich gut vorstellen, wo er ihn versteckt hat.«

Ollie Quinn, der mit zurückgelegtem Kopf und offenem Mund eingeschlafen war, kam mit einem Grunzen wieder zu sich, als Carl sich wieder an den Tisch setzte. Der Polizeichef rieb sich die Augen. »Wie kommt's, daß sie nackt ist?« meinte er, als er das Mädchen sah. Sully hatte ihr Carls Hemd zugeworfen, als Ralph und sein Enkel hereinkamen, und sie war nun damit beschäftigt, es sich über den Kopf zu ziehen.

»Was meinst du damit, wie kommt's, daß *sie* nackt ist?« fragte Carl Roebuck zurück.

Ollie fuhr zusammen. »Grundgütiger«, rief er. »Du ja auch.«

»Warum auch nicht, zum Teufel?« sagte Carl. »Warum soll das nicht der Tag sein, an dem ich alles verliere, bis auf die Unterhose?«

Das war die Anspielung auf das Geschäft mit der ›Letzten Ausflucht‹, das nun nach Süden abgerutscht war – wie Carl vorausgesehen hatte; und auf Clive jr., diesen Idioten, der nun allen in Bath die Antwort schuldig geblieben war und sich auf die Bahamas abgesetzt hatte. Einige meinten ja, er sei gar nicht auf den Bahamas, sondern einfach abgehauen.

»Du bist während meiner Pferdegeschichte eingeschlafen«, sagte Carl nun zum Polizeichef. »Jetzt, wo du wieder wach bist, kann ich sie ja zu Ende erzählen.«

»Schlaf lieber sofort wieder ein«, schlug Sully jedoch Ollie Quinn vor. »Keiner will seine Stories von Pechsträhnen hören.«

»Zehn Längen«, begann Carl Roebuck dort, wo er aufgehört hatte. »In der letzten Kurve hatte er zehn gottverdammte Längen Vorsprung.«

Ollie Quinn schien sofort wieder von der Geschichte gefesselt.

»Und rat mal, was dann passierte«, beharrte Carl.

»Es wurde von 'nem Heckenschützen von der Haupttribüne niedergeschossen«, riet Sully.

Carl, der eben fortfahren wollte, funkelte Sully wütend an.

»Also, um es kurz zu machen«, sagte Sully. »Carls Pferd wurde auf der langen Geraden überholt, und er meint, solche Sachen sollten ihm nicht passieren. Normalerweise passiert es ja auch nicht.«

Carl wandte sich wieder an Ollie Quinn mit der Miene eines Reporters, der gerade erfahren hat, daß man ihm die Story vor der

Nase weggeschnappt hat. »*Zehn Längen* hat er während der letzten zweihundert Yards aufgegeben«, sagte er zu dem Polizeichef.

Ollie Quinn sah enttäuscht aus – so, als ob er immer noch auf das Ende der Geschichte wartete oder als ob er Sullys Version mit dem Heckenschützen vorzöge.

»Man könnte fast glauben, daß er noch niemals vorher ein Rennen gesehen hat«, bemerkte Sully. »Er kann's bloß nicht vertragen, wenn er kein Glück hat.«

»Und es reicht noch nicht mal, daß ich mein Geld verliere«, fuhr Carl fort. »Ich muß es auch noch an den größten Dummkopf von ganz Bath verlieren.«

»Ich sage doch, daß heute Sullys Glückstag ist«, erinnerte sie Ollie Quinn. Mit trübem Blick starrte er auf die Gegenstände auf dem Tisch, einschließlich der Prothese. »Wem gehört denn die Knarre?«

»Ihnen«, sagte Carl, der, kurz bevor Ralph und der Junge erschienen waren, den Polizeichef im Schlaf entwaffnet hatte. »Das ist Ihr Einsatz.«

Ollie Quinn griff in sein leeres Halfter und erkannte, daß Carl die Wahrheit gesprochen hatte. »Hätte dieses Spiel schon vor zwei Stunden verbieten sollen«, äußerte er.

»Wenn wir endlich mal diese verdammte Runde zu Ende spielen könnten, braucht's das gar nicht«, betonte Carl, dann, an Sully gewandt: »Sag deinem Anwalt jetzt, er soll mitziehen oder es lassen.«

Wirf, der verschlafen aussah, warf seine Karten auf den Tisch. »Ich kann betrunken viel besser pokern«, sagte er und nahm einen Schluck von seinem Club Soda.

»Nicht viel besser« meinte Sully und erhöhte den Pot.

»Wir sind bloß gekommen, um dir zu sagen, daß Peter jetzt in der Wohnung ist«, sagte Ralph. »Er sagte, er fängt jetzt mit dem Ausladen an.«

»Okay, ich komm' sofort«, sagte Sully. »Warte doch noch auf mich, ja? Ich bin gleich hier fertig.«

»Wir warten draußen«, erwiderte Ralph und bedeutete Will, ihm zu folgen. »Mach es nicht zu lange.«

Im Schankraum half Ralph, der lieber mit Will auf die Straße an die frische Luft gegangen wäre, dem Jungen auf einen Hocker und bestellte zwei Cola. »Der Junge darf nicht an der Theke sitzen«, sagte der dicke Barkeeper zu ihm. »Tut mir leid. Ist gegen das Gesetz.«

»Ist schon in Ordnung«, sagte Ralph schuldbewußt. Vera die noch eine Nacht zur Beobachtung im Krankenhaus bleiben mußte, hätte wissen wollen, was überhaupt in ihn gefahren war, Will auf einen Barhocker zu setzen, und er hätte zugeben müssen, daß er nicht darüber nachgedacht hatte. Er war nur froh, daß Vera der Anblick des Treibens im angrenzenden Raum erspart geblieben war. Sie hätte eine Woche lang ihre Moralpredigten gehalten. Ralph nahm sich vor, den Jungen zu warnen, daß er nichts davon erzählte. »Du bleibst hier unten stehen«, sagte er zu ihm, »bis der Mann uns die Cola bringt.«

Im Nebenzimmer wurde Gebrüll laut, Stühle wurden zurückgeschoben. Ollie Quinn, der seinen Revolver wieder ins Halfter steckte, war der erste, der erschien, dann kam Sully mit einem Päckchen Scheine in der einen Hand und Wirfs Bein in der anderen. Er stellte die Prothese auf die Theke, stopfte das Geld in die Hosentaschen und half Will wieder auf den Barhocker. In dem Moment brachte Tiny die Cola. »Er darf nicht an der Theke sitzen, Sully.«

Sully runzelte die Stirn. »Warum nicht?«

»Ist gegen das Gesetz.«

»So'n Unsinn.«

»Ist gegen das verdammte Gesetz, Sully.«

»Pokern auch«, gab Sully zurück. »Du willst wohl sagen, du weißt von keinem Pokerspiel in deinem Hinterzimmer?«

»Fang nicht schon wieder an, Sully«, warnte Tiny. »Du bewegst dich auf verdammt dünnem Eis heute abend. Hast schon einen meiner Gäste geschlagen. Jeff hätte dich da schon rausschmeißen sollen. Also es ist 'n verdammt dünnes Eis, auf dem du dich bewegst.«

Sully nickte ihm zu. »Tja«, meinte er zu Ralph, der schon von seinem Hocker geglitten war und den Jungen unter seine Fittiche genommen hatte, »vielleicht sollten wir wirklich lieber an einen von den Tischen gehen. Denn wenn das Eis wirklich so dünn ist, wollen wir diesen fetten Hintern nicht so nah bei uns haben.«

Jetzt kamen Carl Roebuck und das Mädchen Didi, beide wieder vollständig angezogen, aus dem Hinterzimmer. »Gib mir noch eine von diesen Wunderpillen«, sagte Carl Roebuck. »Ich glaub', du hast mir den Kiefer gebrochen.«

Sully reichte ihm das ganze Fläschchen. »Ich sag's ja gar nicht gern«, meinte er und betrachtete Carls Gesicht. Der Kiefer war den ganzen Nachmittag über angeschwollen und sah nun fast wie eine Krebsgeschwulst aus. »Aber du könntest recht haben.«

Carl schluckte die Tablette mit seinem Rest Jack Daniels herunter und stellte das Glas mitten auf den Tisch, an den sich Sully, Ralph und der Junge gesetzt hatten. Dann ließ er sich auf einen Stuhl fallen und zog das Mädchen auf seinen Schoß. »Was für ein Tag«, sagte er. Es kam mit solcher Überzeugung heraus, daß Sully fast Mitleid mit ihm verspürte, als er das Mädchen an sich zog, sein Gesicht zwischen ihren Brüsten vergrub und anfing, blubbernde Laute von sich zu geben.

»Laß ihn nur nicht fahren, Dolly«, warnte Sully das Mädchen. »Die zweite haut immer besonders rein.«

»Werd' ich nicht«, erwiderte sie und sah Sully ernst und nüchtern in die Augen, wie schon einige Male an diesem Nachmittag. Sie hatte so heftig getrunken wie die Männer, schien aber viel mehr zu vertragen. Dies also war die junge Frau, die Peters Ehe zerstört und Vera am Telefon Obszönitäten an den Kopf geworfen hatte, dachte Sully. Kein Wunder, daß seine Exfrau sich so aufgeregt hatte; Vera war schon immer die Art Frau gewesen, die die Augen zumachte und die Missionarsstellung bevorzugte. Vermutlich hatte sie Peter nicht besonders gut auf ein Mädchen wie Didi vorbereitet. Und offenbar war nicht einmal Carl Roebuck auf so etwas vorbereitet gewesen. »Wenn Sie Peter sehen, sagen Sie ihm hallo von mir«, meinte sie.

»Das wirst du nicht«, warf Carl Roebuck ein, dessen Stimme gedämpft aus dem Pullover des Mädchens drang. »Er kann nicht beide Frauen haben.«

»Carl hat immer alle Mädchen in Bath für sich allein gehabt«, erklärte Sully.

Didi blickte auf Carl herab. »Es hat ihm das Herz gebrochen«, sagte sie. »Irgendwie rührend, finden Sie nicht?«

»Irgendwie«, stimmte Sully zu.

»Ich wette, Ihnen hat nie ein Mädchen das Herz gebrochen«, sagte sie, und wieder trafen sich ihre Augen.

»Er ist auch in meine Frau verliebt«, sagte Carl. »Alle lieben Toby. Keine liebt mich.«

Da erschien Wirf in der Tür, einen umgedrehten Besen als Krücke benutzend, sein leeres Hosenbein hing lose herab. »Du würdest mein Bein glatt behalten, was?« sagte er zu Sully.

»Du brauchst kein Bein.« Carl Roebuck drehte sich um und sah ihn an. »Du brauchst 'nen Papagei.«

»Sollen wir ihm sein Bein zurückgeben?« fragte Sully seinen Enkel.

Will nickte eifrig.

Sully schob dem Jungen die Prothese hin. »Dann mal los.«

Der Junge riß er erschrocken die Augen auf und wich kopfschüttelnd zurück.

»Es ist doch nicht lebendig«, sagte Sully und klopfte darauf. »Siehst du?«

»Er will aber nicht, Sully«, sagte Ralph, dem dieses Spiel auch nicht zu behagen schien.

»Du könntest es doch deinem Bruder erzählen«, schlug Sully vor. »Meinst du, er würd' dir das glauben?«

Will starrte das Bein mit Furcht und Verlangen an. Die Vorstellung, seinem Bruder Wacker davon zu berichten, schien ihm zu gefallen – die Prothese nicht.

»Sully –« begann Ralph, aber Sully hielt die Hand hoch, und nach einer Weile streckte der Junge die Hände aus und griff sich Wirfs Bein. Er hielt es so sorgsam fest, als müsse er verhindern, daß es Blut verliere. Alle schauten zu, wie der Junge dem einbeinigen Anwalt, der gegen den Türrahmen gelehnt wartete, die Prothese brachte. Als Didi sich schneuzte, blickte Sully auf und sah, daß ihr die Tränen die Wangen herabtropften.

Wirf zog sich einen Stuhl heran und nahm die Prothese von dem Jungen entgegen. »Dank dir«, sagte er und krempelte den Hosenaufschlag hoch. Keiner, nicht einmal Will wandte den Blick ab, während er das künstliche Bein befestigte. »Dein schlimmer Großvater hätte es fast behalten. Jetzt bin ich wieder ein ganzer Mann.«

Sully schien es einen Augenblick, als sähe er nicht Will, sondern Peter – den Peter, den er als kleinen Jungen gekannt hatte. Oder vielleicht sich selbst als Junge vor vielen Jahren, als Jungen, der noch ein Herz hatte, das man brechen konnte.

»Jesus Christus«, sagte Carl Roebuck. »Was für ein Tag.«

Der Wohnwagen war schon fast vollständig entladen – nur noch ein Schreibtisch aus Eiche und ein Aktenschrank standen darin. Peter hatte den Wohnwagen über den Bordstein rückwärts bis an die vordere Veranda herangefahren und eine Rampe gebaut, die vom Innern des Wohnwagens bis zur obersten Stufe reichte. Sully mühte sich damit ab, den Schreibtisch aus dem hinteren Teil des Wohnwagens zu zerren, als Peter auf der Veranda erschien. »Faß mal mit an«, schlug Sully vor. Zum Glück hatte Peter die Schubladen herausgenommen.

Peter strebte an ihm vorbei zum anderen Ende des Schreibtisches und packte sofort an. »Wo ist Rub?«

»Zu Hause«, erwiderte Sully. »Ich dachte, ich geb' ihm mal den Abend frei.« Eigentlich hatte er daran gedacht, Rub zu holen, aber es war schon spät und Rub ging es womöglich immer noch schlecht. Außerdem hatte er gehört, daß man Bootsie freigelassen hatte, und er wollte Rubs Frau jetzt nicht begegnen, nicht nach einem so schweren Tag. »Willst du jetzt mit anfassen, ja oder nein?«

»Du bist betrunken«, riet Peter und zog die Nase kraus. In dem engen Wohnwagen roch er offenbar die Ausdünstung des Alkohols.

»Ein bißchen«, gab Sully zu.

»Der ist schwer«, meinte Peter.

»Ich krieg' meine Seite schon hoch«, versicherte Sully. »Kümmer du dich um deine.«

Peter schaute ihn einen Augenblick aufmerksam an. »Ich hab' schon wieder das Gefühl, als ob wir um eine Frau kämpfen.«

»Und ich hab' das Gefühl, du erwartest, daß dieser Tisch allein die Treppen hochspaziert«, gab Sully zurück. »Nun mach schon.«

»Prima«, meinte Peter. »Wenn du dich umbringen willst.«

Als sie die Rampe passiert und die Veranda erreicht hatten, setzte Peter den Tisch ab. »Laß mich wenigstens ans vordere Ende«, schlug er vor.

»Nein.«

»Na schön.«

Wieder hoben sie an und schoben sich durch die Haustür zum Fuß der Treppe, Schritt für Schritt.

»Langsam jetzt«, sagte Sully, als er die erste Stufe am Absatz spürte. Die Schwierigkeit war, wie er sein krankes Bein benutzen sollte – ob er damit steigen oder abstützen sollte. Abstützen, entschied er, da das gesunde Bein sich am Knie beugen ließ und er damit Schwung holen konnte. Sie begannen, die Treppe Stufe für Stufe zu erklimmen. Sully grub seine Finger unter die Tischkante, und nach jeder Stufe ließ er die Beine des Schreibtisches einen Augenblick auf der nächstunteren Stufe rasten. Sie hatten erst vier oder fünf Stufen geschafft, als er trotz seines benebelten Kopfes die Dummheit dieses Unterfangens einsah. Rub und Peter konnten diesen Schreibtisch morgen als erstes gemeinsam hochschleppen. Sie würden dazu gerade mal eine halbe Minute benötigen und bräuchten nicht einmal Pausen zu machen, schon gar nicht bei jeder einzelnen Stufe. Vor einem Jahr noch hätte Sully auch keine Pause gebraucht. Und schlimmer noch – ihr langsames Fortkommen machte es doppelt so schwer für Peter, der die ganze Last unten zu tragen hatte. Sully konnte sehen, wie sein Sohn in der kalten Luft vor Schweiß dampfte. »Geht's dir gut da oben?« wollte Peter wissen, als sie ungefähr die Hälfte des Weges geschafft hatten.

»Ja, sehr«, erwiderte Sully und nahm die nächste Stufe in Angriff.

»Hast du dich jetzt entschieden, was du damit beweisen willst?«

»Ich dachte, wir stritten über 'ne Frau.«

»Stimmt.«

Wieder hob Sully an, und sie schafften die nächste Stufe. »Also, dann bete für mich«, sagte er. »Denn wenn ich hier abrutsche, haben wir nicht mal mehr 'nen Schwanz zwischen uns.«

Das Wohnzimmer, das am Morgen noch so groß gewirkt hatte, war nun mit Kisten vollgestellt, die Peter in Reihen vor dem Kamin und den eingebauten Bücherregalen an den Wänden aufgestellt hatte. Die beiden Männer schleppten den Tisch in die hintere Ecke, wo Peter etwas Platz gelassen hatte.

»Hast du nicht gesagt, Charlotte hat alles genommen«, erkundigte sich Sully und schaute auf die vielen Pappkartons.

»Hat sie ja auch«, erwiderte Peter. »Das hier sind hauptsächlich Bücher.«

Sully versuchte, das zu schlucken. Es mußten an die siebzig Kisten sein. Im Nebenzimmer wurde mit einem ›Rums‹ die Dusche abgestellt – Sully hatte das Geräusch und dessen Bedeutung gar nicht wahrgenommen, bis es unversehens aufhörte. Er schaute Peter an, der gegen den Schreibtisch lehnte.

»Didi läßt dich grüßen«, sagte Sully.

Falls Peter überrascht war, so verriet er es mit keiner Miene. »Ich hatte schon Angst, daß sie noch hier auftauchen würde. Hat sie dich schon angemacht?«

»Nein – aber Carl.«

»Sie wird's noch tun«, sagte Peter. »Nur um mich kleinzukriegen.«

»Ich sollte sie vielleicht gewähren lassen«, gab Sully zurück. »Nur um dich kleinzukriegen.«

Noch mehr Geräusche aus dem Nebenzimmer. »Ich sag' ihr besser, daß du hier bist.«

Sie hörten, wie die Badezimmertür geöffnet wurde, und Sully drehte sich weg. Er wollte schon gehen, und als Peter kurz darauf Toby Roebuck ins Schlafzimmer folgte, hätte er es fast getan. Hinter der Tür konnte er drängende Stimmen im Flüsterton vernehmen. Aus dem Vorderfenster sah er das große Schild des IGA-Supermarktes aufflackern und dunkel werden, doch im letzten Blinken hatte er rotes Metall unten auf der Straße aufblitzen sehen.

Auf dem großen Schreibtisch sitzend, lehnte er sich gegen die Wand und schloß eine Sekunde lang die Augen; genoß die Dunkelheit, auch wenn in der Einsamkeit das Lied, das sein Knie sang, wieder lauter erklang. Als Jockos Pillen gewirkt und er ein paar anständige Ablenkungen gefunden hatte (Bier, Bourbon, Poker, eine hübsche, halbnackte, junge Frau), hatte er Vera fast vergessen können und ebenso sein Knie, dessen Gesang nur noch aus Background-Stimmen bestand mit einer Begleitung weicher Geigenklänge. Nun aber war die Marschkapelle wieder da, doch sie übten nur, stampften nicht gleich im Takt der Baßtrommel. Und er war dankbar, denn zum Marschieren war er viel zu erschöpft.

Es gab noch anderes, wofür er dankbar sein konnte. Seine Pechsträhne war endlich zu Ende; er hatte immer noch seinen Gewinn aus der Dreierwette und noch ungefähr fünfhundert von dem Pokerspiel am Nachmittag. Das machte ihn immer noch nicht reich, aber immerhin konnte er morgen zu Harold Proxmire gehen und ihm fünfzehnhundert für den Laster geben, was für die nächsten paar Monate als Abzahlung reichen würde. Und er hätte die erste und letzte Monatsmiete für die Wohnung, die er bis jetzt noch nicht gefunden hatte. Wenn seine Glückssträhne anhielt, würde Miles Anderson sich ein ganze Weile nicht mehr blicken lassen und daher auch nicht sehen können, wie wenig sie mit der Arbeit am Haus vorangekommen waren. Es würde nicht länger als ein paar Wochen dauern, den Rückstand aufzuholen, nun, da Rub wieder mit von der Partie war. Peter hatte Anderson ja davon überzeugen können, daß alles fertig würde. Vielleicht wäre es am klügsten, die ganze Sache Peter zu übertragen. Wenn es schneite, konnte er sich das leisten. Vielleicht konnte er es sich sowieso leisten. Sully spürte, wie sich die dicken Geldpacken in seiner Tasche beulten. Er hatte das Geld noch nicht mal gezählt. Vielleicht war es sogar mehr, als er gedacht hatte.

Als er hochschreckte, sah er, daß über die Hälfte der Kisten nun ausgepackt und der Inhalt in den deckenhohen Bücherregalen untergebracht war. Toby Roebuck stand barfuß mit feuchtem Haar in Jeans und Sweatshirt auf einem Stuhl und stellte die Bände, die Peter ihr reichte, ins oberste Regal. Mit den leeren Kisten hatten sie eine Art Wall zwischen sich und Sully gebaut. Toby Roebuck entdeckte zuerst, daß er wach war. »Sully«, sagte sie. »Wie kannst du nur im Sitzen schlafen?«

Er war gegen die Wand gesunken, eingeschlafen und hatte nun einen steifen Hals. »Hallo, Mrs. Roebuck«, grüßte er und versuchte, seine steifgewordenen Gelenke zu dehnen.

Sie sah ihn nur an. »Hör mit diesem ›Mrs. Roebuck‹ auf, Sully«, sagte sie fröhlich. »Du bist der mit dem langen Sündenregister.«

»Das ist schon lange her«, erwiderte er, erhob sich und befühlte das Knie. »Jetzt bin ich viel zu müde dazu.«

»Das meine ich ja. Dann schimpf auch nicht auf die, die noch die Energie dazu haben.« Sie warf einen Blick auf Peter, der allerdings auch nicht gerade vor Energie zu beben schien.

»Kann mich nicht erinnern, irgendwas außer ›hallo‹ gesagt zu haben«, meinte Sully zu ihr. »Wenn du heiraten willst, sag mir Bescheid. Ich werde die Braut übergeben.«

»Und tu auch nicht so, als ob du's gut findest«, sagte Toby Roebuck. »Das wär' nur noch schlimmer.«

Vorsichtig beugte Sully sein Knie. »Laß mal seh'n, ob ich das verstehen kann. Ich soll es nicht gutfinden, und ich soll es nicht schlechtfinden. Wie zum Teufel *soll* ich's denn finden?«

»Mach doch mal ein paar von den Kisten da kaputt«, schlug Peter vor. »Grad' hinter dir auf dem Tisch liegt 'ne Schere.«

»Schmeiß sie bloß nicht alle weg«, mahnte Sully und nahm die Schere zur Hand. »Ich zieh' in ein paar Tagen ja auch um.«

»Ich laß dir ein paar übrig«, willigte Peter ein. »Meinst du, zwei reichen?«

»Wenn ich nur vorher schon gewußt hätte, daß du so auf Klugscheißer stehst«, sagte Sully zu Toby Roebuck.

»Er hat noch andere Qualitäten«, entgegnete sie. »Wenn ich allein auf Klugscheißer stehen würde, hätte ich auf dich gesetzt.«

Ungefähr eine halbe Stunde später waren sie fertig. Nun, da alle Bücher in den Regalen standen und die Kisten plattgedrückt und zu einem Stapel aufgeschichtet waren, sah die Wohnung wieder ziemlich leer aus. »Du wirst noch 'n paar Sachen brauchen«, meinte Sully.

Tobys Stimme drang aus der Küche. »Zum Beispiel Töpfe, Pfannen, Teller, Gläser und Besteck.«

»Ich hab' das alles«, bot Sully an. »Wir können's morgen hinüberschaffen.«

»Und was nimmst du dann?« wollte Peter wissen.

»Ich hab' seit fünf Jahren nicht mehr zu Hause gegessen«, erzählte Sully wahrheitsgemäß und zog sich Mantel und Handschuhe an.

»Das ist aber traurig«, meinte Toby von der Küchentür her.

»Nicht unbedingt«, erwiderte Sully und begab sich zum Fenster. Die Straße war dunkel, doch er konnte Carl Roebucks Sportwagen unten am Bordstein erkennen.

Auch Peter zog sich den Mantel über. »Ich bring' dich nach unten. Ich muß sowieso den Wohnwagen abschließen.«

Wieder blickte sich Sully im Zimmer um; sogar leer sah es gut aus. Der Kamin, von Büchern umgeben. Das hatte er sich heute morgen nicht so vorgestellt. »Das wird noch schön hier«, gab er zu. »Zeig es morgen doch mal deiner Mutter. Dann wird sie sich besser fühlen.«

Peter nickte. »Nichts beruhigt sie so wie Bücher.«

»Dann wird sie's ja toll finden. Ist ja 'ne richtige Bibliothek hier«, sagte Toby, wobei sie es ›Bie-blothek‹ aussprach, und Sully vermeinte, Peter grinsen zu sehen.

Er ging auf der dunklen Treppe voran, hielt sich am Geländer fest und zog immer beide Füße auf eine Stufe, bevor er weiter hinabstieg.

Am Fuß der Treppe drückte Peter auf den Lichtschalter. Nichts tat sich. »Noch etwas zu tun für morgen«, sagte er und starrte nach oben an die dunkle, gewölbte Decke. »Danke für deine Hilfe mit dem Schreibtisch.«

Sully nickte, schwieg eine Zeitlang. Peter, so hatte er allmählich begriffen, konnte schon großzügig sein. Sully war keine große Hilfe gewesen, das wußte er. Er hatte es im Gegenteil noch schwerer gemacht, den Schreibtisch hochzutragen. Sein Sohn wollte einfach nur nett sein; vielleicht war dies eine der Qualitäten, auf die Toby Roebuck angespielt hatte. »Ich würde die Tür abschließen, wenn sie über Nacht bleibt«, warnte Sully nun. »Das rote Auto, das da unten steht – das ist ihr Mann.«

»Er ist uns bis nach Albany gefolgt«, teilte Peter ihm mit. »Als wir nach Morgantown gefahren sind.«

»Sie ist mit dir gefahren?«

Peter sagte kein Wort.

»Wie ist denn das alles bloß gekommen?« fragte Sully, nun wirklich neugierig.

»Sehr schnell«, erwiderte Peter, als reiche diese Erklärung aus. Sully stand vor einem Rätsel – er selbst hatte sich nie schnell verliebt.

»Tja«, meinte er. »Sei aber vor Carl auf der Hut. Für ihn ist das alles so neu.« Es war seltsam, mit Peter an so einem engen, dunklen Ort zu sprechen. Und irgendwie leichter. Oft war es nämlich der Gesichtsausdruck seines Sohnes, der das Reden so schwer machte, jene ironische Distanz, die ihm zu eigen war. Seine Stimme hingegen klang sehr angenehm. »Er ist derjenige, der sonst immer in der Gegend rummacht«, erklärte Sully. »Er muß sich auch mal dran gewöhnen, daß der Schuh am anderen Fuß sitzt.«

Sully konnte das Achselzucken seines Sohnes nicht sehen. »Der Schuh saß auch vorher schon an 'nem anderen Fuß«, sagte Peter. »Toby sagt das jedenfalls.«

Sully dachte einen Augenblick darüber nach. »Glaub' ich nicht«, meinte er.

»Okay«, willigte Peter ein. »Wie du willst.«

»Sie ist ein echt nettes Mädchen.«

Peter kicherte. »Sie ist eine echt nette Frau. Und du hast sie auf ein echt hohes Piedestal gestellt.«

»Tja«, sagte Sully, froh, daß Peter offenbar keine Lust hatte, ihm über Toby Roebucks vergangene Fehltritte zu erzählen – falls er überhaupt darüber Bescheid wußte. »Fahr morgen mal bei dem Haus auf der Bowdon vorbei, bevor du den Wohnwagen zurückbringst. Da stehen noch 'n paar Möbel im Gästezimmer. Wenn du sie willst, nimm die mit.«

Peter sagte, er werde es tun.

»Vielleicht ist gar nichts Brauchbares dabei«, gab Sully zu. »Wer weiß?« Er legte die Hand auf den Türknauf. »Ich red' mal ein Wörtchen mit unserem Freund. Er wird schon auf mich hören.«

»Tu mir einen Gefallen und laß es sein«, sagte Peter. »Du machst es nur noch schlimmer. Wieder mal.«

Das, so erkannte Sully, war eine Anspielung auf seine Weigerung, auf den Krankenwagen zu warten, am Nachmittag, als er Vera geschlagen hatte. Der Schrecken der Szene hatte ihm den ganzen Nachmittag lang vor Augen gestanden, trotz der ausgezeichneten Ablenkungen – Bier und Poker und barbusige Mädchen – von denen er umgeben gewesen war. »Glaubst du, deiner Mutter wird's wieder besser gehen?«

»Ich weiß nicht«, meinte Peter. »Sie wollen sie über Nacht in

Schuyler behalten. Du weißt ja, wie sie ist. Sie hat sich nicht verändert – es ist nur schlimmer geworden.«

»Du könntest ihr vielleicht ein bißchen mehr helfen«, schlug Sully vor.

»Wohl schwer«, gab Peter zurück. »Wenn die Welt nicht das tut, was sie will, ist Vera enttäuscht.«

Es war natürlich derselbe Schluß, zu dem Sully vor fünfunddreißig Jahren schon gekommen war, und Peter konnte seine Mutter als Sohn auch nicht glücklicher oder zufriedener stimmen, als Sully dies vor langer Zeit als Ehemann gekonnt hatte.

»Jedenfalls braucht es nicht mehr viel, um sie völlig in Rage zu bringen«, sann Sully, als er sich daran erinnerte, wie der bloße Anblick von Rub in der Einfahrt sie zur Weißglut gebracht hatte. Oder vielleicht war es gewesen, weil er im Haus gewesen war, ein Eindringling. Ein Nestbeschmutzer, so hatte sie ihn genannt.

»Da steckte noch mehr dahinter, was du nicht weißt«, sagte Peter. »Heute morgen ist Opa ins Krankenhaus gekommen. Er konnte nicht mehr atmen, nicht mal mit der Maske.«

Sully dachte an Robert Halsey, wie er an Thanksgiving ausgesehen hatte, und beschloß, sich zu erschießen, bevor er so wurde. »Wenn er stirbt, bist du alles, was deine Mutter noch hat.«

»Sie hat doch Ralph.«

»Ralph zählt nicht. Das weißt du.«

»Ich weiß«, sagte Peter. »Und um Ralph mach' ich mir Sorgen.«

»Er sieht nicht besonders gut aus, was?« meinte Sully.

»Er ist ein Wrack«, sagte Peter. »Wenn ich je meinen Kram auf die Reihe kriegen sollte, dann für ihn, nicht für sie. Er ist ein guter Vater gewesen.«

»Und außerdem ist da noch Will«, warf Sully ein.

»Kinder halten was aus«, meinte Peter. »Schau mich an.«

»Ich schau' dich ja an«, sagte Sully in die Dunkelheit.

»Also«, meinte Peter. »Wenn es dich beruhigt, das da oben ist keine ernste Sache.«

Sully nickte; soviel hatte er auch verstanden. Hatte es gesehen, als Peter über Toby Roebucks Aussprache von ›Bibliothek‹ gegrinst hatte. Peter hatte zuviel von Vera in sich – zuviel harterkämpfte Bildung, um sich je in eine zu verlieben, die ›Bie-blothek‹ sagte.

»Da bin ich aber froh«, meinte Sully ganz ernst.

»Das wette ich«, gab Peter zurück. Sogar im Dunklen konnte Sully förmlich spüren, daß sein Sohn grinste. Vielleicht war das alles, was Toby für seinen Sohn bedeutete – sie hatten sich um eine Frau gestritten, und der Jüngere hatte gewonnen.

»Ich dachte nur gerade an ihren Mann«, begann Sully wieder und entdeckte erstaunt, daß es stimmte. »Ich bin mir nicht sicher, ob er sie gehen lassen kann.«

»Er ist ja noch nicht aus dem Rennen«, entgegnete Peter. »Da ist noch eine Frau in Schuyler.«

Sully schnaubte verächtlich. »Carl hat überall Frauen, nicht bloß in Schuyler.«

»Ich hab' nicht Carl gemeint.«

Sully brauchte einen Augenblick, aber irgendwie konnte er die Information leichter im Dunklen verdauen. Die Möglichkeit wäre ihm in hundert Jahren nicht in den Sinn gekommen, aber nun, da die Worte in der schützenden Dunkelheit ausgesprochen worden waren, sah er ein, daß es stimmen mußte.

»Warum dann?« fragte er schließlich.

»Warum was?«

»Warum tust du dann das, was du tust?«

»Ich habe keine Ahnung«, erwiderte sein Sohn, und wenigsten einmal klang es ehrlich und einfach. Keine Ironie, kein Sarkasmus, keine heimliche Wut.

»Tja«, seufzte Sully und stieß die Haustür auf. »Ist Zeit, daß ich heimgehe.«

Er war schon auf der Treppe, als Peter fragte: »Kommst du an der Bowdon Street vorbei?«

»Hatte ich eigentlich nicht vor. Warum?«

»Der Hund muß gefüttert werden.«

»Scheiße. Ich hab' ihn total vergessen«, gab Sully zu.

»Wie immer.«

»In Wirklichkeit ist er nicht mein Hund«, brachte Sully zu seiner Verteidigung vor.

»Klar«, sagte Peter mit seinem üblichen Sarkasmus. »Nicht wirklich dein Hund. Und das Haus, in dem er eingeschlossen ist, ist auch nicht wirklich dein Haus. Und du bist ein freier Mann.«

»Da hast du verdammt recht, Sohn«, sagte Sully. »Und vergiß nicht – schließ die Tür ab.«

Sully wartete, bis er den Riegel hinter sich einrasten hörte, dann ging er über die Straße, wo Carls Wagen im Leerlauf vor sich hinbrummte; eine weiße Auspuffwolke zog über die Straße dahin. Als er näher kam, ließ Carl das Fenster auf der Fahrerseite halb herunter und sagte: »Hallo, du Schmock.«

»Bist du mir hierher gefolgt?« fragte Sully.

»Bin ich«, gab Carl zu. »Außerdem hab' ich meine Zigaretten vergessen. Gib mir mal eine.«

Sully schüttelte eine Zigarette aus der Packung. Carl nahm sie. »Gib mir doch das ganze Päckchen. Ich will noch 'ne Weile hierbleiben.« Aufmerksam betrachtete er Sully im fahlen Licht der Straßenlaterne. Dann warf er die Zigarettenpackung auf das Armaturenbrett. In dem fahlen Licht konnte Sully erkennen, daß Carls Gesicht zu einem Ballon aufgeblasen war. »Du siehst aus wie ein Mann, der gerade sie schrecklichste Wahrheit des Lebens entdeckt hat«, neckte Carl.

In dem dunklen Auto regte sich etwas, und Carl blickte in seinen Schoß. »Alles in Ordnung, Darling. Geh wieder schlafen«, sagte er. »Ich mach' auch gleich wieder das Fenster hoch.«

Ein Gemurmel, dann wieder Stille.

»Das mußt du einfach sehen«, flüsterte Carl und griff hinter sich, um das Licht anzuknipsen. Er ließ es nur eine Sekunde brennen, aber das reichte schon. Zuerst dachte Sully, das Mädchen Didi sei einfach mit dem Kopf auf Carls Schoß liegend eingeschlafen, aber dann sah er, daß sie seinen schlaffen Penis wie einen Schnuller im Mund hielt. »Ist das nicht rührend?« meinte Carl.

»Bewunderswert«, gab Sully zurück. »Ich hoffe nur, daß sie keinen Alptraum hat.«

»*Du* hoffst das.«

»Ich geh' jetzt nach Hause«, sagte Sully. »Ich bin müde, und du bist viel zu kaputt, um überhaupt anständig mit einem zu reden.«

»Was soll man da sagen.«

»Und geh nicht nach oben«, befahl Sully.

»Okay«, sagte Carl.

»Ich mein' es ernst«, warnte Sully.

»Ich weiß, daß du's ernst meinst.«

»Dann tu's auch nicht.«

Didi setzte sich auf und rieb sich die Augen. »Mir ist kalt«, sagte sie schläfrig und schauderte. »Hi, Sully.«

»Nun schau, was du getan hast«, sagte Carl und kurbelte das Fenster hoch.

Sully hätte Carl gerne noch ein letztes Mal gewarnt, aber er war zu erschöpft, um ihn dazu zu bringen, noch einmal das Fenster herabzulassen.

Auf dem Weg zu Rubs Haus passierte etwas Seltsames: Während ihm noch die bizarren Ereignisse des Tages im Kopf herumgingen, verpaßte Sully die Straße, fuhr einen Block zu weit, merkte es jedoch nicht, und das Ergebnis war das Gefühl, nun völlig verloren zu sein. Er kannte diese dunkle Straße, eine Straße in der Stadt, in der er sein ganzes Leben verbracht hatte, doch trotz der vertrauten Umgebung hatte er plötzlich keine Ahnung mehr, wo er sich befand. Wie kamen denn diese Häuser in Rubs Straße? Wohin war das Haus verschwunden, das Rub und Bootsie gemietet hatten? Er blinzelte bei jedem Haus, an dem er vorüberfuhr; er war sicher, daß Rubs Haus jeden Augenblick auftauchen müßte und alles wieder in Ordnung käme. Doch als es nicht auftauchte, blieb er mitten auf der Straße stehen, froh, daß es schon so spät war; daß kein Mensch da war, der ihn beobachten konnte; daß ihm die Demütigung erspart blieb, nach dem Weg fragen zu müssen. Am Ende konnte er nichts tun als zurückzusetzen – was er auch tat und seinen Irrtum erst erkannte, als er den ganzen Weg bis zur Kreuzung rückwärts gefahren war und das Straßenschild sah. Eine Minute später bog er auf die Einfahrt vor Rubs und Bootsies kleinem Zweifamilienhaus, hupte dreimal kurz und leise – das Signal für Rub, herauszukommen und sich die Weisungen für den kommenden Tag anzuhören. Bootsie hatte sich von ihrer Schwester in Schuyler die Kaution stellen lassen, und es ging das Gerücht um, daß sie das Bezirksgericht auf dem Kriegspfad verlassen habe. Sully hatte nicht die Absicht, ihr heute abend über den Weg zu laufen.

Zum Glück war es Rubs runder Kopf, der am Fenster erschien, und einen Augenblick später trat er im Unterhemd und mit offenen Schnürsenkeln heraus und kletterte in den El Camino, wo es warm war. Er drehte jedoch den Kopf weg, bis das Licht ausging. Sully öffnete die Fahrertür, damit das Licht anging, und sah, daß Rub ein geschwollenes Auge hatte.

»Mein Gott, Rub«, sagte er und machte die Tür wieder zu.

Rub zuckte mit den Schultern. »Was sollte ich denn machen? Jungs sollen doch nicht Mädchen schlagen.«

»Du sollst dich aber auch nicht von ihnen schlagen lassen«, betonte Sully. »Hab's ihr ja nicht erlaubt«, erklärte Rub. »Sie hat's einfach getan.«

»Du sollst dich doch ducken«, erklärte Sully.

»Hab' ich ja auch«, erklärte Rub. »Da hat sie mit dem Knie zugestoßen.«

»Tja«, sagte Sully und seufzte. »Dann hast du wohl getan, was du konntest, schätz' ich.«

Rub nickte nur.

»Sei morgen früh bei *Hattie's*. Früh. Halb sieben. Wir werden erst mal was von dem Zeug aus der Bowdon wegschaffen. Hätten wir nur daran gedacht, bevor wir den Fußboden rausgerissen haben.«

Rub sagt, das hätte er sich auch gewünscht.

»Was sollst du morgen früh machen? Sag's mir vor.«

»Soll dich um halb sieben bei *Hattie's* treffen.«

Und er würde kommen, das wußte Sully; es war eines der wenigen Dingc, auf die er sich verlassen konnte. »Ich geb' dir 'n Frühstück aus«, versprach er.

»Gut«, meinte Rub. »Ich hab' gar kein Geld mehr.«

»Ich hab' 'nen Hammer da hinten drin«, schlug Sully vor. »Wir könnten ja reingehn, Bootsie eins auf die Birne geben und sie dann unten im Wald unter den ganzen Zementblöcken begraben, die du zerbrochen hast. Da würden sie die Gute wahrscheinlich nie finden.«

»Ich wünscht' nur, wir könnten das machen«, sagte Rub und stieg wieder aus dem Wagen aus. »Sie ist fett, häßlich und böse.«

Als Rub die Tür zuknallte, wollte Sully den Wagen zurücksetzen, doch Rub klopfte schon wieder gegen die Scheibe, als habe er sich plötzlich an etwas erinnert. »Und geizig«, fügte er hinzu.

Sully, der keine Lust hatte, sich heute abend noch auf Überraschungen einzulassen, spähte erst durch das Bierschild im Fenster des *Horse,* bevor er eintrat. Wie es aussah, hatte Tiny nur zwei Gäste: Wirf, wie man hätte voraussagen können, und einen etwas selteneren Gast, Jocko. Beide wirbelten auf ihren Barhockern herum, als Sully die Kneipe betrat und sich sofort auf die Herrentoilette verzog.

Als er wieder an die Theke trat, brachte Tiny ihm ein Bier und einen Brief. Sully bedankte sich und schluckte noch eine von Jockos Pillen, die er mit einem Schluck Bier herunterspülte. Es war vermutlich keine sehr gute Idee, eine zweite Tablette zu nehmen, aber er hatte es ja nicht mehr weit nach Hause. Inzwischen stahl sich Jocko zur Tür hinaus. Der Briefumschlag trug das Logo des Community College in Schuyler Springs. Im Sekretariat hatte Sully die Adresse des *White Horse Tavern* angegeben, nur um Tiny zu ärgern. In dem Umschlag befanden sich seine Noten für das vergangene Semester – Fünfen außer in Philosophie, für das ihm der junge Professor ein ›Nicht bestanden‹ gegeben hatte. »Gute Nachrichten«, bemerkte Sully, knüllte den Brief zusammen und warf ihn in Richtung Abfalleimer, den Tiny hinter der Theke stehen hatte. »Bin jetzt auf der Abschußliste.«

Wirf beäugte immer noch das leere Glas, wie immer ängstlich bemüht, Feindseligkeiten aus dem Weg zu räumen. »Hast du gehört, daß Tiny für morgen abend eine Band engagiert hat?«

»Aus welchem Anlaß?«

»Sylvester«, warf Tiny ein, während er das zerknüllte Papier vom Boden aufhob. »Es soll Leute geben, die an diesem Abend ausgehen und feiern wollen.«

Sully hatte völlig vergessen, was für ein Tag war. »Muß ich da im voraus reservieren?«

»Und ein kostenloses Büffet«, meinte Wirf. »Für alle Stammgäste.«

»Ich hab' fünfundsiebzig Pfund Hähnchenflügel bestellt«, brummte Tiny stolz.

»Ach, diese Viecher«, meinte Sully. »Da wird die ganze Stadt bloß wieder 'ne Woche lang Federkiele kacken.«

»Du brauchst sie ja nicht zu essen«, gab Tiny zurück; er war sofort wütend, wie Sully gehofft hatte. »Wen kümmert's schon, was du willst, Sully?«

»Keinen«, stimmte Sully zu. »Seit zwanzig Jahren will ich, daß 'ne andere Kneipe auf der Main Street aufmacht, um deinen Schweinehintern aus dem Geschäft zu vertreiben.«

»*Zwanzig* Jahre?« sagte Tiny. »Sag lieber vierzig. Vierzig Jahre bin ich jetzt in dem Geschäft. Und damals gab's vier Bars genau hier auf der Main Street, als dein alter Herr derselbe Arschtyp war wie du jetzt. Und ich bin als einziger übriggeblieben.«

»Als einziger Arschtyp?« wollte Sully wissen.

»Als einzige Kneipe.«

»Das Überleben der Dümmeren«, bot Sully als Erklärung an.

»Noch zwanzig Minuten, dann mach' ich zu«, sagte Tiny und begab sich wieder zu seinem Barhocker hinter der Theke.

»So.« Sully grinste Wirf an. »Gott sei dank isser weg.«

In seinen Taschen wühlend, zog er alles Geld hervor, das er mit sich trug, stapelte es auf der Theke und versuchte, aus der Menge an Münzen schlau zu werden. Es war ein toller Anblick, obschon Sully wußte, daß es nicht im mindesten reichte, um seine vielfältigen Schulden abzutragen. Als er die Scheine geordnet hatte, zählte er fünfhundert Dollar ab und schob sie Wirf hin.

Wirf blickte auf das Geld. »Bist du dir da sicher? Ich weiß doch, wieviel du am Hals hast.«

»Nimm es doch«, riet Tiny vom anderen Ende der Theke. »Wann wird er jemals wieder soviel Geld haben?«

»Wenn mir nur jemand 'nen Hunderter dafür anbieten würde, daß ich dir eine Kugel in den Kopf jage«, gab Sully zurück. »Ehrlich gesagt, ich würd' es umsonst machen, wenn ich wüßte, daß es dich killt.«

»Er war heut' abend hier«, sagte Wirf, nachdem sie eine Weile über alles mögliche geplaudert hatten, und der Name Harold Proxmire gefallen war.

»Er muß was von dieser Dreierwette gehört haben«, vermutete Sully. Er hatte Harold nie im *Horse* oder in einer anderen Bar gesehen.

Wirf schüttelte den Kopf. »Er saß genau da, wo du jetzt sitzt, und hat sich einen Jack Daniels zu Gemüte geführt.«

»Als nächstes erzählst du mir noch, daß seine Frau ihm bei einem Singapore Sling Gesellschaft geleistet hat.«

»Kennst du diesen Jungen, der bei ihnen gearbeitet hat? Dwayne? Der sich immer so in der Nase rumbohrt?«

Sully nickte zustimmend.

»Er hat ihre Kasse geknackt und ist abgehauen«, erzählte Wirf. »Harold sollte eigentlich nach ihm suchen, aber er hat es nicht übers Herz gebracht.«

»Das ist jetzt schon das fünfte Mal, das ihnen das passiert«, sagte Sully.

Wirf nickte. »Ist dir schon mal aufgefallen, daß die Leute immer wieder die gleichen Fehler machen?«

»Womit du doch nicht uns meinst?«

»Nein, ich meinte andere Leute«, erklärte Wirf. »Wir stecken ja voller Überraschungen.«

Im Grunde war Sully heute zu dem Schluß gekommen, daß fast alle Menschen ungeahnter Überraschungen fähig seien. Vor einem Monat noch wäre er sich mit Wirf einig gewesen, daß die meisten Leute und Ereignisse bis zur Langweiligkeit vorhersehbar waren. Aber seit er heute morgen aus dem Gefängnis entlassen worden war, hatte Sully das seltsame Gefühl verfolgt, daß alles sich geändert habe und die Lebensregeln während seiner Haft irgendwie umgestürzt worden waren. Sogar die Tatsache, daß seine Pechsträhne zu Ende war, trug zu diesem seltsamen Gefühl bei, nicht mehr in der vertrauten Welt zu sein. Sie sah immer noch genauso aus, vermittelte ihm aber ein ganz anderes Gefühl. Wie sonst sollte er sich seine Verirrung erklären, als er Rubs und Bootsies Haus nicht gefunden hatte? Erschöpft wie er war, kam er eigentlich nur deshalb ins *Horse*, um den Tag in einem Stadium relativer Normalität zu beenden, indem er mit Wirf soff und mit Tiny stritt, so daß sein Gleichgewicht wiederhergestellt und sein Gefühl der Unsicherheit vertrieben wurde.

Und hier war nun Wirf mit seinen ständig trüben Augen, ein Mann, den er wohl zu kennen meinte, und studierte ihn mit ernsthafter Aufmerksamkeit. Vor ihm auf der Theke lagen immer noch Sullys fünfhundert Dollar. Wirf sah aus wie jemand, der die große Nüchternheitspredigt vorbereitete – und das einem Freund gegenüber, der sich in der Hoffnung auf ein Besäufnis zu ihm gesellt hatte.

»Was denn?« fragte Sully schließlich. »Du willst doch jetzt nicht auf mich losgeh'n, oder?«

»Nein«, versprach Wirf. »Aber ich werde dich um einen Gefallen bitten.«

»Okay«, willigte Sully ein. »Solange es nicht heute nacht sein muß.«

Wirf blickte auf seine Uhr. »Heute nacht wird es wohl nicht mehr sein«, erwiderte er. »Aber wann immer es sein wird – ich will, daß du's tust.«

»Dann frag schon«, sagte Sully. »Wie kann ich es tun oder auch nicht, wenn du mir nicht sagst, was es ist?«

»Ich will nur, daß du begreifst, daß es mir ernst ist«, fuhr Wirf fort. »Ich weiß ja, daß du denkst, ich würde nicht mal Scheiße sagen, wenn ich mein Maul voll hätte, und meistens stimmt das ja auch – aber jetzt will ich, daß du mir was versprichst, und wenn du's nicht tust, sind wir Freunde gewesen.«

Sully betrachtete Wirf argwöhnisch. »Ich hör' nicht mit der Arbeit auf«, entgegnete er. »Und ich geh' auch nicht aufs College zurück, nicht mal für dich. Mein Sohn fängt nächstes Semester an, dort zu unterrichten, und wie ich mein Pech kenne, muß ich mich dann in seinem Kurs einschreiben.«

Diese Vorstellung entlockte Wirf ein offenes Grinsen. »Darum geht's nicht. Es geht um deine Wirtin.«

Sully war unglaublich erleichtert, als er das hörte. Nach der ganzen Vorrede würde es vielleicht doch ganz einfach sein. »Was ich für Beryl tun kann, werde ich tun. Ich wäre wirklich glücklich, was für sie zu tun.«

Wirf sah ihn nun wieder so ernsthaft an, daß er fast schon schielte. »Sie denkt dasselbe über dich. Und deshalb hat sie auch – mit meiner Hilfe – etwas für dich getan.«

»Was?« fragte Sully, obschon er es ahnte.

»Das Haus auf der Bowdon gehört jetzt wieder dir«, eröffnete ihm Wirf.

»Hat sie die Steuern bezahlt?«

»Ungefähr zehntausend.«

»Und du hast sie gelassen.«

»Ich hab' sie noch dazu ermutigt«, sagte Wirf begeistert.

»Obwohl du wußtest, daß ich das Scheißding nicht wollte, obwohl du wußtest, daß man es nicht mal als Bauholz verkaufen kann, hast du sie gelassen.«

»Es ist wenigstens zwanzigtausend wert, wenn nicht mehr«, entgegnete Wirf.

»Du liegst völlig daneben.«

Wirf schüttelte den Kopf. »Ich habe bereits ein Angebot über zwanzig Riesen von den Leuten, denen das Sans Souci gehört. Und sie sind bereit, höher zu gehen.«

»Aber warum denn?«

»Um eine Klage zu vermeiden; sie haben einen Weg für den Müllwagen angelegt, der eine Ecke von deinem Besitz überschneidet. Ich hab's nachgeprüft. Und sie haben nicht mal das Durchgangsrecht. Wir könnten sie ausbluten lassen – sie würden womöglich doppelt soviel zahlen, wie sie angeboten haben. Dreimal soviel.« Er hörte auf und ließ Sully erst einmal diese Information verdauen. »Und schon mit zwanzigtausend könntest du ihr alles zurückzahlen, deinen Lastwagen abbezahlen, wieder von vorne anfangen.«

Sully dachte darüber nach; von vorne anfangen hörte sich verlockend an. Warum glaubte er dann nicht daran? Kein Zweifel, das war wieder Big Jim Sullivan. Und es wäre das Geld seines Vaters, ein warmer Regen, den er nicht annehmen wollte.

»Und das ist der Gefallen«, schloß Wirf. »Wenn sie's dir sagt, bedank dich bei ihr. Wegen ihrem Sohn wird sie jetzt 'ne ganz schön schwere Zeit vor sich haben. Sorg dafür, daß es ihr gutgeht.«

»Darum geht's nicht –« wollte Sully anfangen zu erklären.

»Schert mich einen Scheiß, worum es geht«, entgegnete Wirf. »Du machst es oder wir sind Freunde gewesen.«

Für einen Augenblick schwiegen beide. Sully spürte, daß die zweite von Jockos Pillen anschlug, spürte, wie er ein wenig benommen wurde. Es gab keinen Ort auf der ganzen Welt, wo er sich wohler fühlte als im *Horse*, auf seinem Hocker, mit diesem Mann neben sich – und doch, wie seltsam erschien es ihm auf einmal: die Weihnachts-Lichterkette an der Rückwand des Lokals, an der die Hälfte der Birnchen flackerte oder ausging; Tiny auf seinem unsichtbaren Hocker am anderen Ende der Theke, wie auf einem Kissen aus Luft sitzend; sogar Wirf, der ihn so ernst anstarrte. Sogar das *Horse* sah plötzlich ganz fremd aus, und er spürte dieselbe Angst wie vor einer halben Stunde, als er sich auf einer ihm langvertrauten Straße verirrt hatte. Er hörte sich selbst ›okay‹ sagen, aber es war fast, als sage es ein anderer, einer, der weit weg war.

Um zwei Uhr wurde Miss Beryl von einem Geräusch geweckt, als ziehe jemand schwere Ketten über den Fußboden. »Wir alle müssen die Ketten tragen, die wir geschmiedet haben«, dachte sie und erwartete fast, Clive jr. in ihrer Schlafzimmertür erscheinen zu sehen, auferstanden als Geist in wehenden Gewändern. Sie fragte sich, ob dies die ersten Anzeichen eines neuen Anfalls von Nasenbluten wären, setzte sich im Bett auf und schwang die Beine zur Seite, um in ihre Pantoffeln zu fahren. Bevor sie sich erhob, wackelte sie zur Prüfung mit den Zehen und krümmte die Finger. Ihren früheren Anfällen war ein Kitzeln in den Gliedmaßen vorangegangen, doch jetzt spürte sie nichts dergleichen. Auch als sie aufstand, fühlte sie sich nicht schwindelig.

Vielleicht war es nur der lange, erbarmungslose Tag, der ihr immer noch zusetzte. Sie streifte ihren Bademantel über und begab sich in die Küche, wo sie die grelle Deckenbeleuchtung einschaltete; falls ein kettenrasselnder Geist in der Nähe war, so würde er sicherlich nicht die Kühnheit besitzen, ihr bis in dieses helle Reich der Hundertwattbirnen zu folgen. Es mochte nicht die beste Idee sein, sich zu dieser Stunde einen Tee zu bereiten, doch sie setzte den Kessel auf und schaute sinnend darauf, während sie halb erwartete, daß das Telefon läutete.

Es hatte geläutet, als sie aus Schuyler Springs zurückkehrte, und sie hatte mehrere Anrufe entgegengenommen, bevor sie endlich das Telefon ausstöpselte. Zwei Reporter hatten sie noch belästigt, die inzwischen Clive juniors fortgesetztes Schweigen als Flucht deuteten. Dann hatte die Frau der Spar- und Darlehenskasse noch einmal angerufen, die sehr argwöhnisch geworden war, als Miss

Beryl darauf beharrte, daß Clive jr. sie nicht kontaktiert hatte, ihr keinerlei Anweisungen oder Hinweise auf den Verbleib hinterlassen hatte.

Als sie aus Schuyler Springs zurückkam, hatte sie im Briefkasten den braunen Umschlag gefunden, den sie am Tag zuvor Abraham Wirfy gegeben hatte. Sein Inhalt, der sie eigentlich dankbar und erleichtert hätte stimmen sollen, hatte nicht zu ihrer Aufheiterung beigetragen. Innen hatte eine handgeschriebene Nachricht gelegen: »Da ich Sie nicht erreichen konnte, habe ich mir die Freiheit genommen und dieses Schriftstück vom Bezirksamt abgeholt. Man hatte es dort noch nicht bearbeitet. Wir können natürlich nach Ihren Wünschen jederzeit Gegenklage erheben, aber nach den letzten Ereignissen muß ich Ihnen strengstens davon abraten, Ihrem Sohn zur Zeit Besitz zu übertragen. Die zweite Angelegenheit, über die wir gesprochen haben, ist nach Ihren Anweisungen ausgeführt worden.«

Dies war nun aus ihrem dürftigem Kompromiß geworden, aus ihrem Versuch, das Richtige zu tun, die widersprüchlichen Forderungen von Kopf und Herz zu vereinen, ihr Gewissen zu beruhigen – das, wie Mark Twain einmal klug bemerkt hatte, nicht besser war ›als ein alter heulender Hund‹. Denn Fairneß und Loyalität, so wichtig sie dem Kopf auch sein mochten, konnten im Herzen selten beglichen werden; dort in den Tiefen, wo das Geheimnis der Zuneigung begraben liegt, das Geheimnis der Liebe, die man entweder spürte oder nicht, und die einen überfiel und aus Worten wie ›sollte‹ und ›müßte‹ einen Witz machte. Das Menschenherz, das nie, niemals einen Kompromiß schließen kann. Wo Vergehen einen schrecklichen Preis fordern. Wo die verschlungenen schwarzen Äste fallen. Wo der Schlag niedersaust.

Als Miss Beryl erneut den fernen Laut der Kette vernahm, die über den Fußboden geschleift wurde, ging sie auf die Suche und knipste im Vorübergehen in jedem Zimmer das Licht an. Sie verfolgte das Geräusch bis zum Korridor, den sie mit Sully teilte, und dachte eine Weile nach, ob es wohl klug wäre, die Tür zu öffnen, um zu sehen, was für ein Ding da auf der anderen Seite war. Doch Gott haßt die Feiglinge, dachte sie, und öffnete die einen Spaltbreit.

Das Licht im Flur brannte, und da stand ein Dobermann gerade vor der Tür am Fuß der Treppe und grinste sie schief an. Die Kette, die sie gehört hatte, war mit einem Ende am Halsband des Hundes befestigt, das ein Rheinkiesel zierte. Das andere Ende war nirgendwo befestigt. Soweit sie es beurteilen konnte, war der Hund das einzige Wesen im Flur, doch sie wollte die Tür lieber nicht noch weiter öffnen. »Wer bist denn du?« fragte sie den Dobermann, der beim Klang ihrer Stimme erschrak, eine Art Krampf erlitt und gegen das Geländer sackte, als hätte man auf ihn geschossen. Bevor Miss Beryl das alles begreifen konnte, öffnete sich die Haustür und Sully erschien mit einem Schraubenzieher in der Hand.

»Ich hab' Ihnen das Geländer wieder festgemacht«, sagte er zu Miss Beryl, als sie die Tür ganz öffnete, um die seltsame Szene zu überschauen. Sully schien die Tatsache, daß da ein Dobermann gegen das Geländer gesackt war, nicht sonderlich zu überraschen, was immerhin bedeuten konnte, daß der Hund ihm gehörte. Auch der Umstand, daß seine Wirtin um zwei Uhr früh noch wach war, schien ihn nicht zu erstaunen.

Miss Beryl schien es sogar, als könne Donald Sullvan rein gar nichts mehr erstaunen. Er war blasser und dünner und sah noch geisterhafter aus als je zuvor, hatte jedoch keinerlei Ähnlichkeit mit einem Dickensschen Gespenst. »Haben Sie was dagegen, wenn ich reinkomme und mir die Stiefel ausziehe, Mrs. Peoples?«

»Natürlich nicht, Donald«, sagte sie und trat von der Tür zurück.

Da stieß der Hund einen tiefen Seufzer aus und plumpste vollends zu Boden. Beide blickten das Tier aufmerksam an. Sully schüttelte den Kopf. »Was halten Sie von Haustieren?«

»Bellt er?« erkundigte sich Miss Beryl.

»Vor ein paar Minuten ja«, gab Sully zu, dessen Stimme unsicher klang. »Und gerade noch rechtzeitig. Ich wäre fast ins Leere getreten.«

Miss Beryl wartete, daß er ihr das näher erklärte, aber er tat es nicht. Blaß und dünn wie er war, mochte man die Luft durchaus für sein heimisches Element halten.

»Ich kann bloß 'ne Minute bleiben«, erklärte er und ließ sich auf den frischreparierten Queen-Anne-Stuhl fallen, der unter seinem Gewicht hörbar ächzte, ohne zu zerbrechen. Mr. Blue hatte recht: Der Stuhl war wieder wie neu.

»Ich mach' mir gerade einen Tee«, sagte sie. »Könnte ich Sie für eine Tasse begeistern?«

»Nein, können Sie nicht«, erwiderte er grinsend. »Wie oft muß ich Ihnen das noch sagen?«

»Manche Leute sollen von Zeit zu Zeit ihre Gewohnheiten ändern«, sagte sie zu ihm. »Ich denke immer, bei Ihnen kommt's auch noch mal dazu.«

Sully zündete sich eine Zigarette an.

»Ehrlich?« Seine Frage klang weniger neckend als wehmütig, als sei er dankbar dafür, daß sie sich weigerte, seine Sturheit für bare Münze zu nehmen. Draußen im Flur rasselte die Hundekette.

Sully blickte sich in der Wohnung um, als sähe er sie zum ersten Mal; nahm alles in sich auf. »Tja, altes Mädchen, ich schätze, jetzt sind nur noch wir beide da«, sagte er, zweifellos eine Anspielung auf Clive jr.

Da mußte Miss Beryl sich setzen. »Ich habe schon den ganzen Nachmittag mit meinem Mann über Clive jr. gesprochen«, gab sie zu. »Ich glaube, wir haben bei ihm versagt. Es schmerzt mich, es zuzugeben, aber irgendwie haben wir einen Sohn großgezogen, der kein . . .« Sie ließ den Satz ausklingen, unfähig, ein Wort dafür zu finden, was ihrem Sohn denn fehlte – ein Wort wenigstens, das nicht einem weiteren Verrat gleichkam.

»Na«, meinte Sully. »Immerhin haben Sie ihn großgezogen. Sie haben Ihr Bestes gegeben.«

»Er war – irgendwie – nie der Stern an meinem Himmelszelt«, gestand Miss Beryl; es war das erste Mal, daß sie diese traurige Wahrheit einem anderen Lebenden mitteilte. Clive sen. hatte ihr die fehlende Mutterliebe eines Nachmittags vorgeworfen, und kurz darauf hatte Audrey Peach ihn durch die Windschutzscheibe fliegen lassen. Zu der Zeit war Sully bereits in den Krieg gezogen, und Miss Beryl hatte sich schon damit abgefunden, daß er fallen würde. Sie war dessen so sicher, daß sie schon jedem seinen Anteil an Schuld zugewiesen hatte. Der größte Teil lastete natürlich auf den Schultern des gewalttätigen, abgestumpften Mannes, der der Vater des Jungen war; und ein anderer Teil auf Sullys Mutter, die in ihrer Opferrolle soviel Trost gefunden hatte. Aber ein Teil der Schuld blieb noch übrig, und Miss Beryl hatte ihn in ihrem eigenen

Heim ausfindig gemacht. Sie sollte zwar nicht wissen, daß ihr Mann und ihr Sohn zur Bowdon Street hinübergegangen waren, um Sullys Aufenthalt an ihrem Eßtisch ein Ende zu setzen, doch sie hatte es geahnt.

In ihrem schlimmsten Streit – an den sich Miss Beryl während ihrer langen Witwenschaft nicht erinnern wollte und den sie doch nicht vergessen konnte – hatte Clive sen. sie beschuldigt, nicht normal zu sein, ›Fremdheit‹ in ihr Heim zu bringen. Besser konnte er es offenbar nicht ausdrücken, was ihm Sorgen machte. Er stand mitten im Wohnzimmer und nahm die Einrichtung selbst als Beweis – überall nur afrikanische Masken, etruskische Geisterboote und doppelköpfige Foo-Hunde. »Da kommt man sich ja vor wie im Dschungel«, klagte er so ernsthaft, daß Miss Beryl nicht mehr lächeln konnte, wie sie es sonst immer tat, wenn ihr Mann ernst wurde. Im Grunde, so erkannte sie, bedeutete es, daß er unglücklich mit ihr war, daß er seine Wahl bereute, daß er ihr die Schuld für diesen Sohn gab, der weder einen Ball dribbeln noch sich selber verteidigen konnte; und darüber hinaus beschuldigte er sie auch, diesen Jungen nicht genug zu lieben, sondern statt dessen einen anderen zu mögen, der gar kein Anrecht auf ihre Zuneigung hatte – daß sie, mit einem Wort, die fremde Welt in ihr Heim ließ. Sie sah immer noch seinen Gesichtsausdruck vor sich, und Miss Beryl erkannte, daß es jener Ausdruck war – jene sture, gekränkte Mißbilligung, die sie an ihrem Mann nur dieses eine Mal gesehen hatte –, der nun Clive jr. zu eigen war, und der es ihr so schwer machte, das zu fühlen, was eine Mutter für ihren Sohn fühlen sollte. Es war, als sei Clive jr. ihr gesandt worden, um sie an jenen Augenblick der Enttäuschung seines Vaters zu erinnern – der Enttäuschung, sie geliebt zu haben. »Ich glaube nicht, daß du weißt, was Liebe heißt«, hatte Clive sen. ihr bockig gesagt, als wolle er andeuten, daß seine Zuneigung für sie unerwidert geblieben war. Was bis zu jenem Augenblick nicht gestimmt hatte.

Aber in einem hatte er recht gehabt – sie *verstand* die Liebe nicht. Das war es, worüber Miss Beryl immer gegrübelt hatte, jeden Tag, fast ihr ganzes Leben lang: über das Rätsel der Zuneigung, über das Herz, das sich dem einen zuneigte und dem anderen nicht, das seine unerwarteten, unerwünschten Pirouetten vollführte und die Fähigkeit besaß, aus jedem Menschen einen Dummkopf, ja einen Verbrecher zu machen. »Ich weiß nur das eine«, hatte sie Clive sen. an jenem Nachmittag vor vielen Jahren eröffnet. »Liebe ist dumm.«

Dies war, damals wie jetzt, ihre endgültige Einsicht zu diesem Thema. Und zweifellos hatte Clive sen. auf seine Art schon vorher gewußt, wie sie darüber dachte.

Falls Sully von ihrem Geständnis, das Clive jr. nicht der Stern an ihrem Himmelszelt war, schockiert war, so ließ er es sich nicht anmerken. Er hielt nun die Zigarette in der Senkrechten, da die Aschenspitze sich gefährlich verlängert hatte, während er sich vorbeugte, um mit der anderen Hand die Schnürsenkel seiner Arbeitsstiefel zu lösen. Diese Anstrengung schien seine letzten Kräfte zu beanspruchen.

Miss Beryls Teekessel fing an zu summen. Als sie aufstand, bemerkte Sully: »Hab' ein Gerücht gehört, Sie hätten 'ne gute Tat vollbracht.«

Miss Beryl verstand, daß er das Haus auf der Bowdon Street meinen mußte, verstand auch, daß dieses Thema nicht mehr bis morgen warten konnte. Er sah sie nun mit einem Ausdruck an, den sie noch nie zuvor an ihm gesehen hatte – mit der Miene eines Mannes, der viel härter und gefährlicher war, als sie es von Sully geglaubt hatte.

»Sie haben Ihre Nase in etwas reingesteckt, wo Sie nichts zu suchen hatten«, meinte er.

»Ich weiß«, erwiderte Miss Beryl. »Ich bin aber alt. Habe sozusagen das Recht dazu.«

Eine ganze Weile sagte er gar nichts, und der harte Ausdruck blieb in seinen Augen, bis er von seinem vertrauten verlegenen Grinsen abgelöst wurde. »Jedenfalls«, sagte er, »vergebe ich Ihnen.«

»Danke, Donald«, gab sie zurück, und dann schwiegen sie beide eine Weile, während der durchdringende Pfiff des Teekessels durch die ganze Wohnung schrillte. »Sind Sie sicher, daß Sie keinen Tee haben möchten?«

Wieder gab er keine Antwort, doch sie konnte nicht sagen, ob es war, weil sie ihre Antwort schon erhalten hatte oder weil er nun endlich doch erschöpft war oder weil er gemerkt hatte, daß er keine Vorstellung davon hatte, was er wollte.

Als sie mit ihrer eigenen Tasse zurückkam, schlief er, den Kopf zurückgelegt, mit offenem Mund, schnarchend. Es war ein wahrer Donnerlaut, nun, da sie ihn zum ersten Mal so nahe hörte, ohne eine Zimmerdecke zwischen sich und ihm. Der Schlaf hatte ihn während des Versuchs überrascht, sich einen Schuh mit dem Zeh abzustreifen.

Miss Beryl fand den Aschenbecher, den sie immer für Sully bereithielt, auf dem Couchtisch, und stellte ihn in dem Augenblick unter seine Zigarette, als die Asche hinunterfiel. Als sie ihm vorsichtig die Zigarette zwischen den fleckigen Fingern entfernte, sah sie, daß Sully mit offenen Augen schlief, und mußte unwillkürlich lächeln. Alte Häuser gaben ja viele Geheimnisse preis, und wenn sie Sully im Laufe der letzten zwanzig Jahre über sich gehört hatte, so hatte sie sich eingebildet, alles über ihren Mieter zu wissen. Doch hier war ein neues Geheimnis.

Draußen im kalten Flur rasselte wieder die Hundekette, und als Miss Beryl die Tür öffnete, krabbelte der Dobermann unter großer Anstrengung auf die Beine, drehte sich dabei ein paarmal um sich selbst und trat auf die Kette, bis er endlich sein labiles Gleichgewicht fand. Dann stand er da und sah sie erwartungsvoll an, als wolle er andeuten, daß er hoffe, sich die ganze Mühe nicht umsonst gemacht zu haben.

»Du kannst auch reinkommen«, sagte sie.

Offenbar verstand sie der Hund, denn er hoppelte an ihr vorbei und brach mit einem weiteren heftigen Seufzer vor dem Queen-Anne-Stuhl zusammen, wobei sein Stummelschwanz heftig zuckte. Vielleicht war er ja zufrieden – wer mochte das wissen?

ENDE